1934 年 10 月，中央红军从江西瑞金开始长征

1935年1月15日至17日，中共中央政治局在遵义召开扩大会议，即遵义会议。图为遵义会议旧址

中央红军第一次渡赤水河渡口——土城

1935 年 2 月，中央红军攻占
娄山关

中央红军强渡大渡河之渡口——安顺场

红军飞夺泸定桥

红军爬雪山的情景

中央红军与红四方面军的
会师地——达维

红军跨越过的若尔盖水草地

1935 年 8 月上旬，红一方面军分为左路军与右路军分别从卓克基地区、毛儿盖地区出发，历经艰辛，通过人迹罕至、气候变化无常的茫茫草地。左路军先纵队于 8 月 20 日到达阿坝地区；右路军于 8 月 27 日到达班佑、巴西地区。图为红军过草地

参加长征的部分彝族红军战士到达延安后的合影

参加长征的部分女同志

左起：陈琼英、蔡畅、夏明、刘英

红一、红二、红四方面军胜利会师地之一——会宁

1935年10月，中央红军到达陕北吴起镇

1934 年 11 月 16 日，鄂豫皖根据地的红 25 军，在程子华、吴焕先、徐海东领导下，从河南罗山县境内出发，开始长征，于 1935 年 8 月到达陕北

毛泽东、朱德、周恩来、博古在陕北合影

红军长征记

上　册

★

丁　玲　主编

董必武　陆定一　舒　同　等著

GUANGXI NORMAL UNIVERSITY PRESS

广西师范大学出版社

·桂林·

策　　划：罗财勇
出版统筹：潘虹呈
责任编辑：罗财勇
责任技编：伍智辉
书籍设计：林　林

图书在版编目（CIP）数据

红军长征记：全2册 / 丁玲主编；董必武等著. —
桂林：广西师范大学出版社，2017.7（2020.9重印）
　ISBN 978-7-5495-9933-2

　Ⅰ．①红… Ⅱ．①丁…②董… Ⅲ．①革命回
忆录－作品集－中国－现代 Ⅳ．①I251

　中国版本图书馆 CIP 数据核字（2017）第 142308 号

广西师范大学出版社出版发行

（广西桂林市五里店路9号　邮政编码：541004）

　网址：http://www.bbtpress.com

出版人：黄轩庄

全国新华书店经销

湖南省众鑫印务有限公司印刷

（长沙县榔梨镇保家村　邮政编码：410000）

开本：880 mm ×1 240 mm　1/32

印张：20.625　　字数：600 千字

2017 年 7 月第 1 版　　2020 年 9 月第 6 次印刷

定价：118.00 元（上下册）

如发现印装质量问题，影响阅读，请与出版社发行部门联系调换。

出版说明

　　本书是在 1942 年出版的《红军长征记》基础上重新整理出版的。1942 年版的《红军长征记》为竖排繁体汉字版,由于年代久远,加上当时印制条件所限,对当代读者造成一定的阅读障碍。为此,我们按原书重新录入文字,重新排版和装帧设计,以横排简体汉字形式出版,以方便读者阅读。在整理出版过程中,我们在充分尊重原著的基础上,对原版中的一些错误进行了考证和订正,对个别篇目的个别内容做了删改,并对删改内容的篇目做了说明。此外,我们还对红军长征中的重要事件、重大战役及相关背景做了描述,以期对全书内容起到穿针引线的作用,使读者更容易读懂和理解书中所述内容,并在书前和书末增加了相关图片和"红军大事记"。

　　本书在出版过程中,主要参阅和引用了以下文献:《红军长征史》(中共中央党史研究室第一研究部编著,中共党史出版社 2016 年版)、《亲历长征——来自红军长征者的原始记录》(刘统整理注释,中央文献出版社 2006 年版)、《红军长征·文献》(中国人民解放军历史资料丛书编审委员会编,解放军出版社 1995 年版)、《中国工农红军第一方面军长征记》(人民出版社 1955 年版)、《杨成武回忆录》(解放军文艺出版社 1982 年版)、《红军长征·图片》(中国人民解放军历史资料丛书编审委员会,解放军出版社 1993 年版),在此谨致谢忱。

《红军长征记》:
记录中国工农红军长征的史实(代序)①

■ 沈津

　　一九三四年十月,中国工农红军开始了举世闻名的长征。在长征中,中国工农红军以无与伦比的英雄气概,粉碎了国民党上百万军队的围追堵截,战胜了无数艰难险阻,跨越万水千山,于一九三六年十月,红军三大主力(红一、红二、红四方面军)胜利会师,完成了战略大转移,结束了转战八省、行程二万里、历时两年的长征。其征程之长,处境之险恶,斗争之激烈,堪称史无前例。长征的胜利向全世界宣告了中国共产党人是不可战胜的。这一震撼全球的伟大壮举,被西方学者称为"激动人心的远征史诗""历史上最盛大的武装巡回宣传"。

　　长征的胜利,在每个参与者的脑海中留下了不可磨灭的记忆,于是一九三六年的春天,有关人员开始考虑编一本关于长征的书。据编者说,当时编辑的计划是,集中一切文件和一些个人的日记,由几个人负责写。但被指定写的人无时间,一直延宕到八月,不得不改变原定计划,而采取更大范围,集体创作。是年八月五日,中央军委主席毛泽东和抗日红军大学政治部主任、红

---

　　① 编者按:本序是沈津先生为《红军长征记》影印本所作。

军前敌总指挥部总政治部主任杨尚昆以他们的名义，给各部队和参加长征的将士们发出电报和书信，希望他们用多种形式写出自己的经历以及在长征中的见闻和观感。电报称："现有极好机会，在全国和外国举行扩大红军的宣传，募捐抗日经费，必须出版关于长征记载。为此，特发起编制一部集体作品。望各首长并动员与组织师团干部，就自己在长征中所经历的战斗、民情风俗、奇闻轶事，写成许多片段，于九月五日以前汇交总政治部。事关重要，切勿忽视。"此外，征稿信中也说："各人就自己所经历的战斗、行军、地方及部队工作，择其精彩有趣的写上若干片断。文字只求清通达义，不求钻研深奥，写上一段即是为红军作了募捐宣传，为红军扩大了国际影响。来函请于九月五日以前寄到总政治部。备有薄酬，聊表谢意。"董必武《长征纪事》的回忆和注释，也写到了上述的内容。

当时在八路军政治部宣传部工作的丁玲，是参与编辑《红军长征记》(下面简称《长征记》)的人员之一。她于一九三七年四月十五日写的《文艺在苏区》(《丁玲全集》第七卷)生动地描绘了收到征文后的心情："新的奇迹又发生了，这便是二万五千里长征的征文。开始的时候，征稿通知发出后，还不能有一点把握。但在那悄悄忧心之中，却从东南西北，几百里，一千里路以外，甚至远到沙漠的三边，一些用蜡光油纸写的，用粗纸写的，红红绿绿的稿子，坐在驴背上，游览塞北风光，饱尝尘土，翻过无数大沟，皱了的纸，模糊了的字，都伸开四肢，躺到了编辑者的桌上。在这上面，一个两个嘻开着嘴的脸凑拢了，蠕动的指头一页一页地翻阅着，稿子堆到一尺高，两尺高。这全是几百双手在一些没有桌子的地方，在小油灯下写清了送来的。于是编辑们，失去了睡眠，日夜整理着，誊清这些出乎意料，写得美好的文章。"

到了一九三六年十月底，收到的稿子有两百篇以上，以字数看，约五十万言，写稿者有三分之一是素来从事文化工作的，其余是"桓桓武夫"和从红角星墙报上学会写字作文的战士。至于怎样来采录、整理和编次这些稿子呢，编者的方针是：一、同一内容的稿子，则依其简单或丰富以及文字技术的工拙，来决定取舍；二、虽是同样的内容，散在两篇以上稿子里，但因其还有不同的内容，也不因其有些雷同而割爱；三、有些来稿，只是独有的内容，不管文字通与不通也不得不采用；四、有些来稿虽然是独有的内容，但寥寥百数十字，而内容又过于简单平常，那也只好割爱了；五、来稿中除一些笔误和特别不妥的句子予以改正外，其余绝不滥加修改，以存其真；六、编次的方法，是按着时间和空间。

经过丁玲等编委的剪裁，一份初稿形成了。在当时的形势下，又被抄成了二十四份，其中的大部分多分请参加长征的将士们订正补充，最后又将这些修改本集中，选择其中一本最完善的作定稿本，当然，别的本子中有好的修改也都过录到了定稿本上了。

《长征记》终于一九四二年出版了，它是记载长征这一历史史实的最早文献。它的征稿始于陕北的瓦窑堡，在保安进行编辑工作，而全书的编定则在延安完成。笔者所见到的这部书分上下两册,三十二开,除书名外,还印有"党内参考材料","总政治部宣传部印。一九四二年十一月",此书当属非卖品。当时的宣传部部长为陆定一。此书之更重要处还在于封面上又有总司令朱德的签名。这部书是美国哈佛大学哈佛燕京图书馆珍藏的数十种二十世纪三十年代中共党内珍贵图书、党的文件中的一种,这些珍藏都是美国著名作家、《西行漫记》的作者埃德加·斯诺先生捐赠的。斯诺于一九三六年六月第一次进入陕北苏区,先后采访了毛泽东、朱德等中央领导人,将在苏区的所见所闻向全世界作了真实的报道。这本《长征记》应是总司令朱德赠给斯诺作纪念的。

《长征记》前有出版者的话:"这本富有伟大的历史意义和珍贵的历史价值的《红军长征记》一书(原名《二万五千里》),从一九三七年二月二十二日编好(见编者的话)直到现在,已经五年半以上了,其间因编辑的同志离开延安,而伟大的抗日战争又使我们忙于其他的工作,无暇校正,以致久未付印,这是始终使我们放不下心的一件憾事。现在趁印刷厂工作较空的机会,把它印出来,为的是供给一些同志作研究我军历史的参考,以及保存这珍贵的历史资料(近来借阅的同志很多,原稿只有一本,深恐损毁或遗失)。本书的写作,系在一九三六年,编成于一九三七年二月,当许多作者在回忆这些历史事实时,仍处于国内战争的前线,因此,在写作时所用的语句,在今天看来自然有些不妥。这次付印,目的在供作参考及保存史料,故仍依本来面目,一字未改。希接到本书的同志,须妥为保存,不得转让他人,不准再行翻印。总政治部宣传部。一九四二年十一月二十日。"

《长征记》总共四百一十二页，收有回忆录一百篇，上册四十二篇，下册五十八篇，附歌曲十首。又附录《乌江战斗中的英雄》《安顺场战斗的英雄》两篇。书后另附有《红军第一军团长征中经过地点及里程一览表》(详细记录了行军年月、出发地点、经过地点、宿营地点、里程)、《红军第一军团长征中经过名山著水关隘封锁线表》(详细记录了年月、省份、名山、著水、封锁线及关口要隘草地、备考)、《红军第一军团长征中所经之民族区域》《红军第一军团长征所处环境一览表》。

回忆录中有董必武《出发前》《从毛儿盖到班佑》《夜行军》《长征中的女英雄》，杨成武《突破天险的腊子口》，张云逸《聂都游击队的记述》，耿飚《由临武至道州》，莫文骅《在重围中》，谭政《最后的一道封锁线》《向赤水前进》，陆定一《老山界》《榜罗镇》，刘亚楼《渡乌江》，彭雪枫《娄山关前后》，舒同《芦花运粮》《遵义追击》，陈士榘《三过遵义》，萧华《南渡乌江》，邓华《北盘江》，童小鹏《禁忌的一天》，王首道《长征中九军团支队的段片》，李一氓《从金沙江到大渡河》，黄镇《长征中的红五军团》《回占宝兴》等。以及曾三、艾平、陈明、郭滴人、张山震、李雪山、王辉球、廖智高①、罗华生、熊伯涛、贾拓夫等，共四十四人。歌曲有陆定一和贾拓夫的《长征歌》，陆定一和戈丽的《红军入川歌》，陆定一和黄镇的《打骑兵歌》，陆定一的《两大主力会合

① 编者按：一说廖志高。

歌》,彭加伦《渡金沙江胜利歌》等。

回忆录中的文章描述了红军不被强大的敌人所吓倒,又不为常人难以想象的艰难所征服的斗争历程。篇篇可以看出红军浴血奋战,斩关夺隘,抢险飞渡,翻越雪山,跋涉草地的英雄气概。也有一些回忆录为近十多年来出版的文集所遗漏,如徐特立的《长征中的医院》即为《徐特立文集》所未收。李富春的《暂别了! 江西苏区的兄弟》也为《李富春选集》失收。谢觉哉的《真是蛮子》《抱桐冈的一夜》《番民生活鳞片》都是《谢觉哉文集》外的佚文。此外又如陆定一《长征歌》则与《陆定一文集》中所收的有很多不同,而《红军入川歌》《打骑兵歌》则为《陆定一文集》未收。至于其他的许多文章也多未见后来的如《回顾长征》等二十多本专书收录。

"天翻地覆慨而慷。"从长征到今天,已是七十年,而这本书的出版,距今也已六十三年,中国革命的胜利确是来之不易。《长征记》虽然纸质粗糙,但仍保存良好。这几十年来,国内出版的革命回忆录数以千计,有关长征的回忆录、史料、大事记也出版了不少,为"长征"的研究奠定了绝好的基础,但是鲜有研究者提起此《长征记》,如近年来出版的中共中央党史研究室第一研究部编著的《红军长征史》,所附参考书目一百四十四种,郑广瑾著《长征事典》,所附参考书目五十种,都未提及《长征记》,可见其流传稀少,不为有关部门和研究者所知。这里要特别指出的是,这或许是在中国革命文艺运动史上,在物质条件极为困难的条件下,由众多军队作者围绕一个专题,从不同角度创作出的数百篇作品汇集而成的唯一著作,因此它的意义就非常重大。此书执笔者写作的时间,离长征胜利仅有数月,途经之事,记忆如昨,历历在目。同时执笔者多半是拿枪杆子的,是向来不懂得所谓写文章,只是在枪林弹雨中学会作文字的人们,他们的文字技巧平常,但他们能以朴素的文字来写他们所经历的伟大的现实,故粗糙质朴、没有怎么加工的文字,不仅是可爱,而且必然是非常可贵的。因此,这本书对于研究中国人民解放军军史、长征史来说,确实提供了第一手的资料,是一部珍贵的、重要的历史文献。

出版的话

　　这本富有伟大的历史意义和珍贵的历史价值的《红军长征记》一书(原名《二万五千里》),从一九三七年二月二十二日编好(见编者的话)直到现在,已经五年半以上了,其间因编辑的同志离开延安,而伟大的抗日战争又使我们忙于其他的工作,无暇校正,以致久未付印,这是始终使我们放不下心的一件憾事。

　　现在趁印刷厂工作较空的机会,把它印出来,为的是供给一些同志作研究我军历史的参考,以及保存这珍贵的历史资料(近来借阅的同志很多,原稿只有一本,深恐损毁或遗失)。

　　本书的写作,系在一九三六年,编成于一九三七年二月,当许多作者在回忆这些历史事实时,仍处于国内战争的前线,因此,在写作时所用的语句,在今天看来自然有些不妥。这次付印,目的在供作参考及保存史料,故仍依本来面目,一字未改。希接到本书的同志，须妥为保存，不得转让他人，不准再行翻印。

总政治部宣传部

一九四二年十一月二十日

关于编辑的经过

　　一九三六年春上海《字林西报》曾有以下的话："红军经过了半个中国的长征，这是一部伟大诗史，然而只有这部书被写出后，它才有价值。"（大意如此，现无原文参考——笔者）这位帝国主义代言人虽然是在破例地惊叹红军的奇迹，但他也在恶笑红军的粗陋无文。可是现在这部破世界纪录的伟大诗史，终于在数十个十年来玩着枪杆子的人们写出来了，这是要使帝国主义的代言人失惊的，同时也是给了他一个刻苦的嘲弄。

　　编辑这本书的动机，是在去年的春天，当时的计划是预备集中一切文件和一些个人的日记，由几个人负责写，但被指定写的人偏忙着无时间，一直延宕到八月，事实告诉我们不得不改变原定计划，而采取更大范围，集体创作，于是发出征文启事，后又从组织上和个人关系上去发现计划中必需的稿件。

征文启事发出后，我们仍放不下极大的担心，拿笔杆比拿枪杆还重的，成天在林野中星月下枪林里的人们是否能不使我们失望呢？没有人敢说有把握的确信。然而到了九月中旬，有信的氛围起来了，开始接到来稿。总之此稿子，是从各方面涌来，这使我们兴奋，我们骄傲，我们有无数的文艺战线上的"无名英雄"！

到了十月底，收到的稿子有两百篇以上，以字数计，约五十万言，写稿者有三分之一是素来从事文化工作的，其余是"桓桓武夫"和从红角星墙报上学会写字作文的战士。

我们怎样来采录、整理和编次这些稿子呢？我们决定用以下几个方法：

一、同一内容的稿子，则依其简单或丰富以及文字技术的工拙，来决定取舍。

二、虽是同样的内容，散在两篇以上稿子里，但因其还有不同的内容，也不因其有些雷同而割爱。

三、有些来稿，只是独有的内容，不管文字通与不通也不得不采用。

四、有些来稿虽然是独有的内容，但寥寥百数十字，而内容又过于简单平常，那也只好割爱了。

五、来稿中除一些笔误和特别不妥的句子给以改正外，其余绝不滥加修改，以存其真。

六、编次的方法，是按着时间和空间。

此外关于统计数等，是依着命令报告各种日记和报纸汇集的。

我们把这约三十万言的稿子汇齐后，然而看一看目录，却使人有极大的不满，这里所有的还不到我们生活过的和应该写出的五分之二！然而我们不能再等了，环境和时间都不容许我们了。

这里要特别指出的，所有执笔者多半是向来不懂得所谓写文章，以及在枪林弹雨中学会作文字的人们，他们的文字技术均是绝对在水平线以下，但他们能以粗糙质朴写出他们的伟大生活、伟大现实和世界之谜的神话，这里粗糙质朴不但是可爱，而且必然是可贵。

这本书本应早日和读者见面，但因稿子大量涌来后，编辑委员会的人员出发了，结果只有一些脑力贫弱而又肢体不灵的人在工作，加以原稿模糊，誊写困难，以致延长预定编齐的期间约两个月，这是非常抱歉的。

编　者

一九三七年二月二十二日于延安

目　录

出发前

■ 必武

中央红军开始战略转移

1933 年 9 月，蒋介石调集 100 万军队、200 多架飞机，采用"三分军事，七分政治"的方针，向各革命根据地发动了第五次"围剿"。对中央根据地，蒋介石动用 50 万兵力，分路"围剿"中央红军。在王明"左"倾冒险主义思想的影响下，李德等人先推行"军事冒险主义"策略，后在敌人的猖狂进攻面前采取"拼命主义"，最后发展成"逃跑主义"，导致中央红军第五次反"围剿"失败。

1934 年 10 月 10 日晚，中共中央、中革军委率领第一、第二野战纵队，分别从瑞金县的田心、梅坑地区出发，向集结地域开进。中央红军开始实行战略转移。

当我们感觉到主力红军有转移地区作战可能的时候①，我就

---

① 在广昌战斗后，洛甫同志在《红色中华报》上写了一篇关于红军战略的论文，说红军在必要时应当转移地区作战，现手中无原文，题目和时间都记不清楚。

想到我是被派随军移动好还是被留在苏区工作好的问题。

有一天何叔衡同志和我闲谈，那时我们同在一个机关工作。他问："假使红军主力移动，你愿意留在这里，或是愿意从军去呢？"

我的答复是："如有可能，我愿意从军去。"

"红军跑起路来飞快，你跑得么？"

"一天跑六十里毫无问题，八十里也勉强，跑一百里怕有点困难，这是我进苏区来时所经验过了的。"

"我跑路要比你强一点，我准备了两双很结实的草鞋①，你有点什么准备没有呢？"

"你跑路当然比我强，我只准备了一双新草鞋，脚上着的一双还有半新。"

我们这样谈话过后，没有好久，我就被调在总卫生部工作，随着红军主力出发去了。叔衡同志呢，仍然留在中央苏区。我们到了贵州，有人说，看见报纸上载有他已遇害的消息，这一年近六十的共产党员，他是不怕任何困难，任何牺牲，准备为共产主义事业而奋斗到底，准备随时在党的号召之下无条件地去工作，这从上面我们的谈话及以后的经过，就可以看得出来。

在中央苏区，因叔衡、特立、觉哉、伯渠和我五个人年龄稍大，诸同志都呼我们为"五老"，出发时我与特立、觉哉、伯渠等，

---

① 中央苏区所谓草鞋，不是用草编成的，完全没有草的痕迹，布底，针线缉得很密，鞋前面有三个或五个布做耳子，后跟也是布做的，样式如草鞋有耳，实际上全不用一根草，但名字仍叫做草鞋。

都随着红军移动,经历了千山万水,苦雨凄风,飞机轰炸过无数次,敌人抄袭过无数次,苗山蛮荒的绝粮,草地雪山的露营,没有障碍住我们,我们都完全地随着大红军到达了目的地,只有叔衡同志留在苏区,落到反革命的手中,而成为他们的牺牲品,这是怎样令人悲愤的事啊!叔衡同志的肉体被敌人毁灭了,他的精神不死,现在有几十万几百万的人踏着他的血迹前进而纪念着他,他个人死了,他在千万人的心坎上活着,那些杀害他的人,已被钉在永远耻辱柱上。

我在出发前,虽发生过随军去或留后方的问题,可是红军主力向什么地方移转呢?经过些什么地方呢?路有多远呢?这类问题,没有发生过,也没有听见别人谈过,当时为什么不发生这些问题?

这因为红军是要北上抗日的,当时正北面和东面敌人重重叠叠地筑满了乌龟壳,大部队通过较困难,西边的乌龟壳要稀落些,主力移转地位自然是由西向北前进,这是毫无疑问的。至于转移到什么地方,经过什么路线,走多少时候等问题系军事上的秘密,不应猜测,而且有些问题要临时才能决定,如行军走哪条路,什么时候到达什么地方,有时定下了,还没有照着做,或做了一部分,忽因情况变了又有更改,这是在行军中经常遇到的,只要大的方向知道了,其余的也就可以不问。

我们向陕、甘前进,还是到川西后才决定的,假使在出发前,就知道要走二万五千里的程途,要经过十三个月的时间,要通过无人迹无粮食的地区,如此等类,当时不知将作何感想,是不是同样的坚决想随军出发呢？这都不能悬揣,但在长途中遇到一切天然的人为的困难,不曾令我丝毫沮丧过,同着大家一齐克服过了。到瓦窑堡后,东征时还是跃跃欲试,这样看起来,即在出发前知道路很远,时间很久,险阻艰难很多的话,也未必能变更我随军的意念吧?

暂别了！江西苏区的弟兄

■ 富春

过雩都河

以往，部队的指战员们听说要上前线，不用动员也会"嗷嗷"地叫起来。但这次出发，气氛却截然不同。虽然当时谁也不知道这是要撤离根据地；谁也不知道要进行一次跨越十一个省的万里长征；谁也不知道此一去什么时候才能转回来，但那种难分难舍的离别之情，总是萦绕在每个人的心头。

赶到〔雩〕都河边为我们送行的群众中，除了满脸稚气、不懂事的小孩子跑来跑去，大人们的脸上都挂着愁容，有的还在暗暗地流泪。老表们拉着我们的手，重复着一句极简单的话："盼着你们早回来，盼着你们早回来呀！"连我们十分熟悉的高亢奔放的江西山歌，此时此地也好像变得苍凉低沉了。我难以忘怀的是，那些被安排在老乡家里治疗的重伤员和重病号也来了。他们步履艰难地行走在人群之间，看来是想寻找自己的部队和战友，诉诉自己的衷肠。……

……

深夜，秋风吹动着残枝败叶，吹动着一泻千里的于〔雩〕

都河,吹动着身着单衣的指战员们。寒气很重了,我们回首眺望对岸举着灯笼、火把为红军送行的群众,心里不禁有股暖融融的感觉。

(《杨得志回忆录》,第120—122页,解放军出版社,1992年)

一九三四年九月二十八日离开我曾作了三十三个月比较长期工作的江西苏区,而到了瑞金,十月十日匆匆地参加总政治部的行列,开始了长征。

当着我和蔡畅同志离开江西省委时,许多的同志,知道我们要走,并且也隐约知道要离开中央苏区了。要走的十天前,就恋恋不舍地不忍离别,大家都在感觉,都在估计,都在说:我们相处工作是"蛮"久了,这一分别,"吗格"时候会面咧?"好的,埃(即我)仍然是努力在此继续奋斗,你们走了,还是要常常指示呀!"虽然那时,抱着一个准备完成党给我的新的使命,踏着新的历史车轮而前进的雄心,然而当着离别的日子,一天一天地逼近当儿,心中留恋与忐忑不宁,是没有办法克服的!然而毕竟是忍着不宁的精神,离开了似乎是第二故乡的江西苏区!

十月十日的黄昏,从瑞金雄赳赳地出发了。夜行军,三日经过富田,雩都城,乘着月夜,徒涉了雩都河。第五夜,月色光明地过了苏区边界的新陂,于是完全出了江西边区了!三年未见过的白区,也从黑夜中踏着了!这时更增加着不断的回忆,如麻的留恋!脑中不禁暗暗想着:同很多亲爱同志同二百万为中国苏维埃奋斗而起了先锋作用的江西男女群众奋斗了三年,终于非离别不可了!

直到听到固陂战斗的枪炮声,直到我们得到冲破第一道封锁线的胜利,才惊觉着当前的新的任务的严重,"你没有时间去回忆过去呀!"

然而直到现在,只要看到兴国、瑞金、博生等地的同志,听到兴国、瑞金、博生等地的土音,听到中央苏区坚持游击斗争的消息,还要使我引起对中央苏区,对江西苏区的回忆,纪念!

的确,全中国第一个苏区的江西苏区,为全中国苏维埃而奋斗的先锋的中央苏区三百万群众坚持奋斗,冲破蒋介石五次"围剿"的中央苏区群众,现在还坚持继续奋斗的闽赣苏区的群众,是值得惦念的啊!我,是从江西苏区锻炼出来的,跟着江西苏区的党员,跟着江西苏区二百万群众,学了很多宝贵的革命经验与教训,因此也更值得我来纪念!中央苏区是被蒋介石的摧残而变为游击区域了,但是我坚信,在全国抗日民族革命的大风暴中,闽赣苏区的红军与人民,必然仍是抗日战线上的主力之一!

离开老家的一天

■ 小朋

出发已两天了,因为仍然在老家——苏区里走,所以大家都是"司空见惯",没有什么感觉。然而今天出发,使我感觉有点不同了,因为从今天起,就要离开我们的老家,离开这块自由的乐土,离开数百万的兄弟姊妹……

这次离开苏区,当然是为了实现新的战略……反攻敌人,深入到敌人的深远的后方去消灭敌人,达到抗日的目的,来保卫老苏区,发展新苏区。在这点上,每个红色战士都是很坚决去执行的,但是久住的老家,快乐的园地,突然离开,不禁有点不舍,只是为了执行新任务,就遵命继续出发了。

为了避免敌机的侦炸,这两天都是夜行军,今天也没例外。

走了夜路的同志们,在上午就已经睡得够了,午后五点半吃饭后,预备号、集合号从各连队的住地前后远近地陆续吹着,一队队荷着枪的战斗员,一个个挑着担子的运输员、炊事员,以及指挥员、马匹均到集合场集合了,一队队的整齐地排列着,个个都精神抖擞地束装待发。此时当地的群众也集在道旁,似乎送别的情景。顷刻各连队的指导员开始进行政治鼓动了,在我旁边的一连指导员这样讲着:

"同志们! 今天我们继续出发,因为要避免敌人飞机的轰炸！所以要夜行军。今天的路不远，虽然没有月亮，只要一个个地跟上不掉队，就不要紧……今天到的地方是我们的游击区，有铲共团的组织，所以大家更不要掉队，免失联络和受铲共团的袭击。……最后，现在我们到了苏区的边界，明天就不是苏区了，我们要反对个别的动摇分子逃跑，以为我们暂时离开苏区，就是放弃苏区，而逃跑回家，大家要知道：我们这次虽然是暂时离开苏区，并不是放弃苏区，相反的是为了要保卫苏区，为了我们的苏维埃政府不受敌人摧残，为了使我们的土地自由不被敌人侵掠，为了使父母妻子不受敌人残杀，所以我们要坚决勇敢地打到敌人堡垒后方去，消灭敌人，使敌人不得不把苏区内的兵力调回来，应付我们，这样我们既可以消灭敌人，又可以收复被法西斯帝所占领的苏区，保障我们的苏维埃和土地自由。如果现在逃跑的，就是帮助了敌人对苏区的进攻，害了我们大家，对不对？"全体战士不约而同，异口同声地说："对！反对逃跑分子！"前面司令部的前进号吹了，指导员不得不就此结束他的讲话："好，现在要出发了，不多讲，在出发前我们来唱个《直到最后一个人》的歌好不好？"全体又答："好！"指导员一、二、三的口令发出后，激昂雄壮，整齐嘹亮的歌声，就在百余个战士中唱起来了：

神圣的土地自由谁人敢侵？

苏维埃哪个敢蹂躏？啊！

铁拳等着法西斯帝国民党，

我们是红色的战士，拼！

直到最后一个人！

歌声悠扬地完结了，战士们的精神更加振作了，于是就跟着前面的部队开步前进。

我不时地回顾我的老家的山林、房屋、兄弟、姊妹，及一切的一切。

越走越远了，将二十里，经过一个村庄，此地已为赤白交界的地方，因铲共团常来扰乱，故政府已不在此地，群众也少，据说翻过山就是铲共团的地方。此时天已薄暮，仅西边还有些红霞显露。

再行五里天已黑，但老练的我们，是没有什么要紧的，只是一个接着一个地，脚跟脚地走着，看见前面的走也跟着走。如果是停止了，就知道前面不好过，也就停止，准备小心地过那不好的地方。如果前面的提起脚来跳就知道有沟渠，或石头、土堆，也就依样跳去。可是走我前面的老曹古怪得很，故意要我跌跤，他明知前面有一个石头突出在路上，他就不跳了，仅慢慢地跨了过去，我以为平常无事，哪知道脚刚提起向前走时，扑的一跤，我跌倒了，我在哎哟哎哟地叫痛，他那里却笑个不止，假做人情地帮我牵起，这个家伙真搅鬼！

接着上山了，大约上了四五个钟头才上完，路很不好走，忽高忽低，有时陡得真要手扒。因为队伍多，又看不见，所以很多时候，都是拥挤着走不动，一会前面过去了，后面又要跨大步，才跟得到，这时大家都喊着"跟上不要掉队！"一会又停止了，真是有点气人。

半夜才到山顶,接着又下了。这边下更加不好,因为这边都是树林,仅一条小径,蜿蜒地在树林中下去,且路上砌的石头受树林的隐蔽,不易见太阳,故多长青苔,走起来更困难了,如果不小心的话,就要使你"坐汽车"溜下去,原来上山时那样走不动,就是这边的路作祟。

好不容易地下完了,只见前面火光灼耀,在淡明的光芒中,看得一些房屋的轮廓,狗也不断地叫,知道这就是宿营地,——这时已离别了老家的领土,到了在豪绅地主统治的地方,看表时已二点了。

待我到时,前面的部队,已经睡得大家"鼾儿起梦儿迢"了!听说他们来时,在房子里的铲共团被一起捉了,连枪都没有放,无怪他们打了胜仗,我们还不知道呵!

这里的群众,已有部分因不了解红军而逃跑了,但家里还有些,深夜起来招呼我们,滔滔地诉说,他们受豪绅地主铲共团压迫剥削的痛苦,听说铲共团,已被我军消灭,真高兴已极。

在这里又触动我对老家的恋情了,想起苏区得到土地革命利益的民众的自由快乐,来与这些受剥削压迫的民众的痛苦比较,真是有天壤之别!这只有坚决消灭敌人来拯救这些受难的民众,使全国都成为我的老家——苏区,使更多的大众都过着那快乐自由的生活。

因为走得相当疲倦,找到一把禾草,就此睡觉了。脑中忽然想着:"我的老家,再会!"并且希望到处成为我的老家。一会即悠然入梦了。

别

■ 彭加伦

是一个晴天的下午,太阳斜挂在西边的天空,人们都在田里劳作,为了他自己分得的土地,弯着腰在努力地耕种,不断地唱出他快乐的山歌,妇女们三三两两地坐在门前做慰劳红军的鞋和其他针线,孩子们一群群地很活泼地在游戏,乡政府门前的红旗随风飘荡,在阳光的映射下,现出特别鲜艳的艳色,一切的情景都点缀着这个赤色农庄的图色。

号音响了,尖锐的声音激动着每个战士的心弦,吹号本是军队中平常的事,可是今日的号音却带了特别的意味,好像在这声音中含了很浓厚的刺激的感觉,谁知道它就是长征进行曲,谁知道它就是故乡离别之歌?!

队伍出发了,红色战士一队一队地由各个村庄上涌现出来,一线一线不断地继续向着雩都河畔进发,马声、担子声、刺刀摩擦声、步伐声、歌声,互相错杂着。

渡口中站满了红色的英雄,船夫不断地摆着他的木橹,一船一船渡过去了。一个个战士都轻捷地一跃登岸,远看去好像无数青蛙在跳跃,他们一跳上岸就飞跑地跟上队伍去,动作是那样地迅速。

战士们身上的装备很整齐,衣服都是新的,背包是一律的,每人两个或四个手榴弹挂在胸脯前面,草鞋每人有三双,少的两双,捆在背包上端的防空帽——用树枝做的伪装,以防备敌机用的——都戴在头上。十天的粮食,有的揹着,有的挑着,有的扛着,伙食担子、公文担子,很有次序地随在队伍的后面,一个个雄赳赳地迈着大步前进。

红军家属和儿童团的小弟弟们,一堆堆站在路旁欢送,他们手里有的拿着草鞋,有的拿着食物,有的拿着银钱,候他的儿子丈夫哥哥弟弟经过时作临别的礼物,当他的人儿经过时,关心地有很多的叮嘱。

"到外面要谨慎,要听负责同志的指挥——回来的时候,有适用的东西带点回来!"

"哥哥多捉几个师长回来啊!"

红军家属是这样关心着他的子弟,集体送别,每次出发都是很多的,这是苏维埃下面特有的现象。

太阳在远山背后,渐渐地下去了,夜幕开始笼罩了大地,正在起着晚烟的村庄和黄透了的田野,葱翠的山林,渐渐地模糊。他在队伍的后面消逝了,红色战士们一面前进,一面谈笑着,他们活泼愉快兴奋的情绪,不断地在他们的笑容上流露出来。

"老王! 介回到大城市去开洋荤!"(介回即这回——江西土话)一个兴国战士兴奋地说。"唔! 开洋荤,洋鬼子的东西有末介食当,做尽了骚气!"(末介食当即有什么好呢?——江西土话)一个战士吐了一口痰,这样说,带着不在乎的口气。

"嗡! 土包子,鱼赖子食过好东西呵!"(鱼即你,赖子食过即哪里吃过的意思）前一个战士歪了一歪嘴，现出藐视的态度。

"末食过，笑话得很，打开漳州，末该都食过了！"（即什么都吃过了）第二个战士骄傲地"吹牛皮"，第一个战士有点讨厌了。

"嗡！吹牛皮，你问一问贱狗看，蹄花面、肉包子、咸肉，还炒过盘子，哪样末食过？老实讲，洋鬼子筒筒罐罐装的骚家伙，送了好多给老百姓呵！"两人都不服气地争吵起来，另外一个战士插嘴进来："吵末该，当红军的，末该也食过，在漳州的时候，厓等银（即我们）连上，不是天天食香蔬海参吗？——老王！鱼介回到屋下拿了几多钱？"

"三十块，还是谷末枭，谷枭了，还可以多拿些。"第二个战士回答他："厓倒霉，下伯（即伯伯）勿在屋下，一个钱也末拿到，贱狗倒拿到了五十块。老王！你打算买末该？"

"买一股电筒，一双鞋，还帮厓老妹量几丈布。"

"蠢家伙，到白区有土豪打，还要买布？"

第一个战士又插进嘴来："打土豪，公家的东西给你带回厓下的呀？"

第二个战士又驳复他。

第一个战士没趣地走开了，话头也打断了，前面忽然停了下来，只见沿途一点一点的火光，好像萤火般的闪动，咳嗽声前后响了起来，部队已经休息了。

队伍是这样继续地在黑夜中前进着，穿过了无数的田垄，走过了很多的森林，有时脚下渐渐高了，又高了，知道已在上山；低了又低了，是在下山；哗哗的流水，知道已经到了山脚，沿着山溪前进,一切都是沉寂着,谈笑声到处传下来,远远地不断送来一声声的犬吠声,秋虫在山野间奏着音乐,战士们是有些倦意了。经过无数次的休息,远远的前面照耀着很多灯光,东一路西一路地分散,大家忽然高兴起来,嚷着:"到了,到了,跟上呀!"

人声嘈杂起来,秩序也忽然零乱,各部队都找着自己房子宿营了。

一切都是沉寂,大地仍在黑幔中沉醉,红色健儿也进入了睡乡,去恢复他们一天的疲劳了。

第六个夜晚

■艾平

为避免敌机的轰炸,所以这几天来都是夜行军。

太阳快将西下了,大地的四围被那黄而发白的斜阳的光芒笼罩着,在阴暗的地方,已经不能享受她那慈爱和悦的恩惠了。

在我们的队伍里,除了高级指挥员外,战斗员们都是带着四个有的六个手榴弹,一支步枪一把刺刀,以及满带着步枪子弹,这些(除枪外)都是我们苏维埃兵工厂制造的,出发前才发来的新家伙。

我们的帽子、衣服、布草鞋、绑带、皮带,从头到脚,都是崭新的新东西。

这是多整齐的队伍啊!

步兵、机关枪队、炮兵……谈的谈笑,唱的唱歌,说的说话,一个跟着一个,一队接着一队,秩序地,没有一点儿忧郁,更没有一丝儿烦愁,每个人都抱着"胜利的反攻"的决心,不息地前进着。

队伍忽儿停止下来了,斜阳的光芒也早已不见了,夜色从四周地向我们袭来,月儿慢升地慢升地挂在东方的天空上。

"吗格⁈!"一个年青的通讯员带着不耐烦的神气说话了,"宿营了吗? 那就蛮好了!"这个瑞金老表说完话,他顾着大家,大笑起来了。

"为吗格唔走呢？等得真唔烦耐了！都是些乌龟呀！"人的喊声夹杂着马叫声，嘈杂得像热闹的市场一样，有的懒家伙等得不耐烦也就像猪样地躺在地上，有的背靠背，谈的谈笑，唱歌的在唱那"高举着鲜红的旗帜奋勇"的《胜利反攻歌》，旱烟、香烟同时抽起来，大家都在期待着继续前进。前面的队伍开始动了，灰色的长蛇又流动起来了！

"呼！啪！呼！啪！"

"噫！枪声，"年青的瑞金老表又说话了，"政治委员，前面打枪！"接着前面又送来了一阵枪声。

"真的是枪声响呢！"谢团长听了一下，继续着说下去，"还在打枪呢！"

"打机关枪呢！"张政委同时又说。

灰色的人河更加流动得快了，谢团长带了几个通讯员到了前面去了，枪声继续不断地从前面传来，人们的两支腿更加起劲了，战争的紧张空气笼罩着我们。

敌人被打坍了，谢团长操着湖南音向遇着他的人群述说战争情况："在开始只是几百民团，守着前面的一个高地，扼制我军前进。那才不中用咯。被十团一个冲锋打坍下去了，十团已向百石圩跟踪追击去了。"

任参谋插了一句："不识时务的家伙。也敢在'太岁头上动土'吗？"说得大家都笑起来了。

"当后续部队跟着追击部队继续前进的时候,忽然一支敌军向我左侧突击,企图截断我们的联络。"任参谋长说下去。被另外一个声音打断。

"那就讨厌了!"

"算什么!"他满不在乎地继续说下去,"不过延误我们的一些时间,十一团就把敌人打得屁滚尿流坍下去了! 但是同志们! ……"他向四边看看,什么东西压低了他的声音:

"太不幸了! 敌人已打坍了,一颗流弹! 我们的洪师长却牺牲了!"

"报告!"跑得汗流满面的气喘吁吁的通讯员打断了他的说话:"师政治委员说,你们队伍尾司令部后,继续前进。"人河在月影照耀下,又继续地流动起来了。

虽然是在月下行军,道路是太不平了。战后的空气还是紧张得很。除了吱喳吱喳的脚步声与道路旁小河的流水声以外,简直静得连咳嗽的声音也没有。

"这是哪一个?"人都关心地问,大家好像得着了一个向右看的口令一样,不约而同地向右看。

"这是师长!"守在洪师长尸首旁的一个特务员同志这样回答,他是带着愤懑悲伤的语气告诉他们,"敌人都打坍了,他才中了一颗飞子呀。"

"同志们!"另一个特务员在喊,"坚决勇敢地杀白鬼呀,为师长报仇!"

"把白鬼捉来杀格!"战斗员都向洪师长喊出雄壮的口号。

队伍还是不停止地前进着。

"咳……嗯……救救……救我……"从左边小溪里发出鬼叫似的哀鸣!

"对呀! 是在小溪里。"

"我去补他一枪!"一个顽皮的小战士愤恨地说,"打不死的白鬼,叫得十分讨厌!"

这一下像把话箱盖打开来了一样,互相争吵起来了!

"补他一枪送他早点回去吧!"

"这是脱离白军士兵行动,我们要反对呀!"

"我做了好事你反对,妈格!"

"子弹节省着明天打活敌人! 捉到陈××来给洪师长报仇吧!"

整个的通讯排都被牵入漩涡,加入战线,一句一句争吵不停。

毕竟青年干事活泼一些,在他的歌声影响之下,这雄壮的歌声中加速着前进,洪亮雄壮的杀敌歌声终结了这些个无意义的争吵,人们也更加速地前进。

"百石圩被我们占领了!"四师的黄政治委员一副近视眼镜架在他的鼻梁子上,一只脚踏在板凳上,用那嘶哑的喉音在对团一级的干部们谈话。"我们没有伤亡。敌人只一个营,广东军阀的,民团二百多。缴获几十条枪。粉碎了广东军阀的堡垒。我们是胜利了。"

"这是一个大的损失!"他握着他那瘦得骨头都看见的手,

"一个流弹牺牲了洪师长,少了一个英勇坚决顽强的同志!""捉着蒋××来坐铁笼! 以胜利的反攻,来纪念光荣牺牲的洪师长!"

追

■ 彭加伦

蒋××的堡垒主义并不见得怎样高明,陈××的"乌龟壳子"也不过如此而已,费了多少工夫,花了多少群众血汗,筑成第一道封锁线,只不过几个钟头的工夫,就被红军打得一个粉碎,陈××把关守口几个师的虾兵蟹将也被杀得东窜西逃,这恐怕安坐广州的陈将军连梦也不会梦到的吧?!

乘胜猛追,乃是红军的天然本领,二次战役,追得"进剿军"鸡飞狗走,四次战役,追得罗卓英割须弃袍,好在白将军马上加鞭溜得快,不然的话,恐怕也做了第二个陈麻子(五十九师师长陈时骥),这一次当然也不会例外。

红色战士的老习惯,枪不响则已,一响枪就是猛冲;仗不胜则罢,仗一胜也就要来一个猛追,猛打猛冲猛追是红军的拿手好戏。这回自骄自傲的陈将军真是所谓冤家遇对头,他跑得快,我们追得猛,跟着屁股,像老虎扑绵羊似的,追得他屁滚尿流,看这是多么狼狈啊!

大概跑了五六十里吧,敌兵们确是跑得上气不接下气,十分跑不动了,大家虽然心里还不断地在勃勃地跳着,自以为已经逃了几十里了,大概不会成问题了吧!因此不管三七二十一就在一个村庄上坐了下来,乱七八糟地抢了老百姓一些饭菜,像饿虎一般的大吃起来。这一批先头老总,赤脚大仙,刚把饭碗端上嘴边,"啪啪啪"的几声,把他们刚才收回的三魂七魄又吓得四散奔离。这些老总本是惊弓之鸟,哪能再经得起这样一声,性命攸关,走为上计,饭碗一丢,夹起尾巴就跑,爬的爬山,过的过水,一群猢狲儿就这样冲散了,敌军跑得慢一些儿的,当然落到了我们的手里。

战斗胜利了,红军凯旋歌声到处震荡起来,部队也进入宿营地了。

夜行军

■富春

为着隐蔽我军行动,为着避免敌人飞机的侦察与轰炸,有时为着天热乘夜凉,所以我们长征时多夜行军,特别是从出发到渡湘江的前后,差不多都是夜行军!

夜行军,开始是不惯的,头几天,不管是有无月亮,或有无火把,总觉得是高一脚低一脚地走,很吃力,特别是要把日常生活完全改变,日间的生活要改到晚上,开始是很不习惯的!半夜以后,感觉疲倦,拂晓前后,更是瞌睡沉沉,坐在马上,固然可以瞌睡,走路也可以瞌睡,以后习惯了,却没有什么问题。

特别是夏秋天气,乘着有月光夜行军,却很快畅。月朗星稀,清风徐徐,有时虫声唧唧,有时水声潺潺,有时犬吠数里,野花与黄菜争香,夜中更觉幽雅。经过村落时,从疏疏的灯火中,看到一村的全部男女老幼,带着诧异而又愉快的眼光,望着我们,这走不尽的"铁流"的红军,常常可以听到这些话:

"晚上走,凉爽呀!"

"你们真多呀,走了三日三夜了!"

"白军早走了!"

"你们真文明呀!救命菩萨!"

这样的走,很顺畅,一听到第一次报晓的鸡声,我们是含着愉快的微笑到宿营地了。

如果是没有月亮的天气，而在敌人离我们不太近时，我们总是打火把夜行军的。到了下午，大家把昨晚的瞌睡损失补足了，而又准备晚上行动时，宿营地的四边，总可听到找干竹子，做火把，打碎干竹子的"噼啪噼啪"的声音。

在部队中做火把，是一天一天地熟练，一天一天的进步的，有的用较大的竹筒，钻空罐洋油点，有的则用松枝，利用松香汁燃烧，但这些都比较费用大，或者太费力，最好是找二三根较细的干竹，打破成几片，合起一节一节地捆起来，容易烧燃，光大且不怕风，也耐烧，我以为这是最好的一种。我们经过江西、广东、广西、湖南、贵州，常常夜行军，而且也容易找干竹子，但到云南以后，我们夜行军也少了，竹子也不容易找到了。

点火把夜行军，是很壮丽的，走平坦大道，真是可以光照十里，穿过森林时，一点一点、一线一线的火光，在树林中，时出时现，如火蛇钻洞，红光照天！

过山时，先头的已鱼贯地到山顶，宛如一道长龙，金鳞闪闪，十弯十曲的蜿蜒舞蹈！从山顶回头下望，则山脚下火光万道，如波浪翻腾，一线一线一股一股地奔来，即在钱塘江观潮，泰山上观日，也无此奇迹！

但是有时夜行军是很苦的，我们最讨厌的是第一遇着隘路或上山下坡，或过桥过水，因为遇着这些阻碍行军，前面一遇阻碍，后续部队简直走不动，常常弄得走三步停十步，极不痛快，极不舒适，有时走了半夜，只能走上几里路，既不能痛快地前进，又不能真正停下来,时走几步,时歇几步,更容易增加疲劳,有时甚至可以一停即睡倒;第二是忽遇大风大雨,一时找不到避风雨之地(或离村庄尚远,或无树林),只有硬着头皮继续前进,天气既恶劣黑暗,火把也不能点了,路上又特别湿滑,这时真所谓"前进不能","退后不得",只有一步挨一步地跌了滑了,又起来继续走,等待到了村庄可以避雨,已经是满身淋淋了!有几次我们翻高山遇着大雨,走了一夜,走到山顶,实在不能下去了,只好在山顶或山腰露营,待天拂晓才继续前进。

以后夜行军逐渐习惯了,只要不落雨,无月光无火把,也可以看见路了,也可以骑马夜行了,但是一般的都是习惯了:第一每人背的包袱要用白的,以便后跟的人看得见前面的人;第二每人找一根棍作杖,以免跌跤!

离敌人很近,或甚至要穿过敌人堡垒线时,则夜行军是很肃静的,不准点火把,不准照电筒,不准乱吃纸烟,不准谈话。然而当着无敌情顾虑,月朗风清之夜,我们有时可以并肩而行,大扯乱谈,有时整连整队半夜高歌,声激云霄,这种夜间的行军乐,可以"不知东方之既白"!这种行军乐趣中,在总政治部的行列中,以至组成了潘汉年、贾拓夫、邓小平、陆定一、李一氓诸同志再加上我的合股"牛皮公司",同时也产生了所谓"徒步旅行家",这就是说:大家在行军一路走一路谈,上下古今地乱谈,也忘记疲倦,也忘记骑马,总而言之,是"徒步吹牛皮"!

另外一方面,我们又必须讲到有些身体弱或有病的同志,遇着夜行军,不好的天气,行路困难时,可以掉队落伍。常常大部队到了宿营地,在日中休息时,这些掉队落伍的同志,总是努力奋斗克服一切的困难,先后地归了队;有的临时发生病,或本来伤病员,因担架员发生事故而不能抬的,也常常由我们的收容队的同志努力用各种方法,使这些人归了队,甚至老百姓自动替我们抬到宿营地!在这种艰苦奋斗与群众的爱护下,自然还不能完全消灭我们的掉队落伍!但这已经只有红军才能做到了!

夜行军的一幕

■ 小朋

出发来已是八天了,因为多采夜行军,虽然白天有时间来睡,但总觉不如夜晚睡的有趣,也许没有夜晚睡得那样有益。死睡的我,本来随时随地都可以睡着的,可是在白天总不免有些事情来纠缠,平均起来,当然要少睡些时间,今天也有点打瞌睡。

下午六时又出发了,刚出门,传令员从"报告"一声中送来了命令:

"……为争取先机之利,从今日起实行强行军,不论日夜,每行军五小时,即休息四小时,造饭睡眠后,继续照昨日命令之路线前进!……"

顿时精神紧张起来了,当然是"唯命是从"。

林矮子有点着急了:"今天一定会打瞌睡,我们在路上要多扯乱谈才好呢!"他看了命令就这样地向我建议。

"那自然,我也一定会打瞌睡,你这乱谈鬼要多扯了!"我同意地回答他。

"我就不怕。"指导员好像有把握地走前来插嘴,"我从来不会在路上打瞌睡的,我今天到宿营地还要打土豪……"

林矮子忽然想起他一路来不管白天夜晚都时常跌跤,就讽刺似的说:"瞌睡倒不会,只是白天晚上都滚冬瓜似的!"

这一说把附近的人都引笑了,指导员连忙回答说:"真是矮子矮,矮子怪。"

前面走快了,把大家的话和笑声立刻打断,大家都在途中迈进,脑子里就开始想途中的乱谈材料。

半夜,北斗星已高高在上,成千成万的红色英雄仍然在暗点的星光下前进,在地上发生"沙沙"的步伐声,在同志们身上,因为东西相碰磨,也不断地"咯啰咯啰"地作响,路旁田野里更发出"唧唧"的虫鸣,其他一切均是静悄悄地过着深夜,眼睛已开始同两腿发生冲突了——疲倦的眼皮时常想闭着休息,而两腿仍旧不断向前走去,为避免跌跤,逼得两眼不得不勉强睁大,不得不执行它的视觉任务。

忽然走我前面的林矮子,无故地停止了,而他前面的人还是在走。我知道他一定是打瞌睡,就用手向他肩上用力一扑,大声地叫"矮子走啊!"把他吓得一跳。

他好像是恍然大悟一样,说道:"呵!我睡着了,掉了队还不知道。"说着跨开脚步跟上前去。

"来开始乱谈,我也打瞌睡了。"

我说:"你先讲,我还没有想到。"

他说:"你常时乱谈多得很,今天又讲不出?还是你先讲。"

"你先讲好,我要想个好的来讲。"

后面的指导员想故意为难矮子,就跑上来开始扯他的乱谈:"我昨天在土豪家里看到一个骆驼一个猪,那个骆驼生得很高,那个猪生得很矮,我看到那个猪走到骆驼的后面,还没有骆驼的屁股高……"因为是故意笑他矮,所以他连自己也忍不住,"咕"的一声笑了出来。于是林矮子发气了:"把我来当猪。"我也笑个不住,大家都笑了,后面的同志也笑了。

就这几句话,把我们的瞌睡虫赶跑了。

二点了,因为路上没有房子,不能休息,只得继续走到有房子的地方去。这时就不由自主了,乱谈也不爱扯了,大家都很想睡,两腿虽是不断地往前走,但眼睛早已闭拢了,并且开始做着迷蒙的梦。忽然走到较低的地方,往下一踏,真是吃惊不小,好像是由天空中掉下来一样,眼睛又赶快地张开来,又继续走。

"哗啦"一声,指导员又跌跤了,蹲在地下,"哎哟哎哟"地叫痛。"糟糕!出血了!"他摸摸跌痛的地方后,这样说。

这就是矮子来报仇的机会,他很高兴地说:"你不会打瞌睡,为什么跌跤,为什么叫痛呢?"气得指导员赶快起来,笑也不是,哭也不是,仍然跟着走,但是腿有点跛。

前后的人都笑了起来:"真是老跌跤呵!"

到达休息的村庄了,因为还未分好房子,队伍就停止在路旁,我忽然发现了有个小草丛,就马上争取这一睡觉的好阵地,迅速地躺了下来,哪知道一会就睡着了。

他们几个走时,故意不叫,等有同志把我叫起来时,他们已在前面哈哈大笑,庆祝他们的胜利,我赶上去时,已各进了各的休息房子。

这下当然是高兴极了,现在可以一直睡到吃饭的时候才起来。一进房什么都没有,找到一张草席,就开始睡觉,连鞋袜也不脱，被毯也不盖，生怕睡不赢，这一下真比平时睡着钢丝床还有味道。

正睡得蒙眬时，仿佛听得有人唤："小朋友吃酒呵！"接着觉得一个人抛着脚把我吵醒了，揩开眼看时，原来是李酒鬼，手上满着一茶盅的酒，笑嘻嘻地说："喝酒，指导员打了土豪，要你去吃鸡子。"这一下真是弄得我好笑，又好气，只得回他一声："哪个吃？你们这些家伙，有食了连觉都不睡，四个钟头过了又要走呢！"

什么也不管了，马上闭起眼睛，死了一样睡到大家起床时，才由梦中被起床号惊醒。自睡时到起床，连一动都没有动呢。

聂都游击队的记述

■ 张云逸

(一) 聂都镇的地理形势

聂都是江西省西南比较人口繁多,生产丰富的一个市镇,东粤之南雄县境,南连粤北仁化县之城口镇,西与湘东之桂东、汝城两县比邻,北接赣西南之南安棠义,位于粤湘赣三省交界的地方,四周有巍峨的高峰环绕,与青绿的森林密布,连绵的山脉纵横数百里,地形非常险要,的确是很好的一个游击队伍行动的地区。因此敌人虽屡次从各方来"进剿",可是,我们的游击队是始终纵横驰骋,行动无阻,好像鱼游泳春水一样,这当然是得到地形的便利。同时也是由于群众爱护的结果,这也给我们证明地形条件与游击队的生存和发展很有密切的关系。

(二) 聂都游击队的产生原因

聂都游击队原是南雄游击队的一部分,它是在一九二七年大革命时,国民党叛变革命后,农民暴动中产生的。它有八九年的斗争历史,部队中的阶级意识是非常坚强的,充满着艰苦奋斗的精神，这从每个队员一言一动中都可充分表现出来，这是值得我们万分表扬的。

它在这一基础上面，经过多年的苦斗，曾经创造红军独立师团送到主力红军去，扩大自己的阶级力量。还有一部分，在南雄、信丰、大庾一带发展游击战争，与数十倍的敌人作战，因为犯了保守主义的错误，受了很大的损失。在这样严重的斗争环境中，据各队长说：敌人从四面八方日夜不断地来进攻，游击队无论日夜都在枪林弹雨与高峰深山中过生活，敌人虽用一切力量来对付我们，而我游击队终于以布尔什维克的坚强性勇敢性，将一切的困难，都克服下去，特别是在下大雨大雪的时候，更加精神百倍，因为那些凶恶的敌人，亦利用雨雪的时机来袭击或包围我们呢！在这苦斗中，每个战士更明显的认识，只有苏维埃胜利才能救我们自己，救全中国，大家没有一个不愿意用一切牺牲来为苏维埃斗争到底的。

在残酷战斗中，南雄共产党，认识了保守主义的错误，坚决领导向党内保守的机会主义作无情斗争，结果将这些保守机会主义者，打击下去，坚决率领游击队向外发展，创造新的区域，将原队伍分为三队，一向聂都，一向三南，一留原地区域活动，以分敌势。决定后，各队首长均率领队伍分向目的地前进，执行新的任务了。

(三)在向目的地前进,沿途的经过

南雄党县委的书记某同志,为了坚决执行党的决议就亲率游击队向聂都进发了,据他们说:在这次都是夜间行动,都是得了沿途很多群众帮助与拥护,不然是摸不到路的,因为我们是走小路,夜间更加困难。有一天夜间,我们走了几十里路,肚子饿了,也渴了,找到了一个人家,我们就叫门,但是他不开,我们说明,我们是过路人要水喝,他们还是不开,也不作声。我们走得脚也疲倦了,不管怎样,就决心在这里休息的时候,队员们互相谈论,前天打白军的情形,屋内的人好像听到我们的谈话了,内边就发出不甚响亮的老人的声音,他问:"你们是什么人呢?"我们答:"分里(广东人的称号),我们是做买卖的过路人,走错了路,请你告诉我们!"

他听了我们的答话之后,又问:"我听到你们说话不是做买卖人吧!到底你们是什么人呢?"

在这时候我们不能掩饰了,就大胆地拿出我们的红色招牌来说:"我们是红军游击队,是来帮助你们打土豪分田地解除贫苦人民痛苦的,你们不要害怕,请你开门,告诉路给我们走。"

说完话没有好久,里头就有木屐的声音,"呀"的一声门就开了。

他现出极欢喜的态度说道:"你们是红军先生吗?你们为什么不老早说明白呢?因为我们这里经常有土匪民团来叫门扰

乱,所以我不愿意开门,还不知道来的是红军,开门迟了,累得你们等了好久,对不起先生! 请你们进来坐坐,吃点茶再走,好吗?""好!"我们大家同声说了以后就进到屋子里来,那老人家就叫他的老婆起来,烧茶煮饭给我们吃,他又继续地说:

"我在几年前就听到红军是为穷人打不平的,我听了真是欢喜,但总没有见过红军呢! 现在才看见了,真是不错。先生! 我们这里时常有土匪民团来,你们要小心放哨,免得那些狗东西来胡闹!"

"是的,谢谢你的盛意!"我们答谢了那老人之后就出来看,那老人也跟着来,他一边指一边说,哪条路通哪里,哪条路要注意。谆谆吩咐我们要小心,好像教他的小孩出门一样的诚恳。

我们吃饭和喝茶以后就向目的地出发了,我们给他钱,他不要,经我们再三说明,他才收下。我们走了,他们二个老人同声地说:"好走!""再来!"他们睁开四个老眼睛一直送到我们走完止,才开门进去,表示对我们有无限的关心与爱护。

这是我们到新的区域,群众对我们红军游击队的态度。

(四)到达目的地以后斗争的情况

聂都游击队通过敌人几道包围线后,最初就在南雄、大庾、大道以西地区,开始进行群众工作,建立了许多秘密的做纸工会贫农团,消灭一些地方武装,捉到不少土豪,没有半月的光景已发动了当地群众的斗争,筹得数千款子,队员的生活改善了,斗争的情绪也提高了,对向外发展的胜利已被事实证明,队员们更有胜利的信心了。这时党县委书记等同志看了游击队员,已经彻底的明了了只有坚决执行党中央的进攻路线,才能发展他们对党的正确策略,已有深刻的认识,不久自己就率一部队员又回原游击区去了,全队还留在那里继续努力发展游击战争,来完成自己所负的光荣任务。

党县委书记走后,游击队即按着预定的计划向聂都方向发展游击区域。经过了四个月时间,游击区扩大至纵横三四百里之广,游击本身也扩大了,政治影响扩大到整个粤赣湘边境,给敌人以很大的威胁,特别是对于进攻老游击区的敌人。敌人曾用数十倍的兵力进攻我游击队,费了一年多的时光,他以为我们红色游击队完全肃清了,可以将革命力量镇压下去,但是事实恰恰相反,我游击队较前更加扩大了,游击区域迅速发展到粤赣湘边去了,反革命的报纸天天歌功颂德,进行无耻的欺骗宣传,某处的“共匪”消灭了,某处的“匪区”肃清了,但是事实给他们的一个无情的嘴巴,被消灭的倒不是什么“共匪”,而是反动统治阶级自己的武装力量,这套假面具老早被群众识穿了,试听一听当地的讲话,就可知道:

“国民党的军官,没有一天不说哪里红军消灭了,哪里红军没有了,但是别方面,又不断地报告某处有‘共匪’数千攻城,某处发现‘红匪’数百捉人,弄得整天手忙脚乱,胆战心惊,这不是奇怪了吗?”

（五）游击队过去工作的检查，新的行动方针的决定

参加过他们的工作检阅会，我们听了他们的工作报告以后，认为过去的工作虽是创造了许多光荣的成绩，但在发展游击战争，特别是群众工作方面，只限于偏僻地方，还没有向交通要道和比较大的市镇，与人口繁多的村庄来发展斗争和组织，因此不能很快地得到应有的成绩。检查出这些弱点之后，在会议中，我将党最近的策略与任务详细告诉他们，并提议加紧向比较大的市镇去发动群众，特别是坚决消灭自己力量所能消灭的地主武装，来武装自己，同时要加紧部队的政治教育，以提高队员的政治与文化水平，使每个队员，都成为共产党与苏维埃政策的宣传者，组织者与执行者，这一提议得到全体一致热烈通过后，并决定了具体的行动纲领，步骤执行。

（六）百顺游仙圩两次战斗的胜利——游击队执行党的新策略所得到的成绩

此次会议之后，游击队坚决执行党的新策略，得到很大的发展，不论军事与群众工作方面，都有大的进步，特别是表现在袭击粤之百顺的战斗中，这次战斗我游击队一夜间走了一百二十里，乘敌不备将敌全部消灭，缴获枪数十支，捉了许多土豪，并捉

了白军卖鸦片的所谓禁烟局长一个。我游击队将没收土豪的东西完全分给穷苦群众，同时将敌人出卖的鸦片烟，当着众人完全烧掉。这个时候，该市附近群众无不争先恐后的来看红军。——我红色游击队，群众都喊为红军——我游击队地方工作组就抓紧这个机会，开了一个群众大会，分发东西给群众，揭破国民党军阀以及豪绅地主的罪恶，宣传共产苏维埃的主张与游击队的任务，并号召群众起来参加革命，打倒国民党军阀和豪绅地方以求自己的出路。群众听到我们宣传，都互相谈论，称赞不已。在会场中，有一个大约四十多岁的工人这样对人说：

"他们（白军）说人家是杀人放火共产共妻的。我没有看见红军以前（因为游击队第一次到的）总以为是真的。在今天看来，他们说的完全是谎人的鬼话，我活了四十多年从来没有看到这样好的军队，中国的军队假若都像这样，那中国绝对会隆盛起来，我们穷苦人也就都有翻身的日子了，我希望红军能不走就好了。"

在这次行动中，全体队员更加深刻地认识向市镇发展更容易进行群众工作，更能得到广大群众的拥护，相信我党的策略是完全正确的，只有坚决执行党的进攻策略与向外发展才能完成自己的任务。

不久又袭击赣南之游仙圩，这次战斗是冒雨夜袭的动作，当黄昏出发时，队伍集合完毕，由队长政委宣布夜袭游仙之敌的意义，全体队员虽说在大雨之中，但是杀敌的精神，大家都表现得非常紧张，每个队员，都在摩拳擦掌待命出动，大有痛饮黄龙之慨。

讲话完后，部队就冒着雨向前面的高山前进了，这时天也黑了。我因病后体弱，不能随队行动，留在后方，只是眼巴巴地盼望他们明天的捷报到来。我坚决相信有这样情绪很高的队伍，必定能将敌人打得落花流水，凯旋归来。并且敌人队中，还有我们的党的工作，敌人兵力虽大些，但是以勇敢善战如狼似虎的游击队乘雨去袭毫无准备的敌人，胜算一定是操在我们手中的。

次日薄暮时候，我们在后方的几个同志忽然很紧张地对我说：前面高山上好像有穿白匪衣服的人发现，恐怕是敌人来袭我后方吧！要立即准备应战才好。我得这消息，一面通知大家准备应战并捆好东西，押土豪候令，一面我与后方的主任就出去看，的确穿白军衣服的人来了，可是再详细来视察前面好像有穿黑衣的人，后面也随着穿黑衣的人，只中间有穿灰衣的人一队，我们正在怀疑中，前面的队伍，已经越来越近越发看得清楚了。在我的旁边有一个青年同志就高声喊道："啊，我看清了，我们的队伍，送俘虏兵回来了。"我再用自己的半花的眼睛仔细去看，哈！的确是我们的队伍，得胜凯旋回来了，一场险恶的空气，霎时变为无限喜欢的声音了，大家都很热烈地欢迎我们战胜回来的同志，庆祝他们的胜利，但是被捆的土豪先生们，都一个个在那里，愁眉叹气自怨命苦！

没有好久，他们已下了对面的高山向我们这边来了。我们在后方的同志，都站在青黑的森林里的茅草房子前面路上欢迎他们。没多会儿，我们战胜回来的同志和有白军来的新同志到了,大家都表示无限的快活与欢呼。"欢迎白军来的新同志参加红军!""红军胜利万岁!""共产党万岁!"这些口号震天地响。这时各个同志队员都互相谈话,特别与队长和政委,谈作战经过概况。据政治委员说:"我们出发后整夜下雨,为了行动秘密,一概走的小路,越过了几个高山,穿过了二个森林,雨大路滑,前头跌的,刚爬起来,后面又跌下去,跌了十多次的同志几占半数,但是我们的队员精神都是绝顶的兴奋,只要能打坍敌人缴到枪的话,任何牺牲都甘愿忍受。一夜走了十二点钟,只走了六十多里路,假若没有利用手电来照亮,恐怕拂晓还不能到达目的地呢!"

队长接着说:"我们刚黎明时候,就到敌人哨兵位置了,因为雨声混合着我们的足响,一直逼近到敌人面前,他还未知道。我就率领前队一直冲进去,先将敌人的哨兵刺死,继续冲进敌人驻地。敌人在梦中惊醒起来,东跑西撞,有些有枪,有些没有枪,都乱跑出来了。我们只管叫缴枪,不要紧,敌人方面也有人叫是红军来了,快缴枪,不要紧,并有路费发,不要打枪。没有十分钟,敌人的枪已缴到六七十支,内中并有两挺机关枪,已经缴枪的士兵和官长,都关在房子内,派人守着,我再率队去追逃散的敌人。"

"逃散的敌人以后怎样呢?"经我这样问后他继续答道:

"如果我们后队由左边包快些,可以完全消灭敌人,可惜!可惜!……"说着表示很发气的样子。

政治委员从旁又说了:"这是我们没有协同动作的缺点,但是我们总算取得了大的胜利了。这次战斗,我们缴获枪支有九十多支,机关枪两挺,光洋数千元,俘敌官兵百多人。这一胜利,是我游击队空前的胜利,是我们坚决执行党的进攻路线的效果,同时也是我们努力进行白军士兵工作的成绩。我们只费了数十颗子弹,没有损失一个人,得到这样的胜利,这还不好吗?"

"政治委员说是对的。"我说了以后就接着问,"你们对俘虏怎样处置呢?"

政治委员说:"我们将俘虏来的官兵,集合起来清查以后,就进行宣传工作。其中有一个收捐税收租的民团队长,群众恨之最深,我已宣布枪决了。所有俘虏,除将表示愿意参加革命的新同志,带回来外,其余经过宣传以后,都每人发光洋五元,给他们作路费,打发回家了。俘虏们自己的东西,完全给他们,没有发生一个搜腰包的事件,负伤的也给他上药发给伤费十元,他们一霎时都把很恐慌忧愁的面孔变为欢喜高兴的容颜,有一个士兵这样说:'假如没有某同志(我派去做白军工作的同志)要我们不打快缴枪的话,我一定要打枪,那赶糟糕了呢?'这样看来,也就知道,白军士兵,受我红军游击队的影响,是多么的大!"

宣布了他们这样处置,都是正确地执行党的争取白军策略,以后继续问道:"你们对群众的工作如何?"

政治委员说:"因为有一部分敌人跑了,恐怕这些残敌回去报告,有新的援兵来反攻!因此我们只做了半天的工作,地方工作组都动员了,调查和没收了两家土豪,并缴获了白军与民团的许多东西,大部分都发给贫苦群众,也有很多人自动地来要东西,都分配给他们。群众热烈欢迎我们,都痛骂白军不好,我们开了一个简单的群众和红军的联欢大会,写了许多标语,十一点钟,我们就回来。若是没有敌人来援的顾虑,能多留一天更好了。在这样的短促时间内,没有好好地进行组织工作,这是一个缺点。"

我和他们二人谈这样,说那样,不知不觉到九点多钟了,因为他们走了一夜路,加上作战,都感到劳累。我不愿再疲劳他们了,只商定我们明天准备开一个庆祝与欢迎新同志的大会,来宣传胜利的意义,大家都分头休息去了。

在这个战斗中,我们充分看到红色游击队为革命奋斗到底的苦干精神,他们只知道坚决消灭阶级的敌人,不知道什么大雨路滑的困难,同时又证明白军士兵,已深刻地受到革命影响的,如积极进行争取与瓦解白军的工作的话,那么白军参加革命运动是很有可能的。

(七) 根据地的设备

游击队的临时后方(根据地)是收容伤病人员与储藏军械粮食之所,也是游击队员休息的地方,它对于发展游击战争以及提高队员的战斗情绪都有特别的意义。

我聂都游击队,对于根据地的重要意义已有充分的认识,所以在自己行动区域内首先就建立临时后方。这个后方,它是建立在一个很险要的高山上的森林中,是一个极秘密的地方,敌人绝对不容易发觉。现在让我将这个根据地各方面的情形说明于下：

（1）它的形势

甲、它是建立在高山顶一块平地上，长宽各约五六十米远，旁边有一条山谷，四季都有川流不息的清水，夜后静听水流的音响，好像坐在海边的楼阁中，神志清爽极了，谁都不觉得是处在一个偏僻的革命根据地呢。

乙、背靠着很高的山峰，前面有许多石磊，前进时，如不当心，就会粉身碎骨于万丈沟底，真可说是"一夫当关，万人莫敌"，的确是一个军事要地。

丙、它的周围都有很密的森林，最易隐蔽目标，同时气候温和，最适宜于伤病员的休养。

（2）它的设备

甲、有两所比较宽大幽静的茅屋，一个是预备队员回来休息和训练住的，另一所四壁有纸糊得很精致，这是专为伤病员和休养员的休养地址，此外还有一所木屋，四周以很大的树木堆起来，这是用来关土豪的地方。

乙、还建立了一个简单的运动场，和秘密储粮食与军械的地方。

丙、通敌道路与险要的地方，都有工事的设备，以便对敌人袭击时，好来抵抗。

（3）后方人员的生活

甲、每天都进行军事政治课、文化运动等工作，经常开党的会议、政治军事讨论会、讲话会等。

乙、每天每人发二角伙食钱,隔两天都有鱼或肉吃,打土豪时更好些,衣服都是很整齐的。

丙、对于押的土豪,都施以强迫劳动,如写标语,教队员识字,砍柴担水洗衣等,此外还把我们的宣传品与革命的书报,给他们看。

这里我记起一件很有趣的故事了。我们捉到一个民团(地主武装)团长的儿子,押了两个多月,看了我们的宣传品与书报,表示非常同情,并向其他土豪说:"我们中国非革命不可,红军的主张是不错的,只有苏维埃才能救中国。"此后他们家里送来罚款,我们放他出去,他不肯走,并要当红军参加革命工作,他很坚决地说:"我的父亲是吃人肉剥人皮的土豪,他是妨害革命的罪人,我参加了革命,愿意带路去捉杀我的父亲,也可以说杀我的敌人。"我们看他表示好,允他作向导去捉他的父亲(反革命最坚决的分子)。不凑巧,他不在家,只没收了他的财产分给贫苦群众。这个土豪儿子很不错,竟然在他的乡中公开宣传革命的好处,土豪的坏处,并指出他的父亲是革命群众的敌人。大众都奇怪起来,我们也很奇怪他。对于革命认识得这样快,以后调查明白,才知道他的确是一个受家庭压迫最深的青年。

(八)游击队与群众的关系

我们聂都游击队,没有半月的光景,就有很大的发展,这因为它完全是站在广大群众利益上来行动,它能站在阶级立场上去奋斗的结果。

我们的游击队,究竟用什么方法,与群众发生密切关系呢?

(1)它坚决执行党的阶级路线与群众路线,这样群众中,即建立起了很好的威信。

(2)没收土豪的东西,分给劳苦群众,能严格遵守群众纪律,对工农群众东西,不许侵犯一针一线。

(3)对群众的态度和蔼,一切行动,都以群众的利益,为自己利益,因为这样,群众与游击队好像亲兄弟一样!

我们的后方,虽在偏僻的地方,但是我们的粮食与日用必需品,都是由群众秘密代买送来的。我在那里养病的时候,因移动地方走不动,有两个群众自动地来抬担架,并在他家里找出许多农产品,来慰劳我们,但是我们的游击队很有纪律,不要群众东西,一齐退回他们,可是他们总不允许,结果按价付给他们钱,我们才收下。

后方周围的侦察与警戒,都是得了许多群众力量的帮助,一发生任何消息,各方群众都能自动来报告。我记得有一次敌人出发了,有一个六十多岁的老婆婆,到我们的交通站报告信,她表现出非常热心和诚恳,这可见游击队与群众关系密切的一切情形了。

由于聂都游击队的英勇行动和艰苦斗争中所得到的经验,我对于游击运动有以下的结论:

(1)游击队只有向外发展游击战争,才能得到自己的存在和扩大。

（2）游击队在环境严重时，要向敌人统治薄弱处发展，才能得到胜利。

（3）游击队只有得到广大群众的拥护才能生长、发展起来。

（4）游击队要坚决执行阶级路线、群众路线，并严格遵守群众纪律，才能得到群众的爱护。

（5）游击队只有执行共产党的策略与进攻路线，并采取主动的、迅速的、秘密的游击战术去袭击敌人，才能收缴敌人武装，来武装自己。

（6）游击队必须进行争取与瓦解白军的工作，才能完成自己的光荣任务。

泥菩萨

■ 小朋

虽然今天没有下雨,然而昨天那场大雨之后,地面上的一切都洗涤得干干净净,绿色的树叶更显得深绿,青葱的嫩草,倍加油青,大路上没给人践踏过的石板,已洗得油光满面,因为没经过太阳的蒸晒,一切都尚带着潮润,水银似的雨点,圆滴滴地残留在草叶上,只有山麓的泥路越洗越糟糕,泥和水已混淆得糊里糊涂,尤其经过这么大的队伍,几千双长征的铁脚的践踏,更加泥泞载道,如果鞋子不稳,就要使你拔不出来。

一个广东籍的小同志(大家叫他广仔),正在途中走,一时不谨慎"哗啦"一声,跌在泥巴里了,两脚向前一溜,跌得一个屁股都糊满了泥水。

大家笑了:"还没到休息,你就坐下做什么呢?"他赶快爬起来,一面用手巾揩去泥巴,一面继续走着。

老曹忽然想起他曾吹过牛皮说,广东的地方好(此地是广东边境),就立刻说:"广东好,走路有汽车坐。"(谈笑时说滑倒了是坐汽车)

他不服气这一批评,就毅然地回答说:"天下雨跌跤也怪得地方不好吗?"

"好!真好,走了这两天,每天都爬高山,江西、福建的山上了一个就是一个,并且不是在最高的地方上过去,但是你们广东山,上了一个又一个,都是在最高的山背上爬上去的。"老曹更进一步的攻击了。

"这两天还算很小的,据群众说今天要过一个三十里路的大王山,那更不得了呢!"我也参加他这攻击。

逼得广仔没办法了,只得故意掩饰地说:"在边界上当然有高山,今天这个大王山,老百姓说又不是广东的,是湖南的啊!"

前面又看到一个挑着担子的运输员跌倒了,把公文箱跌得"轰隆"大响,大家都大笑起来了,于是这一阵笑声,便结束了这一争论。

下午四时,拢大王山下了。因为山上更滑,溜得不好走,队伍不时拥挤一堆走不动,而那些挑着担子的运输员和炊事员,更加艰难,肩上是挑着公文箱和铜锅,一手要拉着担子,脚下是滑溜溜的,还要一手攀着道旁的树枝,从又陡又溜的路爬上山,这当然是困难得很。这时谁不掉队呢?可是因部队这样多,中间一个掉队的,就阻止了后面几百几千人不能进,尤其天色要晚了,在这样的路上走夜路,是最糟糕的一回事,于是大家嚷起来了:"跟上跟上哟! 等会走夜路更糟糕,找队伍都找不到呢!"

大家都恐怕今天走夜路,脚杆儿更用劲地往山上爬。

小广仔真怪,原来他争这个大王山不是广东的,现在他看见并没有好高(高的还看不见呢)就又承认了。突然很高兴说:"你们看这个山有好高? 我说了广东的山是不高的呢!"一边说一边把小小的食指往山顶指。

他这一牛皮吹得大家都不愿意,就异口同声地说:"好,不要争,等下看,如果不止这样高,就抓着你打! 好不好?"

打,他当然会吃亏,且他还没有把握知道这个山究竟有好高,不敢说好不好,就马上抓住这个"打"字来反攻大家!"为什么要打呢? 红军不讲打人的,难道你们欺侮我小不是?"他很神气地向大家这样抗议。

老曹很得意地说:"我知道他一讲打,就是没有办法的,以后他吹牛皮,就不要争,同他讲打好了。"

说完大家都哈哈、嘻嘻地笑着。

已经上完了一个五六里的山了。到山顶时,见前面又一个更高的接连着立刻又要上,只见前面走的沿着山脊直爬,这下更难走了,但是长征的英雄们两腿已经锻炼成钢铁般的了,还是接连不断地沿着山脊的路蜿蜒而上,那些挑担子的,走得掉下来了。

上了一个又一个,连上完了三个山顶,才算是上完了,天也黑了,今天并没有出太阳,所以这时已处在"密云遮星光,万山乱纵横"的情景当中了。这时前面怕走夜路,已走得很快,自然我们也是跨大两腿,不管他三七二十一地往下跑,总以为不久就要下了这大山,到宿营地好早点休息。

越走越快,完全是跑步,天也越黑,尤其路旁树荫已遮得没点光,更因水洗过了的泥土,更加墨黑,伸手不见掌,连不知道何处是路。一时碰到路边的山壁上了,知道碰了壁,赶快往低的地方去;一时又跑到柴草里去了,知道是走错了路,又赶快摸到烂泥巴的地方走；前面的人因看不见稍微停一下，后面也看不见踏了上去。啊！原来踏到前面人的脚跟了，被踏的人立即"哎哟！还走不动，为什么踏来？"但是因为看不到，谁会故意踏你的脚跟呢？

前面后面都不时有人"哗啦哗啦"地坐汽车了。本来跌跤是很好笑的，但是这时谁也不敢笑谁，自己正笑时也跌倒了，并且找路都找不及，哪里有神气来笑人跌跤呢？

"哗啦"，后面又一个人跌了，他立即埋怨似的说："这里一个缺，为什么前面不讲一讲呢？以后要讲才好！"

大家都赞成他的意见，前面一发现有些什么障碍时，马上就打通电了："注意呀！这里一个洞！""注意呀！这里一个缺！"……第一个人这样唤，第二个人也这样唤，第三个人也这样唤。……每一个人到了那个位置都这样唤，这样就减少了很多人跌跤了。

广仔忽然误走到荆棘里面去了，"哎哟，走错了，那刺真厉害，脚都刺破了。"一面赶快摸回路上，一面这样讲。

为了克服后面看不见，不能跟前面走的困难，有人发明了一种好前后联络的办法，要大家把一条白手巾挂上各人的后面背包上，作为符号，这样后面的人可以跟着前面的走，避免踏脚跟，只看前面的白手巾走左也跟左，走右也跟右，不动也不动。

到底夜晚总是夜晚，虽然想了一些办法，避免了一些跌跤，但总不是夜马，还是不行，更加上这样的路愈走愈小了，又不平又有烂泥，更有树根，大家还是"哗啦哗啦"地跌个不止，尤其是那广仔跌得更多。最有趣的是他那"连放四炮"。……当他跌一跤时,老曹就说:"再来一炮。"走两步果然又一跤,老曹又唤:"连放三炮。"不一会又一跤,老曹又唤:"连放四炮。"又跌了一跤,笑得大家肚子都笑痛了。

我因为牵他,也把我跌了一跤,但我一共跌了两跤,跌得满身的污泥。

好不容易地下了山,见到远远有一点火光了,也听得打房子的在唤着:"在这里来!"这下谁也高兴得很,巴不得一脚跳了前去。

宿营地到了——就是在山边边上的一个小孤立房子,两边是两个群众的卧房和厨房,进去三四个人就转身不得了,中间一个厅子,面积不过八九平方公尺,除此之外,再没有什么可憩宿的地方。这里就是一个房子,也就是我们驻此,其他的部队及宿营地也不知是东是西。

"今天就只这一点房子,大家要挤拢住,里面没有办法,把一部分到门口空坪里利用树荫露营……"前站人员怕人家说空话,首先这样同大家讲,大家当然毫无怨言,只是找睡觉的地方就够了。

于是铺晒席(南方晒谷的东西,用篾编成的,很大)呀,摊稻禾呀,搁门板呀……一下子大家的"行军床"都摊好了。

大家走到灯光下看时,呀!每人都遍身泥巴,枪械也给泥巴糊住了。有的说:"你们跌了几跤?"有的说:"真糟糕!我跌了五六跤!"有的说:"我一跤都没有跌。"

小广仔突然在外面走进来参加这一算账会议:"我跌得不多,只跌了十二跤!"说完又提起脚,捏起袖子给大家看,"你看他的手、脚都跌破了!"嘴巴是那样说,手是那样比,似乎很有功劳的样子。他未讲完,大家哄哄大笑了,"跌得不多,一十二跤!"

　　老曹一手把小广仔抓到灯火的最近处,手指指着说:"你们看他满面满身都是泥巴,像不像个泥菩萨?"大家同意似的说:"呀!广仔是泥菩萨!""泥菩萨!""泥菩萨!"大家哄笑起来了,广仔自己也忍不住,哈哈大笑了。

　　"吱——"的一声哨子,管理员催大家睡觉了:"大家到房子旁边的水沟里洗面洗脚,洗了睡觉!"这一下大家争先恐后向水沟跑了,口里还不住地嚷着:"泥菩萨,泥菩萨……"

大王山上行路难

■ 加伦

　　为了消灭九峰圩的广东敌人,为了突破汝城城口(在湖南)的第二道封锁线,部队今早三时就出发了。跑了一天,路上很少休息,已经跑了一百多里。

　　夜是从四面袭了下来,毛雨不断地洒下来,人们的胡子上、眉毛上好像加上了一颗颗的珍珠。战士们的雨具很多在战斗中丢了,这时候只有光着头皮抵抗。有的头上罩上一把稻草,远看去好像农民放在秧田里吓麻雀的草人一样,有的罩上一片布单,特别是伙夫同志顶着铜锅做斗篷,五光十色,都在和无情的雨作斗争。

　　雨越下越大,路越走越滑,个个提心吊胆地一步步地前进。

　　夜是黑得可怕,没有星光,又没有月亮,对面不见人,伸手不见掌,一切都被黑神吞没了。前面停止了,后面仍低着头向前钻,结果和前面的碰起来,才知道队伍走不动停止了。

　　一分钟,两分钟,五分十分,时间是过去了,队伍仍然不动,雨愈下愈大,路上水愈流愈多,坐又不能,站也不好,冷风一阵阵地吹来,令人非常难受,队伍中嘈杂起来了:

　　"怎么还不走呀?"

　　"又饿又冷,还不走,难道在这里过夜吗?"

"一定是 AB 团捣鬼!"

战士们着急了,你一句我一句这样怒骂着。

"同志们! 闹什么,前面在爬山,走不动,谁愿意故意不走呢? 革命的同志要忍点苦耐点劳,都是为了自己,为了群众,何必要骂什么!"

一个小同志(青年团员)向战士们解释着。

队伍开始前进了,吵闹也渐渐平息了,刚走十来步脚,队伍又停下来了。

"怎么又不走呢?"

"老爷! 快点走呀! 这样不饿死也会冻死!"吵闹声又起来了。

"你们总是爱闹,谁愿意站着淋雨,路上滑走不动,实在没有办法,耐心点吧!"党团员又在解释着。

"这几只家伙专会讲坏话,革命的人,这一点苦也吃不得,打土豪吃猪肉就哈哈笑,跑路吃点苦就讲坏话,你还记得在家里土豪劣绅逼债逼得你流尿吗(流尿即流泪)? 要想享福,没有这样的狗命!"

反对讲坏话的舆论充满了,火力都对着这些讲坏话的。

前面传来了命令:"有火的点火!"大家的火都点起来了,有的打电筒,好像闪电般的闪动,有的擦火柴,擦一根走两步;有的把身上带的纸来烧,甚至于连识字本日记簿也拿来作照路灯,还有些人更聪明,把洋蜡截断,放在茶缸内,提着柄子,口向前,底向后,好像一个小手灯,这样不怕风,同时还能照前面几个人。

一条火龙般的盘旋上去，成了一座螺丝形的火灯塔，昂起头来看上去，好像在天空一样，走得最远的几盏灯，好像几颗散乱的星子。

　　队伍是零乱起来了，很多掉了队，有些衣服太单薄的，支持不住，在路旁烧起火来烤，伙夫挑夫同志把担子放在一边，也睡起觉来，政治工作人员耐心的鼓动他们跟上队伍，大家又慢慢地前进。

　　大概是爬了二三十里的高山，脚下是渐渐低了，路是特别崎岖，路旁都是万丈悬崖，脚下的泥已经是有一尺来深了，每人都是提心吊胆地撑着手杖（每人预备好的树枝）一步一步地下去，有些地方连脚都站不住，好像体育场小孩坐滑梯样的，一溜就是几丈，鞋子草鞋多是离开了自己的脚，陷在深泥中了。"砰"的一声，前面的跌下去了。后面的大笑起来，笑得人嘴还未合拢，自己又像滚西瓜般的溜了下去。有的是跌下深崖去了，在崖底下呻吟，马也掉下去了。马夫同志站在路旁哭，战士们都成了泥狮子。

　　前面一堆堆的火光，人声嘈杂得非常厉害。大家高兴得叫起来："同志们！到了，快跟上呀！"

　　速度一时加快起来，不管他怎样，大家总是拼命地赶去，到了那火光的面前，才知道是一个小庙。很多人在争找火把，找到火把的又继续走了。大家看了这里情形，大失所望。"还要走呀！不晓得走到哪里去，日也走，夜也走，不饿死会走死！"

　　很多人不高兴地又讲起坏话来了。单讲坏话知道是不行的,还是找几个火把再讲,大家一拥,把一堆禾草抢光了。我和梦秋同志也做了一回不道德的事。有些战士将火把放在门口,自己在庙里烤火。我们每人悄悄地拿了一个就跑,我们刚走十来步,后面叫骂起来了:

"哪个偷了我的火把?"

我们一声也不敢响,拼命地往前面奔去,怕他们追来,真是有些难为情。又走了十多里,到了一个小庄子上,两三间茅屋,挤满了人,火把也点光了,人也疲劳万分,肚子饿得发痛,再走是不行了。宿营地大概是还有二三十里,大家议论纷纷,都主张就在这里宿营,明早再走,于是我们这个单位都进房子休息起来了。人是挤满了,哪里还插得脚进去?恰巧工兵连的同志要走了,于是我们就接替了他们的位置,圈着几堆火坐了下来,背靠背地打盹。外面有个部队架好了铜锅在煮饭,饭的香味一阵阵地冲入鼻孔中来,更使人难受。铜锅的周围,站满了人,大家都眼巴巴地望着锅内,垂涎欲滴。饭熟了,一个冲锋,就冲得干干净净,伙夫同志七手八脚,应付不赢,一面骂着,一面拦着,两个伙夫,怎能拦住那群饥虎呢!

饭是那么香,口水自然会流了出来,可是怎么好意思去和战士们抢呢?总算事出意料,他们指导员送了一盆子进来招我们吃,虽然是没有菜,我们几个每人也吃了一碗,可是饭总是嫌少,再想第二碗是想不到了。

雨还是不断地下着,风还是不断地吹着,找不着房子的战士们仍继续前进着,照样的摸索,照样的跌跤,茅屋内的人们却围着火堆沉沉入睡了。

终于占领了

■艾平

突破第一道封锁线

陈济棠(1890—1954),广东军阀,时任第五次"围剿"南路军总司令。1934年7月,陈济棠曾秘密派人到苏区接洽,表示愿意经过谈判来协调双方的关系。9月底,中革军委主席朱德致信陈济棠,说明中国共产党的抗日主张,揭露蒋介石卖国内战的罪行,并表示愿就停止内战、恢复贸易、代购军火和建立抗日反蒋统一战线等问题与粤军举行秘密谈判。10月5日,中共中央、中革军委派潘健行(潘汉年)、何长工为代表,同陈济棠的代表在寻邬进行会谈。双方经过反复协商,达成了就地停战、互通情报、解除封锁、互相通商和必要时可互相借道等五项协议。当红军西征时,陈济棠基本上执行了上述协议,让开大路20公里,在他的防区内没有对红军进行堵截。这为红军通过第一、第二道封锁线,创造了极为有利的条件。

但陈济棠接到红军通知后,未来得及使前沿部队了解其意图。因此,10月21日,红军各军团开始突围后,双方战斗仍相当激烈。直到粤军在得到陈济棠的示意后，才稍事抵抗，防守一番，从重石、新田、古陂、韩坊全线撤退，向安远、信丰、南康集中，让出了中间大道，红军主力随即向信丰东南地域前进。24日晚，各路先头部队开始西渡桃江，抢占河西要点，掩护主力渡河。25日，军委第一、第二纵队和红军其他部队从信丰南北先后渡过桃江，突破了由粤军防守的第一道封锁线，继续向西前进。

是占领了百石圩①的第二天。

大约是十点钟的时候，我们的队伍奉命向古陂圩前进。夺取古陂圩，完全突破敌人第一道封锁线，是我们第四师，尤其是先头团——十一团的光荣任务。

战斗员们、指挥员们，精神抖擞，勇气百倍，抱着必胜的决心，一定夺下古陂圩的勇气，洪亮地唱着《胜利反攻》的新歌。

扼守古陂阻我们前进的是广东的军阀军队，一个团与司令部及其师直属队。据谈，古陂是一个宽大热闹的市镇，是我中央苏区南线敌人之第一道封锁线。

路是不很远。从百石圩到古陂仅五十里的行程，太阳还没有完全落下去的时候，我们已迫近了古陂。

---

① 编者按：即白石圩。

胜利反攻歌

C 调　2/4

```
3  5  6 | 6 1 6  5 6 5 | 3   3 6 | 5  3 5 |   2 |
战 士 们   高举着 鲜红的   旗 帜   奋 勇   向 前      进

3. 2  1 | 6 1 5 6  1 | 2. 3  5 | 6 5 1 6 | 5 |
配 合 那   全 国 红   军 要   实 行   总的反      攻

5 6 5  3 | 2 3 1 2 | 3 | 2 1  2 | 5 |   1 ‖
创 造 新 的 革命根据   地   大 家   要   努      力
```

（此歌由刘西元同志回忆抄出）

迎击的敌人约一个营，并没有什么顽强！与我稍一接触就开始退却了。半点钟左右，敌全部被我十一团击溃，乘胜占领了古陂河左岸一带的街道，敌利用河的险要，与我隔河对峙。

天黑得像墨一样，咫尺不可见，这是多么黑的一个夜晚。

大的战斗是没有进行，因地形不熟，没有进行夜间战争，但并不是怎样平静得很，终觉是与仇敌对峙着。

"啪！啪！……呼！呼！"冷枪夹着手榴弹也零星的在那里放，敌人还企图夺回失掉的阵地，曾向我们施行反突击，但终被我们打破了他的企图。

午夜的时候，闪烁的星光，少许突破了漆黑的天空，这时候平静得很呀，冷枪也听不见了，空气像死样的僵硬，除了在最前线与敌人对峙的以外，尽都在草地上、山坡上，呼呼地睡去了，养精蓄锐静待拂晓大杀一场。

有时寒风吹来,身上打着寒噤,天空的星光,也只剩下一个亮晶晶的悬在东方,象征着拂晓快要到来,红色的英雄们苏醒过来。

"喂!喂!起来!起来!快些……集合啦!"

满山满地到处发出这样的声音,战斗员们、指挥员们,东一团西一团的,战前五分钟的战斗鼓动,以连为单位在举行着。

步枪声、机关枪与手榴弹声,震天动地地响起来,拂晓的总攻击开始了。十团之一部从左侧配合着十一团,向敌人猛攻过去了,随着枪声炮声,敌人溃退了,所有堆成山样的夹军衣、弹药,全部后方都被我们夺得了。

古陂圩被我们终于占领了,第一道封锁线被我们胜利地突破了。接着十二团的跟踪进击,多么热烈的群众咯,放着鞭炮欢迎红军。

溃退的敌人,沿着马路向安息圩退走,我们也就顺着马路向安息圩追下去了。

那才狼狈呀!沿途抛弃了许多的军用品、武器、弹药、物品、食物香烟等。青天白日的军帽、臂章、军官的符号、毯子、鞋子、雨具、衣服、包袱、文件、箱笼……给白色的马路糊上了一层红红绿绿五光十色的颜色,只顾追击敌人,谁也没拾一样东西,但是武器、弹药谁也不愿意让它摆在马路上。多谢,不应责骂陈济棠"太没有礼节了!"

敌人不顾命地逃跑着。我们也不顾一切地勇猛跟着追,狼狈溃逃的敌人连前面两双脚都放下,也无法逃脱,终于被我们追上了。

"老表!我们缴枪。"许多跑乏了的敌军士兵,一堆一堆地坐在马路的旁边,高举手里的枪械武器,这样对我们哀求着:"跑不动我们也不愿意跑了,知道你们红军是为我们穷人的……"

"士兵弟兄们!缴枪不打人,不要害怕。"

"是的,我们知道你们好,为我们穷人……"

"我们都是穷人,实在没法才来当这个受苦兵啦!"

"……"

就是这样沿途收缴枪械、子弹、轻机关枪、迫击炮,捉俘虏兵,搜集军用品……一气追了七十余里,终于追到安息圩。虽然,我们没吃早饭、午饭,但是没有一个感觉到肚皮饥饿,连想也没有想到吃饭这回事了。

"我们的师长在昨天夜晚就逃走了。"一个敌军的连长,将他的驳壳枪缴给我们以后,用广东的普通话告诉我们:"打起来了,丢我们就预先溜了,留我们来送命了……我们都是穷人……哈哈!哈哈!不嫌弃的话愿跟你们……"

"没有到敌人呀!"

■ 斯顿

突破第二道封锁线

　　11月5日,中革军委决定:中央红军以一部兵力监视汝城之敌,主力分三路纵队,由汝城、城口之间通过国民党军第二道封锁线。红三、红八军团为右纵队,由汝城至大坪间通过,向百丈岭、文明司前进;红一军团第一师和军委第一、第二纵队及红五军团为中纵队,由新桥经界头、九峰山向九峰圩前进;红一军团第二师和红九军团等部为左纵队,由城口、思村向岭子头前进。5日,中央红军各纵队继续西进,至8日,通过第二道封锁线,进入湘南地域。

　　向敌人第二道封锁线前进。

　　热水是江西到湖南的必经之道,从热水到益将、汝城、太来圩、宜章,是敌人的第二道封锁线。热水到益将为乌龟头,斩断这乌龟头,更便利于突破第二道封锁线。

　　"斩断乌龟头!"这是我们的胜利地粉碎了第一个乌龟壳的

第四师的每个指战员，下了的决心。

是午饭后的时候，我四师的前卫团——十一团到达了热水的附近，地形是便利于我们，热水是在一个大山的脚底下，背后还有道河沟，我们对于热水恰是"居高临下"。

机会是很好的，敌人连瞭望哨也没有设置一个，又逢热水逢圩，街上人声嘈杂得像打雷一般，所以我们前进到街头附近，敌人才发现了我们。

敌人并不多，无正式军队，约一百来民团。这些守家狗，哪里算得一个"兵"，机关枪一响只恨少了两只腿，全不抵抗，四散奔逃，淹死的确是不少。跑不快的被俘虏了，逃得快的逃出了乌龟壳逃命去了。我们的队伍是一连、一营、一团地继续不断进入热水。

"喂！我是热水。"十一团的王政治委员，利用敌人的电话，同益将的敌人说话："没有什么。"

"热水到了共匪吗？"敌人的团长这样的在电话中与我们的王政治委员讲话。

"没有到敌人。"王政治委员哄着敌人。

"……"

电话从此不通了。

热水距益将只四十里，那里乌龟壳里驻有敌一团，十一团派出向益将警戒的营，在距热水十五里通益将的小山正与敌人遭遇。

彭军团长炮攻大来圩

■ 艾平

拂晓以后,我们四师十一团的队伍,就接近到敌人的堡垒下面去了。一切都准备好了。指战员下定了攻下大来圩堡垒的决心。子弹上了弹腔的步枪,紧握在每个战斗员的手里。站在最前面的,拿着手榴弹,步枪上装上了明晃晃的刺刀,等待着炮声一响,敌人乌龟壳一炸裂,立即投入冲锋。

事情有些不大妙,炮声是轰轰地响了四五下,然而敌人的堡垒仍然依旧无损地直立着。

"为什么把炮架这样远!"彭德怀军团长亲临前线,看见加炮架的太远,火起得着急地说。

"他们说近了不好发射了。"一个指挥员不待他说完,这样地回答他。

"快移到这里来!"彭军团长命令着,"距离太远怎么能够命中?再打也是空的。"

炮是命令从我们指挥阵地后面的一个山头移到距敌四百米远的地方,又是打了四炮,仍然像以前一样没有击中目标。

真是使人有些火起了!

"等我来!"一个半旧的牙刷,插在皮包外面,半新不旧的军用皮包挂在左肩下,右肩下还挂着望远镜,背上背着一个半旧的斗篷,彭军团长急促地走到炮兵阵地,瞄准一下,"真是不中用!偏差这样大,还打得中吗?"

"要他们准备好!"彭军团长一面弄着炮,一面命令十一团首长,"一打中就冲!"

"轰!"刚中在敌堡垒的角下。

"轰!轰!轰!"于是炮声连发起来了。

"冲呀!冲!"彭军团长高高举起他那个破了的红军帽子,在空中不停地指挥着大喊起来了,"前进!都前进!消灭他干净!"

犹未减当年炮轰赣州之威风。曾记得,在一九三二年在江西中央苏区红三军围攻打赣州的战斗中,敌人在南门城楼上,架起重机关枪,妨碍我军攻城,在我们彭军团长亲自射击之下,可怜哪!只见那城楼一坍,满天乌黑!人呀,枪呀,子弹呀,木板呀,灰土呀,不着地飞腾天空。

今天,也是该乌龟倒霉,赣州南门城楼的轰击毁,又重演于湖南之太来圩。

这下可美了!步枪也叫起来了,手榴弹也发起威来了。"冲呀!""杀呀!""捉活的呀!"红色战士们连叫带吼的,犹如猛虎扑羊群一般的冲过去了,就是这一下,一直这一线乌龟壳都打破了。

多谢何键的大礼,又送了我们不少的轻机关枪啦,步枪啦,驳壳枪啦,手榴弹啦,军用品啦……

胜利的微笑,从每个红色英雄的脸上呈现出来,不约而同

地,兴高采烈地在高唱着:

　　　　共产党领导真正确,

　　　　工农群众拥护真正多。

　　　　红军打仗真不错,

　　　　粉碎了国民党的乌龟壳。

　　　　我们真快乐,我们真快乐,我们真快乐!

　　　　亲爱英勇的红军哥!

　　　　我们的胜利有把握!

　　　　上前杀敌莫错过!

　　　　把红旗插遍全中国!

占领宜章城

■ 斯顿

直到我红三军团第六师出发的时期,大雨仍是下个不停,全体指挥员战斗员,个个精神抖擞,冒雨向宜章城前进。虽然路是很泥滑难行,然而在昨天走了一百二十里路的第六师,毫没表现疲劳,"完成任务——夺取宜章城要紧。"

大概是下午三点钟的样子,他们已到达距宜章三十里的一个市镇,二百军民团拦住去路。

担任前卫的十六团的战士们,举着上了刺刀的步枪,不打话地杀上去了。

"仇人见面,分外眼明。"一阵噼里啪啦打起来。前进呀!冲锋呀!骇得敌人屁滚尿流,溃乱地向宜章城退却了。

"追呀!"我十六团丝毫不顾情面地猛勇追下去了,脚跟脚一步地也不放松,接着敌人的屁股,追、追、追、追……一口气追到宜章城,被追的民团很快地窜进了城,连城内的敌人骇得紧闭城门。

"攻吗?不攻呢?"为减少攻坚的损害,最后等待炮兵来了再协同攻击。于是东门一队南门一队把个宜章城像铁桶般的围得水泄不通。

红军到了,附近的劳苦工农群众都来了,热烈地帮忙红军。

热情高最积极的,要算城外三百余被何键军阀强迫来修筑道路的工人。掘的掘坑道,搬的搬树条,扎的扎梯子,配合着我们,紧张地进行攻城的准备。

拂晓的时候,城门大开,城内的群众,男的、女的、老的、少的,成群结队地欢迎我们红军进城,他们说:"你们(指红军)昨天追了白匪三十里路,晚上又四方八面攻城,把那些家伙骇得不得了,昨晚半夜就跑了……"还有些群众告诉我们:"白匪振得我们厉害呀!平时的穷凶极恶,无恶不作的事情,不要讲他,单只昨晚他们,可恶的白匪走的时候,还要搂我们的……什么都搂完了……好!你们来得好!我们欢喜,我们得救了。"

宜章城就这样"不攻自破"地占领了。

进了城以后,没收豪绅地主,有的是东西财物,堆得山一样。我们采取了下面的办法,处理了这些没收来的豪绅地主的财物。

召集了一个三千余人的群众大会,把这些财物完全分发给劳苦群众。这样一来群众更加欢天喜地,个个都说:"红军真正好,为我们穷人。"特别是那监狱里放出的犯人,感恩不尽,他们不管红军拦阻,就在地上跪下,叩了几个头,他们说:"我们实在感恩不尽,不是你们(指红军)大军来,知道哪一天我们才得出来,还有今天重见天日的机会吗?……"他们真是感激得连泪都流出来了。

最后突破湖南军阀何键的第二道封锁线,这个光荣任务,赋予我们第六师——中央模范县的兴国群众组织的"兴国师"完成了。

"干事去!"

■ 加伦

　　三军团拿下了宜章,我们也到了白石渡,蒋介石的第三道乌龟壳又被打得粉碎了。

　　白石渡是宜章属的一个小市镇,是粤汉路必经之地,由于建筑铁路,生意也一天天地热门起来。

　　铁路开工是有好几个月了,有些地方已经辟好了路基,有些地方还正在开始,由于地质不好,石头太多,工人却很费力。

　　工人的数量在三四千人左右,湘南人占多数,因为本身遭了水灾,又加上军阀的苛捐杂税,弄得很多农民破产,不得不远离了他们的家乡,抛下自己的儿女,到这地方来做工。其次北方人也不少,也是由于逃灾来的。他们分成若干棚,一棚有十多人的,或二三十人的。每棚有一个工头,由工头去包来一段,工人就替工头做工,每天工资三毛,天亮起床,一直做到天黑,整整要做十二个钟头。工人有病,工资是没有的,而且医药费也要自己出。他们的棚子,是用松树架成的,上面盖了很浓密的松树叶,床铺也是松树架成的大铺,全棚人都睡在一块,用具很少,每人只有一条破棉被,锅灶是在棚门口地下挖成的,吃的都是一些粗菜淡饭,很少有猪肉吃。工人成天地流着血汗,不但没有钱寄回家去养家眷,连自己的生活都维持不下去,很多工人想回去,但又找不到盘川，不得已只有忍痛做下去。

红军来了，公司里的办事人也跑了，剩下一些工人，连饭都找不到来吃，工也停起来了。

我们立即开了好几个工人群众大会，散发了很多传单，实行对失业工人的救济，散了很多谷米，发了猪肉，发了衣服物件，有些急需回家的还发了路费，并发动他们起来为改善自己生活而斗争。工友们的斗争情绪是大大提高了，每天总是一大群一大群地到街上来，政治部的门口总是挤得水泄不通，很多自动地报名当红军。我们组织了扩大红军突击队，动员了全体指挥员、战斗员、政治工作人员，到工人群众中去进行宣传鼓动。棚内棚外，一群一群，一堆一堆，围满了我们的突击队员，演讲的声音，到处荡漾着。

"同志！我去！"

"同志！我也去！"

工友们都自动报名了，有的自己去邀伙伴，一来就是十个八个，甚至几十个。

年纪老的流着泪，向我们说："同志！咳！可惜我老了，不是老了没用的话，我也要跟你们去！"

"我活到这样大的年纪，从没有看到这样好的队伍，从没有看到这样真正为民众谋利益的队伍，你们一定要成功的呵！"

"干事去！"成了工友们自己的口号，突击队员一批一批地把新战士带来，战士自己又一批一批地去邀来，挂了红布条的人是充满了街头巷尾，不过两天的工夫，扩大了四五百人，在工友的欢送中，同我们走上革命的征途。

粤汉路旁

■ 小朋

　　爬得大家满身污泥的大王山，虽然已爬过了，但是第二天继续爬来的五王山，也不会有多少逊色。每天仍在那万山纵横当中行走，加之连绵的细雨，大家身上的泥巴已是有加无已了。整天在泥巴里过活的两双脚，洗也洗不干净（也没有时间好好去洗），已染上了赫黄的颜色。

　　今天听说是向粤汉路前进了。同志们听到当然是兴奋得很，因为一方面是到了铁路边上，总不致有这几天这样的高山爬；另方面铁路边总是比较好的，东西有卖，土豪也有打，红军更可以扩大，或许到了那里又有休息的机会，可以使久劳的两腿得到休息，尤其是那些没有看见过铁路的同志，更觉得有味道，因为可以开开"洋荤"——看铁路"究竟是铁的还是泥的石头的呢？"

　　走下山来，就是一块广大的田野，这个田野虽不过数里，但是连在深山行走的我们一下就看到这个地方，不免有些稀奇的。同志们高兴起来了，唤叫起来了："呀！到了大地方了，赶快看铁路去！"……"从此可少跌几跤，少沾些泥巴！"……

　　离铁路二十里，总支部就来人传达工作了："今天到白石渡，那里是铁路旁边，有很多工人，各部队要动员去扩大红军，进行比赛。"指挥员一声动员,除地方工作组,当然担任这工作外,其他很多同志也就自动地报名赶到部队前面去扩大红军。一下子,轰轰烈烈的扩红突击队就往前面跑了,大家都等到宿营地来听他们的捷报。

离白石渡还有十里,就看见很多的修路工人,因为老板走了,正在过着饥饿的生活,听到红军到来,都喜出望外地排列在路旁,虽然是在饥饿着,但是他们自己的军队——红军来了,都露着喜悦的笑容,好像是在说:"我们的救星红军到了!"

今天的目的地——白石渡在四面松山包围中的不过三里的田野里出现了,傍着东方的松山坡下,建立着许多房屋,大约在二百家以上。靠我们的来处,还耸立着两个碉楼,是防我军的,待红军到时,守碉的民团已逃之夭夭了,碉楼已为前卫部队放火烧了,现在正火焰冲天。

在西端横着一条街,虽没有多长,可是还不错,有几十家商店,并有照相馆、妓院等。通过一田垄,就是著名的粤汉铁路横跨其间了,这时尚未修成,只是一条高出田垄五六尺的黄土路基。

街上巷子里,商店里,工人住宅,到处都是来来往往的谈谈笑笑的红军同志了,那些群众也到处围着我们,报告土豪的,报名当红军的,陈述他们苦楚的,各处路上,已有许多群众带去捉土豪了。这些群众,尤其是工人,因为受豪绅地主老板民国政府压迫剥削得太厉害,不得不这样干。

忽然听到有人说在街上分某某人的大土豪的东西,群众们真的是高兴欲狂了。过去要哀求恭拜他的土豪,现在竟可无代价地分他的东西了。于是做工的,耕田的,担挑的,男的女的,老的少的,从各家各户一致争先恐后地向那个土豪家里去了。顿时满街上挤得人山人海,一下子一批一批的群众从土豪家里拿了东西出来了。拿的拿衣服,担的担谷子,搬的搬家具……嘻嘻笑笑地拿回家里去了,个个都很高兴地谈着:"红军真好,打土豪发东西给我们,真是从来没有见过这样好的队伍。"

扩红突击队带着五六个新战士回来了,大家都亲爱和蔼地招待他们,向他们宣传呀,给饭吃呀,打水洗脚呀,送慰劳品呀,拿衣衫给他们穿呀,弄得新战士应接不暇。一大群穿得衣衫褴褛的工人,一下子就成为新衣新服的新战士了。

大家正在商量如何再去扩大红军,争取竞赛优胜的时候,忽然煮饭的老黄伙夫带着一个工人,高兴得不得了,走了进来:"哈哈! 你们看我也扩大了一个新战士,成分还是工人呢!"本来整天辛苦的伙夫同志能扩大红军,是一件很稀奇的事情,为着更提高他的热情,大家都齐声称赞:"好! 老黄真努力,再去扩大几个!"他得意地走了。

事真凑巧,往日都在崇山峻岭行军的,今天突然到了平地,走了平路;往日都是整天霏霏细雨,今天则天晴气清,往日两腿整天地奔跑。司令部已下命令,明天在此休息了。这一个消息传来,谁不高兴! 因为纵使只明日一天休息,久疲的两腿,可以得到憩息的机会,可以大洗一场,把衣服身上的污泥洗净,可以把泥菩萨的名字洗掉。

大家第二天一起来，都进行清洁运动了，洗衣服，从外衣洗到里衣，从帽子洗到鞋子，羊毯包袱干粮袋，身上由头洗到脚，擦武器由枪支擦到子弹、手榴弹。吃了饭后，只见井旁边，河岸上，水沟上，到处挤满了洗东西的人。而屋角上，草坪里，树枝上，也晾遍衣服毯子了。红的黄的白的黑的，顿时把这个白石渡弄得花花绿绿了。

休息的一天很快地就过去了，第二天经过宜章县，仍向目的地前进，因为昨天各部队都扩大了很多新战士，队伍已扯得更长了。

由临武至道州

■ 耿飚

一、嘈杂艰苦的一夜

十一月十六日，清早起来散步，刚一出门，就接着了师的出发命令，立即准备行李和吃饭。正是雨后红日东升，放出那灿烂的光辉，晒着青草上露珠，倒也有趣。部队集合好了，开始出发，向着道州前进。在暖和太阳下整整走了一天，约在八十里左右，肚内觉得有些饿，眼望前面的村庄，未知是否我们的宿营地？

忽然通讯员送一个命令来，上面这样写着："为达到迅速取得道州目的，着各部于本（十六）日继行四十里，到达雷家祠宿营，明（十七）日五时仍自行续进到达堂祠堂圩待命。"即时将继续行动的命令传出，只见后面整整齐齐的队伍突然向着路旁的小树林中一哄跑散，有的叫"快"，有的叫"冲呀"，有的叫"这根是我的"，有的叫"不是弄死了群众的树"，"不要犯纪律"，见此情景以为这时候（十七点半钟）未必还有飞机来捣乱？啊！原来不是隐蔽飞机，是折树枝做挂手棍，这里要说他们为什么每人要折一枝呢？因为：

（一）昨天晚上下了大雨，又加路的土质是黄泥，滑得很；

（二）是下弦月亮，要在下半夜才会出现；

（三）战士在经常的夜行军中间有了经验，手中挂一支小棍，对夜行军有很多的帮助。

队伍沿途坐地休息了十来分钟，又继续前进，走了不到五里地，天已黑了，转一会弯，就同友军合路并行，但道路狭小又滑，天又黑暗，人多拥挤不开，只听到前后乱叫"走右边"，"西城（一个团的代名）的靠左边走"，"跟上……"各向前跑，不远就分开了路，约有四里左右，都还听得后面在闹个不休。又见前面远远的隐隐火光出现，用镜子一看，才知是一个村庄，好像是有部队进去要宿营的样子。好容易走了两个多钟头，到达距村庄约百余米远的路上，听到"是不是'西城'的呢?"我就很快答应"是的"，那个通讯员又叫"到这里和友军一起宿营"，只听见后面队伍中唱"呵……到了……到了……到了宿营地!"

过了一段田畔，进入村庄，见满屋都是挤得满了的，找得一个群众来问，才知这里就是雷家祠，前面的村子很少，肚子十分饿，看了看表已是二十四点钟了，只得找着他们的首长交涉，在这村内来挤驻一夜。马上就进入房子，洗了脚，睡在宽凳上，只听得外面闹纷纷的……切菜、砍猪肉、劈柴，及战士要水，炊事员不肯而吵嘴等等的嘈杂，只是睡不熟，不久就见窗外透出那微弱的光来，这嘈杂的艰苦的夜就过去了。

二、二百里的急行军逼近道州城

由雷家祠出发，约三十里，到达祠堂圩待命，休息不到五个钟头，就接着了师的命令，命令的内容如下：

"薛敌率五师之众在我野战军后尾追，湘、桂两敌有向道县、蒋家岭前进，企图配合薛敌截我于天堂圩、道县间，道县无大敌。我野战军为迅速先敌占领道县，渡过潇水，转入机动地域，打击敌人的目的，着该部立即由此地（祠堂圩）出发，经天堂圩限明（十八）日拂晓前相机占领道县城，并拒止由零陵向道县前进之湘敌任务……"阅毕立即召集各级干部传达，一方面集合部队来说明任务与任务的伟大，和执行任务的注意事项，及进行鼓动，以提高战士的战斗情绪等。另要先头部队，加强火力，加强行军侦探警戒，干部位置要伸前一些，以备在遇敌时求得迅速了解敌情地形，得以迅速下定决心。准备完毕后出发，在沿途进行道路及两侧路线和敌情的侦察，将五十里，爬上了一个小山，山下来了一群人，当中有穿长衫的，穿短衫的，挑着担有担着篮的，我们就休息下来，利用这时间来问一问消息。首先叫他们坐下，看他们的脸色，好像是有点害怕的样子，于是以温和的态度，并给以纸烟吸，就开始问他往道州去的道路、地形及情况等。这些群众在我们的宣传中就争先恐后地一五一十将所问的一切都详详细细告诉我们，又拿了些宣传品之类送给他们，并深深地致谢他们的指教，这些群众连忙地答礼说："不敢当……不敢当……"内中有两个挑着担的群众,走了几步,又放下担子走来说:"官长!我还告诉你一点:道州有一座浮桥,这里去进城要走桥上过,这桥是船做成的,链子牵好的,你们要先抢得这桥,才能过去,他(指守城之敌)知道你们去,会把桥拉过对河去,你们就要夜晚扒水过去,把桥放过来,才能进城。"可见群众了解红军是工农自己的武装,对红军的关心。因此就拿出几角大洋,特别称赞他和奖励他,他再三辞谢,后来终于接受去了。

将刚才所得情况,如数告知前兵连,并嘱以迅速袭击手段,取得浮桥与城门,为最重之一举。一般战士均是奋勇地又继续前进,下了山就是一段平地,过了一道小街,买了些食品,成千的群众拥挤在路的两旁,附耳议论,他们的脸上都带有欢迎称赞红军的笑容,一盆盆一缸缸的开水,放上大把的茶叶,放在路边上,大家都一个个舀了一碗,一头走一头吃,又过了几个小山头,见前面有一个高高的塔,塔下有一个村庄,近前时一问:"同志们!这里到道州还有多少路呀?"群众回答:"还有一百里呀! 你们今天会走到呀?"看了看表,正是十一时,回头见队伍是很整齐的,一个接着一个气昂昂向前迈进。又走了约五十里,在一个路旁树林中休息下了,旁边战士说:"卫生员,请你拿点药出来擦一下我的脚,我这脚起了几个泡,痛得很!"我近前一看,果然在脚板下走起了五六个手拇指大的血泡。他们的连政治指导员走来说:"同志! 走苦了你了,上药后你跟在后面慢慢地来!"那边又有几个战士说:"我的脚痛了,大约也是起了泡。"这时战士对着指导员说:"不。我的脚是起了泡,但还是能走,我们担负伟大的光荣任务，要坚决地艰苦地执行，我不掉队，也不走后面，我是共产青年团员，我要做模范，为战胜困难而奋斗！"大家都称赞他，钦佩他。忽然后面有一个青年同志，不过十五岁上下，高声呼喊着："学习×××同志的模范！""我们要能吃苦耐劳呀！""要坚决执行上级所给予的光荣任务！""坚决夺取道州城"等口号，大家也随着喊。在这口号下，又继续地走，过了两段树林，经过一处大村庄，这村庄的房子真漂亮，白白的粉墙，新色的瓦，门窗都紧闭着庄外站着十多个扎袖露腿的人向我们望着，后面的通讯员，就在研究这村庄的主人是什么人，这十多个群众是什么人。有的说："这房子有这样漂亮，一定是一只土豪。"有的说："恐怕不一定是土豪，或者是大商人的也不定。"有的说："这房子不是土豪就是商人，不是商人就是做官的人家的，工人农民总没有这漂亮房子住，这外面的人，一定是这家里的长工。"大家都你说我笑的，又走了十余里，问了问群众，说：还有三十里！又通过了一个大树林，走上了一段约五里路宽大的平地，远远地看见一个人向我们飞跑，用望远镜一看，却是一个军人，手中拿了一封信似的，又见前面的尖兵在大路两旁埋伏起来，将手向后面下落，好像是要后面的队伍隐蔽的样子，于是队伍就隐蔽起来，待前来的那人走近时，突然把他抓住了，他还在逞强地说："不要乱抓，我是县长派我去有紧急的公事！"战士说："你说清楚：你由什么地方来，到什么地方去，去做什么？我们就放你去！"那团丁问："你们是什么人的队伍呀？"战士答："我们是中央军！"他又说："是不是蒋总司令派来的？"战士答道："是的呀！是派来追'共匪'的!"团丁答:"我是道州来送信到天堂圩去,要天堂圩的民团星夜到城内来守城!"拿他的信一看,知道县城内只四十名团丁,三十多支枪,前天化了一万元请广西派来一连兵守城,都没带行李。当时我就问他:"你知道我们究竟是什么军队?你知道红军要来吗?"他就目瞪口呆了半天才说:"我——不知道……你……你们是什么军队?"再看脸上变了色(由红的变成了青的),上下的牙齿在互相发抖,不由得身子也抖起来,看他这样子真可怜,又可笑,只好把他送往师司令部去,又继续向前迈进。转了几个弯,过了几段开阔地,约在十七点钟的时候,到达了道县附近,见道县的城墙上有几人在那里走动,为使猝不及防,而迅速取得道县,就一个跑步,占领城南的街道,因守敌将浮桥先拉了过去,所以无法过河。前兵即隔河向城射击,前队营就在河的下上游布置警戒,进行渡河点,和攻击点的侦察,一方面部队进入村庄休息,睡眠造饭,另方面前队营布置火力,设置夜间射击设备,选择水手架桥,爬城的部队,找云梯,于是就结束了这二百里的急行军。

三、占领道州城的经过

夕阳西下,时近黄昏。全部队伍均进入了宿营地,有些正在吃饭,有的在睡眠,而道县城内的敌人却是恐慌万状。只见城上隐隐一伸一缩地露出头颅,不断地向着我们及城外窥探,这真是像乌龟一样,并且向我们连续不断地打枪,射来的子弹都在空中飞过。

我们的战士一个个拿着自己的武器,利用着天然的地形地物,将身体隐蔽得好好的,一枪也不放,只是对着隔有四百米远宽的河岸上的敌进行革命宣传工作(喊口号劝告白军中国人不打中国人)。

城外的群众一点也不恐慌,还是成群地站在河岸上,参观他们自己的武装——工农红军。

天已黑暗,我们的战士正在轰轰烈烈地擦枪擦刺刀,作云梯,找绳子,准备扒城与巷战。

我们的指挥员,每个人拿着一个望远镜在进行侦察。

一轮明月,照耀河水,白亮亮的放出光辉。正在用镜子照看石城墙上的敌人,一排排一队队站在城上向我们这方眼瞪瞪地望着,忽然后面一声报告:"政治委员请你!"回头看时,原来是一个通讯员,便随着转到司令部去,将一进门,就见电铃响个不停,原来师部亦到了,距道城十里地宿营。我坐着吃了一碗茶,将侦察的情形与政治委员谈了一下,即在电话上报告请指示动作,当在电话中得到陈师长(光)的指示:"道州城内敌人既只一个连和几十个民团,同时他是无任何守备的准备,在我来估计:这敌人今晚或拂晓前必然向蒋家岭逃窜,已令第五团在河的上游三里处立即架桥北渡,在拂晓前攻袭道州城西北门,你团(第四团)立即开始动作,先以水手浮水过去,架好浮桥,或是先放几个船过来,在五团未开始攻击以前,积极运动,一方面偷渡道河,在不奏效时则强渡攻城。另方面佯攻,意义在协助五团成功等等。"将这一指示转告政治委员,立即计划部署,二十四时开始动作。处理完毕后,吃了几个柑子,稍为休息了一下,又跑到河岸。此时我们的工兵排,攻城突击部队(第一营)都来到待机位置,火力配备好了,工兵开始浮水过河。首先由工兵排长王友才率工兵一班副班长及二个战士下水,经过几分钟的时间,连一点响声也听不见了!忽见城上火光一冒,"啪啪"的一连数枪向我们射击,后就由西门向蒋家岭逃窜,再看我们的浮水的四个英雄,已经到了河的中间,忽然沉下去了一个,连续向上冲了几下后,就见不到出面了!

天已将亮,浮水的已上了对岸的船,船夫忙手忙脚的拿了几套衣服给他们穿上,当时城门旁边的群众很快地跑到河边来帮助我们的工兵架桥和撑船,不上十分钟的时候,架设好了一座四米达宽可以通过四路纵队的大浮桥。

突击部队(一个营)开始过桥,由南门的城墙上面向东西各分一个连,沿城前进,其余的一个连及营部直出北门,并占领在东北两门外之堡垒,向通零陵方向警戒。当时我五团,亦由道城河的上游过来,占领了道城的西门,及西门外一带阵地,向蒋家岭方向警戒着。本队入城经过搜索后,即派出步兵二连,由李参谋长率领,向零陵方向前出一日行程侦察,向敌行动,并利用沿途电话通讯,待命撤回的任务。待侦察部队派出后,进入了北门城外村庄,隐蔽休息,待将前面的地形及道路侦察完毕,详密的配备了警戒,预定了紧急时的处置,向当地群众进行了宿营的宣传解释后,各部队开始进入宿营地。

后面的部队(师直属队及友军)继续不断地开入道州城,忽隐隐地闻"轰——轰——"的声音,全军的司号员到处发出对空警报号音,部队的动作真快,不上十分钟的工夫,都蔽到树下,草里,屋中,水沟内,一点形迹不现。敌人的飞机来了,飞到道城及其附近的天空,忽高忽低地向地下侦察,经过半小时之久,才向东飞去。

　　集合前进的号音一发,由各草堆树林屋子里走出了红色战士,整齐地又按序前进。

休矣飞机！

■艾平

嗡嗡的声音，又在天空中响起来了。正在向道州城前进的红五师第十三团的队伍，在一声飞机号音下，迅速地离开了道路，隐蔽起来，防空部队也占领了阵地，准备打它一架下来。

飞机的声音，唧唧是改变了它的声音，飞的高度也就更接近了我们。"这一定打中了！"不约而同地，从许多红色健儿的口中发出来了这样的呼声，看看飞翔得越来越近越来越近，哗啦一声，几乎吸得你离开了原地，是多么大的风呀！就在这一下，活的变成了推也推不动的死的，卧在道旁的草地上。

两个像猎人一样打扮的飞机师，面如土色，跪在飞机旁边，一边作揖磕头，一边惊慌失措地哀叫："老总！不要杀我呀！救我一条狗命吧！"多么卑鄙无耻哟，那摇尾乞怜的样子。

一队队的红色战士，端着上好白晃晃刺刀的武器从四面八方杀过来了。

这下可不好了，把这两个狗飞机师，手足无措，跪在地下，像神经病样的，不住地磕头作揖，好像在捣米一样，真把人肚子都笑痛了。

"你们是技术人员，"苏政治委员说话了，"不要怕，我们不杀你，你们想想，杀了你们两只走狗，无名小卒，又有什么用呢？"

许多红色战士，大家摩拳擦掌，跃跃欲试，都想给他一顿饱拳，泄泄恼恨，"以为你飞得高……也有今朝呀！……还不是把你捉着了！……"

两只面如土色，呆如土鸡的走狗，终于苏醒过来了，摇尾乞怜地说："我们做梦也未想到会被你们中央军（他称中央红军为中央军）捉到，以为捉到一定有性命之忧，如蒙大恩真不杀我，我痛悔前非，跟队伍大军去……嗯嗯！只要大军愿收留我……真是恩同再造啊！愿效犬马之劳，以报不杀之恩！"说完话他又像捣蒜样地磕头。

"他的头真不花钱去买！丧你老狗祖蒋介石的德哟！"

这架飞机是南昌飞来柳州专打红军的，No.709号战斗机，驾驶员一个是广东人，一个是江西雩都人；缴获两挺机关枪，五千余发子弹，还有两件皮衣，两架风镜，两个表，两支派克自来水笔等，多谢蒋介石又送我们飞机一架，日用品也不少。

红军所到之处，群众热烈欢迎，飞机打下来了，更提高了这一带群众欢迎红军的热烈。附近的群众，老老少少男男女女，笑嘻嘻，兴高采烈，提着饭，担着茶，拿着红薯……热烈地来慰劳红军。

"红军真不错！"一个年老的胡子，举起他的大指，"飞艇都打下来了！这一份的（表示第一的意思）！哈！哈！哈！"

当飞机来的时候，队伍都全部隐蔽起来了，防空排也沉着的准备了开火，秩序井然，没有紊乱、恐慌的表现，骡子马匹，既无像骑兵样的训练，兼之又动摇，本来一听见飞机，它们就想逃跑，当飞机中弹后,越飞越低,叫的声音也越发怕人,"动摇"的骡马,惊得满地跳,跑,跑,跑了五六里,并且拼命地"嗯嗯"地乱叫。

旁的没有什么事,累了我们饲养员同志们,追得大汗淋漓,口里不停地骂:"动摇怕死鬼,老子不打死你哟!"有些骂得更有趣:"哪个要你来当红军哟?这样动摇怕死!"

引得旁边战士们哈哈大笑!

队伍继续出发了,两只"狗"自然带起走,然而损坏了的飞机呢?毁坏了它不成问题。

工兵排的王排长,奉了团长、政治委员的命令去烧飞机。

真是"土佬",他把包袱毯子,一身行李都放在飞机的上面,然后再态度自然地去放火来烧,损坏了的飞机,弄得满身是汽油,当然火一发到处都燃烧起来了,烧得王排长的头发身上的毛,都变得焦黑一样,如果是有胡子的话,连胡子也会烧焦,包袱行李用不着说,自然是一并变为了灰土。

从两河口到马蹄街

■艾平

　　在长途行军中间,往往因行李的笨重,妨碍行军与战斗,所以从中央苏区来,差不多天天都在减轻行李,清查担子,直到轻到最低限度。今天又开始了这一工作,减轻、减轻,还要减轻行李,所以我们红四师政治部就大烧其文件,什么登记表啦,统计表啦,通令报告啦,不必要的报告啦,报纸啦,多余的宣传品啦……书籍和文件,都大烧特烧起来,尤其是把宣传队的小鬼们急得跳脚,这样演剧的化妆品也不愿意丢掉,那样的道具也舍不得丢,这个说:"这件小姐儿穿的旗袍很好。"这个说:"难道那件绅士的黑缎子大衫又丢了吗?"……就是这样吵吵闹闹地,终于弄掉了。

　　人说广西军阀的飞机,虽不像蒋介石这只乌龟头子的飞机厉害,如果你不隐蔽伪装,包管有些时候会碰着一个炸弹,所以我们还是在夜行军。

　　因为情况估计,知明天才有可能同阻滞我们路的广西的敌人作战,所以一路行军,还不觉得寂寞,尤其是四师政治部那些宣传队的"火线剧社第四分社"那些小鬼,真是天真烂漫,玲珑活泼,兴奋异常,沿途歌唱不止,我们的步伐无形中和着歌声的节拍,合组成了一个大的军乐队。

前面一个传一个地传下来了，绑带解下来，袜都脱下来准备过河。

一条大约百米左右宽的河，横在我们的面前，一眼看去，河水并不见得深，一个同志告诉我，这就是两河口，走在前面的同志们，有些已经过去了，有些才正在过，我们呢，正在准备过，大家把裤子卷得高高的，绑带解下来，鞋袜也脱下了。

月亮还没有出来，火把又不准点，黑暗得看不见路，大家手牵手，你拉我，我拉你，跟着前面同去的路线跟下去了，旁的什么都没有，只听见水的咚咚咚的响声，和人们的笑声及说话声。

每个人都要同样的动作起来：在河的那岸要脱鞋呀，袜呀，绑带呀，直过到河的这岸来，就要恢复原状，重新穿起来。

因为地形上不利于我军作战，所以我四师有两河口以东掩护全军团及整个野战军通过两河口的任务，这是多么严重的一个任务呵！十二团为前卫，开始向两河口以东之某村移动了，不期而遇，在半夜与敌人遭遇，敌人被我击溃，某村是被我占领了，然而，敌人究竟是多少，直到今天我还没有弄清楚。

既然发现敌人，也就不容我们忽视了，事实恰是成了一个反比例，除派了一营兵力的警戒外，以为什么事情都完了，因此拂晓在前哨与敌打响后，连团的首长还在睡乡里，做着他的蜜梦，增援前面队伍也来不及，所以好好的一个阵地，被敌人占了去，这下我十二团当然处于不利的地形条件下与敌人作战了，不得不又要来进攻敌人，夺取失去的阵地。

十二团的战士们不服气，全体指战员都说："在苏区时我们是三军团的模范团呢!"所以他们在干部的"同志们,拿出我们模范十二团的精神,恢复我们的失地"的口号下,雄赳赳气昂昂,端的端步枪,拿的拿手榴弹,一个冲锋,那才快呀,不顾一切地冲上去了,敌人也就随着坍下去了,阵地终于恢复了。

广西军阀有相当的顽强,比起何键的队伍,似乎要强些,还善于使用侧击,包围及迂回的战术。我十二团在恢复了这个阵地以后,在敌人两团以上兵力的攻击下,忽视敌人的包围,不得不放弃阵地,撤退过了一条深沟,再退过一个山背,经×纳已与我四师主力相接合。

不死心的敌人,也跟上来了,于是与我十团、十一团相对峙。

同敌对峙了一晚,正式的战斗又重新开始。敌人的力量,也有了新的增加,如果说昨天与我作战的敌人是三个团,今天已有了五个团,估计敌是两个整师,没有增加上来的,用不着谈他和计算他。

"同志们! 我四师两天掩护的任务,已完成了一半,今天是比昨天来的更加严重,战斗更加来得厉害,但是,我们不害怕,不畏惧,我们要完成上级给予的任务,一定要完成!"在各个连队里,或者以营为单位,都在开始进行战斗的鼓动。

"让他来吧! 尝尝老子们的子弹、手榴弹! 蒋介石的我们也不怕呢!"各线上的战斗员,具着沉着,坚毅,勇敢,壮伟的大无畏的精神,雄壮而响亮的回答着他们指挥员。

战斗开始了,的确,敌人是凶猛一些,侧击包围的战术,仍像昨天的一样施展起来。然而我军是沉着得很,每每当敌人攻击时，我们一枪也不响，等待敌人投入冲锋时，我们一阵手榴弹，机关枪弄得敌人不得不坍下去。是侧击吗？我们的第二梯队往往用反突击，使得敌人侧击的企图成为无效，就是这样防御，突击，互相配合着，使敌人的凶猛，侧击，包围，无以用其技。

敌人越聚越多了，兵力也雄厚了，方法也狡猾起来了，敌人鉴于几次攻击不得逞，"黔驴技穷"，采取了火攻，当敌人将要进入冲锋出发地时，即在我们的防御的前线及四周放起火来，这样使得我军受火的威迫，无法与之恋战。

因为是掩护的任务，没有必要去与敌人决战，我军也就在敌人这样的火攻下面，放弃了×纳与马蹄街。两天的掩护任务，终于胜利地完成了。

我们的队伍，即在放弃马蹄街的傍晚时候，跟着军团主力行进道路，向牛头岭进发。

牛头岭是在一座山峰，直入云际的大山的半山上，从山脚望上去，人家的灯光，好像不甚明亮的星光儿一样，挂在天空。

老远望见这一个大里山耸耸地立在我们的前面，这使得我们"未爬山，先冷了三分心"，因为与敌人作了两天战，已经疲乏了，还要爬这样高耸入云的大山！

"同志们！"站在路旁的一堆年纪轻轻的小同志们中的一个手舞足蹈地在说话："我们是掩护的任务，已经胜利地完成了，我们为着迅速脱离敌人，赶上我三军团主力，又要加速行军了！"

谈话完了，接着就是一阵口号声："继续完成掩护任务的精神！"

"不怕疲劳,不怕辛苦!"

"加强行军速度,赶上主力!"

"为反攻的胜利而奋斗!"

"为苏维埃流最后一滴血!"

"……"

口号过去了之后,一个较大些的青年同志,声音洪亮地向爬着山的指战员说话:"这两天来辛苦了吗?"

"不辛苦!"一声响亮的回答,像雷鸣般的震动山谷。

"对!"他又谈话了,"爬到牛头岭就休息,吃晚饭呵!"

我们的疲乏,就随着鼓动棚的小同志们的洪亮而清脆的歌声渐渐消失了,两只腿也更加有劲了,这些小同志,也加入在最后队伍的行列中,向牛头岭前进。

"工农解放歌",他们一些不觉得疲劳,随走随唱着:

工农解放歌

F调　　4/4　　　　　　　　　　　　　　（鼓桂生记忆）

5.1	1 1	1 —	5 3	3 3	3 —	5 5	5 3	5 5 5 5 3
那帝	国主义者		那国	民党军阀		那豪绅	地主	官僚 政客

1 1	1 3	2 —	5.3	2 2	2 —	5 7	7 7	7 —
都是	剥削者		他屠	杀我	工农	剥削	我穷	人

‖: i	i 7	6 7	i i	6 6	4 4	5 5	3 5 3 —	1 — 3 —
看 统治	阶级	经济	恐慌	日起	崩溃	矛盾	更加紧	用战
看 工农	群众	失业	破产	饥寒	交迫	正在	要革命	用战

5 - - - | 1 2　3 4　4 5　3 2 | 3　2　1 - :‖

争　　　　为着 工农　群众　解放 要 牺 牲

争　　　　为着 中华　民族　解放 要 牺 牲

5 2　2 2　2 - | 5 5 4　3 4　5 - | 5 5　5　1 1　1 |
·　 ·

若不 打倒 他　那痛苦 受不 尽来来 来 来来 来

3 2　1 2　3 - | 3 4　5 -　6 5 | 4 3　2　5　5 |

用革 命战 争　用战 争　解放 工农　救 穷 人

烧死了两匹马

■艾平

大地被黑暗笼罩着,天空中连一颗星子也没有,简直暗得连什么也看不见了,然而,灰色的一条地一条地好似长蛇的,仍是在蠕动着。虽然,有时好像因为路不好走而又停止下来,但不久又继续着在向前移动了。

"长岗铺还没有到啦?"带着不耐烦的声音从我的后面发出来。

"还有多少路还不知道呢!"接着带着失望似的声音在响应着。

"……"

他们声音渐渐地低了,谈的什么也听不见,最后只听到一句:"同志哥!管他呢,休息下吧!"

拥塞着大路拥挤不通,火光烧得像烧野火样,从各处燃起来照得满天红,连一块偌大的草坪也照得通光亮,像黑地狱样的黑暗空气,也被冲破了,看得很清楚:队伍是一队队地各向自己的宿营地奔流去了。

"主任,"师司令部的管理员站在路的旁边用手向我这样一指,"政治部驻在这边的房子。"

吵闹得很,虽然走了一天又半晚的长行军,并没有任何一个人表示是疲乏了,特别是宣传队的小同志们,东奔西跑,还在那里弄些东西吃呢?因为,他们的肚皮大概是饿了,其余一些,都开始钻进毯子,走入睡乡去了。

"啪、啪、呼、呼、呼……"一阵枪声乱响,把人从睡梦中惊醒过来了。

"走呀!逃呀!"一些人连喊带吼的四面向外跑了。

"烧到这里来,我的……没有了啊!天呀!"

"……"

"又是反革命放火捣乱啊!"有些人是这样在议论,有些群众像木偶样在叹息。

"一律向南走!"这是指挥员的命令,于是一下这些从庄子里出来的人们,都应声地向南走去了。那才拥挤不开啊!你抓我,我拥你,挤做一团,有的年纪小而身体瘦弱的同志,被挤得倒在地上,狂呼乱叫。

"停止!"又是指挥员命令下来了,"都在空田里集合!"

长岗铺的火光冲天,青烟接云,熊熊的火继续着猛烈地发展,越发烧得厉害了,火里烧着子弹手榴弹,啪啪,轰轰,像在进行激战。

"找了你半天哟!"黄政治委员仓忙地说。

"还以为你们还没有出来啦!"

"火一烧我们就跳出来了!"我答应他。

"糟糕!糟糕!糟糕!主任,"黄政治委员又说话了,"真糟糕,眼镜丢掉了,怎么办呢?"

"真的,"我望他的眼上没有架眼镜,"那真糟糕,近视眼怎么走路呢? 还不要谈打仗?"

"唉! 真糟糕! 糟糕!! 糟糕?!"黄政治委员不断的焦急叹息。

"老表!"我对黄政治委员的特务员说,"你再去找一次! 如果没有眼镜,这瞎子怎么办呢?"

"同志! 快弄水来! 一齐救火呀!"

广大的群众就一声号令下,都动起来了。真好笑,还有用自己吃饭的碗装水去扑灭那熊熊的火。"同志们! 救火也要坚决,勇敢来呀! 无论如何打熄火光!"所以有的群众都来热烈地勇敢地继续救火,"杯水车薪",何济于事呢! 偌大的一个庄子,毕竟烧去了一大半!

"一定又有反革命捣乱!"群众们根据一向来的经验,估计失火的原因,狂叫起来。

"快清查! 查出来杀他的头!"

政治保卫局的同志们,四方八面布满了,严密地清查放火的反革命分子。一个穿短衫的鼠头鼠脑的人被抓来了。

"抓着这个狗儿子! 不要让他走了!"许多群众都围拢来了,虎视眈眈,简直想立即把那个人吞下去。

"打他这个狗儿子! 打! 打! 打呀!"一声高叫,千声附和,几千个拳头同时举起来,几十个拳头如冰雹似的落到反革命的头上或身上。

"抓过来我也来打他一顿。"围在圈外的群众,男女老少还不知有多少,摩拳擦掌,狂吼乱叫。

政治部与保卫局的许多负责同志尽力对群众解释:"反革命应该问他的道理,把他反革命的事实,阴谋,来向大家群众宣布,叫群众们不要再乱打了……看他是受着什么人的指使,或者还是主动的……如是工农劳苦群众出身,受反革命欺骗利用的,就不应该这样对待他……主要地要去对付那些真干反革命的家伙……"

保卫局的同志们,配合一部红色战士四方八面出动,尽力维持秩序。

"同志们不要打了!让我们带去审问明白!"保卫局的同志们把他带走了。

放火的反革命家伙,流血了,现出了一个血淋淋的面孔。群众们的愤怒,稍许平静了一点,然而女的小的,仍是哭声遍野!叫着妈的,也有哭着爸的,叫着这下不得了呀!也有在谈住也住不成了啦!同时,余火仍是在无情地燃烧着,被烧死的猪和狗的臭味,真要冲昏人们的脑神经。

宣传队也四方八面出动了,有的在宣传,要他们不要哭,也不要伤心,我们红军是为工农劳苦群众谋利益的,反革命烧了他们的房子,我们红军还可以救济他们;同时指出反革命的阴谋毒计,揭穿反革命的阴谋伎俩等,而有些在群众中调查,那个人被烧掉了好多房子财产,准备着明天赔偿。宣传队的小同志们很有计划有步骤地,热心在进行着他们的工作。

天也大明了,我们的部队也在清查着失火的损失。被烧了一些子弹、手榴弹,及个别同志的被毯衣服等物品。

"我们政治部别的没有损失,"总务科长这样向我说,"只烧死了两匹马。主任!你的一匹和一匹公用的。"

道州城的一瞥

■ 加伦

通道会议

1934 年 12 月 11 日,红军先头部队红一军团第二师占领通道县城。12 月 12 日,中央几位负责人在通道县境内召开了非常会议。会议的中心议题是,研究解决处于危机情况下的红军行军路线和战略方针问题。会上,李德坚持要红军按原定的战略方针,立即北出湘西与红二、红六军团会合。毛泽东坚决反对李德的意见,提出了红军必须西进贵州,避实就虚,寻求机动,在川黔边创建新根据地的主张。13 日,中革军委命令中央红军"迅速脱离桂敌,西入贵州,寻求机动,以便转入北上"。当日,中央红军依照中革军委命令,突然改变行军路线,转兵贵州,暂时脱离了险境。

三道封锁线突破了以后,部队进到了临武蓝山一线,并继续向西前进,我们的目标是湘西。

事情并不这样简单,困难又摆在我们面前了,一条潇水阻住了我们的去路，它在军事战略上是占了重要的意义。

要过潇水一定要夺取道州，因为这是一个重要城市，是一个军事据点，因此我们常打先锋的二师四团又担任了夺取道州的先头任务。

由蓝山县到道州，相隔二百四十里，前面有广西部队，后面有追击部队，由江西跟来捡破草鞋的国民党周浑元吴奇伟纵队又到了宁远，都离道州不远，第二天有到道州的可能。上级命令限四团要在第二天中午前后占领道州，否则整个部队行动就要受到极大困难。问题是这样严重的摆在面前。

在短促的时间又进行了简单的鼓动，战士们了解了自己的任务，根据他们一路来的经验，都毫不在乎的表现非常有把握。

"三道封锁线都突破了，难道一个小小的道州还拿不下吗，二百四十里算什么？"

战士们是抱定了这样的信心，他们饱餐一顿，在夜晚七时出发了。

照例的爬山过水，照例的穿过森林村庄，照例的一切自然界在黑暗中模糊地过去，照例的静寂无声。夜间动作已成了我们战士们的家常便饭了。

经过长时期的静寂，大家都有些倦意，睡魔袭上身来，前面的忽然站住了，后面以为休息，见前面的站着又不坐下来，注意一看，才知道他打瞌睡，前面很多人已走得很远了，大叫一声："嘿！打瞌睡掉了队呵！"打瞌睡的同志被吓一惊，提起步子，飞跑地赶上去了。

天亮了离道州大概只有二十多里,忽然听见震天地的响声:"嗡——嗡——"七八架飞机正由后面飞来,指挥员一声口令:"散开隐蔽!"刹那间偌大一个队伍好像孙悟空摇身一变样,一个也看不见了,敌机盘旋了一会,无聊地在前面的云端里消失了。

一声"前进"的口令,又好像摇身一变,雄赳赳的战士们又一路一路地在路上飞速地前进了。在队伍中又荡漾着一种他们经常唱的歌谣:"飞机,飞机,可恶黄的(因为敌机黄色的驾驶技术好些,多给了战士们的威胁,所以大家痛恨他),天晴就来,落雨也不休息。"

有些同志忿忿地说:"这些飞机师不飞去打日本,单飞来打红军,有一天捉到,要剥他的皮,抽他的筋!"大家哄然一笑。

前面打响了,敌人真没有用,一打就坍,马上就占领了河的东岸,敌人退过河去了,桥也拆了,城市在对岸向我们微笑,招引着我们,吸引着我们。

"谁会浮水,去把船弄过来?"团长这样问。

"我去!"一个战斗员跳出来。

"我也去!"又一个战斗员跳出来。

"我也同去!"另外一个战士也跳出来。

河是很宽,水是很深,要浮过去,确是不容易,于是我们这边配合着火力轻机关枪,掩护着这几个英雄过去。敌人站脚不住,立刻逃了,我们浮水的同志也有两三个牺牲了,其余的终于过去把船弄过来了,于是我们就胜利地夺取了道州城。此时正是下午三点钟的时候。

红旗飘上了道州城头,群众们欢天喜地地欢迎着我们,街头巷尾,人海人山,千万条的视线射在每个战士的身上,他们惊叹着红军的英勇,他们羡慕着红军的精神,他们观察着红军的武器。

"嘿!有机关枪呢!"一个小学徒指着说。

"蠢东西!机关枪就机关枪,什么机关枪,真是乡吧老!"一个店伙这样讥笑着小学徒。

"子弹都不多,真奇怪,怎么总是打胜仗,真有本事!"老头儿摸了摸胡子这样说。

"他们日走一千,夜走八百,刀枪都打不入,他们还靠子弹打仗?"另一个老头儿很神气地说。

前面一群钉了镣铐的人来了。后面跟了很多看热闹的,周围的人也围拢去,那些戴镣铐的骨瘦如柴,头发蓬松,衣服是烂得不堪了,放出一阵阵的臭气。

"老刘!你们怎么出来了?"一个店伙问。

"沾红军的光,把我们放出来了!"犯人们这样的回答。

"红军是救国救民的军队!"谈论起来了,囚犯们像出笼之鸟,欢天喜地地过去了。

"到城隍庙看戏领东西去呀!"几个青年这样叫着,全城轰动了,一批一批地向着城隍庙奔去。

一个戏台前面的坪上,挤满了几千人头,几千条视线都射在台上,小孩子爬到树上去看,妇女们缩在角落里。

红军代表讲话了,大家目不转睛静听着。讲到他们的痛苦,大家点头称是;讲到豪绅地主军阀的罪恶,个个咬牙切齿;讲到红军的主张,大家鼓掌叫好。千百副的表情,随着演讲人而变,台下高叫起来了:

"红军万岁!我们的红军万岁!"

新剧开幕了,群众不断地叫好,掌声不断地在台下轰动,闭幕了还要求再演。

最后是散发东西了,衣服、布匹、用具,一簇一簇地往下面丢,群众拼命争抢,几千人头时而往东,时而往西,随着抛下的东西播来播去。小孩子挤得哇哇叫,妇女们挤得跌在地下,有的头打破了,有的牙齿打出血来了,得了东西的笑眯眯地回去了,没有得着东西的苦苦站在台前要求,有的两三人还在争一件东西。经过红军中同志的解释,分给了一些东西,大家才欢天喜地地回去了。

队伍都继续前进了,在月色中离别了道州城市,离别了道州群众,千万群众的脑海中,留下了对红军深刻的印象。

苗子的神话

■ 彭加伦

今天队伍没有动,在此休息,此地是广西全州的文市,地方不很大,有几十家店铺,东西也不很多,早被前面的部队买光了,走遍了全街,没有买到一包纸烟。

刚吃过早饭,卫兵带来了一个老百姓,说是来找"红军大人"的。此人不很高,身体肌肉很饱满,脸部稍带黑色,眉毛很粗,头发差不多生到了眉毛边,眼睛又圆又大,上边遮满了一线睫毛,嘴唇红红的,露出一排黄色的牙齿,一个大辫子盘在头上,上身的汗衣打上了几块补丁,肩上一个大洞,露出他的肌肉,下身裤子白的,变了黄色,还溅上了不少的泥浆,脚是赤着的,手里拿着一个斗篷。

他一进门就深深作了一个揖,笑容满面地连声喊"红军大人"。我们小勤务员倒茶给他吃,也很恭敬地作揖,也照样地喊"红军大人"。他开始说明来意了:

"听说红军大人来打富救贫,替天行道,我们苗家弟兄非常欢喜,我们天皇特派我送一道公文来,愿同你们联合,你们也是红家,我们也是红家,大家都是一家人,哈哈哈哈!"

说完,他的口袋内掏出一张黄纸来,这纸是像和尚的表率一样,开头是写了一路大字:"太上天皇×××××致红家弟兄……"大概内容是说时代不好，奸人当道，人民痛苦，已达极点，只有大家合作同心，打倒压迫人的人，百姓才能解放，天下始可太平。特别是说到他们苗家的痛苦，受尽了汉官财富的压迫，要求红军帮助解放他们一类的话。文字是汉文，词句多土话，后面还有很多符咒，都是用朱笔写的，我们看了暗暗地好笑。

我们很诚恳地向他表示愿意和他们联合，说明了我们的主张，指出他们苗家的出路，说明我们是来帮助他们打倒汉官财富替他们求解放的，他听了更加喜欢，同时又叨叨不绝地告诉我许多他们的情形，他说：

"我们天皇在几岁的时候，有一天满天红光，金光万道，忽然一面大旗由半空中掉下来，掉在天皇门口，旗杆插入土中很深，很多人去拔，拔不起来，天皇跑去，不费一点力气，就拔起来了。这旗和你们的一样，都是红的，不过中间的花不同，你们的是黄花，有五个角，我们的是一条黄龙，我们都是一家，也是这个道理。后来天皇去看牛，忽然一座石山崩裂，出现一座大屋子，天皇跑进去，一个百多岁的老人，授给他一套兵书宝剑，天皇出来后，石山又合拢去了，所以后来天皇知过去未来，当你们还在广东边界时，天皇就算到你们会到这边来，算定了我们苗家出头的日子到了；当你们快要来的时候，汉家财富来向我们要租要债，衙门里也来要款，我们等拢了几个人，和他们打了一架，我拿起一把单刀，杀了他十来个，现在他们不敢到我们庄子上来了。说来真气人，我们的田地都被他们占去了，派款，我们苗家特别的多，修碉堡，派差事，也总是我们苗家吃亏，这样的世界，再不拼命,也是不得了的,我们下了决心,联合你们去干!"他的笑容是收起了,表现出满腔仇恨,咬牙切齿地诉着。

我们给了他一番解劝,写了一封回信,办了很多菜,请他吃了饭,并送了很多礼物给他带回去,他又笑容满面地作了无数个揖,欢天喜地回去了。

苗民的痛苦,确是到了极点,受尽了汉族豪绅地主军阀官僚的压迫,他们进行了不少原始式的反汉官军阀的斗争,但总得不到援助,以致终归失败。他们虽然迷信很深,对红军没有正确的认识,可是他们总知道红军是替民众谋利益的,是他们的救星。他那识知的闭塞,虽然可怜,但他那天真烂漫忠诚英勇的精神,确值得佩服,少数民族的工作,是怎样值得我们注意呵!

紧急渡湘水

■ 李雪山

突破第四道封锁线

1934 年 11 月中旬,中央红军突破敌人第三道封锁线后,于 25 日抢渡湘江。12 月 1 日,中央机关和红军大部队终于拼死渡过了湘江。湘江战役是中央红军突围以来最紧张最激烈的一次战斗。广大红军指战员虽英勇奋战,但由于"左"倾领导者的错误指挥,使红军付出了极其惨重的代价,由长征出发时的 8.6 万人,减少到 3 万余人。

已经是十月的天气了,中央红军远征到达湖南的湘水,野战军前部已过去了,只有五军团还在离湘水百五十里的地方,掩护整个野战军渡河。这时桂系军阀已经追上来了。五军团虽然在每天打掩护,走夜路,急行军,受风寒,饿肚皮,像这样的疲劳状态中,加上天上敌机的轰炸,地下敌人四面八方的攻击,迂回包围,但是最艰苦最顽强的十三师,依然能抗战到底,使敌人无可奈何,掩护全军的安全渡河。

部队和敌人打了大半天,太阳西斜了,十三师才开始撤退。沿着湘水西进,走了五六十里,已经是夜晚九点钟,才说要宿营做饭吃(一天都没有吃到饭)。前面又传来"敌人积极向湘水我军渡口进攻!"这时十三师离湘水还有九十里。

为了争取渡河的胜利,虽然打了一天仗,已经走了五六十里路,没有吃到一顿饭,但最能忍受这样艰苦的阶级战士们,在一个动员之下,把自己的东西完全牺牲了,只背着枪械子弹炸弹,个个抱着"无论如何要渡湘水的决心!"

天色苍茫,黑幕笼罩着大地,高高低低的大路,十三师紧急向着湘水前进了。"不掉队!""不落伍!"一口气跑了九十余里。天还未亮,已经到达湘水河边。湘水悠悠流着,秋风凉气袭人,但是阶级的战士们,不管它水凉流急,大家毫不犹豫,把鞋袜脱去,扑通跳在水里。河水冰凉入骨,还听得"嗳呀唻!……""嘻、嘻、嘻!"的战士们唱出的兴国山歌和欢笑声。他们心里说:"争取渡河的胜利了!"

太阳东升了,映着湘水通红,隔江的敌人哪里能追得上呢?又走了二十多里,这时还没有吃到饭,北面的敌人来得好快(何键的)已经达到我们的渡口来了,百战百胜的,钢铁的,无敌的五军团,十三师,还是要打起精神,忍饥挨饿的,一面抵抗,一面西进,这样又经过一天一夜的奋斗,终究使敌人掉了队,落在后面了!

在重围中

■ 莫文骅

　　这是一个很严重的环境。当我们野战军到达湖南道州附近及广西全州、灌阳之间的时候，敌人布置了极严密的封锁线来防堵我们，而且追击的周纵队追得紧紧地。右翼截击的薛纵队已到达全州，左翼截击的广西部队又从灌阳、桂林而来。

　　屈指一算，敌人四方八面兵力足够了三十万至四十万了！空中来来去去的飞机还不算在内。

　　有一天，湖南敌人的飞机掷了好几个炸弹之后，随即散发了一些传单，里面的话句句是吓人的！表现他们有百分之百的把握扑灭我们，同时表现着他们是打红军的能手了，传单中有几句是：

　　"共匪们，我们奉总司令的命令等你们好久了，请你们快来！

　　来！来！来！

　　来进我们安排好了的天罗地网！"

　　这实是吓人的话！

　　我们知道又是一场恶战了！这是几省敌人的精锐，更利用天然的地形，有名的湘江，布置好了的封锁线，比任何一次封锁线都来得凶，这算是突围后第三次激战了。在长征的战斗历史中，我们叫做"三道封锁线"。

年轻的红八军团，他是突围时产生的，他的产生，即突围的开始，几月来，数省的转战的战争中，都是担任侧卫，扫平侧方敌人，而屡表他的新的铁拳的力量，在几次初试的战斗中力量还表现得不错。

这一回，他因由湖南之永明入广西、灌阳之任务改变，奉命折回经道州附近，日夜兼程地归还主力，那时，追主力的敌人的八军团平行前进，走了两天两晚，没有吃，也没有休息。才赶到主力时，正在与追击的敌人激战中，因为没有担负战斗任务及早脱离敌人的缘故，便在枪林弹雨中穿过空中的飞机轰炸，不管三七二十一了。

我们当晚在水车宿营。水车的景色听说还不错，因为夜晚才到，天明便出发了，没时间也没心机去鉴赏他。

天未明出发，随九军团前进，担任左翼，水车留有五军团之三十四师掩护。

那天是突破敌人封锁线的开始的一天，亦是严重战斗的一天！

行军中听到右翼枪声剧烈，飞机数架，在空中投弹，我们知道右翼主力兵团正在突破敌人的封锁线了。我们相信，虽敌人层层封锁，四面包围，但主力无论如何是能突破的。正在其时，水车方向枪响了，知道三十四师抗击追敌的掩护战斗开始了；同时又听到前面打了一些零碎枪声，但不知究竟，然而不管如何，赶快前进，突过敌人的封锁线，才能便于主动，并且前面是否有障碍还不知道，于是急急地前进，途中休息的时间，也缩短了。

因为是在九军团的后面跟进，起先虽然听到一些零枪，但仅仅是零枪吧了，没有继续。

"啪！啪！"继续而起的"嗒！嗒！嗒！"的声音，步枪声机枪声，突然起自前进路百米前面的山腰丛林中！只听"哟"的一声，尖兵排长负伤了！队伍于是就地散开，因为敌人已占领了阵地，前卫团长即指挥占领阵地，并侦察敌情。

这真咄咄怪事了！九军团才过去为什么又有一支兵从中间插进来？原来九军团过去一个多钟头，这支兵是从灌阳才到的广西军队，先听到的零枪，是他们打九军团的落伍的同志呢！

要攻击前面的敌人，扫清障碍，才能前进，不然后头的追敌，将三十四师压下来，则我们前后受敌了，于是下令攻击。可是啊！敌人已占领了主要阵地强烈的火力，而后面后续部队又纷纷赶到，多少又不很清楚，也难于短时间消灭敌人，何况当时的任务不是消灭敌人呢！问题又来了：如果不扫清去路，又怎样办呢？九军团已经走了，择路不到，右翼枪声亦已稀疏，而且越打越远，大约是冲破了敌人的初步封锁线了。在当其时，三十四师后面的枪声大作，接近着我们！

那时已是下午三点，指挥的首长正在商量。

突然飞机两架来了！离地面不过三百米远，其声"咯咯！"当时除战斗部队外，行李、伙食担子、马匹、担架四散在山上各寻隐蔽的位置，而不可得。飞机更显它的威风，机关枪连续的扫射。但是当时我们在急忙中仰头看飞机的翼下原来已没有炸弹了，亦算幸事，心亦安然，因为机关枪是不足害怕的。

正面不能通过,已是无疑的了!但是如何归还主力呢?在估计右边的情况中,已知主力得胜了,不只枪声渐远,而飞机也在比较远的地区旋转,虽然相隔好几十里,但应迅速从侧方去会合方算上策,不过天晚难于动作了。于是后方行李便在飞机去后集中了向主力的方向而去,战斗的部队,还在与敌人对峙中。

后方行李马匹……讨厌的东西(作战时骡马最为讨厌)连夜地走,战斗部队亦在黄昏时撤回,跟行李后方部队所去的路前进,我那时是随着战斗部队。

好在月色朦胧,平坦的道路行时并不感到很大的困难(当然是疲劳的打瞌睡,这不过是指比较走崎岖山路好些),一直走到天快拂晓。来到一条马路边的平坝子,四面火光,好似有许多部队在宿营。我们分析是后方部队了,觉很欢喜,但未见哨兵又奇怪!再走,遇见了一匹马在路旁向我嘶了几声。啊!原来是我的马呢!旁边睡的是马夫,我叫他起来。他于是醒眼蒙眬地向我一看。我问:

——你们都在这里么?

——不,伙食担子走了。

——你呢?

——我等你,还有军团长等他们的马,都一齐在这里等你们。

——附近是什么部队,宿营这样多火光?

——不,都是掉队的!

——哟!……

于是督促了掉队的大部分前进,我们骑在马上打着瞌睡跟队伍前进,在这样的环境中,好不舒服!

再走二十多里,到一个小街,天已是明了。狗叫鸡鸣催着睡熟的人们早起,但是狗呀鸡呀哪知我们走了约两百多里还没睡哟!很漂亮的街,有些同志都想睡一觉再走。但是街子很好,而不是久居留的地方。查清了前进道路以后,知道主力已经过了湘江了,离此约四十里路,于是不得不再向前赶!赶到麻子渡,渡河。

一出街口,在初出的微红的太阳映照之下,看到了马路旁边这一堆那一堆的军事政治书籍,有的原本未动,有的扯烂了,有的一页一页地散发满地,有的正在烧毁;里面有列宁主义概论,有马克思主义政治经济学,有土地问题,有中国革命基本问题,有战略学,还有许多地图、书夹、外国文、书籍等,这些都是我们思想上的武器及战争中必需的材料,现在不得不丢了,烧了,可惜呀!

我知道了,前面还有更大的战争,因为敌人企图在湘江附近消灭我们呢(虽然他是梦想)。最后的封锁线还在前面,前面的部队为了便于行军作战而减轻行李担子,因此将大批宝贵的书,不得不烧了、丢了!

马路上的行军,四十里路本来好走的,但太疲劳了,觉得太远了,饥了,想睡了,但又不得不再鼓勇气,到达渡河点,以抢渡湘江,因为如果不能渡江是会被敌人截断了,因主力大约已过了河。

各连队的政治工作人员沿途利用一些最少的可能利用的时间,向一般战斗员解释,鼓励,说明抢渡湘江的重要,与我们的前途,因为现在还是处在敌人的重围中,不只抢渡,而是要担负掩护战,因为三十四师已另走别路去了,最后的便是我们八军团!

　　晨八时,离麻子渡约十里(这是广西省了),正走得非常的疲劳时,忽而飞机沿马路来了。呀!没有隐蔽地,也不能有充裕的时间了,因为要抢渡呢!和它打吧!在不得已的时候,才稍靠两边闪开。在敌人的空中的机关枪炮弹下行军却是一件万难的事。然处在这样的环境,任务又是重大的,只好抱着最大牺牲的决心,其他通不能顾到了。同时我们知道飞机虽然能杀伤我们一些人马,妨碍我们的行动,但不能活捉我们,亦不能解决战斗的。

　　在马路的附近,还有部队不断地向麻子渡急进,这表明着渡河还没完毕,担任掩护的八军团至此再不能前进了。

　　那时得来的消息,前面主力已将敌人打坍,冲破敌人最后封锁线,还在追击中,战斗中;左边界(离麻子渡三十里)已到敌人,友军某部在那里和他打掩护战;右边由全州来的敌人,亦正向友军掩护阵地猛攻,这严重的任务摆在年轻的八军团同志的面前了:使主力完全能够彻底消灭敌人,冲破他的封锁线,同时使左右的友军部队不致受两方的夹攻。于是八军团后卫的掩护是严重任务了,因为局部的运动防御战的胜利(能够相当的阻止敌人便是胜利)才能保证与配合主力的进攻的彻底胜利。于是便布置警戒,准备迎头痛击可能追击的敌人,保证整个战略——

突破敌人三次封锁线的完全胜利。

　　至此将部队布置警戒及休息后便煮饭吃，但后方部队还不知到哪里了。于是随便的各单位派人煮，没有菜也吃，也觉得很有味的，没有碗筷的随便用手用帽子装来吃，也不觉得什么不干净！这包含着什么内容？很简单，饿了几餐，而且还要准备行军战斗啊！

　　主力已冲破了敌人的封锁线了，左边接着枪声若断若续，然而右边枪声却剧烈起来。那时除了一些落伍掉队的人以外，部队都已渡河去了。

　　"来了！来了！后面敌人来了！"枪声突然而起，一个通讯员急急的报告军团首长。那时队伍除警戒部队外，都在甜睡中，被枪声所惊醒，急急地登山抵抗，给敌人以痛击。飞机也来了！给我们以轰炸。这一场恶劣的掩护战，依靠着全体同志的勇敢，与敌人肉搏数次。激战一小时，将敌人打坍，相当制止了敌人。

　　敌人本来并不强，不过八军团的任务不是消灭他们，而是处在不利的条件中战斗。再，队伍已全数渡过湘江了，掩护的任务已完结了。于是节节抗退，卒能安全渡河，艰苦地完成了掩护的任务。

　　过湘江后，全州方向的敌人向我右翼友军阵地攻击更猛，但不能占领友军阵地。我们则安全地通过，随主力向兴安县附近之越城岭山脉前进了。

　　至此三十万至四十万的敌人，在我们的四方八面围攻中，现在都落在我们的后头了。敌人的天罗地网，被我们冲破了！

现在我们可以回答湖南敌人几句话：

是的，你们等我们好久了，你们请我们快来，我们来了，你们为什么又走了？

最后的一道封锁线

■ *谭政*

　　一个月零八天的时间,浩浩荡荡的长征英雄,冲破了敌人的重围,突破了蒋介石在湘赣边及湘南无数道的所谓战略上的封锁线,跨过了湘赣两省,到达湘桂边境。此时人们心目中的问题便是最后的一道封锁线了。

　　由于我们的西进,引起了敌人的极大恐慌,同时也就暴露了我们的行动目标和战略上的企图。而给广西军阀以应有的准备,配合湘敌、粤敌和蒋敌的行动。他们是怎样的布置,他们的企图是怎样的凶凶残毒呢? 周纵队由宁远经天堂圩,向道县尾追;粤敌三个师及李抱冰之一个师由湘粤边境,直逼临武、蓝山;薛岳纵队继周纵队之后跟进;湘敌何键三个师扼守全州;广西敌人,则集中于兴安、灌阳。这就是他们的所谓追击、截击、堵击,企图前后夹攻,利用湘水的障碍,希望在全州、灌阳、兴安之间,给我以严重的打击,甚至全部消灭我们。然而这终究是他们的"希望"呢!

　　突破敌人最后封锁线,确是长征战役中一个严重的关头。中央政治局给我们的指示,给我们以很大的兴奋鼓舞。从跋山涉水风尘仆仆中,神经又突然紧张,牺牲决胜的决心,又呈现在每个战士的心坎上。

为了控制道县，拒止周纵队，掩护我主力之集中，我第一师于十一月二十五日受领任务在道县城河的西岸阻敌。虽然敌周纵队于二十六日由白马偷渡，于午后四时占领道县，然经我几次抗击，敌人在三天时间之内，终不敢越雷池一步。因为我们阻敌任务，已胜利地完成，旋于二十八日星夜出发，奉命赶赴全州作战，以一天半晚的时间，日夜兼程的速度，到达了全州附近。突破最后封锁线的决战，从此便开始了。

　　担任抗击全州敌人的任务，为我第一、第二两师，第一师任左翼，第二师任右翼。头一天战斗，敌以全力出击，向觉山猛攻，从拂晓到黄昏，敌人占领觉山，我则在水头、下坡田集结。第二天继续战斗，向敌猛扑，恢复了昨天的一些阵地。是日敌三个师全部出击，敌机六七架，不断地在空中盘旋，向我掷弹，敌之步兵亦不断地向我正面猛扑，我两个团在左翼，一个团在正面，敌即以全力向我正面出击，我第三团在下陂田附近，与敌反复冲锋五六次，敌未得逞，敌遂转攻为守。此时，我们部队因连续四晚未得睡眠，一天多的时间未吃饭，战士体力不免有些疲劳，也未向敌出击，因之正面战争便告沉寂。大家正在谈笑，突然间，后面发现枪声，因四面几十里路都是浓密的森林，丝毫不能展望，此时右翼的枪声，却越响越远了，判断敌人从右翼向我迂回来了。结果我第三团之两个营，被敌包围，一个营急忙从左边冲出，与我一、二团会合；另一个营则从右翼冲出，正当敌之来路，越过了森林，到达了马路上集结。此时大家迷失了方向，只听得营长在人群中大声地说："同志们不要着急，我有把握，政治委员告诉了我，如有急紧情况，要我们向左边的大山靠，我们现在……"话未说完，敌人成四路纵队从马路上冲来，我们的队伍正在紊乱，营连长来不及掌握，即一哄而散，好着大家都自动地依着营长所指示的目标向着左翼大山靠，结果未受若何损失，经过了几天之后，便相率归队了。

此时敌之主力向我左翼蜂拥而来，从侧面向我一、二两团施行重重迂回，我一、二两团也就梯次轮番地施行掩护，有组织有秩序地退出战斗，到达瑶子江附近，即利用瑶子江隘口扼守，结果，敌人只得从隘口外面"望洋兴叹"，全州战斗至此便告结束。

全州战斗，是长征战役中，比较剧烈的一仗，也是突破封锁线最后的一仗。全州战斗虽然没有给敌人以创巨痛深的打击，歼灭其有生力量，然而在天然的地形和人为的困难的条件下面，七八万人的行军，从敌人重重封锁，重重配置的火网中，从容不迫地过来了，又一次证明了红军无坚不摧，和其本身之牢不可破，宣告了敌人之无能与追击堵击截击计划之破产。全州战斗我们在战略上是完全胜利了。这一胜利，在长征历史上，永不失其光辉的意义。它开展了胜利的前途，奠定了在云贵川活动，和从此转入川西北之顺利条件。

广西瑶民

■ 郭滴人

一、山瑶

从湘南转入广西的灌阳兴安了。几天来,我们见了不少背着索网似的袋子,穿着草鞋,赭赤的脸,黑的手脚的人。

他们在那"羊儿站不住脚"壁立似的山上耕种着。

蜿蜒的"蛇"路,竖梯般的岭,他们不喘气地飞跑着。

深远的山上,矮小的木房子门口,男的女的大的小的……在那里凝神地俯视山脚下奔流的人群。

奔流的人群中,发出粗大的呼声:

"瑶家兄弟:下山来打李家粮子①去!"

"分汉家团总的东西去呵!"

山上耕地的人伸直脊骨了,梯子岭上走路的人回首了,木房子门口的人也浮动着——但是没有回音。

我们的同志起兴了,跑向山上去找他们。

到宿营地不久,找来了一个瑶人,深圆的眼睛,短阔的下颚,

---

① 瑶人叫广西李宗仁军队。

赭赤的脸,粗黑的手脚,挺露着肋骨可数的胸。

同志们殷勤地请坐请吃茶,从衣袋取出纸烟请吃烟,但他不回答,也不接受,沉默地把背后的木烟斗抽出来,从容地装上烟。燃烧着,坐在门边的石头上。

"我们是红军,不是李家粮子,不怕!"一个同志首先发言。

他鼻孔里出烟雾,点着头。

"你懂得汉话吗?"

"不懂得汉话,我就不得下市镇去买东西。"他打着相似湘南腔的汉话。

"你的衣服同汉人差不多。"

"没有穿这衣服,我们就不得到市镇上来。"提了一下他的蓝短衫。

"是的,我刚才看了一张团总的布告:'照得山野瑶民,风俗鄙陋,往往奇装异服,走入村镇,实属有碍风化,以后瑶人,走入村镇,须穿汉服,违者拘缉!'"那个找他来的同志这样背书式替他证明。

小同志端着饭来了:

"瑶家兄弟请吃饭!"

他不客气地接过去就吃。

周围的人,凝神看他吃饭的动作。小同志耐不住地发问了:

"你家里吃什么?"

"吃苞谷!"

"为什么不吃大米呢?"

"山上种不得!"

"为什么不到村镇上种田呢?"

他嚼着饭,眼盯在小同志的身上,露着惊异的苦笑。

二、红瑶

这天我们在中洞附近休息。我到村庄的角落,走进木房子去。一个老年的瑶人,在地板中间的火盆旁烤火,口里吸着旱烟管,浓浊的烟气,和着房子里另一种气味,在寒冷的空气中,紧围着我们。老人很和蔼地招呼我们一齐烤火。

"我是红军,要来找你们做朋友的!"

"是的,我很早就听说红军要来。红军同李家粮子不同,不杀人,不派款,好得很!"

"为什么镇上有些人跑走了呢?"

"这里的团总、保甲长要我们跑,说不跑的就是通红军,他们回来后这些人全家都要杀……我们家里人这几天也不敢下村镇来看你们,恐怕他们说我通红军。"

老人说着,随又回转头向隔着木板的小房子内叫唤泡茶。不一会一个青年少妇端着一碗茶送过来。

莹耀的眼,红润的脸,丰满的肌肉,穿着边上多种颜色的宽大的衣,团团围叠的裙,打着赤脚……呵! 瑶婆姨;山村的美妇人呵!……

……

......

　　本书编齐后，一个同志送来这篇稿子，文章显然还未完，但滴人同志却在四个月前永远搁笔了。

编　者

老山界

■ 定一

翻越老山界

老山界是红军长征以来遇到的第一座高山。它是越城岭山脉的中段分支,南北长约21公里,东西宽约6公里。其主峰猫儿山,海拔2100多米,是越城岭的最高峰,也是五岭的最高峰。这里群峰高耸,悬崖峭壁,瀑布飞泻,森林茂密,高山之上,年平均气温只有9摄氏度,年降雨量高达2300毫米,雾浓风大,气候瞬息万变,人们视为畏途。

1934年12月4日,军委第一纵队从塘坊边出发,下午开始翻越老山界。这里靠近主峰猫儿山,山路险陡,很多悬崖峭壁,靠几根圆木架成的栈道通过。这种栈道没有栏杆,长满青苔,走在上面又滑又晃,使人头晕目眩,胆战心惊。除栈道外,还有很多险道。伤病员们都下了担架,由其他同志背着或搀着走。有几匹马因踏空摔下了万丈深渊。但红军以惊人的勇气和毅力,经彻夜行军,终于带着骡马,抬着辎重,胜利通过了老山界,进入了龙胜县境。当地群众得知红军是从老山界下来的,莫不感到惊讶。

听说要爬一个三十里高的瑶山，地图上叫越城岭，土名叫老山界。

下午才开始走，沿着山沟向上。前面不知为什么走不动，等了好久才走了几步，又要停下来等。队伍挤得紧紧的，站得倦了，就在路旁坐下来，等前面发起喊来了"走走走!"于是再站起来走。满望着可以多走一段，但不到几步，又要停下来。天色晚了，许多人烦得骂起来，叫起来。

肚子饿了，没有带干粮，我们偷了一个空，跑到前面去。

地势渐渐更加倾斜起来，我们已经超过了自己的纵队，跑到"红星"①纵队的尾巴上，要"插""红星军"的"队"，是著名的困难的。恰好路旁在转弯处，发现了一间房子，我们进去歇一下。

这是一家瑶民，住着母子二人；那男人大概因为听到过队伍，照着习惯，跑到什么地方去躲起来了。

"大嫂，借你这里歇一歇脚。"

"请到里面来坐。"她带着一些惊惶的神情。队伍还是极其迟慢地向前行动。我们便与瑶民攀谈起来。照我们一路上的经验，无论是谁，不论他开始怎样怕我们，只要我们对他说清楚了红军是什么，无不转忧为喜，同我们十分亲热起来。今天对瑶民，也要来试一试。

我们谈到红军，谈到苛捐杂税，谈到广西军阀禁止瑶民信仰自己的宗教，残杀瑶民，谈到她住在这里的生活情形。那女人哭

---

① 当时中央一级机关纵队的代名。

起来了。

她说她曾有过地，但是从地上给汉人赶跑了。现在住到这荒山上来，种人家的地，每年要缴特别重的租。她说："广西的苛捐杂税，对瑶民特别的重，广西军阀特别欺侮瑶民。你们红军早些来就好了，我们不会吃这样的苦了。"

她问我们饿了没有。这种问题提得正中下怀。她拿出仅有一点米来，放在房中间木头界成的一个灰堆——瑶民的灶上，煮粥吃。她对我们道歉，说是没有米，也没有大锅，否则愿意煮些给部队充饥。我们给她钱，她不要，好容易来了一个认识的同志，带有米袋子，三天粮食，虽然明知前面粮食困难，我们把这整个的米袋子送给她，她非常喜欢地接受了。

知道部队今天非夜行军不可，她的房子和篱笆，既然用枯竹编成的，生怕有些人会拆来当火把点。我们问了瑶民，知道前面还有竹林，可做火把，就写了几条标语，用米汤贴在外面醒目处，要我们的部队不准拆屋子篱笆做火把，并派人到前面竹林去准备火把。

粥吃起来十分鲜甜，因为确是饿了。我们也拿碗盛给瑶民母女吃。打听前面的路程，知道前面有一个地方叫雷公岩，很陡，上山三十里，下山十五里。到塘坊边。我们现在还没有到山脚下呢。

自己的队伍来了，我们烧了些水给大家吃干粮。一路前进，天墨黑才到山脚，果然有很多竹林。

满天是星光，火把也亮起来了，从山脚向上望，只有火把排成许多"之"字形,一直接连到天上与星光连接起来,分不出是火把的火光还是星光。这真是我平生未见的奇观!

大家都知道这座山是怎样的陡了,不由浑身紧张,前后发起喊来,助一把力,好快些把山上完!

"上去啊!"

"不要掉队啊!"

"不要落后做乌龟啊!"

一个人的喊声:

"我们顶天了!"

大家听了笑得哈哈的。

在"之"字拐的路上一步步上去。向上看,火把在头顶上一点点排到天空,向下看,简直是绝壁,火把照着人们的脸,就在脚底下。

走了半天,忽然前面又走不动了。传来的话说,前面有一段路,在峭壁上,马爬不上去。又等了一点多钟的光景,传下命令来,就在这里睡觉,明天一早登山。

就在这里睡觉?怎么行呢?下去到竹林里睡是不可能的。但就在路上睡么?路只有二尺宽,半夜里身体一个转侧不就跌下去么?而且路上的石头又是非常的不平,睡一晚准会痛死人。

但这是没有办法的,只得裹了一条毡,横着心睡倒下来。因为实在疲倦,竟酣然入梦了。

半夜里,忽然醒来,才觉得寒风凛冽,砭人肌骨,浑身打着战。把毡子卷得更紧些,把身子蜷曲起来,还是睡不着。天上闪烁的星光，好像黑色幕上缀的宝石，它与我是这样的接近啊！黑的山峰，像巨人一样，矗立在面前，在四周，把这个山谷包围得像一口井。上面和下面，有几堆火没熄；冷醒了人同志们正在围着火堆幽幽地谈话。除此以外，就是静寂，静寂得使我们的耳朵里有嘈杂的，极远的又是极近的，极洪大又是极细切的，不可捉摸的声响，像春蚕在咀嚼桑叶，像马在平原奔驰，像山泉在呜咽，像波涛在澎湃。不知什么时候又睡着了。

黎明的时候被人推醒，说是准备出发，山下有人送饭上来，不管三七二十一，"抢"了一碗来吃。

又传下命令来，要队伍今天无论如何越过这座山。因为山很难走，一路上并须进行鼓励，督促前进。于是我们几个人又停下来，立即写标语，分配人到山上山下各段去喊口号，演说，帮助病员和运输员，以便今天把这笨重的"红军"纵队运过山去。忙了一会，再向前进。

过了不多远，看见昨夜所说的"峭壁上的路"，也就是所谓"雷公岩"的，果然陡极了，几乎是九十度的垂直的石梯，只有尺多宽，旁边就是悬崖，虽不是很深，但也怕人的，崖下已经聚集着很多的马匹，都是昨晚不能过去，要等今天全纵队过完了才过去。有几匹是曾从崖上跌下去，脚骨都断了。

很小心地过了这个石梯，上面的路虽然还是陡，但并不陡得那么厉害了。一路走，一路检查标语，我慢慢地掉了队，顺带做些鼓动工作。

爬完了这很陡的山，到了平梁，我以为三十里的山就是那么一点。恰巧来了一个瑶民，坐下谈谈，知道还差得远，还有二十多里很陡的山。

昨天的晚饭，今天的早饭，都没有吃什么。肚子很饿，气力不加，但必须要卖余勇前进。一路上，看见以前送上去的标语已经用完，就一路写着标语贴。疲劳得走不动的时候索性在地下躺一会。

快要到山顶，我已经落得很后了。许多运输员都走上了前头。余下来的是医院和掩护部队。医院这一部分真是辛苦，因为山陡，病员伤员都要下了担架走，旁边有人搀扶着。医院中工作的女同志们，英勇得很，她们还是处处在慰问和帮助病员，一些也没有疲倦。极目向来路望去，那些小山都成了矮子。机关枪声音很密，大概在我们昨天出发的地方，五、八军团正与敌人开火。远远地还听见飞机的叹息，大概在叹息自己的命运：为什么不到抗日的战线上去显显身手呢！

到了山顶，已是下午两点多钟，我忽然想起，将来要在这里立个纪念碑，写着某年某月某日，红军北上抗日，路过此处。我大大地透了一口气，坐在山顶上休息一会。回头看看队伍，没过山的，所余已剩无几，今天我们已有保证越过此山。我们完成了任务，把一个坚强的意志，灌输到整个纵队每个人心中，饥饿、疲劳，甚至伤兵的痛苦，都被这个意志所克服，不可逾越的老山界，被我们这样笨重的队伍所战胜了。

下山十五里，亦是很倾斜的。我们一口气跑下去，跑得真快。路上有几处景致极好，浓密的树林中间，清泉涌出像银子似的流下山去,清可见底。如果在此筑舍避暑,是最好也没有的了。

在每条流溪的旁边,有很多战士们用脸盆、饭盒子、口杯煮稀饭吃。他们已经很饿了。我们虽然也是很饿,但仍一气跑下山去,一直到宿营地。

老山界是我们长征中所过的第一个难走的山。这个山使部队中开始发生了一种新的习气,那就是用脸盆、饭盒子、口杯煮饭吃,煮东西吃。这种习气直到很久才能把他革除。

但是当我们走过了金沙江、大渡河、雪山、草地之后,老山界的困难,比较这些地方来,已是微乎其微,不足道的了。

放火者

■ 陈明

嫁祸红军

龙胜隶属广西,境内居住着苗族、瑶族和侗族,经济、文化比较落后。红军来到这里时,由于民族隔阂和国民党特务的造谣,不少群众逃到山上,给红军增加了困难。

1934年12月10日,红军在龙坪、广南城、平溪和流源等地宿营时,潜伏的特务纵火烧毁房屋,并嫁祸于红军。广大红军指战员奋不顾身,扑灭了大火,并对受灾群众进行救济和帮助。在救火中,红军抓获了几名纵火犯。经公开审判,揭露了国民党派遣特务的罪恶行径,使广大群众明白了事情的真相。当初害怕红军而逃进山里的群众纷纷返回村寨,许多青壮年还积极参加红军。

一、到苗山

长征的铁流,冲破了敌人三道封锁线(汉水与湘水之间)胜利的渡过湘水后,继续向西北运动,进入越城岭山脉,越过有名的高山——老山界后,进入苗山苗民区域。

苗山就是南岭山脉,它由云南东来,沿广西贵州二省之间,东向湖南广东二省交界,出江西福建。在广西贵州湖南这一带又名越城岭,山峦重叠,树木茂密,东西延长六百余里,南北二百余里。苗民被汉人从长江流域的平原驱逐至这丛山中栖止,所以又名苗山。

苗人聚居此山,因树木茂盛,多以树木板片沿山架屋,互相接连,很多由山脚下一直接连到山顶。这种屋子,一经着火,如无新式防火工具的消防队,简直无法挽救,只有任它完全烧毁全村庄了!所以我们开始进入苗民区域,就有了相当注意,在开始的几天来,也没有发生什么大的火灾。那些小的火灾,如塘坊边唐洞山底木桥的着火等,经灌救后,也就没有什么问题,所以"火"还没有使我们发生恐怖。

二、尖顶的火

越过老山界的第四天,我们中央纵队到了山坳,干部团还要前进五里路,一个叫做"尖顶"的苗人庄子宿营。那天我们走了一百里路,而且是当后卫,所以到达山坳时,天就昏黄,再走到尖顶时,天已完全昏黑,只知道从这山边上去再下山的半里路后,就进入庄子,而这庄子是在半坡上。团部是住在进口的房子,其他各营和上干队是还要下去,至于整个村庄的形势,是不知道的。

疲劳迫着我们，并且明天一早还要前进，所以我们打好铺，洗脚吃饭后，就准备睡觉。忽然屋外有人在喊"失火失火！赶快救火！"我们赶快跑到屋外一看，在我们住房下边的第五个房子着了火，火光冲天，照耀全村。看见我们这庄的屋子，是建立在山窝的半山上，屋子是从半山脚架起，一直接连到由顶上的一片木屋子，这火可以一下子把它全部烧完，而且从下向上烧是很快的，火从这一屋子很快地就跳到那个屋子。这给了我很大的恐慌和威吓：因为第一如果把庄子烧完，我们将怎样赔偿群众这巨大的损失，而给敌人以红军杀人放火造谣诬蔑的实际宣传材料；第二要使我们马上没有地方宿营，而且会使部分的同志被火烧死。所以我们当前的任务是马上就跑下去，喊叫大家来救火。

但是救火，第一要水，第二要有工具，把水运到屋上去。刚好离着火屋子三十米远地方有一水池，但木桶很少，经大家分头找寻后，找至十几个木桶，把人分路排队，由水池一直到着火处，一个传一个递上去，但杯水车薪，不能把这样凶猛的火扑灭下去。救火是我生平第一次的工作，是毫无经验的，但我们是马上学会了，要扑灭这猛火，使不致蔓延，不仅是靠水，而主要的是要把可能蔓延到的地方预先截断，使火无法蔓延，而以水扑救火势不大的地区，才能奏效。我们采用这种办法后，经过差不多一点钟的时间，群众集体的努力，才把这漫天的恶火扑灭下去，把这庄子从火灾里救出来。共只烧了三个半屋子，赔了群众一百多块大洋，到十二点钟以后，大家才得睡觉，休息，而且还把火的恐怖,带到梦里去。

三、防火

谁是放火者？这是我们要追究和考察的。首先起火的地方是五连三班学生隔壁的空房子里,当时学生已入睡,空房子无人住,怎样会起火呢？一般的老百姓都不在家,是谁放火呢？是我们红色战士失慎呢,还是有个别反革命分子混在我们队伍里捣乱呢？当时是找不到真正原因,但无疑的这火不是"天火",是人放的。从此我们对防火的戒备是加紧了,我们把防火的工作提到政治的水平,我们从干部和全体学员中宣传火对于我们的危险和严重性,我们要以最高度的政治的阶级的警觉性来对付放火者,我们采取专门的严密的组织,使火不能发挥它的威力成为火灾,如每连指定一排为救火排,每营组织救火队,排和连中组织运水组、挖掘组,每到宿营地,首先就要提积必要的水和水桶,火把不准拿进房子去,晚上以营为单位组织巡查消防队等,所以当时把火当成为我们的主要敌人,防火是我们的中心工作,把我们的注意力集中去对付火。我们的上级干部队,除了背枪外,还背一个救火的工具——水龙,走。

四、龙坪的火

尖顶的第三天,我们到了龙坪。龙坪还是苗山区域,是广西龙胜县管的一个镇,有四五百人家,是苗民的另一种——壮民。壮民比其他苗民看来要进步些,道路是用很平滑的花岗岩石铺的,快进村的道路两旁有很多的水车磨面,碾谷子,田坝子也比较宽大,房子虽然同样是木房,但比较高大。这地壮民据说就是从江西吉安搬来的,语言和生活的样子,与汉人无大异。不知这种壮民是明朝人被清朝的压迫屠杀跑到这里来的,还是同其他苗民一样被汉人赶来的。

那天我因领导一个突击队,到第三营突击纪律,而第三营是先头部队,所以我到下午二时左右就到了龙坪,住在村口的几排大房子里,团部和军委直属队是住在那边镇上,因为开会检查纪律和进行各种的防火工作,虽然是很早达宿营地,也没有到镇上去。下午傍晚时,当后卫的团部和各营队伍已经到达,我们才吃完晚饭。忽然听得到外面喊叫"救火救火!"我跑到外面一看,看见左边镇上烟焰冲天,映着满天通红,我即喊三连学员随留一部警戒外,一部过去帮助救火。我赶到那边镇口城门边时,火已到城门边,全镇有四五处起火,火势比尖顶更凶猛,蔓延很快,而且离水很远。我又不明了镇上街道位置情形,所以当时茫无办法。忽碰到团部的人,火势猛烈无法扑灭,要第三营派一连到对河警戒,其余人员集结到山上空地待命。火势益狂,满天通红,不到一点钟时间,全镇几百家木房大部化为焦土!赔了群众几千块大洋,火对于我们的恐怖达到极点。

五、放火者

谁是放火者？据目睹者说：起火是在工兵连隔壁的无人住的草房子里，接着有其他几处同时起火。当这些地方火起时，即有人从火内跳出来，这些人不像平常住家的老百姓，而是短装凶悍的恶汉，所以当时给我们捉到几个。经审判后，他们承认火是他们放的，他们受了团总和广西敌人收买派送，有计划地来放火，他们的目的：第一要制造他们所说的"共匪"杀人放火的事实材料；第二破坏红军与居民的关系；第三扰乱红军使不得安定休息，甚至烧死我们。这是何等毒辣的阴谋呵！阶级斗争的残酷，更引起全体战士对敌人的高度愤怒。被我们捉到的三个放火者，在黑夜行军中曾被跑脱一个。第二天，我们的朱总司令，听到这事时，余怒未息地说："为什么让这些恶贼跑了，不留着给群众看清楚国民党的罪恶！这些恶贼，丧心病狂，存心被人利用，胆敢到处放火，不杀了他们做什么？人家说我们共产党红军杀人放火，而我们的同志都太过诚实，捉到这样的敌人，还让他跑了！"

一个手榴弹打坍了一营敌人

■艾平

"龙安河一定要控制在我军手中,因为这是保障顺利渡乌江的一个屏障。"

偌大的一条河呵!水深不可测,流速也很大,在河的我岸是很开阔的河坪,而彼岸是连绵不断的小山峦,形成了有利敌人的扼守,不利于我们的渡河。要渡过去,自然增加不少的困难。

渡河的船虽然只有一只,然而,渡,是不成问题的,担任首先渡河的十二团,开始渡河了。

"趁敌人还未到,迅速渡过去。"

首先渡河的一排人,把重机关枪架在船头上,每个指战员的枪都是子弹上膛,个个都是精神紧张地注视着敌岸。在河的这边,由团属机关枪连占领阵地,掩护渡河部队的渡河。

安全得很,一船一船地,一排一排地渡过去了,先头渡河的第七连,是渡完了。

已经渡过去的第七连,刚刚上了山坡,就与敌人接触了。

"同志们!"七连的政治指导员进行鼓动了,"我们背后是河,不能退,退就等于死!坚决!勇敢!打坍敌人!"

"冲呀!退就等于送死!"全连的战士,连冲带喊地冲上去了,这时我们的机关枪也响起来了,协助我孤军冲锋的第一连。

"呼！"手榴弹向敌人掷过去了。

"哎哟,这是哈子炮呀!"从敌人的队伍里,发出来的声音。

"呼！呼！"接连掷了几个过去,在敌人的阵地里,应声而倒的有好几个,敌人的先头不支持地坍了下去,敌人后续还未展开的队伍,在先头的影响之下,跟着首先向后转了。

"敌人坍了!"七连政治指导员又进行鼓励了:"不顾一切冲过去呀！坚决！勇敢！消灭敌人!"第七连的队伍,勇敢地冲下去了,后续渡河的队伍,跟踪追下去。

枪声渐渐地远了,缴获的胜利品,遍山都是,除步枪外,还有烟枪!

渡乌江

■ 刘亚楼

黎平会议

　　1934 年 12 月 15 日,中央红军突破黔军防线,攻占黎平和老锦屏。

　　12 月 18 日,中共中央政治局在黎平召开会议。会议的中心议题是,从老山界开始争论、通道会议又悬而未决的问题,即中央红军向何处去的紧迫问题,争论十分激烈。毛泽东根据敌军已在湘西布下重兵,并正向黔东北集结的严重情况,坚决主张放弃同红二、红六军团会合的原定计划,建议中央红军继续西进,在川黔边建立新苏区。而博古、李德仍坚持要红军去黔东北,然后与红二、红六军团会合。

　　会议根据周恩来、朱德、张闻天、王稼祥等多数人的意见,否定了博古、李德的错误主张,接受了毛泽东的正确意见。

　　黎平会议是一次关系红军命运、中国革命前途的重要会议。会议否定了博古、李德的错误战略方针,采纳了毛泽东的灵活机动的战略战术思想,为遵义会议上纠正"左"倾冒险主义在军事上的错误,打下了基础。

猴场会议

1934年12月31日,中共中央负责人所在的军委纵队,抵达瓮安县的一个小乡镇——猴场,准备抢渡乌江、挺进黔北,实现黎平会议上所确定的战略方针。但此时博古、李德仍对黎平会议的决定持不同意见,再次主张不过乌江,回头东进同红二、红六军团会合。为克服博古、李德指挥上错误,确定红军进入黔北以后的行动方针,在中央政治局多数同志要求下,1935年1月1日,中央政治局在猴场附近的宋家湾村召开会议。会上,再次否定了博古、李德的错误主张,重申了黎平会议的决议,决定红军抢渡乌江,攻占遵义。

向着乌江进

突围北上抗日之野战军于年底(一九三四年)已到达黔东南黎平、锦屏、剑河、施秉、台拱、镇远各县城,所向皆捷,连攻连占。据军团长政治委员面告:

"进抵黔北,夺下遵(义)桐(梓),发动群众,创造新的抗日根据地,是野战军当前之战略方针。"

据群众报称,遵义是黔北重镇,桐梓则是贵州烟鬼主席王家烈及其"健将"侯之担巢窝,漂亮异常,其以南之所谓"天险乌江",实为遵桐天然屏障。板桥附近之娄山关,是地理上有名之地,据险可守,欲下遵桐,必先除此两险,才能说到攻城。

我师(第一军团第二师)在奉命攻占老黄平(黄平旧县城)后,有担任先头师迅速突破乌江攻下遵桐之任务。干部受领了这样的伟大任务后,都满怀着遵桐是当前必攻之战略要点。我们又当先头师,为了执行党的路线,完成军委战略方针,无论什么"天险乌江",重要的娄山关,都非摧破不可的决心。马上开始了情况的搜集,准备着政治的动员。

"同志!(对群众)此地到贵阳(贵州省城)多少路?"

"贵阳好打吗?"

"只有一百八十里!"

"王家的人(指王家烈的兵)不多的,你们红军大队去打,那一定要开呀,哪里还抵得住啊?!"

"是!我们就要去打贵阳,把贵州省打开来好不好?"

"好呀!贵阳打开了,免得王家烈榨取,榨得这么狠呀!"

这样的传言,已经在老黄平到处传出去了。

先头师(中路)出发了,自此向着乌江进,天半行程,到达了乌江南百二十里之猴场,该地区公所及由余庆方面被我右路(第一师)击溃之敌一团,早已闻风而逃,群众夹道欢迎,讯问乌江情形,都称"乌江是天险,水深流急,不能通船,江那岸早就有侯家的人(指侯之担)把守!"

长征中的过年

年底的最后一天(三十一日)照旧是要开盛大的同乐会,庆祝一年来的所得胜利,检阅一年来的战斗和工作,游艺会餐,极其热烈的(如在中央苏区时)。但今年的过年是在长征中,会餐游艺都是比较小的单位进行,最主要的精神是集中在前面的战斗,所以特有另外一种紧张的气象。部队的晚会,都进到报告和讨论军委当前之战略方针,鼓动突破乌江之战斗,"突破乌江","拿下桐梓","完成军委所给先头师的战斗任务","到遵桐去庆祝新年"……是当时的中心口号。部队经过军人大会,支部会议的动员后,都极其紧张"四道封锁线都一连突破","乌江虽险,又怎能拦住红军的飞渡",是当时每个人共有的胜利信念。

乌江的侦察

新年的第一天,是乌江战斗开始的一天。前卫团已逼近边之江界河(渡口),行威力侦察,结果是江面宽约二百五十米,水流每秒一米八,南岸要下十里之极陡石山,才能至江边,北岸又要上十里之陡山,才是通遵桐的大道,其余两岸都是悬崖绝壁,无法攀登,站在沿边一望,碧绿的乌江水,墨黑的高石山,真所谓天险乌江! 原来南岸是有几间茅房,但敌人已放火焚尽,怕为我利用。我先头部队已抵达离江边三里,对岸敌人未发觉,先头团长(耿飚同志)即化装到江边先行侦察,敌仍未发觉,只是在对岸拼命做工事。敌人的布置是在渡口(大道上)配备一个连哨;渡口上游约五百米远处有条极小的横路,与渡口大道相通,勉强可走人,但两岸少有沙滩,很难上岸,敌人在此配备有排哨;在离江水百余米之岸上筑有工事,大道上一个庙里住有预备队;其大预备队则在离江边五里之后面山上,约一个团。我们前进占据离江边数百米之一个油榨房,敌开始发觉,"乒乓"向我打枪了。

"双枪兵(贵州军队极多吸鸦片烟,很多都有烟枪,因此称其为双枪兵)呀!看你又倒霉了!看你守得几时?"

"乌江不知道到底有几宽?!这两边的石山的确相当险要哩!这里到遵义不知还有好远呀?!"战斗员正在这样议论着。

先头团的干部及师长政委都亲来侦察过了,这时(中午)遂下了这样的决心:渡口大道是敌人极注意之处,工事实力都比较厚,上游五百米处,彼此岸均能上下,而敌人没有大注意,其余则无处可上下岸。决心佯攻大道,突攻其上游点,并立即派部队搬架桥材料到渡口边,表示要在此架桥,以吸引敌人注意力。果然敌人在渡口对岸赶修工事,不断向我方射击。

水宽水急,无筏无船,我工兵部队即赶制竹筏,以便强渡及架桥;另动员部队中善于游水的指战员十八人,以备游水过江,驱逐敌之警戒,掩护后续强渡。这十八个红色战士虽在严冬冰天,为了完成战斗任务,无一不勇气激昂,经过师政治部进行政治鼓动后,都说:"为突破乌江,完成军委战略方针,气候寒冷,是不能战胜我们的战斗热血的!"

一次强渡

密云微雨,冷风严寒,强渡决定在今天(二日)。一切都配置好了,九点钟光景,渡口方面佯攻开始了,敌人慌忙进入工事,不断向南岸射击,大叫:"快点!'共匪'要渡江了!来了!打呀!"这方面打得很剧烈了,主要方面的机关枪、迫击炮也叫了。我游水过江的第一批八个英勇战士赤着身子,每人携带驳壳一支,"扑通"一声,跃入江中。那样冷的水里,泅水极感困难。十几分钟后,才登彼岸,隐蔽在敌警戒下之石崖下。此时敌之警戒恐慌万状,大叫:"来了!""过来了!注意!"但可惜交他们游水时拉过去后准备架桥的一条绳因水流太急又宽,无法拉得过去,一方面泅水过去的同志受着寒冷刺激,已无力气,另派人继续以竹筏强渡,第一个筏子撑到中流,受敌火射击沉没了。此时虽有八人已登彼岸,亦无济于事,只得招这八个人泅回。其中一个赤身冻了两点多钟,因受冷过度,无力泅回,中流牺牲了。第一次强渡遂告无效。

"水马"在乌江

一次强渡虽告失效,但完成战斗任务的决心丝毫没有松懈,而且更加紧急了。一个办法不成,二个办法来了,问题是无论如何要突破乌江。后即决定夜晚偷渡,以避敌火射击,减少死伤。

工兵迅速赶快制造双层竹筏,部队进行另一动员,黄昏后选定担任偷渡之第四团第一营,沉着肃静,集结江边,除江水汩汩声音外,毫无声响,敌人在对岸对我稀疏地打零枪,竹筏撑手都配好了,第一连的五个战士首先登筏,并约定靠彼岸后以手电向我岸示光,以表示到达,并等齐一排人后,才开始向敌警戒袭击。第一筏偷偷地往江中划去,敌人并未知觉,仍然沉寂的打枪;第一连连长毛振华同志率传令员一人(马枪一支)轻机枪员三人机枪一挺,登第二筏再往江中划去;第三、四筏是在望着登岸后再去,但二十几分钟之久,竟无电光显示,是否已靠彼岸,实难测了,迟疑稍久,不好再划。一个多钟头后,第一筏的五个战士沿岸回来,据报因水流急,黑暗里无法指向,至江中即被冲流而下两里许,才顺水流靠此岸,弃筏沿水边摸索而回。这种情况下,第二筏是否已靠彼岸抑被水冲走,则更难预料了。但不管如何,有再划一筏试试的必要,但第三筏划至中流,不能再划,不得不折回。此时第二筏毛连长亦毫无动静,这样当然不能再划,偷渡又告无效而停止。

坚决突过去

时间宕延,敌情紧张(蒋贼之薛岳纵队尾追我军),电促迅速完成任务。忠实于革命事业之指战员具备着誓死为着党的路线之决心。虽强渡偷渡接连失效,但毫不灰心丧气,只有再思再想,想出更好的方法来完成任务。结果决定只有再行白天强渡,一面好使用火力掩护，一面便于划筏。

在两天来隔河战斗中，在"红军水马过江、火力非常猛烈"（守江团长给其旅长的报告中这样写着的）的威胁下，敌人增加来了一个独立团。果然今天（三日）大道上面及强渡点背后山上都增加了哨棚，并有迫击炮向我岸射击了，沿河仍在加修工事。一个是无论如何要抵住，一个无论如何要突破，抵住吗？突破吗？问题只有在战斗中才能解决。

九点钟（三日）强渡又开始了，大渡口只以少部佯攻。在我浓密的火力掩蔽之下，装好了轻装的战士三筏（十余人）一齐向敌岸划去。敌人虽尽力向渡筏射击，但在我火力威胁下，不敢肆意射击，三个竹筏在划到中流以前，都未遭死伤，一个划手同志竹篙连断三根（三次被敌枪打断），也不管敌火如何，只有坚决继续强划。两岸火力正酣密时，三个强渡筏子快靠岸了，第二批正要由我岸继续渡了。敌人也极其恐慌了，拼命向强渡者射击。谁知道正在敌军士哨的抵抗线脚下石崖里，突然出现了蠢蠢欲动的几个人。在敌人只看得见来了三个竹筏，而并未顾及脚底下埋伏了有人。这下子接近着军士哨的轻机枪开始抵近射击了。接着一个手榴弹，把敌人的军士哨打得落花流水，逃之夭夭。迅速占领了敌军士哨抵抗线，我三个竹筏上部队乘机登岸了。这时的确大家都有些奇怪，特别紧张了指战员的热情，战士们都恨不得一跃过江，先捉守江的"双枪兵"。"这个好像是毛连长他们呀！我看一定是呀！""他们五个人果然登了岸呀！"指战员是这样的估计（原来确实就是他们，情形另说）。"双枪兵该死了,我们的先头上岸了,"战斗员这样议论着。"同志们!准备啊!继续渡过去,要把对岸敌人肃清,才能算胜利。"政治指导员支部书记在后续部队中鼓动着。

江边过夜的毛连长

战斗在开展着,强渡在继续着,这且搁下再说。提前说一说我们的红色英雄怎样在敌人脚下过夜! ——毛连长于二日晚偷渡时,率战斗员四人登第二筏。这个竹筏不知怎样竟然靠了彼岸,在他们登了岸后,总是望着后续再渡,却都不见来(虽然用了一根火柴示光,但因离敌太近,不好过于现光,而我岸竟未看见,因此两岸都无从推测),只听得清清楚楚(离敌人只二三十米远)的敌人声音在说:"快做呀!今天晚上无论如何要做好!共匪明天必定又要强过的。""要做厚一点!共匪炮火太厉害了!"一下子巡查哨的排长来了,"三班长!工事做好吗?要注意呀!怕他的'水马'晚上弄过来啊!"

这个情况下,我们的毛连长只得等着机会来动作了。我们的一个战士在那江水旁边冷风下耐不起冷,对连长极细声说:"连长!屙痢贼筒!(江西会昌之土语)他们不来姐,弄个弄绝个!(指倒霉)他们没来姐!让般所啊?(指怎么办)"毛连长坚定地告诉他:"不要紧!他们会要来的,如果今晚不来,明天会来,如果实在不来,我们躲在这里也不要紧,自然有办法,你不要着急吧!"此时只听得敌人士兵在谈:"这个红军真厉害,昨天上午那些水马真不怕冷啊！泅水过来，好在没有过来几个，否则糟糕！""我听排长说：这是他的先头队伍，再两天大队来了，更要不得了！"我们的战士向连长提议说："我们去打坍这上面一班人吧！有把握！"毛连长不主张，"我们几个人去同敌人打，固然可以把这一班人打坍，但并不能解决问题，特别会泄露秘密，甚至反遭损失！"毛连长只招呼着四个战士在一块，忍着过夜，虽然冷风习习，未丝毫使他们丧气惊慌。过了一会，一个战士（轻机枪班的）偶然不在此处，几个人到处摸索都不在，天黑不辨咫尺，又不能发声叫喊，亦无可奈何。毛连长警惕着在这极恶劣的环境下，这个战士（因为不久才从白军中俘虏过来的）有可能投敌告密，毛连长急忙告诉其余三个战士："万一敌人发觉，我们只有极坚定地待敌走拢后以手榴弹对之，打掉他一些后，实在胜不过他，只有投江。我们是红色战士，我们应该死不投降，投江而死是光荣，投敌而生是耻辱，更不得生。"我们的毛连长真是沉着英勇警觉的红色英雄呀！再过了一会，这战士摸了转来，他说："我摸那边屙屎去了。"毛连长："屙屎就在这里屙不好走出去怕敌发觉！""连长，这里会臭！"连长："不怕臭，可用泥盖着啊！"过后五个英勇战士就大家围在一堆，在这江水浩浩、冷风习习的乌江边石崖下过了一夜。

江边激战

好！回过来讲战斗情况吧：第一批强渡之十几个战士与毛

连长等会合了,在占敌军士哨抵抗线后,继续向敌人排哨仰攻,连接几个手榴弹,在轻机枪掩护下,刺刀用上去了,敌人排哨抵抗线夺取了,一个排死伤过半,往上坍去。到我们的强渡部队进击到那壁陡的壁路下时,敌人的援队来了(今早又增了一个团,由侯之担的亲信健将林秀生旅长指挥)。敌共有三个团了——第三团教导团独立团。敌约一个营,居高临下的进攻,我十几个战士无法再追进,敌人虽然想由陡壁小路下来,但因我岸火力掩护着,有趣极了,我防空排长的(他在湖南道州时曾打下敌飞机一架)重机关枪一扫射,想下来的敌人一个个像山上滚石头样往江里滚,终于使敌人无法下来,同时大渡口边也在用竹筏作强渡的准备。

过去了一排人,并派了共产党总支部书记(林钦材同志)、保卫局特派员(周清山同志)去领导政治工作,第一营营长(罗有保同志)也过去了;这一排人一下子冲锋了,把敌人打退了,一部前进,到了半山,但因为石山太险,不能散开,极不便接近,终于又停止,没法前进。"健将"林秀生督队反冲锋了,我最前面的几个战士,在敌人火力下,大部死伤了。在敌逼迫下,前面之一个班,无法站住,退下来,敌也企图追下山来,我们的政治干部鼓动着:"同志! 退不得! 后面是江,退则死!"后面一个班增上去,扼住了敌人。因为地形关系双方只得相峙。

真正是无坚不摧

在这样的地形限制下，战斗无法进展，后续队在继续筏渡，正在敌我相峙不下中，我强渡指挥员察觉了在我左侧的一处石壁可能攀登上去，旋即派一个班缘此处攀登而上，经过那峭壁巍峨，竟占领敌右前方之一个石峰。在这一个班的火力猛射下，敌人站不住了，正面猛冲，敌开始动摇（此时强渡部队已过去一个连了），旋即猛攻，夺得敌主要抵抗线，此时大道渡口之敌听见这边的冲锋号，喊杀声，手榴弹声，炮声，知道事情不好了，亦开始撤退。我先头的一个连即跟踪猛追，把敌人全线击溃，天险的乌江，就这样被突破。首先过去的，只有二十二个红色英雄。

一个连猛追三个团

敌人受创后，直向猪场逃窜，我最先头一个连，并未停顿等待后续即跟踪猛追，敌人三个团弄得鸡飞狗走，草木皆兵，不惟不使他有时间来整理部队，掩护或反攻，就连歇气屙屎的时间也来不及，使得这些"双枪兵"丢的满路烟枪，那稀烂的装备，官长的行李、公文抛弃殆尽，沿路溃散在山林中。一个所谓"三八式连长"（他一连人都是三八式，是侯之担的基干）负重伤，用绳捆起四手四脚，像抬猪一样来抬，也抬死了，更因天雨路滑，跌死了很多。

猪场是"江防司令部"所在地,那个江防司令林秀生从江边逃回,连司令部的文件电稿等什么都不要了,就带起三个团不要命地往遵义逃窜,我追击的一个连当即于下午五时占领猪场(离江边四十里)。据群众报告:"双枪兵"们都说"红军的水马真不怕死,不知道怎么,乌江都过来了! 特别是红军的铁锤炸弹(即木柄手榴弹)十分厉害啊! 一打来就要几个对付他!"林秀生的所谓"江防工事,重垒而坚,官兵勤劳不懈,挽险固守,可保无虞!"(林秀生给侯之担的电报)结果只是"莫道乌江堑,看红军等闲飞渡"!

红四军强渡乌江的故事

■艾平

乌江又称黔江,是贵州的一道大川,从西南贯通贵州中部,向东流,整个的贵州被它隔成两半。号称贵州第二大城的遵义(第一大城就是贵阳),就位于乌江以北。

我们还没到乌江的头一天,就听着当地群众告诉我们关于乌江的故事:乌江水深不可测,水势急流,有白鹅浑,水很轻,鹅毛也要沉入水底,除塘头以下有小船外,只有苗船可通,除在渡口乘渡船以外,是没有别的法子可以渡河。

当我们问当地群众,是否能够架桥的时候,他们带着失望的神气告诉我们:架浮桥更加办不到,因为前几年王家烈与犹国材打仗的时候,架了好几天都没有架成。并且最后他们还说:"看你们红军的本事呀?"

不管乌江是怎样的厉害,难过,然而渡过乌江,夺取遵义,是没有价钱可讲的。"不过去就不行,无论如何要过去",这是我们的口号,是不能打折扣的。

"茶山关架桥,控制乌江的渡河点",我军团先头师的第四师的严重任务。

乌江毕竟是天险!河的两岸是矗入云际的高山,山路也是崎岖难走,兼之河之对岸,还有王家烈的军队筑了野战工事堡垒,控制着渡河点,遏阻我军,渡船不成问题是没有的。

渡乌江当然不是很容易的事了!

为了克服这些困难,完成渡江的任务,我们用了最大的力量,在部队中进行政治动员与战斗准备,每个指挥员都抱定了决心,不顾一切的牺牲的决心。

我们开始向对岸的敌人攻击了,开始强渡了。大雨仍是没有停止,天色已经夜了,我第一梯队团(十团)冒雨逼近乌江河岸,但并没有看见一个敌兵,只剩下一些敌人的工事,遍山遍野都是,同时在河的对岸的高山上,发现了许多的火光,东一朵西一朵,有的在移动,有的是静止着不动。我们估计:这一定是守扼渡河点的敌人了。我们的队伍,渐渐地集中,在河的我岸的高山坡上,与敌人隔河相对峙。

这时候,从山上的居民得到以下的消息:

"前两天河的两岸都驻着敌人,昨天才渡过河去,一只小船,也被敌人打坏沉到河底去了。"有一年老的还愤恨地说:"他们(指王家烈军队)前几天就驻在这里,硬要我们老百姓帮他掘壕沟,砍树儿搭棚子。还说,你们有的通通拿给我们吃,吃了好打'共匪'(指红军)哈哈!不中用的家伙,说大话的东西,昨天一听到你们大军(指红军)到了,他们连夜就退过河去了。"

其他的渡河方法是没有了,只有强攻,把敌人驱逐了才好架桥。于是机关枪迫击炮,对准对岸的火光,一阵乱放。同时,一部分队伍又就下山迫近河岸,敌人的火光都已熄灭了。

这样,并没有什么结果,夜已深了,我们仍与敌保持着对峙,准备拂晓强渡。

真是出乎意料以外，到第二天拂晓的时候，我们异常紧张地准备着战斗。然而河对岸的敌人连人影也看不见了，昨夜敌人放弃了阵地逃跑了，是这种敌人太不中用了。

这就是给了我们架桥的好机会。

事情并不是那样的简单，浮桥的确难架起来，乌江的水冷得不得了，并且水又很轻，浮动力又不大，树子不能做架桥的材料，因为很容易沉下去了。结果花费了一天的时间，才把桥架合起来。

我们可以说，这里强渡乌江并没有进行什么战斗，然而友军团是的确费了不少的力气。

瓮安之役

■ 张山震

一九三四年的当儿,正值残冬的时候,贵州东南大陆上遍走着红色绿色雄赳赳气昂昂向着西北开进着,吓坏了鸦片大王之王家烈,拿着烟枪在发抖。这是谁呢?原来就是抗日红军第一方面军将士们!

可怜的干人儿

有钱的富人们,正在筹备过年,羔羊美酒陈列着,烤着浑白的炭火,吃着上熟如玉的白米,"贵州也不错",这是我个人的思忖。

正在思索的时候,"红军先生沾个光,讨个钱儿,我们是干人儿",咦,这是什么一回事呢?使我好不惊奇,原来是一个枯瘦如柴脸似周仓样的青年男子与二个十八岁的姑娘,裤也未穿,难道是不穿裤打败封建吗?这是我怀疑地追问着!某同志回答道:不是呵!他是可怜的穷人,靠挖煤赚饭吃,所以满脸都是黑,弄到几块钱又被王家烈苛捐抽去了。

你不知道吗?干人儿就是我们湖南所讲的穷汉哩!阶级分出这样显明,使我连进一步地认识,到现在我还记到"红军先生,我是干人儿"哩。

大败子弟兵

由黄平出发,不几天就到瓮安附近了,左路军(四、五、六师)是负有攻占瓮安任务;老一、老九(一、九军团)是右路军,攻占猴场;军委纵队,也就在他们后面,跟追老五(五军团)在最后面掩护。

第四师是先遣师,十团又是先头团,大家多么起劲,因为负有战斗任务,谁也高兴。我率侦察排,在第二营先头行进,行抵离瓮安四十里的高山路上侦察。不久听到鸣枪了,接着就是乒乓的声音震动了我的耳膜,原来是该处什么子弟兵集中了十余人在那里把口子,企图阻我前进。英勇战士也不管三七二十一地猛干,吓得他背着白包袱逃之夭夭了,只恨他爷娘少生了两条腿。我们因其是可怜农民故未加追击,没有耗费一百发子弹,"大败了子弟兵",胜利地占领了堕丁关。

倒霉的王司令官

堕丁关是瓮安的一个屏障,我们没有费多大力量占领了。大家在吃中饭,冷的白米饭,配着残暴的北风,加上行军急促未带着菜,大家也不觉什么难吃。在谈谈笑笑的呼声中,很快地吃饱了,没有一个表现不高兴的,这是红军具有艰苦耐劳之特长,资产阶级的军队是没有的。白米饭虽然冷,我现在还有点留恋它,因它也是我们长征的有力助手,现在过着北方的味道,也就难得找到。

命令来了,这是在二营部的声音传来了,团长要我们前进,师长给我们任务是相机进占瓮安。大家精神突然紧张,身上的冷魔也被吓退了,大踏步向着瓮安前进着。

到了离瓮安二十里之黄黎平天快黑了,停止的口传命令后面传来,原来是夜了,不是解决战斗,宿营呵!拂晓再前进哩!

这也只怪我大意,带着了二个侦察员,到黄黎平西北七里处之高地(系通瓮安要道)配置警戒,正在计划之时,忽然听到许多人笑谈而来,即刻停止侦探,乒乓一枪就回撤,说敌人来了。注目一看,有一个排的样子,离我仅二三十米远,我因众寡悬殊,仍退回侦察排主力。我二、三营也来了,向着大路两侧高地前进,只听得前面叫道:"我是王司令官的不要打哩!"红军战士们个个摩拳擦掌奋进着,机关枪似燃鞭样的放着,"不管你王司令官猪司令官,非让开道路不行!"这是在每个战士中,口中高叫着。

倒霉的王司令官也吓得魂丢了,急急如丧家之狗,率着二百余人向着牛场逃去了,我们即在该处安全布置宿营地。

鸡团鸭团,也打他鸡啼鸭跑

素以强悍善战之王家烈第五、六团(代号鸡团、鸭团)恃着瓮安甚厚的城墙,以为高枕无忧,岂料无坚不摧的红军于十二月二十九日清晨,在大雾笼罩下隐蔽地接近了城厢,仅费了三发子弹,驱逐了他的一个小哨;我第二营与团属机关枪连占领了城东高地瞰射瓮安,该营并负有截断敌退路任务,一、三营奋勇地尾追敌人,直逼城下,激战一小时敌弃城而逃。

雾呵!在接敌时利用你遮蔽了敌眼,减少我损害,你实可爱。但是最后呢?还是吃了你的亏,如果不是你笼罩着,遮蔽了我们眼睛,敌人在山脚退走,我二营也一定看到,多半是可截到一部。

另外是向导不熟悉道路,离马路仅四百米远,还不知马路在哪里,致使动作不能协同与配合,多么可惜,这里也是反攻途中的一个教训。

时进城后询问居民,才知溃敌系王家烈什么鸡团鸭团,这一次才表示打得他鸡啼鸭跑。

胜利地占领了瓮安城,师部还令通信员要我们停止,候雾散再攻。因不易侦察,恐受到埋伏。谁知在我们神速地攻占了,真是出乎上级意表。主力十二时才到。

过新年,干人笑哈哈,土豪大倒霉

进了城的第二天,就是旧历年节了,大家都很热烈庆贺,还实行了团体拜节。这里首先是土豪倒大霉,准备过年的物品,也送了红军与干人了。每单位还杀了两个大猪,加上羊鸡肉,吃了六大盆菜,举行三餐,大家都笑眯眯,如果不是昨天战斗胜利,今天哪里能这样享受呢?

"沾了光,"又在干人口里喊着,"红军先生如果不是你们来了,我们连年饭也吃不成哩!还有这样客气吗?你们救了我们干人儿的命呵!"

为什么他这样说呢?我沉默思索着:不错,如果我们未来的话,土豪一定要向穷人逼债,躲避也躲不赢,哪里有这样客气呢?今天我们到了,土豪吓跑了,免除了逼债的痛苦,加上发了土豪财物,所以干人们也笑哈哈。

土豪呢?则相反倒霉了。

遵义日记

■ 何涤宙

遵义会议

1935年1月15—17日，中共中央在遵义召开政治局扩大会议。参加会议的有毛泽东、洛甫(张闻天)、周恩来、朱德、陈云、博古(秦邦宪)、王稼祥、刘少奇、邓发、凯丰(何克全)、刘伯承、李富春、林彪、聂荣臻、彭德怀、杨尚昆、李卓然、邓小平、李德、伍修权等20人。会议批评了第五次反"围剿"和长征以来中央在军事领导上的错误，通过了《中央关于反对敌人五次"围剿"的总结的决议》，肯定了毛泽东等关于红军作战的基本原则。会议推选毛泽东为政治局常委，取消博古、李德的最高军事指挥权，决定仍由中革军委主要负责人周恩来、朱德指挥军事。会后行军途中，中央先后决定由洛甫代替博古负总责，由毛泽东、周恩来、王稼祥组成三人小组，负责军事行动。会议结束了王明"左"倾冒险主义在中央的统治，确立了毛泽东在红军和中共中央的领导地位。在极端危险的历史关头，挽救了党和红军，是中国共产党和中国工农红军历史上一个生死攸关的转折点。

我记不清哪一个月哪一日,只因为遵义十天的生活,是在长征的行军生活中划分出来的,所以到现在还是深刻地记忆着。这十天中没有行军的事,没有打仗的事,享受着城市小资产阶级的生活,是一年零一个月的长征生活中一段特殊生活。

第一天　进遵义

因为昨夜赶到团溪已经下半夜,又是住在王家烈的一个政训处长家里,吃的东西太多,大家直闹到天明才睡,团部允许我们,只要我们今天到遵义,因为第二师昨天已经进了遵义。从团溪到遵义只有四十里路,所以在下午一点钟我们才开始向遵义前进,到遵义已经将近黄昏了。

萧队长说:我们乘这个机会,带学生逛街,省得明天学生借故请假出来逛街。谁不想看看遵义全城情形,忘记了腿酸,忘记了疲倦,整起队伍,齐着步伐,从新城到老城,从大街到小巷,将遵义走个遍。

遵义确实不坏,大街上的铺子一间挨一间,只是比较大的铺子,家家门口挂了"溃兵抢劫暂停营业"的牌子,从被刨坏的门板里,还看见柜台里零乱狼藉的模样,似乎要我们替他向王家烈算账的神气。

以后由团部派来的通信员带到县衙门宿营。

第二天　进街上馆子

　　早起无事，学生们正在拭枪洗衣服，就约同萧、苏、冯三同志去逛街，买了一些应用的东西以后，大家不约而同地找东西吃，问了老百姓，知道有个川黔饭店，规模最大。到川黔饭店，因为过早未开张，同掌柜商量，掌柜很客气，让我们上楼到雅座，代我们点了他们的拿手菜辣子鸡丁、醋熘鱼、血花汤等六七个菜，一边同我们谈着王家烈的苛捐杂税，弄得商人没法做买卖，我们也告诉他红军的主张。不一时菜来了，一盆辣子鸡丁，堆得满出来，味道确不坏，大家都很满意。吃完算账，三元多，我们唯一的土豪 S.T. 同志没有来，在座几个人谁也当不了这个"主席"，于是大家凑钱，伙计看了很诧异。

　　夜晚团部送来一件皮袍给我做大衣的，S.T. 也是一件，都是打土豪来的，我们商量做大衣的事，并告诉 S.T. 发现吃辣子鸡丁的馆子。

第三天　在土豪家

　　今天团部分配两家土豪家的用具为我们用，上午队长派我率领了二十多个学生去搬。我们去的那家，已经没收委员会初步地没收和检查的，屋子里有点零乱，用具很多，足够我们四十多人一个单位用的。群众很多拥进屋子里来看，我们将不需要的,多余的分给群众,并要求他们替我们搬送。大人们要鸦片烟的心比要其他东西的还要切,搜出来的三罐鸦片,分了两罐,一支烟枪,转眼就不见了。在贵州,鸦片烟比现洋还通用,这是有使用价值的"货币",军阀们抽不种鸦片捐比抽种鸦片捐还重,老百姓不能不种。在贵州吸大烟比上海吸纸烟还要普遍方便,这样不要说是禁烟,连子子孙孙都预定了是个大烟鬼。

今天我们搬到一个蒋师长的蒋公馆去住,在遵义算得数一数二的漂亮洋房子。土豪家的东西搬完,已是中午,随约S.T.去川黔饭店吃辣子鸡丁,今天人很多,而且都是我们的长征英雄,店伙计忙得不可开交,直等到下午二时才吃完午饭。

"红军之友社"满街贴了标语,欢迎朱毛,街上很热闹,已不像昨天那样冷静,在"溃兵抢劫"的铺子,我们同样可以买到东西,伙计说王家烈的兵从来没有对他们那样客气公道。我们在街上逛了一会,就回来布置房子,我住在楼上,可以瞭望全个遵义,算是蒋公馆里最好的房间。

晚间坐在洋房子里,烧着白炭,靠在摇椅上,看土豪家拿来的书报,我是布尔乔亚了。

第四天　欢迎朱毛

早起街上闹哄哄的,挤满着人,知道是欢迎朱毛的。今天因为房子没有布置就绪,所以学生们不上课,我们还是逛街。丁字路上人挤不动了,都是想看朱毛是怎样三头六臂的群众,一个小宣传员站在桌子上向挤满着的群众宣传,"娃娃都说得那样好,红军真是厉害",听得群众惊奇地私语。

十一点多钟,队伍都来了,都是风尘仆仆的,一列一列过着,"朱毛来了没有?"群众问着,谁知我们的毛主席、朱总司令,正在前面经过,只怪我们的毛主席朱总司令,为什么不坐四人轿,不穿哔叽军衣,使群众当面错过。

中午同 S.T.去川黔饭店吃辣子鸡丁,人还是很多,辣子鸡丁已没有第一次那样丰富,用白菜作底,大概生意太好了。

下午同 S.T.去找裁缝铺做大衣,缝衣机都给供给部集中去做军衣,后来在一家不很高明的铺子里承做下来。

第五天

上午向学生复习了些课。

中午同 S.T.去看大衣样子,又到川黔饭馆去吃辣子鸡丁,竟有一半是白菜,未免欺人,向伙计论理,他说明天一定做好。

看大衣回来,即到团部开会,直到深夜才结束,开得人头脑发昏。

第六天　群众大会篮球比赛

今天开群众大会,成立遵义革命委员会,午后,队伍都去参加。同 S.T.又去吃辣子鸡丁,不但没有起色,反而发现有猪肉冒充,欺人太甚! 我们问伙计是猪肉丁还是炒鸡丁,伙计着了忙,再三赔不是。只要不当我们是"土包子"就好,辣子肉丁也还可以吃。

大会场在中学校的操场,人挤满了偌大的一个足球场。委员会产生了,一个红军里的遵义小同志也当了选,接着是朱毛的演说,群众今天才真正看见朱毛的庐山真面。"毛泽东原来是个白面书生。"有的群众说,原来他以为朱毛一定是国民党所画的那样青面獠牙的,那么今天也许是个小小失望。

大会结束,台上宣布遵义学生与红军比赛篮球,并传知要我出席参加比赛,好久没有摸球,手原有些发痒。大会一散,篮球场已挤满看客,穿着高领细袖里身长衫的遵义学生队已一条一条如鱼一般地在场上往来练球。自然双方都是一时之选,初次比赛,谁也不肯示弱。我们还是以前在中央苏区打熟的一队,球艺彼此知道,传球联络,素称不差,银笛一声,双方开始正式比赛。红军打仗是百战百胜,只打得学生队只有招架之功,没有回手之力。W.的远射,更使遵义队无法应付,W.T.矫捷,更使丈二和尚摸不到头绪。两场终结,十二与三十之比,红军胜利了。大概是 W.T.在场上英文说得太多了,当我们出球场时,听得学生们纷纷地私议说:"他们都是大学生呀!"

打球打得太剧烈,晚上睡觉全身骨头酸痛。

第七天

上午讲了两堂课,下午同 S.T. 去裁缝铺取大衣,小得不能穿,问他为什么不照量的尺码裁,裁缝说皮子不够,真是岂有此理! 一件长袍子,改做大衣,袖子没有皮,长只到膝盖,岂有不够的道理,至少赚了一件背心的皮子去。貂皮的一件背心也抵得很多钱,但是未免太过分了呀! 剥削得我大衣穿不成,同他争论,又无证据,只得在肋下两条加做棉的,裁缝愿意赔布,大概他自己不好意思。

回来又同 S.T. 到川黔饭店吃辣子鸡丁,太不成话,少得连盘子底都铺不满,并且大部分是猪肉,大概认为"红军先生"可欺,同 S.T. 决定以后不来吃了。伙计看我们有点像发气,又来赔不是,答允明天一定做好。

第八天　同乐晚会女学生跳舞

今天大家都兴高采烈,因为我们晚上开同乐晚会,并且又有女学生跳舞。学生们忙于布置会场,我们的政治教员 Y. 同志特别起劲,跳进跳出,指挥着学生布置。

晚上并准备会餐,可是中午的饭菜竟特别坏,S.T. 约我还是去吃辣子鸡丁,看看是否有转变,结果非常失望。

下午很无聊地坐在房子里看书报,Y. 同志带了七八个女学生到我房子来参观，她们都是"红军之友社"的，今天来参加我们的晚会，并且表演跳舞。这是遵义的摩登女子，同书报上比比上海的摩登女子，摩登程度，至少相差十年，抽了我两包纸烟，就到其他房子去参观了。

五点钟，晚会开始，Y.同志做了简单的报告以后，游艺就开始了。照例的魔术双簧过去以后，最精彩的女学生跳舞出台了，穿着红绿舞衣的女学生，从幕后走出来，一阵鼓掌，"可怜的秋香……"就开始了。幼年时候的秋香吧？秋香年纪太大了。老年时候的秋香吧？秋香年纪又太轻了。青年时候的秋香吧？秋香确不会有人爱，又矮又胖，坐在地上，好像一个冬瓜，跳不像跳，舞不像舞，比起我们中央苏区的S.家姊妹，差得太远了。最后的"……可怜的秋香"以后，我们还是热烈的鼓掌，因为听说这两位，还是遵义有名的舞星，这一场舞，实在令人失望。我们大家要求萧队长来一手，萧队长平时轻易不肯露色相的，今天似乎是要使女学生开开眼界，竟是一请就登台，莫斯科带来的高加索舞，虽然个子大些，但是舞起来竟非常轻巧，这才是艺术的跳舞，女学生算是今天开了洋晕。我们后来又请女学生再来一个，她们不肯，结果她们无法，唱了一个歌。

一直到会餐以来，她们才走，Y.同志直送出大门。

梦里矮冬瓜的秋香，还坐在地上不起来，莫非冬瓜生了根！

第九天　准备行动

下午有一架飞机在空中打了几个旋。取大衣回来，得到命令，随时准备行动，于是将几天来布置的房立即改为行动的状态。在遵义住了十天，有点厌倦，特别是辣子鸡丁，也吃不成好的，直到临睡，还未见出动的命令，依旧在这漂亮的洋房里过了一夜。

第十天　别矣遵义

半夜来的命令，拂晓就出动，天没有光，就起来收拾行装，土豪家搬来的东西，完全送给了群众，依旧是十天前进遵义时的装束，穿上到遵义的纪念品"大衣"，在八点钟走上去桐梓的马路，又开始我们的长途了。

我失联络

■ 李月波

一九三五年十二月底在四川土城作战后，急向长江边推进。七天七晚急行军，又下大雨，路程难行，身体又有病，局长命我到四师协助工作。结果四师已出发了，没有跟上队伍，只好随友军行走了数天，同后面收容队配合做收容工作。有四个新兵连掉队的，还有事务长一名一路督促他们跟上队伍。那天命令到木宜宿营，结果队伍没有宿营，一路向海坝前进。只留了一连队伍等着病号。那天我走到下午八时才到木宜，那连队伍正当着要出发，对我们说队伍向海坝前进了。当时我们肚中饥饿，就在木宜弄了饭吃，以后就跟着路条前进，不过走了四十里，就到了营盘山。哪晓得迷了路，大队走小路进的，我们走大路，没有赶到。第二天是二十五年旧历正月初一，家家户户闭着了门，路上并无行人。走了里余路，遇到一老汉，就借问走海坝的方向。当时我们心中就恐怖起来了，怕民团弄我们的鬼。我将自己的手枪套子扯丢了，只留光手枪插在腰里，上了顶头火准备着。走离营盘山八里路的地方，有一间小茅房。大家商议，不怕了吧，肚中又饥饿了，这里人家少，好弄饭吃，吃饱了饭，比较有精神些好赶路。我说："还要走数里更好些。"他们不同我的意见，我也没法子，就同意他们几人进到房子弄饭吃。那茅房的东家姓张，我们向他宣传了些，那姓张的非常高兴，说红军在这路已过了三四天了，对我们百姓好，并无二字，红军真是救我们贫苦人的。当就弄饭给我们吃，一方面就说到海坝的道路。还没有一点钟的时候，就听得大路上有人飞跑的脚步声，好像向我们来的样子。我当时对他们说，不好了，将外面情形说与他们听。话还没有说完，只听得外面来了许多人，抬头一望，来了民团十余名都拿着枪，一声呐喊杀！

"快缴枪来!"各个把枪瞄着我们，不准我们动，如动一枪就结果你的性命。当时那些新兵就缴了枪，把我的包袱完全拿了去，我只背着一个皮包，当即要我们到外面去，他们也都出了房子，为什么要我们到外面去呀？因为是正月初一日，讲封建，不能在人家家里用枪打死人，我当时就猜想到。那民团队长，手拿着一支盒子枪，站在大门边，叫我快出去。我就说我们弟兄们，都是在外面当兵，民团说你的枪快交来，就无事了。我说没有枪，我是病号掉队的，哪里有枪？那时民团没有把枪瞄着我了，只要快出去。那时十分危急了，生死的关头，心中暗想，一定是没有活命，只有与他拼一生死再说，一个换得一个，也不蚀本了。一方面与他讲情说好话，手插在腰内，就往外面走。只见他们已用绳子捆人了，我出门时，民团队长还是手拿着盒子枪，拦门站着。我当拿出手枪，对他一枪，正当打着胸膛，由背上出去，就倒到地下。两眼一望，只有左前方一条小路上山去的，没有人放哨。三十六计走为上策，拔腿就跑。那些民团一连放了两枪，我连回他三枪，他不敢急追前来了！当分为三路向我追击，那时我两条腿无力了,将帽子反包一切丢了,民团看见丢了东西,迅速就去捡起来再追。右边来了一个民团,他不见我,我一枪打去,他就倒在地下,不知伤了他否。那时拼一死跑,民团随后追着大喊连天,放枪也打不中我。跑到前面一个树林,就往那个树林里跑。我迅速通过树林,那边有座大山,就上山向小路逃。那时我心神不定,实在不能跑了,没法就在路旁二百米远远的茅草里躲着;身边取出子弹装满了一枪准备与他拼一生死,找不到我,那就是我的生路。正是那样想着,只听山上飞跑追赶大喊大叫捉住。我望得清楚,有十多人,还有人说,走得这么快,追不到了;有些说跑到哪里去了,除非上天。追过了身,我就转移地方,转到那茅草窝的地方去了,正当着藏好了。那些民团转回这山上,四路找来了百余乡兵,还带着十几个狗搜山,好比打野兽一样乱七八糟弄了几个钟点。久之天色已晚了,民团各自回家。我看见已走了,心中好比开了一把锁,好比又出了一回世样。那时我昏昏沉沉的,不知往哪边走,赴队伍一定是不能的,天色已黑沉沉的,便横山而行。

群众是我们的

一连过了好几个山头,到半夜时,也不知方向,坐在山顶上,只听得山中野兽叫起来,吓得心惊肉跳,拿手枪准备着。远听山下有狗叫的声音,不知多远。我向那狗叫的地方去,不觉又走了大约五六里,有些种玉米的地,就知道不远有人家了。向小路而行,不久就望见一茅房,周围附近都没有人家,就是单独一家,我当时轻轻地摸到门边听听,内面有多少人,说些什么话。只有一个老婆婆,年将八旬,有二个男子,一少年妇人,谈的都是家庭话,烧了一炉火烤着;我叹了一声,内面就说是哪个在外面呀。

我答:"大哥,逃难的,请大哥开门我烤烤火好吗?"

当时那妇人就说:"你到别地方去,我们这里不能烤火,别处人家多些!"

我苦苦哀告,说了半点钟之久,当时那妇人的丈夫就开门:"你是哪里来的,穿的一身军服,莫非是红军吗?"

答:"我是民团缴枪给红军的,今逃走回家迷路过此。"

他问:"你家是在哪里?"

答:"在贵州。"

问:"哪一县?"

答:"遵义府尚溪场。"

问:"你家有些什么人?"

答:"父母、妻,子只三岁。"

那少年妇人就问:"你吃了饭没有?"

答:"没有。"

她就弄了些玉米馍馍和菜给我吃,我就说多劳大娘做好事,修着你的儿女身上。这话说得他非常高兴。我就问大哥贵姓,此地叫什么地名?答:"小姓黄,此地叫做黄家沟。"他又问我姓什么?我答:"小姓不能高攀也姓黄。"他说你什么排字,我说我父名福字,排,我是得字号,这一话撞正了。他说不错,我们都是平辈人,一笔难成二个字,我们字辈排来,是财满福得星五字。又说了些家庭话。我问大哥家有几个公郎,他说命苦有一男一女,共计六人吃饭,家无寸土,在此租人家的地要还租,一年不够一年吃,真不得了,难以养活一家人,也是没法子。当晚不谈了,把我送到楼上睡着。他说新正月间,我们这里没什么人,这些小事情有我。第二天是正月初二日了,早起来弄了些高粱馍馍青菜等大家一齐同吃了饭,又谈当地情形,民团怎样不好的话,我也没答他。他又说红军怎样好分地分房分东西,给贫苦人取消苛捐杂税,打富济贫,那样这样,说得很多。他又问红军是由遵义那边来究竟怎样,是不是分东西?我答:"红军在遵义分了田地房屋给贫苦人是实,确实在打财主救贫人。"当时黄大听得红军很高兴。他的老母年将八十岁,听得叹了一声:"我家穷了几代了,如若有这样世界我死了也甘心。"黄大就到外解大便去了,那婆婆移到我身旁来,细细声问:"你到底是不是共产党呀?"我答:"不是。"她说:"你对我说实话我也宽宽心,我家忠良世代并不防害你。我今年八十一岁了。如若你是共产党我设法救你,日后你们得到天下时与我后代分些田地就是。我们这里的百姓,都愿共党来。"于是他全家都来了,站在我身边,那黄大说:"我看你也不是当兵的人,一定当排连长。"我说是当兵。黄大说你是共产党请放心,如若害了你,我全家人都讨不到好处。当时我就说,我是共产党,因为怎样情形找不到队伍,迷了路不知去向才到此地等语,并将共产党主张怎样分田地东西等说了一些。他们大小都叹一声:"可恨营盘山保卫团。"黄大说我与你打听消息,看红军到什么地方去了,我告诉你,好去赶大队。又说你穿的军服不好,我与些百姓衣服给你,如若有别人问你的时候,就说是我家来的亲友,这样好在我家休息几天。不觉在他家过了五天的光景,那日黄大听得消息,石湘子有千多红军过河,就带我去到石湘子去。初六日早起程,化装是拜年客,一路不谈,不觉到了,地名叫天福庙,那个地方很多民团,黄大就带到他朋友家里休息。不久外面来个民团的队长,当即就问是哪里来的?答在红军当夫子。又问你是哪里人?答遵义府人。你不是遵义人说话,好似湖南湖北的口音。我说怎样不是?你是遵义人,我就问你遵义几个地名。我说好。他就说了一些,我一律答知,结果就检查我身上的东西。那时我的手枪,还在身上藏着,他来检时,把衣扣解开他看。我说队长,路上一来检查数次,如若有东西还留着做什么?送给你不好吗?当时对他讲了几句客气话。他说他姓何,我说何大哥,这就遇着贵人,请大哥给我一路条,愚下也好便行。他说不要,这周围附近几十里百余里你说是何队长怎样与你谈了话,都没有关系。当送给我盘费铜元三吊文,他说我兄弟也是水边,要多送几文才好。我说多劳兄长照顾,日后兄弟相见,面谢后情。那话不谈了,石湘子是不能过河了,敌人多了不能去。那日就在本地客栈休息一晚。初七日晨不好向那边走,又听说,古蔺县有红军,我又向古蔺走。那日走了百四十余里,离古蔺六十里名叫道草铺,我没有走街上过,弯了小路在走,到那山上一望,向古蔺大道上很多敌人队伍向古蔺推进中。我心中想如若那里去,好比送羊入虎口。我想这次要想到找到队伍,除非革命成功。我一路向山下走,遇着了一个收烟灯捐的说是由古蔺来,古蔺有边防军多得很,正在拉夫,向水田塞前进。我听得此话,又向道草铺走,看前面有很多人,我设计解大便,把手枪放到那石崖下保存着。我向那街上通过,当有个李区长的儿子把我捉到,说我是共产党,要把我杀在这坪里,才出得他的气。这话是什么原因?因为李区长被我们保卫局捉到杀了。共计在那街杀了三个反动,打了五家土豪,所以要随便杀几人来报仇。当有数十个老人家和妇人都来劝那个凶恶李区长的儿子,"李少爷,你父亲杀了怪不得这个逃难的客人,他又没有杀你父亲,何必结下无故的冤仇呢?"当即我扯起出来,我当谢谢他们的救命之恩。我在这街上受了惊吓,不敢向大路走了,就找小路行走,照原路找我的手枪,再藏在腰里又走。不过十里路样子,走到山坡里遇到二个人,一个年约二十岁,一个约四十岁,大叫一声:"哪里来的!"答:"逃难的。"他叫我站着,他要检查我身上,我说大哥我身上没有什么东西,检查数次了。他一定要检查,我身上还有二十余元光洋,他检查出来了便拿出小刀来杀我。我与他讲了些好话,他不受抬举,只要钱不说道理,还要检查。我就说了很多好话,要他给五元还我做盘费。他还要杀我,我想这正是正式土匪,一定是初出茅庐的东西,当拿出手枪赏了他一枪,倒在地下。那个四十多岁的就跑,我赶上一枪,打到腿上也滚到地下,把钱拿回,就跑了五十里都不回头,一直跑到硬地。未到硬地时,我把枪放在山上,后才到硬地街上去找对向,一进街口,有个大庙,我就到庙里望望,有我们三军团卫生部的伤兵二名,一个是湖南人,一个是博生县人,三人说了许多的痛人心的话,我即同他们住在一起。不觉到了初十日了,一个负伤的同志说:"你要口鸦片烟给我,我实在疼痛难受!"我就到一家烟馆去买大烟泡子,有四五个人谈起红军的事情:"你也病了,红军真是好,我们这街上有红军寄的伤兵七八名,都要我们招待,担架夫是可以,只怕白军到来把他们杀了,以后红军来了怎样对得起红军。我们大家设法子,搬到那里去才好,与他请医生调治。"那一个老汉说:"只有把他们送到不当大路的地方就好,如若不保护他们,我们的良心坏了;他们负伤也是为着共产,都是南方人,回家去路程远,使他们快些好,赶到大队去,要尽力帮助医治,就是没有钱的,也送点菜水和饭给他们吃,使他们好得快些。"

开小差的下场

我在硬地住了三天后听说石湘子又有我们的队伍,于是又去赶。走到营盘山木宜之间,有一饭店,店老板姓孙,我走进客房,看见有二个人在内面哭起来,我就进去问问,我假说你们是红军吧?他说是的。我问你是哪里人,他说江西,道路数万里,不得了,回不得家,一定死在这地方了!我说你们为什么不与红军一路去?他说:红军内苦。我说在红军好些,在这里好些?他说我们现在想回到红军里去,但是怕杀头!我说为什么要杀呀?他说卖了一支枪,一把大刀,二人都是一样卖了八十个银毫洋,又被民团拿去了，现在吃饭的钱都没有。我说怎样办？他说只好讨吃回家。我说你家在江西哪一县？他说你没到的，说起你也不知道，我家住会昌县，原在红军炮兵连当兵。我看他们身上穿的破衣服，虱子满了，睡在草堆里，饭店主人要用棍打他们出去，外面正在下大雪，冷得十分难当。我就强迫着带他们归队，并向孙老板说有劳你，谢谢你，日后还情吧。我们一致到麻仙保归队。

向赤水前进①

■ 谭政

四渡赤水

遵义会议后,中央红军3万余人,在以毛泽东为代表的中共中央、中革军委的指挥下,准备北渡长江,在川西北地区建立根据地。

1935年1月19日,中央红军分三路向土城方向前进。28日在土城以北的青杠坡与川军六个团激战竟日,形成对峙。29日,红军果断撤出战斗,西渡(一渡)赤水河,进至云南扎西(威信)地区。

蒋介石急调重兵围堵,并在长江沿岸构筑封锁线。当其重兵逼近扎西地区时,红军乘黔北防守空虚之机,突然东进,于2月18—21日东渡(二渡)赤水河,将围堵的国民党军甩在后面。以一部兵力将尾追的国民党军引向温水方向,主力再占桐梓、娄山关和遵义城。国民党军两个师从乌江南岸驰援遵义。红军以一部兵力在老鸦山、红花岗一线阻击,主力从侧翼突击,将其大部歼灭于遵义城南忠庄铺地区。红军在

---

① 编者按:1935年1月遵义会议后,毛泽东领导红军开始四渡赤水。

遵义地区的作战,共击溃和歼灭国民党军两个师又八个团,俘约 3000 人,是长征以来第一个大胜仗。蒋介石重新调整部署,以十三个师又七个多旅进行南北夹击,企图围歼红军于遵义、鸭溪地区。

红军为调动国民党军,在运动中寻求战机,从遵义地区西进,3 月 16 日再次西渡(三渡)赤水河,19 日进至川南古蔺地区。蒋介石急忙派兵西追,并在川黔滇边界地区大修碉堡,企图围歼红军。

当其重兵奔向川南时,红军又突然折而向东,21 日晚四渡赤水河,从国民党军的右翼分路向南急进,并以一部兵力进行牵制,主力于 3 月底南渡乌江,将几十万围追堵截的国民党军甩在江北。佯攻息烽,兵逼贵阳。

尔后,红军进军云南,威胁昆明,巧夺金沙江,摆脱数十万国民党军的围追堵截,粉碎蒋介石围歼红军的计划,夺取了战略转移中的主动权。

虽然已是严冬的季候,但在贵州的黔北,靠近长江南岸地区,仿佛像江西二三月的天气,一点也不感觉寒冷。大家喜气洋洋,兴高采烈,沉闷的情绪已经过去,部队格外表现得活泼可爱。因为在半个月来,已经完全摆脱了敌人的尾追,粉碎了敌人的拦阻,打得侯之担走投无路,占遵义,陷桐梓,横扫黔北,如入无人之境。四乡的干人儿,天天总是围绕着我们,不是说王家烈苛捐杂税抽得怎样厉害，便是讲财富老压迫的如何可恨，每天总是成十成百地跑到红军里面来要求留红军。而在另一方面却呈现着"风声鹤唳草木皆兵"的情景，豪绅们，今天搬家，明天逃难，侯之担的部队，这里逃跑，那里退却，惊心丧胆，颠沛流离。两种完全不同的情景，点缀了当日黔北这幅画图。

这时我们的红四方面军，已粉碎了敌人的三次"围剿"，把敌人几百里的堡垒线完全突破，刘湘在前线的部队均受挫折。此时我们的计划，准备趁此时机，由黔北转入川南，跨渡长江，配合四方面军行动。部队遂于占领遵义之后，继续下桐梓，攻松坎，一路虽然有川南边防军的阻挡，但一点也不感觉费力。我们占领松坎之后，在松坎附近休息整顿了四天。这是从江西突围以来，休息时间比较长久的第一次。然而在这短短的四天中，却给我们很大的帮助，解决了许多重要的问题，休养了体力，料理了行装，准备了给养，改编了我们的部队。我们还总结了突围来三个月的政治工作，揭露了我们工作中的许多弱点，寻求了产生这些弱点的根源，定出了今后的工作的方针与方法。短短的几天时间，把部队整理得精神焕发，呈现一种新的气象。

部队向赤水前进了，经温水东皇殿到达了土城，战争便也一直从温水打到土城。土城一仗，侯之担集结了三个团，先我占领了阵地，似乎要和我们拼个死活。这样的好机会，自然我们也不会推辞。因为在乌江战斗以后，侯之担总是向我挡驾，每次战斗，只要枪声一响，便飞也似的逃跑，他们的腿生得长，我们真"望尘莫及"！枪声响了，土城附近山上，都堵满了敌人，人们的心理中，都以为今天的侯之担，一定要凭着土城，作孤注一掷呢。我们两个营向敌前进了，一路跑步，便接近了敌人的山脚。谁也不料侯之担仍然是不"过硬"，整营整团地像泄水般溃退下去，早就架好了浮桥，从浮桥上成四路纵队退入赤水河西岸。大约还有一个连左右，来不及渡河，便沿河下游向猿猴逃窜。此时浮桥已被敌拆断，隔河望着敌人在一个不宽的正面和倾斜很急的山坡上，凌乱不堪，大家只顾逃命。他们的长腿子，此时也不中用了，吓得他们进一步退两步。一个指挥官，骑着白马，从凌乱的人丛中由西跑向东，又由东跑向西，时而上，时而下，此路不通，彼路又不通，不知如何是好。机关枪一响，满山的敌人好像茅厕里的粪蛆，翻上翻下，煞是好看。

我们的战士们，看着气愤了，拼命地去修理浮桥，不消四十分钟，浮桥修好了。大家争先恐后地渡过彼岸，可惜时间太迟，已经来不及追击了。这一仗又只缴获步枪数十支，子弹炸弹二十余箱。

土城街上遍挂红旗，到处张贴了欢迎红军的标语，什么"欢迎朱毛军长"，"欢迎打富救贫的红军"等。街上一堆一堆的人，踱来踱去，看传单接受宣传。大家睁着眼睛注视了我们的全身，从上身到下身，从下身又到上身，显示着特别自然，亲热，仿佛把我们看作"王者之师"。但却也奇怪，似乎我们也和普通人一样，并没有一些特殊样子。

到达了望龙场，离赤水城只有九十里了，打听得赤水城只有一个团的兵力，城内有修械厂，又有电灯（多久未见过电灯了），大家眉飞色舞，一心只打算进赤水城。经过七田坎到黄陂洞附近，我第三团即与敌遭遇。因尖兵动作不迅速，敌先我占领了右翼高地，而后续部队未能立即跟上，敌即以此高地为支撑点，并凭借左翼堡垒，对我施行火力封锁，使我一师人的兵力，限制在一个仄狭的正面，不能展开作战。此时我即以全力夺取右翼高地，将敌人压下去，可是受左翼堡垒机关枪及炮兵火力的侧射，终不能超出葫芦形的口子。敌人稳住了脚，依该地阡陌的高低起伏，拼命挣扎。后续部队不断地增援上来，遂使正面战斗，成对峙局面。敌人杀过来，我们杀过去，双方均有死伤，我第三团排连两级干部，大部伤亡。然而我们的战士，将不成建制的班，加入别一班作战，自动地代理指挥员，继续逐行战斗。此时我右翼的一个营，正向敌行包围，在极端不利的地形下面，连续几个冲锋，将敌人牵制部队完全击溃，打到了敌人的左后方。他们的骡马大行李动摇了，预料必然影响及于他们的正面。不料这个敌人还有几分顽皮，将他们的炮火集中和转移向着我们这个营了，预备队也全部使用了，结果，我们英勇的这个营，在不利的地形条件之下，被迫而退回来了。

正面战争，又紧张起来，机关枪声炮击手榴弹声，搅在一团，他打过来，我打过去，又是一场激烈的厮杀，花费了很大的气力，总杀不出这个葫芦形的隘口，三个团都堆在一个山头上。大家着起急来！"今天这个敌人打不溃，如何是好呢？"许多人都主张以少数兵力钳制正面之敌，主力则从侧翼绕到隘口的后面，主意虽然是打定了，究竟从哪一点打下去呢？一番侦察，又一番侦察,可恶的地形,生得这样凑巧,这里没有路,那里也没有路,到处都像悬崖陡壁一般,"反动派的寿命该得延长",战士们发出诅咒的话语了。

远远地望着通赤水的马路上,尘土飞扬,愈走愈近了,敌人约一个团的兵力,成两部纵队,从马路上奔驰而来,今天这个形势,便无法恋战了,只得偃旗息鼓,宣告停战。

我们下了山,到了马路上,敌人便装腔作势,沿着马路一线山头,猛烈向我来路延伸,似乎要与我们取平行路,截我归路。我们自然也不轻视,节节向后抗退,到达七田坎,天色已是晚了,从七田坎后面山上,几排枪打下来,只见手电光芒四射,这是敌人的迂回部队呢,可惜来得太迟,我们已完全通过了。

病员的话

■ 加伦

在长征中,我们没有固定的根据地,当然也谈不上固定的后方,因此我们的伤病人员轻的随队伍走,重的只有寄在群众家里。

当部队到达黔北的时候,党的战略方针是由川南强渡长江,争取与四方面军会合,在这一行动中,沿途寄留了不少的伤病员。

由于敌情的变化,此一战略决定没有能够实现,部队是由原途折回来了的。

有一天经过川黔交界之猿猴地方,一个六十余的老婆婆站在路旁大声高叫:"红军!红军!(贵州民众都称我们红军)把你们这位哥子带回去,他的病已经好了!"

接着她跑回家里带了一个青年来,她笑眯眯地把青年交给我们,她还很客气地说:"红军!对不起,你这位哥子在这里没有好招呼!请不要见怪呵!"

她又跑到房里拿了五个鸡蛋,十多个苞谷粑粑送给我们青年同志。我们向她表示感谢,并送给她几块钱,她坚决不要。

她很慷慨地说:"红军!我们是一家人,我不是为钱的呵!你们辛苦,都是为了我们干人(穷人),帮助你们,是我们自己的事,假使是王家的人(即贵州军阀王家烈的人)我们尿也没有他吃,王家兵是整得我们好苦呵!"

我们只好再三道谢和她分别了。我们走了很远,她还在站着望我们。

到达宿营地了,很多寄在群众家里的病员也一批一批地回来了,一个个吃得很肥很胖,军服是都换了,大家都穿上了老百姓的衣服,几乎都不认识了。我们开了一个茶话会,欢迎这些病愈归队的伤兵员。

"你们这次在群众家里还好吗?"我们问。

"群众好得很,队伍过的第二天,民团就回来了,他们到处搜索,群众把我藏在一个放草的屋里,结果被民团搜出来了。团总马上就要拿我去杀,这家群众全家跪在团总面前求饶,他们假冒我是他们的儿子,痛哭流泪地苦苦哀求,结果团总也没办法地去了,我此后也能公开地在他家里住起来。他们一家人待我特别的好,天天总要弄点好菜给我吃,并请医生来,把我的病几天工夫就治好了,我走的时候,他都不舍得,大家还流了眼泪呢!"我们一个青年干事这样说。

"我们那家群众也非常好,因为我负了伤走不得,他们把我背在一座大山里,搭了一个小茅棚,派了一个他的儿子陪着我,每餐都送饭送茶来,有一天夜晚民团把他们的家里包围起来检查,他们立即派人又把我背到另一个山上去,像这搬动,不知经过了若干次,结果我们仍是很安全地在那里住着。替我医治的医生也很好,他从没有要了我一个钱,并且还送了我几块钱用,送过很多东西给我吃,他们很喜欢听红军的故事,天天总有很多人来听我讲,他们很羡慕苏区,他们也愿意坚决要干,他们说王家烈实在把他们整得太苦了,所以我的伤口也不到半个月就好了。"

另外一个战士这样接着说。

"我住的那个地方更奇怪,当我到群众家里时,有几个土豪跑来问群众红军寄的人在什么地方?群众吓得要命,不敢承认,后来土豪再三向他解释,告诉他不要怕,红军的人要好好招呼,如果把他们的人弄坏了,将来他们来了就不得了的,大家应该负责任的。"后来我走的时候,有个土豪还来送了我呢,又一个战士这样说。

他们都你一篇他一篇把他们经过的情形讲得很详细。

人民的红军,到处都取得广大群众的拥护,虽然困难不断地加到我们的身上,然而有了广大的群众,一切困难都战胜了,这恐怕是敌人难以索解的吧!

娄山关前后①

■ 雪枫

攻占娄山关

　　娄山关，又称"娄关""太平关"，在贵州省遵义县北大娄山中。位于峻拔山峰之间，万峰插天、中通一线，地势极为险要，自古为川黔两省交通要道，兵家必争之地。1935 年 2 月 25 日，中央红军以红五、红九军团在桐梓西北地区迟滞川军，集中主要精力南取娄山关。当日拂晓，红三军团先头部队第十三团，从北向南对娄山关的黔军发动猛攻，经过激战，于当晚攻占娄山关。

　　攻占娄山关后，红一、红三军团乘胜向遵义方向追击，在遵义战斗中，红三军团参谋长邓萍不幸牺牲。

一、二郎滩的背水战

　　在"回师遵义"的途中。

---

① 编者按：土城战斗后，红军二渡赤水，返回贵州，连克桐梓、娄山关，再占遵义。

这一次是赤水河的再渡，一路来浩浩荡荡。然而当前横了一道河，地名叫做二郎滩。遇水造桥的任务就摆在先锋两个团（十二团十三团）的面前了。

环境并不那样的太平。倘若敌人在对岸凭河堵击，事情可就麻烦了，而且事前又得到一个情报：说敌人有于×月×日以其主力阻我渡河之模样。

"争取先机呀！"一面纠合红色工兵搭浮桥，波浪作了他们斗争的对象，一面使用红色水手们乘船渡河，首先是占领阵地，其次是远出游击。船仅三只，每只能装三十人，一来一往，大费力气，战士们急如星火，然而只有"等"。

一个营过去了，机关枪过去了。游击队派出了，阵地占领了。忽然远方传来了零碎的枪声，接着送来了轻重机关枪声，最后渡河部队的报告说，我游击队与敌接触，敌番号兵力不详，但估计约在一团以上。每一个人的思想："增援！增援！"然而浮桥才架起了五分之一，船仍然是三只，每只还是只渡三十人。

"赶快呀！""赶快呀！"

终于渡过了两个营，劈面是个高山，三步缩作两步拥上去，敌人的子弹从耳旁飞过，部队展开了，炮弹一颗一颗地落在前面或者脑后。

这是一个背水阵。

敌人是那样的不行，我们的冲锋部队还隔着几个山头，他们就溜，而且像流水样的溜了，追过去，追下了悬崖，敌人从悬崖边跳下去，跌死或者跌伤，一个窝里就跌了有四十。胜利者不能像那样的跌下去的,所以只得弯了路,敌人就乘这个机会跑得无影无踪了! 满山遍野的背包、衣服、手榴弹、军用品,以及敌人死者伤者身上的枪支、子弹,在今天统统换了主人。据俘虏说,他们是侯之担的两个团,而且是个什么副师长率领的。

黄昏之后宿营了,准备着第二日重上征途。

二、乘胜直追,目标向着遵义城

长征以来遵义是最使战士们想念的一个城。那比较繁华的街市,那相亲相爱的群众,那鲜红的橘子,那油软的蛋糕。然而现在青天白日的旗子是插在遵义城上!

此次在向云南途中的"回师",遵义是我们的唯一的目标。大家心目中的敌人,除了不在眼前的王家烈之外,还有自江西出发就跟在屁股后面捡破草鞋的周浑元。"打倒王家烈! 消灭周浑元!"这口号每天挂在人们的嘴上。

渡过赤水河,二郎滩战斗胜利之后,遵义更加接近了,两条腿分外来得有劲儿。

沿途的民众们"多谢"了国民党的苛捐杂税的"恩赐",十八岁的大姑娘没有裤子穿,五六十岁的老头子,屁股总是露有半边,成群结队站在大道两边欢迎着他们的红军。随便喊一声"当红军来哟!"壮年们就会跟着走的。那个时候,每个团一天总要扩大百而八十个新战士来的。

有一天微雨途中,丛林中突然出现了一个上半截披的如像棉袄,下半截烂了裤的汉子,拦住马头跪下,双手送上一张纸,开头一句是"启禀红军大人",内容是因受某劣绅的欺压,逼其妻又索其女的,新仇旧恨,请求红军申冤的一张"状纸",状纸还没看完他那里已泪流满面了!稀罕哪,包文正大人常常干的那一套,居然今日重演了!

经过政治部的调查,所谓某劣绅确是当地一个大土豪。向导,自然是他自告奋勇,捉来之后,第一个拳足交加的就是他,复仇的痛快叫他忘记了裹在腿上烂裤子。经过人们的劝阻,他的余恨终究未消。

大军驻在回龙场休息一天,大的干部会中,毛主席做了报告,大会中军团政治部提出了三大号召,把消灭周纵队薛纵队的勇气提得更高了!

三、娄山关

从川南到黔北的遵义,桐梓县是大门,娄山关是二门,主要的还是娄山关。倘若占领了娄山关,无险可守的遵义县,就是囊中物。所以娄山关便成为兵家必争之地了。

娄山关雄踞娄山山脉的最高峰。关上茅屋两间,石碑一通,上书"娄山关"三个大字。周围山峰,峰峰如剑,万丈矗立,插入云霄;中间是十步一弯,八步一拐的汽车路,真所谓"一夫当关万人莫开"了。

守关,王家是懂得的,在我们占了桐梓之后,抢夺娄山关,光荣而严重的任务,而这一伟大的任务便交给十三团了。娄山关上的一攻一守,十三团单独担当,浴血大战的英勇气概,仍然不减当年。

还是中央苏区的时候,一九三二年的东征,即有名的东方战线上,我们的十三团和十九路军的三百三十六团在福建延平县青州地方来了一个遭遇战。不过两三点钟,我们的一团他们的一团,一团对一团把他消灭了。据说三三六团在上海和日本作战的时候,是顽强的一个团,是出风头的一个团,是缴日本兵钢帽最多的一个团,然而这一团,钢帽又转送红军了。

蒋介石对江西苏区的有名的五次"围剿",五次"围剿"中有名的"高虎脑万年亭战斗"就是有名的十三团配合友军建立下的血汗功劳。那几乎是空前的残酷的战斗。敌人汤恩伯、樊崧甫两个纵队六个主力师,配合炮、空两军,气吞山河似的向着我石城县驿前以北之高虎脑防御阵地攻击前进了,敌人欺负我们没有空军,缺乏炮兵,冲锋部队总是集团的一个团。最前锋是草帽、蓝衣、驳壳、马刀的法西斯帝蓝衣社六七十人。七架飞机在空中投弹,几十门大炮扫射,烟雾冲天,杀声震地,使你听不出机关枪和步枪的声响。沉着抗战的是我们十三团的第七连,顽固地守着堡垒,等待敌人接近工事了,首先报之以机关枪,继投之手榴弹,排山倒海样的躺下去了,最后还之以出击,血肉横飞的滚下去了!点把钟的时候,又是同样的冲锋,同样的轰炸,同样的杀声。红色战士们同样的顽固,同样的手榴弹,同样的出击,结果,又是同样的排山倒海,同样的血肉横飞,同样的躺去,而又滚下去！这样连续了六次。

漫山遍野的痛哭哀鸣，死者伤者堆满山谷，竖一条横一条。总计敌人死伤四千余名，连排长干部四百多名，而我们的第七连，也只剩九个人了！

敌人这一次惨败，两个师完全失掉了战斗力，一个多月，钻在"乌龟壳"内不敢越池雷一步。然而最后，终于硬着头皮还是来了。侦察地形以后下了作战命令，命令里提出赏格，谁夺下敌人阵地，赏洋两万元外，还要报告蒋委员长擢升团长当师长。

"究竟谁来担任呢？"大家低头。

"到底哪个去呢？"还是低头。

"你们究竟怎么样呢？"

"请师长下命令吧，该着哪团，还不是哪团！"大家这样说。

据说，那位陈诚将军，为这事，也曾头痛过。而且在早，还率领着将官们向蒋委员长请愿要去"抗日"呢！而蒋介石的答复是"言抗日者杀无赦"！无奈只有"执行命令"！

如今娄山关摆在面前的严重任务，使大家——全体指挥员、战斗员，不约而同地回忆着当年的历史，而且慷慨激昂，在行进中，唱着当年的《高虎脑战斗胜利歌》。

"发扬高虎脑顽强抗战的精神！"

"发扬东方战线上猛打猛冲猛追的精神！"

一边高喊，一边谈笑，把人们的思想，都牵到江西苏区去了。

昨日下午，先遣营兵临桐梓城下，夜间友军赶到，拂晓占领桐梓。桐梓到娄山关三十里，娄山关下山到板桥四十里，板桥到

高虎脑战斗胜利歌

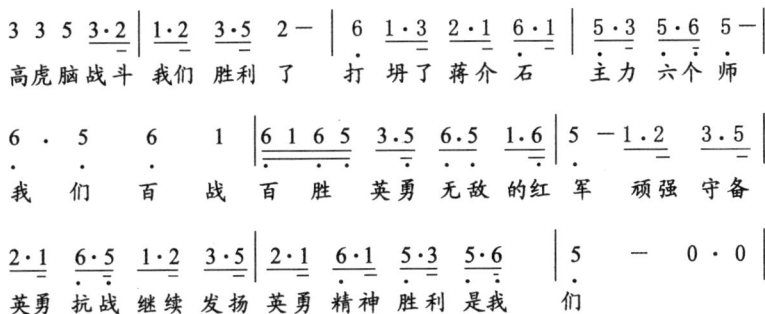

```
3 3 5 3·2 | 1·2  3·5  2 -  | 6 1·3  2·1  6·1 | 5·3  5·6  5 - |
高虎脑战斗  我们  胜利  了      打  坍了  蒋介  石    主力  六个  师

6 · 5    6    1 | 6 1 6 5  3·5  6·5  1·6 | 5 - 1·2   3·5 |
我们  百    战    百  胜  英勇  无敌  的红  军    顽强  守备

2·1  6·5  1·2  3·5 | 2·1  6·1  5·3  5·6 | 5  -  0·0 |
英勇  抗战  继续  发扬  英勇  精神  胜利  是我    们
```

遵义八十里。为了夺取遵义,曾经说过娄山关是个唯一的要点。

共产党员、青年团员们,立即在连队中活动起来。

"同志们! 为了夺取遵义,必定占领娄山关!"

"不要忘了我们十三团过去的光荣啊! 王家烈比得上十九路军吗?"

"鸦片烟鬼王家烈,领教过了!"众人嘻嘻哈哈地仍在谈笑着。

特别是活泼健壮的青年团员,短小锋利的警句刺着红色战士们的心:

"潇水渡过去了,湘江走过了,乌江飞过了! 苗岭爬过了! 一个娄山关,同志们,飞不过吗? 同志们,难道飞不过吗?"

"飞过去哟! 闯过去哟!"一连人传过一连人的回答。大家好像已经都生了翅膀。

"猛打猛冲猛追呀!"

"多缴枪炮,多捉俘虏呀!"

"……呀！"

"……呀！"

大马路上,浩浩荡荡,人声鼎沸,这是向着娄山关的进行曲!

忽然娄山关方向来了几个老百姓,大家互相问询:娄山关有没有白军? 有多少呢?

他们连声地回答:"有,有,有! 娄山关的来了,往桐梓来了! 板桥住满了,说是还有一个师长。你们来得好,你们来得好!"带着慌张去了。

立即,挨次传下来! "走快! 后面走快! 一个跟一个!"这是历史上的习惯,将要接近敌人了,即使没有命令,大家自动地互相催促着。两条腿也自然而然地轻快起来了。几千双眼睛,远远地望着娄山关上尖尖的山,朵朵的云,云裹着山,山戳破了云。一幅将要作为战场的图画啊!

第二次又传下来是:"不要讲话,肃静!"这才是正式命令。立刻无声,一列没有声息的火车继续向前奔跑。众人这时仅仅一条心准备战斗!

将进娄山关十里路的地方,在山上,遥远的送来一声既清又脆的子弹声,接着又是一声,接着了……接下去了,这明明是敌人了。

预期的遭遇战斗,是要夺取先机的。一向以敏捷迅速的第三营飞奔左翼的高山,并不费事抢了敌人企图占领的制高点。红色战士们在轻重机关枪火网之下钻到敌人的侧翼,光亮耀眼的刺刀,在敌人阵前像几千支箭飞过去了。

山脚下是团的主力,在不顾一切地沿着马路跑步前进。指挥阵地的前进号音,冲锋号音,挥动着战士们努力抢关!

途中由俘虏口里知道敌人的主力昨夜赶到板桥宿营,两个团伸出娄山关,其中之一个团又由娄山关向桐梓城前进,一个团巩固了娄山关的阵地。正是午后三点钟的时候。

在敌人是那样的出其不意,一经接触又是这样的勇猛迅速!虽然居高临下,然而首先挨了一棒。

在地形上说,我们是不利的,娄山关敌人抢到手了,而且一个团在固守着。他另一个与我们接触的团虽然向后转了,然而每一个山头都成了他顽抗的阵地。为要抢关,就不得不"仰攻"了,更何况我们主力还在桐梓未来呢!

"无论如何要夺取娄山关!"这是自高级首长以至普通的战斗员全体一致的意志。

右翼的山,一律是悬崖绝壁,中间马路,敌人火力封锁了。左翼的山,虽然无路,然而还可以爬!先派一个坚强而又机动的连,由最左翼迂回到娄山关之敌的侧右背。主力则夺取可以瞰制娄山关的"点金山"。点金山之高、之尖、之陡、之大、之不易攀登,是足以使敌人恃而无恐的。

限黄昏前后,夺下娄山关! 这是命令。也是全体红色健儿的意志! 抢山,夺下点金山,这一艰巨的任务给了第一营。

第一梯队进入冲锋出发地,第二梯队在不远的隐蔽地集结,火力队位置于指挥阵地中和着敌人的猛烈射击。冲锋讯号发出了,喊声如雷,向着敌人的阵地扑过去,一阵猛烈的手榴弹,在烟尘蔽天一片杀声中夺得了点金山。

登临点金山顶，可以四望群山，娄山关口，也清楚的摆在眼前，敌人一堆一堆地在关的附近各要点加修工事。娄山关，虽然不远，然而仍须翻过两个山头，而这两个山头上，都被敌人占据着。机关枪连续地向着我们射击，这是敌人最后挣扎的地方了。

将近黄昏加以微雨，点金山的英雄们并未歇气地冲下去，仍然杀声，仍然扫射，仍然手榴弹的轰鸣，然而并不走。而且继续增加上了预备队。疲乏，饥饿控制着每一个人，然而并未减少他们的勇气。在团首长的直接领导之下，组织了冲锋，配备了火力，一阵猛烈射击，一个跑步，敌人后退了，但不等你稳固的占领这一阵地，他的反攻，呐喊着又回来了，阵地又被敌人所恢复。第二次，第三次，第四次，终究不能奏效。大家看得清楚，有一军官，在后头督队（以后俘虏说是个旅长），他的士兵坍下了，又被他督上来，他异常坚决，马鞭子赶，马刀砍，士兵们只得垂头丧气地跑回来。

"弟兄们，打死压迫你们的官长啊！"

"白军士兵们，你们的拼命，为的哪个呢？看你们官长，再看看你们自己！"

红色战士们于冲锋之后休息的空隙，向着白军弟兄们喊话。

"打死他吧，我们的特等射手。"指挥员的命令。于是集合了，四五个特等射手，集中向着那位官长瞄准。一声"瞄准——放！"军官倒了。冲锋部队乘机冲上去。敌人好像竹竿之下的鸭子，呼哈、呼哈滚下去了！

娄山关的整个敌人,因之动摇,自取捷径各自逃去。

娄山关占领了!娄山关是我们的了!

四、长追

这时主力在桐梓,一部在桐梓与娄山关之间。由于电话不通,午夜,他们才得到占领娄山关的消息。

因为关上没有房子,而且落雨,所以留了一个营,对通遵义大道四十里的板桥警戒,主力在娄山关下的八九里处,靠着桐梓方向宿了营。

次日拂晓,大雾,对面不见人。睡梦中听到娄山关上密密的枪声。传令起床,刚要饭吃,娄山关警戒部队的报告,敌人以密集部队沿大马路向我反攻,军士哨被敌占领,小哨在危急中。饭后集合将毕,又是一个报告,小哨失了,敌人逼上了娄山关口。那里只有我们两个连!

这是昨日建立功绩的第三营,口头命令他们去增援:"跑步!同志们!正是消灭敌人的机会!"

沉重的脚步声,"嚓嚓"的刺刀声,夹着战士们的喘气声,恐后争先地跑向娄山关增援第一营。面前的枪越密,使他们的腿跑得越快。途中遇见了负伤下山的战士们,简单地报告他们关上的情况。而且上气不接下气地说:"快呀!快呀!敌人快要到关上了!"

那是板桥来的敌人,企图恢复娄山关。以其最精锐的第四团,集团冲锋,火力之强,人扑打之猛,使你不相信那会是王家烈的部队。

第一营——他们辛苦一夜了——看到第三营——生力军赶来了,更加沉着应战。第三营汗透了衣裳,紧张了面皮,在第一营的举手狂呼声中,居高临下投入冲锋了! 大雾迷漫,枪刀并举,便是所谓精锐的第四团吧,怎么能拦得住呢? 没有流血的,只有向后跑。第一营架了机关枪,对着背后一阵扫射。似乎并不麻烦,一齐倒地了。鲜血流入于马路两旁的沟里头。

然而这并不足以警诫敌人的官长,于是组织了第六次冲锋,轻重机关枪是抬着前进,手榴弹是由大个子投。红色战士向他们摆手:"来哟,欢迎你们上来哟!"刚刚接近于手榴弹距离以内,并列的手榴弹一齐抛下去! 翼侧飞出了出击部队。震天动地的杀声中,死尸堆高了,小河沟里变成了红流。"好啊,请你们再来试试哟!""第二个高虎脑啊!"

突然从敌人阵地跑过来三个士兵,背着枪举着双手,表示投降的态度。战士们热烈地欢迎! 其中有个年青的抢到首先说:"我是六军团的司号员(即号兵),经过清水江时有病掉了队,叫王家烈捉住了,在连上补了名,前天从遵义开来打你们,我听了十分欢喜,今天带他们(手指其余二人)过来了。"

人们听他说是六军团的,说不出的高兴,更加倍地亲热起来,争着上前牵着手,问长问短,连打仗都忘记了。那个司号员周旋一下之后说:"他们跑了! 跑得快得不得了! 打死好多,丢了更多的伤兵,你们还不赶快追!"

同一个早晨,敌人的主力三个团,由板桥出发分右手,企图迂回侧击娄山关的左侧背,倘若奏效,娄山关必然不保。正是娄山关正面我们的第一营与敌人的第四团来回打得火热的时候,左侧翼发现枪声了,听去约有十多里远,浓雾未开,只听响声,不见队伍。正因如此,所以更着急!

　　军团首长的决心:以十二团接替十三团第一、三两营的任务,配合左侧主力消灭板桥之敌。军团主力——十三团、十团,出左翼,迎击板桥来敌,十一团从中央冲出去。

　　第十团、十二团、十一团他们昨未赶到,胜利只给友军获得,早已摩拳擦掌了!真是所谓"黄河之水天上来!"隐约发现了敌人向山上爬来,万马奔腾,包儿打开,倒下去了!你想,敌人来势虽猛,如何挡得住这一下?于是池中的鸭子,乱竿打下,只有拖泥带水,边飞边跑,"仍从旧路归"了。那走投无路的,索性坐下,缴枪是最好的办法。战士们立即分出追击队、截击队、缴枪队、安慰俘虏的宣传队,黄昏以前到了板桥,俘虏们恭恭敬敬地摆在马路边的坪上。稍息之后实行长途。

　　夜间没有秩序的队伍,摆在马路上,活像发了大水的河,前呼后流,向遵义行。虽然打了一天的仗,翻了一天的山,而且又要走夜路,可是并没有谁觉得疲劳,胜利的欢喜,挂在人们的面上。马路两边的山谷里,反应着歌声、吼声、笑声。前后左右,绞在一起,成了一笼蜂。人们简直疯了!

五、会战十字坡

梦中，电话铃声叫醒了。那是军团邓参谋长的话：

"昨天娄山关被我击溃之敌是六、四、二十五、十六，共四个团，残部连夜退回遵义，据说遵城南有第一团及第三团。"

"我军以跟踪追击，占领遵义之目的。你们立即起床、吃饭，出发。"

"十一团的前卫，你们随后跟进……"

黑夜行军，众人腼腆些了，天刚见光，就又不太平起来，又是议论纷纷。前卫十一团，都恨没长翅膀，拼着两条腿，跑啊，追啊！张着大口，准备吞下敌人。经过敌人昨夜休息的村庄，是那样地不成样子，狼狈的景儿，又好笑，又好气！

一带短山横断了马路，山上摆着敌人，而且还响着枪，十一团的首长估计是敌人的掩护队。"这不一口吞下去？"两个营还没展开，先头营就冲上去了，然而敌人不打算走。

"你总会跑的吧！"大家这样想。集结两个营，又冲上去，然而敌人依然如故，而且轻重机关枪更猛烈了。终于因为后续部队赶不及，敌人乘机反冲锋，因为过于恨心了，张政委一个人跑到最前面的连里，敌人一个营实行反冲锋，这个连寡不敌众，又无地形利用，于是坍下来了，落在后尾的张政委不得不打手枪。边打边退，敌人是边打边进。

当他们前进的时候，一个青年战士同着他的哥哥并行着。

半路上他的哥哥一颗子弹打死了,他并不回顾一下,仍然扬长前进。现在退回时,张政委回头又看见那个青年战士跟在后头。敌人紧紧追来,大喊呀!"小赤匪不要跑,捉住你!"大概是想"生擒"吧。并未打死,我们的青年战士从从容容地一边夹着短马枪,一边闪一闪身回答说:"你来呀,你捉我的鸡巴!"

可爱呀,我们的坚决的沉着的红色青年!

六、遵义,终于拿下了! 兵临遵义城下

探报,敌人薛(岳)吴(奇伟)纵队已渡乌江,明天或者后天,有到达遵义的可能。在他们未到遵义之先,占领遵义是目前迫切的任务。高级首长,面带焦急而又坚毅之色,决定夜间攻城。

那天下午,十一团担任的一面,战士们接近城墙了,城里无动静,隔几分钟放一冷枪。大家好奇心盛,来一个"冒险的尝试",架起人梯一个挨一个爬进城去。万目睽睽提心吊胆地看他们,不久,又一个挨一个爬出来了。原来里面还有一道更高的城墙。

黄昏以后,遵义的新旧两个城顿时改了面目,变了态度,既无光又无声,活像一座荒城,间或听到一声冷枪。

攻城部队决定十三团、十二团。天气黑得很,对面看不见人。两团各派出两个连为爬城队,后头的接着前头的衣襟,一条蛇蜿蜒着,依照白天指北针对正的方向摸向城边来。

突然间一阵猛烈的枪声,夹杂着吼声,既没看见预先约定的

讯号枪弹,又没有看见放火,究竟进去了没有？大家在黑暗中望着。

原来首先进去了一个排,敌人于黑夜之间,不晓得来了多少人马。何况又都是惊弓之鸟呢？于是措手不及,有的找了暗处换了便衣,有的沿着走熟了的出城门的街道挤出去了。偌大一座城,继续进去两个连,简直不中用,而后续部队又联络不到。大家只得摆一个"麻雀阵"。东两西三,一堆一堆地对着敌人退却部队黑暗中射击。只听见敌人慌张的脚步声,相撞之下丢弃的辎重声。继续三四个钟头,天将拂晓,红军的大队进城了,白军的尾子还没有完全离开城门口哩!

遵义终于拿下了!

那是一九三五年三月的事。

第二次占领遵义城①

■ 艾平

一、拿下遵义城追悼邓萍同志

黔省第二个大城要算遵义。第一个大城要算是贵阳。红三军团从十字坡的追击战斗,向一鼓而追近遵义城,占领了遵义城外的街市与村落。是在一个阳光炎热的下午,为着逼近城墙脚下侦察与布置夜间攻城的一切准备,一军团在军团参谋长邓萍同志直接率领与指挥之下沿着城北的马路,绕过小坡,通过田垄,利用一条小河畔的隐蔽地形,向遵义的老城(遵义城面积很大,共分老城与新城,一条不大也不小的河流代为老城与新城的天然界限)前进着。

距老城约四百米远的远近地方,地形是异常开阔,不便于军队的运动。这一地带正是为老城敌人火力所瞰制,而城上守城队伍连珠箭似的向这里不断地发射。被太阳晒得满头流汗,又进行过两天战斗及击退敌人一百里路的十一团不得不在河畔的隐蔽地停止下来了。

---

① 编者按:1935 年 2 月 27—28 日凌晨,红三军团在二渡赤水行动中再次占领遵义城。

前面派出的团属的侦察排，一个一个跃进距城墙十余米远的小河对岸的水沟里去了，但因受地形的限制，这一排人都一动也不能动，个个依匍匐地的形状紧张地精神地向着敌人的方面。

张政治委员同邓参谋长带着温和的商量式的口吻，该团政治委员张爱萍同志这样在喊着："我们去到前面去看看吧?"邓参谋长一面说一面开始向敌方移动去了。

"好的，"张政治委员同意了邓参谋长的意见，他又向他们参谋长蓝国清同志与政治处主任王明同志说："蓝参谋长! 同我们一同到前面去呢! 这里队伍归你指挥着，王主任。"

他们沿侦察的前进道路，照样的一个一个地跃进去了。在河的左岸约距流水五十米远的水沟的旁边的一个小土墩可能容下三个人隐蔽的土墩的草丛中隐蔽着他们三个人。邓萍匍匐在中间，张爱萍在邓的左边，蓝国清在邓的右边，他们都挤得很拢地匍匐在草丛中，各自举着望远镜对着自己所要观察的目标注视着。

沉静而精明强悍的邓萍首先发现了便利队伍运动道路。他对张、蓝说：

"首先派一个营从河的跳墩上过河去，沿着独立树的小坡坡就可以接近城墙。"

"呃! 是的，蓝参谋长，调第三营来吧!"

望远镜好像有什么胶质一样地老早胶在他们眼睛上，没有一刻脱落过，从他们到这小土墩直到现在，口里虽是不住地在咕噜咕噜地说着话，并没有一个人放松了他们的工作——观察与

指挥。过了一会儿,张爱萍又说话了:

"邓参谋长,第三营还没有来,我想要侦察排马上过河向老城通新城的大桥边警戒着,这可以防止敌人发觉我们后,扼守渡河点,同时过河去更可以安全地控制渡河点在我们手里,并且第三营过去以后须要向这边派出警戒,保障他的侧翼与归路,否则敌人先机占领了那里就不好搞了!"

"可以!要侦察排去吧,要迅速呢!"

侦察排的战士们一个一个地,像猴子跳墩一样地从那小河的跳墩上跳过去了,那里很机警灵活,一到了目的地,就紧张地在布设障碍物,向通敌人的方向!他们用那桌子板凳门板,快得很,瞬间的工夫构筑了一个简单的障碍物。

"敌人在那里打枪吗?"邓萍用望远镜望着,"城墙上似乎没有敌人一样,你们看……"

蓝国清不等邓萍说完话,就把话接过去了,他说:"那不是东北城角的墙垛子内只见个敌人。"他停止了他的说话,不一会儿他带着谨慎的口吻又说:"我们应该转移一个地方才好!在这里好久了。"

"用不着!只有这里还比较安全。"

邓萍很着急的口气自言自语地说:"哪一个要他们去爬城吗?张政治委员!你看!你们第三营好像一部分在爬城的样子,但第一个的是哪一个?"

"没有哪个要他们爬城吗?真糟糕!!乱搞了一场!我说是那一个爬城墙的是蔡爱卿同志第七连的政治指导员,这家伙胆子大得很,打仗很勇敢,每次都在前面呢！这次他……"

"模范连的指导员还不勇敢吗?"蓝国清插嘴地说。

张爱萍并没有因为蓝国清的插话终止了他的说话,他说:"怎么办呢? 邓参谋长?"

蓝国清又说话了:"他们又一个个地爬出来了?"

"蓝参谋长！"邓萍把望远镜挂在胸前,稍微把身子露起来了一些,"你把任务告诉清楚没有啊? 你们第三营一定把任务弄错了。"

"哪里话? 我亲自告诉第三营营长:'要他们接近城墙隐蔽起来',哪个要他们去爬城呢?"

天快黑了看不很清楚了,邓萍又把望远镜放在自己眼睛上去了,说着话,他的头被他的两臂撑得比先前要高些,不断地注视着望着第三营的动作,他又继续着说下去:"第三营与侦察排都在现在位置不动,今天晚上就从那里爬城,军团是决定今天晚上攻城的,一定要在明天拂晓前占领遵义城才行,因为估计增援遵义的敌人——薛岳部明天有赶到的可能,你们看怎……"

"报告！政治委员,"营长说,"是两堵城墙,我们三营爬进去了一连多人又出来了。"邓萍首先这样地问:"嗨,我是三营通讯员咯。"

"告诉你们营长:队伍不要撤回来,把这信带去就行了。"

"准备今晚上爬城啊！"蓝国清对那小通讯员说,"敬礼!"年少活泼的通讯员藏好了信,行了一个军礼,飞跑去了。

城墙垛子内的敌人看见这个通讯员暴露地在飞跑着,"呼!

呼!呼!"不住地乱放他那"九响棒棒"。邓、张、蓝他们三个还是匍匐在那土墩上继续进行他们的工作。

"嘻!"他们三人不约而同地喊出来,"枪打到这里来了!"蓝国清还加上了一句:"你瞄准些!"

"唉……哟?"

天色也渐渐地乌黑起来了,夜色已在向大地的人们预告:天快黑了,乌黑的浓烟又要向你们来散布,你们也应该暂息一会,养精蓄锐,今夜好奋勇夺城!王家烈是不中用的,包你们能够缴两支枪:一九响枪和鸦片枪。好几个战斗员先奋勇地在那土墩旁抬着个蒙头盖面的红色英雄的担架,急驰地跑过去了。许多的红色指战员们一个个兴奋,愤怒地喊着"为光荣牺牲的参谋长复仇!继续邓萍同志的英勇牺牲精神!坚决拿下遵义城,消灭王家烈来纪念邓萍!"同时电话的声音也在同时响动起来,这是张委员在向军团的彭军团长、杨政治委员报告军情与邓参谋长牺牲情形,当他报告观察的情形与第三营爬城的经过以及他们最后的布置时,他嗓子也提高起来更加激昂地说:

"……邓参谋长牺牲了!——我们一起在那土墩上观察,他忽儿倒在我的右臂子上……是九响子弹打中的……从前额打进向后脑壳出来,血流得很多,我的手臂都染红了……现在已经送到军团了!……政治处已经在部队里进行了解释与鼓动……口号是以坚决夺取遵义城来纪念他为中心啊!……还好!一般情绪很高,并没有因他牺牲降低战斗情绪……是的,很好的一个同志……干部和战斗员们都说是同军团长一起在平江暴动就参加红军啊！都说我们又失掉了一个好的领导者……我们也是说拿下遵义后，再开追悼会……"

二、遵义城外打援兵

经过昨夜的夜战，遵义城终于全部被红军第三军团占领了。

是占领了遵义第二天的早晨，太阳刚从那鹅绒的天毯中爬出来，微眯着他的眼，俯视着人间。楼房高耸的遵义城的各个街道巷尾都是拥挤不通的人群，尤以戴灰色而有盖顶着大红五角星的军帽的红色军人更多，这里一群那边一群，好似穿花一样，人声嘈杂，依然是一个热闹市街。

带着胜利的微笑的红色军人一队队地从城内纷纷向城外在移动着，城内到处充满着声音洪亮的胜利之歌声，口号声，人们都随着一队的红军从这一道街到那一道街，从北门到南门，成千万的红军沿着南门外的马路向懒板凳与才溪（鸡鸭溪）方向移动去了。红花岗的附近的密林高山，一堆一堆地聚集着戴着红五星帽子的人群，有的在擦枪，有的在细声地开着五分钟的战苏会议，有三五成群地从山上到山脚的小溪提着一壶一壶的水，准备机关枪的发射时的用途。他们一切一切的战争准备行动，都是很秘密，所以歌声也听不见了，口号声也没有了，他们只有一条心：消灭增援的中央军。

"啪！啪！啪！……"

向才溪方向追击的十一团与敌人接触了,首先是第二营把遭遇的敌人先头部队打坍了,但敌人很快地就利用一带小溪沟与第二营相对峙,这时枪声响得越加紧起来了。一支敌军约有一营,沿着小溪的下流上流隐蔽地风驰电掣地向十团第二营的左侧攻击,企图配合其正面队伍攻击第二营夺取十一团的全部高地! 更进而占领红花岗瞰制遵义城。

"同志们! 我们是模范营呵! 消灭侧击第二营的敌人!"第三营的政治教导员,高举着驳壳枪,精神紧张地对着他自己的部下在讲话,"前进! 我们一起冲锋呀!"七连在前,风驰电掣地前进了。

"坚决勇敢冲锋不要落后啊!"说话声音从第三营的各个连队中喊出来了。队伍一面前进,一面攻击,看看与敌人不远了就冲锋。"走! 跟我来"的喊声以后并即像电鸣般的。"冲呀! 冲呀!"从每个战士们的口中吼出了,队伍就在这喊声中冲进去了,敌人是坍下去了,缴获不多,俘虏了有好几个白军士兵,在红军指挥员的问话时这样地回答了:

"来了多少?"

"共有两师,增援遵义城的。"

暴露在正面与十一团对峙的敌人已有一团,后面还是一队一队的飞也似的在继续不断地增加上来,集结的预备队渐渐地从一团增加到两团以上的敌军,偌大的一个在土坡后,隐匿着的树木中,挤满了戴青天白日的灰色军帽的白军。

"轰……"

敌人的炮兵开始发射了,接着又是"轰!轰!……"乱轰起来,被炮轰后的尘土与炮烟渐渐地升高起来。好似墨云样笼罩着战场。这时候连步枪的声音都不见,只是"轰……"的炮的吼声与"啪啪啪……"的机关枪的叫声。

炮与机关枪刚一停止,"杀!杀!冲!冲!"的声音又吼起来了,配合着炮与机关枪的是敌人步兵冲锋。

"同志们!坚守着我们的阵地,我们师的军团的增援部队很快就要会到的。"从十一团的各个连队中到处可以听到这样的政治指导员的鼓动声音。

"机关枪瞄准好,敌人一动就打。"

敌人连向我军冲锋了几次,终未得逞。这时双方处于对峙中,战争似乎在停止稍息的状态。由于破马路隔着的工兵的友军的胜利,敌人仍在不断地向我们这方面移动。在十团前面的敌人愈集愈多,我十一团抱着与阵地共存亡等待增援到来的决心,虽受强大敌人的压迫,并未后退一步。敌人看见正面不得逞,渐渐地向我十团的右侧移动,企图进行侧翼的攻击。正在这时,一部友军从右侧的老鸦山增加上来了。

"轰……"

敌人又开始向十一团的右侧与老鸦山左军的接合部攻击。敌人的两连已攻到半山,我军一枪也不发,当敌人飞跑地前进到驻我二三十米远处,我们居高临下,一阵手榴弹、驳壳枪、手提机关枪如大雨一般的向敌发射,敌人像半山滚南瓜般的连滚带爬地滚下去了,死的不计其数,躺在半山坡的野草丛中。

"弟兄们!抢下这个山头,二千块大洋!"从山下敌人的队伍中喊出来的。

"不要怕!要坚决,同志们!为苏维埃流最后一滴血!"山上的红军队伍中到处在喊。

"白军弟兄们!缴枪过来当红军啊!"

"白军弟兄们!士兵不打士兵!中国人不打中国人!"

"白军弟兄们!不要替军阀当炮灰!"

"工农不打工农!打压迫人的狗官长呀!"

"……"

"共匪!土匪!"法西斯帝分子想以咒骂污蔑来混淆白军士兵的耳目,对抗红军士兵的战线上喊话。

"白军士兵们!打死压迫你们的法西斯分子!"

"打死不发饷的法西斯帝分子呀!"

"政治委员!"王明同志欢喜地带着笑容用手向马路旁边指着,对张爱萍同志说,"增援的队伍来了!"

"啊呀!多得很呀。"那些小通讯员都拍脚打掌地兴奋起来了,喊起来了。

主任张爱萍同志看了后,即兴奋地对王明同志说:"派人进行鼓动吧!我们增援的部队来了,准备配合友军突击敌人!"

"与友军冲锋比赛!"站在指挥阵地的司号长刘建生同志精

神地大叫起来。

"十一团司令部在哪里哟?"一个通讯员气喘吁吁地连跑带喊地过来了。

"十三团彭素来的信说他们带有炮兵营来了,协同我们消灭敌人,十二团沿着马路从他们右侧包围敌人。"蓝国清同志从通讯员手中接过信来看后,这样兴奋紧张地说出这样一段话。

"轰!轰!……"

"打得好准咯!正打中敌人的白旗子!"

"敌人乱了!乱了!"

冲锋号音,机关枪声,炮声,夹杂着战士们的吼声,合组成冲锋的壮曲,随着猛烈的"冲锋呀!冲呀!冲……"的喊声,十一团、十三团风驰电掣地冲过去了。

"前进呀!敌人坍了!"

"缴枪比赛呀!捉俘虏比赛呀!"平时在冲锋时喊惯了的话,在冲锋的部队中到处喊起来了。

我军的炮兵仍是不断地在"轰!轰!"猛打,正面的敌人抵挡不住,全部溃退了。我十二团沿着马路,成四路纵队也飞跑过去了,他们正截止了退却的敌人,把敌人困在垓心里。这时枪声越发响得剧烈,就在这样紧张的一刹那除逃脱的一部敌人外,全部缴械了。我十二团并未停止地跟着逃跑的敌人尾追下去了。

天色渐渐昏黑起来,枪声炮声也渐渐地和缓下来了,追击敌人的枪声渐渐地从远处消失下去了,在我左翼的友军也在同时打坍了敌人并向乌江河边退却的敌人连夜追击去了。

集合的号音,四处乱鸣,自晨至夜的战斗结束了,增援遵义的中央军吴奇伟部两个师,从此瓦解覆没了,蒋介石从江西送到贵州来的礼物,我们红军一点也不客气地收下了。

遵义追击

■ 舒同

除贵阳外,遵义要算贵州第一号城市,街店也相当繁荣,居民稠密,有新城老城之别,隔乌江有二十多里,直通大马路。我们第一次攻破该城时,曾经驻了好几天。

因为战略的转变,我们由云南四川折回遵义来了,敌人柏辉章九团兵,由桐梓开始败走,天险的娄山关既已失守,红花团再被挫折,于是最后,便困守遵义城了。

红三军团攻占老城之后,接着围攻新城,两昼夜,敌人已如釜底丢魂,逼得迅电向他的薛大人求救。

第二天不到八点钟的时候,接到情报,薛岳已指挥他的吴(奇伟)纵队、周(浑元)纵队及贵州军阀王家烈残部,分三部向遵义前进,企图解围,再夹击我们。

情况突然紧张了,预备队的一军团即时动员起来,开会讲话,在"消灭敌人增援部队,活捉薛岳,消灭中央军(贵人称入贵的蒋介石军)!"的口号下,全部激荡和鼓舞着战斗的热情,队伍像风驰电掣般的动作,从老城街上兵房里成几路纵队飞快地向着敌人前进。

城内敌人眼巴巴地希望好有配合地出去,果然不上两个钟头,敌人来了。

红三军团以迎击的姿势等候着，一部仍钳制城内敌人。一军团的任务是：配合三军团侧击，断绝敌之退路。

战斗十分紧张了，机枪、大炮、飞机、敌人所有的武器，都在极大地发挥他的作用。开始，似乎形势不利，我右路军十分吃紧，部队退了下来，然而在最后机动灵活的指挥底百折不挠的战斗勇气面前，终于转危为安，转败为胜。不上一二个钟头，右路军即将正面敌人完全击坍，一军团以有生力量，从侧面突击下去，敌人如流水一般的全线冲坍，吓得屁滚尿流地纷纷向乌江逃窜。我们从错杂的矮山里面冲到大马路上来。

"冲呀！杀呀！敌人坍了呀！猛打猛追呀！不让敌人逃跑一个呀！缴枪捉俘虏比赛呀！"震天价响的口号，遍地遍山遍岭遍路高喊起来，胜利的战神，在我们每个指战员面前发笑。……

太阳快要落土了，马路上一片胜利的歌声，三五成群的人，正在那里东奔西走，照料俘虏兵和伤兵，处理战利品。

队伍走远了，时间已经很晏，周围逐渐黑暗，军团首长命令，要我们不停留的尾追。记得有这样一句："宁可疲劳死，不叫放走一个敌人！走不动爬过去！"这命令把疲劳之神驱逐了。

"追呀！猛追呀！不顾一切疲劳，追得敌人到乌江吃水呀！缴枪就在这时候，谁能克服疲劳，谁便能有更多的缴获！"这口号，立即在部队中喊起来，首长工作人员，直到连队中鼓动，英勇的铁的红色战士，虽然从早上到这时还没吃饭，但大家不觉饥不觉脚痛，为着上述口号，又继续猛追。

敌人被打得七零八落，东跑西窜，失去了控制力量，我们的文书伙夫同志掉队落伍的,都可以随处碰到他们,随时缴得到他们的枪,捉到他们的人。

马路上的十几路纵队争先恐后地猛追,夜风在耳边呼呼地响,马路上大步地跃进,也没有什么黑暗的顾虑,开始是喧吵,过后是肃静。

打散的一些敌人,有的迷失了方向,混杂在我们队伍跟着跑,他问我们的战士"你是第九师呀?"我们的同志回答:"不要管,老子是工农红军!"结果把他吓跑。

一直追到刀把水,敌人的后方担子正在这里造饭烧火挑水,似乎平常一样的宁静,他还不知道前线起了什么变化,或者正在祈祷和盼望他的捷报飞来呢!

当我们把他们捉起来,这些烧饭的伙夫还以为是开玩笑,把头一摇手一撇:"不要捣鬼嘛!我的饭还未烧好,谁和你开玩笑!"转过头来,才知道是红军捉他,不是开玩笑,于是问题就紧张起来。

敌人三路纵队已经溃不成军了,我们追得吴奇伟纵队大部被赶到乌江河里吃水。

一天

——再占遵义城

■ 莫休

嘀嘀嗒嗒……

嘀嘀嗒嗒……

清脆的号音,冲破了寂静柔和而醉人的春晨,从各个低矮的门洞内,吐出了担子马匹和高的矮的人,拥挤着,嘈嚷着,塞满了小小的一条街心,街被挤得像孕妇的肚子一样,要破裂了。大地也是呈现了突然的紧张。

像喧闹的蜂群样的渐渐肃静了下来,担子,马匹,人,都从各方向集拢来,由于习惯的规定,推着挤着,各自插进了他所应有的位置,纷乱转成了秩序,散乱着的一切,成了整齐的行列。

"同志们!静一点,"矮胖的××长训话了,话像箭镞一般,从那硬邦邦的胡子包围得像刺猬屁股样的嘴里射出来。

"今天要进城,大家把服装整理好!"

接着便是刺刀碗类的稀里哗啦声,衣服斗笠干粮袋的褶碎声,夹着"蠢家伙排在这一边!"……"毯子再捆一下,打成背包"的斥责纠正声。从嗡嗡叽喳的杂声中,听到争执:

"不准打赤脚,鞋子穿起来!"

“我草鞋绊子断了，冇鞋子穿。”

“你前天在桐梓城买的那双新鞋呢？”

“……”

原来前两天连续落了几天雨，现在路上还有积水和泥沼，有人怕将还未上脚的新鞋子溅污了，故宁愿打赤脚。

“不行！不准破坏风纪！”

“进城要穿漂亮一点呀！遵义有格多女学生，女学生不爱打赤脚的。”

大家故意地为难着那个人，七嘴八舌的在笑谑，一幕趣剧又划破了大地的静寂，微微波动了已就绪的行列，害了矮胖的××长跳来跳去，忙乱了一阵，才算平息了这小小的骚闹，终于勉强着那个人穿上他那双心爱的新鞋。

太阳投下它那不着边际的光圈，被覆山岭树梢和鲜艳诱人的白的赭紫的罂粟花，绘出一幅美妙绝伦的春景画。温润的泥土被蒸得浮出秋云一般的轻雾，夹杂着室人的怪味儿，人们都在迅捷地轮番两腿迈进。汗从额头流过了眉毛，渗进眼角里，有人在感到刺辣的难受，用污脏的毛巾使劲在揉揩。既为春郊美景的迷诱，又受着不容自由地快步行军所束缚，一个紧接着一个，像水车板子样，逼得人丝毫也不能缓慢一下步子，喘息着静默着在走，不，简直在早操跑步了。突然一阵哄笑打破了这个沉默紧张的局面。

“咦，漂亮啊！”

"你捣乱！溅我一身泥！"

"把脚扛到肩膀上走呀！你看到城里没有漂亮鞋子了！"

那个被强迫穿上鞋子的人，因急不择路，把他那双唯一心爱的鞋子陷在泥淖里去，湿淋淋的，大家又在取笑他，于是又演出一幕短短的欢喜剧，阵线又微微乱了一下。但因受着行军速度的催迫，以及疲倦得有些失去厮闹的兴致了，于是欢喜剧又迅速地收场。

虽然一个多月前也曾经过遵义城，那只是目不敢旁瞬的仅仅通过新城的一角，不但著名的令人谈起垂涎的"醪糟儿"和"公抱鸡"未能尝到滋味，就连马路究竟比桐梓怎么样还不知道，所以现在虽然跑得令人难熬了，但终于美妙神秘的遵义城在心里像海上幻影样浮动着，招引着，这多少使渴望心驱走了两腿的疲酸，大家仍喘息着前进。但幻影的遵义城是有把握瞻仰的，目前的疲乏，确实有点逼人难受，因此一个已屡次踏入水淖泥坑中，脚力已多少有点不济的人终于喷出他的怨懑了：

"为什么要走这样快？快二十里了，还不休息？"

"为什么要快走？你不记得在四珠站板桥主任留的那些字？"

第二个提出了昨天黄昏时，大家满以为宿营了，突然看见漆黑门板上的粉笔字："××部同志：努力前进，敌人已全部溃退，今晚一定要赶到遵义，做城市工作。"那些某×主任留下的话，来解释今天要跑步进城的原因。自然我们行列里更有不少"久经战阵"的"老红军"，他们更忍不住要卖弄本领了：

"走这点路就累了，二次'围剿'打白沙时，朱总司令带我们一口气跑步四十里，缴到郭华宗的一旅人枪，没有一个说累了走不动！"

这样老资格的训诫话摆出来，不是没有影响的，因为大家想到了现在要赶路的原因，同时也感觉到为着胜利，为着工作，我们是要战胜一切困难的。所以这种"摆老资格"，也倒有了一点刺激兴奋的作用。

"捣什么鬼，不准插队！"

"你碰到鬼……"

我们又同×军团的教导营插队了。本来他们走在我们的前面，有四五里。但被我们赶上了，挤在一起平行着，照着五六尺宽的马路，二路纵队行进，是不成问题的。但名字是马路，实在盘脚得很，黏重的黄土，没有什么碎石或炭屑的培垫，受到雨水的冲洗，车轮的硬轧，一个窝洼，一个水坑，实在不容易下足，因此在五六天的贵州马路上，二路纵队行军，也成了问题。大家都想拣没有障碍的路间走，而障碍又偏偏不断地出现，于是纠纷是来了，我碰了你的手，他踏了他的脚，担子横过来横过去，拦住了两旁人不能前进，马虽然不必与人争路，但因大的蹄子扑通一下，落在水坑里，泥浆四溅，前后左右起码有几个人身上或脸上着了斑点，随着便飙起不亲爱的怒斥声：

"死马夫，你捣什么鬼，吃冤枉！"

"你倒崖了儿，你推咱的马干什么？"

为了抢路,大家成天挂在嘴皮上的"同志"两个字也不用了,简直挚爱变成了仇视。大家拥挤着,咕噜着,争抢着走,虽然我们先锋队超过了教导营的先头,但回头一顾,后面的"尾巴"折断了,担子没有来,就是许多工作人员也不见了,只是在远远地蠕动着的人群中,还送来"不准插队走""快一点""你碰到鬼"的嘈杂声。

　　流了一大身臭汗,总算渡过了这一段"难关",活的抢路人没有了,但又遭遇死的争路的人,仰着的,俯着的,四肢扯开像大字形的,蜷曲得像团子的,一个或数个地躺满数里大道上。虽然在火线上爬过多年的人,死尸倒是"司空见惯",但那一个个黄肿的脸(王家烈兵十有九个半抽鸦片)一堆堆褐色的腥臭的血块,从腰间头上流出的白的红的花花绿绿的东西,不得不使你要绕几步路,这很可以想象昨天自娄山关一直追击到遵义城(八十里)王家烈亲自指挥的全部"老本钱"八个团被打得那样狼狈溃败的可怜了。

　　两旁街铺,有些还是"财门紧闭"的,可是开着门的商店,卖零食的街摊,一切都挤满着戴红星帽花的顾客。

　　石条铺成的街路,宽阔的,悠长的,两旁夹峙一些"古香古色"的店屋,虽然这是古老的旧街道,但比那"土包子"桐梓城马路上走起来,倒反新鲜舒适得多。饱受两旁村的俏的高的矮的男女老幼"检阅"了许久,行过三里的街路,到达了新城的福音堂。

趁着忙乱的讨论毕了工作后,我溜上街心,西城外山岭上传来稀疏砰砰的枪声,商人有些伸头缩颈了。×军团长自东向西来,步子是急乱的,脸绷得紧紧的,眼直瞪着枪声的方向,因长征出发后数月未见面,突然出现在眼前,那种瘦削憔悴的脸孔,刻画出他数月来的劳碌。我照例地敬了一个礼,他只把已陷在颧骨下的眼斜瞟一下,点了点头,急促地走过了。我识出了他的心中交织着许多的计划和命令。此时街上的人,已不似来时那样熙来攘往的多,呈出了显然令人惊愕的严肃。突然从老城方向,街的西口,涌来了黑压压的人流,担着担子,八路纵队的,四路纵队的,挤满了宽阔的街路,个个宽窄圆长不同的紧绷的脸上,浮现着匆遽和惊恐,但一点没有吵嚷,只是一些叮咚哗啦的箱子铜锅之类的碰击声,和沙沙的草鞋踏着街石声,没有什么混乱的现象,我知道不会有什么意外。但他们是昨夜进占老城,为什么现又撤往城外呢?这一转问,使我愣住了。×主任、×局长出现在人丛中,疑团给他们打破了,敌吴(奇伟)纵队三个师来增援,现已在城西十里处接触。

煮熟了一锅糯米饭,找了一撮白糖,忙乱地准备来填塞久已告急的饥肠,忽然飘来急促的出人意料的繁紧的哨音,大家又知道这是出发。这一突来的消息,已将人们欣慰的宁静的心扰乱了,而机关枪声又填补着步枪声的间隙。晴空中不间歇地浮荡着繁响,这又是使不静加上了惊疑。在整理刚展开的东西时,尤其仓忙失序,自然每个人的心都是忐忑不安,怀疑猜想。

"怎么回事?"

"怎么回事?出发!"这是笼统然而正确的答复,但正确是不着边际的,人们还不能了解这一出发的原因,还不能解消从许多方面都可听到的"怎么回事"的惊问。

近午的太阳,把仅有的几株街树影子缩得像伞样,人们带着一颗疑惑的心,走完了数里不大热闹的街,面前又展开了青的绿的草和树,白的红的黄的花,但人们没有诗人的闲情逸致,来赏玩这大自然的美丽,只是踏着不整齐的步伐,缓慢地把影子推向前去,田畴、房屋、山坡愈远愈远地丢向后面。

有人透来了消息:"到鲤鱼坝。"那是上次休息过三天的地方,那些新样古式的地主的庄屋,避"长毛"时筑下的小城,那亲爱的农民和小孩……那一切都不是不高兴再去领略的事,这又改变人的心情和话题了。"我们要住上次住的那栋屋",这是一个多管闲事的提议,但立刻吸引来很多人的注意力,接着便将那儿的地形、建筑等等,从各个人的嘴里吐出来,自然更要发挥到前次在那里的私生活的范围上去。

队伍又在几座破烂的房子前停下了,停了很久,有的在吃菜盒中的冷饭白斩鸡,有的在煮什么,有些则借着草堆或板凳发出了鼾声,虽然枪声又补上迫击炮声,但大家紧缩的心弦,反被枪炮声震得松弛了。这是历次作战时人人共有的心情,在接敌运动时,人的心弦紧张到极点,简直透不过气,甚至在兴奋中夹生些微的恐惧;枪声响了,惊走前此的些微恐惧,换得了猎人寻出猎取物那样的快慰;由哨线接触进入决战,人们的心情又一变了，此时更是渔人见到鱼在自己网中跳跃挣扎那样的快乐。今天的此时此景，也不是例外。

事态是有层出不穷的出人意料的，进入福音堂时，绝不料马上又要出发，满希望旧地重游时，但进距鲤鱼坝不数里，又因是虾子场（遵义东六十里）有敌人，又后队当前队向后转。

太阳已移过西天，把人影拉长了。鸟的鸣叫，虫子的幽吟，一切都钻不进人们的耳孔，全被轰隆的炮声、哔剧的枪声占去了。人有的爬到村后的小阜上，手拦在额头上，用睫着成一条缝的小眼睛，探索那城西郊的山岭；有的身子扯得死蛇样，软瘫瘫地躺在地板上，任凭出进的人从身上跨来跨去。但终竟有些能战胜疲乏的人，在开着"参谋会议"，议题仍逃不出永不会得出结论的"我们到哪里去"那一套。但不管怎样，每一新转移，总会补充这一老议题的发挥的内容，所以人们也就不会因得不出结论，而对这老议题扫兴。

"我看这次打坍敌人，我们一定会在这里住下，实现赤化川黔边的任务。"

"那也不一定，听说川军又到新站（桐梓北）了。"

"我们准是到湘西去，会合二六军团。"

"你怎知道？"

"×××已有了决议。"为证实他的揣测，他又撰出有了决议的揣测。

永恒没有结论的讨论会，在"前方有信来了"的惊呼下结束了，大家涌着来看前方的来信，坐在远地方料理什么的和看不见围在后层的人，焦灼不能等待了，不耐烦地高叫：

"念出来大家听！"

"又要闹，念出来听！"

等到念完了"敌九十三师已被解决一部，现正在猛攻中……"简略的几个字后，人们鼓掌了，欢呼了，跳跃，开了一个短短的祝捷会。

对火线的悬念是冰释了，但另一问题又擒住各个人的心："在此宿营呢，还是再要出发呢？"这在刚才简略捷报中未曾叙及，指挥阵地究在何处，无法派遣通信员去询问，人们在胜利的快乐中又焦愁不安了。

惯例提示了人们的智慧，也促进人们的自决心，不管行止问题尚在渺茫不可知中，但"啪……啪……啪"大家在纷乱着，劈竹子扎"火把"了，一个个挺直的火把，悠长地斜倚在檐下屋角，太阳被威吓缩向西山背后了，天已逼近黄昏。

夜幕吞噬了山林，田野，房屋，一切都消失了。尖锐的哨子音又从院落吹到场外去，人们从各个角落里，——床上地板上席棚下蠕动着，摸索着，喧闹驱走死寂，闪烁的电筒，吐出红舌头的火把，开始与暗魔搏斗，一面挣扎着扩大光明范围，一面拼命地逼拢来，这人类斗争的象征。

"为什么？""不知道。""到哪儿去？"没有答复，只是艰难鱼贯着走。为了紧跟前面的火把，只能不管脚下的高低泥水，跌跌跄跄地维持着不掉队，因步子稍慢一下，前面火光走远了，就叫你有简直不敢举步的危险，须得碰巧有后一个火把赶来时，你才能脱险。

北极星深躲在墨样云的背后，指北针没有，只是践踏着泥水石子草根，盲目地走，却谁也不知这是什么地方去的路，自然人们是有权利猜想的，因每个人能根据他自己的，或别人的猜想，至少可以填补他空虚的心。有说这是回转鲤鱼坝，反对地说这是向南走，其实"南"只是他的假想，根本谁也不知是什么方向。白天那个曾推测要与二六军团会合的人，听说现是向南走，更有把握地来证明他的话："对，向南走到团溪。对，由猴场过乌江那是前次×军团来的路。"

事实胜于雄辩，当更易战败悬念，蜿蜒数里的提灯游行般的火龙，突然冲进了恶魔口样的门洞，卷入被对峙房屋约束的街道，人们的智慧来临了，异口同声地说："这是新城大街。"

熊熊的火舌照着两旁什么"楼"什么"馆"，什么……又穿过记不清两个或三个黑洞洞的恶魔口，缓缓地火龙缩短了，停下了。一条狭窄的街，被浓黑的烟幕充塞着，恶辣的气息室人要眇闭眼睛或索鼻涕，但人们仍是愉悦地轻松地休息下来。

休息是多么可喜的一件事，大家全是疲乏的，何况又泛起了另一希望："该是宿营吧？"或许"现在是分房子"。纸烟的星火从各处燃起了，嗡嗡的细语汇成震荡的繁响，击打着人们的耳膜，听不出一切，人们有的把头埋在两臂里，发出响亮的鼾声。

从对面的方向吧，在模糊的光亮里，卷来了一群黑影，蠕动着逼近了。"是哪部分?"好奇而关心的人在没有对象地问。"是新同志(俘虏兵),"目力敏锐的人自信地说。"新同志"三个字是瘾民的烟泡子,不着边际幽语着的,眯着两眼的,就连打着鼾声的……一切人都耸起了,无秩序地涌向前面去,于是访问开幕了:

"同志! 你是哪个师?"

"九十三师!"

"勾石西(九十师)。"这是一个"广仔"新同志的答复。

"你,同志……?"

"十三师!"

"……"

"第八团(王家烈部)。"

一边问着,一边答说他的队属番号,一边在检阅,一边在蹀躞跟跄地过去。

"九十三师全完啦,保不准师长也来啦,——他的马打坏啦,我看到。"

"咱从信阳走到这里快两月啦,说是到鲁班场(茅台附近)就到师部了,王八羔子想去。"十三师的新兵,一个青年小伙子,不是答复人而在自语。

新同志过完了,"走啊""走啊"的讨厌声音,又从领队的口中叫出了,熄了的火把又吐红舌头了,火龙又向西爬行了;踏过一个大石桥,哗哗的水声送来了寒澈的夜气,浸袭人的肌肤,起了不安的瑟缩,死蛇样的暗影已扔在背后,眼前显出了黝黯的辽阔，又出城了。"火把熄下！""火把熄下！"一个一个向后传递着。浓烟缭绕着人，地下一堆一堆的喘息的火炉还在最后挣扎地吐出它的微弱的光焰，黑暗紧逼着人的眼，不让你透视到五步以外。右前方的暗空里闪烁着一些篝火，传说最高山峰有一营敌人待解决，这时人都明白下命令熄火把的意义，才逐渐平息怨言怨语。

爬过了很长的，不知是路是田是山坡，只是草鞋上泥滑滑的，有时还是一些刺刷着脚掌的草根树根或树枝，现在只觉得步子要抬得高一点，如果照平常踱步的水平高度，那脚趾就要碰到阻碍，使得你就是不两手扒下去变成四足的动物，也要扬起来晃一晃，低喊一声"哎哟"，同时周身的毛孔里要送出几点汗粒，这样人们是会意识到，"又上山了"。艰难了很久，步调又相反了，移前的一个步子，要尽力伸下去，探索一下，有时像跳高一样落下去，后面的第二个影子，似乎你的头只能平他的肚脐或膝头，而前面的一个暗影却相反，你尽力低下头，才能看到他在蠕动，这就是"上山容易下山难"的味儿，何况这又在"伸手不见掌"的午夜呢！

下面又见到移动不定的火光了，电筒也在暗空里突然划出一道闪光，随着人们的眼帘又增加了昏茫。"××火把点起来"，人们又在想起火把的可贵了，喊着前或后一个人，但听到的回声是"不准点火时就丢掉了"，这是多么后悔而恼人的声音，飘散在暗空里，夹着一些艰难的叹息声消逝了。

火光向各个地方分散隐没了，这谁也知道是各部纷纷投他的宿营地,我们的前途在哪里?看不出"路标",没有接引的通讯员,黑黢黢的一切,疲乏又敲打着急抢进房子,这是多么令人难耐的时间!情急智生,也许是焦急无奈,大家愤怒地喊叫了,意外地发生了效力,"在这里,向这里来"的声音,把我们牵向一个方向去。在两间破烂的屋前,满积着泥水的檐下树底,大家躺着蹲着伛偻着,安置下每一具大小不同的但全被疲乏浸蚀透了的身子,泥污湿润以及一切的粪秽,都不在人们的意念中了。

村鸡已在喔喔地报晓,我们挣扎完了二月最后的一天,同时也是皇皇大员的王家烈由其小皇帝的国民党省主席走向上海瘾民的一天。

扩大红军

■翰文

"云贵川,川云贵,扩大红军有成绩,谁不扩大红军变乌龟。"这是扩大红军的口头禅。

在经过贵州的贵阳、龙里一带的时候,我也实际地参加了扩红工作。

当部队出发的时候,各部队地方工作组,飞鸟似的先走了,跑到部队的前头,有时走到尖兵的前头,整天没有休息,也不知疲劳。看见路边有庄子,更起劲地飞跑地走进群众家里,找他们讲话,如遇路边有群众,更是眉飞色舞,争先恐后地叫喊起来:"掌柜,过来,我和你讲话。"接着,连走带跑地走拢群众的身边,轻言细语地去做宣传鼓动工作,很多的新战士,就是这样一会工夫就扩大来了。这是我在扩红工作中目见身经的一般普通情景。

现在来说几个扩红实际的例子。

老汉鼓动群众当红军

有一天(一九三五年四月七日),当我们的先头部队将抵龙里属之崖脚时,有一堆很大的群众,站在一个离部队行进路一里许的山坡上蹲着,注目相望,我即投身而去,叫了一声"掌柜!"他们自起虚惊地连二接三地向山顶上爬之大吉(大概是误为拉夫的来了),我越前进,他越走远,当时把我气煞了。但我坚持"良机莫错过"的宗旨,不计一切地尽管连走带喊:"掌柜,不要怕,我们是红军,保护干人(即穷人),不拉夫,向你们来讲话。"结果,一个白发苍苍的老汉,接受了我的宣传,站在半山等着,我不知何等欢喜地走拢去,向这老汉苦口婆舌地说了很多的话。开始这位老汉装聋不闻,经过多番宣传之后,便一问一答地对谈着。当我与这位老汉谈话的时候,那一大堆群众在距我半里之许站着,好像等候什么似的,并且见我和老汉讲话,讲得津津有味,大起羡慕,自愧站得太远了,只能看而不能听,于是个别一个个地逐渐向我处走来。经过这位老汉的壮胆与促喊,那十多个群众,一哄而来,我又讲了一些革命的大道理,与工农当红军的重要,陡然从群众中出来一个青年回答我的要求说:"我去当红军,谁同我去?"这个老汉更作有力的鼓动说:"如果我不是年纪太老了的话,我也要去当红军,你们这般青年应该勇敢当红军去。"在这一得力的鼓动下,便有五个群众志愿当了红军。

"你如嫌我太老了,把我的儿子送去同你当红军"

四月五日,我们部队开到开江之高寨的时候,在中途碰着一个群众在那里作庄稼,身穿烂衣服,面色黄黑,皮起皱纹,手脚粗黑,志气昂昂,声音洪亮。当我走到他身旁的时候,如见故友,亲爱非常,连忙把锄头放下,邀我请坐,二人对坐长谈,当我谈到军阀王家烈的苛捐杂税,拉夫抽丁的痛苦时候,他便酸鼻,愤激填胸,因为他自己亲身受过那种强拉夫役,非人剥削的悲惨痛苦,所以他自己非常雀跃地愿意来当红军。我又感觉他年过四十几岁,有点太老了,故不同意他来,遂自荐地说道:"你如嫌我太老了,把我十八岁的儿子送去同你当红军。"经我赞成后,便摇身一转,向家里跑回去叫儿子,没有几久,便由一个矮而又小的茅棚里钻出二男一女来了,笑嘻嘻地由远而近地走来,他们对儿子的告别训词:"你跟这个同志(指我自己)去当红军,要听指挥,要时常付信回来。"儿子破口大笑地承认说:"是的。"我看他们这样热烈欢送儿子当红军,把我背的一袋米,送给了他,从我身上脱了一件衣服,给新战士穿,父母儿子同声说道:"红军真好,的确是穷人的救星。"

"我去当红军,对家里的伤兵要好好地招待"

四月二十一日,经过兴仁县观音山那一天的早晨,白雾层层,毛雨纷纷,虽穿夹衣,犹觉凉寒,天到中午,拨开云雾见青天,一轮红日照天空。这时热度增加,寒气骤减,精神爽快多了。

前面草坪里这个放牛的人,定要争取他来当红军——这样自思自谈地想着,转瞬之间,便到达这个人的身边。我照例地搬出一套普通扩红的老把戏,向他说了一大顿,他只是听了,似乎还不十分关痛痒,犹豫地承认当红军。我再进一步向他解释,他的思想突然改变了,很乐意地同我来当红军,但要把牛送回家里去,须到家里,招呼大小,安排了家才能走。当时我对他估计,尚有些不足,认为他是敷衍卸责的漂亮话,或者他家中妻子儿女看见了,一定不准他走。站在另一方面着想,如不准他回家一走,只能强走他的身,不能巩固他的心,必生不良结果,于是我决心地同去他家,以便及时补做宣传解释工作。恰好他家,真是贤妻良母,正在安排我们留寄他家的三个伤员,这个同志果真忠实坚决,对他的妻子说:"我去当红军,对家里伤兵要好好地招待。"便与我同来了。这一天利用他的线索,在途中扩大两个红军(连他三个)。

送郎当红军

四月八日,我们部队开到龙里县老巴乡的那一天,我在途中一个小庄子休憩着,这家群众大小三人—— 一个年纪三十岁的男子,一个年约相等的妇女,又一个小小的年纪的青年,当我走进他家时,男者捧冷水相送,妇者劝吃苞谷饭不要钱(我未曾吃他的)。于是触动我宣传男子当红军的念头,开始我向他讲,红军是什么人的军队,要做什么事,工农为什么要当红军,这个男子含笑不答。我见他的征象,似乎接受了我的宣传,其所以不坦白承认者,大概是"怕老婆"的原因吧!于是我把他叫到外边去谈话,隔离他家属的挑拨,他的老婆以为我就是这样一直带走了,连忙说道:"同志!他去不得,家里靠他过活。"我回答了几句的安慰话，还是把这个汉子同到外边来了，二人对坐一棵树下谈话，讲的是工农为什么要当红军，说的军阀侯之担与"周、薛纵队"压迫干人的痛苦，鼓动他，男儿志气高，不要怕老婆，干起革命来，大家得快乐。于是他再三思索了一番，复问我道："当红军后是否准其回家?"我答道："当红军是志愿的，而不是强迫与拉夫来的，今后你必要回家时，可向上级请假，经许可后，可回家来。"从此他当红军的决心定了，要求回家一趟，安顿家务，老婆开始很留恋他，不准他走，结果他说出"舍不得娇妻，成不得好汉"的俗话来。老婆听了笑道："你真的要去当红军，要时常写信回来，这条手巾和鞋子你带去用吧!"这个新战士，这样欢天喜地地离开了他的贤妻幼子同我当红军了。

在以上几个实际例证中，已足证明云、贵、川广大工农劳苦群众(其他地方也是同样情形)参加红军的热烈了，——虽然还赶不上主力红军东征时半个月扩大八千红军那样的热潮。

残酷的轰炸

■ 小朋

　　已是第二次占领贵州的大城市——遵义了,在击溃吴奇伟纵队,凯旋回遵义的第二天,为继续消灭周浑元部队,红军即第二次向鸭溪前进。

　　获得大胜利后的红色战士,已是兴奋得无以形容,今天出发再去争取战争胜利,当然战士的勇气,再高也没有了;遵义的群众,已两次得到他们的朋友——红军的恩惠(为他们肃清了敌人,为他们分得了衣物),这回又在红军取得大胜利(也是他们的胜利)后再去打胜仗的景况下,也高兴得不知怎样。当我们开始前进时,就预祝我们的胜利;当前进时,大街上,城门口,马路旁,均满满地排列着他们,均露着笑容,目送着数万赶赴前线的红色健儿,他们的心坎中,都怀着无限的希望,希望红军再消灭吴奇伟,来保障他们从军阀豪绅地主的重重压迫下解放出来。在刚上山头的太阳光照下,在这无数群众的欢送与希望下,数万个红色战士,便沿着马路迈步向前进了,他们也怀着无限的希望,希望伟大胜利的取得,来回答广大劳苦群众的拥护与希望。

　　沿马路走了十里,便分右边走乡路了,因为鸭溪还未通马路。

　　平素以飞机威胁和轰炸我们的敌人,在他们受大挫折战争失败后,更是会以他们的飞机来拼命,这是老练的红军战士从斗争得到的经验。在这样的情况下,在这样的天气下,为大家所痛恨的飞机,一定是要来的,因此,还在马路上就提防着那可恶的东西的到来。到小路后,虽然比马路上更好隐蔽了,沿途有些松林和树木,但是因为队伍的拥挤,也还很讨厌,万一飞机来时,发现了目标,那就更糟糕!

的确,在八点钟左右光景,为大家所痛恨和所预料的敌机,从辽远的空中,将嗡嗡的声音送来了,送到迈进着的战士们的耳鼓里,在响声传来的远空,隐约地看见三只乌鸦似的敌机,正向着我们的上空飞来。

"嘀嘀嘀嗒嗒嗒"的飞机警戒号,从前后的队伍中发出来,大家的精神都紧张了,本来在路上走得整整齐齐的队伍,一会儿就混乱的东奔西跑,挤满着人的小路上,一时就没有人迹了。在树林里,蹲在田沟里,伏在田基下……大家都找着他的"保险公司",希望他不要到我们的上空,到了不要在此盘旋,盘旋不要发现目标,发现目标不要掷炸弹,掷炸弹不要掷到我们的身旁。

当时我们正是走到一个小松林旁边,在这平旷的田野里,有这松林来隐蔽,当然是莫好地方。队伍进入树林时,三个怪物就分散在上空盘旋了,只得就在树林旁边的一个洼地卧了下来。虽然过去的经验,飞机是注意打树林的,可是已来不及离开了,只得"听天由命",任它所为。

战士们都哑口无声了,只是各人伏在各人的地方,都望它快点走开。血脉是急促地跳,怨恨飞机的怒愤,是更加增高,最着急的是因为它的捣乱会妨碍我们胜利的取得，可是并没有别的办法，仍是恐惧地沉静地忍耐着。

这时一切都寂寞的，只是三只飞机的嗡嗡声音，噪得天轰地动。一切都是停的，只是三只飞机在上空狂乱地翱翔，一个革命势力下的区域，已为三个屠杀人群的怪鸟统治了。

盘旋多回，大概已发现目标，"轰隆"的一声，在开始掷炸弹了。大家的精神更紧张了，脉搏更急促了，怒火更加上升了。这个炸弹是炸在前面的森林中，据旁人说，是在教导营的附近，并听到了被炸伤的同志的呻吟。接着又"轰隆！轰隆！"的两个炸弹，就炸在我们自己的队伍中。在那附近的同志，因为感觉地位的不安，向别的地方奔跑了，受伤的同志，又在那里呻吟起来了，在飞机的噪声下，听得更觉凄惨！

姚同志弄得满身泥灰，面色灰白地匆忙跑来，细声而急促地说："糟糕！两个炸弹都打在我们队伍中间，我们的班上已打到三个，队长也打到了，我因为卧下了，所以只打得一身泥土，真是……"话未说完，又"轰隆！轰隆！轰隆！轰隆！"的几声，稍抬头看时，又是在我们的队伍中，这时黑烟弥漫了整个松林，碎片，泥土，树枝，以致被炸战士的衣肉，均纷纷飞起来，"哎哟救命"的声音，很凄惨地在受伤同志的口中唤出来，真是听了又伤心又恼恨！

本来就感觉现在躲的地点并不保险，而且就在危险地带，但在这时候，大家都起来乱跑，反更使飞机发觉，大家站起来跑，目标更大，更能使碎片有效力打到跑的人，特别怕看飞机的我，飞机还在打圈时,总不敢抬头看它,因为看到它飞在自己的头上,特别是看到丢炸弹下来时,更加害怕,所以只紧紧地抱着头卧在地下,似乎要和穿山甲一样,立即向土里钻了进去。

受了伤的阴大生郭承祥摸着伤口蹒跚走了过来,满身都沾着泥灰,面孔已是现着青色,衣裤已为鲜血染得湿透了,他凄凉地对我说:"我负伤了,请叫卫生员来上药……哎哟!"我听了他的说话,见了他的形容,更加难过了。飞机仍是在上空飞旋,大家都已跑得稀散了,哪里找得到卫生员呢!只得安慰他说:"不要着急,现在卫生员不知哪里去了,你且就在这里卧下,飞机去时,就找卫生员来上药……"

"轰隆轰隆"的炸弹又爆炸了,都在前面的松树林里,他俩就赶快地忍痛卧下了,我也紧紧地卧在地下。

炸弹没有响了,飞机的叫声逐渐小了,"可恶的王八蛋走了。"旁边的同志恼恨地说着,这时大家都从各人的"保险地"走了出来,大家的颜色都表示着一方面是对这残酷轰炸我们的飞机无限的痛恨,一方面是表示对受轰炸而牺牲或负伤的同志无限的怜悯,均纷纷地慰问负伤的同志,为他绑着血管,扑净泥土,找卫生员,为他服药,扶着他在树荫休息。

"嘀嘀嗒嗒嘀……"集合号吹了,部队仍继续地前进,去完成战斗任务,可是经过刚才敌机轰炸的刺激,精神更紧张了,痛恨敌人的情绪更高涨了,巴不得立即跑得敌人面前,把他消灭个痛痛快快,来回答他的残酷手段,来为被轰炸而牺牲和负伤的同志复仇!

我们的这个部队,是轰炸得最厉害的一个,大部的炸弹,都是爆炸在我们的部队的中间,因此我们便不能够按次序跟着他们前进,要在这里处置牺牲和负伤的同志。

集合号响后,走散的同志均回来了,大家均嚷嚷地埋怨着:

"今天就是教导营的队伍发现目标的。"

"队伍是没有,就是那个死马夫,飞机来了,还牵着马在路上跑。"

"是伙夫同志的担子没有隐蔽得好……"

走到被轰炸的地方,真是使人目不忍看,耳不忍闻,炸伤的同志是在叫痛地辗转反侧,是在可怜地哭啼,是在要求同志们对他的帮助,他们手足断裂了,头脸破烂了,身体炸伤了,他们的鲜血,仍在不断地迸流,然而在同志们的安慰时,仍表现他们为革命的决心,不因负伤而稍减其坚决志气,相反地更加痛恨我们的阶级敌人。他们说:"不要紧,你们不要着急,万恶的敌人总有一天会消灭在我们的手下的!"牺牲的同志,则更是为革命而献身,为工农大众利益,为民族独立解放,而粉身碎骨;他们的知觉失去了,身体破碎了,有些头颅已经破碎,脑浆迸出地上,有的是手足已经炸断,残缺不堪,有的是身躯已经溃烂,五脏分裂,甚至有些炸得体无完肤,尤其有些炸得骨肉碎裂,撒在地上,而肢体竟被挂在树枝上,鲜血淋漓,带着的破碎衣片,尚燃着火冒着烟,很多尸体,已认不得是谁了,战斗员的枪也打断了,子弹也烧炸了,炊事员的铜锅打破了,菜盆子打烂了,运输员的公文担子也打碎了,地面是打得几个窟窿,松树也打得倒下很多,树枝、树叶也混着牺牲战士的血肉，武器、行李、泥土，撒得满地，一丛绿森森的松林，已经成为脱叶萎枝的枯柴一块，很好憩息的荫地，已成为血肉横飞，尸体狼藉的血腥场所了！到此的人，没有不伸舌说惨，痛心疾首的，而且使人禁不住地滴下泪来，巴不得立即捉住那飞机师，来千刀万剐，生咽其肉。

　　大家动员起来了，有的拿铁锹，埋葬牺牲的同志；有的扶着伤员，进茅棚休息上药；有的砍竹子做担架，有的收拾枪支子弹，担子行李……直到下午四时，才处理就绪。但是很多负伤同志要抬起来走，他们的枪支子弹行李要搬起来，负伤或牺牲了运输员炊事员的担子要担起来走，因此，除了请群众帮助外，只能发动大家来负担了，抬的抬伤员，挑的挑担子，背的背枪，黄昏后，才到达宿营地。一直到梦中，仍然没有忘记今天万恶的国民党飞机对我们的残酷轰炸，且希望明天的战斗，把万恶的敌人消灭一个痛快，来为同志复仇。

茅台酒①

■ 熊伯涛

　　鲁班场战斗,军团教导营担任对仁怀及茅台两条大路的警戒。在这当中,除了侦察地形和进行军事教育以外,时常打听茅台酒的消息——特别是没收土豪时,但是所得到的答复常是"没有",虽然这里离茅台村离此只五六十里。

　　鲁班场的战斗未得手,已决定不继续与敌对峙,撤向其他机动地区,与敌周旋。

　　黄昏前军团来了一封三个"十"字三个"圈"的飞送文件(是命令):"茅台村于本日到侯敌一个连,教导营并指挥二师侦察连立即出发,限明日拂晓前占领茅台村,并迅速找船只和架桥材料,准备于工兵连到后协同架桥。"

　　可恨的天气在黄昏时下起大雨来了,对面看不见人的夜,部队仍是很兴奋紧张地出来,就是有些人打火把电筒,仍然免不了上山下岭泥滑路中跌跤,每听到叹息的声音,就叫道:"糟糕!跌倒了!哎哟!"而随后的"同志!不要紧,明天拿前面的茅台酒来滋补一下"的安慰和兴奋的话,就接着来了,点火把打电筒走了三十里左右。一律禁止点火把打电筒,当然更是不断有跌

---

　　① 编者按:本文有删改。

倒的。

大雨泥泞的黑夜，所有人员非常紧张神秘地前进着，终于在学员模范精神，二万五千里的铁脚钢腿，和艰苦斗争的精神下，于拂晓前赶到了茅台村附近。

"啪！啪！啪！"在一夜雨泥中奔驰，疲乏饥饿神思昏迷的行进中，被这种尖锐的声音的刺激，把极宁静的环境空气以及行进间的人们，突然紧张严肃起来了，到处汪汪汪的狗叫声中，见到一个侦察连战士向连长报告："报告连长！前面已发现敌人的步哨，我们排长已将敌步哨驱逐，并继续猛追去了。"连长很庄严地说："快去要排长带这一排人猛追，这两排我立即随着来了。"

连长亲率着后面两个排，除派一班人占领茅台后面有工事的阵地外，其余飞也似的突进街中，立即派一部搜索两面房子，主力沿河急奔而下地追去了。

追到十多里后，已消灭该敌之大部，俘获人枪各数十，和枪榴弹筒，一并缴到茅酒数十瓶。我们毫无伤亡，战士的阶级友爱和胜利的热忱，欣然给了我一瓶。

此时教导营已在茅台村搜查反动机关，和搬运架桥材料，侦察连担任对河上游的警戒。

我们的学员和战士在圆满的胜利，在该地群众的慰问中，个个都是笑嘻嘻的兴高采烈，见面就说："喂！同志，吃茅台酒啊！"

"义成老烧房"的主人是当地有枪当反动政治地位的人，听说红军来了，早已逃之夭夭。恰巧我们住在这酒坊里，所有的财产，一律没收了。当然酒也没收了。

"义成老烧房"是一座很阔绰的西式房子,里面摆着每只可装二十担水的大口缸,装满异香扑鼻的真正茅酒,此外,对着口的酒缸,大约在一百缸以上;已经装好瓶子的,约有几千瓶,空瓶在后面院子内堆得像山一样。

"老×够不够你过瘾的? 今天真是你的世界了!"老黄带诙谐和庆祝的词调向我笑着说。

真奇怪,拿起茶缸喝了两口,"哎呀! 真好酒!"喝到三四五口以后,头也昏了,再勉强喝两口,到口内时,由于神经灵敏的命令,坚决拒绝入腹,因此除了鼓动其他的人"喝啊"以外,再没有能力和勇气继续喝下去了。

这种不甘心的观念,驱使我总不肯罢休,睡几分钟又起来喝两口,喝了几次,甚至还跑到大酒缸边去看了两次。

第二天出发,用衣服包着三瓶酒带走了,小休息时,就揭开瓶子痛饮。不到一天,就在大家共同分享之下宣告完结了,一二天内茅酒绝迹了。

三过遵义

——倒流水四个连控制敌人三个师

■ 陈士榘

　　倒流水是贵州仁怀县经长干山、枫香坝、才溪至遵义的大道,是敌人当时主要封锁线之一。倒流水在长干山与坝香枫之间;西距长干山二十五里,东距枫香坝十八里;站在附近高山山上,可以遥望长干山、枫香坝附近敌人所筑"乌龟壳"。当时蒋敌以汤(恩伯)纵队三个师(第六师、第四师、第八十七师)扼守长干山、倒流水、枫香坝一带,构筑封锁线,企图拦阻我军南进。

　　三月三十一日拂晓于潮水接军团首长命令:"我野战军决于明一日由长干山、枫香坝、才溪一带突破敌人封锁线南进,教导营及第二师工作连归教导营首长指挥,应以迅速秘密坚决手段,袭占倒流水,继续向两翼延伸突破封锁线,掩护与迷惑敌人,保障我野战军安全通过。"

　　早饭后整装出发,派出尖兵,上着白光闪目的刺刀,一路翻山过岭,向目的地进发,红色健儿雄赳赳的都表现着活泼高兴的情绪,抱着光荣牺牲的决心,无论如何要完成这一任务,把敌人赶进"乌龟壳"里去,"捉乌龟",每人心窝里都在这样想,口里也在这样的一路谈着。

沿途的群众因过去受过红军经过的影响,都表示对红军非常的欢迎,帮助带路,报告消息,送茶送水,卖东西给红军……只有反动的土豪跑了尽光不见影。为着保守军事秘密,绕了一段路,到了下午五点钟的时候,在一个村庄旁边树荫下休息。"这里到倒流水还有多远?"一个战士这样的问群众。"二十五里,还要翻个十五里路高的大山,红军先生。"群众这样的回答。"我们已经走了七十里呀,差五里一百。"另一个战士这样说。"怕什么! 再有一百里也要跑到!"又一个战士这样的回答,大家正在吃着所带的干粮,说说笑笑,忽然前面"啪! 啪! 啪! 啪!"打了几枪,我们在前进号中继续前进。

　　原来刚才所发生的枪声,是敌人由倒流水派出来抢粮的十多个兵,发现我们搜索的尖兵,打了几枪,不要命地往倒流水方向逃命了。我们尖兵跟着赶去,追到山顶,天已黄昏,追的敌人也不见了。"休息! 大家准备好上刺刀! 本晚口令'坚决',记号:'把右手袖子扎起'前进。"这是后面转来的命令。

　　很肃静地沿着一条弯弯曲曲,不平的石头小路下山了,前面发现一个火光,大家的血沸腾着,怕是敌人了,第二班去了,沿着路边稀散矮小的树林和深草、田沟,很轻巧地摸拢去,原来是一间小茅棚,内面住着两公婆,躺在铺上吸大烟。"老板! 我们是红军,保护干人的,不要怕!"

　　群众开腔了:"这个茅棚前去不上半里路便是长干山下来的大路,白军这几天几百几千,整天不断地上来下去,今天快要夜都过了几百人下枫香坝、倒流水。昨天是扎了兵,今天不晓有没开差,长干山、枫香坝都扎满了,说是杨师长的,我的儿子都被他们捉去挑担了。红军先生,请坐!"

问完后继续前进,途中捉到白军四名掉队的病兵,内面还有一个班长,据说:"第五师第二十七团担任倒流水一带驻防,今天下午听到后面山上很远的地点打了几枪,过了一会,紧急地开往枫香坝去了,我们师部及直属队率一个团,与四师全部汤纵队司令官及纵队直属部队,都在长干山,第八十七师全部及五师一个团住枫香坝,今天第二十七团开去,又增加了一个团。"

忽然在一个茅棚门口听到"快来!"一道黑影像狂牛般地拼命一冲,"在劫难逃"的法西斯帝终于在一个黑屋内边擒着了,原来是政训处派在第二十七团的政治训练员,好,跟我们走。最后到达倒流水,捉获四个士兵,缴四支枪。

翌日(四月一号)拂晓前对长干山布下了"司渔网"样的警戒,准备"捉乌龟"。果然天亮后上由长干山方向送粮的,送枪的,"送猪肉的",送信的,归队的,"虾兵蟹将",一群一阵,大摇大摆的迎面而来,不客气的一个一个都迎接到了(因为捉的技术很好,捉前面的一个,后面并不能发觉),在半天的工夫,共计收到五十余人(副连长司号长副官特务长都有)五十支步枪,子弹二千余发,二十发新式驳壳枪一支,子弹百发。

当日下午一点钟左右,由长干山方向,大概有一连兵力人马向我开来,气势汹汹,我们同样地准备欢迎,不料与我们刚一会面,不战而逃,经我们追去,直抵长干山脚才停止。

第三天(四月二号)我野战军全部已由枫香坝以东与才溪

之间地区安然地通过了，于下午三点钟召集新来的白军士兵开了"欢送茶话会"，并给每人路费钱三块，很高兴地送他们回去了。下午五点钟光景，我们也随着胜利的与倒流水别离而南进了。

南渡乌江

（一九三五年三月二十一日）

■ 萧华

　　原定的战略方针是由宜宾过江入川，但后来情况不利，川军尾追，周吴纵队堵击，造成了对我野战军新的围攻线，紧缩了我军机动地区，逼得我军不能实现在川贵边创造苏区的目的，因此提出了以大规模的游击战争，来调动敌人，最终达到入川的战略计划。南渡乌江，就成为达到这一计划的先决关键。

　　我随三团在受领了先遣任务后，一个夜晚急行军，就袭占了牛场，这里的群众夜晚开店欢迎，生意也非常热闹，这时尚弄不清乌江河对岸敌情，因一个月来，对岸断绝交通，没有来往行人，稍休息后，即飞快向着乌江边前进。

　　一片石崖绝壁，暴水惊鸣，隔断着我们前进路程，这时似乎来了一个很惊奇的沉静，前面细声传来一声："同志们！到了天险乌江边，不要说话，对面石壁上就是敌人！"我们侦察后，估计敌人沿几个渡口约有一营人，构筑了堡垒，来了差不多一个多月的光景。万恶敌人呵，将船只道路，全部破坏，对面石壁上凿出的一条小道，直悬险崖，似乎看不很清的梯阶形，从地下爬上去约三十米远，便是用二根树木所接成的悬桥，旁边一个石洞，是敌人扼堵该处的守兵,约有一班人,随时准备抽了这二根木头,想使我们覆灭乌江边,无路可南进,"一夫守口,万夫莫敌",天险惊人。我三团第一营前卫,伪装前进,终于欺不住敌人,步枪从石壁上向我射击。"同志们! 我们是负着伟大战斗的光荣先遣任务呵! 不怕敌人与天险,我们为了胜利,情愿死在乌江边!实行强渡比赛,你们来吗?"齐声呼应:"当然赞成!"二三营即全部动员做竹筏,一营详细交代了敌情,渡河处置在这紧急情况下,大家仍然兴奋要命,竹排弄好了二个,火力分配好了,开头下去一排人,在开始爬时,大家都下了一个决心:"只有奋勇打坍敌人,回来犹豫,都等自尽。"因水急一个竹筏需要一个钟头才来一次,敌人猛烈火力射击,用手榴弹投掷,滚石头,日间强攻不成,黄昏了,天气忽然变了常景,大风大雨又雷鸣,守兵以为乌江天险,又加上天气墨黑大雨,当然可以放心,谁知正给我们袭击良机。在夜晚十时,这一排人就抓着石壁上细草细枝,用米袋一个一个向上吊,吊上去三个人,在墨黑风雨中摸到石洞旁边,一个手榴弹,敌人哨兵措手不及,大喊救命,这一排人就占领了这险路,但因风雨大,河中二个竹筏难过,那边早已打过去了,这边还未得音息。一直到早上三时,大部分才过去,后面工兵连即努力架浮桥,主力乘胜前进。迂回下游几个渡口,守敌都消灭在乌江边。走到八里路,忽然来了由息烽来的白军师部传令兵,拿了一封万万火急信,要守兵营长无论怎样要死守渡口,等待援兵。我们得到这情报,即以一部巩固渡口,主力向着婆场进,出去五里,遭遇敌人增援兵一营人,一个猛冲,即将他大部消灭尽,活捉了营长,俘虏了士兵,掩护野战军主力安全向南进,向着贵阳城。

夺取定番城

■陈士榘

紧张的一天

夺取定番的头一天(四月九号),记得是通过贵阳城附近至龙里的马路,这是敌人构筑的封锁线。

蒋介石在贵阳亲临前线督师,企图于云贵川间消灭红军,却不料行动敏捷的红军打来贵阳城边了,骇得蒋介石恐慌万状,宋夫人(美龄)将地图(十万分一的)抛到厕所里,拍十万火急电,四路调兵,星夜来援。

天还未明的早晨,我们部队很肃静的起床,吃了早饭,在集合的号音后出发了。快接近到黄泥哨马路边时,大概已到七点钟的光景。"飞机快要来了,部队赶快通过马路以南,找地区隐蔽休息!"一个军团司令部的参谋,在这样叫着。听到贵阳城方向步枪声、机关枪声,打得十分激烈,大概只有几里地远的样子。枪声愈打愈近,不多久我们的来路已被敌人截断了,但我们的部队确已通过完毕。

这天也难怪,天上一点云头也没有,一早晨天气便很热,讨厌的"嗡……嗡……嗡……"的声音,来了七架。"隐蔽呀!隐蔽好呀,不要跑了！隐蔽！"部队许多指挥员在这样喊着,一方面自己也找好了适当的位置隐蔽了,"轰！轰！轰！轰！"像泻肚子样的,炸弹狂叫着,地皮都震动了。没有经验的人,真有骇坏的危险,但红色战士大家却很沉着的,没有丝毫的畏意。

龙里方向在头天的晚上,与我师第一师部队,接触的有一个团(滇军)。今天枪声愈打愈激烈愈近了,过后才知道是由龙里又增援来敌人两个团,与我军第一师掩护部队接触。

西南方面又发现敌人约四个团,向我侧翼迂回,与我友军团接触。

我军部队本来是通过性质,未准备决战,不停止继续运动,终于安全地通过了。又走了四十里,翻过了两架大高山才宿营,敌人只有在后面叹气。

晚上找宿处

教导营因房子不够,只有继续前进去找房子,沿着广阔的山脊,两面都是壁陡石崖,不能下去,又不见有村庄。这样不觉又走了三十里,到达一个破旧的房子,又被军委直属部队先宿了营,连外面的草坪里树下都挤满着人,有的已睡着了,有的还在开铺,或烧水洗脚。除只听到无线电冲电机"嗒……嗒……嗒……"的声音不间断地叫着外,也听不到其他任何响声,大家很疲倦的便休息去了。

在一个小房子内找着了朱总司令、毛政治委员、周副主席,大概是在布置明(十)日的行动大计,指示我们:"为着避免部队露营疲劳,及容易找给养,还是再前进几里路地点找房宿营为好,该地的房子是准备留给干部团的。"又继续前进。

又走了大概八里路,找着了几间小小房子,分散了休息,已是半夜一点钟了,还派了一班人到三里路地点去打土豪,征集粮食,抬了两只肥猪回来,倒还不错。

一个通讯员的谈话

这时正是旧历三月底,那位常伴着我们行军的可爱的月亮,在天快明的时候才能起来,灿烂的星光,被那万恶的乌云遮盖了。山路又小又不平,一天未停脚,还是天亮前吃了饭的人儿,到这时足有十分的疲劳和饥饿了。但可恨那国民党万恶的飞机,妨碍了我们的行程。"我们是红色的健儿,是负有解放中华民族的革命使命,钢一般的意志,是不能为任何坚苦困难疲劳所屈服与动摇的,要同敌人拼到最后一口气,流尽最后一点血要争取最后胜利……"一个小鬼通讯员躺在地上这样自言自语地说。不久,他也睡着了。

在进行中

四月十日,东方刚开始发白,接到总司令部命令:"一军团教导营,应马上出发,经赤城镇,向定番前进!占领定番城宿营。

定番至贵阳六十里,注意向该方向警戒。"我们便很快地起床,吃早饭,土豪的猪肉,味道还不差,但辛苦了炊事员,忙了一夜未睡觉。饭后出发,走了四十里,一般的是下山路,当时又有战斗任务,一点也不感觉疲倦,很快地到了赤城镇附近,地形开阔,人烟稠密,沿着河边走,水车"叽喳叽喳"的声音,与红色战士胜利歌声相配合。满地麦秧,铺盖着大地,一片绿色,微微的风吹着河边柳树,摇头摇尾,现出安乐的神态,给行路的人们以无限的兴奋和乐趣。

忽然一个骑白马的由东往赤城镇继续向西飞一般跑过。是区公所的吧?赤城镇区公所门口还飘着"青天白日"旗帜。飞机来了,大家散开隐蔽,飞机在头上盘旋了几个圈向西去了,大概是没有看清目标。我们接着上了马路前面,尖兵打着由区公所取来的"青天白日"旗帜,队伍成双行地前进,倒还整齐。一路上群众叫我们"中央军",我们向他们解释我们是"中央红军",但群众毫无一点畏意。

在离定番城还有二十里的地点,便望着定番城附近,成千成万,成山成海,不整齐地集结着,瞻望我们,反动县政府及国民党党部等人物,幻想以为是他们的国民党的"中央军",却不料是真正救中国人民的抗日主力的"中央红军"。

占领定番城

到了城墙脚桥边,靖街团哨兵向我们打了一枪(大概已被发觉是伪装的），大群的反动人物，拼命乱跑，靖街团警察狗子手忙脚乱地闭城门，登城抵抗。此时伪装未奏效，决心以坚决手段强攻，我英勇地红色战士，便紧跟脚坚决果敢爬城，打他们措手不及。结果只打了十多枪，我第一连的第一班英勇的上去了，将守城团匪当场击毙两名，全部便"屁滚尿流""落花流水"似的坍下去了。警卫团、警察队、土豪劣绅、反动分子，共约百余人，出西门狼狈向长塞方向逃去。定番城即被我军胜利地占领了，反动县政府财政部长大胖子被捉到了。

红色战士又是宣传鼓动家

红色战士的特点，不但善于用枪杆子打坍敌人，而且是苏维埃的宣传鼓动家。占领了定番后便分头向群众宣传解释，宣布国民党罪恶，揭发他的欺骗。不到一点钟的时间，全城挤满了群众，热烈地来看自己的红军，到了天晚才散去。

翌日（四月十一日）军团首长命令教导营留定番城工作，其余部队向长寨、紫云方向前进。正当一日下午，我第二师第四团趁胜占领长寨城，我第一师第二团占领紫云城，将驻紫云城之白军一营击溃，缴获甚多。我军二天占三城，开展了野战军由南转向西进的有利局面。

本日在定番城召集了城乡群众大会，将没收土豪反动分子及反动机关抢夺劳动群众来的财物，偿还给劳苦工农群众，个个都欢天喜地地说：只有共产党领导的红军，是真正救穷人救中国人民的。

四月十二日野战军已全部通过定番，我二师由刘政治委员率领最后掩护队，到达定番城时，已不见我们的踪影了。

五颗子弹消灭了一连敌人

■ 艾平

这几天来,情况并不很紧急

一个沾雾的清晨,大地的四周被那灰色的烟雾笼罩着人家的炊烟,在各个屋顶上散布着,野外的植物身上厚结着滴滴的水露,春风微微吹着中和了那凛冽的寒气,象征着不热不冷的和煦,春天已经到来了。

偌大的一个市镇——狗场的街道上拥挤着灰色的人群,他们个个都在欢笑歌唱着,没有丝微的忧闷,荷枪束弹一行一行一队一队整齐不紊地在各个街道上排列着。

"嗒嘀嗒嗒嗒嗒嗒嘀!……"出发的号音响了,一队一队戴着红五星灰色军帽的行列蠕动着,走出了狗场沿着马路向贵阳前进了,首先是十二团先行。

"喂红军兄弟们!慢走呀!快些转回来呀!"沿街站立着的劳苦群众在红军战士与他们道别的时候,他们带着微笑的脸色,欢欣鼓舞的双眼望着那正在行进的来自江西省的红色健儿们。

老实是我们穷人的兵队

沿街站立着的工农群众中的一个中年的先生,用自己的右手把他上头的瓜皮帽动了一下,摸着头张开两张嘴唇,两只眼皮也在一张一合地大笑起来了。他说:"多客气,多文明,多有礼节的兵队呀!秋毫无犯,还送给我们百姓不少的东西财物。"他停止了一下动他的双手挥着双拳,带着愤怒的神气又开始发表他的大论道:"哼?国军,为国为民还不是说得好听!啥子哟!打人民也'振'够了!"他气愤地走开了。

"看!"尖兵中的最前面的一个在说话,"一个挑水的白军!"其余的几个都本能地在道路旁边隐蔽起来了。

"一定有敌人。"又一个在说话。

"他还没有看见我们,把他捉起来。"另外一个在探头探脑地张望着前方,"不要声张,秘密一些!"

三个红色战士手提着枪,形成一个包围的形式迅速地奔跑过去了,挑水的白军伙夫,如晴天霹雳骇得他本能地把水桶放在地下:"老爷!我是伙夫呀!队伍在那庙子里。"他用他手指着对面约二百米远的半旧的庙宇。

"有多少?"

"一连人只有五十多个。"

后续部队这时也赶上来,因为盘问这个俘虏的原因,使后续的队伍都沿途停止了,十二团的团长……谢嵩同志与政治委员——苏正华同志都赶到前面来了。

"想不到这里还碰着了敌人,"谢团长自言自语地继续审问被俘虏来的伙夫,"你们从哪里来的? 多少人? 做什么的?"

"我们昨天夜晚出来说是什么游击,只有一连人真的只有五十多个!"

"你们一连人现在在做什么哟?"苏政治委员急促地不耐烦地追问着,"快说吧!"

"昨晚一夜没有睡觉,现在他们都在庙子睡觉了。"

"第三营快把庙子围起来迅速些!"谢团长对他的部下发命令了。

"不要打枪,要秘密些!"苏政委补充他对第三营营长说!"侦察排准备从这里冲进庙里去。"

"砰!"

十二团侦察排从庙门口掷了一个手榴弹进去。

"缴枪呀! 杀呀!"

"啪! 啪! 啪!"敌人从梦中惊醒,不住乱放枪。

"杀呀! 缴枪呀!"从庙的四周吼出来这骇人的雄壮的声音,包围的部队也不住地连珠似的发射了几枪。

"我们缴枪了!"

"把枪放在庙里,通通空手跑出来!"

枪声停止了,戴青天白日军帽的灰色的一群两手空空的羔羊似的从庙里走来。

"欢迎白军士兵弟兄当红军!"欢迎的口号声震天价地响彻

大地。

蒋介石九十六师的一个连完全缴枪械,从庐山军官训练团毕业的连长变成了俘虏兵,三挺轻机关枪,二十粒连放的驳壳枪三支,步枪四十五支子,弹四千多发,电话机一架,手榴弹及其他军用品,由青天白日旗输送到打着锤头镰刀的旗帜的队伍来了。

这是五粒子弹的代价。

九月二十七日于红大

看谁先到

■艾平

马场毕竟为十一团首先占领了。

这几天来,因野战军全部向贵阳逼近,骇得王家烈手忙脚乱,调兵遣将,掘壕筑垒,整天忙个不休,布防贵阳,不遗余力。

看看红军一天近似一天,贵阳附近的市镇——牛场、狗场、猫场等悉被红军占领,虽蒋介石亲临贵阳坐镇,也不能震慑贵阳人心。

被红军占领了的地方的土豪劣绅,终年吸吮贫苦人民血汗的大人先生们也不得不向贵阳逃"难"。偌大一个省城贵阳人心浮动,谣言纷纷,人心惶惶。自然一般贫苦群众,更是欢天喜地,几千年被人压迫剥削痛苦不堪,现在好似再见天日,忽地里从万重地狱里爬翻起来了一样。红军所到之处,大为群众的所欢迎拥护。

有一天,红十一团旌旗飘荡,一路浩浩荡荡地风驰电掣般杀向马场而来。

"同志们!加快地行军呀!无论如何要首先占领马场,有友军也要今天占领马场呢!"

在距马场四十里的地方,据群众说,昨晚马场到有敌人,是王家烈的,多少不明。于是加强前卫警戒,向马场侦察前进,又令侦察排全部化装,身穿白军衣,头戴青天白日灰色军帽,扯起青天白日旗,在全团的先头行进。

大约是下午四点钟的时候,十一团全部到达了马场附近,并没有发现有什么大的敌人的动静。

"恐怕扑了一个空吧?"

"还怕是敌人跑了,抑或是受了骗呢?"

"管他三七二十一哟! 侦察排向街上搜索前进!"侦察排仍是打着青天白日旗,戴着青天白日军帽,在十一团首长的命令下,速地向街道前进。

"啪!"枪只响了一声,再也听不着了。

"不要跑! 我们是中央军。"十一团侦察排看见住在马场的团练带着枪拔脚逃跑时,不住地打招呼:"我们来帮你们打红军的!"

"是的,打有青天白日旗呢?"团练停止下来了。

"贵军来了多少?"站在团练中的戴着瓜皮帽穿着蓝色青衫,外套大缎马褂的一个中年人现着卑鄙殷勤的样子说:"有失欢迎,哈哈!"

"多得很咯! 不要客气!"

"快点排队呀!"那中年的睁大眼睛,骄傲地对团丁们喊起来了,"欢迎中央军快点! 通通都来!"

十多个团丁们都背着枪不自然地顺着狭隘不清洁的街道排成一个横队。

"哪位是区长先生?"

"咳！鄙人便是，咳！咳！不敢不敢！"那中年的这样应了，很自得站立着。

侦察排的战士们在排长的一个眼色下，迅速地把那些团练围困起来了，后续的部队也陆续地追到街上来了。

"缴枪！我们是红军，你们知道吗？"

"唉？老爷们饶命呀！"一下把那狗区长拿下了，引得大家都大笑起来了。

"啪——"

"啪！哪里打枪？"蓝参谋长首先听到了。

"啪！啪！"

"恐怕是敌人来了吧？"张政治委员急促地一面走一面说。"我们到前面看去！参谋长！"

枪声再也没有继续响了，据从警戒回来的侦察排的陈排长说是第二师的先头部队，他们也化装白军，引起我们哨兵误会打了几枪。后来因彼此都听见说话江西口音以及他们看见我们是红军装束，枪也就停止了。

"好在没有发生误会！"

"听他们说第二师今天也要来占领马场的。"陈排长这样的说，他们一路说话，一路向宿营地走去。

"主任！"蓝国清同志兴高采烈地向王明同志说话，"毕竟是我们先到了！第二师现在才到呢！毕竟是我们先到了！"

"我们是胜利了！"王明同志这样的回应了一声以后，他又对张爱萍同志说："政治委员，马场昨夜到了敌人有一营多，从龙里来的,今天一早就开向贵阳去了。"

天色快要夜了,十一团的队伍都继续不断地进入了宿营地。第二师的队伍连绵不断地在黑夜中从街道穿过去了,多得很,直到我们吹熄灯号后,还在继续着从这里过。

九月二十七日于红大

北盘江

■ 邓华

　　我们占领长寨之后，军委的战略方针是迅速渡过北盘江向云南前进。我们(第二团)奉命为先遣团，担任夺取北盘江架设浮桥的任务，第一天便占领了紫云。

　　紫云是个很小的县，不过三百家人，几十间小商店，原住有土著军队一个营，营长姓张，是当地民团改编的，约二百人左右，尽是坏枪。我们到长寨后，他即有准备，沿途还埋了地雷，我们一路所得到的情况都是这样的，故决心以一天即行程(一百里)赶到紫云，免得延长时间，增加困难。约莫午后四时光景，便到了城边，敌人已先进入阵地，经过点把钟的战斗，将敌全部击溃，缴了几条单响枪，便占领了紫云城。群众很好，满街都插了红旗，欢迎红军，都打开了铺门做生意，敌人做了二百套军衣未拿走，缝工也报告了我们，我们除了厚给工人工资外，不客气地打了一个收条。当晚扩大了十多个红军，筹到二千多块钱，只住了一晚，第二天又取道保保树，继续向北盘江前进。出四十里，便是彝民区域。由于过去的民族仇恨很深，已走向热烈的武装斗争，汉人的行商走卒亦多被抢劫杀害，甚至白军的小部队，也难通过(紫云群众所谓土匪)，所以行人稀少，有些圩场都已成为焦土，沿途异常荒冷，简直走一天都碰不着一个人。大概上午十点钟的时候，接近开始的一个彝民庄子，前面发生枪声，两面山上到处打"呜呼"，我们为要争取时间，所以采取驱逐监视的手段，求得迅速通过。沿途"噼噼啪啪"一直打到黄昏宿营地，便衣队刚进房子，敌人（彝民的民团团总姓曾的）才发觉，最前面的一个侦察员，还被他砍了两刀。又经过了个多钟头的战斗，占领最高山之后才宿营。第二天又照例沿途打了大半天，到下午四时，离保保树十里的一个庄子，有一个彝民放哨，被我们捉到，进行了宣传工作，谈红军对彝民的主张：我们这次是过路，红军纪律很严明，绝对保护你们的利益，要他回去告诉他们。不一刻满村子的群众，不但不走，都跑到路边上来看我们，并送了几桶开水出来，表示很亲热。我们同他们谈了几分钟，他们已先派人去通知，并派那背枪的哨兵，替我们带路。走了点半钟，便到了保保树，该地七八十家人，还有一个小教堂，村子是围墙围住的，有步枪十余支，其余是土枪梭镖，城门口还设了两个卫兵。我们队伍一到，大大小小男男女女都跑出来，他们的生活习惯装束与紫云汉人无多大差别，并且还有两个是中学毕业的，经过同他们的负责人交涉之后，他们很好让出了房子，并送了我们些粮食。当晚我们便住到教堂内，与他们负责人和小学教师谈了许多话，他们把附近的敌情地形及北盘江的情形，都详细地告诉了我们，并恳切地叙述汉人的豪绅反动派如何如何地压迫他们，他们决不屈服，坚决反抗到底。他们最困难的是子弹问题，要求我们送些子弹给他们等等，以后又同他们进行了些宣传工作，并送了子弹给他们，他们非常的高兴。

保保树到盘江还有四十里,中间还有一个彝民的寨子,是石头筑成的,很险要,因为他们这两个村子的首领有冲突,所以第二天刚到庄边,他们又打枪。经过我们的交涉之后,又让我们通过,顺利地到了北盘江边。

北盘江是珠江的上游,水面差不多有金沙江那样宽,不过不深,流速平缓。河的西岸就是个二十多里的大高山,上岸很陡,东岸距江五里许有个村子,附近有很多竹林,我们主力便在那里集结。因无敌情况可顾虑,故放心地架桥。经过部队中的动员,为着完成架桥任务而战斗,发动了搬材料竞赛,全体指战员异常紧张,虽然天气酷热,汗流浃背。然而高度的努力,是克服了任何的疲劳与困难,将近黄昏时分,一座浮桥宛如长蛇般的在江中荡漾着,一队队的红色健儿,在那里通过。夕阳西去,水波不兴,晚风微微地吹来,大地的虫鸣与红色健儿胜利的歌声,正相配合着。

抢渡北盘的前后

■艾平

一、司令派兄弟欢迎大军

"十一团为先遣团,于明日十二时赶到北盘,控制渡河点,并架设浮桥。"

"同时,占领百层河渡河点,掩护全野战军渡河。"

"行程约一百八十里,沿途有彝兵与民团,无正规敌军。"

这些是十一团在占领广顺城后第二天夜晚接得红三军团军团长彭德怀、政治委员杨尚昆的抢渡北盘江的直接命令。

交夏时候的雾烟荡荡地盖着了天地,凉风微微地吹着的早晨和夜晚,使人不时打起寒战,尤其那些身体瘦弱的人儿身上还披着棉衣,东方已现出鱼肚白的灰色,象征着天色是快要明了。

天色微明,拂晓的时候是到了。担任重大任务的先遣团的队伍从宿营地慢慢地向那弯曲而狭窄的羊肠道移动着。

太阳渐渐地从东方出现了,照例,农夫农妇应该是在田园中忙碌地劳作着,然而却一个也不曾遇见。这些彝民,都在王家烈狗家伙的欺骗下跑到山林内隐匿着,打起埋伏,好在有贵人做向导带路,我们并没有因而迷失了道路。

翻了一条山,又过了一条沟,就是这样的爬山,爬山下山不停地在走,迅速地在向前进,一百八十里路要在明十二时赶到,沿途还要打仗,就算不打仗吧,也是相当难走的。"十里一小休息,三十里一大休息"的事情自然是办不到,这是特别的任务特别的环境应该用特别的态度特别的行军——急行军来对付。十团的全体指战员们都懂得这个道理,所以没有一个表示疲劳勉强与不愿意的神气,并且沿途雄壮地唱革命歌:"好呀!再来一个!""哈哈哈!""来呀!兴国山歌。""喂来同你比赛!"不断地进行着行军娱乐工作,热热闹闹的洪亮的声音震动了山谷。

陪伴着我们的太阳,似乎也有些倦的样子,她渐渐地、渐渐地从东方移动到了西方,他的光芒也不像在正空那样的灼热。

"也应该休息一下了!"从拂晓出发没有休息过的十一团的队伍,沿着村子路边休息下来了。这时大家都很口渴了,很有组织地每个单位都派了二三人到村中去找水喝。

一个年老的彝人,在我们宣传之后恍然大悟似的对我们说:"啊!你们才是这样好呵!那我们不怕。"他把头点了几下,接着他又说:"我们的妇女人家都怕,娃娃也怕,他们都躲了!"

"到北盘江有多少路?"我们这样问他。

"噫!一百三四哩。"

先头的前卫部队又开始移动了,大家都在向这彝人道别。我们的队伍还没有走过这个村庄,有些人在说彝人还是好办交涉,也有说非走夜路不能如期到达,现在王明同志把头掉后来这样的说,"前面就是民团王司令的区域了。"

"夜间有些不大好办?"蓝国清同志接着王明的话。

"是的,真有些不好弄!"张爱萍同志这样的说,"民团倒不怕他,问题是人生路不熟的夜行军。"

"就是这点讨厌! 我看……"

"啪! 啪!"对面林里打了两枪。

"咳! 说住说住,就来了呢!"

带路的向导,沉着地说:"官长! 他一定是王司令的兵,等我来打一个招呼。"他不等我们回答他,他就喊起来了:"呜! 兄弟们! 这是红军不打我们的…… 大家都是一家人,不要打咯! ……"王司令的兵来了。他们并且告诉我们前儿天由周浑元(蒋介石"追剿"红军的总指挥)派来一个代表,要王司令堵截红军,王司令没有答复,他们刚才发生了误会,不知道是红军,以为是中央军,等等。我们也向他们讲了许多,进行了一阵宣传,以后他们又"呜! 呜!"一个个很快地跑来了。

"不管他,前进! 出了个山口子打也不怕他!"

我们的队伍继续向前移动了,张爱萍这样谈论着说:"为完成主要的任务还是同他进行外交,否则百多里的行程,又是晚上,又要翻山越岭,真不好弄呢!""缴他的枪当然很容易的。"王明慢迟迟地说出同意张爱萍的意见,问题就是明天不能在十二点钟赶到。"赶到北盘江是主要的,政治委员的意见,我同意。"吴信全肯定地说。

队伍很快地通过了田垄走出了山沟,他们一边走一边不绝地互相谈论着,一些特务员说:"噫,这送来的是什么人?"

"报告！政治委员！"一个通信员持着两个戴瓜皮缎子帽的两个二十多岁的先生装束的人向张爱萍敬了个举手礼，"营长要我带来的，说是王司令派来接头的。"

"我们是司令派来弟兄欢迎大军的。"一个年纪稍大一点的行了一个鞠躬礼说，"我们不知大军今天到此，没有远迎，哈！哈！请原谅原谅！"另一个带着虚伪的奸猾的神气的也把头点了两下。

彼此客气一会，互相谈论一些关于北盘江的敌情、沿途道路等等事情。

天已经夜了，因为从早出发还没有吃中饭，走了一天大家都需要休息一下，同时只有九十里路了，于是队伍就在王司令让出的房子进行大休息。

政治处的主任王明同志与保卫局特派员吴信全同志任"外交大使"与王司令进行交涉谈判，结果甚为圆满。

由王司令派了一个副官带路作向导，并沿途与各隘卡交涉，红军后续部队也不加以任何阻拦，并且慰劳红军许多白米与猪肉，使我们的部队在夜间在各关卡"通行无阻"。

二、迅速徒涉过去，占领对岸阵地

经过昨天一个整天与一夜晚的急行军，终于在今天十一时赶到了北盘江。

北盘江的水的流速不大，宽不过二百米远，照水势是可以徒涉的,但水究竟有多深,我们还无从测量,河的对岸矗立着高有十里的大山,由此向下游走五十里便是百层河比较热闹的一个渡口,从此地去百层河的中间五里处,有名叫孔明坟的地方,相传为当年诸葛亮死后埋葬此处。

"听说由贞丰城这几天有兵队开来。"

"冬腊月是可以踩水(即徒涉的意思)过,而今不知。"

"要在百层才有渡船。"

我们从一个王司令驻守北盘江河的某连长(只有三支步枪的连长)处得来的情况,相信是可靠的消息,因为王司令派来带路的副官先生与他交涉了,要他无论如何帮忙红军。

队伍是拥挤在河岸的河滩上,大家都拼命地喝水,因为走了四十里的山路全没有一口水,连泥水也找不着来喝,所以一到河边,都你一碗我一碗的饱喝了一顿。

这时北盘江还没有到敌人,所以很太平无事。

"试一试!"张政治委员踌躇后毅然地说,"浮水浮得好的同志,先探一探,不过去不行呢!"

"是的!"王主任有些着急的样子,"假使敌人到了就糟糕了!"

"我先去,会水的跟我来! 勇敢些吧! 同志们!"蓝参谋长把衣服裤子脱得光光的,手里拿了一根木棍子首先走下去水了。

"机关枪连占领阵地! 掩护渡河。"机关枪在河的我岸展开了,准备一发现敌人就开始射击。

"行哟!"蓝参谋长徒涉到河的中间,喜欢地喊了,"政治委员！可以徒涉。"

"陈排长！"张政治委员在蓝参谋长刚要徒行到彼岸的时候发出了命令，"侦察排首先迅速徒行过去，第三营也开始徒涉！小孩子留下来，待桥架好再过去，黄营长迅速徒涉过去！占领对岸阵地，如发现敌人坚决地打坍他！"

"掩护渡河！"

"同志们！"王主任提高了嗓子，走到第三营的队伍中大声地说，"我们的任务才完成一半，主要的要靠这一下趁敌人还没有到，迅速地徒涉过去吧！"

河里的水不住地在响，裸体红色英雄们，都做着一样的动作，左手举着枪，右手举着子弹衣服和行李，一个靠一个嬉皮笑脸的欢欢欣欣地向河的彼岸徒涉过去，侦察排过去了，第七连八连九……都接连着的在渡河。

"侦察排与第三营迅速地爬上山去！"张政治委员站在河这岸说，"本部占领那个阵地！"

侦察排在前，第三营在后，一队队很迅速地向那山顶上爬去，其余的继续着在徒涉着。

"对了，侦察排到山顶了。"

"啪！……"

当侦察排刚爬上山顶，当第三营隔山顶十五余米远的时候，敌人恰与侦察排相遭遇，还有一些敌人风驰电掣般在从山脚往山顶爬上来，被我侦察排的轻机关枪配合着手榴弹一打像死狗样的坍下去了，第三营也赶上来了；侦察排在上面，第三营在右侧面,从上而下地压下去了,敌人像水样的坍下去了,接着就是一个猛追,直追到二十余里,才收兵扎营。

据俘虏来的俘虏兵说:敌人一个团从贞丰城开来这里,遏阻渡河点,阻滞红军过河,因为他们知道这两天要从这里过云南。

"险些不好弄呢! 如果敌人早十分钟来占领了这带山。"
"终竟我们争取了先机之胜利!"

三、"还是假打一下吧!"

在到北盘江以后,即由蓝参谋长率领十一团之第一营经孔明坟沿江而下占领百层,控制百层渡河点,便利军事委员会直属队与第五军团及其他部队渡河。

百层是北盘江的重要渡口为贞丰兴仁的门户,常驻有重兵把守。

是黄昏以后的时候,第一营到达了百层,所有的渡船与商船都停泊于彼岸为犹国材之一营派兵看守着,河水深不可测,自然也就不可徒涉了,并且由河岸到贞丰城必经过一个干口(从大山中间凿了一个口好像城门一样),这就增加了我军渡河的困难。

"不管他三七二十一,把机关枪架起来打了再说。"蓝参谋长这样向田营长说。

"啪! 啪! 啪! ……"
河对岸的敌人并没有还枪,只是抱卡子以及河岸的灯光完全弄熄了,并没有看见敌人有什么动静,于是我军休息下来了,除在沿河布置了警戒外,到处征集架桥材料,准备拂晓强攻。

"除了强攻,是别无他法了!"

"报告!"一个小哨的排长向田营长报告情况,"河中间过来了一只船,不知道做什么的!"

大概是晚上十点钟以后了,守百层的敌军营长在红军的声喊之下,不敢与战,派来了他的副官长来同办交涉,探听我们的行动,他异常懦弱,与其说是客气,宁肯说他"卑鄙无耻"还更恰当一些。

"只要过河,什么也不要!"这是我军向副官提出的,当然还是带着些外交式的客气,经过以实力作后盾的宣传之后,得到了这样的结果:把船给红军渡河,借路给红军过。

"究竟我们为什么……"那副官多少带着些不好开口的样子,但他终于说出来了:"上级有命令,就是这样的过去,似乎不大好,还是假打一下吧。"

半夜的时候,渡船一只一只地从河的那岸摇过来了,同时问对岸敌军(似乎是"友军"了)的灯光也燃起来了,但那灯光慢慢地向这处移动了,我军也就不客气地驾上船一船一船地渡过去,依约假打了几枪,可是那些狗儿子队伍太不沉着了,一听到枪声有些灯光又打熄,队伍也紊乱起来了。

我军就在这样"还是要假打一下吧"的情况下安然的渡过去了,百层的渡河点就这样不费吹灰之力控制在我红军之手。

"控制北盘江渡河点的任务胜利地完成了!"

四、"机关枪多得很咧!"

胜利地渡过北盘江以后,为封锁铁索桥以迟滞关岭、安顺之线的敌人使我西征红军顺利通过贞丰、兴仁,越过七盘山进入云南地域,十一团(缺第一营)于渡北盘江之次日奉令经者相、坪街向铁索桥前进。

沿途道路崎岖,高山峻岭异常险恶,人烟稀少,树木丛生,为人迹罕到之处,在路的两旁,除高矗云表的石山一处,便什么也没有,要上山了便是爬了一层又一层再一层,要下山了便一直下又下再下;真有"一夫当关,万夫莫开"之概! 这是从江西出发以来,没有看见过到的高山峻岭,所以四十多里的行程我们足足地费了六个多钟头。

第一天到达了者相宿营。

是第二天的十三点钟以后,逼近了坪街,经过约半小时的战斗,击溃了驻守坪街之敌,占领了坪街。据俘虏的白军犹国材的士兵说:驻守坪街的敌人是一个营,还有刚刚由铁索桥开来了中央军一个营,这一营他正开头煮饭的时候,就是我们红军向坪街攻击的时候,敌人听见打枪不问青红皂白地就开跑了。所以使我军没有受到损失的攻占了构筑有防御工事的坪街,并缴获了一些,虽是不多。

坪街是关岭城铁索桥到兴仁必经之道路,所以经常有重兵扼守,并没有电话联络,因为敌人退得异常狼狈,所以电话机仍是好好的没有动,供给我军与敌人暂时联络的工具。

"等我来试他一试吧!"张政治委员说了,就开始试与敌人讲起话来了,"喂,我坪街啦……你哪里?"

"我关岭咯!"关岭城敌人这样的答了,"坪街怎样了?"

"没有什么,"张政委假冒敌人的回答了,"只几个土匪来扰乱了一下,已经被我们打跑了。"

"啊!你们要注意呢!"关岭敌人异常关心担忧地问,"有一个营到了没有?"

"没有看见到队伍咧!"

"快到五点钟了,"敌人大概看了一下钟点后,很放心地说,"等一下也许就会到的!"

敌人说完这话以后,把听筒一挂走了。

我们这面也同样停止了通话。

"铛!铛!铛!……"

电铃响起来了,总政治部巡视员周碧全同志接电话了:"我是坪街……还没有到啦……是的,天快晚了!……没有什么事……好,到了打电话报告你。"

过了一会,关岭城的敌军师长又从电话中问他说:"关岭县长报告坪街到了'共匪',你们说没有,究竟怎样的?"

"哪有的事呢!什么也没有。"王主任在电话中回答他。最后敌军师长发脾气地说了一句:"狗县长真造谣捣蛋!!"

以后我们从敌人的电话中,听到住在龙场的一个敌军团长打电话给关岭城的敌军师长,他说:"坪街已经早被红军占领了,驻坪街的两个营,被击溃散乱在四处山上……"

"有多少'共匪'(称红军)呢?"关岭的敌军师长惊讶地问。

"一千多两千人……机关枪多得很咧……"

"咳!我们也很多呢!"关岭城的敌军师长丧气地回答,从此电话也不通了。

我军乘夜向着铁索桥前进,又一连夺取了敌人守铁索桥敌军的两阵地,后来因地势十分险恶,而敌人又占领优势地形,我军也不得前进,敌人也无法夺回他的阵地,就这样与敌人相峙一个整天及两个整夜。

铁索桥虽然没有占领,然而由于坪街的占领,截断了关岭与兴仁贞丰的敌人,使我主力得顺利地夺取了贞丰、兴仁两个县城。

九月三十日(即八月中秋节)于红大

禁忌的一天

■ 童小朋[1]

大概是贵州和广西边境吧,在那里正是少数民族——苗区的当中,四面是那样高大的山,沿途很少村落,的确是一块"地广人稀"境界,尤其是那些从来没有看过军队的苗民们,一看到这许多的队伍来,就"逃之夭夭"了,更增加了我们红军中的许多困难。

为了急于赶路到达新的地区,急行军已经两天了,明天还要这样做。

上山下坡爬岭过坡,走了一天还只走得六七十里路,宿营地没有到,虽然天已黑,肚子饿,腿已酸了,神已疲,仍然继续向宿营地前进,不然在大山上停止,既没有房又没有粮,不但是要露营,而且还要挨饿——就有粮食也根本没有办法煮饭。

夜深了,弯弯的月亮,已经高到天顶,始到达预定的宿营地(不明说是露营地),整个的直属部队,只十几家房子,所以只够煮饭用,队伍就在那村子的河对岸的稻田内露营,一些患病和体弱的同志与伙夫们就进了房子。

露营是我们经常的事,尤其是在这热天,更为大家所乐为。

---

① 编者按:原书如此。应为童小鹏。

在那里把稻草垫在地下，雨伞撑在上面，不感觉热气逼人，也不觉得蚊子吮吸，连露水也沾不到，真是一个很好的睡觉的地方。

睡到大天亮，正是席坐用餐时，忽由司令部送来通报，说今天行进的途中，因系深山密林，时有瘴气，水含有毒，禁止在途中喝冷水，以免中毒，并由各部先派员到途中烧开水，出发前须带开水。……这一来，大家都表现非常奇怪，将信将疑地，"瘴气究竟是什么？为什么过去爬过更大的高山，走过更密的树林，从没有听到说什么山上有瘴气，水里有毒？……""或者因为在深山密林中空气不流通所致"，"莫非那些水是由有毒的地方出来的？"……各种不同的猜想在大家的中间，嚷着或想着，然而大家相信司令部的这种通报是有根据的，虽然有许多同志都不相信，莫名其妙，但因为这样也不得不要想办法来对付，不然万一是真的中到毒，在这些地方是很危险的。

各部队的负责人，均分别在传达了，每个战士听到后，均万分惊奇，然而大家都怕这是真的，于是每人都争先恐后地用水壶、葫芦(贵州特产的一种瓢瓜，形似葫芦，去其中之瓢及籽，即为水壶)满灌开水，很多平时惯于喝冷水，从来不带开水的同志也带起来了，开水完了，河里的冷水也带它一壶，因为这条河的水尚不在禁忌之例。

山越上越高了，天气越来越高了，大家都汗流浃背，这时不吃水是不行的，但是带的水只那样一壶，路上的水又不敢吃，到大休息烧开水的地方又还那样远(三十里)，而口又干得那样燥，没有办法，只得开始喝带来的水。但今天就不同以前了，如果在以前这样热的天,一回喝一壶还不够,而今天就只能喝口把两口,稍微使口润润就够了,真比起喝人参汤都还要宝贵。有些同志以为"现在还未到毒的地方呢",想早喝点路上的水,而把自带的保存起来,但是这禁令,谁容许你呢?谁让你去喝水中毒?碗还未解下时,大家就已经吵着的阻止你,使你不得不暂时忍耐,不敢去冒险。

山上的最高的时候,太阳也是升的最高,天气是最热的时候,而汗也流得最大,口最渴的时候,谁禁得住不喝水呢?喝那一口,连嘴巴也打不湿,于是很多同志开始禁不住,一口又一口地喝,不几回就喝得精光了,然而山仍是那样爬,天气仍是那样热,口仍是那样渴。

我是最相信的一个,我生怕中了毒,口渴了,把口水润润嘴巴,或想些自己骗自己的办法:"到大休息喝开水地方不远了,多忍耐一下。""前面山上有杨梅,吃杨梅就可以止渴"等,这虽然是在心理上来解决的办法,但却有些效果,尤其是想到杨梅时,口水就津津而来,相当可以敷衍一下子,到不得已的时候,才喝口把带的开水,因此我到了休息的地方,那葫芦里面还存留着开水呢。

才下到半山,发现一流清冷的泉水了,这时真使大家难过。如果喝吗,又恐怕中了毒,在这大山上走不得怎么办?毒死了怎么好?不喝吗,口里已渴得连口液都没有了,这时的决心真比高级司令员下打大仗的决心还更难。

有些"勇敢"的同志,便不管他三七二十一,解下碗来就喝,比较"犹豫"的同志，就也随着去喝，不过少喝一点，那些"动摇"的同志看到他们去喝了，一边喝一边"大概没有毒吧"地讲，或者解开碗，走去给人阻止又折回，或者把水漱漱口就罢了，这是一批人；另外一人便是"坚决"的了，最"坚决"的就是坚决地反对他们喝，阻止他们，喊住他们，比较"坚决"的就自己不喝，仍忍耐着向前去，至于负着领导责任的同志，一方面是较"坚决"一方面是要以身作则来管理同志，所以多不敢去喝，只是阻止其他同志，自己仍旧忍耐着。

仍是在大山里几间小房子的地方，就是大休息了，树子里树荫下，到处挤着身疲口渴的人，房前房后也架着正烧得火气腾腾的行军锅，开水一送来时，大家都像饿鬼拾馒头一样，不怕热也不怕烧的，舀着就喝，甚至有些同志喝得太慌了，连舌子也烙痛了，喝了一碗又一碗，似乎路上没有喝，在这里要补充，而且要准备明天的水分一样。

正在喝得高兴时，忽听得收容队的同志来说："某团一个战士喝了水，肚子胀得很大，过了几个钟头才好。"这一消息传来，使在路上喝过水的同志，又惊又喜，惊的是恐怕也中了毒，喜的是他们喝了水现尚无恙，大概是不成问题了。午饭后仍继续前进，但至夜深仍是在稻田露营，不过今天——危险的今天，禁忌的今天过去了，喝了水的同志仍安然无事。

今天这一谣传究竟是怎样，至今仍是莫名其妙！

长征中九军团支队的段片

■ 王首道

一、九军团掉大队了

我中央野战军运用了非常巧妙的机动,实行第二次渡过乌江时,军委命令,留九军团在乌江北岸牵制敌人,起特别游击支队的作用;后来又奉军委命令,连夜急行军,赶到乌江边上的沙土,掩护野战军渡河,我们因有特殊任务,没有渡过河去,当时有个同志说:"九军团掉大队了,我们是不怕困难的,愿意随着中央红军打遍全中国,死也不愿掉队,脱离我们的朱总司令呵!"后来我们找他谈话,他才知道我们是担任了特别交队的作用,不是掉队了!(这是四月初的事)

二、老木孔山林内伏击犹国材

大约是四月三号,我们得到农友的报告,知道了犹国材五个团从鸭溪向老木孔我军进攻,我们马上埋伏在离老木孔二十里的山林内,佯为溃退,等到敌人不备,摆着一字阵前进的时候,我们便从右侧向敌人突击,猛虎扑山羊似的从中截断敌人,使他首尾不能相应,只得被我各个击破,大败而退。结果我们将敌人五个团完全击溃,缴获步枪百余支,每个战士都笑嘻嘻地说着:"今天何跛子(指政委何长工)、罗胖子(军团长罗炳辉)指挥得好,不然我们要吃大亏呵!"

三、瓢儿井干人儿抢盐

在我们占领瓢儿井(毕节属大市镇)的前一天(四月七日)我们借国民党中央军的名义,不响一枪,将长岩民团反动武装七十余支枪全部缴械,当日继续夜袭瓢儿井,将该市敌军大部缴械。次日天明,没收反动首领盐庄,一小时之内,号召了一千多人分盐,因为如山如海的干人儿争着要盐,后来大家抢盐,闹得非常热闹。附近许多苗人也来要盐,往来背盐人好像蚂蚁子一样,忙个不了。

四、贵州青苗的歌舞

我们由瓢儿井到八坝一带,沿途有许多青苗,因为他们知道红军好,分了盐给他们,所以他们对我们不但不害怕,而且都出来看我们。只是在沿途喊话中,便有九十多个苗人,随我们到宿营地来,我们政治部请他们会餐,我们向他们宣布红军对弱小民族的主张,他们热烈地赞成我们的主张,痛骂国民党军阀的苛捐杂税,马上组织了苗民自救会,成立了苗民自卫军,我们发给他们十余支枪,他们都很高兴,其中有几个更开通的,唱着苗民的山歌,跳着苗民健身的舞,还奏着苗民的笛,使我们感觉有一种特殊的风味。据当地熟知苗民生活者说,苗民朴实耐劳,文化落后,与汉人言语难通,受汉族军阀官僚压迫剥削非常厉害,生活甚苦。风俗习惯与汉人大有不同,头上结发,妇女穿裙子,不穿裤子,全家同住一室,不分老幼男女,传云,男女结婚不用媒婆,到了男女结婚年龄,在牧场上互相歌舞,认为合意的便订为夫妻,但须至第二年才能由男家请了许多打师傅,将新娘抢回去,才能正式成为夫妻。女人未嫁前,以私通男子愈多愈为荣耀,认为青年妇女引人爱是好的,没有人爱,反认为不好,但女子出嫁以后便不能与人私奸,原来女子在未结婚前与另一男人有私情的,女子便送一匹苗民的粗布给男子,叫做断郎礼。

五、险遇北盘江

四月二十九号我们接到军委电令继续西进,渡过北盘江,当时前后都有敌人,情况是很紧急的,同时北盘江水势很急,号称小黄河,在我们渡河点已经有了敌人的重兵,只得找农民带路,得到农民的引导,找到一条奇形古怪的小路,看见河中有许多高耸的大石头,我们采了一些木棍,将木棍架在两个大石头上,然后接着一个个爬过这条恶水,骡马则请农民带从另外一个小口子(仅只有这一个口子),浮过来了。许多战士说,这奇怪的水生了这样的石,我们从这奇怪的桥爬过来,真是从有生以来没有见过的。

六、红军吃不完的宣威火腿

经过了困难和危险,我们到达云南宣威的好地方了。首先于四月二十五日占领板桥,半夜袭取宣威,敌人逃走,我们即于二十六日拂晓入城,没收了一家反动的大土豪,他家的火腿堆满了几房子,我们这些红军是吃不完的,就是颇有名的宣威罐头也没有拿得完。后来大批地分给群众,有许多贫民一个人分得了两三个火腿。宣城及附近群众争火腿争得非常热闹。许多人说:云南有名的火腿,这一次总算给我们红军和老百姓吃够了。

七、东川民众的革命潮、扩红潮

云南宣威东川一带干人儿对于红军是非常热烈拥护,当我们进攻东川,在离东川城三十里的者海休息不到一点钟,便在散发积谷的一个号召之下,扩大八十多个红军。等我们围攻县城时,更有许多干人儿向我们报告消息,说:"我们都欢迎红军的,只是县长杨茂章压迫我们守城,城内只有民团三百余,他们都不愿守城。"我们得到这个消息,便一面宣传写信,进行外交方式的工作,一面准备攻城,至下午三时(五月四日),城内派人出来,答复五时准我们入城,但是可恶的县长,仍要压迫民团死守,我们便提出只杀反动县长一人,决不伤害一个老百姓,结果人民欢迎我们进城,东川巩固的城,不攻自破了。我们到城内,红军纪律真是秋毫无犯,只是根据群众的要求,逮捕县长杨茂章,最大土豪恶绅刘二老爷,经过将万人的公审大会,一致公决枪决了。全城内外民众,都说红军为民除害,男女大小都说从来没有看过这样好的军队。我们因为敌情紧张,仅仅在这城内驻了一天半,散发了一万多石土豪的谷子,筹款六万余元。干人儿如山如海似的涌入红军,不到一天半的时间,便扩大了八百多个红军。这是我们从来没有听过的白区的扩大红军的成绩。

八、云南边境一带的凉山人(彝民)

九军团支队进入四川披沙、松林坪一带,大多是彝民,当地称"凉山人",多居山地,生活非常痛苦,性情非常强悍。当我们由松林坪通过到普格县时,途中掉队的被彝民杀了几个,后来经过我们的耐心工作,才争取一部分彝民回家,并有三处彝民送牛羊慰劳红军,我们也送给他几支枪,他们非常高兴,便送我们几匹马,经过许多送礼招待的关系,我们接近了这个被国民党认为野蛮的民族,后来帮助他们成立了彝民民族自卫委员会,并扩大了三十多个彝民红军。

一个团与一个师谁胜

■ 艾平

上午八点钟的时间我十一团已迫近白水城。

白水为云南、露益县的一个分县，城墙已倒坍，胜利地占领了白水城。

为要掩护我红三军团在白水宿营起见，十一团在占领白水以后，前出白水中间平彝县十里处警戒，与已被击溃之敌相对峙。

大概九点钟以后，敌飞机高翔于白水城附近一带天空，大施轰炸。正在这时候，恰遇我军团司令部及直属队到达距白水城二十余里之地域，此地域，地形开阔，除些许树林外，别无旁的隐蔽地，因此被敌机轰炸遭受了相当损害，军团政治委员杨尚昆同志，也在敌飞机轰炸之下，足部受微伤。

因为从平彝增援白水之敌军未赶到，所以，这一天无大的战斗，就是这样平静地过去了。

昨天的夜晚，增援白水之敌，后到达了距白水二十里之某圩场宿营（距十一团警戒地仅十里）。据我侦察排侦察敌情所得约二师之众，估计敌人有于今晨向我攻击，企图恢复其昨日失去之白水城。

五点钟以后我三军团主力继续原有任务，经白水向露益方向移动了。占领白水只是为扫清前进道路的目的，当然，十一团就是担任着继续掩护的任务。前线炮声隆隆，枪声啪啪，与增援白水的敌人进行顽强的战斗，后面部队加速地在运动。

因为在马路上运动队伍速度比较快，所以军团主力的一部（其余一部已于前天超过了白水），在十三时以后，已全部通过了白水城。

敌人是六点钟的时候就开始向我攻击。

估计敌人兵力五倍于我，同时我军又不是与敌进行顽强的抗战，因此采用了运动防御的战术与敌人相周旋。

战斗的开始我军布置了很宽（约三里）防御正面，这就迫使敌人不得不将队伍大量的展开，展开在我正面的敌人的三团的兵力，而后面远跟随着尚未展开的后续部队。

真有点可笑！敌人的指挥官上了我们的老当，我们仅仅只一个营构成了约三里的宽正面防御阵地，敌人竟以为我军是大部队与之作战，所以规规矩矩地展开了偌大的兵力向我施行正规的攻击。

说也有趣，当敌人兵力正展开，刚向我攻击时，我军又不顽强抗战，而自动撤退，这敌人又不得不集结其已展开的兵力。

就这样展开、搜索、集结、展开、搜索、集结，使得敌人兵力疲惫，浪费精力与时间。而我军呢，毫无损害，既没有伤亡，又没有什么疲劳，所以直到十五点钟后，敌人才前进了十三里地，占领了昨天失守的白水县。

敌人的胆子异常小，当我自动撤退了阵地，他老是不敢大胆前进占领也更加说不上跟踪追击了,敌人每占领一阵地,必须经过炮轰,机关枪射击,尖兵搜索,然后一班、一排、一连、一营地集结,在集结后的继续前进时,又必须经过那一老套公式。假使没有经炮轰机关枪射击,搜索的公式后,他的主力老是不敢轻举妄动地前进一步。

的确,敌人这天的弹药消耗了不少,然而于我军没有丝毫的损害。

所谓蒋介石的中央军,也不过"如斯而已矣"! 偌大的部队与红军相遇即胆子小如鼠,无从施其伎俩。

十月二日夜于红大

"五一"的前后

■ 莫文骅

巧渡金沙江

1935年5月,红军四渡赤水后,蒋介石调集几十万大军围追堵截红军。毛泽东在对敌人作了全面分析后发现,蒋介石的注意力主要放在防止红军渡江北上方面,而在南面方向却没有部署多少兵力。于是,毛泽东抓住蒋介石在战略部署上的漏洞,及时改变了渡江北上向四川发展的计划,乘虚快速向敌人力量比较薄弱的云南前进,指挥红军西渡金沙江。

金沙江位于长江的上游,江面宽阔,水急浪大。1935年5月,红军挺进金沙江,先遣部队在当地农民的帮助下,找到了两条小船,并乘坐这两条船悄悄地渡到北岸,一举消灭了敌人一连正规军和一个保安队,控制了皎平渡两岸渡口。后来,他们又找到了五条船。5月3日至9日,红军主力就靠这七条小船从容地过了江。担任后卫的红九军团在南渡乌江以后奉军委命令一直在黔西绕圈子,时东时西,忽南忽北,牵制了敌人部分兵力,确保了红军主力平安渡江。

巧渡金沙江使中央红军跳出了数十万敌军围追堵截的

圈子,粉碎了敌人围歼红军于川黔滇地区的计划,实现了渡江北上的战略方针,取得了前进中的主动权。

一

正是炎夏四月,转战万余里的长征的红色干部团(即红军大学及步兵学校合编的)的英雄们,在酷热的干燥的太阳曝晒之下,背着枪弹、包裹、粮食,向北迈进着,汗珠儿滴滴地流出,衣服湿透了,钢帽发热了,有些赤足的脚也发红了起来! 开着口,喘着气,艰苦的行军。

很疲倦的时候,遇着零星树木,便休息一下,拭了一把汗,喝了两口冷水,精神又恢复了,继续地走,且引吭高歌唱着"炮火连天响……"

四月二十九日的那天,干部团前进至离天险的金沙江(即长江上游,是四川与云南交界处)二百八十里的彝民地区,接到军事委员会的命令,着干部团"五一"夺取金沙江!

这是于整个北进战略方针的完成有决定意义的任务。因为只靠这一渡口渡河,其他渡口均被敌人占领了,扼守对岸,而且烧毁了船只,这一渡口的敌情又不很清楚,在那时敌人以十多万兵分三路向我们追逼,如果夺不到这一渡口,则前无去路,后有追兵,将不知有几多的艰难险阻呢!

接到这一命令,谁个也知道是危险艰难的任务,但是大家都能相信,在共产党中央的正确领导之下,已经克服了许多的困难,这虽然是艰难危险的任务,坚信可以完成的,可以战胜天然的人为的一切障碍。

未明的三十日早上,稀少的晨星,还在闪烁,在黑暗的宇宙里,慢慢地稍能看出一条淡黄色的曲折的原始道路。那时儿,前卫连——政治营第八连的同志吃饱了饭,武装起起地勇敢地而活泼地向北前进,去担负伟大的而光荣的任务了。

政治八连,均是青年的政治干部——亦即是最好的共产党员与青年团员。

行行,天明了,再行,天热了,又行,啊!炎酷的天气迫人太厉害哟!可是那一群英勇的大有希望的英勇干部,虽然有些才十六岁,他们依靠着政治上最坚定的意志,和万余里的长征中锻炼过的妈妈生的两条腿,克服了沿途的一切困难,整天走了一百里!

连日行军,已觉辛苦,而今又赶路,的确,疲劳了!脚也酸痛了,那被汗所玷污了的衣服,更有些酸臭的气味。

"明天还有一百八十里呀!"他们的连长这样说,"并叫大家快些休息。"于是赶忙用热水洗脚,喝开水,并吃了饭,都休息了。

正在睡得很舒服的半夜,他们被起床号吹醒了,急忙忙地吃了饭,整理武装又出发。

"我们要夺取金沙江纪念五一!""夺取金沙江北上抗日!"这是当晚半夜出发时的政治鼓动口号,那一群英勇的只知为党的路线而奋斗不顾自己的生命的青年政治干部们,齐声拥护誓死夺取金沙江,并唱着红军胜利歌,为自己的胜利前途预祝。

战备姿势的一百八十里的暑天急行军,行—休息—爬山—下岭,大家互相鼓励地前进,直走到天色将黑,听彝民说,只有五十里了,这给了大家以很大的鼓励。因为已走了一百三十里了呢!再走,天慢慢黑了,又过了五个点头,天已二更时分,从一个高山陡直地下去,那是在广漠黑暗的太空里,除了半明不灭的淡月和初起的稀散的几颗微星外,一切都是黑暗死寂的!人们的脚步,也轻轻地走着,生怕惊动了寂静之神似的。一会儿,不远的前面,随着微风慢慢地送来"沙……沙"的声响,突然打破了战士们在黑夜里行军的寂寥!"听!——细听呀!""这是河里浪涛的声音!难道这就是金沙江河畔不成?"一个小同志,惊讶地注意地一面走一面说。

前进哟!大家同意小同志的判断,而抖擞精神地前进!因为河水的声音,是万余里的长征中的他们的经验所易于判断出来了的。现在,一百八十里的长途,被他们坚韧不拔的毅力所征服了。

的确,金沙江已映在他们的眼帘,急流的水,不比远听时"沙……沙"的声音,滚滚的波涛汹涌澎湃的宛如万马奔腾似的,真是"浩浩长江水,莽莽向东流"啊!在黑夜里,只见月影在波涛里抛去抛来,河中明显的景色,看不分明了。

突然间,对面来了几个人,有一个携着一只灯笼,"大约是敌人的巡查吧!"他们自己想,因为想得到情况的缘故,要捉活的。于是,迅速地将一班队伍散开埋伏,其余队伍停止。来近了,近了,正要动手,再一看,啊! 原来是熟人! ——是派在前头的便衣侦察呀! 居然大摇大摆的来!

侦探告知了敌情与渡河点,于是迅速秘密地接近河边,那里正横着夜渡无人的,两个小艇,他们当时好似哥伦布发现新大陆,喜欢到了极点,差不多要大笑起来,但是又忍住了。

渡河,两只艇可以容三十人,于是一排人先渡过去,撑艇的是我们先预备了的好手,轻巧玲珑的小艇,在那约三百米达宽的急流中,飘忽地过去了,在浪涛中,有些被水花所溅湿了衣服,有些头晕了,然一到岸也就好了。

黑沉沉的夜半,不知道船靠岸的地方,只管靠岸就算了,一上岸走了几步,忽发现一个黑影在几米远的前面,见着向后便跑,战士们跟着便追,不到十米远,到房子外,那个黑影将房门乱打,急急地叫着:"开……门!"什么原因是说不出的,追到了,一把捉住,原来是一个守河岸的哨兵! 那时里面听到打门,很不高兴骂:"见鬼么! 半晚来打门!"说着便不应,即时又听到另一个人的声音:"白板!""三索!"……从一线的火光射出的门隙中,看出是打麻将的,同时阿芙蓉的气味随着微风袅袅地浮出,触鼻生香,战士们开始拍门了!

——开门哟,先生!

——干什么?

——过路的。

——过什么路? 明天再来。

——我们过路来纳税的。

——纳税么？好！好！

里面听到"纳税"二字，有一个人急忙地出来开门，因为他们是厘金局，红色战士们到门时，便在黑暗里稍能看见他的招牌，所以叫纳税，厘金局的人抱着满腔的希望，可以抓一手钱了，可是事情往往是难想象的，超乎他们的意料之外，才开门就被捉了。

继续地一、二、三、四、五……捉了一个房，便捉别个房，赌牌的，吹烟的，睡眠的，都捉他个精光，共六十多人，内中有三十多武装兵啊！没有打枪，也被捉了，真正饭桶！

厘金局剥削来的税款共五千元，亦被没收为抗日基金了。

不费一枪一弹，不损一人，也不掉一个队——当然脚是走痛了——垂手夺取了天险的金沙江，开辟北上抗日的前进道路，创造了古今中外人类斗争史，特别是战争史上光荣的第一页！胜利的纪念了红"五一"！艰难危险的任务，就此宣告完成！

写到这里，我怀想到抢渡金沙江的领导者中的霍海源、林芳英二同志，他们到陕北时均任团长，在残酷的战争中牺牲了！

霍、林两同志的英名，和金沙江战争的光荣历史永远并存于世！

二

"这是危险得很！"

捉得许多俘虏之后，知道明天便有一营兵前来扼守，并着令赶快破坏船只,断绝交通,因为知道"共匪"可能渡河的。于是有些同志,听了便叫起来,如果真的来了一营兵,破坏了船只,真是仙人也难渡过那惊涛怒浪的金沙江!

干部团的主力陆续赶到了,急忙忙地连夜渡河,但随你如何地急,一次才能渡三十人,过去的时间不到十分钟,船的转回,非半点钟不可。

又是一个大问题了,河水之急,河面之宽,没法可以架桥,那两只小艇爬来爬去,整天和一夜只能渡一千三百二十人,那么,渡整个方面军,则非一个月不可了,这还了得!于是分头派小部队弄船只,结果,弄来了九个大船,经过我们的宣传、鼓动,许多同情于红军的撑船工人,纷纷地替红军撑船,这又是一件成功的事。

啊!扯远了,回转头来,说到当晚的情景。因疲劳极了,除了必要的警戒外,都在沙滩露营,一觉醒来,天已大亮,转头回头,哟!一幅有诗意的图画!万山重叠,高插云霄,峭壁悬崖,令人惊心动魄!树木稀少,零星的枯草,点缀着光山,那齐天大圣的子子孙孙在石壁中攀去攀来,忽而对人们看,忽而怕人们似的躲进石崖里去了,红日初出,映射在沙滩上,一片光沙,闪着黄金的颜色,金沙江之所以出名,大概就这样的。

一群英勇的战士在河边洗脸,因为河水清凉,大家吃他几口,全身凉爽,不是"饮马长江",而是饮人长江啊!

接来无线电的命令,干部团又要履行新的任务了,即刻出发向北进,占领离河岸二十里的通安,这是一个重要的据点,于是留一个连维持渡河秩序,其余出发了。

"蜀道难,难于上青天!"进四川的第一天,生活的遭遇,不得不使我们回忆起古人的诗句。瞧!电光形的石山路,只可容一人,曲折盘旋,崎岖险恶,为了要抢登山顶,所以抖擞精神地爬上,以免被敌人可能先机占领。

上了两点多钟,快到山顶了,路更为险要。

"啪!……啪!"山顶的隘口向我们的前卫连打枪了,这真糟糕!然而不顾一切地,间隔距离远一些,继续前进,因为大家都知道,只有前进消灭敌人,才有生路,退后,便是死路。

"哗啦!……哗啦!"呀!山上的石头,从队伍的中间滚下来了,滚时是大块的,越滚越破,结果成炸弹一样,四面飞下来,好不厉害!中了,打中了我们好几个同志,有的中脚——走不得了,有的中头——破了,有的中身——肿了,有的……那时前面打枪,中间滚石头,前卫连表现着踟蹰,难于应付,想找别条路,又是没有的!

那时,两个问题尖锐地摆在前面:退后或是前进?没问题的,退后是不可的,问题只是如何战胜困难。有了!用机关枪掩护,还是一个一个地跃进,团部于是继续地吹前进号,并派员督促领导,政治工作人员也起劲地鼓动,于是又前进了,那时,正所谓"千钧一发之秋"呢!

战士们跃进时,看看石头滚下,便向石壁一闪,待石头滚下去了,又迅速勇敢地跑步通过危险界,待敌人发觉滚下第二石块时,已跑到了相当距离,到可以隐藏的地方了,那时又要注意前面敌人的枪和石块,每个人都是这样。费了一些时间,才运动一个尖兵排到离隘口约一百米远的一个死角集结。那时,敌人的枪更密了,我们的机枪也快放了,后头部队也继续地跃进,只听"啪!啪!"的声音和"哗啦!哗啦!"的声音,互相交响,同时应枪而倒及被石打得头破血流的我们英勇同志,也被我们看到了。

冲锋号一吹,一个个英勇的同志,各个利用一些稍为可以利用的石崖,纷纷地向隘口爬去,攻击。激战一些时,我们同志虽有伤亡,但不顾一切牺牲,卒将有险可守的敌人打坍,他们向通安逃走了。虽然如此,但到底还不知敌情,因为没有捉到敌人。

三

山顶被我军占了,这是离通安十多里汉彝杂处的地方,前卫营不顾一切地跟踪追击,跑步到了通安。主力团为要在山上布置警戒,以防万一,所以前进时,已离前卫营约十里了。

通安是靠在山边的一个普通的小街,前卫营到时,一个猛攻,便入街了。敌人四散向后山逃走。当时缴获了一些枪炮,因为兵力薄弱及敌情不明,只见右边山头似有增兵的样子,于是将队伍迅速退出街道,占据山顶,以待主力。

主力到了,重整阵容,布置攻击。那时,敌人因我军退出而恢复了通安,占了几个据点。

"同志们!"我们进行战斗的鼓动了,"我们坚决消灭当前的敌人,以掩护主力渡河,开创新苏区,一营和三营冲锋比赛好不好?""好!"轰然的一声,惊天动地!于是选定了突击点,布置了掩护的机关枪、迫击炮，分二路集团的冲锋。那时正是十六时三十分钟的模样。

冲锋号"嘀嗒"地吹了，迫击炮"轰"地响了，机关枪"嗒嗒"地放了，一群戴钢帽、上刺刀、拿手榴弹、雄赳赳的英雄们，飞速的不顾一切地向敌人猛扑。

退了，敌人溃退了，乘胜的前锋队，将敌人压下山去，敌人拼命地节节抵抗，但无论如何是不行的，只得三十六计走为上计，可是又是不行，因为那种腐败的军队，不能同万余里长征的英雄们跑步比赛的，再抵抗，则越来越近，到肉搏时，只听手榴弹不断地响，刺刀闪来闪去，看到了血肉横飞。

结果，敌人完全败北了，俘虏六百余，团长一人，伤亡遍地，其余四散走了。那时才知道敌人两团，其中有一个副师长。

奇怪！因为我军的勇敢，一往无前，所以虽然这是一场恶战，结果才伤八人亡四人，有许多被敌弹打中了头脑的，但因有钢帽遮着，所以安然无恙。

通安战斗，我们又胜利了！

红色干部团的威名，在通安战斗后，更为大家所嘉赏。军事委员会下命奖励，同时，更振动了全国——特别是川军，闻戴钢帽的红色干部团便望风而逃！

这是一个谜，现在在我们朋友及敌人的面前开这个谜吧！人们以为威声赫赫的干部团不知有多大力量，其实，在数量上说，通安战斗时参加战斗的也不过四百条枪呢！

一九三六年八月十日于红军大学追记

红军长征记

下　册

★

丁　玲　主编

董必武　陆定一　舒　同　等著

GUANGXI NORMAL UNIVERSITY PRESS

广西师范大学出版社

·桂林·

目　录

由金沙江到大渡河

—— 一页日记

■ 莫休

强渡大渡河

中央红军先遣队红一师第一团在通过大凉山彝族区后，冒着大雨经过70多公里的急行军，于5月24日赶到安顺场，并歼灭守敌两个连，缴获渡船一只，控制了渡口。

5月25日，红一团开始强渡大渡河。上午7时，第二连连长熊尚林率领17名勇士组成的渡河奋勇队，在团机枪连和军团炮兵营的火力掩护下，乘小船由安顺场驶向对岸，一场惊心动魄的渡河战斗开始了。经过激烈战斗，红军击溃守敌，控制了对岸渡口，巩固了滩头阵地，从而在敌人视为插翅难飞的天险大渡河防线上，打开了一个缺口。

红一团虽然渡河成功，打开了中央红军北进的通路，但是，大渡河水流湍急，河面太宽，不能架桥，缺乏渡船，而且此时尾追之敌薛岳部已过德昌，正向大渡河昼夜赶进，情况十分紧急。中革军委为迅速渡过大渡河，决定改向西北，争取并控制泸定桥渡河点。5月26日，中革军委作出新的部署：红一师及干部团为右纵队，归聂荣臻、刘伯承指挥，循大渡河左岸;林彪率红一军团军团部、红二师主力及红五军团为左纵队,循大渡河右岸,均向泸定桥疾进,协同袭取该桥。军委纵队及红三、红九军团和红五团随左纵队后跟进。

5月27日拂晓,左纵队先头部队红四团,在团长王开湘①、政治委员杨成武率领下,在"和敌人抢时间,和敌人赛跑,坚决完成任务,拿下泸定桥"的口号下,从安顺场出发,不顾饥饿,不怕疲劳,多次击溃川军的拦阻,昼夜兼程向泸定桥疾进。

5月29日晨,经过160公里的急行军,红四团终于赶到泸定桥,并袭占了西桥头。

泸定桥位于今四川省泸定县,是中国著名的铁索桥之一,扼川康要道,坐落于群山环抱之中,横跨于奔腾咆哮的大渡河上,桥长100米、宽2.8米,由13根铁索组成。桥身铁链9根平行系于两岸,上铺木板,以作桥面;桥栏左右铁链各两根作为扶手,人行于上,摇摇晃晃,险要异常。泸定桥的东桥头与泸定城相连,城内驻有川军第四旅第三十八团一部,旅部在泸定城南的冷碛地区,另有两个旅正向泸定城增援。在红军到达前,敌人已将铁索桥的木板拆除,只剩13根铁链横在大渡河上,形势十分险恶。

5月29日16时,红四团经过紧张的准备,发起夺桥战斗。红四团占领泸定桥后,沿大渡河左岸北上的红一师和干部团,在刘伯承、聂荣臻的率领下,也日夜兼程疾进,在击破

---

① 编者按:一说黄开湘。

敌人一个团兵力的拦阻后,顺利到达泸定城。接着中央红军主力陆续由泸定桥渡过大渡河。

一九三五年五月五日

今日只行三十里,虽因房子问题,耽延些时间,但还有半日的休息。天气既凉爽,村前又有清冽的河流。连日急行军,大家多少都有点倦意,然而不能再忍受汗液的浸渍,于是仍然一群一群地跑到河边去,浮沉在骄阳下的河流里,领略那说不尽"浴后一身轻"的轻松舒畅。

下午得消息,因金沙江对面有敌一营扼守,渡船被焚去,江面阔有五六百米,水流又较急,虽然准备好了一些材料,屡次派遣善水者和放骡子泅水,但因敌人的射击和急漩的飘荡,迄不能达彼岸。浮桥架不成,只得改向东,沿江下,至军委纵队过河处用船渡。消息传布后,大家都有些不快之感,原因是既要多走路,而且又走在各纵队的后尾,这种当后卫的掩护,在我们军团是长征后的第一次。这样就使素来轻视×师的意识又发展了,"没啥用,当一次前卫就架不起桥,害得我们当总后卫!"这种抱怨声在有些战士中沸腾起来了,为着消灭这种不良意识,特通知各部在行军中深加解释。

五月六日

六时半起行,沿昨日来小河北下,两翼受从杂而重秃的小山环拱。河两侧敞平,居所掘渠导河流灌田,早插的秧苗已碧绿如毡,早插的尚作鹅黄色,甘蔗亦青葱过膝。农民男妇已成群地在田中劳作,见我们过,似无惊慌不安的神色。二十余里即至金沙江边之龙街(小圩场),居民约百余户,半数被民团威胁过江。至此休息,有两少妇自半里外汲井水来,大家争饮,酬以钱,坚不受。

出龙街数里即上山,峻而高,无树木,间或乱石峥嵘,马不能乘,登不久即口渴气喘,汗涔涔从额头胸前脊背滚下来。战斗员有疲而怨恨对岸阻我的敌人,戟手指骂的。上升十余里始达巅,横山脊行,无滴水,求树荫亦不得,缓步行,又数里略降,得一村,寻水仍不得。过村复上山,此时除口燥外,饥肠复作辘辘鸣。行久之下至半山,得一涧,有水略作赭色,大家争往取饮,但入口有苦味,不知含何矿质,虽口液已干,亦不敢饮。下至山脚后,即沿江唇行。山石受河流和山洪冲击,乱杂地塞满进路,江面有时被两岸石崖约束,宽只一二百米。

十四时至一村,古树数十株,荫甚浓,大家争息其下,取江水溶以糖,饮之甚甘。后行即渐凉爽,平坦地亦渐阔,田畴渐多,但因山流少,江水又引不上来,似有旱象。二十时至白马口宿营,因已冥冥,居民亦多躲避,故村中详状不知。

从元谋县以来,居民多种甘蔗,用土法榨汁熬糖,糖不作散粒,均范以瓦缶,成小馒头形,间或范成拳大瓜果状;因提取不精,溶水后满浮杂草及沙泥、渣滓,沉淀物,味亦不甚甘,但在炎暑中行军,取此糖溶江水饮之,亦凉爽宜人,故大家都携带甚多。

五月七日

此次未能直接过江，又须绕道，致有人怀疑或将不能越此天险，又将复尝强行军、急行军滋味，加以个别的动摇者和反革命分子从中造谣，说什么"过江后有八百里大山无人家，粮食没有，连水都打不到"。我们未能抓住这点深入解释，致在部队中发生很坏的影响和情绪，今早直属队逃了几个担架员。

迟至七时才出发，行十余里，因前途江岸多崩坏，马匹集中绕右翼大山上行，我们仍循江唇前进。崖石崩陷者甚多，碎石排列如刀锋，甚难落足。时或大石垒垒，上倚削崖，下临江流，俯视悸人。用手攀石峻，许久方能移步。稍一不慎，手滑脚脱，即有断头裂腹或坠入江流的危险。大家在翼翼小心的爬进中，于是真感着"行路难"了。挣扎约十里，方渡过此难关。后即行江滨细沙上，陷足没胫，跰蹄甚苦，风起处沙卷起如浓雾，颈项耳孔填满沙砾，闭目驻足，任风沙侵袭，俟风过沙落，方敢张目举步，情状宛如行大沙漠，不同者有"取之不尽"的江流随伴耳。此时行军序列已紊乱，随行随取饮江水，沙受江流荡漾，映日闪闪作金色。虽然地理上称金沙江边居民多淘沙取金，但趁取水之便，细心检视，只是满握沙砾而已。十三时至一渡口（或说是太平渡），大树数株，憩其下，取江水溶糖进午餐。对面岸上有一船，并隐约见人影蠕动，取望远镜视之，中有荷枪者，知为民团。呼久之方应，戏嘱其放船过来，彼亦甚客气，只答"你们到下面过啊，这里没有船"。许多人已疲不能行，在此候马，予以缓步饶有趣,仍步行前进。十六时经一较大村庄,屋多作平顶,上覆泥土或石板,这固因农民生活贫困、无力购瓦,另方或许风多关系。对岸在两峰怀抱处,亦间有一二人家,凿田成梯形,承泉水,映苗碧绿可见。

"行行重行行",天已入暝,摸索行沙滩上,至二十一时即留沙岸上露营。上弦月已升空,踏月赴水滨洗濯,掠过波面的夜风,特别凉爽。大家一群一群地展卧具于轻软的沙面上,仰视弓月,细谈着本日行军中的闻见,不甚繁响的江流,细细嘤着催眠曲,不久即把人们都送入黑甜乡。

五月八日

因传出今日可到渡江点的消息,大家都兴奋地从憩密的睡眠中睫着惺忪的睡眼爬起来。在大地只作鱼肚白的湿润晓气中,据沙堆上进了早餐,即匆遽地起行。天明绕过一个小村庄,江流将崖石刷成削壁,路改绕右侧大山上行。早日又放出炎威,大家又汗流气促了。以后或山脊或沙滩约三四十里,又上一峻直的高山,因已接近目的地,大家还是不休息地拖着两只疲酸的腿前进。十三时过鲁车渡,有船一只,×团即留此过江,我们又登数百米的小山,于是大家欢呼了。随着许多手所指向的辽远前方,错乱山峰夹峙的低处,有明澈的一条白纹,并每隔一二十分钟即有树叶样的小黑物在白纹上浮荡过。大家都在争抢着说:"啊!那是渡船啦!"

十八时方至绞车渡江边,广阔地沙岸上,塞满了黑压压的人群和马匹辎重。数十个船夫(每人每天工资五元)划着五个或大或小的渡船,把一群群的长征英雄向北岸输送,于是又蜿蜒地蠕动着隐没到北岸山口中去。

奉主任命令负责在此维持过江的秩序,在兴奋快乐的情感下,也忘记行过八十里的疲劳,成碗的溶糖江水吞下后,也忘记了饥饿。"××队先过呀!""这个船只上三十个!""马牵在船尾上呀!……"呼喊着,奔走着,有时为着制止超过载数而顽强抢渡的人,一足或双足插入江水中,拖下一个或两个人。渡着渡着,天已入夜了,两岸燃起大堆的火,汽灯也点起了,江岸、江面都照得白晃晃地(这样不分昼夜的槽渡已五天了),继续着一船一船的过。至二十四时,直属队已渡完,确已疲得不堪了,将维持的任务交给×师舒同志,附船过江。摸索到灌木丛中本部的露营地,卧具尚未展放好,又淅淅沥沥落起细雨,破烂的油布,拦不住雨滴的侵袭,而斜坡上又流来高处的余水,于是卧具上下都给潮湿了,蜷伏着把身体缩得像刺猬样,勉强安置了倦体。

此次抢渡天险的金沙江本选定三点前进,我军团和右路的×军团均因架桥未成,不能成渡,只中路在刘参谋长亲率干部团以敏捷灵巧的手腕夺得了几只船,并英勇地击溃了对岸会理来的援敌,夺得了这一要点,全部由此毕渡。这是突破一切纪录的空前的红军长征史最光荣的一页。

当我们由贵阳(贵州省城)城边以强行军急行军进云南边境内,敌人已多少估计到我们要北渡金沙江、大渡河(这是四川的两道天险外围)入川,但此时云南的主力部队都因保守贵阳被我们掉在后面很远,云南全境空虚。同时我们又以一小支队急趋至昆明(云南省城)城边六十里处之杨村,因此慌得国民党省主席龙云手足无措,只能到处调兵守昆明,而分不出也来不及派遣部队扼守金沙江,只雷厉风行地发命令,派了一些专员,不顾人民生命财产地威逼金沙江各渡口一些材料均焚烧,甚至民房都要拆毁或烧去。我们这次东西两路未能达到渡江的目的,多少是由于敌人这一政策的"成功"。

闻刘参谋长率领干部团执行争取渡江点的任务时,曾连续日夜通过三百五十里的急行军前进,当将到达江边时,适拥护反革命的区公所秘书(曾任过县长)正在办理文件,严限速将绞车渡船只焚去。得此信后,嘱他率领至江边喊船,并与管理这带渡口的彝人土司接洽,先头赶至口岸已午夜。北岸有一个国民党抽收苛捐杂税的厘金局,卡勇十余人,枪十余支,我们巧妙地抢得了船渡过尖兵去,大模大样地进入税局,在局长卡勇奉烟奉茶的恭敬招待下,我们缴了这十几杆枪,俘虏了一批五六十个吸血鬼。于是一面警戒,一面招呼后续部队速渡,当渡过约一连人时,拂晓便以一排人向通安大道挺进,扩大警戒线。行约十里刚上山时,发现左翼大道上有敌约一营向我前进,而右翼山上亦发现有敌扼守。因山道极小,两旁又为削壁,敌人用机步枪射击外,更滚放大石,极不易仰攻,我们以极迅速的跃进,结果通过一个排接近隘口。在刺刀手榴弹猛烈冲锋下,敌人溃散了,接着便两营敌人全退却,我们取得了扼要的山口,成为渡江的坚固屏障。此时地方群众来报告,又有两团敌人由通安向江边前进。

此时我主力部队最先头尚距渡点有半日路程，这样只得以一小部巩固渡口，以二个营迎击通安的两团敌人。经过一小时的战斗，敌人便被冲得落花流水，虽然敌人是很狼狈地溃窜了，但我们因力弱未能穷追。只俘得营副一连长二，士兵六十余名，长短机步枪八十余支，迫击炮一门。这一战斗，表现着红军的无上英勇，而这一渡点巧妙的夺取，也只有神速机巧的红军才可能。

五月九日

有些部分因粮食携带不足，今早无饭食，就是我们也只得半饱，加以连日急行军（每日都八十里以上），自然难免疲劳现象的发生，所以今早出发时参差零乱，行军序列紊乱不堪。入山口数里即上山，马给加伦同志骑，我一颠一簸一弯又一弯地向上爬。因我是采用"宁缓勿息"的走法，所以行至半山，我已超过了一切大队的先头。约二十里至山顶，过此即四川境。横行山脊上，正感口渴，迎面一农妇以瓦罐提水来，连饮两碗，问其价，"每碗两个大铜元"。摸索袋中，只有三个铜子，不免踌躇起来了。适刘部长赶至，要渠伐为补足，方免此小小困难。不料前进只二百米，在路转角处，即有细泉涓涓出，前妇人水即由此取，此农妇确是个机灵投机商。然而走半里路一碗水即要两个大铜元，这对红军未免有点"捉麻老板"了。下山后，遇五个农民，为了彼此探寻什么，或者为了亲爱，于是我们脚步合拢了。他们"表功"似地叙说着昨日怎样劝了三个人来当红军，又指点着右翼的山阜五日前红军怎样在那里打败了刘元璋（刘文辉侄，守会理)的两团人,以后他们在山上怎样埋死尸,并清到了一门迫击炮和一些子弹。进了通安街口,连接着摆列一些茶水和浓乳样的白米粥,旁均横挂着"欢迎""四川""同志吃稀饭",并有些小鬼同志呼喊着"同志们辛苦了,吃稀饭呀!""四川"是友军×军团的代名,他们大部还正在后面渡江,这时我的饥肠在提议了:"冒充一个'四川'同志吧!"于是在一个谷壳满地的小屋中,摆出"四川"同志的架子了,喝了两碗稀饭。因为队伍还未到,房子未找好,顺便到×师政治部,又蒙他们招待了一次,说了一点宣传部门工作后便借振武同志铺,如死蛇样躺下了。

通安是滇蜀商业交通的孔道,市场还发达,货品主要是鸦片、糖、盐,所以吸民血的税局门面特别修得堂皇。

五月十一日

十时半行抵会理城南十余里处,因不知前梯队确在何点,特顺便转入路侧军委询问。承副主席详细告知,应到达地点和进路,并告我在此将作几天休息。于是在辞出后,又顺便到总政治部,借访几个熟人,并探问工作,寻得后只向荣同志一人在,因此在吃罢一顿香肠及云南火腿后便辞出,冒着正午的炎蒸,贲息赶队伍。当时友军团正在围攻会理城,故我们绕城西小路北进。不久从村庄林树的间隙中,即可窥见城垣,但城边正冒着浓烈火焰和烟雾,闻系守城敌人防我接近城基,故今早派人冲出将附近民房一律纵火烧去,同时又以密集火力射击,不让我们施救,以致我们只得眼看着数百家民居变成焦土!当我们每经过一村庄，都有农妇指城恶骂刘元璋的酷虐，而督劝我们，速即扑灭此獠，以除民害。当赶及部队后，敌机数架飞行甚低，因小道均从平坦的田畴中穿过，不便隐蔽，向领队者提议索性休息隐蔽，俟敌机去后再走，未被采纳。以致行未数十米，敌机到来，忽散开，又集合，经过一小时，前进还不过二里后，卒在稀疏几株小树的土阜上，被敌人机寻准了目标。缩减低空飞行至百米，驾机人和机关枪以及翼下悬垂的炸弹，均历历可见。予趁敌机越过的一瞬间，急趋离开人丛数十米处水沟内，屏息不久，便见炸弹连贯落下了，土石飞溅，烟雾吞食了树林和一切。在三次回旋投下六个炸弹后，本部受轻伤两个，警备连死伤四个，我的特务员未随我逃开，他手提的菜盒、马灯被洞穿了几个大孔。今天的损失，完全由于领队者无计划所致。十八时半抵城北约十五里之瓦店子宿营。

五月十二日

为着寻求安静清凉地点，便于写教育材料和开干部会，特步往距驻地约半里之孤庙。入门见有一堆集而尘封的课桌，知为学校，至侧室遇一面橙色浮肿而却有点"斯文"气的老烟鬼和一店员样的青年，自说他们是这学校的教员，现在学生都因为农忙回家做"活路"去了。为着探知这一带的状况，便在南风徐来的当门，和他们座谈了数十分钟，据云："由此至安宁（约五百里），为平坦谷地，两侧荒莽丛山，中均'倮倮'（即'彝人'或称'蛮子'）杂居，汉人不敢入。"

又说:"刘元璋是刘文辉的侄子,到这里还不到一年(刘文辉被刘湘赶出成都后才占有西康及这一带地盘),'款'要得太厉害,什么都要钱! 这一带老百姓简直被闹得不得了,你们(指红军)来了,就好,这是老百姓的救星。"

晚在此开直属队干部会,由朱主任报告"渡江胜利的意义和今后的任务"。

五月十四日

我们的主要任务是在:接近或会合四方面军(他们现正在嘉陵江岷江间胜利地活动着),创造川西北新的抗日局面,因此须趁敌人防御未周时,迅速抢渡第二道天险大渡河。这样便于上午匆匆地结束此地三天的地方工作,大致是:扩大红军工作,×军团较有成绩,而地方组织方面,我们是较好些。

总之在这样好的群众条件下,工作都不能算作满意。

为着凉爽和避免敌机扰乱,这段路程,决定夜行军。十七时出发,两侧均大山,大道尚宽坦,依山傍河行,初冥黑略感颠踬苦,不久下弦月即排东山出,夜风凉爽,月朗星稀,经夷门、白果湾,均小圩场,大铺、杂货店数十家,因在深夜,闭户寂无人。二时半转入路左山脚露营,居民三两家,询一老媪,知此村名孔明寨,对面约二百米高之山名孔明山,说因诸葛亮南征孟获时曾在此扎营,故村和山,因此得名。

五月十五日

上午整个时间被睡眠占去。十七时出发,山势渐逼狭,路亦起伏崎岖,至摩沙营,安宁河自东北来,我们来路之小河汇入转西南角下经易迷注入金沙江。后此山势又渐宽朗,田畴渐多,所经村庄房屋亦较整洁。过永定营,有已倾圮的城廓。金川桥街,路系三合土筑,商业似尚发达。出街过铁索桥(铁链四条,横架河上,两端埋入石堆中,铁链上覆板,两旁亦有铁索,作扶栏,人行其上,摇摆如软索,甚怖人,胆弱者有爬行的,此种桥四川最多,云南亦有),至土坝宿营,已鸡鸣四时矣。

川省赋"天府"之名,现在虽尚未履腹地,但此数日所经之重山西南陲,其土地之肥沃,物产之丰富,居民之生活之较优裕,已驾凌黔滇所谓富庶区之上,"天府"或算名副其实。

五月十六日

早饭后,见刘连玉同志还未到(因在会理附近腿部被炸伤),忙着派人牵马去接他,以后又作"黑甜乡"游。十七时出发,十里至铁匠房过安宁河,转小路,因前面半站营有敌一团尚未驱逐,×师须绕左翼,爬大山,侧击敌后方,致队伍均停止在沙滩上。时弓月已上,为着免除战士们的枯寂疲劳,特派人至各单位教前日过江时所编的歌,于是渺茫的沙滩上,浮起了一片歌声,冲破夜的沉寂!——"金沙江响叮当,抗日的红军来渡江,不怕水深河流急,更不怕山高路又长,我们真顽强,战胜了困难,克服一切疲劳,下决心我们要渡江。"——这个快乐而轻松的歌,很快便在各单位唱熟了。

二十三时得命令即留河边宿营,待进入房子展开铺后,又忽传"走! 走! 走!"不安了片时,方得确息,我们又留后梯队,明早行。

五月十七日

四时启行,遵河西岸小路北进,过半站营(在河东岸)见两山夹峙,险要天成,如有强敌据夺,我们势难飞越。约六十里至德昌(西昌分县)附近,停止休息做饭。闻昨夜我军攻半站营时,敌由河东岸向西昌溃退,未通知德昌之敌,今早我军至德昌,敌人尚在睡梦中,被俘获人枪各三百余。

十九时继续行,大风撼屋拔树,沙砾被卷起,扑面如子弹,过铁索桥,长约十丈,大风震撼,摇摆,不敢移步,过桥后,路甚坦平,惟冷不可受。直属队全部马匹集中,在最后过桥,适×军团队伍马匹又由东岸西渡,双方至桥中端相值,因板宽只二尺,彼此前进既不能,退亦不得,后从街上取门板来,另从铁链上铺一路,方获解难,以致马匹落伍甚远。白日睡未成眠,现行路又较远,屡思马而不见来,勉强行,疲倦困顿为前所未有,最后简直在梦中行,经麻栗寨,至黄水塘宿营。

五月十八日

黎明正在好梦方酣时,忽闻人惊呼飞机来,因街面放满担子马匹,并睡满了人,恐被发现目标,故大家匆忙起赴街外林下和小屋中躲避,予至一茅屋中,主妇替烧茶做面甚殷勤。

十七时出发,经黄土坝、马道子,时夜深人倦,又忽大风雨,但路旁房屋均被先头师和友军住下,行久之方至西昌城东南方之小村中宿营,已次早三时矣。西昌为金沙江大渡河间首称富庶之区,附近盛产稻米骡马,现有刘元瑭(刘文辉之子)两团人扼守,亦依会理办法,将附城民房均付一炬,我们到时,尚遥见火光熊熊红彻半天。

五月十九日

我们和宣传队、地方工作部以及一部分炊事员共数十人,塞在一个炮楼下的小屋中,拥挤嘈杂不堪,寻梦既不成,醒亦不能作事,只得找村农闲谈话,以消永昼。据一老农云:"北起大渡河,南至金沙江,原为南蛮地,孔明征南蛮时才开辟的。汉人只在这一狭长的盆地中,两旁山中现仍为蛮人。西昌城边现尚有孟获殿,为孟获称王时所居,但昨日为刘元瑭纵火烧去。"以历史考之,此老言或近史实。数日来所经,凡有三五人家的小村庄,即有一炮楼,多有至五六个的,炮楼作立方体,高约四五丈,内以板隔为数层,四围墙均尺余厚,由散土筑成,留小孔甚多,可以瞭望和放枪,问之居民云为防"蛮子"用,由此可知汉蛮仇视之深。这一带村边田畔多桑树,间亦有辟田成林栽植的,多为原生桑,未经接植,但亦知剪条,故叶子亦颇厚大。居民几每家都饲蚕数箱,自然都是老旧的土法,不过抽丝后不是为出售或织绸缎,多是自备纺线用,因这一带不见棉花。

十七时出发,田野中骡马驴子三五数十群的远近皆是。过河让路,行甚缓。二十里至过街梁,已午夜,但居民半数以上均手擎油捻或蜡烛,鹄立门口,替我们照路,并有提壶携盏,亲爱地缓声地招呼吃茶。夜神被赶走了,半里的长街,成了光明喧闹的白昼。过此以后,宽平的大道在坦荡的青绿的田野中,无际向北延伸。河流声,草虫声,在迷茫神秘的午夜,入耳均成细乐。微渺的残月,映着秧苗上的露珠,晶晶发光。大地的一切,都使人心旷神怡,隐约中见出了礼州(西昌分县)的雉堞,更增加了愉快,因预定在此宿营的。走入不高大的城门,踏入坦平而宽长的街路,嗒……嗒……嗒,大家都不自然地合着脚步,快步前进,走完了里余的长街小巷,广渺的田野,又展在眼前了,于是有人在含糊地也不希望有人答复地问:"到什么地方去?"幸行至四五里,即弯入路左一围墙高耸深堂邃室的地主家中宿营。时针已指翌日的一点。

五月二十一日

昨日十七时由礼州附近出发,今早二时方抵泸沽。泸沽在清时属"泛"治,驻有武职的泛官,夹河两岸有长街两道,墙壁多用板,商店多而大,繁盛远超贵州之剑河、紫云,云南之马龙、禄劝等县。队伍决二十四时出发,我们拟二十一时先行,后因中央来了许多人,打"急手快"做东西吃,又被一位由成都来的失联络的女党员(她丈夫现禁在西昌狱内)纠缠了许久,直至二十三时才动身。过石塘桥,居民多从睡梦中起,捧茶相敬,拂晓经沙坝街。偌大的圩场,不久前被一幼童放爆竹燃起大火,夷为平地。休息时遇一老妪,狡猾而善谈,频称颂邓旅长之"功德"。原来这数百里两侧山中均彝民(居民均呼为"倮倮"或"蛮子"),彝分"白彝"、"黑彝"。"黑彝"属土民,汉人多呼之为"黑骨头",体壮性彪悍,四时跣足,攀山越荆,迅捷如野兽。下着袴,管甚大,如布袋。上披无领袖之自制毛毡,色灰白或黑褐。头缠白色或灰色毛线物。喜拱踞地上。食物不用箸,多以手捧,烈酒为酷嗜物。有识汉语者。不事生产,性喜抢杀,食物多是番薯和荞麦。由白彝耕作。白彝为汉彝混血种,为黑彝之奴隶(称娃子),黑彝俘得汉人之未杀者,即留作奴隶,初恐逃脱,常系以索,使之劳作。因山深路少,且捕获后更酷刑致死,故被俘者多怖而不敢逃。此等俘虏久之驯伏后,黑彝或妻以彝女,以后生子生孙,均为此主人后代之奴隶,此白彝之所由来。凡一切耕种,架屋炊爨,伐柴,牧羊等贱役,均由娃子任之。每家黑彝几乎都统治有若干娃子,而强大的"码头"(即土司下的首领)且有娃子多至数百者。屋均用木材,竖木编条为墙,架梁覆木板作顶,上压石块,防风吹覆。寝无床,多数拥披毡席地卧,亦有支石尺余高,架板作床的。无厨灶,只以三石支地,上置锅釜。这三块石脚,异常尊敬,如有移动或加以污蔑的,有被主人殴死的危险。无文字,不与汉人通婚,间或以其猎取的兽皮等出与汉人换取盐或布。汉人的官吏、军阀、地主、绅士们,以及他们的政府,都是一贯地蔑视、虐待这些落后弱小民族的,除以种种狡诈欺骗诱取他们(彝民)的财物外,更为着迫使他们缴纳苛捐杂税,时常以大兵肩着"安边"、"宣抚"或"开发"的大旗,去杀捕烧房子牵牲畜,"安抚"这些"蛮子"。这样就积下彝民(其他一切落后小民族都如此)的恨怨,也不时成群结伙,到汉人区域来抢杀,来报复。正因为他们是反压迫掠夺的斗争民族,所以更养成他们嗜杀不驯的"野蛮"。因为彝民的习性是恃强争夺,所以他们内部亦因支派人口的多寡,势力的强弱,而分出许多互相对抗的宗支,彼此亦仇视,并时常格斗抢杀。邓旅长父为汉人,被房为奴隶白彝后,娶彝女生邓旅长,因此邓旅长精通汉彝语言,并深悉彝民中的族派冲突以及易欺的简单头脑,所以他逃出后由土匪而收编任旅长,便以"做官"来收买利诱,分化各彝首,常以委为营长作饷饵,诱某码头扑杀另一码头。为唆使其最有力码头之弟,谓如能杀其兄,则委为团长。此人果杀其兄,携首来献功,邓即将其扣押。又恐彝众为拥首领来报复,又复向彝众扬言:"某人不义杀其兄,彝民应除此败类。"俟挑起彝众对此杀兄之人恨怨后,又将此人杀去。这种"授刀与彝,以彝杀彝"的政策,不两年,彝首被杀死数十,余下的亦惴惴不安,有躲入更深的大山中的,有几个较大的码头,则逃在雷波方向去了(那边彝民更多)。剪除了头脑以后,削弱了彝民自卫的力量,于是邓旅长便继以大军的"进剿",威逼彝民交军款,此时彝民失去了头脑,彼此支族间又加深了仇恨,失去一切反抗力量了,只有俯首帖耳,任凭汉人军阀宰割,连自卫的力量都减弱到几乎没有了,当然不能出山"骚扰"了。这即是邓旅长所以得到"歌功颂德"的本领和由来。

五月二十二日

昨夜行了一通宵,今早六时方到达冕宁城。城在蛮山怀抱中,周围均约有二十里的平坦地,因河渠交织,土地生产力亦不甚贫瘠。虽然通宵未睫眼,且行七十里路,但一入城门,即受熙来攘往满浮着愉悦脸神的群众所包围欢迎,因此失去了一切的疲倦,仍然精神奕奕地招待着一批一批的来人。询问着讨论着地方情况与建立革命组织问题。据一党员谈,此地只有几个党员,多数是失业的小学教员,且很久已断绝上级的指导,所以活动的范围和效能都是狭窄微弱的,不过在我们的影响下群众则甚多。动员了一切人员和力量,上午即开盛大的群众会,成立"抗捐军",除已有基本数十人外,当场又自动报名的近百人,于是推动这百余基本"抗捐军"队员广泛活动。在下午就成立了县革委员会,并吸收了几个彝民参加委员会。因为有着这样好的群众基础,又有正在斗争着的彝民群众,所以中央决定抽留得力干部,并由红军中抽调人员,配合"抗捐军"组成一强大游击队,在此开展更大的抗日苏维埃运动。

下午得消息,我先头团因未能很好地与彝民接洽,以致刚入彝境时,受到某支彝民的袭击。工兵连被捉去三十余人,但取去一切武器和财物——连衣服都脱去了——后,又赤条条地放回来了。后刘参谋长亲与某支首领晤会,详细解说红军对他们的同情与援助,于是在联合打"刘家"(刘湘、刘文辉)的口号下,消蚀了隔膜敌对,并与其首领饮血酒宣誓(彝民必以此方信为真诚不渝），又赠以礼物和红旗，因此才顺利地得以通过前进。

五月二十三日

六时出发，行十余里刚过平坝，忽对面十多个怪异的男女呈现眼帘，他们有赤脚的，有光臂的，有以一块烂麻布遮覆下体的，但每个却都是面庞肥白红润，充分表露着中流人物的架子。不过在不胜辛苦的憔悴中，却含着狼狈的羞涩，趋前问之，方知他们都是冕宁城内的商人或绅士流，数日前随国民党的冕宁县长率一连兵逃窜，甫入彝民境，即被数千彝民包围，一连人的枪缴去了，人俘虏了，县长和一切"老爷"们都捉去了，他们也当然不能幸免。不过他们这几个人或者彝民以为没有"祭刀"的必要，以及没有当"娃子"的资格，所以在给他们两天饥饿的惩罚后，又把衣服剥得精光放回了。此时他们方懊悔，早知红军如此好，不应该逃走吃这个亏。

过大桥，上一山约十里，过此即彝民境，下山后使人起一种异样感觉，山多峻拔不可攀登，天然林木也特呈荒莽；路侧小阜或平坦地亦甚多，可开辟耕植，但均野草灌木丛生，只在彝屋左右邻近，始有数块熟田，但亦因缺肥浅耕，在杂草丛中，有几株番薯和稀疏的荞麦。行数里，忽路旁擎出红旗，上书"中国彝民红军沽鸡支队"，旁有披毡荷枪者数人，盖前日我们所组织，今日特来接送我们的。过此彝民即渐多，三五成群，夹立道旁，远处尚有呼啸而来的。在冕宁时，我们本已在部队中动员每人带一件礼物送彝民，但今日因人数过少，又得之不厌，只是雄赳赳地，伸两手操不纯熟汉语："钱……钱……钱……"如沪上偷鸡桥之"瘪三"样,把你包围起来。更不客气的,则直接来摸索荷包,罄所有掏去,至此大家有些窘了,取钱付之,则两袋已空,若怒斥之,又恐触其怒,只得强颜浅笑地敷衍,同时加了两足移动的速度,行久之方"冲出重围"。过拖乌,彝民虽不同我们为难,亦不接近我们,只将羊子赶上山,人亦躲入丛林中,不时探头探脑窥视。又行十余里,四山云合,天亦晦暝,即留路旁彝民板屋中宿营,室内空无所有,只三石块支成的灶及番薯一堆。此地或名泸坎,今日行约一百一十里。

五月二十四日

六时起行,大雾甚冷。十余里,山渐向两侧展开,不见板屋,但两侧山岭上树荫下都满布着彝民,远近呼啸相应,忽啸聚忽散开,间有负枪者,且渐向路边逼近。恐其袭击或劫夺我们的落伍者,乃将部队集结休息,派宣传队卸下武装,携宣传品向两侧迎去。初时见我们去,则后退,不能接近,后乃依其习俗,将两手高举(表示手中无武器,我们要亲爱),并仿其啸声,方有数人迎来,能懂汉语,告以红军的主张,及愿与彝民联合打"刘家",彼亦表示对红军欢迎,并无恶意,只想来看看。嘱其不必看,后乃远近呼啸响应着退去。过此即升分水岭的高原,腐树败草,不易识路,后即行河边,土石崩陷塞路,山均闭塞不可登。又数十里过笸箕湾,彝民数十成群立道旁。闻昨日先头团过此时,几发生冲突,所以今日特别戒备,先派人宣传,并缩短行军距离,见有年老者,更给以银元数枚作礼物(或是所谓买路钱),因此平顺地过去。过此约三十里出彝境,黄昏至岔罗附近之百子路宿营。今日行约一百四十里,但通过了彝境,每人心中都如释去了石块的挤压,轻松畅适得多。

五月二十五日

由此至大渡河边有两路:一直北经岔罗下至龙场渡口;一西北行,越山至安顺场渡口。全军团分两路进,我们进西北山路。八时起行,出村不久即上山,峻坂斜坡,约十余里,忽大雾迷蒙,峰峦回环,路作"之"字拐,上下左右均闻人语和武器撞击声,但咫尺不见,颇有"空山不见人,但闻人语响"的幽致。下山过新场,售胡桃的甚多,贱而美,购而满储袋中,随行随取石块敲食。复上山,至顶即见远远山脚下一条白练,即大渡河。下山后即坦平,路在白水盈盈的交错秧田间,数里至安顺场街头,见箱笼桌椅杂物,倾斜零乱地堆满各水田中。奇而询问居民,盖敌已料我由这一带过河,故下令沿河百余里各渡口均须将房屋焚去,以困住阻我。此街已举火待燃,故居民将一部家具搬出,免全部化为灰烬,不料昨晚红军突然趋至,一营白军不及纵火即遁去,全街得幸免。居民言罢,极称感红军不置。

宿营毕即至河边观架桥,一面在扎排劈竹,一面用船渡。河宽虽只百余米,因地势倾斜度大,水流奔腾湍急,时速每秒在四米以上,每舟用船夫十二名驾驶(每名每日工费十元,外给鸦片),此外只能乘十五六人,由此岸放舟时,岸上用十余人拽线逆流上，后始放舟随漩流直下，十余船夫篙橹齐施，精神筋力都紧张到极高度，顺流斜下，对岸又均石壁，靠时一不慎，舟触石角即粉碎，放来此岸亦如此。当船至漩流中心将及石岸时最危险，见之心悸。大渡河即古诸葛亮南征"五月孤军渡泸"之泸水，此时犹如此难渡，在当时汉人还未至此的"不毛"情形下，其困难当更可想见了，无怪《三国演义》上描写当时死了那样多人！

晚寻萧华同志（他随先头团行），询问夺此渡点的经过。据云当先头团行近安顺场时，即得群众报告，该地有敌一营，已破坏船只，并准备烧街屋。当即派选精干前卫连跑步下山，急趋街口。此时对岸有敌一营，沿岸居高临下，已掘好数线的散兵壕，街上有一营长，率兵一连驻守，河岸尚有渡船一只，是营长留下准备渡河的，我尖兵连以极迅速的动作进入街口后，敌方发觉，当即一部围攻敌人于一大房内，一部夺取了渡船。本队赶到后，即将此困守之一连敌人解决，立即准备强渡，驱逐对岸之敌。但此时对岸敌有一营，伏壕中以强烈火力射击，船又只有一只，河流漩急，一次只能渡十余人，再渡即须三十分钟，不但船在中流有被敌击沉危险，而在绵密火力与急流的匆忙下，船也有不能靠岸的顾虑，特别是渡过后，后续部队又不能立刻赶到，已过的少数人，更有覆没的危险。但决心既下，必须求得冒险的成功，于是先商量船夫（因如此急流非在此处老操舟者不能胜任），在宣传与重赏之下，他们允诺了。此时部队中涌出最光荣的十七个英雄（大部分是党员），自告奋勇渡河。于是我们集中六架重机关枪及几支自动步枪，集中了上十个特等射手，以密集连速的射击,打得对岸壕沟内敌人不能抬头,来掩护上船强渡。虽然敌人的火力未能被完全压倒,但船已安全放至中流了,此时大家在不可名状的快乐中,正欢呼着,忽急流冲船向下流直下,不能靠岸,稍下数十米,河面愈宽,且直当敌人火网下,彼处更危险,此时大家直跳起,几乎失望了。但经船上人尽最后的努力,卒将船靠了彼岸,而十七个英雄如生龙活虎样跳上去了,于是我们"冲呀!""光荣的英雄们万岁!"……高呼着,跳跃着,鼓掌,叫,十七个英雄便在机关枪声、步枪声、手榴弹爆炸声,以及硝烟尘土的弥漫中抢得了敌人的第一道战壕,殆我们还未渡完一连人,他们已将一营敌人打得落花流水逃窜了。我们只缴得了十几支枪,俘虏几十个人。这一战斗,不仅在长征史中,即在红军六七年的战斗史上,也是创新纪录的光辉和伟大。

五月二十六日

早起即大风,甚冷,云雾封失了山岭和大地的一切。某师仍继续用船渡,余均在此休息。上午往架桥处,见竹排已编齐大部,篾缆船丝亦准备好,但据架桥司令言,流急牵索系排即断,曾以二号铅丝八根缉缆,只系上三个竹排,即被急流冲断,现拟悬空牵缆架绳桥,成功与否,还不敢定。

下午与一老年商人闲话,据云此地原名"紫打地",太平天国名帅石达开即在此处兵败被擒。传闻石渡过金沙江后,深得彝民欢迎,为之带路至此。无舟楫,乃用蛮藤布帛牵缆架绳桥,已渡过万余人,因后续部队尚远,有尚在拖乌以南的,石恐孤军在北岸有危险,乃又下令渡回河南,俟大队到齐后才渡。不料渡回后,连日夜大雨,河水暴涨,绳桥被冲毁,以后因材料缺乏和水急,架桥不易,迁延久之,而大队又均集中,此地粮秣告缺,人心浮动。此时石又疑彝民故带其至此绝地,乃开始虐待并杀戮彝民,于是激起彝民愤怒,断绝石军的一切粮秣来路,并群起围攻,从各方面与石军为难,而四川清军又大举合围,石军更加溃散解体,因而纵横南中国赫赫一时之名帅石达开,便全部溃灭了。这些是否信实,只可作"姑妄言之,姑妄听之"罢了。

五月二十七日

想了许多方案和试验,浮桥迄架不起,因改变方针,以已毕渡之×师组织右路军,余全部为左路军,夹河而上,直趋泸定桥。七时出发,过一铁索桥,越一山约三十里至海罗瓦,街道甚整洁,卖食物者甚多,居民亦极亲爱。出街行数里,因对岸有敌一连,散布许多点,瞰射大路,乃改行左侧山上小路,初草树蓊郁尚隐蔽,后行暴露山腹,对岸敌密集速射,弹着点均在左右数米处,路旁有数牛,忽一着弹惊跳,幸未伤人。后复上大山,路鄙而小,草树苔藓,被满路面,极难行,约二十里方下山,抵田湾宿营。此间有敌一营扼守,被我先头团击溃,缴枪四五十支,营长亦被俘。现先头团已星夜向泸定桥追击前进。

五月二十八日

因部队须急行军,赴至前面作战,我们又留后梯队,迟至九时才行。数里上一小山，虽不甚高，但两侧均不易攀登，只一条峻直的路。昨日敌人有一连守此，被我击溃。过此时详视山势与敌壕，觉得我军固然英勇，而敌军却真是最低级的无用。过此复上猛虎岗，山势更险而高，沿途伏尸数十具，想见敌人在此的惨败。山上敌人做围墙散壕甚多，但勘视数处，不但目标太显露，特别是前面死角太多，射击视线均在三四百米外，再接近则火力全失效力，敌人愚蠢，一至于此。

行完二十余里萧瑟荒凉迥无人烟的谷地，于是又登山了。天忽大雨，山多土而少石，人行后泥沼深尺余，足插入往往不易拔出，而灌木浓密，有时须批拂许久方得前进。山之大而高，为所经六七省所未有。颠踬至山脊，已冥冥入夜，下山路沙多泥少，显白色，易辨识，加以峻直，故大家多跑步行。十余里，至山腹，略平处，有居民数家。时雨势愈大，后续队伍的三分之二在山上，梯队指挥者泥守命令，坚欲前进至摩西面（距此尚有十五里）。强争之始留止宿营，询问一老者，知今日已行一百十里。

五月二十九日

六时起行，四围山巅积雪皑皑，云雾荡漾，时隐时现。朝日透过云雾映积雪上，晶莹耀目，一幅美丽的雪景，令人不肯移目。十五里抵摩西面。此处有敌两团，被我击溃，一天主堂甚壮丽，牧师二人（一西班牙人一法人）均未逃，并附有医院学校。入街择一茶室休息，茶颇清香可口，因此地距雅安不远，故有此好茶。店主婆四十余妇人，颇健谈，为我们滔滔叙谈此地的交通及生活情况。此地西北至康定(打箭炉,西康省城)一百二十里,中越一数十里雪山,四时积雪,行其上多晕眩呕吐(想系海拔高,空气稀薄缘故),如以白糖和水饮之即可免,因之此地卖糖的特多。但来往行人大多畏此途,往往宁愿多绕一百二十里弯经泸定桥。出街后东北行,上五里石山,至顶,又闻澎湃声,大渡河又显脚下。五十里至亏乌,闻前面稀疏枪声,谅系在作战,因天气亢热,留休息甚久,后即行河边,农作物有玉蜀黍荞麦及少许稻子,只在山脚略平地,山上均濯濯无草树。对岸见有三五落伍人员,知右路军亦已过此前进。黄昏至土泥坝即留宿营(行一百一十里)。

五月三十日

六时出发,初尚宽阔,十五里山忽紧缩,路在山唇上,长约数百米,下视浪花飞溅,急漩如沸釜。左侧光滑的山,土松石碎,不可着足。对岸一村庄,很大,名冷碛。村沿星罗一些散兵壕,此处若敌人以少许兵力扼守,则我们无法过此,否则亦将受绝大的牺牲。又十五里即至泸定桥,桥东西横跨大渡河上,较德昌桥略短,唯两旁各有两条铁索作扶手,行其上摆动较小。西桥头有一长街均饭铺小零卖商,县署及主要市场均在桥东。昨夜先头团抵此时,敌一旅人守此,将铁索桥上木板均拆去,并架机枪于桥东头,攻取极不易。后我某连以一排人从铁索上爬行前进,后续人即携板铺桥,则冲至桥头,敌人又在桥头纵火,将桥亭及街屋燃起,阻我前进。我爬上铁索上的一排人,从火堆中冲出去,占领桥东岸,后续部队方铺板过桥,一面救火,一面与敌人巷战,终将敌人击溃。敌人在此匆忙中溃窜,遗弃辎重甚多,同时并留下大批奸细,到处放枪并纵火。因我过桥部队不多,忙于进击,警戒,搜索,又要东跑西奔救火,各方面应付不及,以致最繁盛街市中段,被烧去店铺十余间,敌人的狠毒竟至如此。

此地为川康唯一交通要道,四围均大山,林菁深密,悬崖绝壁,四时多积雪。少人家,只产少许玉蜀黍,粮食极困难。一切主要食用品,均仰给汉源、雅安。由四川输入西康的食粮及工业品,及西康输出四川的藏货,均须经此。故此地不仅川康军事要地,同时更是商业中枢。

从金沙江到大渡河

—— 长征回忆的一段

■ 一泯

一、金沙江

长江的主源是金沙江,要和岷江在宜宾(叙府)汇合,以下才称作长江。想从泸州,后来是宜宾渡江到四川的企图没有实现,弯了一个大弯,终究过来了。从金沙江过来的。这一大的迂回,对全世界的军事学家,都是一个奇迹。就是亲自定这个计划,执行这个计划的同志们,今天想来作一个战略的说明,都是不容易的。就是在这个队伍中的许许多多的战斗员,我就是一个,在那时,在迂回当中,都看不出推想不出行动的方向来。神妙不测的迂回!

金沙江上搭浮桥,历史上还没有这样的事实。涤宙同志的努力,第一个筏子还不曾拴得稳,便冲走了。只有槽渡。由路南河(云南元谋县属)直驰一百二十里,太阳落坡的时候到了江边。热得发昏,在江南岸的小村里买了一根甘蔗解不了渴,在渡船上,任凭你弱水三千我亦取一瓢而饮,这才心里清凉一下。同行之队,有渡过后继续前进的,有留南岸警戒的。我住到北岸,坐在江边,在金沙江内濯了足,用金沙江的水洗了脸,吃饱了涤宙同志替我们准备下的金沙江边生长的鸡,回到窑洞里睡觉。在甘肃陕西已看惯了住惯了窑,金沙江岸的窑虽然比起陕甘来是不像样,但那时颇有新奇之感,首先就是这是理想的飞机掩蔽部。可是,没奈何地恨江的两岸都是高山,夹在江底的,流在江面的,是一股一股的热风,加之闭在一个人造岩洞里,蒸得气闷,不简单热,睡也无从睡起,便和涤宙同志扯山海经。

"怎么占领这个渡口的?"

干部团之一营,由参谋长伯承同志带领,前天晚上到达河边,拂晓就捕了一只船,很早很早渡过去一排人,预先侦察清楚,晓得在绞车渡刘文辉并没有什么人马,只有一个收税的厘金卡子。首先就去敲这个卡的门,那些家伙还在梦中,敲门的时候,当然不十分客气,似乎扰了他们的清梦,还大发一顿脾气才开门。等到一开门当面站着一群武装的不速之客,才惊讶着哪里来的红军。刘文辉发下要船都靠左岸的通令,还原封不动地没有打开。

占领了渡口就准备架浮桥。水的流速倒不大,困难问题是很深,没有办法抛锚,架桥材料也难得找。江面的宽度有六百米远,筏子没依托,后来企图架门桥,但竹片子没有劲,布拉的纤绳也不够力。涤宙同志把上下游、南北岸,都跑了一遍,也没更好的适宜的搭架桥的渡河点,桥架不成功,最后的决定还是用槽渡。船还大,一次可以过一排人,一共有六只船。原来大家对于金沙江的知识都很缺乏。即四川同志中，很少到过金沙江的，至多是宜宾望过一望，那与岷江交汇的汪洋大流；上流是什么样子谁也不得其详，结果便是道听途说，甚至有说有好几里宽。实际看来并没有什么特别，这样的急流也过得不少，只是其急不能架桥，其深不能徒涉，浩浩荡荡显见的是长江正源罢了。

原来一、三两军团，还分在绞车渡的上下游，各自去占领一个渡河点，但因为敌人预先有了准备，或者是把船沉了，或者是把船靠在北岸，都是望洋兴叹，没有占领成功，后来就是一个渡河点，六只船载过了红军全部。到四川只有九军团是从另一个渡河点过来的，他自从为乌江隔断后，现正重新合起来。

红军就是这样过了金沙江，说来或者有人不相信。

（一月二日于鹿县套通）

二、到通安

渡过了金沙江的第二天，早晨还没有出发的消息。天气是继续热下去，石洞也住不了，转移另一个"石洞的回廊"去，有轮船上一样的窗眼，实在是抢眼，可以通风稍微舒一口气，多几个蝇子也不在乎，铺起油布睡觉。河南岸的一部分也来了，回廊上增加了，雪峰、传吾。我们昨天还住在不同的省份四川和云南，有一衣带水之隔。

还莫有睡得满意，出发命令来了，听说有香蕉买也来不及去买，急忙整装走路，说是到通安，五十里。

到通安是顺着一条沟上去的,在沟里还可以喝点清凉的涧下水。一爬上山,山名"火焰山","之"字拐的小路,整个山益上益高。没有半点水,没有半根树,没有半点风,太阳丝毫不放松的照着,颇有沙漠的感觉,不知比《西游记》中的火焰山何似!据说沙漠没有山,试问山不山有什么关系,反正是没有水喝,没有风吹,在休息的当中,有"老百姓"顶一罐涧水,上山来,他投机地发了一注财,大家是争着喝了半碗水。休息了又爬,又休息(找水喝),又爬,在这个沙漠感觉的"火焰"中。大约有四十多里路了,前面嘘嘘地响着枪声。敌情不明了,虽然怎么样打仗不关我的事,打到如何程度,却不得不问一问。这时太阳已经落坡,热的感觉已变成看打仗去的情怀了。

再爬一个小山坡,到干部团的指挥阵地。阵地上前后左右,挤满了的人,除了附近迫击炮阵地的射手和团的指挥员(陈、宋)及其他少数参谋、司号员、通讯员之外,一大部分是"观战"的,我构成其中的一个。首先得清楚敌情,敌人之两营,或说一团,属于驻会理刘元璋部,在干部团尖兵连,到达通安街上的时候,他先一步脚进入通安街,正在休息。我们乘势一个袭击,就把敌人压出通安,缴了他两尊迫击炮。就在这个时候,据另一报告说,敌人向干部团阵地右侧移动,团的指挥员恐怕孤军深入,受敌人的包围,同时怕和绞车渡本队失联络,就没有乘胜追击。相反的,还把队伍撤回来路距通安两三里的山上,占领阵地,一变而为防御的姿势。这就是我上到指挥阵地观战以前的大略情形。

敌人向我方右侧移动,企图包围的消息并没有证实。还是从正面反攻过来。对面,山上隐约的浅白色的人影,跑来跑去,枪声很疏,子弹飞过而发出嗖的声音,没有把严重的紧张的空气带进到听觉中来。忽然我们在敌人阵地的山脚下的几个连从几个方面仰攻上去,枪声依然为很疏,比较动人的是一两个手榴弹的爆炸声。不上五分钟,已经得手,敌人缴械的缴械,逃跑的逃跑,在指挥阵地上看得很清楚。总以为还有什么追击,再来一个反突击,再来一个包围,就是看不见,听听紧密的枪声也好。号音响亮地吹彻山野了,我听不懂,问别人是什么号,大家都说集合号,这似乎是战斗结束了。

从观战到观战场,从自己的阵地到敌人的阵地。

不算一场恶战,说不上什么尸横遍野,血流成河,山腰到山顶,躺着一个的、两三个的淡白色的单服的人,军服上洗染着红的血,在不同的地方,看不清究竟子弹穿过的洞是腰间还是胸上。有些角上没有人,摆着子弹带,摆着背包,还四散着步枪的机柄。不规则的东西是为人拾着,尸,望它一眼,让打扫战场的明天再来招呼吧。还有一两个似乎痉挛的动着的,但事态十分明显。他已不在希望的门内了。营长,由三个灿烂的黄金色的五角花依然横在领章的左右,认识出来,亦躺着。失去在士兵面前的威武,走过他面前的人,不过惊异地以胜利的口音叫出一声:"啊!打死他一个营长。"

山坡的那面政治科首先守着几十个俘虏,许多人围绕着他们问话。人多口杂谁也听不出一个端绪出来。只听得来了一个步枪营,配合一个工兵连,是刘元璋自己带来的。他们并没有什么后续部队来增援,也没有更多的部队要包围我们,假如审慎地判断一下情况,不退到后来的阵地,一进通安便猛追下去,虽不活捉刘元璋,但胜利必不止此,讲战术我可是外行。

通安市上,莫有直起的暮烟,山色却在四围渐渐地黑暗下来,想遮没这一幅战后的图画。顺着一条僻径我们向下通安去。俘虏也不得不向他们的同僚作永久的离别,在政治科学生的后面,跟着下了山。前面一阵扰嚷,击溃的散兵再缴出两支驳壳枪来,俘虏的行列中又加进去两个数目。

进通安街,找着宿营地时,那真是"找",因为设营员,岂有此理地不肯带路,倦意已经压上眉尖,虽然还余有胜利的兴奋,和一餐晚饭的怀念。

(一月十六日在套通,去年今日正在遵义)

三、会理郊居

在通安休息了两天,这是回渡乌江后仅有的休息。五月九日进至距会理十余里路的地方。会理城今早已为友军包围,但真实情形,尚不明白。干部团自己的任务方向,也没有弄清楚。宿营地一连搬了几次,十日下午才搬空。

就是十日夜,强攻会理城。强攻和以后的爆破我想另写一段。在会理城郊附近,自九日起,共作六日勾留。

会理、西昌这些县名,在四川人的耳中,是含有生僻边远的意义，不是什么好地方。虽然隔大凉山的"蛮子"不远，但在到达的早上，自望城坡以下，两侧高山，中间夹一不小的平平谷道，树木葱荫，田畴阡陌，村庄繁密，殷实的内容，有些出于意料之外。老百姓都说城里很不错，商业还有些，因为是和云南交通的要道。许多轻工业品(为布纸烟等)都从云南运来，四川由此对云南输出糖。宿营地搬了好几次，住过的房子有土豪的，有商家的，还有贫苦农民的，都还可以。群众都很好，刘文辉的苛捐杂税已经把农民剥削到只剩一张皮，一副骨头。不仅是参加红军踊跃，报告城里的情形和希望我们打城的热烈，谁也不能忘记。一个老头儿，就同我们住了六天，跟着跑了两个晚上，预备进城时带路。

城，敌刘元璋之第六师守着。初到的一天驻离城很远，只从半天的红光中，晓得会理城大烧房子。第二天下午搬到附近，切心地爬上一个山头，望一望要攻进去的会理。长方的城垣，雉堞一串，沉默地堆在上面，压在谷道正中。所能看见的，只是满城的房屋用几千百万瓦连缀地遮盖着，分不清街道。高耸出的天主堂的钟楼，也寂静得不敲一声。南面有一个空场，仅有稀疏的人影在奔驰。一座死城，要是没有枪声没有烧房子的烟和火。刘元璋为着扫清他的射界，为着预防我们可以迫近城进行坑道作业，对附城周围建筑，特别是北门外繁盛的街道，用煤油棉花，一扫而光——光者火光也。烟幕街上一天，和天上的云连接起来，中间闪烁着火星，四散地飞去，火焰不断地从屋顶上冒出来熊熊地燃着。不仅一处放火，无数处木材崩裂，墙土倒塌，更紧张了视觉和听觉,几乎失掉分别。带着无情的火,下了山头,回到宿营地。

四川的五月,天气应当是热的了,晚上只能盖遵义纪念品三友实业社的毛巾毯子。蚊子还没有出来,苍蝇可多得怕人,同云南一样的多。我们的宿营地,太阳一出来总有好几十万,比飞机还讨厌。苍蝇的包围是经常的,飞机只来袭击一下,来的时间,也可以预计得到。飞机总是每天来两次,但都在会理城附近的天空盘旋,一方面对城里的守城白军投掷信袋,一方面把几个炸弹来轰炸我们围城部队。他抛得再多,飞得再低,可是没有什么损伤,打塌些民房庙宇是唯一的成绩。

六天当中,上级干部队上了几次课,两天的晚上去看攻城,其余都是闲时。热得闷人的午间,可以倒头一睡;下午太阳落了山,可以望望会理城的烟火;也可以到雪峰处去谈谈地洞挖得怎样了;或者一同到溪边林下去采桑子吃。会理有香蕉,在金沙江岸上是看见,但都被别人买完了。在会理是听见说别人买来吃了,根本连看也没有看见过,但把桑子聊当水果。苏进同志还请了我们吃了一回四川菜,是一个邛州人动手的,四川味道也有限得很。戏是我点的,家乡风味却不够,还不如自己胡乱弄点小玩意儿有意思。把糯米粉做成汤圆,或者和些黄糖进去一蒸,便是很甜的年糕,卖个鸡来杀,鸡汤内煮菠菜。就这样弄东西吃,也花去时间不少。

六天的时候,在没有秩序的生活中过去。对于会理城强攻既不成,爆炸也未奏效,进城似乎是已不必强求了。五月十五日的下午六时,远望着四方黑压压的城,城里外的烟和火,在青葱浓郁的四围山色中,在古道垂杨疏散的斜透出夕照的图案似的线条中,在无端的怅惘情绪中,离开了会理。

(四月十六日于甘泉高家哨)

四、强攻和爆炸的两夜

灼热的太阳下了山城,从它的对面,升起一弯月,几点星。就是这样的星月黄昏,也不能带来幽静的氛围气。因为烟是真冒着,浓黑的这里一股;火通红地照彻一个半天,会理城上还送来零乱的枪声。就在这样紧张的气氛中,传遍了今天晚上要攻城的消息。

赶早地吃完晚饭,赶早地整装待命出发。灼热的太阳已下山坡,从它的对面升起一弯月,几点星。我们从宿营地经过四面插满秧苗的田埂上,隐蔽地爬上山头,下午我远望会理城的山头,这就是今儿晚上攻城的指挥阵地。我翻过山头,走向山前斜坡上坐下来。晚风呼呼的,吹作初夏的夜凉,有时还使人打一个寒噤。烧房子的烟火,更清楚的逼到面前,连城垣上雉堞间奔跑的黑影都照红,连因风动摇着的树枝都照红了,连遮满全会理城的瓦鳞都照红了。赤化的会理!

迎着风望着赤化的会理,期待着攻击信号的发布。

一声迫击炮响,轰向城里,无异一个晴空霹雳。继续的便是繁密步枪声,嗖嗖响着,中间更夹着更繁密的每秒钟几十发的轻机关枪声,从四面八方射向城去。攻击开始了。城里的子弹也同样繁密起来。夜间射击的目标是缩小了,乱发着,一排一排地连放,作火力的比赛。指挥阵地的上空,有时也飞来几声嗤嗤的子弹不知落向何所。迫击炮弹,我们射向城里的,以及敌人射向我们的,交互地轰来,增浓了夜间战斗的紧张空气。一九二七年围攻武昌的往景,急速地掠过我的回忆中,一声手榴弹响,打碎了这一个回忆。迫击炮弹也爆炸了,纷乱的。沿着城垣雉堞,一路的照明,那是告诉谨防架云梯爬城的记号,在爆竹似的枪声中,明明灭灭的不定,有如天空的星粒,掩映在流动的浮云上。我们是静悄悄地接近,静悄悄地放射步枪、轻机关枪、迫击炮,静悄悄地攻击。敌人是相反的,叫!吼!吵!嘈!在城墙上,听说刘元璋连小学生都动员上了,成千的人,嚷成了一片,真像汪洋大海中一只沉没的轮船,无希望地向天呼救。有时是整个城墙一声叫,有时是一路叫过去,此起彼落的,无意义的汪汪呐喊,如同一群狼嚎,一群犬吠!

城西南角的天空一闪,由信号枪中射出的发光弹一颗红的,又是一颗绿的。

"啊!进城了!进城了!"大家都如此说。

攻城部队,谁先进城就谁打红绿枪,是原来约定了的,那还不是攻进了城!劲光同志带起他的队伍就走,叫着向导领路,一直向西门去。枪声还是响着。迫近西门的时候,在田野中一条上百人的影,城墙上是望得着的,子弹嗤嗤地在头上飞过。大家立刻对攻进了城的信号弹的红绿闪光,要打一个问号。急速地通过,到一列民房下隐蔽起来,侦察个究竟。红绿弹的闪光靠不住,城墙上一直飞下来子弹,停止在民房下近十分钟,没有证实已攻进城的事实。队伍只有向来路回转去。消息传来,强攻未成功,战斗的时间已经很长,决定不攻了。攻城部队已经撤下来,我们也就用不着再回到原来的阵地。

枪还是在放,人还是在喊,雉堞上的照明已灭了一大半,只有烧房子的火愈烧愈有劲似的,冒着烟,飞着火星。一路走向宿营地,一路回头望望,已是耿耿星河欲曙天了。

十一、十二、十三日,全线平静无事。坑道作业在两处异常忙碌地工作着,十四日下午连炸药的埋塞都完成了。爆炸就在今天晚上。

黄色炸药、黑炸药,这些东西,这里是不容易得的。这几天尽了一切的努力,来收集硝磺,但据说数量并不足够。提起炸药,抗日先遣在福建缴获的卢兴邦的炸药从瑞金运到湖南,已无法再搬运走,因为运输员的补充发生困难,就拿来白炸没有人的湖南式的碉堡。现在可找不着那样好的炸药了。但是炸会昌炸沙县的经验和胜利,使我们有炸开会理的信心。

同样的黄昏,同样的晚风拂拂、星月依依,同样的队伍,跟随指挥阵地的转移而转移,到另一个山头。更接近城了。迫击炮阵地也在附近。首先是钳制的方向,即是指挥阵地这个方向,开始佯攻。迫击炮、步枪、轻机关枪,照着雉堞上有照明,城墙上有喊哗声,火和烟继续燃烧着的这个广大的目标——会理城,无次序地射击过去。一时就热闹起来。城内也回敬了无数的步枪子弹、轻机关枪子弹、迫击炮弹。那只快沉没的轮船上的呼号更加惨厉,甚至于压倒枪声炮声。我们知道这仅是今天晚上攻城的序幕,惊心动魄的崩天裂地的轰响,还在后边。

大家期待着,红军期待着,会理的工人农民也期待着;风期待着,云期待着,星和月也期待着。

过之又久,差不多都等得不耐烦了,终竟响了那一声。有似绝大的陨石,自天而降,还加以陡然的地震,轰响和动摇联系起来。这瞬间,整个夜战的参加人都埋沉在一声中,全都神经都集合在一点。爆炸开了吧,可以攻进去了吧,突击队行动了吧,一连串的思想过程,没有停留地自流地向前发展。而敌人呢,所有枪声、炮声、呼喊声,都突然绝灭,轮船已沉没到海心了!那时他们的思想过程应该是:该没有炸开吧,红军该没有进城吧,快些丢了枪跑吧。沉寂的时间是很短的,不过半分钟,每个的思想过程,都得到他自己的结论。

城墙上重新响着枪声,依然奔驰着叫!号!信号枪也不见放出它的颜色闪光,爆炸是没有奏效的,还是爆破作业不好呢?还是有了爆破口而突击队不行呢?当时不知道,就是一年后的今天也无从考据了。反正这不是战史。但是有两处坑作业,一处爆炸不成,不是还有一处可以爆炸吗?看第二回吧。又等了相当时间,第二处爆炸了。从爆炸声听来,就是未奏效的。声响是小得很,凡是第一次所引起的那种刺激震入每个人耳心的巨响,从西面山的阻挡,发生更大的回音都没有。

"大概坑道口塞得不结实,向外面跑了。"这是工兵专家的推测。

枪稀疏地响着,城垣上的呐喊也似乎柔弱无气了。在攻者和守者间,战斗的紧张性都已转入松懈的状态中。

自黄昏到晓时,已经很久了,风、星、月,都疲倦似的吹得无力,照得无光。回到宿营地时,背后依然是几天来一直燃烧着不熄灭的火和烟。

(五月五日于宜川,北赤前集)

五、八个晚上的夜行军

攻会理,是不坚决的。不仅是客观上敌人以逸待劳,我们已近一万里路的长行军,兵力疲惫,难以攻坚;在作用上说,也没有必要的战略意义。后面靠金沙江,前面横大渡河,两侧是彝民区域的崇山峻岭;仅此会理、西昌一个谷道,殊非必争之地。会理既不下,西昌也用不着攻,就是冕宁、越嶲两城敌人如以重兵扼守,我们也不必一定占领它。主要是争取先机过大渡河!

过大渡河,由会理出发,有一条路是经过西昌,翻小相岭,从越嶲到大树堡渡河,对岸是富林。这是走成都的大路。另一条是经西昌至泸沽后,向左走到冕宁,经过一个"蛮子"区域,直下大渡河边的安顺场。这是不容易走的小路,第一条走不通,敌人已在富林大树堡布置了重兵,堵截我们,只得选定后一条。对第一条路,则采取佯动,由五军团占领了越嶲,欲强渡富林模样,以迷惑敌人,而大兵径趋冕宁!

由会理出发到冕宁，共是八个晚上的夜行军，计程五百二十五里路。都是沿安宁河左岸直上。安宁河自小相岭发源，南流入雅砻江，再流入金沙江。就是这一条八九百里的流域，形成这一个平坦富饶的谷道。沿河市镇，为甸沙关、摩挲营、金川桥、黄水塘、礼州以及泸沽，都是有上百户人口的地方。虽然是夜间通过，看不出什么来，但三合混凝土的街路的平滑，铺面排列的整齐，告诉出贸易状况应该是不坏。大部分居民都跑了，加之夜晚，街上寂静得落叶可闻。但也有人一身是胆，他晓得他，既无家可烧，杀也未必杀到他名下来，还做点半夜的生意，汤圆、面饼子，剥红军的"黄瓜儿"（请准我用这个杭州土语，因为有天街上买东西时，曾对两位浙江同志谈话，使用到它）。

　　夜行军，主要原因当然是避免飞机的侦察和轰炸。有月亮的夜还好，上弦和下弦，就一天漆黑，足下莫有高低，我顶怕这些时间来夜行军。在江西、湖南、贵州，多是打火把，远远望去，颇为壮观，因山势之起伏蜿蜒，活如一条几十里路长的火龙。这八天是正在月圆时候，用不着火把，每天晚上都在月底下走，星底下走。太阳落坡时出发，一直走到东方发鱼肚白。虽然疲劳些，一边走，一边看夜景，还不错，颇有苏东坡"江上清风，山间明月"之感。那风，可不算是清风，而是狂风，吹得劲儿真够大。泼面吹来，既不冷也不刺，可是受不了。行路时我把斗篷取下来，作挡风的盾用。据向导说，孔明借东风，借到金川桥为止，所以要过了金川桥，才没有风。真的，金川桥北的风势是好些。这也只好姑妄言之，姑妄听之。不知是哪一晚上，被风一吹，都起恶心,翻肠倒肚地呕吐,一个一个地吊下去。这一队人马,简直散了伙,到达宿营好久好久,才收拢来。他们晚上的好菜,是桐油炒的狗肉。原先不知道那油是桐油,竟自上了一个大当,就是没有风,也要作呕的。

军队生活的单调是事实。孔圣人还说"饮食男女人之大欲",军队中,男女既没有,一切的"欲"都寄到饮食上了。夜行军已够疲劳,但第二天早晨到了宿营地,还未肯即去寻梦,一定要设法弄个好东西吃。但桐油炒狗肉可是最倒霉的东西!八天当中,至今犹堪回味的,是宿营黄水塘的凸凹那天。夜行军走了好几十里路,走得个个都精疲力尽的,一休息坐下来就是瞌睡。虽然夜半的寒气侵人,也顾不得许多。陈宋自己也未尝无此同样要求,便下命令,大休息,放心睡起来,等天明了再走。天明走了几里路,进入宿营地,是一座土豪房子,已扎过我们前走的友军。飞机还照顾了一个炸弹,打得灰尘积寸,好像久未住人的古屋子。

一座四川式的大院,正房是四合头的建筑,右侧连接一个两厅一亭的花园,点缀起鱼池盆花。但究不脱"土"气,一切都不整饰,花园里长着乱草,堆着木材石灰,找不出一点"风雅"来。正房上随处都堆着一囤一囤的由佃户处勒逼来的租米。一个书房,锁了两柜子。恶劣板木的纸装书,夹杂一点高小中学的算术、历史、动物、化学的教本。翻来翻去,只找出一部石印的《桃花扇》尚可消遣,这已经是不容易获得的读物。在行军中,可是除了米之外,饱口腹的东西倒不少,虽已是走的友军,打过了土豪的，剩余不要的东西，已经有二十八九只火腿，一大缸油泡香肠，好几罐冰淇淋样醲的蜜糖，一大筐一大筐的蔗糖、藕粉、花生，还有上品的普洱砖茶。云南名产的火腿到通安时已无余，今复得此补充，安得不喜。就是这样东西还成为后来在松、理时代的黄金回忆，大米之多，毛儿盖无论已，今在陕北，亦只能嚼黄米糍子。涤宙同志要赶路到大渡河边去试作架桥作业，他刚到宿营地，又马不停蹄地随伯承同志走了。给他一只油鸭子作路菜。火腿是分给整个干部团，公家的菜便是油腻腻的煮火腿、糖冲藕粉、泡普洱茶、炒花生、油煎糖饼子，炊事员是忙着，学生也忙着，我也忙着，把菜盒子，一格一格地装满油鸭子、香肠、蜜糖。忘记了夜行军的疲劳，就是躺在那花园的厅子里，还翻着《桃花扇》。

（五月八日于北赤前集）

六、冕宁一瞥

最后一天夜行军，以入下弦时候，月起得很迟，再加上一天云，蒙蒙的仅能辨着路影。由石龙桥五十里到冕宁，五月二十三日早晨九点钟才到。

冕宁敌人仅一个连，自计不能与会理比，已闻风远扬，我军先头，垂手而得。我们住城南一村庄中，距城尚有十里路，到达宿营之后，照例铺门板，解马装，洗面，洗足。冕宁是江西红军入四川后第一次取得的县城，会理既攻而未下，我又久矣未回四川，照例事完后急得想去县城看一看。

四川的县城，在以前，只是生长在彭县，读书在成都，到成都路过新繁，以及离开四川时岷江船行，实际上岸到了江安的乐山、宜宾、泸县、江津、重庆，一共九处，今得冕宁而十。在四川会理、西昌已不足道，冕宁之荒僻衰落，不言可知。一进城去，印象便不佳，别人不知怎样，我或者有了成都盆地的先入之见，连西昌镇子也不如。

城垣低低的，且薄，进南门，一条大街，通到北门；东西一条，窄窄的，比南北的一条更不像样。在两条长街相切的十字路当中，一座高耸钟楼，恐怕在全城算是最高的建筑物了！于是把两条长街，变成四条街。街上的店铺，一列的平房，并且没有什么气象恢宏的，都是矮矮的益显得卑微。很少有三间门面的商店，一般是一间的两间的，红油铺板都褪了色；更看不见有什么黑漆大门，八字粉墙的土豪房子。街上已经没有啥东西可买，或者是怕"共产"搬起来了，但就不搬，也不见得有何殷富。不通大道，僻近蛮区，已决定了这个城市的发展的限度。本来不想买什么，反正要买，就只有买吃的，打听着有一家糕饼店，鸡蛋糕非所望，能够买得几个芝麻饼子也好。去问一问的时候，又已经为捷足者早搜罗完了。做新鲜的，要从调面粉等候起也大可不必。别寻出路，街上有卖豆腐的，有卖莴苣的，有卖萝卜白菜的，弄顿饭吃也好。

我们停足在一家草药店门口，以买两毛钱"六一散"为名，借故同掌柜的说东话西，就拉扯上了。这个掌柜是阆中人，他惊异地表示着红军真怪，哪里来这样多，随处都是，他家里阆中也到了红军。我就和他开玩笑,老远从阆中跑到这儿来做生意,以为是躲过红军了,哪里晓得在冕宁也免不了,过可无处去了。他笑了一笑。最后问到冕宁上面的"蛮子"也谈不出什么名堂,没有吃的住的,要准备两天干粮,要准备露营,但问题中心并不在此。赶快兜到正题上来,就是我们拿钱来买些莴苣、豆腐、萝卜、白菜,由掌柜奶奶替我们弄顿饭吃,天气热得慌,还是煮稀饭吃吧。承情得很,掌柜的一口答应下来,我们便在他店里放倒门板,睡一觉。昨晚夜行军,靠的着今天还是半夜出发,吃的问题有了把握,还得需要寻梦。口渴吗?掌柜的在八仙桌上,还送一大壶清茶呢。

在半睡眠的状况中,过去了一两点钟,等掌柜的把我们吵起来的时候,已经一大盆又白又浓的稀饭,四盆素菜,摆在桌子上了。连掌柜的在内,各据一方,吃起来。油腻的东西,天天吃,今天这么来一下,换个口味,真痛快。尽情地吃。最后向掌柜的道了扰,走回宿营地去。正午是过去了,可是太阳的灼晒的光线,并不减弱一点儿。

一路进城,同着吃这餐饭的是劲光、雪峰同志。

(五月十七日,甘泉,临真)

七、"倮倮"[①]

通过彝人区

1935 年 5 月 21 日,中央红军主力经冕宁大桥、拖乌等地,通过彝族聚居区,向石棉县安顺场前进,抢渡大渡河。为顺利通过彝族区,由红一军团第一师第一团和一个工兵排组成中央红军先遣队,由刘伯承兼司令员,聂荣臻兼政治委员,率先向大凉山彝族区进军。

彝族是中国少数民族之一,源于南迁的古氐羌人,与唐宋时的乌蛮有渊源关系,在不同地区有不同称谓,有的自称"诺苏"及"米撒"、"撒尼"、"阿细"等。元明以来称"罗罗"、"倮罗"。因红军对彝族不了解,沿用了当时的称呼。

彝族长期遭受国民党政府、地方军阀以及奴隶主的残酷压迫和剥削,经济文化落后,生活极其贫困。由于历史上造成的民族隔阂,他们对汉族不信任,不准汉人的军队进入他们的地区。

为了顺利通过彝民聚居区域,中共中央以红军总司令朱

---

① 编者按:"倮倮"是封建社会与国民党政权对凉山彝族的蔑称。因红军对彝族状况不了解,沿用了当时的称呼。本节有删改。

德的名义发布了《中国工农红军布告》，宣传中国共产党和红军对少数民族的政策，号召彝族人民同红军合作，共同反对国民党的反动统治。

同时，在中央红军各部队中，普遍深入地进行了党的民族政策和红军纪律的教育，严格要求指战员尊重彝族风俗习惯，遵守三大纪律八项注意，做到秋毫无犯，以模范的行动来扩大党和红军的政治影响。

5月22日，中央红军先遣队从冕宁大桥出发，进入彝族地区。当部队行至冕宁北25公里处的袁居海子（今彝海子）地区时，遭到彝族罗洪、老伍、沽基〔鸡〕等家支的拦阻。红军先遣队一面向彝族群众宣传共产党的民族政策和红军的宗旨，一面派代表同彝族首领谈判，并按照各家支不同的政治态度，采取不同的政策。对受国民党蒙蔽、对红军政策不了解的老伍族说服其保持中立；对受国民党利用同红军对立，并截去红军器材及枪支的罗洪族，采取政治上争取，军事上予以一定程度的打击政策，迫使其停战言和；对同红军比较友好的沽基族，则采取热情友好、赤诚相待的态度，争取其全力支持。刘伯承司令员按照彝族的习俗，同沽基族首领小叶丹歃血盟誓，结拜为兄弟，并赠送武器、弹药，帮助他们建立自己的武装。由于红军采取了区别对待的正确政策，从而争取了大多数彝族同胞站在红军一边，化干戈为玉帛。当晚，刘伯承司令员邀请小叶丹等同返大桥营地，热情款待他，进一步加深了汉彝两民族间的兄弟情谊。刘司令员还代表红军授予小叶丹一面书写着"中国彝民红军沽鸡支队"的队旗，正式成立了中国红军彝民支队。

第二天，小叶丹的四叔便引导红军先遣部队，顺利通过了彝族居住地区。

5月23日，中央红军主力由小叶丹带路，进入彝族区，受到彝族同胞的热烈欢迎。红军指战员为感谢彝族兄弟的支援，每人都准备了一件礼物赠给彝族兄弟。红军所到之处，充满着彝汉兄弟团结的欢声笑语，彝族同胞到处传颂红军纪律严明，爱护群众的动人事迹，许多彝族青年还踊跃地参加了红军。在广大彝族同胞的帮助下，红军顺利通过了彝族区，彻底粉碎了蒋介石企图利用彝汉民族在历史上形成的隔阂，以阻止红军前进的计划。

━━━━━━━━━━━━━━━━━━━━━━━━━━━━━━━━━━━

在四川的时候，只晓得灌县有"蛮子"，大凉山也有"蛮子"，其实灌县出来的"蛮子"是松潘、茂州等地来的大凉山的"蛮子"，散布的区域，不仅限于大凉山，大渡河、金沙江、岷江这个地角里的大山中都有，并且这两种"蛮子"，在人种学上是不同源的，据我的猜想，松、理、茂的番民，是出于西藏民族，而大凉山的"蛮子"，则原来是长江流域上流的土著，被汉族帝国主义赶到这个穷山僻壤来的，恐怕和湖南、贵州、云南、广西的苗、瑶族是同族。我申明我的是猜想，正确的结论，待之将来无产阶级的人类学专门家。戎马仓皇，今天不容我多所饶舌！

冕宁的"蛮子"本地土人称之回"倮倮"。对于"倮倮"他们是言之色变,抢杀汉人,无所不至。汉人待遇"倮倮"只要捉着,也极尽残酷,冕宁有专门关禁"倮倮"的监狱,无论男女老幼,都是上了镣铐的。民族仇恨之深刻,不知其几世纪了!对于冕宁监狱中的"倮倮",不放,我们便不算忠实于党的少数民族政策,但放,冕宁群众是反对极了。经过对群众的解释,我们还是全部放的。可是当天下午大桥就告警,幸好我们先头部队赶到。"倮倮"才跑了,不然大桥是有一场火。

早上两点钟出发,昏暗中经过冕宁城,到大桥、北岩堡时,已近正午了。这以后,鼓起足力,翻上一个高山,那便是"倮倮国"了。"倮倮"是盘踞在这一个山脉上,这个山脉名小相岭。那边下山,就是大渡河。两日行程,共二百四十里路,除了前后约一百里的汉人区域不算外,纯粹的"倮倮"区域,由南向北,约有百零十里路长。这一个山脉,上面有类高原。这个高原上,有什么矿产,地理书上没有,提起了毫无意义,土地是很贫瘠的,自然林都不大丰富,加生产技术的落后,农产品是无甚可观了。我现在所能想起的,只有荞麦、马铃薯,很少的小麦。水草却随地皆是,畜牧是应该有的,但恐亦不甚多。因为这样,生活资料的不完足,而从掠夺上来弥补这一部分,他们的"财政上的赤字"是很自然事情。有时成群结队地下山来抢,有是时拦路打劫过路客人。据说,杀人却不甚杀,但抢劫时是把被抢人的东西,完全抢尽,连穿的裤子都不留。我们占领冕宁后,冕宁"县大老爷"的一群,逃往"倮倮"区域,除"县大老爷"被杀了之外,其他的人衣服都脱光,甚至于一位科长"太太"也得裸体跑转来,"赤条条来去无牵挂!"他们内部的部落关系,也不甚好,部落间互相抢劫也是有的。

因为要劫掠别人,同时要防止别人对自己的劫掠,武装的价值就增大了。可是在这方面,就大有进步,已不是石器时代的石斧、石刀,虽然一部分还拿铁器的刀矛,但大部分是拿的火器了。明火枪、毛瑟枪、七九步枪,而且会使用,瞄准极准确。两天的路程当中,他们一路都排成上二三百人的队伍,站在我们行军队列的旁边,看我们前进。对于我们那么精致的枪,是羡慕得了不得。在初次接洽"假道"的交涉当中,我们送了他两百条枪;我们行进时,有个"倮倮"看见驳壳枪很小巧得玩,一定要,我们给了他一支步枪,他大为满意。

这些"倮倮"们除了武装观念很浓厚之外,货币观念也很浓厚,就在站队参观我们,通过的这一群一群的人多少,他都要,而且面孔上似乎表现着强硬的需要的样子。许多同志今天还说:"啊!那些'蛮子'伸手要钱的样子,怕人得很。"对这个问题,我们曾经有过准备。就是大家预备一些东西来给他们。有的给他们钱,有的给他们一两尺颜色的棉织品,或丝织品,有的给他们一两块四川盐。钱一下给光了,因为要钱的人是连续不断地伸着手。忝为四川人,但不会说"蛮子"话,一路我只好用手势做给他们看。钱,站前头的几个,我给了他们了,现在可空口袋,完啦。其实我也还得留下几个子儿自己花。货币,对于这些"倮倮"有何用处?糟糕!他们也不得不和商品经济接触了。拿着钱,就可换他们需要的布啦,线啦,针啦。这些东西,他们是没有的;粮食自己还不够吃,也莫有农产品可以出卖。反之钱是很容易来的,抢,并不会费什么劳力。拿钱去买他所需要东西,就等于抢得这些东西。

因为"倮倮"的成群结队来看我们,我们也就看了他们。大部分是赤足,有的穿麻鞋,身上是布褂布裤,各样各式,不伦不类,一定是抢来的。外罩是一件羊毛手织的披衫,那倒是真正土产,莫有袖子,领小,撒开很大,这样一裹,就是这样简单。大镰、刀子、烟管,挂在身上,同松、理、茂的"蛮子"又差又多。女人是百褶裙,据说不穿裤子,这可没有实际考察,毛羊披衫,亦是那么一件。

不是听说还有什么"白骨头"、"黑骨头"即白彝黑彝的吗?站的这一排排的人丛里,谁是白彝? 谁是黑彝呢? 怎样分别呢? 可看不出来。据说"白骨头"是奴隶,而"黑骨头"是主人(大概就是地主土司吧),"白骨头"可以作为商品来买卖,而且"白骨头"永远是白骨头,即是说奴隶永远是奴隶,白黑彝不通婚,有私奸的,白骨头要遭残杀。汉人也有被俘虏去作白骨头的。抢东西,打抢货币,只能消费一次就完了。打抢劳动力,却能使他再生产,只需给他一点吊命的食物。如何进行"剥削"这件事,"倮倮"他也晓得。"倮倮"就是这么一个社会。

(五月十四日,临镇)

八、安顺场怀古

在"倮倮国"行军的第二天,那天整整一百四十里。一出"倮倮"区域,天就黑了,下大雨,又是下山路。我们的行军序列前面,刚好又是迫击炮连,走不动,只有站着淋雨。找着三间房房可以停足,已经午夜早过,两点钟了。经过岔罗、洗马姑,到了"农场"(大概以刘文辉的团长李光明在那儿建立了一个"光明农场"而命名吧)便是大渡河边。大渡河,土人称之曰铜河,沿河右岸上行三十里即达安顺场,一个近代史上有名地方。

洗马姑驻了一夜,牙齿正痛得说不出话来,还有动闹别扭。农场驻了一夜,却奇怪,牙齿又不痛了。就在农场,涤宙同志归回建制,大渡河架桥,和金沙江一样,没有可能,工兵专家对此天险也无用武之地。听说大渡河上流只有富林这一个渡口,水才比较平稳。在这里,甚至连槽渡也不是好办法了,金沙江的水虽急,在绞车渡船还能过直角,而在大渡河农场处,并安顺场一处,船要顺水冲成斜角才能渡过。渡一次,来回要一点钟,这是最快的速度。并且船很小,也很少,农场四只,安顺场两只,驾船不慎,两处各破坏一只。容不下多少人,渡不了多少人。两处的船,也不能集中,因为滩险水急,上游的船放不下去,而下游的船拖不上来。这真是棘手的事。所幸农场、安顺场两处的渡河点是抢在手中了,总有办法想。

安顺场渡河点的对岸,敌人是一个连,首先我们得到了船一只，船上载十七个红色战士，不顾敌人的火力，在那样汹涌的波涛中，把所有的一切，成功或失败，都交给一只船，都交给轻机关枪和手榴弹，安然地渡过左岸。敌人一个连，溃散了！我们十七个胜利了！胜利的十七个英雄！无产阶级队伍里十七个英雄！

　　但是浮桥难以架起，而槽渡又浪费时间，于是整个野战军沿河右岸直上，抢过泸定桥。仅以干部团渡河，分在农场、安顺场两处，掩护全军通过，同时迷惑敌人，使敌仍以为我们是从安顺场渡河。方针定下了，我到安顺场的时候，军委总队已经整装待发。刚好在那个时候，飞机突然来袭，我在文彬同志处捧了满两手的枇杷，也顾不得吃，便从场口跑出来，寻觅下一个适当的隐蔽地方。嘘——嘣！炸弹炸在河边上，我很担心安顺场里几十匹马，拴在街上，那样大的目标呀！

　　军委总队出发的时候，我也由安顺场渡河过到对面的安靖坝。

　　安顺场要是不到这个地方，也不会知道这个地方，我是说从历史上，来知道这个地方。太平天国的史籍，我相当地看了一些，特别在一九三一年"九一八"事变时，我那时正旅居北平，每天到北平图书馆，都是翻的太平天国的材料。但安顺场这个地名，却生得很。后来才记得薛福成的《庸庵笔记》里的"书匠寇石达开被擒事"提到它。石达开就在安顺场这个地方全军覆没的。时同治二年四月间事，阳历便是五月，和我们渡大渡河的时间相同，亦历史巧事。但是对于这些英雄末路的悲剧的史实，有几点很是值得怀疑的。我不是说那些"倮倮"土司拿了石达开的钱,又出卖石达开的事。那是可能的。把石达开作为一个很好的战略家来看的时候,安顺场的失败,是不应该的。据《庸庵笔记》所载,石达开的队伍,本已由安顺场渡过河一万人,天就晚了,后续部队不能再渡。石达开以为他一贯用兵谨慎,今天把兵分隔在河的两岸,使兵力分散这不大好,重把已过河的一万人渡转来(大意如此,原文无书在手,无从录出)。这里有几个漏洞。既然天已晚来不及渡后续部队,那么又哪能把已渡过的一万人渡回安顺场呢?这个时间哪里来的呢?有渡这一万转来的时间,为什么不继续渡第二个一万人过去?从安顺场渡河点的水势来看,天近晚还能渡一万人,那船非有二百只不可,一只船一次渡二十五人渡两次。但那个地方,很难一齐摆下两只船来,船夫不是熟手,还不内行,得有一千六百个船夫,四个营一只,分两班。我们两只船把沿河两岸的船夫请完了,也只三十九个,还夹了几个生手。结果还要撞坏船,押船的政治科学生和船夫自己还送了命,只有两个船夫爬起来。石达开那时,哪里得来两百只船,一千六百名船夫?同时一个渡河点,河那边没有兵力扼守,假如对岸为敌人占据时,如何可以渡河?既已渡过去一万,又渡转来,这简直是岂有此理的事!这样粗浅的战术,以太平天国名将见称的石达开不见得不知道。要是薛福成的笔记是实事,那才奇怪了!就是后来大雨水溺,以致对岸为清兵所得,难于渡河,为什么不沿右岸直上,连入西康?为什么不向下走,到大树堡拐回西昌坝子?或者再向下走,弯到大凉山东的岷江沿岸?机动地区还很大的!我想那时石达开的兵力尚不少,士气亦可用,而计不出此,一世人豪径自在安顺场束手就缚,作阶下囚,我真不大佩服。可是历史的安排同样奇怪,终就空了!就是李秀成在南京的孤军奋斗,也没有希望了。今天所能看见的,只有"乱石崩云,惊涛拍岸,卷起千堆雪"。欲从田夫野叟,一寻翼王遗迹,以供凭吊,哪里是!

更奇怪是百年而后,出了震动全世界的朱、毛,又来到石达开撞钉子的地方,蒋介石、刘湘、刘文辉等高兴得很,以为历史的范畴,是一个铸定的模子,安顺场石达开擒杀样子,做得十拿九稳的。然而不然!不仅有强渡安靖渡的十七个英雄,而且刘文辉的泸定桥也不守了!只可惜我没有去一看那有十条粗铁索长半里路的伟大的工程!

河对面的安靖坝,石达开没有过得去,而我是过去了的。怀古幽情,且暂为搁起,首先得找定宿营地,把自己安顿下来。这里不好,那里不好,都在缫蚕丝,苍蝇成千成万地满天飞,结果住到供奉关圣帝君的冷庙里边去,至少苍蝇少些。安靖坝住了两天。这地方盛产蚕桑,成为这里农民的主要副业,丝是自己织,卖茧子,交通不便,还在路上就会出蛾了。因为销路是四川丝业中心的嘉定(大渡河与岷江河流处),远着呢。可是土质并不好,玉蜀黍已挂须了,才长三尺来高,茎是细的,同高粱秆一样,怎比得产在川西坝子的玉蜀黍,和甘蔗一样粗,比人还要高。两天来实在没得啥事,看河那边的红军陆续的向泸定桥前进,看大渡河水涨。因为下雨,请特务员多劳点神买两个鸡,买了又要杀,杀了又要炖!吃了鸡去可以说话的地方一坐,发表我的石达开也莫有什么了不起的高论。

既然怀古,安可无诗:

> 澎湃铜河一百年,红羊遗迹费流连!
> 岂有渡来重渡去,翼王遗恨入西川!
> 检点太平天国事,惊涛幽咽太伤心!
> 早知末路排安顺,何不南朝共死生!
> 十七人飞十七桨,一船烽火浪滔滔!
> 输他大渡称天堑,又见红军过铁桥!

(五月十五日,临镇)

九、大渡河边

大渡河,我们不仅是渡过便罢了,整个在四川行军当中,几乎无处不与他会面。野战军是沿河右岸上行约三百里,抢过泸定桥。掩护部队的干部团是沿河左岸上行二百里,在龙八埠与野战军会合,才向化林坪前进,脱离了它。但后来在彝民区域中的大小金川,穿来穿去,正是大渡河的上游。大小金川留在后面说吧,这儿只撷取由安靖坝到龙八埠的一段印象。

五月三十日十三时,由安靖坝整队出发,目的地挖角坝(汉源县属),行程六十里。一路隐蔽一下飞机,休息休息,天就阴下来了,似乎要落雨的样子。高低低,路都凿在峭壁上,蛇蜒曲折的小路，由于山势和崖石的阻碍，有时上，有时下，总在山的侧面。山地行军，速度亦不甚快，且渐渐地下起细雨来了，更难走。然而时间已下午过去，接近黄昏。一边走，一边念着陆放翁的诗："幅巾筇杖立篱门，秋意萧条欲断魂。恰似嘉陵江上路，冷云微雨湿黄昏。"那时景象，后两句，真恰如其分。

问一问走了好远？"三十里。"快黑下来了，设营员已经把团部的宿营地安排在三十里路的那个小村庄上，六十里路，是不会有的，但我们还要走足四十里路，才有地方住。大渡河边，两岸高山，紧夹着一溪急流，要找出一块平坦的河滩，实不容易。一个很小的平地，已经叫什么坝，几间小店子，就算一个市镇，数椽茅屋，就成一个村庄。走了十里路才到，雨还是淅淅沥沥地下。两间茅屋挤了二百多人，能够找着门板，摆下自己的行营，已是如天之福了。吃不吃饭，真是满不在乎，且横下来听雨声度夜！

五月三十一日晨七时出发，目的地得妥（泸定县属），计程七十里。但先得经过挖角补足昨天未走完的二十里。天可晴了。二十里路，很快就到。在挖角休息约一小时，等队伍到齐，这时得着消息，野战军全部已进占泸定城及泸定桥，可以安全渡过左岸。石达开没有渡过安顺场，我们却舍安顺而不渡，泸定桥十七根铁索，又宽又稳，那些想把历史当成数学公式的将军，怎得不在朱、毛的威名下宣告失败！到得妥，是由挖角右行上山，得离开大渡河边。山是大相岭的余脉，说大不大，说小不小，一共是三座，就是这七十里。山里面亦有"倮倮"，比较大凉山上的是要开化些。抢劫，土匪，这些东西是没有了，并且还能多少说几句汉语，我们通过的时候，男女"倮倮"都在田里，农业技术的进步，或者耕地面积的扩大，二者必居其一，保证了他的生活资源。有一家正在炖牛肉，还有人进去买了他的牛肉吃。我在路上，还用汉语来问了他到得妥还有好远，三重好山，既是汉人都不要的，路也就可想而知。山上自然林极丰富，一片绿，依着山峰的起伏，叠成乱山纵横的调子。路是少人走过的，远年的败叶陈枝，溃烂在地下，兼之雨后，和着泥，极不好走。翻到第三层山，雨又下起来了。在山上已能够望远望着大渡河的线流，但转来转去，总在那个山坡上，似乎距得妥还不很近。等到从山的斜坡上溜到得妥时，雨更大，而且天快晚了。进了宿营地，清查掉队的可是有点多，我总算没有落伍，但已疲惫到不想再多走一步路，就住在队部里过了一夜。

六月一日晨九时出发，目的地沈村（泸定县属），计程五十里，从得妥前进，重沿大渡河左岸逆行。河幅到此已稍窄。但流速之急，恐怕比下游是有增无减。浪花冲刷在河中的礁石上，嘣的一声溅到一丈多高，还没有落下来，第二个浪花早又冲到了。大大小小的浪花，一河都是；奔腾澎湃的惊涛骇浪，掩盖了一切，几乎说话都听不清楚。飞机来的时候，轧轧的声音，一定要掠在顶空上，才能够觉得。

今天的出发命令，本来是三十里到家眷一个小镇市。十三时到达。已经宿营布置都好了，甚至于肉丝菠菜面都吃过了，准备睡觉了，又来第二个出发命令。前进二十里到沈村宿营，十五时出发。这几天来天气完全不对劲,午后照例下雨。一出发雨就飞起来,益来益大。路是小路。雨天黑得很快。还不到二十里路,距沈村还四五里,前面一个绝壁,路被几天雨一冲,塌下去了,要是白天还可以整理,天黑了,什么也看不见,没有办法过。只有向来路的小村庄找宿营地。这可费劲儿了,山腰的河岸三家村,哪里摆得下大队人马。东拼西扎,分散在三四处,总算塞进去了,但已午夜的二十四时。今天的疲惫,比昨天更甚。

六月二日晨八时出发,目的地化林坪(汉源县属),计程二十里。早晨起来,胡乱吃一顿饭,先派人请当地土民去挖出那被雨冲塌的一段路,队伍随后出发。在宿营地的村庄中,有树杏子,买了几十个,颜色倒好看,红红的,可是味儿却酸酸的,聊以解馋。幸好天晴,雨后的山,洗过了的,绝绿,四川的山,都是有树木的,大渡河两岸,巉崖峭壁,长松短棘,危挂在岩石上,缩成小景,颇似爬壁虎的青藤在墙上。而土质完全说不上,和安靖坝一样,只产很坏的玉蜀黍及马铃薯。到了沈村停下来,才得到今天行动的命令是向化林坪前进。在沈村的半天任务,是向来路的警戒,要到十五时才出发。因此宿营布置是临时的。把马装解下来,在一家店中,翻转两个半制品的棺材盖,作我的卧榻。细雨飞着,无事消遣,煮马铃薯吃。

"嗒嗒嗒嘀!嘀嗒嗒!"预备号后是集合号,踏着雨后的泥地,出发了。我们向前走,野战军过泸定桥后,沿河左岸向下走,龙八埠是接合点。大部分已走过去了,我们到龙八埠的时候,驻扎在街上的,是三军团之一部。自到龙八埠后续向化林坪(《庸庵笔记》上也提到这个地方)前进,这才完全脱离了大渡河。这二百里,一路急流,沿河留意水势,真个无一处可以安放一个木板,遑论架桥,要真是没有泸定桥,过一河确成问题。泸定桥成于清康熙时,石达开何乃见不及此!化林坪是在山半腰,一个比较大的街市,三军团和军委纵队,在那里扎住,我们只好又退回五里,到盐水溪宿营,小楼一角,一个囚牢似的窗眼,睡得头脑昏昏,怪难过。玉蜀黍马铃薯之外,别无出什么!

大渡河这沿河山径,今天要我再去走一趟,那简直说不大愿意。假如当风景看,确是要得;逆行这二百里路,算看了一幅中国山水画的长卷。

(五月三十日,临镇)

后　记

我本以"金沙江"为题,拟专写长征中的四川的一部分。今年一月便动笔。但十个月来,仅仅在宜川、甘泉的巡视工作中算成功了一点。这以后,便一直未写得一个字。原想写完后再寄出,但这"写完",谁也不知道是什么时候的事。现在录出最先的九节,以答复尚昆同志的号召。

小茅屋

——贵州西北边境的贫民生活写真

■ 曙霞

小茅屋，

矮茅屋，

入门要低头，

睡卧难伸足，

起风檐欲飞，

雨来漏满屋。

门前野草迷山径，

屋后荒山暴白骨！

绕屋凄凉无所有，

旦暮但闻小儿哭，

寒冬聚围小煤炉，

火焰常灼小儿臂①，

茅屋梁上少苞谷②，

---

① 小孩们虽寒冷也没有一线布遮体，被煤火烧得周身起泡。

② 该地只产些苞谷(即玉蜀黍)，存粮无处收藏，多挂在梁上。

家人下体多无裤①！

借问贫穷何至此？

苛捐杂税如狼虎？！

兄弟流离爹娘死，

卖儿鬻女偿不足，

何如参加红军去？

拼将热血换幸福！

① 当地姑娘十七八岁,还多是没有裤子穿,有的身无寸缕,终日睡在草堆中,出门时,用一块烂布遮羞。

渡金沙江

■ 曙霞

初夏的太阳，

烧灼了沙砾的山地，

行人的热汗，

沿脸浃背地流滴。

远征负重的健儿，

在黄昏后才跑到

一座村落的边沿休息，

"努力吧！第八连的诸同志！

无论如何要走一百八十里！

为着要完成我们的任务，

为着要达到我们战略机动的目的，

我们今天要走一百八十里！"

黑夜的幕已垂罩着金沙江边，天险的长江原来如此
天险！

羊肠小道在高山向江的斜面

蜿蜒而下，

对河山洞内炮孔枪眼挖遍。

倾泻的水流，

像万马奔腾，

深黄的江水

谁知深浅！

此处虽不是"蓬莱弱水"，

只"一夫守御"，

怕"万众莫前"！

蒋该杀①起了倾国之兵，

说："要把江西漏网的大鱼捉起！"

粤,湘,桂,黔,也都调兵遣将，

呐喊摇旗！

一路来"追""抄""堵""截"，

一路来败北披靡。

遵义一战②

咬得捉鱼者双手鲜血淋漓。

日本占领了东北，

蒋该杀却把"国防"大兵调到西南，

说是："抗日必先剿共！"(?)

"攘外必先把内安！"(?)

---

① 江西苏区人民都喊蒋介石为蒋该杀。

② 中央红军第二次进占遵义打坍王家烈部八个团,周、吴两纵队也被我们全部击溃,直追到乌江边,缴获极多,是"反攻"以来第一个大胜仗。

他孝敬日本的礼物，

是中华半壁的河山；

他所得的最好头衔，

就是卖国汉奸！

蒋家大兵也曾东追，西截，

这条"大鱼"却"神出鬼没"，

一会向贵阳直撞，

一会向昆明奔逐，

曲靖坝鏖兵佯战，

吓得龙云急去抱佛①，

这"大鱼"却大摇大摆到金沙江畔，

这才见灵活的战略战术。

彝民的土司，来替红军带路，

说是："只有红军能解除我们的痛苦，"

"江边还有五只小船未烧，"

"聊当我们微小的礼物。"

铁流般的一队，

已到金沙江中，

对岸山洞内的税吏，

---

① 当红军鏖兵曲靖府大坝子上围攻府城时，龙云以为将直捣其老巢——昆明，急电召其主力，星夜绕道回昆明布防，昆明城一夜数惊。

还在做他们"作威作福"的迷梦，
静悄悄地收缴了
税警的八根枪，
惊醒的税吏惊呼着：
"啊！从哪里飞来的天将军！"

蒋家大兵追到金沙江边
"望江兴叹"，
龙云的部队对着急流
侥幸地惊赞；
周(浑元)薛(岳)打电"告捷"，
说是："大获全胜——
缴到烂草鞋半只。"
龙云伸舌头，摸着脑袋，
还捏一把冷汗，
背地说："早知是这样
我就备下船只送他过江。"

万里长征，
历尽了风霜雨露，
忆连年血战，
破敌军屈指也应难数！
任大江峻岭强敌坚城莫能阻，

谁说"长江天险"?
看红军等闲飞渡!

刘文辉接到紧急电令,
说是:"朱毛红军已到金沙江畔,
如果同通南巴西进的张徐会合,
怕要赤化了川康。"

刘军长急忙调派虾兵蟹将,
开江边堵防,
谁知"五一"节那天正向江边开拔,
就大败于通安①。

胜利的红军,
已渡过了天险的金沙江,
前面"两大主力红军会合的灯塔"
放射出万丈光芒,
高举起我们的红旗向前往,
"无坚不摧"的红军谁敢当!

东洋的暴浪,

———————————

① 通安镇在金沙江北约二十里。刘家兵于"五一"节那天由通安南下,被我红军先头部队干部团大败。

已吞没了华北半壁的河山，

救国的男儿，岂肯仰天空叹！

我们的长征为哪般？

为的是北上抗日，

挽救民族的危亡，

突破重围，

长驱北上向前往，

看我们直捣白山黑水收复旧山河，

才早餐！（白山指长白山，黑水指黑龙江）

  一九三五年"五一"节前一天作于"通安祝捷大会中"

   一九三九年"五一"节录于子丹县西八十里之顺宁

鲁车渡寻船

■艾平

就是在渡过天险的金沙江一个下午,一支队伍顺着金沙江的左岸沿江而上。

"同志们! 天险的金沙江,我们是胜利地过来了,现在我们又担负着重大繁难的任务,中央革命军事委员会命令我们这个营沿江而上,到鲁车渡龙街接应我一军团,我们一定要完成这一军委直接给予的任务,我们能够完成! 张政治委员领导我们去。哨团属的侦察排呢?"十一团第二营营长萧桂同志,在出发前这样又于营面前讲话,解释他们的行动任务,最后他又这样地问:"能够完成吗,同志们?"

"能够完成的!"像雷样地响亮地回答了一下,队伍也就开始出发了。

倾盆大雨后黑无光,四周黑暗得咫尺不可见,天雨后路更加泥滑了,人们还是一个跟随一个,后面的猜捕着走前面的人的脚步声,不停息地在前进着。

"同志们! 爬山比赛吧!"

一个战士忽儿叫喊起,但并没有得到任何的回答,过了一会好像还是同一样的声音,又喊着:"爬山比赛哪个来?"

"丢你那个! 来吧!"

"来！大家都来！不来的做乌龟。"

接着就像一窝蜂似的,大家气喘吁吁地争先恐后的,争着往山上爬,许多年纪轻的一些同志,口里还在不断地唱着:"金沙江流水响叮当!"

吵吵闹闹,八个山是上去了,可是又来了一个重叠的山,山真有相当的高,但是休息一会,又继续往上爬去。

"往后传:一道石壁没有路,爬上去。"从前卫尖兵一个传一个的传达来了,队伍于是慢慢慢慢紧缩拢来了。有的说路走错了,有的说弯路去吧,有的说硬爬上去……你一句过去,他一句接过来,闹得一团。最后还是张政委肯定说:"硬爬上去:轻机关枪背在身上,枪一律大背起,无线电和行李用绳子调上去,骡马丢掉算了!"

好在悬崖峭壁的地段并不很长,差不多费了两个钟头的时间终于爬上去了,骡马当然无法子爬上去。

天是更黑了,悬崖峭壁的山道,更增加了夜行军的困难,走着走着,扑通一声又跌倒了一个。抬无线电的同志有本领,他们始终没有跌倒。

是半夜十二点钟的光景,终于到达了金沙江边的一个村庄,据村内群众说,这就是鲁车渡了。

到达鲁车渡不过十分多钟的时间,河的对岸发现大的队伍,打着火把,沿江而下,估计一定是一军团的队伍,于是用号音与他们联络,出乎意外的号音一响,河对岸的火把一个个地迅速地熄灭了,经过半点钟的时间,终于联络到,得到他们的号音,知道这是一师的队伍。但被金沙江的流水声所阻，隔江不能传话，火把仍然继续地沿江而下了。

第二天早晨经过多方的探问，知道鲁车渡原是一个渡口，在前两天还有四川军阀刘文辉的队伍在这里守着，他们为防止红军渡江，曾将所有的渡船打毁，沉到河底去了，只剩下一只小船是弯到一个悬岸的石壁下停着。

他们停这只船的方法，是乘着另一只船，将这一只船从河中拉到上游的石壁下停着，然后再把乘的这只船打毁沉到河底去。所以经过半天的工夫，也没有法子把这只船弄到手，从上山用绳子吊人到船上吗？山又高耸入云里。泅水到船上吗？水的流速又很大，不可能从大水泅到停船的地方去。别无办法。最后还是采取后一个办法，坚决地从下水泅到上游去。经过了十多人的泅泳，看看要达到船边，结果又被流水冲下来了，时间已耗去了两点多钟，然而始终无法与船接近。

最后，终于把这只船弄到我们手里来了，是用这样的法子：一个侦察排的王班长，他的泅泳术还不差，他用一根绳子束一把刺刀在头上，当他泅到距船还有一丈多远的地方，就靠着石壁用刀戳在石壁的被水冲裂的石隙中，慢慢慢慢地，一步一步地向上流移动，终竟爬上了船。

就在这一刹那间，沿河两岸的欢呼声，震天价响起来了，庆贺我们的成功。

费尽千辛万苦弄来的船，终竟在金沙江的河中飘动起来了，一军团的一部分，也就依赖它，从金沙江的右岸渡到左岸来了。

敌人的诡计,终竟不能战胜转战万里百战百胜的英勇无敌的红军。

十月四日于红大

火焰山

■艾平

十一团之侦察排及其第二营,在完成鲁车渡接一军团之任务后,继续完成军委电令:经江驿到达龙街对岸,阻止云南之敌的任务。

在占领江驿分县之后,为警戒后方的安全,留一个连驻守江驿(江驿距龙街河岸六十里,为我去会理与主力会合必经之道),其余在烈火般的太阳光的照耀下,向龙街继进。

由江驿去龙街的行程并不很远,只六十里,上一个十五里的高山,下一个二十里的大山,经过十余里的狭长山溪就到了。

这一个大山就叫火焰山。

据江驿城外的老年人说,从前也是不经常下雨的,现在更是很不容易遇到下雨,田禾、农粟等植物,经常都干枯得不像样子,所谓火焰山真是像烧火一样热咧!(老年人的话语)

"是不是孙悟空过的火焰山?"一个同志这样取笑地问一个乡下的老年人。

"哎呀!先生!你们也晓得孙悟空过火焰山吗?"老年人带着惊奇的神气说,他不停止地说下去:"听到先前辈的老人这样说:孙猴子过火焰山毛都烧光了,所以而今猴子的屁股和脚板都莫得毛⋯⋯"

不等那老年人说完话，一个中年的汉子插嘴来说："说是这样说，不晓得是真不是真哟。热是老热很，那河沟里常常是没有水的，那里越热得凶哩！听老前辈们说，孙猴子被火烧的那年起，河沟就不流水了。"

这里的群众告诉我们的，确实有些不差，虽然传说是不能可靠的神话，气候确实有这样的怪。

我们队伍从这火焰山过的时候，十五里的高山，在我们转战万里的红军看来，并不算什么，所以没有费什么力气，爬上去了，山顶上有一间小小的店子，静寂得很，除一个中年妇女和一个少年女人外，什么人也没有，因为军阀刘文辉把龙街的渡船烧空以后，已有十余天没有客商打这里经过，小店子的老板也被由龙街退入会理的白军拉夫去了。

起初这家很害怕我们，后来经过我们的宣传，说明白我们是红军，送给了她们我们从江驿县得来的土豪财物，县政府县长老爷的白糖及其他食品，对她们的态度很和蔼，吃过了她们冷水都给钱，她渐渐与我们亲近起来，她告诉我们红军真好，对他很相亲。她最恳切而愤恨地对我们说："就是前几天啦，龙街来的二十八军，别的不说，连她我的独女，一个独命根咯！都赶她哭起来了……还是跳下岩去，才躲脱了呵！你们看她脸上脚上的伤还没好咧？"

她几乎流出眼泪来了，站在她旁边的女儿羞煞地就走开了。

"骚扰你们了！……"

"嗳呀！说什么骚扰哟！一口冷水你们也把钱……回来时

我一定烧一碗茶你们解渴！……"那中年女人，背后跟着她的女儿，和蔼地向我说。最后她又很关心地说："天还早，慢慢走也还走拢的！"

下了火焰山，人们随着微微的凉风，并没有感觉什么热，我们的队伍慢慢地在一个狭长的久干无水的小河沟里行进着。

这久干无水的小河沟，只有四五十米远的宽，弯弯曲曲地十五里来长，雨天山的石壁把它夹在中间，好像两道墙中的巷子一样，石壁之高，高出云表，石壁上无草木，也没有旁的植物，好像乘轮船在巫峡的狂涛大江中探头望天一般的一样的天边景况。

这时快到下午四点钟了，虽是夏天，然而天气总不会像正午那样热，在这从孙猴子被火烧那年起就没有流过水的河沟里却正成反比例，热气逼人，比别的正午还要厉害，热得人们淋头大汗，像倾盆大雨般地从头上脸上手上身上往下滚，窒息的空气使人们的脑袋发昏。"难怪孙猴子过火焰山把屁股毛都脱了！"

一个年纪轻的、人们叫他"跳皮骡子"的小鬼，一面拭着脸上的汗水，一面在取笑指着一个长着短短胡子的同志嘴巴说："你比孙猴子还厉害呢！你的胡子还长着没有被烧脱！"惹得大家哄堂大笑起来。

十月五日于红大

一个人带一根绳

——由冕宁到大渡河

■ 曾三

　　大渡河是一定要过去的,石达开故事的重演,是国民党蒋介石对我们的估计。可是我们不是石达开呵!我们要估计到困难,我们还能克服困难,大渡河是天险,但是我们要把桥架起来。

　　当我们在冕宁休息的时候,虽然离大渡河渡口还有二百余里,但是命令是这样传来:一个人带一根绳,三个人带一根竹,大家动员起来,带到河边架桥去!

　　于是大家讨论起来了:

　　"刚才打的那个土豪家里,不是还有很多苎麻吗?可以拿来打绳。"

　　"不够的,再去收买……"

　　"竹子呢?……"

　　大家为着一定要渡过天险的大渡河,动员起来了,不消说,有了红色战士的保护,有了党团员的领导,这个计划是完成了的。

　　早晨二点钟出发,除了照例背米以外,又加多了一根绳,三分之一根竹,虽然负担是更加增多了,精神却都是更为兴奋。

"你驮了很远，轮到我来驮吧！"

"用不着，我可以多驮几里。"

"我的体力较好，给我来驮。"

"我驮，你休息……"

这是路上各个同志各逞英雄互相推让的情形。

天明了，我们到了大桥，大桥的群众见着我们走向"蛮子"（黑彝）区域去，又每人带一根大绳，也有带竹的。"这有什么用处呢？"怀疑的神情，差不多每个土人的面孔上都会流露出来。

"你看！那不是一群疯子吗？"一个同志这样叫，因为他看见了几个不挂一丝的农民，从前面走来。

"呵！"大家注目了，大家在议论了。

"这样不是太难看了吗？……"

我们前面的同志，已经和这些裸体人谈起来了，他们似乎是很凄惨地在那里诉苦，我们的同志，似乎是在安慰他们，同情他们。最后，我们的同志，有的给他们一件裤，有的给他们一块布，并且还给他们一些钱，他们表示着很感激。

我们更怀疑了。"为什么？""他们不是疯人？""他们是穷人，穷得连裤子也没有吗？""比贵州的干人儿还干！"我们又议论起来了。

他们渐渐走近了，我们问了他们，我们的指导员又来向我们作了解释，我们知道了，原来他们是帮助我们的先头部队送担子的，他们回来经过黑彝区域，被穷苦而打劫成性的黑彝把衣裤剥光了，所以只好一丝不挂。他们说话的时候，认为"蛮子"是野蛮到了极点，非常痛恨那些"蛮子"，当然他们还不知道"蛮子"为什么会这样"蛮"的。

他们注意到我们的装束了，似乎与别的军队，甚至与我们先头的部队都不同，"你们为什么一人带一根绳呢？""你们去捆那些'蛮子'是吗？"他们自己问了，又自己这样答了，我们只回答了一个"不是"，他们就去了，也来不及说得更详细一些。

上山了，上山就是黑彝区域，这座山的确有相当的高，六月行军，还远远看见一座雪山呢！山中间没有什么平的可以耕种的地方，很稀散的几间房子，一些种了马铃薯的土地，一群群穿着破烂不堪的衣衫的"黑人"，这就是我们要经过的异乡——黑彝区域了。

这些黑彝见了我们，只是点头称"好"。我们送给他们的布呀，衣呀，糖呀，针线呀，他们真是高兴得了不得。我们说："大家打刘家去吧！"他们很快地回答："好呀，我们后面来。"他们恨刘文辉入骨，对红军却有些认识，所以很是客气。

黑彝们也注意我们一人带一根绳，表现着奇异。勇敢的懂得汉话的青年，竟提出疑问来了。我们的回答是"架桥"；他们还不大懂得，因为他们不相信，哪里有这样一个去处，要这些绳子来架桥呢？一个青年战士倒有趣，他说："这是备来捆刘家军的！"他们黑彝连声道好，表示庆祝我们的胜利。

这一天路程太远，走一百里以上，又遇着路不好走，天又下雨，周身透湿，我们摸了一半夜路。竹呢！绳呢！谁也不敢丢，谁也不愿丢。我们的意志是铁的，用不着再去说明了。

到了大渡河边,石达开失败的安顺场,我们的麻绳与竹是捆"蛮子"呢？是捆刘家军呢？还是架桥呢？因为有了十七个英雄,强渡了大渡河,拿得了船只,所以绳子是拿来编草鞋,竹是拿来烧饭了。我们的精神是愉快的,因为我们的目的是要渡过大渡河去。

一九三六年八月十五日

从西昌坝子到安顺场

■ 文彬

在微明的月光之下，我们几个人骑着马在西昌坝子中走着，向着左面右面前面望过去，看不到山岭，一片平洋洋地，所谓是西昌大坝子。在几天夜行军没有睡眠的我们，昏昏沉沉走了五六个钟头。到达礼州，经过了一条很长的街，继续向前走，去找寻军团司令部，大概是下半夜三点钟的时候，开始休息了。

第二天上午，在红热的太阳之下，我们又继续地开始走了。在弯曲不平的石子路中，经过了不少的村庄。这些村庄的群众，都摆着摊子卖糖、饼、点心，特别多的是杏与水果，虽不十分好吃，但在此时行军路上还是不差。下午二点多钟的时候，已走到了先遣团——红一团驻地之泸沽。

街上的店铺都还开着，满街及各店门口都贴着"欢迎红军"的条子，插着"欢迎红军"的旗子。

开了干部会，进行先遣团任务的动员后，正在团部休息，有一个二十多岁的妇女跑来说，她的老公是 C.P，于今年一月间已在成都被捕入狱了，她因生活关系，到此亲戚家里度生活，要求同红军行动，在红军中工作。打开成都后，可会见她的老公。我们因为有先遣任务，所以交给后头的政治部处理。

一晚九十里到冕宁

晚上九点钟的时候，"嘀嘀嘀，嗒嘀嘀嗒……"的集合号音吹起来了，在历史上有过不少战绩的红一团，在指挥员率领之下，一队队在月光之下集合了。只听得满街的脚步声音，嘈杂声，咳嗽声，是后续部队已到了，大家都挤着，各有不同的任务交走着。

走了二十里的地方，见满街点着挂着红灯，写着"欢迎"的字样。休息一下，无数的群众都围拢来了，拿着茶壶、茶杯，和蔼地叫着："先生吃茶。"有的拿着点心、糖，请我们的战士们吃，大家都笑眯眯，不敢接受，硬要拿钱给群众，说着："同志你不要钱我不吃，我们是工人农民的军队，公卖公买。"

休息后又开始前进了，沿途蒙雾中见着被土匪烧了的村子与街道，过了不少的河桥，战士们个个都在不停脚地走着。"天明了，休息一下，大家把服装整理好。"团长在说着。

噼噼啪啪一阵爆竹声，已在耳边响着，只见满街挂着红旗，贴着红绿标语，写着"欢迎为民谋利益的红军"、"拥护共产党"、"红军万岁"等口号。一进城，在街上见着一群民众，见我们笑嘻嘻地拱手为礼，有的笑嘻嘻地口里说着"官长先生辛苦辛苦"，有的见了轻机关枪、迫击炮，很奇怪地各向各的耳边轻语着说："这是机关炮"、"这是大炮"，在猜疑着。忽然来了三四个蓬着头，打着赤脚，披着麻布破毯子，耳朵上挂着红条的彩石，面带黄黑的彪形"倮倮"（即彝民分黑彝白彝），见了我们立即跪下作笑，表示欢迎致敬意。我们连忙两手把他们扶起，他们欢喜不已。

到街上见店门照常开着做生意，有杂货店，有茶馆店，有摆小摊子的，有……最好的还是有肉包子，我们同他们谈问时候，他们说："昨天下午已知道你们要来，县长带了二三百个民团已跑了，昨晚一晚城门都没有关，大家等着你们来。"……"听说你们在泸沽对老百姓都很好，公卖公买，打富济贫，保护穷人商人，所以我们大家都不怕，没有跑……"

队伍在街上休息，吃了点心后，又继续前进了。我们到天主堂休息，弄中饭吃。中国传教师很客气，呼我们坐，五个外国妇女亦来，都请他们不要走，问问消息与情形。"倮倮"见了酒马上就喝，几口便把一大酒瓶吃得精光，一下子吃醉了。他们火拼起来了。请他们吃饭，更加高兴得很。

到"倮倮"国边地的大桥

在弯曲不平的乱石子路上走了不到十五里，忽然满天布上了黑云，轰隆轰隆，光芒四射，雷电大作，暴风雨袭来了，即在路边一个小亭子中避了半点多钟。再走了十余里，到山脚下，地方工作组在打土豪。见"倮倮"穿了土豪的长袍子，笑嘻嘻的，见了我大叫几声，表示欢喜，并双眼向着他穿着的土豪衣服看了又看，又高兴极了。

队伍于下午已到了大桥。恰巧在部队刚到大桥的时候，"倮倮"有几百名聚集来大桥抢群众的东西，见红军一来，马上四散而走，当时捉获十余人。据当地群众说：这是离此十里之"倮倮"罗洪家，经常出来汉人区域抢东西。今天"倮倮"准备来烧大桥的，红军一到，救了他们，他们高兴得很，送酒啦，帮助煮饭啦，杀猪啦，大家都高兴地拥护红军。

我们把俘来的"倮倮"，一面用酒饭优待他们，一面给以宣传，说明："红军是保护穷人利益的，'倮倮'与大桥群众都是穷人，应该联合起来打富豪，不要自己打自己。"经过宣传后又放回去。

进"倮倮"区

第三天早晨，在清晨的太阳下，开始前进了。走了十里路上山。上山约有十里，见赤身露体的男女三三两两一小群一小群地走来。他们见了我们，个个都胆战心惊地发抖着，并假说是小商人，特别是女的，洋烟吃得瘦成鬼样子，低着头在队伍的旁边过去了。以后听说这就是冕宁县政府的官员及刘文辉部下的一个团长的太太们，在经过这个山的时候，被"倮倮"缴了枪消灭了，他们是侥幸放回的。

我们的向导（带路的）说："县政府及刘文辉对待'倮倮'很凶，要抽他们的捐，每年叫'倮倮'送牛及羊、骡子，到县政府去进贡。常常将他们的头子捉去坐牢，冕宁城里就关有百多个。

不卖东西给他们,使他们成为汉官的奴隶,受着封建的剥削,有时捉去了杀掉几个,表示威吓与警戒'倮倮'。这次这些官员听说红军来了,同一团人要想逃到西康去,到'倮倮'区,被'倮倮'包围消灭了,还打死了很多。"

我带着向导一面谈问着,队伍继续像铁流一样走着,不停脚地爬着山。走了大约有二十余里的地点,正是一个山坳森林中,尖兵长跑步回来报告说:"前面巴马房有几个'倮倮'不准我们通过,怎么办?"我立即带着向导到前面去看,见两边山上坐着"倮倮",见我过去,大家都跑了,到处只听得大打"呜呼"、"呜呼"。用了很多方法,做了很多宣传,经过汉人的翻译,找来了几个"倮倮",向他们解释,讲了一个多钟头,结果他们说:"娃娃(即白彝,为黑彝的奴隶)们,要点钱让你们通过。"我说:"要多少?"他说:"要二百块。"马上给他们二百块,大家一抢而散。又用种种方法找来了几个代表,我们又向他解释了许多话。他说:刚才的钱是给张洪家的,我们沽鸡家,娃子亦要给他点钱,又给了二百块大洋。

正在进行宣传与交涉的时候,"啪!啪!啪!"后面打起来了。据后面来的报告说是昨天我们刚到大桥要想烧大桥,未成,被我们捉住了几个的罗洪家,因为我们今早晨放回去了人还未到,所以打起来了,我们为了自卫起见,不得不把他们打退下去。结果,我们后面工兵连的几个战士衣服被脱去了。

后面还在打。我们仍在不断地向"倮倮"沽鸡家的宣传着,告诉他们:"只有同红军联合起来打倒汉官,打倒压迫你们的刘文辉,打汉人的财富,分财富的衣服粮食。"又经过了这一次宣传以后,有一个说:"我去找爷爷来。"过了一会,来了一个很高很大的汉子,打着赤膊,围着一块麻布,打着一双赤足,披着头发,左右后面跟着背了梭镖的十几个一样装束的青年,见了我即坐下。又谈了一些话后,他自说:"我是沽鸡家的小姚大①,要见你们的司令员,我们大家讲和不打。"我一面派人去告诉司令员,一面带着他走。他带着娃娃一块儿走着,翻过一个坳,过了一个森林,见了我们的队伍,拿着枪上着雪白刺刀,站着在担任警戒,他又不愿再走了。顾其意好像是怕我们把他捉去,经过解释,他还是靠着山上走,不肯走路。

经过了森林,到了一个坪里,有一个清水池塘,名为海子边,见我们的刘司令员来了,我马上介绍给小姚大,他立刻双手鞠躬行礼,即在塘边坐下。小姚大问:"你是司令员?"刘答:"我是司令员。"又说:"你姓什么?"回答:"我姓刘。"他即说今天后面打的不是我,是罗洪家,并要来同司令员结义为弟兄。刘司令员马上答应可以,小姚大叫娃娃到家里去拿一个鸡子来。

正在太阳快已下山,一个"倮倮"用碗在塘里舀了一碗清水,一只手拿着一只鸡子,一只手拿着一把刀,口里念着:"某月某日,司令员、小姚大在海子河边结义兄弟,以后如有反复时,同此鸡一样地死。"完立即用刀把鸡头一斩,鸡血淋淋滴在冷水碗中,以后即血水分作两碗。小姚大要求司令员先吃,刘司令员拿

---

① 编者按:小姚大即小叶丹,1935年与刘伯承彝海结盟,使红军先遣队顺利通过彝民区。

起血水碗大声说:"我刘司令员同小姚大今天在海子边结义弟兄,如有反复,天诛地灭!"说了一口而干。小姚大一面大笑说好,一面亦拿着碗说:"我小姚大于今日同司令员结为弟兄,愿同生死,如有不守这事,同此鸡一样死。"亦一口吃干。

经过了这样吃血宣誓之后,小姚大及"倮倮"才大放心,带了十多个娃娃,牵着一匹黑骡子,背着梭镖及缴来的枪,同我们一齐下山。

回到大桥

我带着小姚大他们十几个"倮倮"下山,经过汉人住的村子,男女老少都站在路边看,插着"欢迎红军"的红绿旗子,摆白米饭酸菜,送给我们。我们个个战士都给钱买吃,但"倮倮"见了,拼命地吃,亦不说一句话,吃了就走。汉人更骂,我们给以解说,并代他们付钱。

进了大桥街上,只见满街已挂着"欢迎红军"旗子,见了我带了小姚大回来,大家便高兴称奇,都说:"好了好了,小姚大亦捉来了,把他关起来。他很狡猾,不要让他跑了!"有的说:"杀了他,害人的家伙!"老太婆说:"该死该死,阿弥陀佛!"这里可见落后的"倮倮",在汉人财富贪官污吏的压迫下所造成的汉人与"倮倮"之对立现象。

我们听了这些群众的话之后,马上告诉各连队及地方工作人员与宣传员,到群众中去解释,说:"这些'倮倮'他们亦是同我们一样的穷人，同我们一样，受财富的压迫痛苦，他们因为文化落后，不懂道理，常常同汉人对立，有时因为苦来抢东西，我们要说服他，用打用杀是不行的。"经过了按户宣传后，群众才懂得这些，有的仍不服气，经过无数次解释才了解。

晚上，我们办了一些菜，买了一些酒请他们吃。大家说说笑笑很高兴，吃完饭之后，见司令员说：明天他要沽鸡家的"倮倮"到山边上接队伍过去，愿意帮助去打罗洪家，很愤慨地说："如明天罗洪家再来，你们打正面，我们从山上打过去，打到村子里，把全村都烧光他！"

我们又向他解释穷人不打穷人，自己不要打自己，他不服气地把头脑一拍："我小姚大不怕他！"

出"倮倮"区到筲箕坳（一百二十里）

第二天早饭后，我带着"倮倮"小姚大在尖六连后头走，爬上头一个山坳时，见十几个沽鸡家的"倮倮"拿着红旗，背着长枪，口里打着"呜呼"、"呜呼"，表示投降与欢迎。上了山顶，他们带我们一同到了他们村上的门口，见他们已排好了队，每个都拿着枪镖，打着赤膊，赤足围着麻布毯子，见了我们，大家笑眯眯地站起来，来看我们的队伍。他们今天见了我们的时候，已同昨天完全不同了，好像已经是自己的人一样了。老的小的年轻的，都笑嘻嘻地来接近我们，不像昨天这样的害怕我们了。

我们队伍到了村庄面前休息了。小姚大告诉我们，他不能再走了,因为前面已不是他们营的地方了,他准备派四个娃娃送我们到前面的村庄,并要挑选二十个娃娃到我们队伍里来学习军事,准备学会了回来可以打刘文辉。我们送了他一支手枪,他更加高兴,把一匹高大的黑骡子送给司令员。我们不肯接受他的礼物,他反而不高兴,表示认真。

我们的队伍又要继续前进了,一路经过卡纳、啊尔哪些阿回、阿红的地方,经过"倮倮"的交涉后,都能顺利通过。一个村庄交换一个"倮倮"带路,真好像是中央苏区时的乡政府一样。我们经过这些"倮倮"村庄的时候,有的在山上打"呜呼"、"呜呼",经过带路的"倮倮"回答之后,就不打呜呼了。有的站在路的两边看我们的队伍,有的笑眯眯地夹着队伍同走,见了红色战士身上的手巾鞋子,马上向你讨,或者抢了就跑。见了坐马的指挥员过来的时候,即拱手讨钱。这可见他们生活的困难。据带路的向导说:他们吃的是苞谷,没有菜吃,除了缴纳苛捐杂税之外,还要帮助刘文辉担任无代价的劳动,帮助军队抬粮食,运输挑东西。

战士为了要完成先遣任务,个个都雄赳赳的不顾疲劳,不停留地走着。大家都抱着一个决心,就是要夺取天险大渡河的渡口。

太阳已快下山了,一路还没有看见一间房子,可是大家还不觉得什么,只在想着到大渡河还有多远呢!忽然满天笼罩了乌黑的云,一下子风来了,雨亦来了,战士们都戴着斗篷,拿着伞,仍是不断地走着。在斜风细雨之下,战士们的草鞋、袜子,有的衣服都被风雨打湿了,在油滑的污泥路上继续前进。

天已快黑了,前面发现了十多间短小又低的草屋,司令员已命令前面的队伍停止了,决定就在这一个村子中宿营,后面队伍亦继续到达。因为房子很少,大家只好挤一下,后面的队伍还在雨下露营呢!我同政治部同志住在一间低矮厨房里,地上虽有些污泥,但比起在雨下露营的已经是阔气写意得多了啊。

我们住的那一间房子内,有一个八十多岁的老人家,我就同他谈论起来。我问:"老汉这是什么地名?"他答:"是筲箕坳。"问:"这里到过刘家军队没有?"他答:"在几天之前,开来有二三百,已向西康省去了。"问:"早先在这里经常过队伍没有?"他答:"很少过,只在长毛时候,石达开的队伍在这里扎了几天。听说生了太子,办酒席,挂灯结彩,打锣、打鼓,很热闹呢!"问:"你们这里刘家来抽捐税吗?"他答:"什么都要捐,名目多得很,还要派差,带自己的粮食去帮他运米到西康省去。"一直问了点把钟,他的精神真不错。我因这几天没有很好地睡,谈着谈着就睡觉了。

到岔罗吃白米

在云雾未散的清晨,我们又向着目的地前进了。战士们不停脚地穿过了无数的森林、果园,见了桑子大家在采着吃,有的吃得一口是黑的。

个个战士的枪都上了膛,上了雪白的刺刀,都准备着去消灭敌人,占领渡口。个个都抱着胜利的信心,决心,爬一个山飞快地过去了。红军的老习惯,要打仗,没有一个落后的。

走了五十多里路,刚刚爬上山,只听得前面的一个山头上大声的叫着:"你们是哪里来的,是什么人?"司令员用镜子一瞧,是放哨的,队伍就隐蔽停止了。

前面派了几个便衣侦察员,派了一个连,连接着前进。前面山头上仍在不停地高声喊问着:"你们到底是哪部分的?派代表来!"我们回答:"中央军,从冕宁回来的。"我们的部队一面在回答着,一面飞快地跑步前进。

"啪!啪!啪!"打了几枪,队伍已到了岔罗街里了。只见街上都插着"欢迎"的旗子,区公所的区长还在办公室内,街上的店铺也照常开着在做生意,商民、贫民、男女老小都一个没有走。

队伍进街后,休息了。我跑到一家杂货店的门口,要了一碗茶,买几个铜板的核桃,坐下来吃着,并谈问着街上的情形。

据当地的商民与群众说:刚才打枪的是当地民团,他们开始见了我们的时候,以为是中央军,因为听说这几天中央军要来这里,所以我们大家都在准备欢迎着哩。

一刻,见宣传员带着一个身穿长衫、戴着秋帽、穿着软底鞋年约三四十岁的人来找我。他一见了我即拱手作揖。当据宣传员介绍,才知该人即是岔罗区公所的所长。当即安慰他不要害怕,告诉我们河边的消息,我们极不难为你的。他经解释后,亦很了解。

当地的群众、商民，第一次见了我们的红军，写着是为穷人的标语，宣传员及战士们都找当地群众在不断地宣传着，个个都公买公卖，所以连饭及菜都拿出来卖给我们吃。

等一会，地方工作人员回来报告，这里有刘文辉的兵站，里面有几百包白米，马上派人清查，一部分分给群众，一部分通知各部队带走。

抢　船

河边情况已弄明白了，渡口只有一只船，白天放在对岸，夜晚放在这边，所以非夜袭不可。各部都已吃了中饭，由此到河边（安顺场）还有七十里路，时间已经是下午四点钟了，太阳已向西斜，我们的队伍又开始前进了。

一出街翻一个沟，马上就要爬一个高山。只见队伍沿着山路，弯弯曲曲的，不断地在爬着山，远望过去像一条长龙铁流。

走了二十多里，天已黑了，天上笼罩着雾，看不见月亮。因为我们担任着夺取河边船只，保证架桥、抢渡的重大任务，所以黑夜急行军，带着袭击的性质，要采取秘密迅速的手段。

"不准咳嗽，不准点火打手电，不准讲话。"这是前面团长传下来的命令，个个都很静肃的，在高低不平弯弯曲曲的石子小路上慢慢地走着，遇到了缺口狭路，有的用手摸着跳过去。

到了山顶，只见云雾迷迷的，山下有微微的灯光，听说这就是大渡河的边上，只听见远远的叫着"喂，开船过来"的声音。

下山了,更斜更滑的小石子路,只好慢慢地一脚一脚地爬下山去,一只手拉着后面的一枝小柴子,一只手拉着前面的树枝,前脚踏着实后,后一只脚才跟下去,这样一步一步地摸下去,心在不停地跳动着。

"砰!砰!"打了两枪,我们的先头路队,不顾一切地向着河边跑去。大家的决心,就是抢船。一刻即来报告,已夺到了一只船,敌人的张营长带了十多支驳壳枪,来不及走,已被我们围在一间土豪的屋子内。

据当地群众说:刘家军已知道你们要来过大渡河,到四川去,他们在河对岸守着。这几天强迫我们这里的老百姓搬家,说要把这一条安顺场都烧光,使你们来没有房子住。今天下午听说你们已到了岔罗,预料你们明日可到这里,准备今天晚上就要烧了,所以在各屋附近都堆着柴,备着洋油来点火。你们真来得快,营长没有烧得赢。群众因免去了烧他的住屋,很高兴,一句一句地同我们说着,一面把自己的家具又一件一件地重新搬回到家里去。

十七个

天已亮了。河对岸的敌人约有一营多人,在沿河的山上构筑了简单的工事守着,见了我们的人,一枪一枪地打过来。司令员决心强渡。

当地群众因为受了刘文辉的种种剥削压迫,他们对于刘文辉是非常痛恨的,特别是这次要烧房子,使群众更加愤激,所以我们只要进行简单的宣传,不到一小时已找到了二十多个水手,都自告奋勇,愿在枪弹底下强渡。

没有听过枪炮响的船夫,经过谈话解释,已准备好了。船上的一切,都已准备好了,参加抢渡的是一团×连自动报名的战士。

我们的机关枪"嗒嗒嗒"响了,迫击炮亦"轰轰轰"地打起来了,十六个战士在党的支书领导之下沉着地下了船,箭一样地开出去了。

敌人的枪瞄准着船上打,船仍不停留地流着。河水急,不留意已把船流到河中间的沙坝上去了,敌人的步枪、机枪,更加密集向着船上射击,船又必须重新拖过沙坝,向着逆水倒转去,这真是危急,但战士们都抱着有敌无我的决心,仍然坐着船,拿了上着膛的枪,取了保险机的手榴弹,准备着冲上去。

此时机关枪的特等射手,向着敌人的工事瞄准着,不停地打,特别的是有名的炮兵射手,在中央苏区温坊战斗得到极大赞扬的炮兵营长,炮炮掉在敌人的阵地工事中间,使敌人不敢抬起头来。

船已拢岸了,十七个英雄不慌不忙地上了岸,立即向着敌人仰攻。一个冲锋,敌人动摇了。我们的战士乘着这一机会,一连打上去几个手榴弹。"嘀哒!嘀哒!"冲锋号响了,十七个英雄像猛虎一样地冲上去了,敌人溃了,不要命地跑了。

敌人虽已溃败下去了,但后面沿河这一线还有一团人防守着。十七个英雄在二船还未渡过去之前，他们不但能够仰攻敌人，冲溃敌人，占领阵地，不仅能够乘胜追击敌人，而且能够在敌人反攻时，背水守住已得的阵地。

在很急的流速之下，一船一船地渡过去红色英雄，渡过了三个连。继续前进了，扫除了沿河四十里之内的敌人，保证了渡河任务的完成。这种英勇坚决顽强的精神，是在中国革命历史上不可磨灭地写下了光荣的一页。

不管敌人用追击、袭击、堵击的方法，超过于我们数倍力量，依靠着天然的险要障碍，堵住我们的去路，但英勇的无坚不摧的红军，在共产党的领导之下，为着北上抗日的任务，是能够克服的。这种伟大的成绩，让我们的敌人发抖吧。

朱总司令炒猪肚子

队伍已到了一天，根据当地群众的报告，打了一家群众很痛恨的土豪，东西已全部没收分给了群众，群众的斗争积极性更发动起来了。特别是被我们围困住的张营长，在临逃走时还想把房子烧掉，我们立即动员部队把火扑灭，并拿钱救济受损失的店户。

所以群众能够报告我们在几里路之处还有一只船，并帮助我们拖来，又找了一批木匠，修好了一只坏船。第二天船已增加到三只了，撑船的水手亦到了八十多个，这表示群众对红军的拥护热情。

大渡河因为河底有许多石块,所以水流很急,每秒钟有四米以上之流速,船夫异常吃力,一只船须有十一个人撑船,每人只能撑几次,马上就要换班。

一船一船不断地在渡着,朱总司令来了,和蔼可爱的我们的领袖——朱总司令,见了我们战士,是笑眯眯地谈问着抢渡的经过、现在渡河的情形与每次时间快慢,等等。

总司令的老习惯,见了群众总是笑嘻嘻的,做宣传工作。他看见了船夫坐在休息,他亦坐下去,同船夫去谈话。他很通俗地用着他本家的四川语句,问着当地的情形,并告诉这些船夫说:"刘家军是保护大地主土豪劣绅的,他们都是要压迫剥削我们穷人的,我们穷人很多,一百个人里头有九十九个是穷人,只有个把两个是有钱的人,所以,只要我们穷人团结起来,是能够有力量把他们这些剥削人的混账王八蛋打倒的……"句句说得船夫点头称是,更加愤恨刘家的军阀。

谈了之后,我们一同到房子里坐着,一面谈问着当地的情形,总司令又说:"这些水手很好,大家努力宣传几个当红军,放在工兵连,将来在四川行动时是有用处的。"

正谈之时,时间已快到十一点了,特务员走来说:"今天政治部打土豪,杀了几个猪,分给了群众。送给我们还有一个猪肚、猪肝。怎样弄中饭吃?"总司令马上回答:"你把它切好,我来炒。"

不到一刻钟,总司令已把猪肚子炒好了,大家一面在吃着总司令炒的猪肚子,一面在谈笑着肚子的炒得好。总司令说:"我很会炒肚子的,以后你们找到肚子,准备点辣椒,我再来帮助你们炒吧!"

中饭吃完了,继续谈着闲话,总司令又说着安顺场的故事。他说:"我问了这一带的群众,都说这里是石达开入川时在这里消灭了的,因为生了王子,不能前进,大排酒席,大吹大鼓,弄了好几天,结果后面追兵一来,'倮倮'又反对他,结果全部消灭了……"

另一个同志又说:"我听群众说,石达开以后化装了一个老百姓,背了一把雨伞,过了河到了四川,还有人见了他呢……"

大家说笑了点半钟,后面的二师亦来了,决定二师继续向西去抢夺泸定桥。

十七个

■ 加伦

　　四川的大渡河是著名的天险,四川省的铜墙,两岸高峰,形同削壁,水深无底,流急如箭,亘古以来,无军渡过。诸葛亮之祭泸水,凄凉万状。石达开之全军覆没,遗恨千秋。大渡河之险,真是名不虚传了。

　　红军不是诸葛亮,更不是石达开,大渡河虽是天险,哪里又能挡得住无坚不摧的精神呢!

　　部队是向着大渡河前进了,这是与红四方面军会合的重要关键。千万人的意志,千万人的决心,不怕艰苦,不怕疲劳,用大无畏的牺牲精神,坚决地要战胜这一困难。我们模范的一师一团担任了这光荣伟大的先头任务了。

　　我们的一团,他们是火线上的模范英雄,在国内战争史上曾写下了不少的光荣战绩,尤其是在江西敌人五次"围剿"中,山甲嶂、猫嘴峰、雪山嵊的顽强抗战,不怕敌人十几架飞机,几十门土炮,三四个师的人马,炸弹炮弹像冰雹般地打下,机关枪步枪手榴弹像暴雨般地飞来,集团的冲锋队伍像野兽般地卷土而来,阵地打烂了,他们又做,做了又烂了,烂了又做;子弹打得精光了,他们续之以石头刺刀;他们的同伴一个一个地倒下去了,一班人剩一两个,一排人剩三四个,一连人不上十几个,他们是毫不动摇,他们誓不退却,他们要奋斗到最后一个人。敌人的尸体,堆满了他们的阵地的前沿。在他们巧妙的反击冲锋中,敌人终于像水鸭儿一般地坍下去了。这种英雄顽强的精神,敌人曾经闻风丧胆呵!

我们的一团不但善于防御,而且还长于进攻。天险的乌江,就是他们三个英雄夺取的,像我们这样的英雄,大渡河又能奈我何!

他们经过了几天的急行军,通过了很高的"倮倮"(弱小民族)区域,沿途进行了艰苦的争取工作,不然的话,不但无法过大渡河,连"倮倮"区都恐怕出不了。

在离渡河点(安顺场)一百里的地方,他们用一晚的急行军就赶到了,一个袭击,活捉了敌人的哨兵,知道敌人有一营人在街上,同时河边还留下了一条船。首先派了一部分队伍夺取了那只船,同时猛力向街上猛攻,把敌人从梦中打得鸡飞狗走,捉的捉了,跑的跑了。有一部分企图固守房子,也终于被消灭了。营长老爷是侥幸逃脱了狗命,渡河点的安顺场,就在东方发亮的时候终被占领了。

河的对岸有一团的敌人在把守着。山上一排排的堡垒,河岸一线线的工事,河岸很突,石崖又陡,简直没有路可以上去。

水声是震动了耳鼓,哗啦哗啦……响得对谈都听不到语声。站在岸上看去,波涛奔腾澎湃,河深水急,令人见了心寒。队伍准备强攻了。

火力配备好了,部队中送出了十七个英雄。他们的英勇,在那饱满的肌肉上,和那坚毅的表情上显露出来。他们的热血沸腾着,整个部队的热血也在沸腾着。

怎么强渡呢?浮水是不可能的,渡船又只有一只,水手又很怕。没有本地水手,船不但撑不过去,而且船不被冲翻也要冲下几十里。但群众总是热烈拥护红军的,经过耐心的宣传,水手抱定了决心,不怕一切牺牲,无论如何,要把我们撑过去。

枪声是像放鞭炮一般地响起来了,打得河水四溅飞扬。我们的炮,我们的机关枪,也向着敌人猛射,口号声震动天地,十七个英雄迅速地一跳登船,船像飞一般过去了。我们的军委刘参谋长(伯承)在河岸高呼:"勇敢冲锋!冲过去呀!你们是光荣英雄呀!无论如何要渡过大渡河!"

船拢岸了,十七个英雄飞身一跃就上了岸,接着一排手榴弹,夺取了河岸上工事,接着又攀藤负葛,爬上石崖。敌人在上面猛烈扫射,手榴弹拼命地打下,他们终于爬上去了,又是几排大枪,又是几排手榴弹,把敌人打得鸡飞狗走,高山的堡垒,又被我们十七个占领了。后续部队继续一船一船地过去,敌人被追得屁滚尿流,天险的大渡河,就被我们十七个英雄战胜了。国内战争史上又写下了光荣的一页,模范的十七个,永远光荣的十七个!

泸沽到大渡河

■ 刘忠

占领小相岭：二十号由泸沽出发，一百五十里的路程要一天赶到。小相岭有五十里高山，人烟稀少，很险要，悬崖石壁，并有川敌杨森部扼守隘口。我二师的侦察连，不顾一切地向敌人攻击，爬过悬崖，把该敌全部消灭了。

越巂城情形：越巂的地方，半数是彝民，半数是汉人。彝人生彝熟彝两种。该城在我军未到时，有杨森部守城，我军来时，该敌闻风而逃，所以我们到达该城时，群众不管汉人生彝熟彝都来欢迎，并且热烈地参加红军，可说是长征来第一次的热烈。我们还做了充分的彝民工作。该地彝民是最受国民党军阀压迫的。国民党政府的县公署设有什么彝务科，彝人每家都要派一个人去坐监狱，作抵押品，在监狱内计有一二百彝民。红军在共产党领导之下，要解放弱小民族的压迫，要联合少数民族，当时即释放出来，所以得到了广大农民群众的拥护。到第二天，向海棠前进时，很多彝民，摆着刀枪梭镖，有"倮倮"头领沿途欢送我们出"倮倮"区域。

海棠战斗：由越巂到海棠是一百四十里，也是一天赶到。将到达该地时，有越巂逃窜的敌人两个连，掩护着越巂县的县长及工作人员，被我们先头部队全部击溃，消灭其大部，县长及工作人员，就此活捉了。这一战斗，有该地方的彝人来参加，由于国民党军阀对他们的压迫摧残过甚，所以我们缴了枪的俘虏官长，他们把衣服裤子剥得干干净净，沿途都有，真是有趣味的事呀！

晒经关：将要到大渡河边二十里处，有一晒经关，到达该地时，我们的侦察员化了装，碰着了退却之敌一个收容队。他以为我们的化装侦察员是他们自己的散兵，故将大渡河边的情形说得很清楚，所以我们到达晒经关后，分路向大渡河边前进，袭击大树堡。

大树堡战斗的模范侦察员：杨森之一个旅，主力在大渡河北岸之富林，一个营在大树堡防守，通晒经关方向，有一个排哨。我化装的四个侦察员，带着两个在小相岭缴枪的新战士，很技术地坚决地把敌一个排哨打坍，所以取得了占领大树堡，并活捉了敌之连长以下的官兵数十名，胜利地完成了伟大的任务。

"倮倮"投军

■艾平

越嶲为会理通大渡河之大树堡与泸定桥的冲道，是汉人彝人杂居的所在地，地瘠民贫，物产不丰，交通阻害，文化落后，民众性强蛮，好械斗。常常发生汉人与彝人械斗，小则大闹一场，大则打伤人命，甚至烧房屋，抢掳居民与牲畜财物。汉人与彝人的民族仇恨如水火之不相容，当地的汉人官僚军阀，更以民族侵略权的思想，挑拨民族仇恨，以遂他们压迫剥削彝人与汉人工农的心，愿汉彝民族仇恨有加无减地一天厉害一天。

太平天国石达开曾屯扎于此。后来石达开在大树堡、安顺场为清军所败，其残部都为这一带"倮倮"(即彝人)所覆灭。石达开的故事在这一带地方差不多大自老头子小至小孩子，都可以讲出几篇。

红军在跨过金沙江后，更要跨过天险的大渡河，浩浩荡荡地从越嶲向大树堡与泸定桥前进着。

一天十一团一营，经越嶲城，这里群众如见救星一般地欢腾起来，欢喜异常，沿大道的两旁，挤挤的像人山人海一样。还有许多携儿带女地跪在街道上，手里拿着写有"红军总司令大恩人麾下……"的主义禀帖，口里不住地呼喊着："红军大恩人呀！……呼怨求救。"这些在城外是"倮倮"族民众，在城内是汉人的工农劳苦民众。他们各告着不同的事件：一部是听说那个白军团长或豪绅、官僚杀了他的儿子，她的丈夫，为出不了捐款，而倾家荡产；一部是她的儿子或丈夫，因为前年越嶲闹红军，被张团长（军阀刘文辉的一个团长）杀了；（越嶲在一九三四年曾产生过红军与游击队，声势相当大，曾围攻越嶲城三次，后被军阀刘文辉派兵所镇压）；一个是诉说："倮倮"怎样杀了他的人，抢了财物，或烧了房子；还有彝民诉说城内那个杀了他几个"倮倮"，抢了"倮倮"的东西，烧了"倮倮"的房屋；等等。各诉各人的理由，各申各人的怨由。

后来，经十一团的政治处详细考查，召集了群众大会，当群众指出过去坏人、官僚、军阀制造汉彝民族仇恨的侵略压迫与剥削的阴谋伎俩，告诉他们彝人与汉人的贫苦工农都是同一受压迫受剥削的人，汉人的贫苦工农与彝人应亲密地团结与联合起来，反对压迫者与剥削者的汉人官僚、军阀，不应自己互相争打，上汉军阀、官僚的老当。并指出只有当红军自己武装起来，才是出路，才能打倒压迫者与剥削者，等等。最后，又在群众的报告与拥护之下，没收了一家罪恶昭彰的土豪，将财物全部分给了当地汉人群众与彝人，并给予为当红军而被害的家属以抚恤。

一场数千年结的汉人与彝人的不解之怨，就是这样地解决了。这里对红军的认识，是更加认识了，于是附近群众自动投入红军的愈来愈多，在二三个钟头内，加入了十一团当红军的达七百余人，就是"倮倮"加入红军的也有百余。十一团各人各单位扩大红军成绩最好的要算第七连与团政治处。素以小同志见称的宣传队长赖子山同志个人也扩大了七十余人当红军。

彝人在生活上、言语上，以及一切习惯都与汉人不同，加入红军的彝民另外编成了一个连，一般群众称之为"倮倮连"。"倮倮"民族性情忠耿朴实，老穿着一件半旧的长不长短不短的褂子，像和尚样，披着头上像印度人样包着大堆的花花手帕。由于他们爽直的性子使他们不会虚伪。他们的文化程度异常差，一连人中间只有两人能够用彝人的字写他自己的名字，但大部分都会说几句普通的汉语。他们没什么虚假的礼节，但他们互相亲爱，与我们红军也是很亲爱的。

"倮倮"人吃猪是生吃，并不煮熟，异常喜爱酒。他们向我们说：没有饭吃都不甚要紧，可是没有了酒吃就不得过，比没有饭吃还要来得难过，所以他们加入红军的第一句话是："有酒喝。""莫得酒喝，哦（我，他读成哦）不当烘军（红军，他读烘军）。"

记得有一天下雨，夜晚异常冷，好似冬天一样，大家都担心着他们很冷,然而,他们同心一致地说:"只要喝酒冷也不怕。"

他们很强悍,很勇敢,团结精神好。只有一件事有一个人不满,他们全体都团结起一致行动起来,他们还不能分辨事情的真理。

十月七日于红大

老娘也要戳你一杆子

■ 艾平

　　一个狂风暴雨的夜晚，象征着活该有事一样。时间是不早了，大概已经是晚上八点钟过后了，忽儿人声鼎沸，像狂涛般地一大堆人群都打着火把和油纸灯笼，没有次序地从街的一端涌过来了。前面是几个红军和几个青年群众，推着拉着一个中年的像劣绅样一男一女的猪猡在前面走，后面跟着拥挤一大群的男的女的老的少的，急速地行进着。他们嘴巴里喊的在喊，叫的在叫。土豪婆在哭，土豪在辩诉哀叫。人们的火把的火光把漆黑的天空照耀得像白天一样。倾盆的大雨依然在不住地下着，但他们并没有顾及他们是站在雨中。

　　"营长！把老狗某尺的捉起来了！"一个头发已成斑白的五六十岁的老太婆把张政治委员叫营长。她手里拉着土豪婆，气喘吁吁地带着胜利的口吻说："我说这走狗几尺的莫走好远吗？是不是？……咳！咳，真把人收拾够了啊！……争点把老娘累死了！累得老气都出不赢。"

　　"打！杀！"围在后面一些的群众们摩拳擦掌地叫喊着，你一句我一句地闹做一团，使人很难分别出来谁是说的什么。

　　十一团侦察排的陈排长诉说他们与群众一起捉那劣绅，同这些群众一起，天夜的时候已经到了距这里二十里的地方。

"同志们怎样啦?"

"营长! 杀呀!""不杀,你们走了他又振我们老百姓哟!"众口一声,都在喊着杀。

"说是要杀的就把手举起来。"

"杀!"所有的手都举起来了,有的举左手,女人连举两只手的也有。"叭!"那个头发斑白的五六十岁的老太婆一个耳光打在那土豪脸上,接着哭诉说:"走狗! 你把我收拾够了哇!""叭!"又是一个耳光,"你说我的儿子当土匪围越嶲城,我的儿子一个独命根都给我弄来杀了哟!""叭! 叭!"接着打了两个耳光,"老娘舍得命不要,同你拼了哟!"她指住土豪拼命地乱啮乱扯。

"娼妇!"她又摔着了土豪婆,"今天你碰到老娘的手哟! ……老婆把屎都给你抓烂啊!"她的手又往土豪婆的腿上乱抓起来,"二婶! 五姐! 来呀! 一起都来啊!"

"把这娼妇的屎! 给她抓烂啊!"六七个中年的妇人,一拥上,围着土豪婆打的打,抓的抓,一些年轻的女人,愤恨地站在旁边看着没有动手。

"好了大妈! 拿去算了! 大家难得等呢! 雨越落越大了。"一个青年英勇的手里拿着一把大马刀,走上前来,把土豪和土豪婆拖起就走,人们的大群跟着向街外面急速地过去了,土豪和土豪婆的头、脸、手、身上到处都流着血,但他俩仍在怕的卑鄙地乞怜着。

十分钟以后,两具尸首躺卧在保安营街东端的一个广场上,那五六十岁发斑白的老太婆从一个少年手里夺过一支梭镖,她一面不住地在死尸上戳,一面在说:"死了,老娘也要戳你一杆子!"

人们的大群气愤消除了,欢喜地走散了。有许多还在议论着:"红军真好,为穷人,我们也跟去……"

十月七日于红大

一个忠实的革命"倮倮"

■ 廖智高①

英勇的无坚不摧的中央红军,浩浩荡荡地渡过了金沙江,打坍川西南小军阀刘元瑭的部队,不数日就冲到并占领了越嶲县城。

好多的宣传员不知疲倦地在通街的墙壁上门板上写着"打倒刘文辉!""活捉刘元瑭!""取消一切苛捐杂税!""不交租不还债!""打土豪分田地!"等等标语,随着也就向老百姓解释了这主张。

红军开始发动群众,打土豪分东西,很多群众分得了衣服和大米,红军买卖很公平,说话很和气,一般的群众都知道。

刚才移到汉人地方居住的一个"倮倮"——王木冷听到了红军的这些主张,看见了红军的这些情形,特别是"取消苛捐杂税"这个主张,在他脑子里是一个很深刻的印象。在红军初到时,他是存在着恐惧怀疑的心理,现在开始转变过来。

王木冷家里有七口人,自来就是租田耕种,每年收得的粮食,除纳租交款外,是不够全家人吃活的。他经常还要到高山去砍柴来换米,卖短工一天只得工资大洋五分。他频年都是这样

---

① 编者按:一说廖志高。

劳苦,才能勉强维持全家的生活。在红军影响之下,他那苦闷的头脑里发生了"红军是不是真正不要捐款?""不知道能不能为我们解除痛苦?"的一些问题。

"老板!红军不拉夫,不要捐款,红军是救穷人的,是穷人自己的军队。"一个红军见着他很神气地向他这样说。

"简直好!从前我们每月都要出款呢!"

"老板!你想不出款,你只有同我们一道去打倒刘文辉;要永远不交租,也只有武装起来去把豪绅地主的土地没收来大家分,红军里不打骂人,穿吃大家都是一样的,你愿意当红军不?老板!"

"愿意!"王木冷一边听着这个红军的谈话,一边想着自己全家七口人,都要靠着他维持生活,一年都劳苦,好日子也过不到一天。他决定了,他不顾家庭了,他坚决参加红军。

王木冷参加红军,首先就编在三军团四师通讯班。那天有两个"倮倮"也参加红军了,一个叫做魏自千,一个叫做古哈,他们三人都同编在一班里。魏自千抽大烟,红军每天都发给他一钱大烟。他们在红军中生活还觉得不错,因为每天都有肉吃有烟抽。

红军由泸定小路向着天泉开发,他们担任了架电话的工作,每天到宿营地不得休息,滂沱大雨中架电话,王木冷也不怕。夜深寒冷电话不通,王木冷也就很快地去修理,但是魏自千和古哈却感觉些不耐烦了,经常发出厌言。

在由越嶲到天泉的过程中,没有土豪打,粮食非常缺乏,大家都在吃玉米，又没有好菜吃。魏自千连大烟也不得抽了，他动摇起来，想把古哈和王木冷组织起来开小差。

首先古哈被鼓动了，他们两个就向王木冷说：再前进就没有粮食，只有饿死，不如跑回家去，既不受饿，也不吃这样的苦。

王木冷对革命的坚决，不怕艰难困苦的精神，都在这时充分地表现和证明出来。他不但不听他们的鬼话，而且以同志的态度，来批评教育他们。

"你们想跑回去，就是怕吃苦，我们参加革命，要刻苦耐劳才对。我相信假如你们跑回去，还是一定要被豪绅把你们杀了。望你们不要胆大，我是坚决不干的。"

他们灰脸灰嘴地不敢继续再说下去，无精打采离开王木冷走向旁边去了。

天快明了，王木冷正在梦里听着人呼叫，惊醒过来，有人问他魏自千和古哈到哪里去了，他细想一会，气汹汹地说："泥滋模区！（'倮倮'骂人的话）他们一定跑了，把他们捉回来枪毙！"

铁丝沟战斗

■ 邓华

大渡河水深流急,无法搭桥,船渡又很慢,因敌情的紧张,故决心渡河西岸,抢渡泸定桥。一师为右纵队,我们(第二团)奉命为先头团,沿河右岸溯流向泸定桥前进。利用休息,进行了政治动员,一般的指战员都很兴奋,不顾如何牺牲疲劳,一定要夺取泸定桥。

瓦坝有敌刘文辉部一个团,是先一天到的,派一个营前出二十里向安顺场方向警戒,连哨伸出五里。大概下午一点多钟的光景,即与其连哨接触。沿途左边是大河,右边是高山,尽是险要的隘路,敌人即利用这种要隘节节地抗退。我们为了争取时间,不顾一切直向前冲,直打到瓦坝附近,已是黄昏时候,敌人全部已先占领阵地,经过几点钟的战斗,卒将敌人全部击溃,向富林方向逃窜。当晚即在该地宿营,第二天拂晓,溃敌一排突围,因警戒疏忽,仅俘虏数人,大部被其逃脱。

饭后仍继续向泸定桥前进,翻了一个六十里路的大高山,到了妥德。是个小圩场,附近有几十家,相传诸葛亮征泸,曾在此住过。该地有民团及被我们在瓦坝击溃之散敌,共约百余人,经过点半钟的战斗,被我消灭其一部,其余溃散。以后又继续前进,天雨路滑难走。时已天黑,雨更大,路更滑,许多人都跌倒了。已经走了一百多里路,此时已很疲劳,但每个战士的心坎中,只有一个意志,要夺取泸定桥,不怕任何困难疲劳。经过点多钟的夜战,才将敌人驱逐,进入宿营地。

因伙夫全部掉在后面,第二天拂晓,有的连队煮了些稀饭吃,有的是饿着肚子,继续前进出发。走不到五里路,敌人又守住隘路,我们便接着攻击前进,一直把他压到铁丝沟附近。铁丝沟非常的险要:左边是很深很急的大渡河,波涛汹涌,如万马奔腾;右边是很陡的高山,峭壁千仞,高耸入云。敌人即利用此天险顽强固守,同时敌驻龙八埠的一个旅的主力,已赶来占领了铁丝沟的最高山及其隘路。开始,上级给我们的任务是坚决驱逐隘口的敌人,以一连向高山警戒,主力则迅速通过向泸定桥前进;后得教导营对河火力的援助,守隘路的敌人伤亡甚众,我们乘机以一部由路右山腰绕至敌人翼侧,正面同时冲击,决将敌人击退,占领了隘口,再追击前进。以后从俘虏中得到情况,敌一旅在龙八埠,判断要夺取泸定桥。非先消灭这个敌人不可,我们率前面的二营,折向铁丝沟的大高山佯攻,主力则由萧华同志率领,由正面迎击。背后是大河,前面是高山,敌人兵力地形都占优势,后退即有吃水的危险,只有往前面拼命,才是出路。两方又不能取得火力的联系,将攻至山顶,三营之八连连长动摇,敌人则乘机反攻。此时真是千钧一发,危急万分,经过有力的鼓动,全体指战员奋起了拼死的决心,特别是九连一班人绕至敌人后侧,几个手榴弹一打,敌人即已动摇。同时三团一部已赶到,战士勇气更高,最后一个反冲锋,便夺取了敌人的阵地。二营此时已占领最高山,于是敌人全部退向龙八埠,我们取得了夺取泸定桥有决定意义的最后胜利。我们除一部占领龙八埠向敌警戒之外,其余主力则继续向泸定桥前进。到时,我们四团的哨兵已在那里叫"口令"。

真是"蛮子"

■ 谢觉哉

　　长征途上碰到的弱小民族,最令我感兴味的是"蛮子山"上的"蛮子"。——从大渡河南,到小金川、草地、腊子口等地,我们都喊做"蛮子山"。其实大渡河北,我们所经过的地方的民族,是番不是"蛮"——"蛮子山"属越巂县。我在路上拾得一残本《越巂志》,载有许多诸葛亮征蛮古迹,判定山上"蛮子"当蜀汉时孟获之后。不到两千年,金沙江与大渡河之间,千里沃壤,悉为汉人所有,"蛮人"仅保其残种于高山丛岭之中。我从山下大桥市(汉人居留地的终点)听到汉人对"蛮子"的憎恨,在山上看到蛮子的悍直,恍惚眼前展开了强食弱肉的图画。

　　传来命令:要过"蛮子山"了,各人带足四天干粮,要露营,要尊重"蛮人"习惯,不进"蛮人"房子,不和"蛮妇"谈话——"蛮俗",认妇女和外人交接是莫大耻辱——如有事进"蛮人"房子的,不得用脚踏他架锅子的石头,这是他们所敬的神。又说前头部队派人和"蛮子"土司假道,三个部落欢迎我们,其余两个跑了。——五个部落,人口约万人。

　　炎热的晌午到达大桥,市民言:"'蛮子'凶得很,常常下山抢掠,遇单身旅客,连裤子都剥去,说不定还要杀伤。不久以前,刘文辉派一团人来打,打个大败,姓李的团长打死了。希望你们红军把'蛮子'杀'绝!'"出市即无人烟,约十里,上山,转几个坡,见十数"蛮兵"裹头跣足,持梭镖,也有几杆旧式快枪。人高大如山东佬,每人头上顶一张红军布告,并有一面红旗,在路上欢迎我们。欢迎的仪式,不是拍掌呼口号,而是伸着手向我们讨钱。给两三个铜子,就欢喜得了不得。

山上虽有些可耕的地,但"蛮人"不知耕种,仅产一种很小的铃薯,煮熟了给我们,一百钱两个。也有抱鸡来卖的,五毛钱一只。讲到穿,鞋袜终年不要,每人披一件毛毯,像毛巾袋一样粗,据《越嶲志》上的考据,说即是禹贡上,"西夷祗贡"的"织皮"。

沿途都有"蛮民"来看,有的蹲在山上,有的蹲在路旁,有的讨钱,有的不讨。一老"蛮妇"似乎是首长夫人之类,系百褶白布裙,跣足,两耳各垂杏子大的两颗红珠子,披的不是毛布而是细毡,携一小女孩,有同志给她一块饼干,欢跃接去。

前面山上似乎来了一个人,越近越像,则是一丝不挂的男子,说是被"蛮子"剥去了,而且血流满面,这样的人,碰到了两三个,可见"蛮子"打劫是事实。

我们在山上走三天。第一晚露营,第二晚大雨,幸一能汉话的"蛮子",引我们到一岩旁的房子歇宿,有几间平室,似乎是"蛮子"中的土豪。

山上气候较寒,由南上山,不觉得高;由北下山,似乎有一二十里,而且很峻。下山约五六十里,即安顺场,临大渡河了。

"蛮子"体格很健,而且也不凶恶,大概是太穷了,所以打劫。平情而论，汉人抢去他几千里的平原，他剥汉人几身衣裤，又算得什么。同时我又觉得"蛮子"所以能保全他一线种族，还是靠着他能够有"野蛮"的抵抗。诸葛亮大概是看中了这一点，知道越压迫他会越反抗，所以不得不擒了又纵。举个例子，在西昌的一个镇上经过，有一石碑，是咸丰年罚彝人建立的。上称某月日有彝人某上街，吃醉了酒，和人家吵闹，因此罚彝人头目出钱十串，给武庙演戏，议定以后彝人不得在街上喝酒，日落即须归山，不得在市上歇宿，并罚彝人头目建碑认错。这和帝国主义对付殖民地不是一样吗？那里的彝人不反抗，所以现在不仅没彝人在街上喝酒，似乎连彝人也在若有若无之间了。"蛮子"就不然，如有"蛮子"上街被欺负，他就非报复不可。山下的汉商汉官，尽管恨他，却也不敢轻易惹他。

又记得经过安龙时，和一小学教师谈话。据称安龙五万多人口，"夷人"（苗民）占三分之二。苗人居乡，汉人居城市；苗人富的，读书的，大都改装改姓，不承认自己是苗人，这是加进了汉族土豪劣绅的群，为削剥苗人的帮助者，与现在中国的汉奸无异。然而"蛮子"里面没有此种东西。

然则对"蛮子"怎么办？

这不容易么！当我们对他宣布民族平等，他即欢迎我们，毫无猜忌，且有加入红军的，"'蛮子'诚可人哉！"

飞夺泸定桥

■ 加伦

　　安顺场的强渡虽然胜利了,但因水流太急,桥架不起来,架了无数次,被冲坍无数次。十二根二十四根头号铁口的长索都被冲断,这当然是无希望了。桥不能架,船又只有一只,敌情又万分紧张,尾追的敌人已相隔不远了。整个野战军靠一只船来渡,不知要费多少时日,紧张的情况当然不容许再延时间了。怎么办呢?这当然只有夺取泸定桥。

　　部队分两路沿河岸前进:第一师为左路,由安顺场渡河,归军委参谋长刘伯承同志和一军团政委聂荣臻同志指挥;左路是由我们英勇的四团为先头,后随整个野战军,归一军团军团长林彪同志指挥。部队是这样前进了。

　　右路军一师前进的道路都是沿河而上,左面临河,右靠高峰,崎岖小路,真所谓羊肠一样,稍一不慎,就有"一失足成千古恨"的危险。

　　爬了几座大山,经过了一些"蛮子"的地方。小茅屋架在树上,好像一个鸟窝一样,屋旁搭了很高的架子,挂上了很多苞谷(即玉蜀黍)。一二条大狗好像狮子一样,懒洋洋地睡在架了房子的树下,它并不吠我们。一切都很沉寂。经过半日的行程,和敌人接触了。地形很险,敌人都是在隘口上修了碉堡扼守着,我们在地形的限制下，完全没有什么阵地，一路都是仰攻的背水战。假使稍一失利，就有到河里吃水的危险。敌人沿途摆了两个旅，都是杨森的部队。有些口子是一营，有的摆了一团。地形是那样险，兵力是这样多，一道一道的难关都摆在我们的面前，然而铁的红军在他无坚不摧的精神下，一道道的难关都被他冲破了。敌人屡战屡北，我们是猛打穷追，右路军是这样地前进着。

左路军担任先头的四团，他们是五月十三号出发的，他们相隔泸定有三百二十里，上级限他们三天要夺取泸定桥。

活泼的政治工作，提高了战士的精神。他们决心要和右路军夺桥比赛，他们千百个人的心中，什么都抛弃了，只有一座泸定桥。

路也是沿河而上的，情况是和右路军差不多，大概走了三十里的左右，对岸有敌人向他们扫射，路是不能通过，于是他们只好弯路，可是弯路就要爬大山，并且要自己当时开路。大概绕了十里多的光景，又绕到河岸上来了，敌人又在对岸打枪，他们只有勉强跑步通过，然而在敌人机关枪下，跑也不行，只好又弯路。这样弯来弯去，费了不少的时间。

当通过一个大山的时候，忽然和敌人一个连遭遇。敌人先机占领了阵地。满腔热血的四团的战士，好像猛虎见群羊一样，哪里肯放过，只一个猛冲，就把敌人打坍了。这山有十多里来高，下山后一条小河拦住了去路。桥是被敌人毁坏了。河虽然不宽，但却很深，徒涉当然不可能。于是动员全体战士临时砍树,把桥架起来,才得通过。

打了胜仗跑路更加有劲了,情绪也更加提高了。但忽然前面塞住了一座悬崖。崖的两边都是削壁,无论如何是爬不上去的;中间一条小路,好像一座天梯,抬起头来看,帽子都要掉下;山顶是一个小隘口,筑了碉堡,有敌一个营在扼守。正面是不可能上;右面是靠河,无路可绕。时间是不早了,这到底怎么办呢?

"事到万难须放胆",我们久经战斗的团政治委员杨成武同志在他侦察后,断定是要爬上左面的石崖,定可抄入敌人背后,夺取这一隘口。他一面鼓励着战士,一面指导着爬石壁的方法,攀藤负葛,一个一个地吊上去了。正面的仍在强攻,敌人是耀武扬威地,机关枪是一带一带子扫射。不到半点钟的时间,敌人后面的枪响了,敌人全部动摇起来。我们正面的乘势猛攻,敌人就这样坍下去了。一个猛追,敌三个连完全消灭,俘获一百余名,活捉营、连长各一只,缴步枪一百余支,手机关枪三十多挺,其他军用品甚多,尤其是烟灯烟枪遍地皆是。人家说杨森的兵有两条枪,真是名不虚传了。

前进不多远,到达了猛虎岗。这是到泸定桥的最后一道关口,山高有三十多里,左右完全不能攀登,也不能包抄;只有中间一条小路,并且是壁立的;上面也有一个隘口,照样筑了龟壳,驻了烟兵。听说又增加了一个营上来。强攻不可能,包抄无办法,怎么办呢?问题又摆在前面了。

红色指挥员的机动,终于战胜了当前的困难,决定实行夜摸。

在黑夜中，一切都是沉寂。稀稀的冷枪，断续地由山顶龟壳内放射出来。战士们没有一点声响，悄悄地一个一个地摸了上去。山顶的猪猡们一点也未察觉，一排手榴弹，打得那些烟鬼鸡飞狗走，龟壳又被我们占领了。烟兵们的家私——烟具——又丢遍了满地，这样一路的险要完全被占领了。

第二天(十四日)的八时部队正要出发的时候，接到一封军团的来信：

> 王杨(团长王开湘①政委杨成武)军委来电，限左路军于十五号夺取泸定桥。你们要用最高度的行军力和坚决机动的手段，去完成这一光荣伟大的任务。你们要在此次战斗中突破过去夺取道州和五团夺鸭溪一天跑一百六十里的记录，你们是火线上的英雄，红军中的模范，相信你们一定能够完成此一任务的，我们准备着庆祝你们的胜利！

此时已是十一点了，但离目的地还有二百四十里。照命令第二天(十五号)拂晓要赶到，那么要在十八个钟头内跑二百四十里，估计时间是来不及了，然而无论怎样是要完成任务的。于是立即分配政治工作人员到连队去进行动员工作，政治委员站在路旁讲话(因无时间集合讲话)，战士们情绪更加提高了。

到达摩西面的大山上，有敌一营在扼守。经几次的冲锋肉

---

① 编者按：一说黄开湘。

搏,结果将敌人击溃,并随即乘胜猛追。到山下又一条小河,桥又被敌人毁坏了,只得又动员大家随时来架。这样一挨,到河边的一个街上,已经是天黑了,但距桥还有一百一十里。天黑得十分可怕,大雨又像翻盆一样倾下来。战士们还是拂晓前吃了饭,跑了这多路,又打了仗,肚子是饿得难过。为了夺桥的胜利,于是决定不吃饭,立即又在连队进行鼓动。政治工作人员都跟各连队走,党、团员和干部最先做模范,向战士们详细解释。全体战士一致高呼:"不怕苦,不怕饿,一切为了夺取泸定桥!"

行李担子和走不动的人以及驴马都留在后面,派了一些武装和得力的干部领导。团长政委率领三个步兵营轻装出发。

天是这样黑,雨是这样大,路是这样滑,伸手不见掌,真是寸步难移。跌跤的人不知多少。费了很多的时间,还没有走到一里路。对河的火光起来了,一线一线的像飞也似的向着泸定桥奔去。敌人是在对河和我们夺桥,情况是这样紧张,时间是这样短促,怎么办呢?点火吗?又怕敌人发觉。不点火吗?又走不动,明天夺桥,是成了严重问题。在这样的关头,我们的杨政治委员下决心了,立即传知部队全部点火,并告诉各连队"假使对河敌人问我们是哪部分的,就答他是某师某团某营今天被'共匪'打败的"。我们这样欺骗着敌人,敌人听了也不怀疑,他们仍然点着火把在那边赶路。我们仍然点着火把在这边赶路,两路的火,两路的人,各怀着不同的目的,在一个闷葫芦中前进!

时间是快到五更了,经过一晚的急行军,人是都有些疲劳了,肚子也十分饿了,衣服也全湿透了,在这又饿又疲劳的情况下，真是有点难熬，很多人都打起瞌睡来。团长、政委也东歪西斜，几次险些掉下河去。有时忽然站着不动，被后面的冲撞时，忽然惊醒，而又踯躅地前进。在这样艰苦的情况中，直到天亮时，到达了泸定桥。

桥是铁索做成的。共有二十条①，每条都有普通饭碗般大，每根相隔的距离在一尺以上。两边有铁条的扶手栏杆，桥的中间没有墩子，只铁索的两端埋在两岸。桥头的地下打了很多大的铁桩。铁索上铺了板子过人。河面有数十丈宽，由桥上到水面也在数十丈以上的高。当你走到桥的中间时，桥会左右摆动得很厉害。假使你往下一看时，奔腾的水势，无底的深渊，真叫人毛骨悚然。泸定桥之险，于此可见。

桥板是被敌人抽了，只剩得几根光铁索。第二道桥是找不出来的，渡口也完全没有的。对岸敌人在两旅以上。桥头及河边一带以及山上，都有重兵扼守。机关枪、迫击炮，集中在桥头附近，不断地向我们扫射，向我们示威。迫击炮也像连珠般地掉过来，都打在我们驻地附近。他们耀武扬威地向我们高叫："共匪过来呀！飞过来呀！我们缴枪给你呢！你们为什么不飞过来呢！"

我们的战士也高声地回答他："只要你的桥，不要你的枪！"

这是多么雄壮的回答呵！

经过详细的侦察，在桥头配备了火力，准备了板子。部队中

---

① 编者按：应为十三条。

又进行了鼓动,部队也进行了分工:第二连挑选了二十个英雄,一概用短枪、手榴弹、马刀,由连长廖大珠同志领导为冲锋队,其队用长枪随冲锋队前进;第三连搬板子,准备在前面冲过去时,他们铺板子,给后续部队过去。一切准备停当,团长、政委亲到桥头指挥,全团号兵集中在桥头附近,夺桥的激战开始了。

冲锋号音响了,机关枪迫击炮声、手榴弹声、口号声震动山谷,战士们的热血沸腾起来,战斗情绪也紧张到万分。廖连长领导的二十二个英雄在团政委鼓动的口号声中,冒着浓密的弹雨,一手扶着铁栏,踏着铁索,冲锋过去。刚到对岸桥头,敌人放起火来把桥头的亭子烧燃了,火焰冲天,无法过去。英雄们此时有些踌躇起来,徘徊不前了。团政委见此情况,高声大叫:"同志们! 这是胜利最后关头,拿出你们英勇的精神,冲过去,不怕火呀! 迟疑不得呀! 快冲呀! 敌人坍了,你们是光荣的模范英雄呀! 冲呀! 杀呀!"

这一段鼓动词又把英雄们的勇气鼓起来了,他们不顾一切冲进火焰中去,衣服、帽子烧了,眉毛、头发也烧了;他们一切都不管,只是猛冲,一直冲入街上,和敌人进行长时期的巷战。敌人集合全力反攻,二十二个英雄的子弹手榴弹都打光了,形势是万分紧张,差不多几乎支持不住了。正在这样一个严重关头,团政委领导着援队来了,在这最后的决战中,终于将敌人完全打坍。烟鬼们屁滚尿流地四散逃命,泸定桥就这样胜利地占领了。除一部分部队追击外,其余部队就在泸定桥城(城在桥头)宿营了。本日的战斗,我们只伤亡三人,这是胜利中的胜利。

强渡大渡河泸定桥的经过

■ 罗华生

天险的金沙江,已于五月间强渡过了。敌人还鼓吹"共匪已进入了天罗地网,又是第二个石达开,要消灭在两条大河的中间"。因为过了金沙江,前面还有一条更险要,不能架设任何的浮桥,同时船只也未见得有,并且还有刘文辉部两个旅的兵力拦阻守备水深流急的——大渡河横着。

当时决定坚决地强渡大渡河,我英勇无坚不摧的红色战士不分昼夜地雄赳赳向着目的地前进。自安顺场出发,我团(红四团)为开路先锋,扫清前进道路上一切障碍,消灭拦阻我们前进的敌人。那天行程约八十里,时接近了田湾,敌(刘文辉部)约一个营的兵力,在那里堵塞要隘,企图拦阻我军的前进。与前卫营接触了,英勇在先头的第三营第七连只用了一个冲锋,把敌人打得猛向后逃,就胜利地占领了田湾。乘胜跟踪追击,坚决消灭该敌,毫不停留地由田湾再前进。过街口小小的铁索桥,桥虽然是摇摆着像软索似的,使人过时心惊,不能密拥过去,但在蓬勃的战斗勇气中,队伍也就迅速拥挤密集地过去了。再追到约十五里路的山脚下,该敌除集中全营之兵力外,另增有一个步兵连,一个团部的特务连,有所谓萧营长的督战,并构筑有工事鹿砦,堵守高山的隘口,企图作最后的拼死的拦阻抵抗。当即决战约四小时,终于在我英勇战士的面前歼灭。黄昏了,战斗也已解决,共计俘敌约二百名,这个萧营长也被生擒,十余支冲锋机关枪全部地拿到我们手里来了,敌残部完全失败,逃窜于深山老林中。那时早就天黑了,毛毛雨儿也慢慢地大起来了,因此就在那个解决战斗的村庄宿营。当晚奉命于拂晓前(三时)继续行动,进到摩西面(约百二十里)。出发后,刚下了一个三十里路高的山,又要开始越过高四十里路山。后面骑着黑色的马的通讯员急送命令来,展开一看,是给四团神圣的光荣任务:以高度的战斗勇气,克服一切困难,不怕任何的疲劳,今天要赶到,并夺取泸定桥(约二百四十里),圆满完成这一光荣任务。当时接到这一任务时,在党团员干部中、战士中,进行了飞行的政治工作,下了最大的决心,不怕峰险山高的路,不顾敌人在那边河岸怎样地捣乱(向我军射击),一直地向前进。在沿途还缴敌散兵人枪各二十余。刚经过了摩西面,天也黄昏了,雨更加下大了,那时就决定每个战士找二三个火把发光,再来继续前进。敌人在河的对岸看到了不怕任何艰苦的英勇红军这样地猛进,就手忙脚乱地又派一部分兵力拼命地增援到泸定桥去。敌人在那边河岸打了火把沿山脚拼命地增援到泸定桥,我们英勇的红军也打起更亮的火把,奋勇坚决地在这边河岸,向着泸定桥前进。敌我两方好像运动大会竞走的一样,结果终于我们比他赶到更前面了。火把快完了,天也亮了,二百四十里的行程也达到了。泸定桥(铁链上面铺着小板子)那边桥头,就是泸定县城,敌一个旅的兵,并附有一个炮兵连,在桥头固守,还构筑坚固工事拦在桥头,并且把桥上的木板都收掉了，只剩六根光铁索链。因桥上的木板被敌人弄掉了，同时又是白天，所以当时没有冲，只派了一部分队伍，并附了一些轻机关枪，在桥头向敌方扫射，决定黄昏时实行强渡总攻击。天气快黄昏了，沿铁索链冲锋的二十二个英雄(只记得文书李友林、连长廖大珠、政指王海云等三同志的姓名，均四团二连的)也有更充分的准备，大刀刺刀，磨得更白，又更亮，架放在铁索链上的木板，也准备了；团司令部一声集合前进号音，全团的队伍就运到泸定桥头的隘巷要口，以火力援助二十二个英雄沿铁链冲锋，并准备增援与全部强渡。那时二十二个英雄沿铁链快冲，到那边桥头了，口中还喊着"只要你的泸定桥，不要你的烂枪！"守桥的敌人就恐慌万状，失了守桥的决心，放火烧桥头的凉亭，并延及附近的几间房子，那时二十二个英雄在铁链上与守桥的敌人肉搏，不怕敌人怎样的拼命与放火，以几十个炸弹的爆力，打得桥头工事内的敌人完全灭亡溃散，胜利地过了桥。桥头的工事，与人一样地高，也英勇地爬上去了，但工事上下周围，就是敌人放火烧的房子，在狂舞的红焰中，在红灼的砖瓦上，在狂燃的木料里，几丈远外，就要把活生生的人烤焦。他们是不能留停在那里，有些英雄的眉毛、帽子被火烧掉了，但仍然继续迅速猛烈坚决勇敢地从火堆里向街上冲，后续队伍也趁机铺起板子过来了。计肉搏一小时，泸定桥便成了红军空前光荣的胜利品。说什么红军要做第二个石达开的人，他们也许要自笑是甜蜜的幻梦吧！

抱桐岗的一夜

■ 觉哉

在岗下水子地停着一天了，说是前面部队走不通。第二天午前九时出发，不一里，大家倚树偃息。敌机来了又去，我们终是蹲着不动。

快正午了，才开始蠕动。呵，原来是上山，陡的草壁，窄的之字路，这样的路不是走过很多吗，为什么这样慢？转过一坡，就只能一脚跟一脚，树木渐丛杂了，因终年不见日的缘故，土都成了黑泥，手攀着树根或枝，足踹着泥里的小石。太陡了，上不去，握着小竹，掉下涧里，从这个石上，缘到别个石上，又到树林里来了。有些密箐，像竹枝扎成的门，弯着腰走进，有新砍伐的刀痕，原来是先头部队开的。在山下时，土人对我说："可以走，不过难骑牲口。"哪知道根本没有路，只有些攀藤负葛的痕迹。

看看天晚了，据说到山顶只有一十八里高，但说是走不到。前面传来了声音："宿营呀，宿营！"怎么宿法？拣得三四尺可以放下东西的平面，就是好的。大家知道这一夜是不易过的，非有火不行，枯枝倒是不少，一下子那一堆这一堆的火着了。我因为插过了队，被毯在后面，虽然相隔不过二三十丈，但要下去找多难，况且黑烂泥上也无法睡觉。天公偏不作美，下起雨来。雨滴从树上哗啦哗啦地流下，人们都打着伞，烤着火，我借得一洋瓷盆垫坐，许多同志坐着打鼾，我是彻夜没有睡。

很想弄点水喝，炊事员同志点着火下涧取水，约半点多钟，携上一桶水，正架着烧，不幸泼了。但是天刚亮，他们已煮好了两桶苞谷糊给我们喝！

"走呵！似乎有了点日影，到山顶就好了。"站上山顶一看：哎哟！路是有的，满是泥泞，陡处呢，谨防"坐汽车"（跌翻滑下的称呼），稍平处呢，泥深没膝；泥中的石头不见了，有几匹马陷在泥里出来不得。

怎样走法呢？为要绕越泥淖，有的下涧，缘着圆石头走，有的攀树上岩——在涧不可下、岩不可攀的地方，就攀着路旁树或竹枝跃进。行行重行行，太阳当头的时候，居然出了森林，望见许多人马在山下河里洗衣煮饭。路上泥没有了，但还滑，不幸得很，我偏偏在出森林后，坐了两回"汽车"。

到河里洗去脚腿上的泥，渴得很，一同志拿茶壶在烧水，"给我一碗水吧！"我说。他就倒上一碗，怪浊的，谁知是煮的骡子肉，没有盐，可是味特别鲜，至今还记得。

回占宝兴

■ 黄镇

　　一九三五年六月，一、四方面军在懋功取得了大会合，红五军团从宝兴向着懋功胜利地前进了。这一段路非常难走，已经在邛崃山脉里，两边的高山，沿河崎岖的小路，铁索桥……走了一天，又要转回宝兴，要继续阻止敌人的前进，争取使我们两方面军大会合的地区更加扩大。前进我们高兴，向后转我们也高兴。吃了早饭，一口气走了四十多里。

　　我英勇的三十七团第一营二连第二排进到了宝兴，群众们争先恐后向我报告："红军同志，快，南街头来了白军，正在庙里休息哩！"我第二排托着上了雪白刺刀的枪，拿着手榴弹，一个跑步，南街头的白军原来是四川军阀杨森的两个连，冷不防被我第二排砰砰啪啪，杀打得遍地乱跑。敌人后面本队见势不佳，也向后转跑步走了。这两连人被我们消灭了差不多一半，追击得敌人退了到灵关场，我军又一次地胜利地完成了军委给我们的光荣任务！

大雨滂沱中

——两河口的欢迎会

■ 莫休

两河口会议

1935 年 6 月 12 日,红一方面军和红四方面军在懋功胜利会师。两军会师后,在今后行动的战略方针上,党中央和张国焘发生分歧,为此召开会议以统一认识。6 月 26 日,中共中央在懋功两河口召开政治局扩大会议。会上周恩来作了目前战略方针的报告,分析了北上建立川陕甘根据地的理由,指出了向南、向西发展的不利因素;张国焘却强调北上困难,主张南下,以避免同国民党军作战;毛泽东、朱德等一致同意周恩来的报告。会后,张国焘迟迟不肯北上,公然向党伸手要军政最高领导权,致使延误了北上时机。

消息的传来,已够两天了——×副主席①要来。这比宝兴出发后,夜雨的露营,午夜得到先头团已在大围(即达维,本书中又

---

① 编者按:这里指的是张国焘,当时任中华苏维埃共和国临时中央政府副主席。

作"大维"——编者按)与四方面军会合的消息,其刺激人的兴奋程度,不见得有什么微弱。自然首领的晤会与先锋队的见面,是有喜悦不同的内容:后者是抛开"老家"长征,突然异地弟兄相逢,是悲酸中的狂喜;而前者是尚未发现新大陆时航师们的大会议,从此可以寻出着陆点,这在狂喜中又有不可言说的慰安。

日子一展开,人们都表现出异样的兴奋。第一工作是会场的选定和布置,这是多么困难的一件事!四围蛮山(我们呼松潘一带的番民为"蛮子",因为那边的山也就称为"蛮山"),老林紧紧合抱着,绝不肯让出数十米的平坦地来。西北从梦笔山(雪山)、东北从虹桥山(雪山)送来两条卷石走沙怒吼的溪流,雨季雪融,刺骨的寒流,泛滥相同黄河决口,顽固地、威严地盘踞着所有低的平地面。会场布置在何处呢?经过邓罗两局长亲自率领的查勘,只得勉强地选定东溪南岸一点稍大的山脚斜坡。

这不过是不到百米方的斜度较小的山坡呀,不知名的灌木和荆棘丛生着,乱石又是猪嘴样凹凸的拱出着,设计和修整,又须大费工程了。调来工兵连,伐木斩荆,抛石掘土……数十个红色英雄,快乐地又疲倦地工作了三小时。漂亮的会场出现了:上首就自然的土石削成了小小的方台,那是主席台,下面紧包着松松的沙土铺成的欢迎者列队的地段,右首凸出的一块平地,那是司号员集中地的乐亭了。标语呢?张贴就困难了,聪明的宣传队长把它们勉强地安置在路旁小树和棘条上;会场东首数米处,依着土坡,借两根木条横路耸起欢迎牌,一些绿叶野花攒簇着,艳红的绸布上闪耀着"欢迎红四方军领袖×××同志"几个八分体字。

这是我们从来没有过的简陋,而又从来没有过的严肃伟大的欢迎会场。

临时架设的电话线,爬行白虹桥山方向的五里处,派出了守机的专员,报告到来的消息。

忙碌着,吆喝着,饥饿着,疲乏着,数千百只眼睛探视着东方。铃……铃……铃,电话催问回答着,等等等,日子已溜过了一半。

本来一早,天就哭丧着脸,似与快乐的人们怄气,现在又飘飘洒洒起来了,又似在来冲洗人们的疲倦和饥饿。雨的助虐者低度的气温,又乘机开始了进攻,人们被风、雨、冷击打着,有些"四面楚歌"了。然而热望的心的亢奋的情绪,战胜了这一切四围袭来的自然敌人,不畏缩不颓丧地整齐坚决地鹄立着。

忽然像下"向右看"的命令样,每个头都转向西侧了,在两河口的街口出现了一群人——朱总司令、毛主席和其他我们的航师中央各主要负责者,他们微笑地、阅兵似的走过欢迎者的队列,谈说着走向虹桥山的方向去,不远又停止了。在没有命令下,大家不自然地整一整队列,这是被"快到了吧"的心情促动的。

突然大雨袭来了,简直狂放得不成样子。雨柱是那样的粗大稠密而有力,要穿破一切的雨具,击打到地上,像弹子样攒出一个小小的窟窿。数分钟,人们被浸在海洋中了。一切山上林子中的水,猖狂地急促地奔向低处去,刷走了一切的败叶、断草、泥沙、小石块,情势要将人都卷入溪中去;水花飞溅,一切雨具削弱或全部失去防御力,冰凉的雨水,濡湿了外衣,渗蚀到肌肤,大地也冥茫了;但人们依然在抗战谈笑,快乐兴奋。

暴雨的袭击延续了约二十分钟,不能丝毫地动摇或稍稍紊乱欢迎者的阵容。雨的冲锋是失败了,因此它亦稍稍地敛迹,由密集雨柱的冲锋,转作了流落冷枪的戏战。而浓密的云层,却卷来滚去,显然这表示它不是冲锋失败的退却,而是整理第二梯队,集厚兵力,作有机的再袭击。

抗战胜利的人们,此时高奏凯歌了。

```
5·4 3 5 | 2 16· 5 3 | 1·7 6 2 | 2 — 0 | 6·5 4    3 4 |
两大 主力 军 邛崃 山脉 胜利 会 合 了       欢 迎 红四 方
万余 里长 征 经历 八省 险阻 与 山 河       铁 的 意志 血

5·4 3 5 | 6 1 2 16· | 5 —·0 | 6 6 6 5 | 4 4 4 3 |
面军 百战 百胜 英勇弟 兄       团集 中国 苏维埃运动
的牺 牲换 得 伟大的 会 合       为着 奠定 中国 革命

5 5 5 4 | 3     0 | 6 6 6 5 | 4 4 4 3 | 5 5 5 4 | 3    0 |
中心 的力 量 唉! 团集 中国 苏维埃运动 中心 的力 量
巩固 的基 础 唉! 为着 奠定 中国 革命 巩固 的基 础

5 6 1 2 | 16· 5 — 0 ‖
坚决 赤化 全四 川
高举 红旗 向前 进
```

(此两大主力会合歌编于宝兴,次日先头部队即在大维与四方面军会合)

快乐亢昂的歌声,震荡着山林和大地。由会合的胜利,勾起了长征的回忆。于是强渡金沙江歌，遵义战斗胜利歌……一切都从快乐兴奋中唱出了。延长着很久的唱歌竞赛。雨仍是敲打着山林地面和人的头颅。

东侧围立着的航师们移动了，阵容突然严肃起来，收下了一切雨具，行列整理成侧看一条线。司号员小同志们把号捏得紧紧的，喊口号的领导者们，腮帮鼓鼓地，洪亮的呼声，像不可拦阻的随时都要冲出来，数千百只的眼睛又贪婪地盯视东方了。

东方山脚林隙中，隐约地露出几个马头，渐渐显露走近了。在百余米外站立的航师们中，首先冲出去的是朱总司令，紧紧地握住了来的人群中一个人的手，随后便是大家围上去。混作一团了，说什么听不到，只是许多的手挥动着，似乎大家要狂吻起来。

"欢迎四方军的领袖！"

"欢迎航师×××同志！"

"红军主力会合万岁！"

"×××同志万岁！"

口号声像暴雷般轰出来了，快乐冲击着每个人的心弦，过度的兴奋，血管暴涨起来了。拳头握得紧紧地，相同几千个铁锤样，随着每句口号后一致挺直地举起来，要戳破低空的云层。

暴雨又不可抗地袭来了。这是快乐之泪吧！雨声，口号声，军乐声，暴涨的溪流声，织成震破耳朵的交响曲。在这繁响中把一群人欢迎上了主席台。

口号停止了，肃静了，甚至屏息着呼吸。猖獗的雨柱仍是倾盆样地倒着,模糊着人的视线,说话不甚洪大的朱总司令的介绍词,几乎都被这轰响的雨声全部遮断了。

"同志们!这是四方面军的领袖,我们中央政府的副主席×××同志;……两大主力红军的会合,欢迎快乐的不只是我们自己,全中国的人民,全世界上被压迫者,都在那里庆祝欢呼!这是全中国人民抗日土地革命的胜利,是党的列宁战略的胜利。……"

朱总司令指着他侧边比他不高,但比他横胖约一倍的人,在雨声中急促地说完了他的短短介绍词。

被欢迎者说话了:

"同志们:……这里有八年前我们在一起斗争过的(指朱总司令——记者),更多的是从未见面的同志。多年来我们虽是分隔在几个地方斗争奋斗,但都是存着一个目标——为着中国的人民解放,为着党的策略路线的胜利……这里有着广大的弱小民族(藏回),有着优越的地势,我们具有创造川康新大局面的更好条件。

红军万岁!

朱总司令万岁!

共产党万岁!"

猛攻猛打的雨,逼得说话者不能再继续了。队伍移动了一下,列出长长的人巷,航师们愉悦地通过去。军乐声,口号声,唱歌声,在黄昏暴雨的洪流中震荡着。

这是有历史意义的一九三五年六月二十五日。

卓克基土司宫[①]

■ 觉哉

卓克基是清高宗劳师伤财,费几年工夫,才克服的所谓小金川的七大土司之一。土司宫设在几条河的汇流点,前临急流,后倚峻岭,一石块砌的四方桶子,高达八丈,宽广约十丈,前栋两层,后栋、左栋、右栋均四层,屹立万山中,俨然一西式建筑。

下层:上栋是大厨房,巨大的锅子几十口,左右为马厩和下人的住室等,中间的坪颇大。第二层大概也是些下人的住室,及收藏食物器具被服的屋子,有一些高大的木橱子。第三层就美丽了,玻璃窗,雕镂而坚厚的木门与木壁。右栋数室,陈设颇精,有状若货架和壁相连的架子,分许多格,格内陈设一些玉如意、小玉佛、铜佛、瓷佛及其他古玩等;有床作长方形木池,无架;有精致的书案,均是坚木做的,这大概是土司的卧室。左栋为两大厅,有木坑,桌凳壁饰,都雅致。上栋为佛堂。第四层:上栋为大佛堂,有几面大铜鼓,藏经很多,用架支置,黑底白字,像我们裱装的字帖一样,但墨色发光,纸亦坚致,佛幛很多,绸质的,壁画因年久,熏黑,看不清楚。佛外围有很多木轴,可以转动,这是卷

---

① 编者按:卓克基土司宫又称"卓克基土司官寨",在今四川马尔康县卓克基乡西索村,建于 1918 年,四层碉楼建筑。红军长征时,中共中央领导人曾在此住宿一周。

"藏经"的,但上面已没有经。右栋一小佛堂,左栋是新装饰的佛堂,壁画新鲜美丽,马象狮虎、英雄甲胄等,宗教图画,栩栩如生,连屋顶都是。这种神秘的美术,我们看见的,除大维喇嘛寺伟大的美丽的壁画外,要算这里。前面一小客室,题"蜀锦楼"三字,是一位曾在广州大元帅府做过事的过客题的,还题了一首不大佳的古诗。前面平台,可容一连人的操练,屋顶佛幡颇多,有高达三四丈的。

现任土司叫索观瀛,在成都大学读过书,刘文辉送了他两架机枪及若干步枪,又卧室里有几本《三国演义》,以及"蜀锦楼"的题字,可见此人已有几分汉化①。我们先头部队派人向他假道,被他杀了,因此把他打了一下。他率领百多番兵,窜入深山。我们因其反动,把他财产没收,但宫里许多古董器具,群众不敢要,我们不能拿,仍是原封未动。

宫旁建一碉,系石块垒上的塔,比屋还高,各层有高尺许的洞,即炮眼。这样的碉,藏地颇多。《圣武记》上说碉多么险,攻碉多么困难。有一封奏折上说:番人(即藏人)十多天可建一碉,而"官军"攻下一碉,需时月余,牺牲士兵常至数百。但实际这种碉不像国民党筑的碉,在山顶及要害地,而是同内地土豪家筑的避土匪劫抢的楼子。我们在云南扎西他方看见很多,湖南也有,叫做箭楼;可以防小匪,不可以御大兵。红军经过番区,没

---

① 据说四川军阀,侵蚀土司,学了帝国主义勾结中国军阀的法子,时常把各土司调了去,一住几个月,吃花酒,坐汽车,看电影,抽大烟,使他们乐而忘归,渐渐就可以向土司地方进行各种剥削,同时送他们一些洋枪,使他们对土人有镇压反抗的把握。

有据碉来防御我们的。

　　藏人种的地，都是土司的，要向土司纳租。什么都派差，土司烧的柴，吃的肉，甚至门前守卫的都是居民轮派。见了土司就跪下，等他过去了才敢起来。至于土司对地方做了些什么，只看土司宫前一条木桥"万古流芳"的捐名碑上，第一名索长官捐大树两根，其余是该村各户捐派的。看那些名字，知道这里有少数汉人在此寄居。

芦花运粮①

■ 舒同

在 S 山上的一个村庄,印象倒是很深刻的,但没有过问它的大名,仿佛离马河坝二十里,离芦花八十里。山上是一片雪,四时不融解,由卓克基到黑水芦花,这算是最后的一座大雪山了。村庄不很大,周围是油油的青稞麦,瞰居山腰,高出地面十数里。翻过 S 雪山,即是这个不堪回首的村庄了。

红六军配合我们右路,由康猫寺向左经草地绕出松潘。在他的前进路上,遇着极端彪悍的蛮民骑兵,横加拦阻,既战不利,乃折回右路。第一步以四天到达 S 雪山上的这个村庄。因为粮糈已绝,茹草饮雪,无法充饥,饿死冻死者触目皆是,已到山穷水尽,不能最后支持。生死完全决定于我们能否及时接济。

事情不容迟缓,在我们接到六团急电之后,立即来了一个紧急动员,筹集大批粮食、馍馍、麦子、猪肉、牛羊等,那完全是剜肉医疮的办法。其实驻芦花的四团、五团、师直属队,每天都是自割而食,各人揉各人的麦子,各人做各人的馍馍,从"蛮子"的嘴巴上抢过来,用自己血汗去生产。经过整个一天的动员,经过干部和党团员的领导,好容易才把这些粒粒皆辛苦,处处拼血汗的

---

① 编者按:本文有删改。

救命麦子、牛羊、馍馍粉搜集起来了。

已是下午一时了，我还在五团帮助动员，师的首长猝然从电话上给我一个异常严重而紧急的任务，要我负责率领一排武装及几十个赤手空拳的运输队，护运到那山脚下，迎接疲饿待救的第六团。

义不容辞的我已慨然允诺，接受了这光荣的任务，即时从芦花出发。

这时已经是三点了，四点、五点了，估计要两天才能赶到，而今天还要赶三十里路，才找得到宿营的地方，否则露营有意料不到的某些危险，这问题一开始就威胁着我们。

天色像是要夜，乌云簇簇，细雨纷纷，我们这一大群人开始在路上蠕动。前后有少数武装，中间是运输队，背的背着粮，赶的赶着牲口，不上五里路，在一个桥头右边，山林沉深处，守河的一班人在那里搭棚子住着，因为他们是预定同去的。当我去喊他们的时候，恰好遇着他们都是面盆茶缸里满盛着羊肉和面粉，就从它的香气中可以想象得到那滋味了。饿着肚皮的我，口涎差不多要流出来，不好向他们讨吃，只是催他们快点吃了同去。不上十分钟，他们就一边吃一边走，插入了行军序列。

"人马同时饥，薄暮无宿栖！"这时不啻为我们这时候写照了。走到一个深山穷谷里，没有人影，没有房子，没有土洞石岩，参天的森林，合抱的粗树，没胫的荒草，是我们这时天然的伴侣了。黑彝有突然出现杀人越货的危险，不知好远的前面才找得到房子。我们这群迷羊，就在这个坡路上徘徊了很久。

好吧！我们就在这里宿营。时间天候都不容许我们犹豫选择了，于是集结队伍，我亲自去动员解释，大家艰苦奋斗的精神冲破了这阴霾险恶的环境。把粮食放下，羊牛马集拢来，靠着几头大树，背靠背地坐着，伞连伞地盖着，四面放好警戒，大家悄然无声地睡下，希望一下子天亮。

天是何等的刻薄呀！我们这点凄凉可怜的希望都不肯惠与。一刹那风雨排山倒海来了，渺然一粟的我们，像置身于惊涛骇浪的大海中，虎豹似乎在周围怒吼，黑彝似乎在前后呼啸，恐怖紧张地笼罩了周遭，雨伞油布失去了抵抗力量，坐着，屁股上被川流不息地刷洗，衣服全湿透。我同两个青年干事，挤坐一堆，死死抱紧伞和油布，又饿又寒的肚子，在那里起化学作用，个个放出很臭的屁，虽然臭得触鼻难闻，但因为空气冰冷，暴雨压迫，也不愿意打开油布放走这个似乎还有点温度的臭气。王青年干事，拿出一把炒麦子，送进我的嘴巴，于是就在这臭气里面咀嚼这个炒麦子的滋味。

本来这些地方平常就要冷得下雪，在气候突变的夜晚，其冷压力更不待言。同行的许多同志，冷得发哭哀吟，然而我们很多共产党员，布尔什维克的干部，却能用他坚韧不拔的精神，艰苦奋斗的模范作用去影响群众。安慰群众，就这样挨寒、挨饿、挨风、挨雨，没有动摇地通宵达旦。

天色已光明了，风雨也停止了，恐怖似乎不是那样厉害，大家起来，如同得了解放一样，相互谈笑，重整行李担子，一队充满着友爱互助精神的红色健儿，又继续前进了。一直走了二三十里,绕到高山上的几个破烂蛮房,停止休息。

热度不高的太阳,破云出现了,我们放下担子,布好警戒,用了大刀,才找到一点柴火锅子,烧好开水,泡点熟粉,就这样吃了一顿。

大家都在回忆着前夜,回忆着短短的过程。一部分正在咕噜咕噜地睡着,恢复肉体上的疲劳。

山回路转,沿途都看不见人影马迹,这下子却有了我们的队伍开始往来,这使我们兴奋胆大。然而仅仅只是这一个地方,过此以往,那可怖的景象,又将在我们的面前展开起来。

"走吧! 赶早,时间已过半了。"

"我们红六团还在那里望眼欲穿地等候着,我们早点去早点接济他们!"

哨子一发,队伍集合,于是又继续以前的精神,向着目的地前进。

河水骤然高涨起来,泛滥在两岸山谷中,一条小路,有时淹没得不见,排山倒海的流水声,伴着我行进。小雨,路又泥泞,我们埋着头一个个地跟着。

离 S 雪山只五里路了,六团先头的几个同志与我们尖兵相遇,大队亦继续赶到。

"哎呀! 不是送粮食给我们么,我们的救星!"

"你们迟到一天,我们就要饿死,真是莫大功劳呵!"

"宣传科长! 你们来了,真的来得好,救了我们的命!"一下子环境变得复杂,到处喧腾起来。许多六团的同志,围拢过来,争述他们如何过草地,如何打骑兵,如何冲破困难,如何望着我们接济。我不知道怎样应付才好,怎样安慰他们才好,除了把运来的粮食全部供给他们外,连我们的私人生活必需的几天干粮也零零星星地分送给了他们,就是最后的一个馍馍,也基于阶级的同情心,分给六团的几个同志吃了。

打鼓的生活

■ 莫文骅

一

如果是非洲黑人赤裸裸在海边打鱼的时候,如果是广州布尔乔亚们着绸衣服在荔枝湾爬艇纳凉的时候,打鼓附近便要着皮袄了。因为这是中国西部之高原,接近草地番民之区呢!空气是稀薄的,寒风是砭人肌肤而致入骨!天空中每天浮着不散的一朵一朵的惨淡的愁云,屋顶及山头积着左一块右一块闪光的冰块,真正"瀚海阑干百丈冰,愁云惨淡万里凝!"

几百米远便不能透视的,人们好似处在广寒宫里,又似在梦魂中游泊荒凉的孤岛上。

红色干部团由仓德出发的时候,爬呀,向着离海平面标高约五千公尺的高山上爬。因为最近给养困难,爬山的本领锐减了一半,脚是软的,手是小的,脸是尖的,眼睛也躲在眼帘里去了一些。所以爬山太觉吃力,然能够鼓起战士们的劲的,因过了山便是打鼓,听说那里麦子已黄,粮食很多,能吃得饱,因此用力地爬。

越爬,山越高,空气越稀薄,越感觉寒冷。有几个同志,身体抵抗力弱的,头晕了,眼花了,脸皮白了,嘴唇黑了,不知不觉跌下地去了。有些人去搀扶,但好似酒醉翁一样,扶得东来西又倒,只得眼光光地看着他几人躺在冰天雪地中。哟!我们亲爱的同志啊!……

费了极大的精神,才上山顶,只见满山积雪乌云盖天,其他什么也没有!

下山时,曲折盘旋,越下越暖,身体则转为舒畅,肌肉也灵活了些。积雪的高山,被我们不屈不挠的革命毅力所征服了。

二

到达打鼓附近时,满腔的热情竟成昙花一现!看到满山麦子青青,随风吹来,如河中水浪,很觉美观。但我们并不是游山玩水的诗人,而是希望着麦黄,得到粮食。到打鼓,问原驻的友军,他们说粮食困难多呢!民屋内亦没麦子,山上的又不能割,以前虽有,现在则没了,他们还是数麦而炊!糟糕!令我们失望了,脚又软了,好在已在打鼓宿营。

战士们因为出发时听说粮食很多,满心欢喜,现在适得其反,于是议论纷纷。有的说欺骗他们的,有的说或者前面部队吃光了,有的说或许山上才能找到,有的……真是意见纷纷。此时政治工作太难进行了。只得向他们耐心地解释:“在这样异常困难的环境中,所谓有粮食,也是有限的,何况部队驻过不少,吃的带走的,昨天有,今天不一定还存。我们是为中华独立解放的民族先锋的骨干,在共产党中央直接领导之下,已克服了许多的困难,任务的严重,须要以最高度的吃苦耐劳的精神才能克服的呢!不然国家沦亡,四万万同胞都成为日寇木屐下的奴隶了!冲破了困难,胜利是不远的。

"过去苏联在军事共产时候,内忧外患粮食不继,亦受过了极大的困难,依靠着列宁党的领导及人民与红军的坚忍,卒能克服而有今天呢!我们现在亦有正确的党中央直接领导,大家能团结一致地吃苦耐劳,还怕最后胜利不是我们的?同时,在这样困难环境中正是我们创造铁的干部的时候,希望彻底了解这一点!现在我们问题的中心,是如何解决困难,克服困难,不是谈什么长,论什么短的时候呢!"

好在战士们政治觉悟程度一般的比较高,一经解释而完全冰释了。大家转而谈论如何找到粮食及如何争取番民回家了。因为番民已被国民党欺骗强迫逃走一空。

三

本来我们一粒麦子也没有——事实上不能有——带来,期望着到打鼓吃一餐饱的,谁个知道又如此。但是怎样解决问题,这真是提得最尖锐不过的了。你望我,我望你,甲说这,乙说那,实际上都是束手无策。

"今晚吃什么呢?麦子没有了!"到宿营地后,各营、连请"示"了,因为已是十五时。

"且吃一餐豌豆苗,野芹菜吧!"陈赓、宋任穷、毕士梯及我商量了一下,便这样主张。于是下令了,各营、连都派人到附近菜圃及山边去摘。

我因疲劳而且肚饿,于是将必要的工作布置了之后,便到床上睡了。心中自己打算,豌豆苗是好吃的吧?两广不是叫做龙须菜么?酒馆上六毛钱一卖(即一大碟),虽……想着,精神是很好过的样子,不觉睡着了。

"起来吃饭了!"这好听的声音催我醒了,蒙眬地爬起,打了一个呵欠,向特务员问:"饭在哪里?"他指:"这便是。"我转头一看。啊!原来就是一豌豆苗、野芹菜!分明是这样东西,而却是美其名为"饭",真怪得很!

看着大家吃时皱着眉头,我知道不妙,将碗拿起慢慢地夹了一箸送进口中去。唉!如何吃得下!既没油,又没有盐,清汤寡水,一尽麻痹的腥气。我吃不下,即倒在床上睡去。

此时各个同志切齿痛恨国民党这个狗娘养的卖国贼,既不准我们北上抗日,而且压迫我们到这样不利的地区,还要欺骗压迫当地群众走了,使我们遭遇到这样的困难,真欲灭之朝食!

次日,给养问题还未解决,吃的还是豆苗、野芹菜,我不能不勉强吃了!因为人命要紧呢!工作要紧呢!

还不算空手

■ 周士梯

昨天我们在中打鼓西端六十里的高山上，搜获一百四十六只羊子，每个伙食单位分了三只。四科另外奖赏我们两只，以示鼓励。"上干队是搜山的模范队。"啧啧人口。今天又要到东边搜山，团部特别优待，昨夜就发每人一斤炒麦子做干粮。

天还没有亮，我们由中打鼓出发，在山脚绕了七八里路，都不能上山。后来沿着一条水沟上去，就发现一丘半亩平方的麦田和一棵大树上用树枝架起一个能睡二三人的架子。这个架子有点破烂，像很久没有人住了，但是无疑的是有人到过这个地方。大家都说："今天更有把握，争取超过昨天的成绩。"

再上七八里路，前面是比人还高的茅草做宽正面的拦阻，没有丝毫道路的痕迹，在指北针上找到前面的方向。钻过这个茅草的地带后，仍然是一片没有人或兽物走过的满铺着草的斜坡，大家有点失望似的。

再走了十几里，寻到一段半明半昧的道路痕迹，并有一堆干牛屎，大家喜形于色，像哥伦布发现了新大陆。就沿着这条道路痕迹爬上一个小山，望见前面三四十里的高山上像有一群羊，大家高兴起来，脚也特别有劲了。有些人说由左侧包围，有些说要由右侧包围，有些人申述昨天赶羊的经验，说了一大堆计划。渐渐地这群羊是古怪了,动也不动,有些人怀疑是石头和雪,有些人说一定是羊,他引证昨天那一百四十六只羊,也是这样的远景。

因为我们的继续前进,把这群羊的确的变为石头和雪了。为要观察那边山的情形,这群假羊,还没有失去我们前进目标的资格。

将要到达山顶的地方,碰着一大块草地,黄金色的水一滴滴地流下,矮草把泥泞装伪得很好,好多人都踏到泥巴里去,这半里路远的草地,费了一个钟头才通过。

"欲穷千里目,更上一层楼。"我们现在是尝着这个滋味了,西北方向的远山,都积满了雪,好像是银世界,蔚青的树木,夹杂其间,更把这个银世界映出特别洁白可爱。东南方是千百里的绿草起伏地,连一根树都没有,宛似太平洋的怒涛向我奔来,大家欢喜欲狂,忘掉了疲劳。

休息三十分钟,六七十人都不约而同地在青草上或石头上睡下,让太阳蒸发去脸上的汗和脚上的水,聊似上海洋大人在新式洋楼的天台上进行日光浴,所异者,是我们没有脱去衣服。

特别优待的一斤炒麦子都吃光了,成绩在哪里呢?不特牛羊没有得到一只,连见都没有见面,甚至于小小的动物也没有看见一个,上山时看见那堆干牛屎,是今天唯一的成绩啊!大家都同意再走远些,另找一条路(其实无所谓路)回去,或者会碰着侥幸呢!故决定绕到北端的森林。

在林沿看见一个比野牛脚还大,不知道是什么野兽的脚痕,这个脚痕很新，是刚刚才走走过的。我同一班学员跟着这个脚痕进入森林里去，到处都是小树和藤子阻住去路，但依着脚痕为行进目标，也不觉得什么难走。走约一里路，脚痕找不到了。为要取捷径快点跟上队伍，故由斜斜方向转出来，路也比较好走，走得很快。乖乖！越走情形越不同了，拦路的小树和绊脚的藤子都没有了，几搂粗的树木，一棵棵地竖得很高，枝上滋润得像要溜水出来。远年的朽枝烂叶，把泥土埋到更深的地层下去。一层层的绿叶，高高地遮蔽了天空，任何强烈的阳光也射不进来，一种难于形容的臭气，不断地从鼻孔里涌进。蜻蜓大的蚊子，一群群地抟来，和我们格斗。我们知道是迷到森林的深处了，东转西转，更使环境恶劣起来。几棵十几搂粗的巨树，吓得我们心里一跳一跳，谁都不敢拢去。大家站着面对面的，"走哪边呢？""天黑了就糟糕呵！"真的好着急呢！后来定出计划："不论如何，都依着指北针向正南方向走。"树木渐渐地矮小和稠密了，间断地可以窥见一小块天空，身体一曲一直地钻出来了，沿着林边向西走了十余里，才看见队伍停止在一个小阜上等着。

一个洼地出现了野菠菜（大长如菠菜，但色淡和硬一点，朱总司令昨夜告诉我这样的菜可食，但并没有命名，故我定名为野菠菜），大家都很欢喜地争着去摘，总计摘了四五斤。

黄昏时回到中打鼓，毕士梯同志从第四层楼跑下来，站在门口，过一个望一个，最后就是我。"今天的搜山吃本。"我说。

"还不算空手！"毕士梯同志望着我手中的野菠菜。

吃冰淇淋

■ 周士梯

天亮由中打鼓出发,宿营地是沙窝。一出下打鼓村子,就看见路旁一块木牌子,上面写"上午九时后,不准前进!"我们就会意是为着"由下打鼓到沙窝九十里,中间没有人烟,要翻过一个大雪山,如是过了九时,当天就不能走到,要在山上露营"而写的。

这块木板牌子告诉我们今天是怎样的程途了!但是已经尝过夹金山雪山、康猫寺雪山神秘的我们,已没有过夹金山时那样的当心了。过夹金山时,老百姓对我们说:"在山上不准讲话,不准笑,不准坐,若故意讲话、笑、坐,山神就会把你打死。"我们自然没有这样的迷信,可是已想到高出海水面五六千公尺的雪山上空气的稀薄和冷度了。今天的雪山总不会比夹金山高吧!

距山顶还有二十里的地方,就看见前面的人群走得比蚂蚁还缓,像一条长蛇弯弯曲曲而上。我们的呼吸短促起来了,脚步也不知不觉地缓缓一蹀一蹀。

我们蹀上山顶,陈赓、宋任穷、毕士梯、莫文骅好多同志,已坐在那里谈天,我们也靠近坐下。

骄阳从天空的正中疏散地放出光辉,紧紧地吻着每个长征英雄的面孔。它在微笑喜悦似的接迎长征英雄们上雪山。它虽然把大地一切的景色照耀得特别显明起来,但没有丝毫的"炎炎迫人"的情境。这宣布广东俗语"盛夏太阳真可恶"的破产。

我们周围的雪,洁白得十分可爱,令人回忆到"踏雪寻梅"的古典,而兴叹——白雪真可爱,梅花何处寻! 同时又加添了人类"盛夏赏雪"的乐趣。

萧劲光同志提议吃冰淇淋,全体赞成。陈赓、宋任穷、毕士梯、莫文骅、郭化若、陈明、何涤宙、冯雪峰、李一氓、罗贵波和我十几个人,都持着漱口盂,争向雪堆下层挖。

"谁有糖精,拿出公开。"李一氓同志说,毕士梯同志的胃药瓶子、郭化若同志的清道丸瓶子、萧劲光同志的小纸包,都一齐出现了。

大家都赞美今天的冰淇淋,引起了上干队好多学生也向雪中冲锋。

"我这杯冰淇淋,比南京路冠生园的还美!"我说。

"喂! 我的更美,是安乐园的呢!"陈赓同志说。

"安乐园给你多少宣传费?"我给陈赓同志一棒。

"冠生园的广告费,一年也花得不少!"陈赓同志暗中回一枪。

"你们如在上海争论,我都愿做评判员,'蛮子'地方,找不到事实证明,结论不好做,这个结论留给住在上海、香港的朋友做吧!"毕士梯同志这样结束了我们的争论。

瓦布梁子

■ 拓夫

宣传党的民族宗教政策

长征期间,红四方面军发布了《红军为保护喇嘛寺的布告》、《共产党红军对番人的主张》、《藏区十要十不要》、《回区十要十不要》等关于民族宗教政策的文件,并在经过少数民族地区时认真进行贯彻。

1935 年 5 月,红四方面军开始进入松潘、理番、茂县等地区。这里是川西北汉族和少数民族聚居的区域,由于自然环境恶劣,农业生产条件落后,当地的老百姓刀耕火种,靠天吃饭,粮食产量很低,少数民族群众勤劳朴实,吃苦耐劳,性格豪爽。不过,由于长期受汉官、军阀的压迫和掠夺,他们对汉人积恨较深,有很重的戒备心理。加上在红四方面军到来之前,地方军阀就大肆进行反动宣传,污蔑红军"普烧普杀"、"共产共妻",甚至把红军描绘成"青面獠牙"、"头长八只角"、"专吃人脑花和娃娃"的魔鬼,更加加重了少数民族群众对红军的恐惧心理,因此,不少人闻知红军将至,便弃家出走,躲到深山老林中去了。

红四方面军为了打开革命局面,早在进入这个地区之前,就发了《关于少数民族工作须知》。特别批评了那种"认为自己是大汉民族,回、番为蛮夷之人,不愿接近他们,忽视了'少数民族在中国革命中的重要性'"的错误观点,指出:"回、番(即藏族同胞)民族是中华民族之一,他们具有丰富的革命力量,是我们反对帝国主义国民党的民族革命战争中的一个有力的支柱,将他们组织起来,领导起来,参加革命战争,是我们每一个布尔什维克党员和苏维埃红军干部顶主要的任务之一。"《关于少数民族工作须知》要求干部、战士了解藏族的情形状况,宣传党的纲领和民族宗教政策,学会回、藏民族语言,培养大批回藏民族干部。红四方面军还指示所属军、师一级政治部立刻成立少数民族委员会,以研究少数民族的政权、土地关系和经济、风俗、语言文字问题,设立学校,选拔青年学习回、藏民族语言文字;要帮助回、藏民族建立革命政权。红军还提出了少数民族政治纲领,要求推翻帝国主义、国民党反动派、地方军阀对回、藏民族的反动统治,建立各级人民革命政权,尊重回、藏民族风俗习惯和语言文字,实行信教自由、男女平等,等等。

5月30日,红四方面军在松理茂地区成立了中华苏维埃共和国西北联邦政府,张国焘担任主席。在西北联邦政府下设立了少数民族委员会,周纯全担任委员长。这是红四方面军第一次在少数民族地区开展群众工作,中共西北特委专门做出了《关于党在番人中的工作决议》,要求红军官兵细心了解其政治经济状况，并根据这些情况，提出符合当地群众要求的口号和斗争纲领。

由于红四方面军实行了正确的民族宗教政策，终于赢得了当地回、藏民族群众的信任，打开了局面。"熬盐迎亲人"的故事，就是红军与藏族同胞鱼水深情的生动写照。当年在红四方面军总医院宣传队工作的孟瑜后来回忆道：

我们一到宿营地，立即分组去筹粮筹盐。由于受军阀、土司头人的反动宣传，在红军未来之前，群众都跑到山上去了。我们转了大半个村子，连个人影都没见到。我们帮助群众整理家园，一家一户地挑水扫地，直忙到天黑。发现一位没有走的藏族老人有半罐盐，我们想用银元买下来，老人对红军有疑惧不肯卖，抱着瓦罐走了。第二天，有几个老乡悄悄回村来探虚实，他们发现红军不但没有拿他们的一针一线，还把村子打扫得干干净净，便消除了怀疑，把山上的群众陆续叫了回来。那位前日不肯卖盐的藏族老大爷带着一位通司（翻译），找到宣传队，硬要把半瓦罐盐送给红军，说："红军耶莫耶莫！"（红军好！）宣传队长执意不肯收下，于是老大爷就告诉队长，在离住地不远的白云山有一种白石头，缺盐的年月，当地老百姓就用它熬过盐，只是味道有点涩。队长听了非常高兴，向老大爷了解了熬盐的详细方法，于是队长向上级报告，部队就决定在茂州休整，就地开展筹粮熬盐活动，以迎接大部队。正是由于这位藏族大爷的帮助，使红军摆脱了缺盐的困难。

1936 年 3 月,李先念率领的红四方面军第三十军到达四川甘孜藏族地区。为了维护藏族寺院不受干扰,特颁布告说:"此系合则觉母寺院,凡一切人不得侵扰。"布告颇得藏民之心。1936 年 4 月,道孚波巴县政府(党帮助建立的藏族人民自治政府)发布《布告》,要求过往部队保护寺庙和活佛住房,《布告》宣称:这个房子是佛都督(即活佛)喇嘛的,要求凡来往部队不要随便侵入,不要任意乱翻、毁坏及收拾经堂用具。若要用屋内之物,必须经过主人同意方可,绝对不准强取。由于红军严格执行了正确的宗教政策,从而赢得了广大少数民族人民的信任和欢迎,为红军筹粮筹款、顺利过境创造了良好的条件。

一、奉令筹粮

一、四方面军会合进至黑水、芦花后,第一件大事就是筹粮。因此,当时军委有筹粮委员会的组织,在毛儿盖与芦花城各设立一筹委,我是参加芦粮委的一个。芦花粮委担任筹六十万斤粮食的任务,我们计划在几个出产粮食的中心区域,分头进行。我就担任了瓦布梁子的一路。当天计划好一切,第二天便随一班武装,匆匆地经芦花城出发了。

二、芦花城到瓦布梁子

芦花城到瓦布梁子,沿黑水东下,计三日路程。一路只闻水声,不见人迹,黑水两岸,皆峻岩绝壁,望之长畏;绿草道上,人烟稀少,感无限寂寞。当时,已疑我到了《西游记》里什么地方。头天我们到了以念,彭司令员那里住,闲谈半晚,毫不疲倦。

第二天又循黑水前进,景象与前日无异。唯行至一处,不知何名,见四方面军有一排人住在对岸,正往来渡一"绳桥"。所谓绳桥者,乃一根粗绳,横贯两岸,另以一细绳悬一草篮,人坐篮中,由岸上数人用力抽拉,绳拉一下,篮进一节,约需一刻钟,篮才经此岸到达彼岸。此种绳桥,为我平生罕见,所以我在马上呆呆地看了好久,才离开那里。这天到维古宿四军政治部,吃了一餐其味无比的牛肉面条。

第三天离开维古,行不久,即弃黑水而南,爬上了高约二三十里的大山。山腰一段,树木遮天,寒风袭人,不得不下马步行。一路恐遇袭击,子弹不离枪膛,时刻准备战斗。上山行约三十余里,始到瓦布梁子,所幸一路无事!

三、瓦布梁子

瓦布梁子是一条很高的山岭,站在山顶向四周一看,但见黑水如带,万山纵横,黄绿田禾,错杂其间,别有一番景致。瓦布梁子周围,有十几个村庄,数百户藏民。藏民所居房屋,均为石块建筑,二层或三层,远望去有如上海之洋楼。此为黑水、芦花一带较富庶之区,产有大麦、小麦、荞麦、洋芋、萝卜、猪、牛、羊等,并产盐,因离汉地较近,故此处藏民不似芦花一带之野蛮,且通汉话者颇多，但风俗习惯，与芦花大致无异。

四、争取藏民

四方面军一部经杂各老入芦花，曾道经瓦布梁子。当时这里藏民，皆逃避于深山老林，后来找到一个通司（即翻译）名"七十三"者，曾到过成都。此人为我们出力不小，经过他，宣传争取了一部分藏民回来。我到瓦布梁子以后，为了保证粮食计划的完成，更用大力进行争取藏民的工作。我们出了保护藏民的布告，在藏民田里插了保护牌，责令一切部队不得任意侵犯。凡是回家的番民，每家都发了保护证，使其安心生活。我们并派人到各村去召集番民开会，经过通司翻译给藏民听，宣传红军的主张。这样一来藏民回来的更多了，对我们的态度也更进了一步，不但不怕我们，而且喜欢和我们接近，常跑到我们粮委会住的地方来谈话，问长问短，竟无拘束。他们对共产党红军了解得很模糊，但晓得我们对他们很好，送我们东西吃，帮我们补鞋子，也非止一次。我们一两个工作人员，在这区域走来走去，也未遇到什么危险，好似在苏区一样。

五、藏民人民革命政府的出现

因为我们在藏民中影响的扩大，及藏民与我们关系的进步，我们就扩大的宣传，号召各藏民起来反对汉官军阀的压迫，组织番民的自己的人民革命政府。这一宣传得到广大藏民的赞成，于是我们就着手进行组织，召开各部藏民大会，成立人民政府。计前后组织了六个乡人民政府，用民主方式，推举了代表及主席。代表主席胸前都配着红布条，上写"某某主席"或"某村代表"，当主席及代表的均引以为荣。很出力帮助红军，在番民中办事情，有什么事也向我们的地方报告讨论和解决。我记得有一次，不知哪一部分把一个主席的牛赶了几条，这个主席就跑到我们粮委来报告，我们当时把牛交还了他。这主席感激得真不知怎样才好，一般番民也都齐声说好。最后我们召集六个人民政府的代表会，成立瓦布梁子区藏民革命政府，并还准备建立他们自己的武装。于是瓦布梁子另变了一个模样，到处飘扬着自由解放的鲜红旗帜。

六、筹粮熬盐

我们在瓦布梁子一带筹集了不少的粮食。办法是采取向藏民中富豪之家"借粮"。番民中有为大家所不满和痛恨的"恶霸"，我们发动藏民去割他田里的麦，割下来藏民一半帮助红军一半。我们自己也组织了割麦队到各处割麦，割下再打出来。参加割麦队的同志有二三百人之多，半个月就完成了筹粮计划。除了筹粮外，我们还在那里进行熬盐，分三个地方熬。因人少，每天只能出五六斤盐，但这也给了部队很大的帮助，使很多部队没有断过盐吃。

七、藏民运粮队

为了供给前方部队的需要,要把瓦布梁子所筹集的粮食,除了经过部队带的而外,还要运到芦花万余斤。这件工作只靠我们部队是不够的,因此我们动员了六个乡的藏民,组织运粮队,帮助红军把存瓦布梁子的粮食运维古粮食站,再转芦花。参加运粮队的番民有百余人,有男有女有大有小,共分两队,并两个路线运送。这些帮助红军运粮的藏民均表现积极热心,不辞劳苦,不要报酬,自带"糌粑"路上打尖,甚至有全家都来为红军运粮者。此种情形为黑水、芦花所少见。

八、离开瓦布梁子

当我们离开瓦布梁子时,许多番民不愿意我们走,还有拿着酒壶来送行的。他们说:"你们真好,为什么就走呢?你们走了,我们不晓得将来怎样。"我们都一一抚慰了。在老衙门所存的几千斤粮食,我们走时,一下都发给了藏民。番民有从一二十里路上来背粮的,你争我夺,十分高兴。我们虽然离开瓦布梁子,但是红军在瓦布梁子番民中,是留下很深的印象了。

八月二十二日于定边城

波罗子

■ 童小朋[①]

　　在毛儿盖休息几天了,为更能收集大批的粮食,准备新的行动——过草地,于是在天宇暗淡的一天向波罗子出发了。据说那里地方很大,粮食很多,在这个时候,只要向着有粮食的地方,不管他山高路远,谁也会愿意去的。

　　出门不远,就连翻几座大荒山,很多地方连路也找不到,只跟着先头部队放的路标与踪迹前进。以前似乎是人烟绝迹的地方,走在山中,又尽是湿润的草地,脚踏下去,草底下隐藏着的水,马上就浸没了你的脚掌,难走极了。因此沿途掉队的很多,队伍已不成队了,前前后后陆陆续续三五成群走着。

　　越走越远,越走越荒凉了。下了山,就顺着河沟直下,但四边都是阴森森的密林包围着,一条小小的道路,跟着河流在密林中穿去插来,在其中行走,连天空也见不到一点。这种情景,的确使人有点害怕。这样的路约莫走了一二十里,才到达宿营地——卡英。

　　据说这里到波罗子仅三十里,然而第二天走了一天还没有到,这就是因为没有当地民众,不知道路途的远近。

---

　　①　编者按:原书如此。应为童小鹏。

再走下去，就的确有些与前不同了，沿途都有村庄(可是大都在山上)，而且有特别的风味。同志们经常说今年尚未开过新，连看也没有看过的青菜、豆角、豌豆，就开始吃到了；久未看过的汉文，也看见写成对子贴在门槛上了，尤其看见先来的队伍均来往驮着很多小麦，更使大家看了喜欢。

走了三天才到，真不错，在二条河的合流处，三边的山上均有大的村庄。洋房子似的，平顶两层房屋，在山麓上高低地耸立着。屋前屋后的木架上挂着层层的麦穗，山上河边的地里，遍种着菜蔬、玉蜀黍、麦子，特别前面的部队均已收集得许多粮食、菜蔬、猪、羊，这下更使大家兴奋了。

过对岸的桥梁已被破坏，架了三天的桥，仍没有架好，只得就此徒涉过去。

河并没有好宽，也没有很深，但水流却很急。当我们到河边时，虽只过去十多人，但已经被水冲下几个去了！在等前面部队过去的不久的时间，见三个同志正走在中流，就被无情的水冲去而牺牲了！旁边的同志，当然看着着急，怜悯，然而谁也无法去拯救呢？

因为这样，所以就停止徒涉了，只是把骡马，背上骑两个，头上拴一个，尾巴扯两个，其余的人员担子即在河岸露营，待架好桥后再过。

我们百多人，在今天过的仅十余人，其他担子什么也没过来，因此挑水、煮饭、摘菜、煮菜，都要由大家自己动手。于是我们十几个人，就开始了厨师生活：当班长，当伙夫，打麦子，摘菜，杀羊,挑水,趣味倒有趣味,但是从未做过这套的我们,只做自己吃的饭,就一天忙得不能开交。早饭才吃完,又要准备午饭和晚饭的材料了,最困难的就是到数里路的山下去挑水!

第二天司令部就下了通令,每个人要准备三十斤麦子。这命令一下,大家都打主意了,要早点完成才好,不然便有饿肚皮的危险。于是大家都争先恐后的到打麦场中去,打的打,筛的筛,簸的簸,到田里割的割,晒的晒。本来是一支脱离生产的军队,突然就成为农忙时候的农民了,本来是一块冷冷静静的地方,也突然变为很热闹的场所了。

一个久不参加农事的军人,要弄到三十斤麦子是很困难的,因此便有人想起清闲的办法——找窖。因过去的经验,藏民多把粮食秘密埋窖,做夹墙。这两天曾听到其他的部队已找到有,而且有很多的东西。

老曹平常是最爱偷闲的一个。他听到这个消息后,马上就向我提议,去找秘密的埋藏。可以偷闲的事当然我也是赞成的,于是便开始了秘密埋藏的寻找。

楼上楼下,房前房后,草里面,牛粪中,神龛下……到处都找遍了,总没有看到丝毫痕迹。

突然老曹在牛栏里喊起来了,他高兴得要死,要我点火去看。火点去时,果然发现牛栏中间有扇由石头新起的墙,上面糊的泥巴,似乎是没有好久的。走到外面看,这牛栏的外墙是很大,而它里面的空是很小,这就是里面有秘密的很好的表现。把那新墙拆开时,的确里面埋满了东西。

我们高兴得跳起来了,大概比哥伦布发现新大陆还要高兴些。很多同志也被我们这一高兴的声浪吸引来了。大家都带着不甘心的态度说:"你们的任务就完成了,我们也去找一个吧!"

　　走进去时,真是手忙脚乱,不知道搬哪样东西好。几口大铁锅盛着小麦、大麦、玉蜀黍、黄豆、豌豆,特别感兴趣的便是红辣椒。这是很久未曾尝过的宝贵食味。其他如铜器、铁器、马枪、大刀,也有很多,埋藏在里边。这秘密的发现,不但完成了我的任务,而且给了其他的同志一个大的帮助。

　　由于大家的努力,不几天,就收集了很多的粮食:大麦、小麦、面粉、豆子、玉蜀黍、南瓜、豆角、辣椒、青菜、马铃薯,以及猪羊……因此便举行了一次大会餐,每人半斤面的馍,一共六大碗菜,大家都饱吃了一顿。这是很久没有吃过的,所以有些同志竟大吃特吃,吃得肚里发胀。

　　在此驻上十天,这一时期可算是丰衣足食。为执行新的任务,就此离开了波罗子。每个人携带十五斤粮,可说是满载而归,然而便加重了每人的负担,回来时,更难走了。

　　刚过河来,番民便接踵回来,想他们东西已一空,必会无限地怨恨我们。然而因为他们均逃跑,无法与之接近与交易,他们的损失,只有以后可能有机会时再来赔偿吧,而且一定要赔偿的。

波罗子

■ 王辉球

波罗子在松潘的东北,靠近黑水、芦花。那里有条支流,也是通黑水、芦花的下游汇合的,那儿的藏民,与黑水芦花的,在衣食住各方面都相同。

我们第二师奉命由卡龙向波罗子前进,行程只需两天至三天。同样是人烟稀少的路,经过两三天行军,见不到一个藏民。当然路途是山壁小道,爬的是老林,过的是河川。这种行军,虽然是艰苦的,但是已经老早就尝试过了的,所以全体战士是个个勇敢地跟进,并且都准备了干粮,所以不觉得怎样困难也就到了。不,还离波罗子十多二十里,我们第一师还在前面哩!所以我们就在大山的腰上的庄子里(不知地名)住起来了。我现在回忆到那时候的波罗子,的确使我脑子里不会忘掉的。

记得是在八月间吧!说起来应该是不见得怎样冷,但是在那些地带就不同,冷得很。地里的麦子,迟到这时候才熟。一眼望去,满山满地的麦地,好像黄金世界。加上一层一层叠成的蛮房,好像碉堡似的,看不出不开化的蛮子能造四五层的洋房。这种景象,很能引起一种新的快愉,拿卡龙来比,那是差得多哩。

那一带的藏民当然是跑得精光,粮食大部分搬走了。剩下的一点吧,先头部队哪还会讲客气的。所以我们到那里的时候,首先一个问题，就是吃饭问题。在这种困难环境下，有钱买不着东西。为了保持部队有生力量，只有不顾一切的利益，"割麦子去！"要晓得麦子是藏民的，麦子又熟了，藏民不在家，等待他回来吗？不行，那只有饿死，等不及了。麦子不割吗？也是会掉落地上生芽的，此时不能不把从来没有违反的民族政策和群众利益破坏了。自己动手，不讲客气的大家都割起来了。一天两顿青稞麦子，肚子没有问题了，但是这些青稞麦子，不是容易得来的，从指挥员到杂务人员，没有哪一个不参加这一打麦运动，"不参加的请他饿肚子！"这种艰苦生活，不但是不消弱我们战士的情绪，相反的，由于我们从政治上去说明了这一些道理，全体战士是很起劲的，更表示着铁一般的硬。

藏民弱小民族，他们的风俗、习惯、言语、文字，完全与汉人两样。我们住了他们的房子，白白地割他们的麦子，他们站在对岸的庄子里及山上望着，当然是不甘愿的。所以我们的部队在那些地带住着，时刻都要防备藏民的袭击，往来通信，非有相当的武装掩护着是不行的。就是连伙夫去挑水都要防备，不然的话，那只有遭受打冷枪而负伤或牺牲（在这方面我们有些同志也常常被打伤或牺牲的）。以后我们也捉到他们几个，用我们请的通司（即会说藏语的）好好地向他们宣传，说明红军的主张，及对弱小民族的主张和帮助，促成我们来侵犯他们利益的，不是我们，而是汉奸卖国贼，我们是不愿意的。这种罪恶，应该归纳到卖国贼身上，我们只有联合起来，打倒汉奸卖国贼，才能得到我们的解放。另一方面好好地优待他们，叫他们回到藏民大众里去告诉他们再不要来打我们了。经过这样几次之后，以后就要好多了。

部队虽然住在这种艰苦困难的环境下，仍然是进行各种军事政治教育，特别是提倡纪律六大要求：服从令命，动作迅速，遵守时间，爱护武器，讲究卫生，注意礼节。经过党内外动员后，战士的精神也更紧张了。这里说明只有红军，才能战胜一切困难，环境虽然这样恶劣，但红军是无坚不摧的，在思想上，行动上，是像铁一般的。

隔河相望^①

■艾平

在藏民区的行军增加了我们不少的困难,道路地形既不熟悉,又没有向导,全凭依照不完备的简略的陈旧的军用地图做指导。

从在六月份仍积雪数尺的夹金山与红军第四方面军之一部取得大会合以后,红军第三军团担负着维护交通,与红四方面军主力取得会合的任务。

第三军团军团长彭德怀同志亲率十一团,为完成其艰巨的任务,从黑水、芦花出发,翻山越岭,晓行夜宿,竭尽艰苦,四天之后到达了维古、莫居与以念地域。然而,距石雕楼(敌人盘踞,预期与四方面军主力会合之地)尚有九十里,并且在维古与石雕楼之间横隔着一条水势险陡的大河。

维古是一个不成样子的村庄,当然,在番人地区还算是顶呱呱的上等货色。在河的右岸,背靠着崎岖险峻的高山。先头部队进占了村庄,后续部队还在继续地跟上来。

维古河桥被破坏了。远远地望见,三五成队的人群约十余人,急急地向我方前进着。渐近,慢慢地分辨出红旗颜色与镰刀

---

① 编者按:本文有删改。

斧头的人们的行装,看着看着接近了,人们的面貌都分辨得很清楚,但由于万马奔腾的河水阻止我们不能互相传话。

站立在对岸的同志的口张得很大,他们的样子是在同我们说话,我们也一样的在嘴巴张得很大,与他们说话,可是只见口动,不听人声。这样的传话,终于没有发生效力,虽然河宽只不过三四十米远。

天然的障碍,总不能战胜聪明人,尤其不能战胜我们历尽人所不能身历的苦难转战万里的无敌红军。终于我们取得联络,知道他们是四方面军的先头团,而后续部队也渐渐地继续地向这里在前进着。

写好简短的信包在石头上掷过河去,河对岸的同志,也照这样掷过河来了。

这里——维古开始架设悬桥。

河的上游一叫以念的地方,据说还有一道桥。彭军团长又亲率一部沿河而上,行程只有四十余里,经莫属只费一天的行程。

第二天绕过高山,到达了以念。

以念也在维古河的右岸,这里河比维古一段要宽些,原有的绳桥,早已被破坏了。两条绳(上下各一条)已被割断一条,剩下的一条也已沉于水中去了。

在到达以念的那天下午,红四方面军的一部,到达了河的对岸,因绳桥被破坏,也无法取得联络,彼此都知道是红军,然而究竟是红军的哪个部分,终于无法知道。

在维古采用的联络法,用石头包好写的字条,抛过河去的方法,在这又重使用一次。

这里的河比维古要宽些,经过几次的抛掷,都落在河中,终不能达岸。究竟番人的臂力很强,结果是对岸的红四方面军一个带路的藏民才把石头抛过来了。

十余分钟以后,接着这样的一个字条:"我是徐向前,率领红四方面军之一部到达了。"

"我们是三军团之一部,在此迎接你们。"署名彭德怀的字条,从我们这边抛过去了。

联络是取得了,然而,不能讲话,也不能从河渡过来,仍是隔河相望着。

一个绳桥渡人的筐子,用细小的带软性的树条编成的筐子,在河岸的树林中找到了。于是四方面军的一个同志,坐在筐子里将筐拴在绳子上,从河对岸一推,渐渐地,从一条绳子的绳桥上,荡过来了,首先便是徐向前同志——四方面军总指挥,以后也就照样地一个又一个地渡过来。

过两天,维古的悬桥,经红军一方面军与四方面军对岸架设,终于架成功了。

红四方面军的队伍,一队一队地连续不断地从这悬桥上渡过来了。

红军的一方面军与四方面军在川西北的少数民族地域取得了全部的大会合。

十月十四日于红大

松潘的西北[①]

■ 莫休

松潘草地

　　川西北草原,历史上一直为松潘所辖,故有松潘草地之称。松潘草地位于青藏高原与四川盆地的连接地段,纵横几百公里,面积约 1.52 万平方公里,海拔在 3000—4000 米以上。其地势由东、南、西三面向北倾斜,起伏不大,为典型的平坦高原。远远望去,像一片灰绿色的海洋,不见山丘,不见林木,没有村舍,没有道路,东西南北,茫茫无际。白河(即葛曲河)和黑河(即墨曲河)由南而北纵贯其间,河道迂回曲折,叉河横生,水流迟缓。由于排水不良,潴水而成大片的沼泽。漫漫泽国,经年水草,盘根错节,结络而成片片草甸,覆盖于沼泽之上。草甸之下,积水淤黑,腐草堆积,泥泞不堪,如胶似漆,浅处齐膝,深处没顶。人畜在草地上行走,须脚踏草丛根部,沿草甸前进。否则,稍有不慎,就会陷入泥潭。一旦陷入,如无人救助,则越陷越深,难以自拔,甚至遭灭顶之灾。草地水质恶劣,不仅无法饮用,而且稍有不慎,刺破皮

---

① 编者按:本文有删改。

肤,泡水后即红肿溃烂,难以医治。草地的气候极为恶劣,年平均气温在摄氏零度以下,昼夜温差很大。雨雪风雹来去无常,变幻莫测,时而晴空万里,骄阳似火;时而迷雾重重,方向莫辨;时而阴云密布,风雨交加;时而电闪雷鸣,冰雹骤下;时而雪花飞舞,漫天银色。每年5月至9月是草地的雨季,年降水量的90%在此期间注入地表,使本已泥泞滞水的草地,更显出"沧海横流"的景象。这种恶劣的自然条件,使得这块草地人迹罕至。

（中共中央党史研究室第一研究部编著:《红军长征史》,第215页,中共党史出版社,2016年）

一、在毛儿盖

如果说在上海待得时间久点的人,即可称作"老上海",那么"老毛儿盖"我是可以当之无愧了。因我是随先头团最先到达毛儿盖,又是跟最后的掩护枪部队离开它的。以时间计算,在那里足足待了五十天。说起来,这是长征一年中空前未有的大休息,但不知别的同志感想怎么样,以我个人说,对于这个休息,可说是讨厌的,简直讨厌到极点,现在我还诅咒那个休息。

五十天的时间是很长的,自然可以叙说的事件也就不少了,如打仗、开会、部队的整理、教育,对番民的宣传与组织……这些要作一个详细的叙述记载,满可以单成一本书。我不打算那样做,我只报告一点在这"异域"情调中的私生活。

过了夹金山的雪山到懋功,我们即受粮食威胁着。但在困难中还可以找到玉蜀黍,就是牙齿嚼痛了,有点不好受,但肚子总算免去时时咕咕叫了。进了番民区域后,从卓克基(小金川边)到昌德(黑水附近)饥饿的氛围,就紧紧包围我们了,虽然每天还照例两遍或三遍吃饭号,但在每次号音后,大家所得到的,只是两个漱口杯的嫩豌豆苗和野菜。开始一天,豆苗嫩嫩的,还配了牛肉煮,吃来还不讨厌,或许还觉得新鲜可口,日子一久,那就不是味了。老豌豆茎,硬邦邦的,嚼碎了,也只是满嘴的粗纤维,不咽下去,肚子在告急,咽下去,又担心不得出来。这时所有的一切人们,每天都只有一个思想:找点东西吃,使肚子不饿,赶快走,到有粮食的地方去。

听说毛儿盖是逼近松潘的大地方。大家的心,都飞向毛儿盖了。从昌德两天路程,爬了两座三四十里雪山老林,七月八日我随先头团到达了毛儿盖。行近毛儿盖十余里坡上一块块快成熟的青稞麦,给了我们多么大的快乐!

我们一小队人马,被指定在一个山坡下的屋子宿营,却巧门口蹲着一条凶猛的獒狗,恶狠狠地对着这些"不速之客"露着牙齿,谁也不敢接近它,更不能越过它冲进门洞去。这时大家都在抱怨设营员是在故意同我们为难。同獒狗奋斗了许久,终于那根手指粗细的铁链挣断了,它窜向老林去了,我们胜利地得到安身之地。

这条狗,给了我们二十天的美满生活。因为它的护卫,先过的部队,不敢向这幢房子问津,于是保存下了五六百斤熟粉,千多斤青稞麦和一些酥油①。这些东西是以前和以后极不易得到的珍贵食品。

我们这个小小的前梯队,人数只有十多个,拥有这一大批珍贵食料,当天晚上,又分到上百斤牛肉。此时部队在与敌人对抗中,工作少到几乎无事做,但我们却也忙,每天总有十几小时为吃而忙。牛肉炖得烂烂的,配着烧饼吃,那是别有滋味的,虽然什么香料调和都没有。有时煮牛肉中加上面坨坨②,口味也不坏;饼子烤得焦熟地,擦上薄薄的酥油,那更有说不出的"洋"味。可是青稞麦粉是不易消化的,我们又那样漫无节制地不分顿吃,肚子自然要被胀得鼓鼓的。有时胀得坐不好,走不好,睡了也难过。幸好不久就发现了"蛮子茶"③连枝带叶煮得浓浓地,牛饮一大碗,倒是消胀的灵药。

这个短短的时期,是在毛儿盖五十天生活中黄金时代。

不久,我们的后梯队,大队人马都来了。几百斤的熟粉,大伙儿一吃,每人又分了几斤作干粮。这样一来,我们的"糌粑""面坨坨"都吃不成了。水磨子都被别的部分占去了,有了麦子,可是无法变成粉,只好整个儿煮着吃,那种一粒粒的青稞麦

---

① 将牛奶煮熟,装在木桶中,用木棒舂,到冷时,便成为酥油。同黄油一样,是藏民食品中主要的一种。

② 南方人不会做面条,只把调好的面做成团团,大家共起一个名,叫面坨坨,类似淮河南岸的所谓"老鸦头"。

③ 是一种像形茶的灌木,叶大梗粗,煮出后作红褐色,有涩味。专输入给藏民。我们名之为"蛮子茶"。

子,可就有点不是味了!人们一天天瘦下去!此时我们的肚子又似乎特别馋起来,时时都在那告急,巴不得吃饭号响,但是号响了,饭来了,看到那清水中沉淀的一颗颗麦粒子,大家的眉头就打结了。

我们宣传部的几位住在一个比较整洁的"经堂"(每个番民家都有,专供佛像和藏经)内,神龛内除了成捆的藏经外,还摆列着许多供神的祭品,胡桃、枣子、几粒白米、乳酪……最惹我们欣赏的,是那些精巧生动的面捏人兽肖像。

我们因为尊敬藏民的宗教信仰,对于这些祭品,开始是一点不敢亵渎的。一天我到部队中打个转身,回来见这些面捏肖像紊乱,并且还少了,自然要询问加伦兆炳等同志。他们只嘻嘻笑,不给任何答复。加伦忽将一个小铜杯捧给我,满盛着豆沙一样的东西。原来他们因饥肠的告急,把那些祭品吃掉了。

后来我被调到总政治部去,又同定一、伯钊、黄镇同志等合了伙。这时大队到了,有的是过路性质,继续开向松潘去,有的在这停下了。粮食呢,他们都是由黑水、芦花和打鼓一带向这边来就粮的。这里去年存下的青稞麦早已囤如洗了,豌豆苗没有,野菜也很少,只有满山坡青油油的青稞麦,这是我们数万人唯一的"续命汤"。

麦子还是青青的,到成熟期至少还要个把半个月。但人们是不能挨着饿和死亡去等麦子黄熟的。我们割取那已届饱硬的麦穗,放在火上焙焦,再耐心采搓簸扬,于是可以得到一堆混杂着麦秆糠秕的青稞麦,然后再和水煮一煮,吃起来虽然满口是芒刺,但还是唯一度命的东西。在开始时,因为不熟练,火候不到,麦粒采不下,焙老了,麦粒又枯焦。不但焙有了学问,就是采也成了聪明人的知识了,用力少麦粒不脱,力大了麦粒采扁了,浆子流出来,只剩了一点糠秕了。因为有这样的麻烦,所以一个人尽了一天的时间,也只能得到一斤到两斤的含糠秕的麦子。如果不能全体动员,还是不能达到每人每天吃一斤麦子的规定。后来不得已,实行了不劳动者不得食,每人每天要采两斤麦子交公,余外自己还要积够十五天过草地的二十斤。这个规定,把定一、伯钊我们这一群都赶到麦田里了。每天我们都在忙着抽麦穗,烤,采,簸,两只手是墨黑的,不曾干净过,因为一劳作肚子更易饿,采下的麦粒,就成把地向口里送,于是脸也被染得乌黑的,每个人都变成了周仓。这时候不但糌粑或面坨坨成了梦想的山珍海味,就是没有糠芒没有煳焦气的老青稞麦能得到一小撮也就成了黄金不换的珍品了。

　　一个多月见不到脂肪和肉类、盐,于是牛皮被发现了。将牛皮烈火上燎一燎,毛烧去了,皮也烧得焦而腥臭的,再送锅中用猛火炖,经过二十四小时或者再多些,于是可以咀嚼了。但人们还不敢那样地"浪费",立刻就吃掉,还得晾干留作草地的粮。后来听说藏民的四五斤重的一只破皮靴也被人拿去和牛皮一起熬制做干粮。那我可没看见,但我不敢断言那是必无的事。

　　这是抗日的红军在毛儿盖的生活,现在说来或许有人不相信,即当时我自己亦不能了解什么一种潜在力能够逼着数万人那样去同饥饿奋斗,虽然以前和现在红军所做的事业,已经证明了的。

二、六天草地

第一梯队(中央纵队、一军团和四方面军一部)已经出发了,我又被调动合着文彬、荣桓、周桓等数同志撑起了一个新机关——一方面军政治部,留在毛儿盖等着三军团的到来,队伍陆续到达了,又要采麦子,作其他一些过草地的准备,自然我们这几位也要不分昼夜地参加着。

草地路程,听说有十五天。路上没有人家,连一点柴火都没有。我们的准备,自然适合前途的条条来进行了。首先是采足二十斤青稞麦,再来搬来几个手磨子(约是磨豆腐的小磨),分出一半麦子磨成粉,又自作厨娘烙了几十个四两重的干饼。此外便是找到一根三尺长的棍子搭帐篷用和一捆柴,找到皮毛的还可以把两件军衣合拢来,缝一件羊皮棉衣,以及做一双四不像的牛皮靴。

我们这最后的一队,于八月二十七日由毛儿盖出发了。

临出发时文彬、周桓同志等,分随各团行在途中帮助工作,拓夫同志又由芦花回来作了我们临时的伴侣,因此"牛皮公司"得不至塌台,因他是"京调大家",在以后泥淖的挣扎中,露营时的寒冷饥饿中,他给了我们笑料不少。

由毛儿盖北行,初是至松潘的大道,过一群"牛屎房子"后,即转西北入山谷中。敌机忽来,向那个空毛儿盖盘旋侦察,害得我们也要散开隐蔽，延误了许多时间。下午老天突然变脸了，黑沉沉的，随着便是狂风雨和冰雹。此时大家所有雨具已破旧不堪，三分之二的人们，简直连一顶破斗笠都没有。碎石样的冰块把人马打得缩头缩脑地躲在灌木丛中。

暴风雨冰雹过去后，溪水暴涨到了膝盖以上。穿来穿去，水的那种凉，刺到肌肤简直是说不出的难受。过河时那种寒冷那种漩流冲击得简直站不牢，在河里作了冷水浴。我虽然幸免了，但也是牙巴子"嗒嗒"地叫。五点钟到了一个河坝子，叫做腊子塘，队伍停下了露营。虽然先行的部队已替我们留下了一些棚子，但忙着忙着天就黑下来。糟糕的是雨又跟着夜神来袭击了。因为缺乏经验，油布张得不得法，烂斗笠也不济事。高处的水又流来了，大家闹得坐不能站不是，拓夫同志的京调也哼不出来了。自然我们是烧的火，但火柴是早已不见了。在毛儿盖又没有找到火石，此时只有向别个棚子告艰难。人家费了九牛二虎的力量燃起火，自然不能多分给我们。柴虽然有，可是全浸在水中，烧那堆火可够费劲了。这时我和拓夫、荣桓费了一切心机和力量，头都吹晕了，还不能吹起一堆火。一直到了午夜后的一时，我们总算把火烧起了，吃着开水和干饼子，倒也忘记了睡觉那回事。

一夜雨不曾停过，溪水更猖狂的泛滥了。拂晓起，出发号把我们引出校棚子，我们已在孤岛中了，四面都被寒冽的水包围着，虽然是那样寒冷也只得咬着牙根冲出去。从此以后五天的草地，不管昼夜我们的脚都不曾干过。

行不上两里就得过河，水是那样急而冷，一些"小鬼"们叫妈妈了。挑文件箱，挑铜锅的运输员，很有几位被冲倒随流三四丈然后才爬起来的。

过河后，我们踏上真正所谓草地了，首先是山改了样，没有石头，更没有一根树木。原来自懋功北行进入藏民区域后，大家对于老林是惊心疾首的，一行军总脱不了要在森林中穿越那数围的粗杆、狞恶的树枝，如巨灵样在进路周围矗立着，地下是多年腐枝烂叶，透出恶心霉臭。现在这里绝难找出半尺直径的成丛的树，纵有，也只是年生的灌木几根儿列在小河两侧。此外都是草和水。平道是浸在水里，山坡上水也是涌出来，地面又是那样坦平，自然无法奔在小河去，便停蓄着泛滥着成为汪洋一片的长江和黄河的蓄水池。土质是例外松软，一插足至少陷半尺深，有时简直是无底的泥潭，人马一陷下，愈挣扎愈往下沉，没有别人的拖曳，永也莫想爬出来。这样的泥潭不一定在低洼处，表面也没有特别异样，相同一切的地面都是被尺余或数尺高的草与水遮覆着，辨别是比较困难的。开始是有很多人吃过这种苦头，特别是那些抢先的人。后来谁也不敢粗心大意，都提着一颗栗栗的心，只敢从着人马行过的脚迹前进，就这样每步也得慎重地举起来，谨慎地踏下去，因为稍一不慎，也可能一足埋在泥水里一两尺，透出几粒冷汗，费点劲儿才能拔出来。

全天的行程都在这种水草泥淖中。下午又落雨，更加多困难。黄昏时前途出现散在各山头的不大的森林。说起露营，树林是求之不得的，但两腿是疲软到简直不愿多走一步路，要上山就森林,谁个不踌躇呢? 幸好队伍上山去,我们被指定在河边露营,不上山即在河岸水滨布置行营了。地面虽然湿的,不过折点枝叶再放上油布,可以勉强坐下去,雨也不似那晚那样狂暴地袭击,只是疏落了一些。糌粑,我们都下肚子了,荣桓同志似乎还感不足,又慷慨倒出一些油麦粉来,拓夫同志又捐出从芦花带来的牛肉粉,我自然不好白食,再凑上一点盐,于是大家动手煮了一面盆面坨坨,饱了一顿盛餐。

清晨出发前,下来命令:每人带一束柴,因今日露营没有一棵树木。这是一件难问题,大家都像病床上初爬起来的身体,十几斤粮食和全副的装备在这海拔四五千公尺的高原上行军,空气的稀薄已闹得"举步维艰"了,实在不愿再增加行军的负重。但一想到数十里的行军后得不到一杯开水润润喉管,权衡轻重,自然也就不敢违抗命令了。我下了大决心,拼着徒步行,捆了数斤柴在马背上。

行约十里,即盘升山背上,这是中国和世界的著名地质学家所不清楚的大多水岭——长江黄河的分水岭。我们三十夜露营处的河流,是东南趋南下地注入岷江至宜宾汇为长江。过此分水岭以北,各河流则西北趋青海入黄河。行至岭上时,四面都是草原土山,看不出边际。

下午所行路仍然还是水草和泥淖,但依傍着我们的小河,引起了我们不少的兴趣,倒也解消了一些疲乏苦闷。因为地面特别平坦,河流不能峻直地急下,于是随水势冲刷出一条水道,就曲折得特别可观。在平铺的丛草中,像一条彩带扯成"之"字形,往往倒上数丈数十丈,或者往复弯曲数道,中间只有尺余土堤间隔着。但土堤亦不坍塌,仍然界划两条水势的对流。

黄昏到后河,算是我们的宿营地。山坡上草是深深的,没有蓄水的地方。可也不能随便即回退,得费点工夫找。雨又作恶地落下了,因为已有了两天的经验,今天帐篷卷得巧妙些,虽然落雨,还可以四五个人蜷伏在草地上不受浸湿。一尺高的树木也找不到,想找一点枯草燃火也不可能。此时方感受七八十里背来的数斤柴的"恩赐"了。

第一日出发的方向是西北,次日即直趋正北,昨日有转向东北。松潘至阿坝(青海边)的商道从东南山口穿出来,同我们来路合拢了,成为横面十余里纵长约五十里的色既坝。坝子是出乎意外的平坦,满铺着野草,望不到头,水中泥淖都没有。几天来两只脚都是浸在水里的,现在行这样的干燥路,特别舒适,行军速度更加快一倍。因为这是出草地的主要商道,在春夏季来往商队比较多,路形被踏得宽广,在丛草中尺余宽的白路,十余条二三十条并列着,线样的直,伸向南北望不尽的平原去。大家三天来紧绷着的愁眉苦脸,此时都舒展开了。可爱的青年同志们,唱着雄壮的或者轻松的各种歌曲。

大休息约一小时,天突然阴暗下来,太阳躲起了,灰暗的云低低地涌起来,风也更可怕了。幸好雨还不曾落下来,再行十余里走完干燥地,小河出现了,虽宽只五六丈但深在三尺以上,水似箭镞一样地奔流,冷得几乎要把人的肌肤咬去。架桥是空想,因为见不到一棵树，只好大家脱下衣服徒涉，力壮的就一个人闯过去，体弱的上十个牵成一群，抵抗力更强些，中流可免被冲倒；或者三四个牵牢一匹马尾巴这样浮过去，"小鬼"们只有用马驮或由力大勇敢的同志背过去。我感谢一匹孱弱疲瘦的老马将我负过了河。因为还有很多年轻或者体弱的同志也过不来，这匹老马还得放过去。为着等马，自然我更有留在河边帮助指挥的责任。在河边停留约一小时，前后眼见着三个同志中流被冲倒，浮沉一两下便永久成为我们的心灵的伴侣了。已经过来的在我面前即有两人已经僵硬了，一人虽还在抽搐，但已不能算入我们行列了。如果能够烧起几堆火，这些同志都可以得救的，但水草茫茫，何处是一根柴枝呢？！

过河后又陷在沼泽中，我总是"且行三五又回头"的。回顾河两岸的同伴们，似在顾念招引他们，又似在向他们骄傲——同志们我已前进了，其实我是强制着说不出的心情。

此时我已落了军，荣桓、拓夫同志等先行各不到一里。突然一个在水泥中挣扎的同志出现了，他全身伛偻着，上下身全都涂了泥水，一杆汉阳造已涂得像一根泥棍，但还握在手中。我起始疑他是跌倒了，想扶他起来，拉起后，他踉跄地移了两步，因他全体重量都依托着我，我有一点不济了，一放手他一点也没有支撑和防备，便面团子一样蹲缩下去了。但汉阳造还紧握着，还是挣扎着像爬。我知道他也不在希望之门了。我不能再给他任何帮助，他此时需要的不是青稞麦或糌粑，他已没有需要这些可能了。我不能再站下去，心中无端地给一块大石头沉重地坠结着，仍得赶队伍去。

又行十余里,队伍在上坡停下了。仍然一棵小树也没有,开水吃不成。架好棚子时又落雨了,大家蜷伏在蚌壳样的帐篷内,干咽一些炒青稞麦。我因脑子里浮显着那个没有希望的同志,尤其他那汉阳造终是紧握着,炒麦子更难咽下去。

昨天传出了一个无根无线的消息,说到班佑只有三十里,疲乏透顶的人,东方一发鱼肚白都从来没有地活跃着。在远近十里的山坡上没有开水,没有一星之火,好在天还未冷到结冰的程度,冷水调糌粑尚可以吞下去,干饼子也未到铁的硬度,随便也就啃了两个,于是高兴地又奔向前途了。

却奇怪今天的行程除了过河,都在山坡上。如果在别一省的山坡上,例如福建、广西、贵州或者四川的南部,不管那是什么峻岭苗山,却都是宽阔的石板路,而且在蓊郁的竹枝下,走起来虽说不上像林荫公路的舒适,但还有"选胜探幽"的别致。草地的山坡真叫人不敢领教!因它较着水草没胫的沼地,更有令人难受处,水是同样地流出着,外看是实土,踏下去仍然是泥淖,没有路形,在那六十度倾斜面上横着行,不是踏空了"坐汽车"①,便是一足滑下去尺多远,两手也要抓下去。因长期的给养极端恶劣,体质也羸弱到极点,有些人简直到风吹即倒的程度。在这种极难走的山坡上,更是难上加难,跌跤成为每个人势不可免的

---

① 天雨路滑,一跌跤要滑走几尺远,我们喊做"坐汽车"。

了。本来在行军中有一个跌跤的可以成为数里路的谈笑资料，可是现在谁也没有这种笑的心情，特别是笑的力量。一方面是"自顾不暇"，另方面自己同样是笑的对象，因为几乎每个人都跌跤。

这可恶的山坡，"峰回路转"，一个个连续着大半天，我都是上面跌跤子。

本来说是三十里到班佑，所以纵然跌几跤大家也不大抱怨，因为心里都焦盼着一个着陆点，今天准可到有房子的班佑睡几点钟甜蜜觉！可是三十里过了，再一个十五里，前途还是不大光秃的山，尺把深的粘草和晶明的水，这种失望真个比打一次败仗还令人难受。

再行十余里，山间两旁避让了些，坝子出现了，而且远看去还有密密的丛林，先头的队伍也一群群纷投向林中去。自然这时我们也不妄想什么有房子的班佑了，能够在这样密林中露营，已足够我们如登"天堂"了。

地面是干干的，草是尺把深，极难得的天然的垫褥，繁枝密集，看不出巴掌大的天体，天也特别的恩典，不落雨。谁不舒开眉结，透出乐意的脸神呢！

既然班佑不远，大可不必"数饼而食"了，尽可让肚子例外饱一顿。我的四两一个的干饼子，慷慨一个不剩，拓夫同志的牛肉粉也撮着米袋底，尽所有倾出来。我们吃了漫谈，谈到草地已安然过来的快乐时，再吃，一直吃至十一时。

昨天是失望了，今天到班佑是有把握的。一出发大家的眼睛都瞟着前方，谁都想争得首先发现目的地的"首功"，虽然要过两道河，水既不深，一般路都是干燥燥的地，自然没有什么不高兴。例外地到处发现了鹅卵石，大家都没有什么根据地判断这是到有人烟地方的象征，虽这是极不可靠的判断，但有极大的催眠作用，鼓励着每个人的脚步更跨得迅速有力。

行过十余里，比色既坝更大的平原出现了，广阔的程度暂时还不能估计，但北面、东面的远山，已远得只有模糊的轮廓，小得像镜面上几个豆粒了。一丢下小山，踏上这个平原的边缘时，在广漠的平面上凸出一些，可以断定的建筑物。这时一种得救的快乐，不知比科伦布的孤舟将靠上新大陆时有什么差别？

"闻名强似识面，识面一见轻松。"我们对班佑是抱着如何高大的热望，一行至广原的中心，原来只是望不尽的荒草，所谓班佑也只是周围占地数里的荒草，数百座零乱的牛屎房子，怎不叫人失望！虽然比毛儿盖附近的牛屎房子要高明进步些，有的是用木柱架起的，镶着木板，再涂上牛屎的，但不能达到我们另一个最迫切的要求。此地除牛屎房子外，有的仍只是凄凄的荒草，见不到一粒度命的粮。我们这个梯队昨日即有不小一部分绝粮。

土质是那样的肥美，黑褐色，饱含磷质的，但可惜没有垦植，只是荒芜的牧场，地毯样的茂草特别苗壮，可想出在这牧场上将有十万头怎样肥壮的壮牛，虽然只看见到处堆集着茂草和牛屎。

牛屎房子，齐头的茂草，从草中爬行的污水沟，这一切看来都令人失望、愤怒，但另外的发现，却带来一点失望中的满足。原来草丛中堆着很多的野葱(叶似葱，花是韭菜，花可食，姑定名为野葱)。这是被人发现，可以填塞饥肠的，也是在草地五天来大家都在搜寻没有到手的，现在还有什么希望呢！一片望不尽头的青草，于是大家争着掠取野葱花了。

"我×军于昨日在包座消灭敌四十九师两个团，敌之另一个团现正被我包围，在喇嘛寺中。"这些木板上刺眼的字，突然出现在路旁牛屎房子的墙角上。人群中起了欢呼跳跃的紊乱，忘去了饥饿，丢去了今晚不能吃开水的愁虑。

路忽然东转超向山口去，艰难地跳过六七道污泥沟，人流被山口吞噬了。合拢的针松和各种阔叶的无名枝，孤独的成群的矗立路旁。突然换来了另一世界，全是依山傍涧的下坡路，二十里下降起码在三百公尺以上。藏民的寨子出现了，山坡上黄的青稞麦，青的蛮豆、豌豆和萝卜，我们到了阿西。

三、阿西

阿西换去了十天草地，阿西救了北上抗日的红军。

因为松潘西北的地区到现在还是中国地理学家的一个谜，找不出可以注明这带地文的地图，军用图那更不消说。我们找到的仅有的几个通司(能懂汉藏语的翻译)和藏民，对于这带地方的知识，也只是一些没有担保的传闻。因此，我们从毛儿盖出发时，只知道至少必须经过十五天荒山积水的草地，什么地方有居民有粮食,没有任何人敢给一句有把握的回答。但当我们先头部队依据着唯一的"法宝"指北针前进到班佑,因为布置露营的警戒,却意外发现一条东通的大道。根据路形的估计,似乎前途是有人烟的,于是扩大搜索网。可是意外之助,包座敌人似乎有意来接引我们这迷路之客,他们的侦察队却巧巧地把我们的搜索队诱引到了阿西。这一新大陆的路线的发现给我们寻出了入甘的新道。再由班佑直北前进的十天草地,是由岷江源白龙江源的数百里有藏汉的居民区换去了。这不但减少了直驱西北到达抗日最前线的时间,而且在以后可怕的十天草地中,在饥饿寒冷的袭击下,不知我们又有几多抗日英雄的牺牲,这也是免去了。免去了这种无代价的有生力量的牺牲,这是阿西救了抗日的红军。包座的四五个师是在蒋介石的得意指挥下,以为扼守这一军事要点,十拿九稳地拦住红军北上抗日的道路,把红军逼在只有水草的草地中全部消灭,但却意外地作了红军的向导,把红军引到阿西来,接上入甘的大道。这应当是蒋介石和当时坐镇松潘的指挥官胡宗南等现在还不愿回想的。

红军被敌朋友引到阿西后,立刻即以不客气的回敬,向包座之四九师进攻。该师原是十九路军改编的,同红军虽作了多年的敌朋友,也作过几个月的真朋友,现在虽然全部官长都换了,但士兵中的抗日愤火是没有熄灭的。因此接触不久,两团多不愿做亡国奴的健儿们便与红军亲密地携起手来,一齐北上抗日。胡宗南将军以后大胆的拒绝蒋介石跟踪追击红军的命令,自然是在不可思议的红军占领阿西与包座战斗中得到足以胆寒的教训了。

绝食的一天

■ 何涤宙

　　三天来没有看见一间房子，我们真是在大自然的怀抱里过日子，诗人们是要大大的颂赞这些日子，可惜我不是诗人，没有诗人那种高情逸趣，不但对这伟大的自然不发生兴味，并且还是厌恶，三天来的风吹雨淋，日晒夜露，任凭自然来欺凌我，不少脆弱的生命为自然夺了去，我们现在正是同自然奋斗着，谁还有心情去欣赏野草闲花！

　　偌大的一条人流，在草地里，从南向北流着，如果以茫茫的草地来比较，真还不啻沧海一粟，这人流的每个细胞都是曾经二万里的长征英雄，他们为着革命，要经历人类罕有经过的地方——湿草地。

　　每个人都在一边走一边嚼着炒麦子，炒麦子的味道似乎还胜过巧克力糖。在目前吃的问题是占着人生的第一位，在愈没有吃的时候，是愈想吃，而且是特别吃得多，眼看我的十五天粮食计划，为着想吃多吃，已经破了产！

　　从毛儿盖出发，每人自己带足了十五天粮食。我的粮食是八十个，每个约有二两重的饼子，是用粗得像小米一样的青稞麦粉，自己在脸盆里炕成的，另外有两袋炒麦子，一小袋生面，不到二斤；计划着饼子吃十天，每天吃八个，最后五天吃炒麦子，生面是在可能找到柴水时,做面糊涂吃。

三天来粮食竟意外地超过预算,饼子还剩下二十四个,麦子已吃了一袋,如果长此下去不断,两天就有断粮之虞,草地谁也不能肯定哪天走完,即是走完草地,也不一定马上就有粮食补充,悔不该以前几天太贪吃,以后无论如何要节省,自己觉得对于以前的浪费要加以惩戒,决定明天绝食一天,表示节省粮食的决心。

边走边想,肚子又有些发烧,明天即要绝食,今天一定要吃个饱,饼子留二十个也不为少,麦子还可装一口袋,吃完这个,就要一直等到后天才能再吃。主意打定,在休息时,又从马袋里补充完满,不久,这亲手做的又香又硬半生半焦的青稞麦饼,又开始吃起来了。

真想不到饼子的味道会这样好,虽然粉是粗些,饼里既没有盐也没有糖,更说不上有鸡蛋牛奶,但是从前也曾吃过广东月饼,罐头饼干,都没有这样美,大概炕饼子一定要在脸盆里炕,而且一定要炕得半焦半生,才会有这样美味!

不一时饼子吃完,又很自然地摸炒麦子吃,要不是被雨打湿的话,炒麦子真配得"香脆"两字,可是现在发韧了,好像吃五香豆。

行行重行行,拖泥带水,也不知走了多少里,太阳还老高着就宿营了。不用分房子,各人自找干燥避风的所在,我在十分钟内架起用夹被撒开做成的帐篷,骤然间乌云满天,狂风一起,大雨随着来了,夹被帐篷里挤满了相熟的同伴,大家坐着,看人家淋雨,青树枝被雨打湿,说不上烧水洗脚。暮色笼罩着大自然,阵头雨改为毛毛雨,挤在帐篷里的同伴们,也就互相依偎着追寻美梦,我为着准备明天绝食,摸出四个饼来,再饱餐一顿,在细雨霏霏的大自然的怀抱里,我们就这样又过了一宵。

从毛儿盖到班佑

■ 必武

从毛儿盖到班佑，我们一共走了六天，每天大约走七八十里路。出毛儿盖向北行，路在半山腰渐走渐平坦，到七里桥约二十余里。路的左边，有矮小草房，约莫百十间，远望矮的好像不能容人进出的样子，到了跟前一看，人不昂头才可以进去。这些矮小草房，听说是放牧人屯牛的所在，所以叫做牛房。墙壁是用小木杠支持，隔成许多格子，壁内涂上一些牛粪，不很坚厚，色是黝黑的。在壁旁烧火，壁很容易被火引燃。内面除牛粪外一无所有，不知牧牛的人怎样居住。过这里以后，连牛房也看不见了。经分水岭，系沿着一列的小山头，转过了一个小山头，又是一个山头，数目说不清，大约二十余个，下来才是草地边。

我们初听这个草地名字，以为不过是人烟很少，草木郁密的地方。谁知草地真是草地，在地上看不见泥土，只看见草和水，不但没有人烟，简直没有人迹，所以也没有路，没有树木。山上的树木也少，间或在绿茸茸的丛草间看得见这里一堆、那里一堆黝黑的牛粪。草在水中，确是长得茂盛。

我们所经过的只是草地边。有时走一段地方，两边都是不很高的群山，有时或只一边倚山没有路。草是一丛一丛地长在水中，这一丛与一丛中间，就是很深的水，丛草在水中枯了死了腐了,就在这腐草上面生长起新的草丛来。茂密的青草下面,是重重叠叠的腐草,浸在水里,不知经过了若干年月。所以走在丛草上,脚底下是软软的,但也有点滑,走时若不小心,一踏虚了脚,即没有踏在丛草上面陷入丛草间隙中,要很费力才爬得起来,马竟有爬不起来的呢!山边也看不见泥土,也是重重叠叠腐草上生出的青草,走在上面活活动动,脚板觉得舒服。山上偶然有几片树林,我们宿营能找得有一片树林,那已是喜之不尽了。

离开毛儿盖,第一天,直到晚才走到草地边。我们在一处很好的树林里宿营。第二天也找着一处树林。以后几天,便是在灌木下搭棚子过夜。直到班佑,才在牛房里宿了一晚。有一晚在灌木下搭棚子,到夜晚找不着柴火,竟没有举火,只吃了一点干粮,就睡觉。

过草地边沿那几天,天天都遇着雨,雨下不小。脚在水草丛里走,不待说是湿的。有雨具的人身上稍好一点,可是带有雨具的人不多,没有雨具的人全身都湿透了。不下雨的天气总是阴沉沉的,风割得厉害,气候冷,须着棉衣。我没有遇着一个熟悉此地气候的人,不能一问,每年夏季,是否像我们经过的那几天一样每天都要刮风下雨呢?在草丛上走虽有点滑,比走泥泞路还好得多。

色既坝是一条河水流过的地方,河两岸稀疏地长了些树木,两边草地宽广的约一二十里,据说坝有一百里长,我们走过的约四十余里,觉得这块地方很肥沃,为什么没有一家人户?将来人口繁殖,这个坝子怕不能听其然了。

草地大约高出海面在五千公尺以上,所谓雪线地带,气候是很冷的。我们夏天走这上通过,尚非着棉衣不可。一入秋冬自然更要冷些。那里气候虽很寒冷,但草却能那样的茂盛,别种于人类有用的植物,一定在这个地方有能够生长出来的可能。不过我不是研究植物土壤学的人,不能详细来考究,行军中时仓促一瞥,也无暇考察。革命胜利后,有专门人才来这地方考察一次,一定有许多适用于人类的东西发现出来。

通过草地

■曙霞

在长征一万八千里,跋涉无数大江峻岭的我们,已觉到无所谓"行路难"了。李太白所谓的"蜀道难",在我们所经过的川边崎岖小路,看来也不过如此而已。早就听说松潘以西有一片荒凉千里无人烟的草地。在敌军胡宗南等部固守松潘一带,构筑"乌龟壳",企图与兰州构成封锁线,压迫我们投西的现在,我们为了在战略上取得出敌意表的机动,不免要有绕道松潘抄到松敌后路的行动,因此我们也就早有了通过草地的准备。

据由通司问得的草地调查,松潘西边的草地,多有"蛮骑"出没,草地上经常浸水到膝盖边;四周围看不见人烟,连树林也没有,行人走这里过,非有向导找不到路;路上必须携带充足的干粮,准备充足的皮衣、皮靴、皮袜等,否则不冻死也会饿死,因为草地上没有人家,也没有树木,露营也无处搭棚,夜间寒冷,多雨露。话虽然说得这样厉害,我倒有点不相信。

由卡英筹粮完毕开到毛儿盖(这里有二三百家,是"蛮子"地方,"蛮子"都被欺骗走了)时,我就到×军政治部,找S同志,谈到草地情形。据说只有五天的草地是没有人烟的,再过去到夏河(青海的一个县)一路就有"牛屎房"了。他们都已准备了十天粮食,每人带条木棍,准备搭棚用,又带一把干柴,准备烧火。我回到校部后,也就立即通知了各部,照样准备。我们带了七天干粮(炒麦子)八天生粮(麦子)。

第一天由毛儿盖出发,时间已经九点多钟。因为前头部队拥挤走不动,经过七星桥(毛儿盖北二十里),再走十多里路,队伍就在一处小河边有稀疏树林的地方停止了。附近有些树枝搭的棚子,我们知道是先头部队在这里露营的遗迹。决定在这里露营,分配了露营地域时,雨刚刚停止,棚内漏湿得不堪,我们就在一间稀薄见天的棚子里烧火烤。我在棚边找到一处准备睡觉的地方,用油布垫地,打开铺盖,上面用一件"蛮子"皮衣(不镶布面的,皮上有油不易透水),盖着一件油布,头上打开雨伞遮着,吃了两碗用开水冲的炒麦粉,一块"粑粑"(即面粉做的饼子,里面没糖也没盐)之后,天已黑了。我也不管天雨不雨,就睡我的觉。夜半雨滴由棚上青青的稀稀的树枝上滴下,滴湿了皮衣,只听到雨伞上点滴的声音,这种"草地露营逢夜雨"的味道,总比古诗人所听到的"雨打芭蕉","窗外芭蕉窗里打"和"夜雨闻铃肠断声"的声音要沉雄与悲壮些吧!可我已酣然入梦。

第二天,天亮后吃过麦子饭(用没有磨的整个麦子煮的),出发,经过腊子塘。一路上两边还是有高山,有小树,不过地上全是青草,走路有些不便。走了四十多里,路右旁发现一片丛树,"浓荫蔽天"。前面有二十多里处,有大烟冲天,知道先头部队已经在那里露营了。于是我们也就在这浓密而高大的树林内露营。雨暂时止了,夕阳在西边云朵中,露出无力的光芒,树林内湿得很。我搭了一个小棚,和一个姓冯的小同志同住,棚前没有烧火,冷得厉害,听到后面响了几声枪,派队去查,随后知道有三十余"蛮骑"在后面尾追我们,抢去落伍人员(我们修械处的工人)的几支枪。

第三天,天还没有亮,我们就起身,一直等了点多钟,直到天大亮,才集合讲话。刚刚雨像倒水,一点讲话的声音也听不到,讲完话出发,走了十多里,路旁木牌写着分水岭(先头部队写的)。那里没有一点树木,更没有一家人家。又走了三十多里,走到一处河套中,附近有些矮树,我们就在那里露营。这一次大家因昨夜都没睡着觉,受到切身的教训,所以都鼓起劲来,搭好一座比较密的棚子。我到各科去看他们的棚子,骑兵科多用被单搭布幕,炮兵科用树枝野草等搭草棚,但盖得最密。我便告诉各科,由科长、副科长、教员及能讲课的排长,先行准备一些材料——我们拟讲"防空"问题——分到各个棚内去领导讨论。然后回自己的棚内煮了一碗"疙瘩"(就是面丸),吃得很饱,又喝了一杯浓茶,才在棚边睡下。天上明星点点,这是过草地的第一个良宵。可是才睡到半夜,天忽然被四周飞来的黑云遮住了,幸好还没有下雨。

第四天,天亮出发,这一天过的地方真是"草地"了,举目荒凉,一片草野,四周矮山也不长一棵树木。一路腐质土浸满了污水,没有草根的地方,脚踏下去直没过膝盖,马儿经过处,埋没了四蹄,有时还陷下去拔不起来。我们的脚,从出发以来,都未曾干过。望着天空,总是经常呈着灰黑色,看不到一个鸟儿飞过,也听不到一个虫儿叫声。我们一队走着,雄伟地走着,像是轮船在大海中，前面不见海岛，可是并不能减低我们前进的勇气，我们的勇气使得像大海一般的草地，一步步向后退去。在路上我和 M 同志一路闲谈着走着，我说以后要怎样来描写这草地的情景呢？它的特点有点像沙漠，只"水草"和"沙"不同而已。沙漠多旱，没有水，渴得死人；草地多水，没有太阳，冷得厉害；如果有人说沙漠上可看到"蜃楼"，那末草地上却绝不能见到"海市"；过草地的人双脚未曾一时干，马的蹄痕也都埋在水草深处，地虽然平坦，走路却很吃力，滑倒的人倒也不少。我们虽然在谈着想着，可是终于因缺乏文学天才和素养，结果，也想不出什么有力的素描。下午到达色既坝，此地是三岔路口，右边可通松潘，左边到班佑，再向北去，一路都是房屋了。这里有很多草棚，草棚附近有屎堆，有死尸，我们都把他掩埋了，另外挖了厕所。"草棚"虽名着"草"字，却都是树枝搭的，我住的一个棚，比较大些，是靠着一棵大树，架了许多树枝，盖上一些树叶小枝之类而成的"树棚"。棚里睡了一个××K 的病员，他赤身盖着一张毯子，皮衣脱下做枕头。他已病到有气无声了，我们想要他搬到另一棚子里去，他不肯搬，自然只得让他睡在一起。费了许久的工夫，在滴滴雨滴之下烧着了一堆火，烧了一壶开水，给这个病员一碗，我自己冲了一碗炒麦粉吃。一个小同志烧热了一盆水，我和他同洗了脚，这是过草地四天中第一次洗脚。夜间晴朗，但起了极大的东南风，冷得非常。

第五天，天亮了，吹着预备号了。因为没有找到柴火，公家不煮饭吃，我用漱口杯烧了一杯水，还没有沸腾，集合号、前进号接着吹了。队伍已经开始前进，我只得把这杯生水冲下炒麦粉充饥。大家都往着班佑前进。一路污泥很深，要找到有草根的地点，才敢踏脚上去，因此走了大半天才走了大约六七十里路。路上没有看到路牌，也不知是什么地名，或者简直就没有地名。天空中，一阵雨，一阵风，一阵太阳。到黄昏时，雨渐大了，前面还只看到河边一大堆草棚，还不知班佑在哪里，结果只得在那里再行第五夜的露营——我看与其说露营，何不说是雨营恰当？我和W同志及他的特务员，三人挤在一个小棚内，把他的油布和我的雨伞，盖在棚上遮雨。今天更加没有柴火，连热水都没有，晚上W的特务员冒雨到炮科去要了一盆开水，拿回时已经凉了。我和W各冲了一碗炒麦粉吃，原来只准备五天吃的"粑粑"，这一下就吃完了。

第六天一早出发，到下午三时左右，才望到前面远远冒起火烟，草地已渐渐消失，路旁已有小山，并且路边开始见到石头，这使我们欢喜。大家都急着到班佑，可是弯过一个山口，又一个山口，尽走尽看不到房屋。又走了许久，才看到前面隐约有矮房子，正是起烟的地方，但前面部队，并不向着这个矮房子的方向走去，却向左转，向左边矮树林去。据前来的通讯员说，又要在此露营了，大家都感到潮湿与漏雨的威胁，可是两脚仍不自觉地跟着前面的人一个一个跟着走，为了各人都要表现自己是吃苦耐劳的模范，谁也不肯说出怕苦的话来。路旁野花丛里，长着金红色的小果，有玉蜀黍的粒大，一穗穗地结着，又像金红色葡萄，有人摘取来吃。我也摘了几枝尝尝野味，的确不错，一种酸味，解却几日来不知五味的口闷，并且开了到"蛮子区域"以来吃新果的"新纪录"——虽然是野味。刚走了半里路，又报"到前面'牛屎房'去宿营"，大家都欢跃起来。

到了班佑，一片"牛屎房"——用牛屎筑的墙（这牛屎且不臭，我们是见过与住过最新式的士敏土筑的洋房子，住过砖墙、石墙、泥墙的旧式房子，又住过苗民区域的茅屋，也住过云南石板盖的屋子，"蛮子区域"的木板屋，现在住到世界上所少知道的"牛屎房"了），里面约有四五十间，有一两间被火烧着，据说是先头部队走后失的火。

在路旁遇到 O.K.（他是有名的师长，被四方面军某部排演到戏文里面的），知道他们住在这里，他到"红大"去找 H 政委。我只问他附近大路的情形，据说此去东二十里地名叫做阿西，有一二千户，粮食富足，房屋也好，并有一间顶大的喇嘛寺。于是我就跑去找 O 同志，想在那里找些东西吃，因为今天路上没有干粮吃，肚子饿得厉害。可是找到了他，却令我大失所望，他们政委到阿西采办粮食去了，这几天他们都在摘青草做菜吃呢！

回到自己的宿营地，通知了各科注意火警，并且要明早出发时，派人专门检查及消灭遗火，一面告诉学员们，已过完草地了。

外面下着密雨，屋内烤起大堆的火，大家围着烤衣服和取暖。我用热水洗了脚，打开铺盖，觉着一身松暖。经过六天的草地，五次的露营，至此才再投到房屋的怀中，也至此才觉到房屋的作用与好处。想身居洋楼大厦的人们，是不会知道这个的，至少他们从没有梦想过没有房屋，又在千里荒芜、一片凄凉、遍地水草、四无树木的草地中露营的滋味，这就在过过露营生活而没有到过草地的兵大哥们，也不会了解的。

我们过完草地了，我们明天要到阿西去看伟大的喇嘛寺了。无坚不摧的红军，又一度打破天然界的困难，创造下亘古以来所未有的大军通过千里荒凉的草地的新纪录，让那些草地的滋味留给跟踪"追击"我们的胡宗南等部的白军去尝试吧！

番民生活鳞片

■ 觉哉

从宝兴、达维、懋功、抚边、卓克基、毛儿盖,直到甘肃边界,全是狭长沟地。水在乱石中急流,浪花四溅,震耳欲聋。傍岩作路,狭而且危。有些地方,简直没有路。在悬岸上架几根木条,上支木板。有的路被水淹了,须手扶岩石,步步涉水而过,稍一不慎,就有被急浪卷去的危险。记得到卓克基的那天,有一同志被水卷去,幸数丈外有大木横江,得阻住获救,然已淹得四肢无力了。这些地方即所谓大小金川。满清的"十全老人"(乾隆)曾动员二十多万兵,用掉二千多万军费,还杀了两个大臣(张广泗、讷亲)才得这些土司们称臣纳贡。但是这里的文化、生活一点也没有沾染汉化。

先讲它的住吧:尺多厚的墙,筑个四方桶子,高的三四层,少的两层,下层关牲畜,屎尿狼藉;二层较好,安厨灶;三层是佛堂,很干净。门窗壁柜,都很精致,愈北的地方,形式稍有不同,下层也住人,那只是一个土洞,墙厚四五尺,门形转弯,从屋顶漏下光来,没有瓦,覆以木板,总之藏人的住,并不见得比汉人差。

吃呢?糌粑调酥油,味道很不差。青稞麦炒熟,磨成细粉,叫做糌粑。临流有水磨,家中有手磨,两片光石,没有齿,可是番人的麦粉,细得和洋灰面一样。我们在那里没工夫那样磨,连粗磨也来不及，青稞麦，囫囵煮，颇有点"吃不消"。蔬菜只萝卜、马铃薯。但到了巴西、包座等地，肥大的萝卜和马铃薯，比内地的还好吃得多。碗是木或铜的，瓦器还没输入。木柴燃料，堆积成墙，三四十斤一块。猪子很少，牛羊很多，牛是牦牛，尾如大扫帚，颇肥大。有一种饮料，是树的枝叶，不知何名，我们喊它做"蛮子茶"，烹饮可助消化，免得肚子胀。

藏地高寒，麦熟较迟，但土肥沃，不亚江南，麦蔬豆等都很茂密。

穿呢？有各种毛巾、毡子、毡帽、毡靴，羊皮毛很厚，鞣制不良，一件大皮衣有二三斤重，只有藏人才能穿得起！

……

总之藏人尚全在"自给经济"阶段，只有盐及少数红布自外来的。虽然有贫富，但穿、吃、住等，似乎不大成问题。

保守性很重，基督教那样厉害，我们经过的丛山深洞，辄看见屹立的教堂，而藏人区域没有。鸦片烟云贵川普遍产物，而藏人不种。据说，邓锡侯曾劝藏民种鸦片，因其地肥，不种麦，拿鸦片到外面换粮食进来，可获厚利，但被藏民拒绝了。帝国主义的货品，本来无孔不入，但到藏民区域碰壁了，连汉人的货，除红布外，也找不出什么。这里看见的现代文明，只卓克基土司索观瀛，在成都读书，带回来的两架机关枪及若干步枪。

因为如此，所以也不容易接受我们的宣传，人躲在山里，不和我们见面。在卓克基找了几个藏民，经过通司和他解释，他懂得了，每天有二三十人，从山上运出粮食卖给我们。妇女们也来了，大概率真可亲。每人身上有把小刀，为杀牲割肉吃之用。

俘虏兵的一束话

■ 周士梯

蒋介石阻止抗日红军北上抗日,困死抗日红军于松潘以西绝无人烟的草地的目的,派四十九师①为先遣队,由平武方面兼程来占领松潘以北的巴西、阿西一带要隘,被英勇无敌的红军消灭二个整团于包座附近。师长伍诚仁同学,如不是快一点落荒而逃,也会在这里会面呢!总政治部派我和王盛荣、王观澜二同志到包座做俘虏兵工作。

七八百个俘虏兵,在包座南端空麦田里集合。我们讲了话后,就征求他们的意见:"愿当红军的站到左边,愿回家的站到右边,以各人的家乡远近发路费。"

整齐的凹字队形,散乱和嘈杂起来了。有些打开共同的包袱,各取各的衣服与鞋子,有些欠债的在还账,有些互相送东西。过去是很好的朋友,现在都分开了,表现出他们的神圣不可侵犯的自由意志。

过了三十分钟的光景,站到左边的有十分之七,站到右边的十分之三,当红军的编为三个连,愿回家的编为二个连,都在一

---

① 四十九师原是张贞的军队,一九三〇年,十九路军把张贞的军队改编与十九路军抗日先遣队合并,以抗日先遣队司令张突为师长。一九三一年十九路军在福建失败,被蒋介石缴械改编,以伍诚仁为师长。

个喇嘛寺里住下。

我和王观澜、王盛荣二同志住在正中的一间房子,他们俩都到俘虏兵中去谈话。我在房子里和一个广东士兵(前在十九路军四十九师司令部当传令兵,现在团部当传令兵)谈话,渐渐地有十几个都是十九路军的士兵进来。

那个传令兵说话很多,大意是:在福建缴了枪后,就用武装兵硬押下船,经南京来武汉训练,不到两个月又开去打方志敏。此次是经西安来平武。前天打仗,不到二三个钟头,两个团都完全消灭了。师长在后面,带一个团走了。如是缓一点,那个团也是要缴械呢!我这个团死伤很多,二个营长阵亡,一个营长受伤,五个连长阵亡,二个连长受伤,一个连长失踪,一个连长被俘,团长与团副投河死了。我曾对团长、团副说:红军不杀俘虏官兵。他们不相信,我拉都拉不住,他们二人抱着往河中一跃……

一个当班长的说:"我在江西、福建都与红军打过仗,知道红军厉害,打也打不过。前天我们这个连①守一个山头,枪一响,我就劝连长不要打,缴枪去红军。连长听了我的话,我们这个连一个都没有死伤,如果打起来,还不是一样要缴枪,恐怕又要冤枉死了好多人呢!"

一个士兵说:"十九路军排长以上的官长,都换掉了,放来的都是黄埔生。老团长奉乃武,不知道为什么事,被扣留在松潘坐

---

① 就是第九连,连长卓权领导全连官兵缴械,得到特别优待。

牢。新团长才来二个礼拜,带来一批官长,又把奉乃武时代的官长换了好多,真是军阀都是培植私人的势力。"

又一个士兵说:"蒋介石不但不相信十九路军官长,就是士兵也不相信。我们在连上时常都有人监视,请假不准,开小差又要杀头,精神上是很痛苦的。生活上更不要说,每天吃二顿麦子饭,每顿每人分两碗,排长还要用筷子刮得平平,都没有一餐饱饭吃。就是杀头,天天也有人开小差,官长也有好多开小差的,我们的团副是开小差了。有一次派一连去运粮,连排长和好多士兵都开了小差,只回来十二个人。"

另一个士兵说:"人家要卖国,还敢相信你这班在上海打过日本的人吗?我们回家没有饭吃,又找不到别个出路,跟着做走狗来打红军,想起来,真是可恨又可耻呢!打方志敏时,我们都是向天打枪。前天我一颗子弹都没打,缴枪时,我叫红军官长看过我的枪筒。"

第一连长(原是一个湖南士兵,今天提起来当连长的)在外边吹笛子唤吃中饭,他们就散去了。

七八个士兵坐在喇嘛寺右侧草坪晒太阳,我也参加进去。

一个安徽的士兵,他是一个贫农,在家中派去做马路,被四十九师拉来当挑夫,后来拨下连去当下等兵。他说:"我的连长说:'红军三天才吃一顿饭。'现在见红军是一天三餐,恰与他的话相反。他说红军捉到是割耳朵,挖眼睛,开肚子,过去我也相信,现在才了解他们的欺骗。我这个头脑真蠢呵!"他用右手向头上打一巴掌，七八个士兵和我都笑起来。

"连长那天说：'红军没有饭吃，杀蛮子来吃。'我也相信，我应该打几个巴掌！"一个士兵笑着向前一个士兵问。

"如果说相信他们的话，就要打巴掌，我怕哪一个都要打几百个巴掌呢！"又一个士兵接着说。

"我就不要打巴掌，我是不相信他们的鬼话的。在武汉出发时，他们说的开去打日本，我就对班长说是假的，一定是开去打那个红军。在平武训话，说了十几个蒋委员长，你们都这样恭恭敬敬地立了十几个的立正，我就偷偷地休息。"一个湖南士兵站起来做立正姿势，又坐下去，继续来说："他们天天吃酥油，我们只是流口水。我们昨天吃了二餐酥油，今天又吃一餐酥油，如不是到红军来，我们的嘴巴一辈子也不会尝到酥油的味道呢！特务连长打断了腿，四个红军抬回来，医生又上了药，相信红军吃蛮子，挖眼睛，该打该打，你们再打吓吧！"他越说，声音越大起来，口水都喷到我脸上。

十四个十五六岁很活泼的小孩子，有些是当看护兵，有些是当勤务兵，他们都是报名回家的。吃了中饭后，王盛荣同志邀他们到喇嘛寺后面山坡上去玩耍。过了一个钟头，我也去看看他们，走到半路，就看见他们回来。王盛荣同志远远地就对我说："他们都愿意当红军了。"我暗暗地佩服王盛荣同志，他过去在少共中央工作的经验，又运用到实际上来了。

"我要换一顶红军帽子。"

"我也要换。"

"我也要换。"

"我跟你当勤务兵。"

"我总要跟着你,我不到别处去!"

"我不下连。"

这十几个小孩子,喋喋不休地向王盛荣同志围攻。

"好、好、好!……"王盛荣同志一边走一边说。

"红军好不好?"我拉着一个当勤务兵的小孩子同行。

"好。"

"为什么好呢?"

"红军不打人。"

"还有什么好?"

"官兵平等。"

"还有?"

"官兵都是吃一样饭,穿一样衣服。"

"还有?"

"教我们读书。"

"还有?"

"好玩。"

"还有?"

"没有了。"

就寝后,我要到各连看一看,出了右边的小门,看见二个俘虏兵在厨房里烤火谈话。

"人家走得,我们也能走得,为什么这样害怕?"

"不光是走路问题,我离家四五年了,我想回去看看。"

"你过不了蛮子地方,一定会被蛮子杀死!"

"我跟红军到汉人地方才走。"

"路费也成问题,我想少是三块钱,多是五块钱,几省的路,怎样走得到?"

"讨饭我也要回家去。"

"我敢说你是回不了家的,半路又要去当兵了。"

"不论如何,我再也不当兵了。"

"我也相信,你不愿再去当兵的,但到没有饭吃,肚子要迫你去呢?"

"我就是当兵也不打红军。"

"话是这样说,那时候是不由得你呢?"

"你讲话真气人,难说我还不知道红军好吗? 我敢发誓:一打仗就送枪。"

"我们做了一年多的朋友,我总想大家在一块干事,你硬要回去,由你吧!"

"……睡去……"

一个往正厅——当红军的连走,一个往左侧矮楼上——回家的连走。

突破天险的腊子口

■ 杨成武

　　自从党中央决定迅速到达西北抗日最前线的新的战略方针后,我野战军为完成这光荣伟大任务,都纷纷向北前进了。先头已于九月十四到达了白龙江边的莫牙寺。

　　十五号,暗淡黄昏中,师的通讯员又送来了一个继续行动的命令。我第二师为前卫,第四团为先头团,向甘南之岷州前进,以二天行程,夺取腊子口,并扫除前进道路上拦阻的敌人。我们接受行动命令后,即进行一切准备工作——找好更熟悉的向导,弄清沿途的路线,造好出发前吃的饭。

　　起床号音在整个村庄里吹着。在深夜的十一点钟左右,全团的英勇红色英雄,一群一群地向那前进路旁的草坪上集合了,在堆堆的黑影中嘈杂着。战士们的议论:"我们今天又当起先头团来了。""今天的前卫,无论如何,总走不掉了吧?"大家都异常地高兴。在复杂的声音中宣布行动任务了:"同志们! 我们马上就出发了,我们是担任先头团,要以二天的行军,去夺取腊子口,扫除沿途前进道路,迅速到达抗日的最前线,完成抗日救国的光荣任务。"同志们! 能完成这个任务吗?"轰雷般的回答:"能够!"在"坚决夺取腊子口"、"迅速打到西北去"、"不怕一切困难,坚决完成先头团的光荣任务"等口号中,和"打! 打! 哩打!"的前进号声中,英勇的红色健儿浩浩荡荡地向着腊子口前进了。

刚刚开始走没有五里,就碰到那崎岖的小路和蛮子架设的独木桥,在这黑暗无星的深夜,这段路的确好不容易走呀!跌倒的真是不少。"爬起来呀!""注意呀!""起来呀!""后面的同志这里要小心呀!"这些话在队列中前前后后地叫出来。虽然这种崎岖难走的夜路,但每个红色的英雄没有一个表现不高兴的,他们的情绪还是异常活泼,都在谈谈笑笑的:"我们这次打腊子口,看看哪个连打得漂亮!""进蛮子山是我们当前卫,这次出蛮子山又是我们走前头。"正在谈着的时候,忽然"啪!啪!啪"的枪声打头上飞过。此时天已放白了,向前一看,是到了棒卡的附近了,是我们的先头连的尖兵与敌人打起来了。尖兵班的同志回了一个排枪,二百多敌人不要命的,向两边的老林里跑掉了。部队也在此休息了一会儿!

又向那深坑老林里前进了,沿途都热闹地唱着各种各色歌曲,《上前线歌》呀,《兴国的山歌》呀,《反攻胜利歌》等等,个个都表现着活泼可爱!在这种快活的前进中,不知不觉地就到了卡郎的大山脚下,听到连里中忽然有个人说:"同志们我们又走了五十里了,现在上高山,我们来比赛吧!"大家都同声地说:"来吧来吧!"一股劲,就爬上了四十里的高峰。正当到达山顶时,忽然西面飞来了一张黑云,把那青天白日都淹没了,变成了黑暗的世界,不到三分钟就散下了无数珍珠和白糖粉(冷雹和雪),大家都叫着:"好呀!""真好看呀!""大家来吃白糖吧!"极高兴地叫着,接着就来了一阵狂风暴雨,我们也就开始下山了。在这狂风暴雨中继续前进,等到下完山,天已快黑了,路也差不多走了一百一十里了,仍继续走了十里。后即在这大风暴雨中,在班藏五福附近进入了宿营地,准备在下半夜继续向前迈进。

村子里的番民都跑光了,连老头子也找不到,只听到在周围的附近老林里"噢!噢!"的叫喊声音和零星的枪声。此时全体的战士为了下半夜继续行动,都睡觉了。我们的炊事员同志却在那里忙得一个不停——造饭吃呀!准备下半夜出发吃的饭呀!炊事员同志都说:"我们今天的饭一定要造得好好的,使得我们的指战员吃得饱饱的,明天好去打开腊子口。""对呀!吃饱了饭打冲锋,走得快,冲得猛呀!"每个炊事员同志都为了争取战斗的胜利,积极地工作着,这只有红色的炊事员,才能这样的努力。

十六号凌晨两点钟,各连队的战士都吃了饭,又继续向腊子口进发。此时的天还是在继续下着毛毛雨,个个都披着雨衣,戴着斗篷,拿着拐杖,在那又小又滑的黄泥小路上走着,通过那密密的老森林。早上八点钟的时候,忽然先头营来报告:"前面没有路了,这条路走完了,周围都是密林。带来的一个六十余岁的向导,她在十年前到过这里一次,现在此地路途都忘记了。"这怎么办呢?另找一个向导吗?这里根本是没有人烟之地,周围都是老林。仍然跟着这条路走去吗?路又没有了。停止吗?延误了时间,任务不能完成。真是急死人,进退两难,如何是好呢?"事到万难须放胆",只好把指北针拿出来,对着那北面的大隘口走去。

走不到一点钟，先头又来了一个情报，说我们进行路的左侧发现有敌约一营，正在那里构筑工事。仔细一看是真的！并有一部向我侦察的样子，在此时即以坚决迅速的手段消灭该敌的决心，以一个营沿侧翼前进，隐蔽地接近到敌人的后面，以绝其归路，以一个连在正面突击。"啪啪啪！"的机枪声中，正面的部队已经接近了敌人，"轰轰轰"的几声手榴弹，已打进了敌人新筑的工事里，一大群的白军连跑带嚷地惨败下去了。"杀！杀！""追呀！快追呀！"在紧张的二十分钟内，进行了一个胜利的战斗。可惜我们的正面冲锋太快了，后侧的包围还未到达，以致没有把他完全扑灭。在集合号音中，队伍又集结了，在队列中的战士们都哈哈大笑着："打得真痛快！""该死的白军，不经五分钟打！""可惜跑得太慢了，没有把他完全消灭！"为了执行原来之任务，队伍即掉转头来继续地向着腊子口前进。

将到黑朵附近时，我便衣队捉到敌之官探三名。审问结果，据说有敌一营在黑朵的前面埋伏在行进路的右侧，企图侧击我军。得到这一情报后，即以一个连伪装前进。一直接近了，那该死的白军仍看不清楚究竟是谁的部队。忽然一阵手榴弹声响了，乌鸦样的一营敌人，满地乱飞，所有一切的东西，都丢得干干净净。倒霉的鲁大昌，今天一天的工夫受了二次的当头棍了。我们打坍他后，仍跟着敌人继续追击，在追击中俘虏了敌十四师的副官、医生等二十余名。据说腊子口不远了，最多还有十五里。腊子口地形是天险，鲁师长（即鲁大昌，第十四师师长）早就筑有很多碉堡,并配有守备的兵力。此时我先头营已前进很久了,到午后四点钟,接近了腊子口附近,枪声越打越密,队列中的战士们,都叫着:"打枪的地方就是腊子口了,大家快跟上呀!""今天我们一定要占领这个腊子口呀!"全体的战士们,越打越有劲,情绪是紧张到了万分,一接近腊子口,仔细一看,这腊子口确是天险呀!鲁大昌依着这天险,用重兵扼守着,企图阻止我们野战军北进。鲁大昌以为这样天险腊子口的地形,又加上重兵三团的扼守,一定是高枕无忧了。

太阳西沉了,枪声仍在不断地密密地响着,我们即准备今晚进行夜袭。第一营的干部和师的首长等,开始去侦察地形和选择进攻点,另一方面即将全团的部队集结在后面的小森林里休息,与进行夜袭的准备工作。地形侦察的结果,与那俘虏来的副官长所说的是一样,腊子口的两边都是悬岩削壁,无路可通;周围都是崇山峻岭;中间一条三十余米远的小河,这是白龙江的主源,河水深(三米远以上)而流急,右边河岸是绝壁,河左岸有一条路直通岷州城。此路真讨厌,必须经过那长约三十米达的险要隘口。可恨的鲁大昌,在这险要处筑有无数的碉堡,三团的重兵扼守着(是鲁大昌十四师的第一、二、四团。第三团被我们沿途打坍了,只剩到一部分退进了腊子口)。鲁大昌为什么要费这大的力来扼守这腊子口呢?不错,这个腊子口是甘南和岷州的天然屏障,如果失了腊子口,那就直出甘南胁威岷州,他当然要用尽他一切精力来扼守的。这当然是不奇怪的。

夺取腊子口的决心在每个战士的心中都定下了。午后七点钟的前后,各连队在纷纷地讨论着"怎样坚决地夺取腊子口"。"用什么手段来完成上级给我们的任务"。活泼的阶级战士,都争先恐后地发表他们的各种意见,支部大会也开始了,每个党、团员都说:"我们是共产党的党员和共产主义的团员,今晚的战斗,我们不但要自己坚决勇敢,我们的任务还要领导全体的战士们,和我们都一样的坚决勇敢。""我们的坚决心,今晚无论如何要夺取腊子口,以战斗的胜利,来拥护党的中央决议。"政治指导员的政治鼓励,也在那里进行着,全体的战士都气愤愤地沸腾着满腔的热血,恨不得一口吞下当前的敌人。在九点钟的时候,我模范的一、二连担任沿右边的石山上爬到敌人侧后去猛袭,配合正面突击的任务。一、二连的战士们,都在一个一个地运动过右岸去了(水深不能徒涉),向那石壁爬上去,壁陡的石岩,怎么爬得上呢?英勇模范的二连连长,他不顾一切地攀上去了,但后面的都没得上去,二连长即把自己的绑带解下来,慢慢地把一个个吊上去。十二点钟的时候,我正面袭击的二十个英雄的战士(第六连的)在杨连长(信相)率领着向那险要的隘口进发了,个个都持着光亮的大刀和炸弹。不到五分钟,隆隆的炮声,密放着的枪声,轰轰烈烈的炸弹声,越打越激烈,烟弹炮火打得一塌糊涂,坚决果敢的二十个英雄在枪林弹雨中奋勇地连续冲锋五次,但因地形的险要,和得不到右侧后一、二连的配合,原来规定到齐了一个连,即打一枪白色信号枪;开始攻击时,打一枪红色信号枪,因那时才吊上去一个连,他就错把红色的打出来,结果使得正面与右侧的不能配合,因此五次都未奏效。时间不早了,很快就要天亮了，如果再延迟不占领，敌人的增援部队可能赶到（据捉敌探说鲁大昌之五、六团从岷州来增援），这时大家都很忧愁的，恐怕有误任务，不能完成的危险。偶然敌人右侧后炸弹连响了八九个，高山顶上第一连的冲锋号音，正在不断地吹着，大叫着"冲呀！快动作呀！"正面的英雄看到右侧的到了，也开始了第六次猛攻。在激烈的枪炮声中，双方配合着，杀进了天险腊子口的第一关。我宣传棚里的小同志们，热烈地唱"炮火连天响，战号频吹，决战今朝……开展胜利的进攻，消灭万恶的敌人"的战歌。追了不到二里路，敌人又依着第二个险要扼守着，企图掩护退却。此时右侧石山上敌人还有一个营，退却不及，被我截断。第五连的同志担任消灭该敌之任务，配合着第一连（头天晚上吊上去的第一连）向敌猛攻。在连续的冲锋中，把那可恨的敌人压到悬岩绝壁上缴了枪，大部的军官，跳到岩底下跌死了（因为他还不知道红军是优待白军俘虏官兵，他自己害怕起来）。英勇的一、五连大胜而回。扼守第二个险要的敌人，也在我第六连两次猛冲中和炮兵机关枪的正确的射击下，全部溃败了。我们胜利地全部占领了天险的腊子口，英雄的红色健儿，真是无坚不摧！

敌之残部约二团，即分向岷州惨败。我军以坚决猛追的手段，求得完全消灭击溃敌的决心。我一、二营虽未吃饭，不顾一切地跟着敌人猛追，追得敌人屁滚尿流。沿途丢的枪呀，子弹呀，炮弹呀，伤兵呀，白面粉等粮食呀，漂亮的军毯军衣呀，真是遍山满地。战士们都唤着："猛追呀！不让敌人跑了！"沿途的路旁,也写着红红绿绿的鼓动标语:"英勇的战士们快追呀!""我们今天决定追到岷州去!""不怕肚子饿,只怕敌人跑!"战士们越追越起劲,那溃败的敌人,仍然企图依靠大剌山的高山(有十里高,是岷州南面最后的屏障)掩护退却,以数门炮向我猛击。我军即分两路,绝其归路。敌看见部队运动,就恐慌起来了,掉转来不要命的就跑。我们仍然不放松地跟着追。该敌估计我军已经追了九十里路了,不会再追了,他就在大草滩休息起来。刚刚一停止,我追击部队赶到了,短兵相接的猛击,打得敌人乱跑乱嚷,死伤满地,东逃西散,惨败不堪。我军又占领了大草滩。此时天早已黑了。

榜罗镇

■ 定一

　　昨晚的通知，今天清早五点钟，开全支队连以上的干部会。所以挑选这样早的时间，是因为避免国民党飞机的轰炸。这些飞机总是九点钟以后在天空出现的。

　　蒙蒙的细雨，天还没有完全亮，一切都还是暗沉沉的，连稍远一点的房子都遮在阴暗的雾里，更不用说四围的天色。我们——支队政治部的干部们，在街上走，走到会场上去，通过鼓楼的下面时，有人把电筒打亮了，街上的许多房屋中露出灯光，住在那里的同志，大概已经起身，匆匆地到会场上去了。

　　"支队直属队的在那里集合！"

　　我们在一个小学的门口排起队来。司令部、供给部、电台等的同志们都来了。集合之后，我们走向会场去。

　　这是一个露天的空场，是晒麦的场子。四围围着矮的土墙，两个角上堆了两大堆麦草，两堆麦草的中间，放了一张桌子，几个小凳子，桌子前面就排着到会者的座位。这是一捆捆的麦草，以桌子做中心排成弧形。那末一条的弧形，就像半个水浪，向外开拓出去，直到矮墙为止。

　　一纵队（一军团）的同志们，已经先到了。坐得很整齐，占据了全会场的一边，正在吸着烟和谈笑着。

"你们过了时间。"他们之中有人向我们招呼。

"哪里？还差十分钟才是五点。"我们也有人回答。

于是，久不相见的朋友们，不，同志们，熟识的同志们，共同战胜了无数险山恶水雪山草地的同伴们，互相握手，敬礼，寒暄，直属队的同志们到处乱走乱坐起来。

"不行！不行！直属队的干部同志要守秩序！"

"坐到这边来，把那边让出来，给二纵队的同志们！"

这样的喊声维持了秩序，余下一部分同志仍在谈着。

"五团昨天打开了土围子，只几个迫击炮，土豪就投降了。"

"昨晚我们听到炮声，还以为有什么敌情。你们打土豪围子也不发个通知。"

"哈达铺到这里的部队情形怎样？减员多少？"

"给养是大大改善了，四团他们差不多天天会餐。"

……

很冷，风夹着雨，扑到人们的脸上，钻进袖口和领口里去。许多人露出瑟缩的模样，有些人都挺起胸膛，唱着歌。四周依然是苍茫一片。

二纵队的同志们，宿营在我们的后面，要走三四十里才得到。他们是半夜两点钟就集合出发，走过那极长的山脊——有七八里路，却很平坦，没有树木——因为雨滑，直到六点钟才到。

因为他们走在后面，给养上，没有走在前面的部队好。许多还穿着番人区域里来的"蛮子布"衣服。这种布是用羊毛织成的，不软熟，很粗，有白色的，有赭黄色的，有青灰色的，做成军装和大衣。纽扣是用铜元包着布做成的。有的还有"蛮子"领口，那是有红棕色卐字花纹的蛮子布。这种衣服，在今天恰是"当令"，因为透不进雨。还有些同志穿着用羊毛缝在布里的"棉衣"，脚上穿着用一块牛皮裁成的"草鞋"，这些都是经过番人区域的纪念品。

在会议上，支队政治委员毛泽东同志，司令员彭德怀同志，党的书记洛甫同志和副司令员林彪同志，都讲了话。好在飞机不能来，我们是尽有时间的。

"这样的会，是二次战争以来所没有开过的。……我们经过了番人区域，在那里是青稞麦子、番人、雪山、草地，我们受了自有红军以来从来未有的辛苦……我们突过了天险的腊子口，我们重新进入了汉人区域。我们渡过了渭河——姜太公钓鱼的地方……现在，同志们，我们要到陕、甘苏区去。我们要会合二十五、二十六、二十七军的弟兄们去。……陕、甘苏区是抗日的前线，我们要到抗日的前线上去！任何反革命不能阻止红军去抗日！……我们出了潘州城以来，已经过了两个关口——腊子口和渭河，现在还有一个关口，就是蒋介石、张学良在固原、平凉的一条封锁线。这将是我们长征的最后一个关口。……同志们！努力吧！为着民族，为着使中国人不做亡国奴，奋力向前！红军无坚不摧的力量，已经表示给全中国全世界的人们看了！让我们再来表示一次吧！同志们，要知道，固然，我们的人数比以前少了些，但是我们是中国革命的精华所萃，我们担负着革命中心力量的任务。从前如此，现在亦如此！我们自己知道如此，我们的朋友知道如此,我们的敌人也知道如此!……"

庄严的空气,团结一致的精神,笼罩着整个的会场,这个露天的,毫无装饰的,风和雨在飞舞着的会场。人人在谛听着领袖们的讲话,热血沸腾着,寒冷悄悄地逃走了。

于是演讲者说到我们部队中的"毛病",指出要整顿纪律,首先是军纪风纪。"我们在番人区域,因为没有油吃,每个同志都是成天觉得饥饿,成天在吃东西,坐了吃,睡了也吃,走路也吃,甚至上茅厕还在吃。脸上不是因为吃炒粉弄得满嘴白胡子,就是因为炒青稞麦,弄得满脸乌黑。这不过是一个例子,说明我们的纪律不好。现在环境不同了,要把纪律大大地整顿,要教育,要不怕麻烦,讲了一遍又一遍,要干部自己做起模范来!"

开完会的时候,已经是中午了。我们才回去,把早饭和中饭并在一餐吃了,二纵队政治部的同志们,受了我们的招待。吃饭的时候,我们谈着陕北苏区的事情。

贾拓夫同志,他是陕北的人,告诉了我们刘子丹同志过去的情形。我们那时仅在沿路取得的国民党报纸上知道一些陕北的事情。那边有二十六军,后来又有个二十七军。鄂、豫、皖来的二十五军像已与他们会合的样子。山西的阎锡山从大连受了日本帝国主义教训回来的时候,竭力提倡"防共",说陕北苏区的共产党如何的了不得,有"不用武力而日益扩大之势"。还有所谓"开辟队","由一村而开辟三村,三村开辟九村,九村开辟二十七村"。这些神话,也帮助我们了解一些北方的情形,至少土地革命成了北方民众的要求,已经没有人可以阻止它了。

"报告!"一个通讯员大声喊着。

他送来一个命令,我们军明天进驻通渭县城。这是我们进甘肃以来占领的第一个城市。

二纵队的同志们辞别了。我们也准备明天出发。

过单家集

■ 翰文

单家集在甘省的静宁县西南，是一个较大且富的市镇，约在四百以上居民，悉是回民。

一九三五年十月一开头，就在部队中进行着广泛深入的争取回民的宣传解释工作，最主要的是号召全体红色战士，尊重回民的风俗习惯和宗教信仰。全体红色战士们互相劝勉说："在回民前面不要说猪呵！""不要住清真寺呵！""我们明天到的单家集就是回民地区。"

五号的那一天，东方光露出鱼肚的白色，"嗒嘀嗒嗒嘀"起床号频吹着，我立时爬起。虽有刺骨的寒风，地面有狗牙式的冰霜，大家也不感觉寒冷。

未几就出发了。我等数人，受领回单家集群众进行宣传调查的任务，先行出发。刹那间便走了二三十里路，进入了纯粹回民的地区。夹道群众笑嘻嘻地提壶送水，迎面而来，向我们慰问说："同志们，今日走哪里来，辛苦了，喝开水。""你们是帮助穷汉谋利益的，喝点开水不要钱。""今年七月间红二十五军经过这里，同你们一样好。""我们是小教（即回教）。"我等一面走，一面谈："这一带回民群众，对红军的认识很好，受了红二十五军经过此地，纪律严明的洗礼，遵守纪律，是争取群众的一个重要前提。"一个同志这样说。

一步又一步上进三十里了，远远看见正前方房屋栉比，烟气接天，人山人海的群众，老的、少的、男的、女的，箪食壶浆的，提茶荷水的，拥挤成群，我们越走越近，越走越起劲，看见群众的热烈越兴奋，数里路的开阔地，俄顷就走到。我叫了一声："穆斯林（称呼回民的）吃了饭吧？你们这里是单家集吧？"群众破口大笑答道："是的。""我同你们来讲讲话。"观众蜂拥而来，注目倾听。我们说到借宿营地一事，众答："前几天就知道了，红军会经过敝地，我们自己洒扫恭候！"说到向他们采买粮食菜蔬的时候，咸称尽有尽卖。说到汉奸卖国贼马洪宝等对他们的欺骗压迫，更是怒发冲冠，巴不得红军把这些家伙一手生擒活捉，斩草除根。

我受一个年近耳顺的回民邀入他的家中。他家大小鹄立熟视，长者请我上炕，幼者捧水上来，真是如兄如弟的亲热、和蔼。看看他们衣食住地的清洁，确为普通居民中之罕见。没有面垢不盥、衣垢不洗的人。食物异常干净，用具条理有章。卖了两个馒头给我吃，津津乎有味。

大部队来了，满街塞巷的群众，"噼里啪啦"的爆竹声，"同志们辛苦了"的慰问声，"为回民谋利益，争取回民的解放"的回答声，连成一片。顿时间空气紧张，热闹喧天，为红军行入回民地区的热烈的第一遭，使最富阶级友爱的红色战士们，分外兴高采烈，喜跃欢呼，连一个"聋古"（即聋子）的运输员，都发笑不已，挑起担子走跑步。观众见之，莫不敬爱，称赞红军之和蔼友爱的。

我们的朱主任(瑞)特请来了两员穆斯林,身穿青衣衫,年近半百,嘴蓄挂胡须,头留尿牛松,体格粗壮,精神魁伟,能说汉语,更熟回文,态度敦睦,礼节隆重,与我朱主任谈的是共产党红军对回民的政治主张,以及回民的风俗习惯。因天将黄昏,这两员穆斯林,坚要回去,照常念经,不肯在部餐宿,遂欢送而返。虽近一小时之久,其结果却甚圆满。

转瞬间,过了一晚,部队继续北上。红色战士们,照老例将借来的东西物件(如木板等)均如数奉还,地也打扫清洁,进行热烈的道谢。大家又亲爱地分别了。

不识相
——吴起镇打骑兵

■ 莫休

胜利到达吴起镇

红一方面军在攻占腊子口后,继续北进,越过岷山。接着,继续北进,9月18日先头部队占领哈达铺,主力随后跟进,并在哈达铺地区进行了短暂的休整。

哈达铺是甘肃岷县南部(今属宕昌县)的一个镇子。哈达铺是回民聚居地,为认真贯彻党的民族政策,中革军委特颁发了《回民地区守则》。这个守则除了规定不得擅入清真寺,不得任意借用回民器皿、用具外,还规定不得在回民住家杀猪和吃猪肉。

9月22日,中共中央在哈达铺召开红一、红三军团以上干部大会。按中央政治局俄界会议决定,军委纵队和红一方面军主力整编为中国工农红军陕甘支队。

9月23日,陕甘支队遵照中共中央的指示,以一部兵力东进闾井镇,佯攻天水,以调动敌人向该地集中,主力乘机以急行军突然折向西北,摆脱敌重兵阻击,通过了敌武山、漳县间的封锁线,并在鸳鸯镇和山丹镇之间渡过渭河,于9月27

日到达通渭县的榜罗镇。

9月28日，中央政治局在榜罗镇召开常委会，根据在哈达铺从报纸上了解到的情况，决定放弃俄界会议确定的行动方针，率领陕甘支队迅速北上，同西北红军和红二十五军会合。陕甘支队随即召开干部大会，传达榜罗镇会议精神，部署与陕甘苏区红军会合。

10月2日，陕甘支队在静宁以西击溃敌人一部，控制西(安)兰(州)公路东西五公里。

10月3日，中央机关到达静宁县的界石铺。5日，到达隆德县的单家集，进抵六盘山麓。六盘山，位于宁夏南部甘肃东部，海拔2928米，由此向南，逶迤240余公里，为陕北和陇中高原界山，渭河和泾河分水岭。

10月5日至7日，陕甘支队越过六盘山，向环县方向疾进。然后，红军绕道环县、曲子镇，晓行夜宿，长驱东进。

10月19日，陕甘支队胜利到达陕甘根据地的吴起镇。

中共中央率领陕甘支队胜利到达陕甘苏区吴起镇，宣告历时一年，纵横福建、江西、广东、湖南、广西、贵州、云南、四川、西康、甘肃、陕西等11省，长驱二万五千里的长征胜利结束，完成了艰苦卓绝的战略转移任务。

红军通过了陕甘大道的会宁马路，便被自井冈山以来八九年未离开过红军的毛炳文第八师"欢送"着。大概因为红军是

中国人民救星的缘故吧,从它出生以来,便无时无刻不在国民党军队"欢送"或"欢迎"中:被蒋介石亲自指挥着八十万大军"欢送"出了江西;陈济棠总司令"欢迎"过了广东;何键主席又"食不下箸""眠不安枕"地"欢送"出了湖南;白崇禧将军也不辞"降贵",亲自"欢送"出广西;王家烈主席在被闹得将要下台过上海"瘾民"生活时,还不敢惮劳,来完成"欢送"出贵州的"礼节"。自然"欢送"渡过天险金沙江的"任务"是龙云主席战战兢兢地担当过了。坐拥"天府之国",享有"刘家天下"的刘湘主席又"欢送"红军出草地,出腊子口(川、甘交界处,在蛮山中,是所经数省唯一的险要地),这一"欢迎"和"欢送"的任务,又临到了甘肃的朱主任(绥靖主任)绍良和他的喽啰毛炳文来不辞辛苦奔波了。终于同红军周旋久了的毛师长识趣些,在他送过了固原当蒋介石苦心练出的自诩可与苏联骑兵媲美的骑兵第六师被回马枪杀得片甲不留时,毛师长也就知难而退,将"欢送"的任务交给了不识相的马鸿宾、马鸿逵等三四个骑兵团来负担了。

红军杀败了骑兵第六师,给了毛师长的"欢送"以不"客气"的回绝,通过了环县附近的何连湾后,每天又被那马家弟兄的数千个螳螂样的骑兵"欢送"着。因为红军一贯是那样的"小气","不赚钱不来",所以对这种"却之不恭"的"欢送"者,也就不愿伸出铁拳,给他们一个惨痛的"握别"。让他们每天在队尾奔跑着吃喝着,替我们作督队者,催促我们的落伍人员归队。这样"宾主不欢"的"欢送",一直连续了四五天,终于把红军"送到"了陕北抗日苏区的边境洛水起源的吴起镇。

但这些"螳螂兵"也太不"识趣"了，受到了红军的握手"辞谢"（下面交代）还不能看清眼色，自动地"抱头鼠窜"归去。不知是一定要领受红军的铁拳的"握别"，还是想到抗日苏区来参观？因此他们还是依恋着这些不是"亲爱"的客人，停留在门外徘徊"不忍"去。

十月二十日红军在吴起镇西侧列出了不大的队伍，并鸣一些"礼炮"作谢绝"欢送"的表示。这时候，已不是什么"不赚钱不来"的"小气"了，也不是怕什么"螳臂挡车"的顾忌，只是觉得这些疲"螳螂"没有捕捉的必要，让他们去奔捕一些"秋蝉"吧。所以只作了这一点挥手的"不敬"的回示，然而这还不足以警告那些"螳螂"们，他们还在那里"摇旗呐喊"地要"捉朱、毛！"

昨天未打成，这对于长征英雄们是多么不高兴。"到家了，为什么不带点礼物送给闻名不识面的陕北弟兄们呢？……虽然这不是什么大礼物。"因为这种不敬的"欢送"，因为这种想"显身手"的雄心，每个人都在晃动着铁拳，生怕这一群远来的"送客"等不到明天的"握别"，便趁夜"溜之大吉了"。

因为没有必要的任务，所以昨天我只在十二大队阵地后山脚下"观战"。见到那些蚂蚁样的人马，从冲天的烟尘中爬上了山，又竹竿下的鸭群样卷下去，自然我也是心头痒痒的。今天一早，我便讨得了小小的任务，映着露营失眠的倦眼，拖着行过二万里的酸腿，在没有路形中，手攀着松弛的沙土草根，流汗喘息，爬上了二道川的高山。山上的鞍部，坐满了已枯坐终夜的红色英雄们，没有饥冻疲乏，大家只是喑哑地亢奋地抚摩揩拭那黑沉沉的"汉阳造""三八式"和"马克沁"，在静寂微芒的秋气里，可以看出每个人的"冲锋不落后"的那颗心在跳动振荡，冲激起了他们的不安和焦灼。

这是多么不便作战的北国山峰啊！剃得精光的和尚头样的山顶，尽目力所及，数十里数不出上十株的独立树，没有巴掌大块的青色，冬耕农作物针样的几根麦苗，也衔在黄土的牙缝里，露不出头。浓厚的秋云，像是送捷报的快马样奔驰着。天是哭丧着脸，这是预兆那些"螳螂"们"快升乐土"吧！

怕惹起尘土的飞扬，过早暴露目标，我们蹑手蹑脚地再爬上前进二百米的一个"和尚"头。啊！图画展开了：右前方头道川北岸山脊上，马是成群地散缰无笼头地悠闲地啃啮地下的枯草根，人是七横八竖地躺着，淡淡地浮起一些烟雾，不知是烤火抽烟卷或是"过瘾"。正前面较远处山头拱抱着一块平地，依照面积的估计，不下千余人在那隐约蠕动，但目力已不能全辨清那是骑兵或步兵。左前方的目标更近些，但受了一个较高的山头屏障着，看不出全部；只从间隙处，瞧出几个人在那里踱步巡哨。

这些传给鞍部坐着的那些人群时，沉闷打开了，大小尖圆的脸上，一致地敷上快乐的容光，有些跑出了行列，探头探脑的，似在选择哪匹马哪杆枪应该他缴的。事情是突然地变了，左前方那棵独立树边飙起一阵尘雾，间隙处露出了更多的人和马，匆忙着上骑，挥动着马枪或者指挥刀，攒来攒去的。独立树下的山坡上，蠕动着灰暗的人影，一个两个，接着便是数不清的一大串，鱼贯着奔向敌人退路的那棵独立树。那种敏捷迅速沉着，谁都可以猜想出那是我们的迂回部队。

没有枪声，大地一切仍是死寂的平稳的，只是人影更多的更逼近那棵最高点的独立树下。"快啊！快啊！"我们急躁地狂吼，想把它借着气流的传达，送给那些正在接敌冲锋的红色英雄们。

"嗒……嗒……嗒"，轻机关枪耐不住发吼了，随着便是织成一片分不清的步枪声，喊杀声，很快地左翼首先进入了冲锋。

右翼山上躺卧的人，悠闲啃草根的马，也不那样安闲了，被枪声惊得仓皇失措了。我们右翼队指挥阵地上送出了"嘀嘀嗒嗒嘀嘀嘀"的冲锋号音，一群群的黑影拥上去。那些刚才还"太平无事"的人们，骑上了马的，便马上加鞭飞跑了，来不及骑马的，只好作"马下将军"，练习着三千米的赛跑！不到二十分钟，虽然那边山顶山腰山脚还三三两两地存留一些马，仍在那里啃草根，但是主人显然是另换一批了。

中路钳制队的红色英雄们，清楚地看到枪被别人揣起，马被别人骑上，眼珠凸出了，不能再忍耐下去。失去了统率，失去了指挥，失去了队形，从山顶、从山腹、从断绝地，从一切的地面上扑下去。

虽然骑兵跑得快，但在重绵叠叠的山峰上，必然会受限制的，人伤了，马丢下，马伤了，人赛跑，跑不脱，高高地平直举起手，要求来者的慈仁与宽大。此时当然是"急不择路"了，快，取直线，不管什么峻坂斜坡、水坑、断绝地，冲下去，人仰马翻，像手榴弹轰炸样，飙起浓重的尘雾，腿断了，头破了，脚跛了，压在马的下面了。能够挣扎起来的还是跑(因他们是同红军初次作战,不了解红军对俘虏的待遇)……跑……跑……跑,一口气跑了五十里,当然这只是留在第二阵地的,拔腿快的三分之二的人们,也就是"识相"还不迟的那些人。

　　这一铁拳的挥动,终于辞退了苦苦"欢送"的四团骑兵。当着残存的三分之二的人们正惊恐喘急,马上加鞭的奔跑中,我们长征二万里的红色英雄们,从数十里的山头上,集中收兵。暮色冥茫中,浮起了毫不疲乏的,轻快得意的歌声。

4/4

```
3  1 2  3  1 2 | 3  5  3 · 0 | 3  1 2  3  5 | 3 2  1 3  2 · 0 |
敌 人 的 骑 兵   不 须  怕      沉 着   敏 捷   来 打   他

2  6 1  2  6 1 | 2  2  2 · 0 | 5  3 2  1 2 3 2 | 1  1  1 · 0 |
目 标 又 大 又    好  打      排 子 枪 快 放     一 齐 杀

5 6 · 1  1  1 | 6 1  2  2  2 | 3 6  5 5  5 · 0 | 3  1 2  3  1 2 |
我 们 瞄 准 他   我 们 打 坍 他   我 们 消 灭 他   我 们 是 无 敌

3  5  3 · 0 | 3  1 2  3  5 | 3 2  1 3  2 · 0 | 2  6 1  2  6 1 |
铁 红 军      打 坍 了 敌 人   百 万 兵      努 力 再 学

2  2  2 · 0 | 5  3 2  1 2 3 2 | 1  1  1 · 0 ‖
打 骑 兵      我 们 百 战   要 百 胜
```

长征中走在最后头的一个师

■ 周碧泉

英勇善战，无敌不破的五军团十三师，他在长征开始就担任了军委所给他从来不会有人想象到的，艰苦困难环境中的掩护任务。不怕任何困难的十三师，他自接受了掩护野战军安全前进的后卫掩护在务，他就以沉着应战的战斗动作进入战场，接二连三地用顽强抗战的精神，把那绝对多我十倍的周浑元、吴奇伟、薛岳三个纵队一共九个师，再加上湘桂各省军阀的各部堵截部队，在行进道路的战场上，节节抗战与回击，给了敌人不应该有的与他不会估计到的绝大伤亡和损失。

紧张战斗的恶劣环境中一天一夜渡过湘江

还离湘江一百多里路的文市，那一天上午就与尾追敌人，和桂系军阀进行猛烈战斗，同时周、薛、吴纵队又赶到，加上七架飞机的联合作战，无敌不破的十三师，为了完成掩护主力渡过湘江的任务，就在一面包围的环境中，与陆空炮配合作战的敌人战斗一天，以沉着应战的精神，毫不动摇地给了敌人严重打击，使他整天无法前进半步。到了太阳快落山的下午六时，才开始从不必再要继续战斗的战场上，俟次撤退下来。

正因为这一战斗是突然的遭遇战，是以前进的行军队形首先与截击敌人作战的，以致全师的给养在后面被遮断，因此先从战场上撤退下来的红色英雄，由劳苦转入饥饿与困难的环境，在一个有效的政治鼓动下面，不怕饥饿与困难的十三师，以急行军一夜跑了一百多里路，安全的渡过了湘江，使得尾追的敌人三天三夜都赶不上来。因此就在紧张战斗的恶劣环境中，一天一夜，这样与尾追敌人开始作了第一个初步的告别。

急跑苦饿的一天两夜，爬过了很少有人走的老山界

刚刚与很难渡过的湘江告别以后，又碰到一个恶劣的环境，就是过老山界。因为桂系军阀由南向北追击，情况万分紧张，沿途房屋和粮食全被敌探烧光，使后头的十三师在一天两夜完全断了粮食，因此就在紧张与饥饿的一天两夜中爬过了天然危险的老山界，这就证明能够战胜天然困难的只有红军。

辛辛苦苦过苗山

如果没有走过苗山的人，他总不会晓得苗山的苦，刚刚脱离了广西与湘南的紧急环境，又进到了我们不会估计到要走的苗山。

几天几夜的行军，沿途找不到一个我们想找到的老百姓，如果你想买点东西，那真是有钱无市。辛辛苦苦地跑了几天几夜，

只是一些密林腐草与怪石。

　　跟不上队伍的徒手病员碰到有几个言语完全不懂的苗人，有时也要拼个你死我活。如果大队伍一到，他们就逃之夭夭，不见人影。另外一个前面部队不会感到的困难，便是与粮食困难作斗争。因为苗人的思想简单，害怕汉人，特别是在国民党军阀的残杀和压迫之下，怕军队人的心理更加厉害，因此军队一到，苗人总是跑得精光，前面部队把粮食什么都吃光了。在这样的一个环境中，也就无法使善于行军作战的红军，不得不要放下枪弹，来在宿营地用门板手掌被毯和砖头来磨出红军需要吃的米，不然就要叫你饿肚子。在这样的情形下面，每一个人都要兼职去做长夫、伙夫的艰苦工作。所以每一个走在最后头的十三师全体军人都尝过了苗山的苦味。

长征中的红五军团

■ 黄镇

　　空前伟大的宁都兵暴产生了红五军团。

　　一九三一年十二月十四日的深夜,在充满了黑暗、沉寂的宁都县的城里城外,忽然翻天覆地地动起来了:枪声,吓坏人的口令声,大街小巷,一队队一阵阵忽快忽慢的脚步声。

　　天光了,呵!原来是在共产党领导之下,蒋介石依靠来进攻苏区和红军的主力之一,孙连仲所指挥的两万多人的二十六路军全部暴动了!把宁都城上的国民党的旗帜撕得粉碎,高高地举起了灿烂鲜红的锤镰旗。

　　今天宁都城里城外的一切,都有了生气,好像都在那里发笑。过去天天苦着脸的人们,不管是工人贫民,城郊的农民……今天都大不同了,一堆一堆的男女老少挤满了大街两边,城门口,大桥头。真奇怪极了,偌大的宁都城,过去几个月总是看不到几个人,怎么一下来了这些!人人欢天喜地地,有说有笑地,很亲爱地叫着:"同志,你们当了红军了,真是光荣极了哪。"

　　在前面另外又站了一大堆,穿着长袍马褂子的老爷少爷,和红绸绿缎子的太太小姐,不,是昨夜城里的老百姓和我们捉起来的,他们是宁都广大劳苦群众的眼中钉,是地主豪绅反动和官僚,现任和前任的宁都知县,都在里面。

在我们伟大的领袖赵博生、董振堂率领下，红五军团向着我们苏维埃的中心区域胜利地前进了。沿途无数的人民，一致表示热烈的欢迎和希望，希望着我们拿着我们手中的刺刀、枪炮，为着他们的利益，为苏维埃的新中国奋斗，奋斗，奋斗到底！

在共产党正确的领导之下，红五军团是在不断地向着铁的红军道路上猛进，虽然发生了个别反革命分子阴谋叛变，但结果仅仅是造就了他们自己深重的罪孽，不但没有丝毫影响红五军团的巩固，相反地使红五军团在共产党绝对的领导之下，更加百倍地团结。

在长期的艰苦奋斗中，他是继续不断地增加他的光荣不可丝毫磨灭的战绩。这首先表现在暴动后不到三个月赣州城边的战斗，我红十三军之一部一齐手拿雪白的马刀，赤着脖子，怒吼如猛虎一般冲入了罗卓英师的阵里，横冲直撞，切菜削瓜一样，杀得敌人屁滚尿流，横尸遍野，狼狈逃入赣州城。

一九三二年六月广东水口血战三昼夜，打坍陈济棠精兵十八个团，造成了北上的优越条件，更加表现出了他无上的英勇。

一九三三年一个月内东黄陂两仗，消灭蒋介石主力的主力五十九、五十二、十一师，活捉了五十九师师长陈时骥，打死五十二师师长李明，打伤十一师师长萧乾，彻底粉碎了蒋介石的四次"围剿"，起了极伟大的作用。

抚州的长员庙一仗，我以两团之众与蒋介石的精锐陈诚的十四师六个团肉搏竟日，敌人虽然几次集合官长冲锋，但终于被我们打坍了,最有力地配合了我三军团在枫山铺消灭了吴奇伟的铁军(?)和孙连仲的残部两团以上,吴奇伟的铁军(?)在我们铁锤面前,也只好变成豆腐军。

光荣的战绩太多了,这只是伟大的长征前主要的一部分哩!

艰苦奋斗的五军团

■ 李雪山

中央红军自江西出发长征,一开始,五军团就担负着后卫掩护全军的伟大任务!

老是在后面走

队伍太庞大了,前面的几个纵队,总是走不快,老百姓说:"过了七天七夜了,还没有过完。"但每天五军团总是在后面一步一步地由出发地挨到宿营地。

打着火把夜行军

为着避免敌机的侦察与轰炸,每天要夜行军,但漆黑似的夜里,高低不平的山路,只有打着火把,才能走路。五军团差不多每天是这样。

大路上宿营

夜晚前面稍微有一点障碍,全部队伍就走不动了,大家坐在大路上,把身体斜在山旁,就这样的,好像很甜蜜地睡着了。前面走了,大家揉揉眼睛再行!

打二次土豪

前面的部队已经把土豪打完了,土豪家中,尚留着肉和饭的残余,五军团就再打第二次土豪,捡残余的东西吃。

差不多天天和敌人开火

当后卫不是碰到截击的部队来到,就是追击的部队赶上了。几乎天天都要和敌人打仗,给敌人以铁拳的回击,来迟止敌人和掩护全军的行进!

在这样的艰苦疲劳急行军饿肚子的状态中,但阶级的红色战士,终是能忍受克服过去,每次都能完成他的战斗任务!

长征中卫生教育和医疗工作

■李治

一、卫生学校的教育

（一）我们在中央苏区开办的卫生学校，学生有七百多名，分为军医班、调剂班、保健班和预科班等。还有一个完备的附属医院、图书室、模型室，标本室、动物实验室、解剖室、细菌检查室和培养室，又有化学室及瓦斯预防研究室等，供学生实习之用。

军医班由一期至五期，调剂班由一期至四期，保健班有三期，看护班有七期，总共有七百多名，在中央苏区早已分配了工作，无用多说。因革命的发展，红军的扩大，所以卫生人员亦要多。在最短时间，造出了大批卫生人员，由各方面来考查，其成绩都不差。

迫至反攻之时，只剩下了二个军医班（六、七期）和一个预科（八期），足足有二百多名学生，一律军事化，随着我们长征，随着我们部队向前进。并包含了担架队、运输队、救护队、教育队和休养所，我们的红旗飘摇着空中，耀武扬威地南征北伐。

我们学生和教员在路途中克服了一切困难，日夜行军百余里。在休息时，利用短时间，教授各种科学给学生听。行路时，将药物学编成了各种各样的有趣味的歌曲给学生唱或是口号。到了宿营地,个个洗脚、洗澡,或在森林中睡眠,吸收新鲜空气,消除疲劳。每个学生带着许多的书籍,日间行军在途中上课,夜间行军在室中或森林中上课。

到贵州时,因急行军,遂将学生分配到各军团医院实习。

(二)遵义城的卫生学校开课

遵义是贵州大城市之一,当我们到了该城的时候,城内的群众,成山成海地来欢迎我们红军,满城贴着标语。我们学生就在城内省立第二中学校宿营,第二天即电致前方各军团,调卫生人员,准备开学。约数天内,先后到了二百余人,书籍都齐备,排好了课目表,分各班上课。教育主任王斌,教员李治、孙仪之、俞翰西、胡广仁等,大家努力地教授。在学生方面,没有一个不积极的学习,同时学生间优秀者帮助落后的,不仅医学文化进步很快,而政治教育亦是一样。各种科目择其要紧者和日常最易传染的疾病,为教育中心,所以在短时间,能创造了实用的红色医生,配合了革命的发展。因此我们不管寒天暑日那样的天气,克服了客观上的一切困难,随时随地进行教育。

二、在长征中各个时期的医疗和卫生工作

(一)我们自从土城出发以后,成立一个干部休养连,凡是连长以上的伤病员,都在这个休养连休养,此外还有三个休养连,专收容普通的伤病员。

在这一次的长征中,经过二万五千里的路程,跋涉了天险的山川,在这一个长时期中,医疗卫生工作得到良好效果,差不多百分之九十的健康归队。

(二)夜行军的医疗工作

我们医务人员和看护员等,在出发之前,早准备了外科的卫生材料,看护员上好了药,医生看好了病,发给内服的药。及出发时,每一个休养员随带一个招护员,便于夜间关照,凡有重的伤病员,则医生随之治疗,以免不测。

(三)日间行军的医疗工作

在日间行军时,先派二个看护员,在途中烧开水或稀饭,利用大休息的时间,即为休养员上药看病。没有大休息时,到宿营地上药看病。

在药品一方面,一概用西药,应用的内外科药品及注射、针水,都有相当的准备。在看护一方面,可分为上药班、招护班、消毒班及司药生等。凡是小手术,医生常在临休时,随时行切开,或取骨片或取子弹,有骨折的,多用副木或固定绷带。

(四)途中寄在群众家里的重伤病员

我们在贵州时,常收容很重的伤病员,在急行军当中,往往担架夫不够,或因肠胃传染病,不便于行动者,而有几个寄在劳苦群众家里休养,并给他的休养费、伙食费及内外药品。以后由群众家里休养痊愈,归队者亦不少。

(五)第二次到遵义时,外科手术

当我们第二次到遵义时,住在一个广大洋房内,收容了娄山关(贵州通重庆的一个险要的关口)战争的重伤员(干部),其中有大腿复杂骨折者,有成盲贯子弹未出者。我们在二天以内,将骨折者行离断手术,盲贯铳创者,行切开取子弹,预后个个佳良,没有一个发生意外的危险。

(六)休养连于黄昏时,遇到飞机

我们休养连都是干部,大多数有马匹和担架,好似一个骑兵连的样子,从来对于飞机的隐蔽是很注意。不料有一天到了一个小地方,刚是下午六点钟的时光,大家估计没有飞机捣蛋了,连长的口令一下,马呀,担架呀,都在那小的村庄前半里许的开阔地,大大休息起来,谈谈笑话。忽然如蚊子叫的嗡嗡声由山背传来,大家举目一望,飞机就到我们的头上了,炸弹、机关枪。在我们周围打得一塌糊涂,我们又无森林遮蔽,遭受一部的损伤,死四人(看护员、特务员等),重伤三人。这种损伤,就是万恶的汉奸卖国贼的毒辣手段,亦是我们自己忽视了的错误。

当时的救护:伤及头部和心脏部者,早已不及救了。重伤者,当时注射止血针和强心针,在创口部敷上升汞纱布或碘酒纱布,个个都救活起来,而且治愈了。

(七)夹金山高原的气候

我曾经记得过夹金山(在懋功附近)的时候,刚刚是六月间,未至山顶,忽然一阵大风括来,雨雪交加,俄然又停止,云雾飞扬,弥漫于山顶上。一般同志尚未步及山顶,呼吸增加,成喘息状态,颜容苍白,行路困难,有颠倒不能起者。究其原因,并不是寒冷所致,实乃高原空气薄弱,气压太低的关系。因我们平常久居于低的地方,而气体很浓厚,气压亦高,不觉得有何变化。现在忽行在气体薄弱的高原之地,而体内与体外的空气,分压高低不同,即我们体内的浓厚的氧和氮要与体外的稀薄氧和氮平均起来,而我们即感觉空气不足,发生高山病。体力虚弱者,亦有死亡的。

(八)过雪山的救护

我们到四川的西北部,除过夹金山高原外,还过了两座大雪山,时在六七月中间,雪积数尺,寒冷冽冽,人马难行,此雪山虽不及夹金山地势那样高,而空气仍是很稀薄。我们在未过雪山以前,怎样来救护,免得冻死或发生高山病,我们预先有一个准备:

1.多穿衣服;

2.饱吃食物;

3.运输员的担子减轻;

4.每人要带强心药数包,及济众水一小瓶;

5.过雪山时,不可中途过久休息及睡眠;

6.此外医生和看护员在休养员后面救护;

7.对于体力虚弱者,骑马或坐担架。

以上各点,在未过雪山之前,则与休养员和工作人员准备,所以我们休养连的同志,均未受到天然的危险,个个很安全通过此山。

(九)"蛮子"区域的治疗和给养

A.卓克基的治疗

我们到了卓克基时,有三个休养连。干部休养连驻于土司营房内("蛮子"的官署),普通休养连驻于喇嘛庙内,整个有四百多名伤病员,共休养了八九天。在这几天内,我们计划治疗和卫生的突击工作:

1.病和伤的分类,对于伤和病分班休养,凡有传染病的,另外隔离休养,呼吸气的传染病和消化器的传染病,又分开隔处,免得蔓延;

2.医生治疗,要诊断确实,每天往病房内问病人两三次;

3.外科材料,要严密消毒;

4.医生观察看护上药要细心;

5.每天室外打扫一次,室内二次;

6.病房内经常有开水吃,病人服药,由内科看护授予,大小便和洗衣服绷带之类,由招护员负责;

7.给养问题,每天吃三顿面馍,菜蔬少许。

以上各节都照执行了,所以重伤病减轻,轻的出院归队,计算有百分之三十治愈归队,至第九天准备出发前进。

B.过草地的治疗和准备

四川西北部,完全是"蛮人"的区域,即所谓"不毛之地"。自毛儿盖至巴西之间,有一大块著名之草地,周围有千余里,由毛儿盖至巴西的一段,有四百多里,这块草地,无半片茅屋,只见飞扬的烟云和那一些二尺长的青草,到处是污水横流,又无禽兽之声和半里长的干路。一片汪洋,目无举际。但地面虽平,而地势却很高,气候亦寒冷,六七月穿毛衣,人一见心寒。

这样的天险之地,我们负伤的病员怎样才可以经过,我们不得不首先来一个准备。

1.粮食的准备。时在七八月之间,麦子方成熟,全体动员,去割麦打麦,除重伤病员外,无一不去。约一周间,就准备了十天的炒面和少量牛肉干及乳酪。

2.医疗工作的准备。卫生材料在毛儿盖已经准备了,如"雷佛奴"纱布,"二百二"纱布,及碘黄纱布等,一律消毒干燥,贮藏于大口瓶内。对于探针镊子及棉花等,一概用石炭酸水消毒,保存于瓶子内,以便临时应用。

3.衣服的准备。因为个个同志都知道草地很寒冷,而且没有燃料(无一棵树只有青草),要一周时光才能经过这块草地而到巴西,因此每一个同志都做好羊毛衣,同时干粮能够十天之用,那么打破这天险的草地,就没有什么问题了。

4.草地行军的救护。草地到处是污水和腐草,还有许多二三尺深的泥壑,表面现出着青草,稍不注意,往往踏于泥坑中,全身淋漓,恶寒战栗,或呈冻死的形状,多么危险!此时卫生员的救护是怎样呢?即时将他的湿衣服解下,穿干的毛衣,同时全身行干摩擦,给以强心药内服,或注射强心针。

又体力虚弱者,不叫他背东西,随带看护,在后面招护。有许多地方,马亦不能骑,都用竹竿木棍,探察路径之深浅,不陷于泥淖中。

亦有因身体十分虚弱,而营养不良者,牺牲于草地中。这都是没有救护员,或单独掉队在后面,无人招呼的原因。

5.草地露营的治疗。我们休养连每日行军五六十里,到了宿营地,即选察高处草地,或无水之丘陵露营。大家架起围帐幕布,遮蔽风雨,看护员、特务员、招护员等,便去找一些枯枝腐草来烧开水,冲冲干粮,或做面糊来充饥。一方面准备外科卫生材料,餐后各招护员及特务员,点起蜡烛火来,给看护员上药,医生上重伤。全体上完了药,医生再为病员看病、处方、发药。事毕,各自睡眠,不作长久谈话,妨碍睡眠。

长征中的女英雄

■ 必武

　　十三个月的时光,在不断地战胜敌人五百余次的堵截、追击、侧击袭击战斗中,步行二万五千里,踏遍了大半个中国,历尽了无数的艰难险阻,这是英勇无畏的红军的创作,已为全世界人所惊叹为空前的奇迹了。我现在要说的是长征中的女英雄。

　　在中央苏区出发时,原调有三十多个女干部,最大一部分是送总卫生部,几个有病的养病,四个有身孕的在那里休养,做工作的约二十人。卫生部检查了这部分做工作的女同志们的体格,认为不适合于远征条件的留下了五个人,那时候被留下的五个女同志是多么的不高兴啊(后来有两个仍跟随别部分到了陕甘,毫无问题)!移到麻地(距卫生部原驻地六十里),整备行装时,有四个女同志"打摆子",江西称疟疾,也被留下了。她们一个一个的都哭着脸,要同我们一块儿走。实际上她们病了走不动,又没有担架,结果,就违反了她们的愿望。真正随军出发的还不到三十个女子。

　　长征中,只卫生部一个蔡医生的老婆掉了队,她不是调出来做工作的,调出来做工作的妇女,没有一个掉队的。

　　病得很厉害的女同志,在长途中锻炼了一下,转而健康起来了。四个怀孕的女同志,都是在旅寓中生产。产后一晚半日就要行动,应有的休养和调理是得不到的。特别一个女同志在"蛮子区"下打鼓生小孩,那时连青稞麦她也不够吃,偶然分得一点羊肉,此外是没有什么营养可说了。产后将息了几天,经过草地,她也平安地到达瓦窑堡。

值得称述的,还是那些工作们的女同志,她们到卫生部是担任照料担架夫和看护病员的工作,初出发时差不多有六十副担架,途中一个人要管理三四副,这是异常艰苦的工作,那完全是夜行军,又不准点火把,若遇天雨路滑,担架更走不动。担架夫的步伐是不会整齐的,体力不一样,没有抬惯,前后两人换肩走路都不合拍,对革命认识的程度不是一致,有时在路上临时请来的。照料担架夫的女同志跟着担架走,跟得着前面一副,又怕后面的掉队,跟着后一副,前面又没有人照管。休息时候要防着夫子开小差,夫子可以打盹,她们都不敢眨眼。特别是每晚快到天亮的时候,担架夫的身体疲乏了总想打瞌睡,宿营地还隔若干里,前后队伍都推着赶快走,这时她们就在几副担架的前后跑,督促和安慰,劝说和鼓励,用一切法子,来推动担架夫往前走。有几次担架夫把担架从肩上放下来,躺在地下不动,无论如何都不肯走,她们体力健强的,就只好代担架夫扛肩。这样干的有四个女同志,她们是怎样地不怕困难,怎样地去完成她们所负的任务,是许多男子所望尘莫及的!

做工作的女同志,绝大多数是自背行李,包裹一卸,马上又要去做群众工作,这些都和男子一样。有两个女同志真是步行二万五千里,连一下子马也没有骑过。也有一个女同志,在长途行军中骑过了十三匹骡马,到"蛮子"区时,她的最后的一匹马也滚到山沟里去无影无迹,她还没有骑到目的地呢! 其实她这个人,身体最结实,有马也骑得很少,扛担架,扶病人,在紧急时,把病人背上山去,她都出过异常的力!

长征中的医院

■ 徐特立

一、医院中有儿童、妇女、老头、病员、伤员,有五种特殊的分子,我就是其中之一。首先就说到儿童。医院的看护,大部分是儿童,其中有些青年,数量少数。

我们行军大部分是强行军,医院也是一样。每日到达宿营地,看护马上就把自己的包袱、干粮袋、雨伞,向地上一丢,或迅速地挂在壁上,飞跑地去找门板,找禾草,替伤病员开铺,恐怕慢了一点,门板被别人搬去没有了。看护虽然是儿童,他们的脚特别长,跑步特别快,因为迟慢了工作,就要遭失败。眼睛也特别锐敏,将到宿营地,眼睛四射,路上经过的禾草门板,一根一块,都反映在他们的眼睛中。自此,他们养成一种特别的注意力。

铺开好了,伤病员可以减少痛苦了。但是伤病员还要喝水呀,洗脚呀,上药的工具消毒呀,换药呀。快跑快跑,找柴火去吧!找水去吧!哪里有桶呢?那里有锅子呢?医院中两三连伤病员,用的东西哪里去找呢?快跑吧!捷足先得。炊事员叫着:"开饭呵!"看护又仓忙起来,又叫喊起来,赶快洗,赶快洗!要争洗脚的盆子打菜去!以上这些就是儿童们的宿营忙。

准备出发了,捆禾草送还原地,把门板送回原处上好,借的东西一概送还,打烂了的东西照价赔钱。一切准备好了,出发吧！还没有,昨天的绷带一大捆还没有洗,怎样办呢？在路上休息时去洗吧！洗好了,背在背上,或挂在伞把上去晒,好好地留意,宿营的时候要用呀！

"小同志呵！前面部队走不通,你们去找河沟洗脚洗脸洗绷带,看护员你另派二三人烧水,昨天还有几个伤员没有换药呢?"医生叫着。

"前途部队走不通,因为桥断了,还没有修好,还有两点钟休息,你们洗好了东西,上好了药,就来上课。"指导员叫着。

以上这些是看护员在行军中的工作,特别情况下的工作还不在内,如路上发生急症,担架发生问题,另有临时工作,至于背干粮背米,也是经常的工作。

二、妇女的生活及工作:

出发时组织了一个工作团,其中有二十个妇女两个老头。一个老头五十岁,当该团的主任,一个六十岁当副主任。我就是副主任,还有一个老头五十六岁,中途来的。二十个妇女都是干部,都是党校的学生,都是劳动妇女,都是步行二万五千里,并沿途做工作,从江西到陕北,没有一个掉队的。三个老头也一样,达到了目的地。

先把妇女的工作,可记录者写几件:

他们的工作主要是:沿途雇担架夫子,进行夫子及伤病员教育和关照工作。但雇夫子不够时,自己也曾当过夫子。出发时担架总在后面等候夫子,常常部队出发了两三小时,担架才开始行动。担架很笨重,常赶不上部队,有时天雨路滑,夫子跌倒,尤其是上高山,过急水,转急弯,常发生意外危险。这些困难,招夫担架的妇女,首先遇着,但她们总由自己解决了,举出一些实际例子如下:

出发了。还有三个担架没有夫子。怎样办呢?"主任有一个马,连长也有一个马,拿来给病稍轻的几个同志骑,还有一个担架,一面由刘彩香同志沿路去找夫子,我和邓六金同志暂时来担着。"危秀英说:"不对!危秀英矮小,邓六金高大,一高一矮不好抬,我来吧!我和六金一样高。"王金玉说。秀英就在后面押担架,六金和金玉就自己做起夫子来。这并不是经常的,但两万五千里有过几次。

部队是照路前进,那雇夫子的妇女同志,总是从路的两旁到群众家里去宣传鼓动。因此部队行五十里,她们就走了六十里或六十五里。在二万五千里中,她们就有二万五千五百里,或二万六千里了。

前面高山来了,李伯钊就带几个女同志和儿童,首先登山,在山上唱歌,喊口号,使所有的夫子及伤病员,都愉快地翻过这高山。李伯钊是苏区艺术中明星之一。她的歌曲,大部分是苏联学来的,十分雄壮。同时她也会唱小调,很艺术的革命小调,又十分优美。歌声一起,大家都忘却了疲倦,齐齐呼:"好呵!再来一个!"这也是经常的事。天黑了,全体部队到了宿营地,担架还掉在后面,妇女同志在担架后面跟随着。

三、老头,我是老头之一,就把我的行动为例写一下:

这次长征,我的精神上是愉快的,因为愉快,就克服了一切困难。为什么愉快，以后再说，先说困难。

夜行军的困难：我们有几十个担架，有二三十匹马，有几十个药箱子，集中起来，目标很大，行动很慢，飞机来了，就没有办法。跑吧！担架笨重，隐蔽吧，浅草灌木，不能掩蔽。因此，夜行军就成了经常的行动。

"天雨路滑黑暗，前头部队走不通，我们两人就在这小屋里宿营吧！明天早起赶部队，过茅台河。"××同志叫我，我却不赞成。我们虽然是老头，自由脱离队伍，是不对的。我还是随队伍去，从十二点钟走到天明，整整走了六个钟头，回头一看，小屋子还在旁边。××同志早起从屋子里走出来，我还看得清清楚楚，因为每小时只走几步或几十步，或站一两个钟头不移动。

当过大渡河前两日，经过"蛮子区域"，一日行一百四十里，天黑下雨。马夫不走，自己牵马，用一手拿着缰绳及雨伞，另一手拿着一根竹棍，在路上拨来拨去，作黑暗中的向导。经过悬崖，马不前进，用力拉，马骤然向前一冲，我就随着马的前足仆下了。伞呢？跌成两块，马上的被毯鞍子均落在地上。悬崖下河流澎澎，危险声在耳边鼓敲着。部队走了，掉了队怎样办呢？还有多少路宿营呢？不知道。从容不必着急，前面没有部队阻我，后面也没有人。我把马鞍上了，捆好被毯与被子，再向前进。足足走了一百四十里，在上干队指挥科宿营，房子小，不能坐或睡，站了几点钟，天明了前进，找自己的部队吧！天明路好走，马夫也赶上来了，替我牵马，走了五里，他不愿走，停止了，没办法，他五十，我六十，他比我更弱，让他吧！我继续前进，赶上了部队。

夜行队不算什么事,天雨路滑黑暗,也是经常的,我们成了习惯,可以抵抗一切。妇女儿童也有同样的抵抗力,并不奇怪,算不得什么事。

过雪山:一共过的三个雪山,第一次是在六月天过的夹金山。过雪山的前夜,在山下露营,这时我没有伞,没有油布,也没有夫子和马。晚上睡在两块石板中间,好像睡在棺材中一样,上面盖上一幅蓝布,晚上下雨,蓝布湿了,毯子和衣还是干的。半晚出发,走到半山上,雨雪齐下,披在身上毛毯全湿了,衣和裤子也全湿了。毫不觉得冷,因为山陡,费力多,体温增加。天明已经下到了半山,雪止了,下行也容易了,但湿衣湿毯,感觉寒冷,用跑步前进。到山下时,衣裤完全干了,这一困难渡过后,精神特别愉快,自己以为抵抗力超过一般的同志,不知不觉骄傲起来。同时也被多数同志称赞说我可活到九十岁。

最后过的雪山,是康猫寺前的一个雪山,上下八十里。在急陡的地方,我总是走十几步到一百步,一休息,不坐下,站之休息。这样的休息法,可以节省时间,又不致过于疲劳。但一到下山,就不停地快步前进,赶到别人的前面了。当达到康猫寺前一日,原指定在马塘宿营,只走七十里,我们在山上望见马塘,就在山上休息一下,摘草莓吃,因此落了伍。一到马塘,看见桥上一个条子:"我前进三十里,到康猫寺宿营。"天已晚了,已行七十里了,途中没有人家,政治科有十余个同志,叫我在马塘露营。我认为我应该做模范,不应该掉队,我一个人单独去赶队伍,但大队伍也在半途露营,没有到达康猫寺。

长征歌(《孟姜女哭长城》调)

十月里来秋风凉,中央红军远征忙,星夜渡过雩都河,固陂新田打胜仗。

十一月来走湖南,宜(章)临(武)蓝(山)道(州)一齐占,冲破二道封锁线,吓得何键狗胆寒!

十二月里来过湘江,广西军阀大恐慌,三道封锁线都突破,势如破竹谁敢当!

一月里来梅花香,打进贵州过乌江,连占黔北十数县,红军威名天下扬。

二月里来到扎西,部队改编好整齐,发展川南游击队,扩大红军三千几。

三月打回贵州省,二次占领遵义城,打坍王家烈八个团,消灭周薛两师兵。

四月里来向南进,打了贵阳打昆明,巧妙渡过金沙江,浩浩荡荡蜀中行。

五月里来泸定桥,刘文辉打得如飞跑,大渡河天险从容过,十七个英雄姓名标。

六月里来天气热,夹金山上还是雪,一四两个方面军,懋功取得大会合。

七月进入川西北,黑水芦花青稞麦,艰苦奋斗为哪个,为了抗日救中国。

八月继续向前进,草地行军不怕冷,草地从来少人过,无坚不摧是红军。

九月出发潘州城,陕甘支队东北行,腊子口渭河安然过,打了步兵打骑兵。

二万里长征到陕北,南北红军大会合,粉碎敌人新"围剿",统一人民救中国!

定一、拓夫合编于吴起镇

一九三五年十月

红军入川歌

庄严 4/4

$\underline{5}$ 5 | 3 5 | 1 $\underline{2}$ $\underline{1}$ $\underline{7}$ $\underline{1}$ 2 | $\underline{5}$ $\underline{4}$ 3 · 0 $\underline{5}$ 5 | 3 5 | 1 $\underline{2}$ $\underline{1}$ $\underline{7}$ $\underline{1}$ 2 |

天　险　的金沙　江大渡河蛮　荒　的大凉山

$\underline{5}$ $\underline{4}$ 3 · 0　3 | $\underline{3}$ $\underline{2}$ $\underline{3}$　$\underline{5}$ $\underline{7}$ 1 · 0 | $\underline{1}$ $\underline{5}$ $\underline{3}$ $\underline{3}$ $\underline{2}$ $\underline{3}$　$\underline{5}$ $\underline{7}$ | 1 · 0　$\underline{5}$　$\underline{6}$ $\underline{7}$ |

"倮倮"区　　我抗日　红　军　真正是无坚不　催　　占　领了

$\underline{1}$ $\underline{2}$　1 $\underline{1}$ 1 | 0　5　$\underline{6}$ $\underline{7}$　$\underline{1}$ $\underline{2}$ | 3 · 0 $\underline{3}$ $\underline{3}$ $\underline{2}$ $\underline{1}$ $\underline{7}$ $\underline{2}$ | 5 · 0　$\underline{5}$　$\underline{6}$ $\underline{7}$ |

泸定桥建大功　我　们　　创造了　中国历史新纪录　我　们

$\underline{1}$ $\underline{2}$ 3·0 $\underline{3}$ $\underline{3}$ $\underline{2}$ $\underline{1}$ | $\underline{7}$ $\underline{2}$　5·0 $\underline{5}$ $\underline{3}$ $\underline{5}$ | $\underline{1}$ $\underline{3}$ $\underline{2}$　1·0 $\underline{5}$ $\underline{3}$ $\underline{5}$ | $\underline{1}$ $\underline{3}$ $\underline{2}$　1·0　$\underline{1}$ $\underline{3}$ |

取得了　两大主力的配合　勇敢　前　进勇敢　前　进　消

$\underline{2}$ $\underline{1}$　$\underline{7}$ $\underline{5}$ $\underline{4}$ | 3　2　1 · 0 ‖

灭　敌人抗日　万　岁

定一、戈丽合编于泸定桥

打骑兵歌

轻快　4/4

```
3  12  3  12 | 3  5  3·0 | 3  12  3  5 | 32  13  2·0 |
敌 人的 骑  兵    不 须 怕     沉 着  敏 捷   来  打  他

2  61  2  61 | 2  2  2·0 | 5 32 12 32 | 1  1  1·0 |
目 标 又  好 打    排子枪快  放 一  齐 杀

5 6  1  11·0 | 61  2  22·0 | 36 55 5·0 | 3  12  3  12 |
我们 瞄 准他   我们 打 坍他   我们消灭他  无 敌  的 红军

3  5  3·0 | 3  12  3  5 | 32  13  2·0 | 2  61  2  61 |
是 我们    打 遍了 全 国 百  万  兵    努 力  再 学

2  2  2·0 | 5 32 12 32 | 1  1  1·0 ‖
打 骑 兵    我们 百  战 要 百 胜
```

定一、黄镇合编于毛儿盖

两大主力会合歌

快乐　4/4

```
5·4 3 5 | 2 16 5 3 | 1·7 6 2 | 2 - ·0 6·5 4 3 4
两 大 主 力  军 邛 崃 山  脉 胜 利  会 合 了      欢 迎 红 四 方
万 余 里 长  征 经 历 八  省 险 阻  与 山 河      铁 的 意 志 血

5·4 3 5 | 6 1 2 16 | 5 - ·0 | 6 6 6 5 | 4 4 4 3
面 军 百 战  百 胜 英 勇  弟 兄      团 结 中 国  抗 日 运 动
的 牺 牲 换  得 伟 大 的  会 合      为 着 奠 定  中 国 革 命

5 5 5 4 | 3 0 | 6 6 6 5 | 4 4 4 3 | 5 5 5 4 | 3 0
中 心 的 力  量 唉!  团 结 中 国  抗 日 运 动  中 心 的 力  量
巩 固 的 基  础 唉!  为 着 奠 定  中 国 革 命  巩 固 的 基  础

5 6 1 2 | 16 5 - 0 ‖
坚 决 与 敌  决 死 战
高 举 红 旗  向 前 进
```

定一编于宝兴,一九三五年六月

再占遵义歌

2/4

```
6· 7 | 1· 7 | 6· 6 |    6· | 6· 6 |    6 | 5 |    6 ‖
遵  义   城 边   的 决      战    我 们      胜 利      了
遵  义   城 边   的 决      战    我 们      胜 利      了
遵  义   城 边   的 决      战    我 们      胜 利      了

‖:4· 4 | 4 4 | 3 3 |    3 | 2· 1 |    2 | 6 | — :‖
  打 得   烟 鬼   王 主      席   烟 枪      丢   掉
  打 得   广 仔   吴 奇      伟   两 腿      飞   跑
  这 是   胜 利   的 开      始   不 要      骄   傲
```

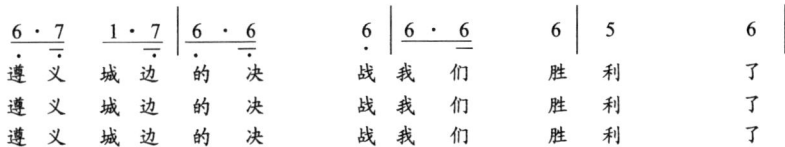

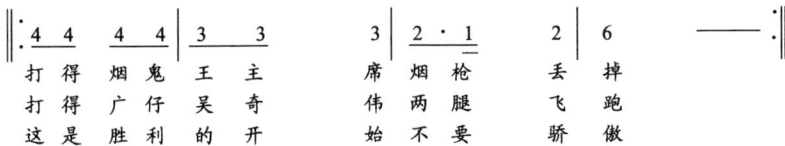

莫休作于遵义城边

凯旋歌

D 调　4/4

3 — 5 ·5 | i — · 2 | 3·4 5·6 5 4 3 | 2 — — · 5
高　举起来　　我们 胜 利的红旗　　　看

6 7 i 7 6 5 | — — 4 — | 3 2 1 2 3 2 1 | 5 — — · 3
日本 强盗和汉　奸　　正在死亡和崩　溃　　　我

2 i 7 i 2 | 5 5 4 — | 3 2 1 4 3 2 1 | 5 — 0 2
们 铁的红军胜 利 了　打坍了卖国贼　　　杀

6 7 6 5 6 6 | — — · i | 7 7 6 7 6 5 | 5 — 4 —
开条 抗日的大 道　　　走 上 抗日的最前 线　去

3 2 1 2 3 2 3 | 6 — 5 — | 6 5 4 3 2 — 0 5
我们要争取最终胜 利　　　胜 利是我们　　　勇

6 7 i 7 6 | 5 — — 4 — | 3 2 1 2 3 2 1 | 1 — — · 0
敢前进勇 敢前　进　　　红军 胜 利万岁

（第二次末尾）
1唱作 i

莫休作于二次遵义战斗后

渡金沙江胜利歌

2/4

3 1 2	3 1 2	3 5	3	3 1 2	3 5	3 2 1	2 2 6 1	2 6 1
金沙河	流水	响叮	当	胜利的	红军	来渡	江不怕他	水深
铁的	红军	勇难	当	胜利的	渡过	金沙	江不帝国主	义吓得
亲爱的	英勇的	同志	们	伟大的	任务	要完	成努力	再打

2 2	2	5 3 2	1 2 3 2	1 1	1	1 6 1	2 2	2
河流		急慌	更不怕	山高		路又	长真	强
大恐		慌仗	不怕蒋介石	弄得		无主	我们	畅
大胜		仗	消灭	更多		的敌	人扩	军

3 3 1	2 2	1 2 3 6	5 5 6	1	1	1 6 1	2 2	2
战胜了	困难	克服一切	疲劳	下		决把	心我	江
苏维埃	运动	发展了个	新局	有		后	们化	甘
争取	群众	巩固我们	部队	最			握的	们

彭加伦渡江后三日于四川理合

渡金沙江胜利歌　267

战斗鼓动曲

4/4

6 5 3	6 5 3	3 6	6 3	5 —	3·5	6 5	5 3	2
红色	战士	呱	呱	叫	万 里	长 征	不 辞	劳
天险的	金沙江	大	渡	河	雪 山	草 地	粮 食	少

2 3	2 6·	1 —	3 2	1 2	3 2	3	2 3	2 6·	1 —
艰苦	来奋	斗了	吁嘟	哎嘟	吁嘟	吁	艰苦	来奋	斗了
一齐	战胜	了	吁嘟	哎嘟	吁嘟	吁	一齐	战胜	了

加伦作于毛儿盖

提高红军纪律歌

5 1	5 1	6 5	6 5	2	2	2 3 2 1	6 5	6	6	6 1 7 6	5 3

英勇 的 红色 指 战 员 们 百倍紧张 起 来 呵 提高红军 铁的
英勇 的 红色 指 战 员 们 百倍紧张 起 来 呵 提高红军 铁的
英勇 的 红色 指 战 员 们 百倍紧张 起 来 呵 提高红军 铁的

1 · 3	2 3 2 1	6 5	3	5	6 1 7 6	5 3	6 6 1	6 5	6 6 1	6 5

纪 律 保障战争 的 胜 利 军纪 风纪 战场 纪律
纪 律 保障战争 的 胜 利 上级 命令 坚决 执行
纪 律 保障战争 的 胜 利 遵守 时间 动作 迅速

1 3	3 1	2 3 2 1	6 5	5 5	3 2	1 1	6 5	2 1	2 3	1 1	1

平时 好坏 关系战时 胜利 一桩 一件 一时 一刻 严格 遵守 莫忘 记
毫不 动摇 毫不 犹疑 不打 折扣 不讲 价钱 彻底 执行 要努 力
整齐 清洁 爱护武器 提高 礼节 积极 努力 松懈 散漫 要反 对

加伦作于波罗子

到陕北去

4/4

```
3  3  5  3·2 │ 1 2  3 5 │ 2  —  │ 6·1  3  2161 │ 5·3  5 6  5  — │
陕 北 的 革 命   运 动 大 发   展      创造了十几县   广 大 的 苏 区
3  3  5  3·2 │ 1·2  3 5 │ 2  —  │ 6·1·3  2161 │ 5·3  5 6  5  — ‖
陕 北 的 革 命   运 动 大 发   展      成立了十几万   赤 色 的 军 队
```

```
‖ 6·5  6 1  6156 │ 3 5  6 5  1·6  5 │ 1·2  3·5  2·1  6·5 │
  迅 速 北 进 会 合   红军 廿五 廿六 军   消 灭 敌 人 争 取 群 众
  迅 速 北 进 会 合   红军 廿五 廿六 军   消 灭 敌 人 争 取 群 众
```

```
1·2  3·5  2·16·1 │ 5·3  5 6  5  — ‖
巩 固 发 展 陕北苏区   建 立 根 据 地
高 举 抗 日 鲜红旗帜   插 到 全 国 去
```

彭加伦作于哈达铺

乌江战斗中的英雄

领导此次战斗的主要干部

一营营长罗有保,三连连长毛正华(得红星奖章),机关枪连连长林玉式,二连政治指导员王海云,二连青年干事钟锦文,二连二班长江大标,二连连长杨尚坤。

泗水及撑排的

二师师部王家福,四团王有才,四团二连三班长唐占钦,六团机关枪连羽辉明,六团赖采芬。

英勇冲锋顽强抗敌的战斗员

曾传林、刘昌华、钟家通、朱光宣、林文来(新战士)、温赞元、刘福炳、刘家平、丁胜心。

录一九三五年一月十五日的《红星报》

安顺场战斗的英雄

强渡大渡河的十七个英雄

二连连长熊上林,二排排长曾会明,三班班长刘长发,副班长张克表,战斗员:张桂成、萧汉尧、王华亭、廖洪山、赖秋发、曾先吉,第四班班长郭世苍,副班长张成球,战斗员:萧桂兰、朱祥云、谢良明、丁流名、张万清。

六个模范特等射手

李得才　一营营部机关枪排排长

夏天海　团部机关枪连四班班长

邱神坤　团部机关枪连五班班长

刘桂子、袁行安、宋远海　均团部警备排战斗员

录一九三五年五月三十日《战士报》

红军第一军团长征中经过地点及里程一览表

行军月日	出发地点	经过地点	宿营地点	里程
十月十六日	铜罗湾		山王坝	三〇
十七日	山王坝	梓山	下油	七〇
十八日	下油	唐村	新谢	七〇
二十日	新谢		双芫	六〇
二十一日	双芫	掩相	新田	六〇
二十二日	新田	石背	大坪	九〇
二十三日	大坪	下山	石材圩	九〇
二十五日	石材圩		老界子圩	九〇
二十六日	老界子圩	乌迳	三江口	九〇
二十七日	三江口	小溪	南村	六〇
二十八日	南村	平头坳	义安圩	九〇
三十一日	义安圩	午皮坑	聂都	九〇
合计				八九〇
十一月一日	聂都	九牛圹	犁壁岭	九〇
二日	犁壁岭	雷岭	陈奢	八〇
三日	陈奢	八丘田	三江口	五〇
四日	三江口	羊牯坳	城口	二〇
五日	城口		新田	六〇
六日	新田	三丛歧	麻坑	八〇
七日	麻坑	猫山	上西坑	九〇
九日	上西坑	大王山	桃竹坑	七〇
十日	桃竹坑	官家桥	彭古岭	七〇

行军月日	出发地点	经过地点	宿营地点	里程
十一日	彭古岭	狮子八奇	三界圩	六〇
十二日	三界圩	唐村	平田	七〇
十三日	平田	花杵下	白石渡	五〇
十五日	白石渡	宜章	梅田	六〇
十六日	梅田	浆水	临武	九〇
十八日	临武	电光铺	羊牯岭坳	六〇
十九日	羊牯岭坳	太平圩	朱家坪	八〇
二十一日	朱家坪	祠堂圩	天堂坪	八〇
二十二日	天堂坪		白水塘	三〇
二十三日	白水塘	柑子园	道州	九〇
二十四日	道州	五里排	蒋家岭	六〇
二十五日	蒋家岭	永安关	巷口	四〇
二十六日	巷口		文市	二〇
二十八日	文市	安山坝	石塘圩	七〇
二十九日	石塘圩	太平圩	绍水	六〇
合计				一五〇三
十二月一日	绍水	梅子岭	大湾	四〇
二日	大湾	清明隘	油榨坪	七〇
三日	油榨坪		四十田	六〇
四日	四十田	白茅隘	站头	四〇
五日	站头	白茅隘	横路口	八〇
六日	横路口		茶元	四〇
八日	茶元	五塘	白竹坪	六五

行军月日	出发地点	经过地点	宿营地点	里程
九日	白竹坪	广南城	平等	七〇
十日	平等	平溪	刘延	七〇
十一日	刘延	双江	金点	八〇
十二日	金点	长古	新都	七〇
十三日	新都	新昌	平查所	六〇
十四日	平查所	黎平	古顿	七〇
十五日	古顿	鳌鱼咀	八漂	七五
十八日	八漂	婆洞	河口	六五
十九日	河口	南旁	柳寨	六五
二十日	柳寨		南哨	八〇
二十一日	南哨		剑河	五〇
二十二日	剑河	中斗	上格东	六五
二十三日	上格东	乌鸦铺	偏寨	六五
二十五日	偏寨	平寨	翁古垅	六五
二十六日	翁古垅	白溪	施秉	六五
二十九日	施秉	孙家铺	老塘寨	七五
三十日	老塘寨		余庆	五〇
合计				一五三五
一月一日	余庆	土地坳	龙溪	七〇
二日	龙溪	凉风哨	青港元	五〇
四日	青巷元	乌江河	余庆司	六〇
五日	余庆司		双香铺	六〇
六日	双香铺	新龙场	黄家坝	六〇

行军月日	出发地点	经过地点	宿营地点	里程
七日	黄家坝	湄潭	夹子场	七〇
八日	夹子场		鲤鱼坝	六五
十三日	鲤鱼坝	遵义	四朱站	七五
十四日	四朱站	娄山关	桐梓城	六〇
十五日	桐梓城	石牛栏	石门庆	六五
十六日	石门庆	新站	二力子	六〇
十七日	二力子	清水溪	松坎	三〇
二十一日	松坎	箭头垭	石壕	七〇
二十二日	石壕	马家坝	温水	六〇
二十三日	温水	良村	图书坝	七五
二十四日	图书坝	丰村坝	土城	八〇
二十五日	土城		猿猴	三〇
二十六日	猿猴	枫林坳	丙滩	五〇
二十七日	丙滩	枫林坳	猿猴	五〇
二十九日	猿猴	老涯沟	马路坝	八〇
三十日	马路坝	店子坝	龙爪坝	七〇
三十一日	龙爪坝	陈家岩	香等坝	七〇
合计				一三六〇
二月一日	香等坝		大寨	三五
二日	大寨		永宁	六〇
三日	永宁		金鹅池	七〇
四日	金鹅池		大坝	六〇
五日	大坝		吴村	二五

行军月日	出发地点	经过地点	宿营地点	里程
六日	吴村	炭场	建武城	九〇
七日	建武城	洛阳河	罗海	五〇
八日	罗海	麻河塘	三口塘	六〇
九日	三口塘		关雄	七〇
十一日	关雄	西河崖	扎西	六〇
十二日	扎西		太平上	六〇
十三日	大平上	分水岭	半崖河	六五
十四日	半崖河	见杨沟	营盘山	七〇
十五日	营盘山	麻线堡	双村	六五
十六日	双村	沙洪沟	木脚屯	六〇
十七日	木脚屯	回龙场	镇龙山	七〇
十八日	镇龙山	石峡口	走马坝	六〇
十九日	走马坝	太平渡	马义沟	六五
二十一日	马义沟	丰材坝	东皇殿	七〇
二十二日	东皇殿	图书坝	大水桥	六〇
二十三日	大水桥	丁谷桥	双龙场	七〇
二十四日	双龙场	九子坝	何村	七〇
二十五日	何村	九坝	栗子坝	六〇
二十六日	栗子坝	桐梓城	虾神庙	六五
二十七日	虾神庙	四朱站	遵义	一〇〇
二十八日	遵义		凉水井	三〇
合计				一六二〇
三月一日	凉水井	罗明城	金刀坑	六五

行军月日	出发地点	经过地点	宿营地点	里程
三日	金刀坑	八流水	遵义	六五
五日	遵义	八流水	才溪	七〇
六日	才溪		底坝	二〇
九日	底坝	子房	长干山	六五
十日	长干山		平家寨	三〇
十二日	平家寨	石坑	田坝	五〇
十三日	田坝	井坝	永安寺	六〇
十四日	永安寺		明广寺	五〇
十五日	明广寺	观音堂	翁石坝	四〇
十六日	翁石坝	观音堂	茅台	五〇
十七日	茅台		草子坝	六〇
十八日	草子坝	三元场	三木坝	七〇
十九日	三木坝	大材	鱼岔	六〇
二十一日	鱼岔	石峡口	烟房沟	八〇
二十二日	烟房沟	林家庙	安青山	七〇
二十三日	安青山	周家场	火石岗	九〇
二十四日	火石岗	新田	四方土	八〇
二十五日	四方土	观音寺	排田	七〇
二十六日	排田	干溪	河底	七〇
二十七日	河底	花马田	底坝	六〇
二十九日	底坝	湾子场	沙土	五〇
三十日	沙土	原山	乌江河	六〇
三十一日	乌江河	牛场	王家坪	五〇

行军月日	出发地点	经过地点	宿营地点	里程
合计				一四三五
四月一日	王家坪		小龙窝	四〇
二日	小龙窝		老鸦河	四〇
三日	老鸦河	白马洞	底窝坝	八〇
四日	底窝坝	马场	羊场	七〇
五日	羊场	林坡岗	高寨	三五
六日		高寨	岗寨	三〇
七日	岗寨		老坝香	七〇
八日	老坝香	观音山	哨官田	九〇
九日	哨官田	混子场	鸡昌铺	八〇
十日	鸡昌铺	上马司	定番城	八〇
十一日	定番城	谷宋	羊毛场	六〇
十二日	羊毛场	格进	苏背脚	六〇
十三日	苏背脚		坝车	五〇
十四日	坝车		猪场	七〇
十五日	猪场	紫云县	腊崖	七〇
十六日	腊崖	坝洞	杨家	八〇
十七日	杨家	盘江	拉芷	八〇
十八日	拉芷	高寨	大蓝	七〇
十九日	大蓝		北乡	八〇
二十日	北乡	屯脚	羊市屯	七〇
二十一日	羊市屯	下坝	观音山	九〇
二十二日	观音山		猪场	八〇

行军月日	出发地点	经过地点	宿营地点	里程
二十三日	猪场	黄泥河	白云青	八〇
二十四日	白云青	小羊场	宽塘	六〇
二十五日	宽塘	营上	溪流水	一二〇
二十六日	溪流水		朱子街	八〇
二十七日	朱子街	马洪冲	鸡头村	八五
二十八日	鸡头村	马龙城	草鞋桥	八五
二十九日	草鞋桥	易龙城	嵩明	八〇
三十日	嵩明	七甲	冷水沟	七〇
合计				二一三五
五月一日	冷水沟		奇马	一四〇
二日	奇马		花桥	一〇〇
三日	花桥	马安山	五渡河	九〇
四日	五渡河		下七里	八〇
五日	下七里		大拉坡	二〇
六日	大拉坡	龙街	马口	一一〇
七日	马口	平地	沙滩	一〇〇
八日	沙滩	中屋山	金沙江边	一〇〇
九日	金沙江边		通安	五〇
十日	通安	望城坳	观音桥	八〇
十一日	观音桥		大桥	四〇
十四日	大桥	分水岭	雪麻湾	六〇
十五日	雪麻湾		金川桥	一〇〇
十六日	金川桥	安子河	德昌	一〇〇

行军月日	出发地点	经过地点	宿营地点	里程
十七日	德昌	假口塘	王水塘	八〇
十八日	王水塘		镇南寺	八〇
十九日	镇南寺	礼州	土官冲	九〇
二十日	土官冲	溪龙	泸沽	八〇
二十一日	泸沽	马房沟	冕宁	七〇
二十三日	冕宁	大桥	拖乌	八五
二十四日	施乌		小铺子	八〇
二十五日	小铺子	新场	安顺场	六〇
二十七日	安顺场	海尔瓦	田湾	八〇
二十八日	田湾	猛虎岗	磨西面	九〇
二十九日	磨西面	楚民坝	上田坝	一〇〇
三十日	上田坝	下田坝	泸定桥	六〇
三十一日	泸定桥	龙八布	盐水井	八〇
合计				二一六五
六月一日	盐水井	大垭口	三道桥	五〇
二日	三道桥	坭头	胡庄街	六〇
三日	胡庄街	甘竹山	大桥	七〇
四日	大桥	新庙子	石坪	六〇
五日	石坪	小河子	陈家坝	六〇
六日	陈家坝	大深溪	刘家沟	四〇
七日	刘家沟		始阳	二五
八日	始阳	十八道水	芦山县	一二〇
九日	芦山县		混家坝	二五

行军月日	出发地点	经过地点	宿营地点	里程
十日	混家坝	双河场	小关子	七〇
十一日	小关子		宝兴县	六〇
十二日	宝兴县	大池沟	丰东崖	八〇
十三日	丰东崖		大碛碛	八〇
十四日	大碛碛	夹金山	大维	一二〇
十五日	大维		官寨	四五
十六日	官寨		懋功	四五
十七日	懋功	凉水井	八角	六〇
二十三日	八角		抚边	五〇
二十四日	抚边		两河口	七〇
二十六日	两河口		黄草坪	三〇
二十七日	黄草坪	梦笔山	卓克基	一〇〇
二十九日	卓克基	麻木桥	梭磨	八〇
三十日	梭磨		马塘	七〇
合计				一五九〇
七月一日	马塘		康猫寺	三〇
二日	康猫寺	大板岭	寨头	八〇
三日	寨头		苍德	七〇
六日	苍德	打鼓岭	打鼓	七〇
七日	打鼓		拖罗岗	一〇〇
八日	拖罗岗		大杵林	一〇〇
九日	大杵林		黑马寺	九〇
十日	黑马寺		毛儿盖	一〇

行军月日	出发地点	经过地点	宿营地点	里程
二十九日	毛儿盖	帐房	腊子岭	四五
三十日	腊子岭	帐房	毛儿盖	四五
合计				六四〇
八月一日	毛儿盖	卡英	七〇	
二日	卡英	茶力格	小拉麻寺	七〇
三日	小拉麻寺		波罗子	四〇
七日	波罗子		黑水河	三〇
十八日	黑水河	茶力格	小拉麻寺	七〇
十九日	小拉麻寺		卡英	七〇
二十日	卡英		毛儿盖	七〇
二十三日	毛儿盖	七星桥	腊子塘	七〇
二十四日	腊子塘	草地	分水岭	七〇
二十五日	分水岭	草地	后河	八〇
二十六日	后河	草地	大草地	七〇
二十七日	大草地	草地	小森林	八〇
二十八日	小森林	班佑	巴西	五〇
二十九日	巴西		阿西	二〇
合计				八六〇
九月二日	阿西		毛龙	六〇
五日	毛龙	广利	俄界	九〇
十二日	俄界		硗碛寺	五〇
十三日	硗碛寺		蛮地	六〇
十四日	蛮地		瓦藏寺	七〇

行军月日	出发地点	经过地点	宿营地点	里程
十五日	瓦藏寺	石门	莫牙	四〇
十六日	莫牙		黑拉	七〇
十七日	黑拉		腊子口	九〇
十八日	腊子口	大剌山	悬窝	一二〇
十九日	悬窝		鹿元里	三五
二十日	鹿元里		哈远铺	三五
二十三日	哈远铺	荔川	闾井	八〇
二十四日	闾井		新寺	一〇〇
二十五日	新寺		鸳鸯咀	五〇
二十六日	鸳鸯咀		榜罗镇	九〇
二十九日	榜罗镇		通渭	九〇
合计				一一三〇
十二月二日	通渭	王家河	四子川	六〇
三日	四子川	红四儿	红家大庄	七〇
四日	红家大庄		高家铺	三〇
五日	高家铺	先圣庙	常家集	一〇〇
六日	常家集	黄父子甫	张义铺	七〇
七日	张义铺	青石咀	乃家河	七〇
八日	乃家河	白杨城	布置要岘	七〇
九日	布置要岘		陈家湾	九〇
十日	陈家湾		三岔	九〇
十一日	三岔	黑家元	苏家湾	五〇
十二日	苏家湾		毛家川	一〇〇

行军月日	出发地点	经过地点	宿营地点	里程
十三日	毛家川		真家湾	七〇
十四日	真家湾	陶家河	洪德城	九〇
十五日	洪德城	曹家湾	巩家湾	四五
十六日	巩家湾	庙家河	木爪城	六〇
十七日	木爪城	周家小庄	左家要岘	六〇
十八日	左家要岘	田背后	铁边城	六〇
十九日	铁边城	马刑庄	吴起镇	六〇
二十一日	吴起镇	林家导	唐儿湾	四〇
合计				一二二五

说明：

一、此表以军团直属队为标准的,各师另有行动,均未列入此表。

二、经过地点之空格,因材料早已毁去,难于记忆,故未填入。

三、统计长征行程,共为一万八千零八十八里,各个月的行程,表内合计注明。

四、除休息外,行军作战时间,一九三四年十月十二天,十一月二十四天,十二月二十四天。一九三五年一月二十二天,二月二十六天,三月二十四天,四月三十天,五月二十七天,六月二十三天,七月十天,八月十四天,九月十六天,十月十九天。

五、七八两月行军时间少,是在毛儿盖波罗子休息的时间为多。

红军第一军团长征中经过名山著水关隘封锁线表

月日	省份	名山	著水	封锁线及关口	备　考
十月十七日	江西	雩水			赣江贡水源
十月二十一日	江西			突破敌人第一道封锁线	安远信丰间封锁线,构筑有坚固堡垒,粤军扼守
十月二十四日	江西		信丰河		赣江贡水源
十月二十七日	江西		大庾河		赣江贡水源
十一月二日	江西	雷岭			大庾山脉之支脉
十一月三日	湖南			突破敌人第二道封锁线	汝城与城口之线
十一月七日	广东	苗山			五岭山脉之支脉
十一月九日	广东	大小王			五岭山脉之支脉
十一月十日	广东	大盈山东			五岭山脉之支脉
十一月十三日	湖南			突破敌人第三道封锁线	粤汉路封锁线,有湘军扼守
十一月二十二日	湖南		渡潇水(道州)		湘江之上游
十一月二十四日	广西			永安关	湘桂间之要隘,西面高山,均构筑有工事,桂军扼守

月 日	省份	名山	著水	封锁线及关口	备 考
十一月二十六日	广西		渡潇水（文市）		湘江之上源
十一月二十九日	广西		渡湘水	占领湘桂马路突破敌人四道封锁线	湘桂马路封锁线
十二月四日	广西		白第隘		瑶区之要隘有民团固守被我第二师攻占
十二月十八日	贵州		渡清水江		沅江上游
十二月二十三日	贵州		巴拉河		沅江上游
十二月二十九日	贵州			紫金关	武陵山支脉系施余间要隘
十二月三十日	贵州		进到乌江南岸		第一团迅速控制乌江南岸渡口
一月四日	贵州		渡乌江		军团分两路北渡乌江
一月十四日	贵州			娄山关	遵义桐梓之间的重要关隘
一月二十六日	贵州		渡赤水河		西渡赤水河,翌日又渡赤水河（猿猴）
二月十九日	贵州		渡赤水河		东渡赤水河
二月二十五日	贵州			娄山关	二次进攻遵义,占领要隘之娄山关有黔军固守

月　日	省份	名山	著水	封锁线及关口	备　考
三月十七日、	贵州		渡赤水河		再次西渡赤水河，二日后又东渡
三月三十一日	贵州		南渡乌江		以第三团迅速占领乌江北岸渡口，并向敌强渡
四月十七日	贵州		渡北盘江		二师先头占领北盘江渡口架桥
五月四日	云南		控制金沙江渡口（龙街）		我一师先进到龙街作架桥佯动
五月八日	云南		渡金沙江		第二师一天走一百二十里，赶到金沙江渡口
五月二十一日	四川	小相岭			形势险要，为入川之主关隘口，有刘文辉部扼守，被我五团占领
五月二十三日	四川	冕山			蜀山有彝人扼守要口，与我一团抗击后，被我一团通过(用政治工作克服的)

月日	省份	名山	著水	封锁线及关口	备考
五月二十四日	四川		渡大渡河		我一团占领安顺场，击溃守敌，乘胜强渡（十八个英雄）
五月二十八日	西康	猛虎岗			入康之要隘，有川军一营固守，被我四团猛攻占领而追击之
五月三十日	西康		渡大渡河泸定桥		四团一天一股追敌二百四十里，夺取泸定桥，有川敌扼守
六月一日	西康			花林隘（罩）口——大小罩口	西康要隘，我四团六九连猛攻所获
六月二日	四川	大相岭			经甘竹山，很高（约五十里），荒山，步兵运动亦困难
六月十二日	四川	夹金山（雪山）			即邛崃山，我四团为先头，在邛崃山下与四方面军会合
六月十七日	四川		大小金川		二师进到大金川东岸（抚边屯），其余在小金川沿岸

月　日	省份	名山	著水	封锁线及关口	备　考
六月二十七日	四川	梦笔山 (雪山)			亦系邛崃山脉，有番兵扼守，被二师击溃而占领
六月二十九日	四川		梭磨河		水势凶猛流速极大
七月二日	四川	长板山 (雪山)			主力经长板山，第六团进至壤口与敌番兵大战，被迫退出战斗
七月三日	四川		渡黑水河		第二师两次渡黑水河
七月六日	四川	打鼓山 (雪山)			仓德与打鼓之间的大雪山
七月七日	四川	抱罗岗 (雪山)			约百里，无人烟，即改露营
七月二十九日	四川	腊子山			山上无人烟，即改构营棚
八月七日	四川		二次渡 黑水河		第三团击溃波罗子的番兵
八月二十一日	四川			过草地	二师开始过草地
八月二十二日	四川			过草地	
八月二十三日	四川	分水岭		过草地	草地本系高原分水岭，地势很高，是南分水之处，北流入黄河，南流入长江

月日	省份	名山	著水	封锁线及关口	备考
八月二十四日	四川			过草地	
八月二十五日	四川			过草地	
八月二十六日	四川			过草地	
八月二十七日	四川			过草地	
九月十三日	甘肃		白水江		一晚连过五次，每座桥梁险要有番兵破坏，但一师动作快，均被我得
九月十六日	甘肃	朵扎里			有甘敌扼守，该山系大山荒林，约四十里高，部队运动困难
九月十七日	甘肃	岷山（大刺山）		突破腊子口封锁线	腊子口极为重要，并构筑有碉堡，为甘敌固守，被我击溃，追击经岷山脱离
九月二十六日	甘肃		渭水	通过渭水封锁线	
十月三日	甘肃			通过陇海铁路封锁线	被我五团先行占领
十月七日	甘肃	六盘山			经过六盘山，消灭骑兵第七师之一部

月日	省份	名山	著水	封锁线及关口	备　考
十月二十一日	陕西				最后粉碎敌人"进剿"计划,胜利到达陕甘边区(苏区)

说明：

一、此表所列均为著名之山水关隘封锁线,次要者未列入。

二、河流最险者为乌江,金沙江,大渡河,白水江;高山最险者为大小相岭、猛虎岗及五个大雪山。所列关口及封锁线均极为重要。

红军第一军团长征中所经之民族区域

民族区域	经过的时间	占长征时间的百分数	备
汉族区域	246	66.3	
番族区域	92	24.99	川西北与康东地区,多为番族杨。土司属地很大民族信仰喇嘛教,每个大市镇都有喇嘛寺。民族团结心很坚。生活亦很简单。又因地理与气候关系,所有家庭番民均围聚烤火念经。 　　牛羊很多,为其大宗食品。民性甚强。对汉官军阀非常痛恨。边居汉民常遭掠杀。 　　文化落后,土产很多(番布羊皮等)。与汉很少交易,番民自有武器不少。
苗族区域	21	5.66	苗民比番壮瑶都进步。黔南桂北苗民很多。自能耕种玉蜀黍、马铃薯及稻谷(糯米)。生活亦简单。与汉人关系亦不甚好。 　　跑山极快,善渔猎。 　　与汉人接洽多经其边居之苗民(能言汉语者)。
夷族区域	5	1.84	川西西昌冕宁及其以西一带,有此民族。盘江沿岸亦有少数(比较进步的)。汉人骂之为黑骨头。另有白骨头,是□其同化之民族。很少与汉人接近。如遇汉人以不好的待遇。夷人亦自能耕种(与苗相似),房屋以茅草构成,生活简单,没有床铺及其他用品。均披羊毛毡,衣服少而脏。 　　部队经过该地域时,须预派代表接头,否则自有武装扼守要口阻止经过。

民族区域	经过的时间	占长征时间的百分数	备
回族区域	4	1.0	回民性慈善,西北有此民族,在弱小民族中为优秀民族。重清洁,信仰回教。每个市镇都有清真寺文化政治等,都比其他民族进步。风俗习惯与汉人有不同。过去经常受汉官军阀压迫,因此民族仇恨很深。西北军队将领多为回教。
瑶族区域	2	0.52	瑶族很少,多居山地,房屋以茅草构成。一部较为进步的与汉人杂居,自能耕种。其生产不能自供,因此与汉人交易者较多。桂北黔边前有此民族,衣服褴褛,生活穷困,进步者能与汉人通话。
壮族区域	1	0.26	壮民性懦弱,受人欺,比瑶民进步,与汉人同居,能自耕种,与汉同化,能讲汉话(普通的)。
时间的统计	371		

说明:

一、经过的时间以日代表。

二、关于各个民族的特性备考内说明。

三、部分的夷民久入番区早为番所同化。

四、各民族均有文字与言语与汉完全不同,回番信仰宗教非常深刻。回民是弱小民族中之优秀民族,各方面都较为进步,西北有此民族(与汉同居的甚多)。番民有与汉交涉时,该土司衙门内设有"通事",能说汉话。其他民族与汉接洽很少,必要时利用其边居者交涉。

红军第一军团长征所处环境一览表

年	月/日	日行军	合计	夜行军	合计	作战	合计	作息	合计
一九三四年	十月	16.25.27.28.31.20	6	17.18.23.26	4	21.22.	2	19.24.29.30.	4
	十一月	1.2.3.4.5.6.7.9.10.11.12.13.15.16.19.21.22.	21	18.23.24.	3			8.14.17.20.27.30.	6
	十二月	2.4.5.6.8.9.10.11.12.13.14.15.18.19.20.21.22.23.25.26.29.30.	22	3.	1	1.	1	7.16.17.24.27.28.31.	7
一九三五年	一月	1.2.4.5.6.7.8.13.14.15.16.17.21.23.24.25.26.27.29.30.31.	21			22.	1	3.9.10.11.12.18.19.20.28.	9
	二月	1.3.4.5.6.7.8.9.11.12.13.14.15.16.17.18.19.21.22.23.24.25.26.28.	24			2.27.	2	10.20.	2
	三月	1.3.5.6.9.10.13.14.16.17.18.19.21.22.23.24.25.26.27.29.30.31.	22	12.	1	15.	1	2.4.7.8.11.20.28.	7
	四月	1.3.4.5.6.7.8.10.11.12.13.14.15.16.17.18.19.20.21.22.23.24.25.26.27.28.29.30.	28			2.9.	2		

年	月日\项别	行军				作战	合计	作息	合计
		日行军	合计	夜行军	合计				
一九三五年	五月	1.2.3.4.5.6.7.8.9.10.11.23.24.25.27.28.29.30.	18	14.15.16.17.18.19.20.21.	8	31.	1	12.13.22.26.	4
	六月	1.2.3.4.5.6.7.8.9.10.11.12.13.14.15.16.17.23.24.26.27.29.30.	23					18.19.20.21.22.25.28.	7
	七月	1.2.3.6.7.9.10.29.30.	9			8.	1	4.5.11.12.13.14.15.16.17.18.19.20.21.22.23.24.25.26.27.28.30.	21
	八月	1.2.3.7.18.19.20.23.24.25.26.27.28.29.	14					4.5.6.8.9.10.11.12.13.14.15.16.17.21.22.30.31.	17
	九月	2.5.12.13.15.16.17.18.19.20.23.24.25.26.29.	15	14.	1			1.3.4.6.7.8.9.10.11.21.22.23.28.30.	14
	十月	2.3.4.6.8.9.10.11.12.13.15.16.17.18.19.	15			5.7.14.21.	4	1.20.	2
统计		238		18		15		100	

说明：

一、此表系依军团直属队为准的,如各师另有行军作战等,均不在内,但各师行军作战等时间,均比军团直属队为多。

二、反攻战斗时间共为三百七十一天,内有行军二百五十天,作战十五天,(整个军团战斗的)休息一百天。

三、反攻开始于一九三四年十月十六日,由江西雩都之铜锣湾出发,经湖南广东广西贵族四川云南西康甘肃陕西共计十个省,于一九三五年十月二十一日至陕西延安吴起镇,最后粉碎敌人"追剿"计划,胜利到达陕西苏区,长征就此结束。

四、长征时间中比较长久的休息时间是七月(毛儿盖),八月(波罗子),及九月上半月(俄界),均在番区,而九月下半月的休息期则已最后脱离番区在哈达铺整理训练。

附录：

长征大事记[①]

一九三四年

十月份

十二日

红一方面军改编为野战军，开始向西南移动。

二十一日　晴

一军团第二师先头占领金鸡，主力在大竹、双芫、金鸡地域，当晚向新田前进。

三军团先头占领百室，固守堡垒之铲匪第二中队百余人，全部被我消灭。第六师十六团十四时占领韩坊。军团主力在邱村温村一带，当晚向固陂前进。

五军团到太平新坡地域。

---

① 本文作者为陆定一，据他回忆，这篇大事记是在 1935 年 10 月红一方面长征到达陕北后，在保安（现志丹县）由杨尚昆（时任中国工农红军陕甘支队政治部副主任）提供材料，并让他（时任中国工农红军陕甘支队政治部宣传部部长）追记的。本来还要写下去，因红军东征而停止了。《党的文献》1991 年第 6 期首次整理发表了这份文件。

八军团在黄朱排,其先头师本晚由王母渡立赖圩之间渡信丰河。

九军团之侦察连今晨占领龙布圩,主力在燕湾岗、龙尾口地域。

军委二纵队在仁风小溪。

野战军司令部在荷头。

二十二日　晴

冲破第一道封锁线,击败粤敌。

一军团攻占新田,第一师向石背圩前进,军团主力当晚进至新田。

三军团攻占固陂,第四师向石门追击粤敌,主力进至固陂。

五军团沿一军团道路向双芫前进。

八军团渡信丰河完毕,主力集中于大龙坳头。

九军团进至龙尾口曾村地域。

军委第二纵队移荷头。

野战军司令部移百室。

二十三日　晴

一军团主力与粤敌第一师在安息圩附近激战,俘获敌官兵三百余人,缴轻机枪二挺,步枪及军用品甚多。当晚主力向铁石圩石材圩前进。

三军团先头第五师在大塘铺将粤敌之二个连全部消灭,俘获人枪二百余。主力当晚渡过信丰河,在大江圩小河圩王庄地域宿营。

五军团到达小岔双芜地域,其一个团进至韩坊。

八军团全部到达凹头,以一部向龙回侦察前进。

九军团到达安息附近,监视安息之粤敌。

军委二纵队不动。

野战军司令部移至古陂东十里之杨坊。

二十四日　阴

一军团主力在石材圩休息。其第二师当晚二十四时向乌迳前进。

三军团主力在小河圩大江圩休息。其第五师黄昏后向九渡水江口前进。

五军团休息一天。

八军团在凹头不动,向信丰警戒。

九军团到大坪附近。

军委二纵队移古陂。

野战军司令部在杨坊休息。

二十五日　晴

一军团第二师占领乌迳。主力向乌迳前进,到达老界子圩附近。

三军团第五师占领九渡水。主力向九渡水前进。

五军团到固陂附近。

八军团向新城前进。掩护野战军右侧。

九军团在一军团后向乌迳前进。

军委二纵队在固陂附近休息一天。

野战军司令部到小河圩。

二十六日　晴

一军团主力经乌迳到三江口。第二师在乌迳附近监视敌人。

三军团主力经九渡水渡大庾河到达新城。敌人望风而逃。

五军团到小河圩。

八军团到贤女埠。

九军团主力通过乌迳，一部接替第二师监视敌人之任务。

军委二纵队到小河圩附近。

野战司令部在九渡水宿营。

二十七日　雨

一军团主力经小溪渡大庾河,进至南溪青龙长江之线。

三军团主力到达新溪附近。

五军团到九渡水附近。

八军团向大摆坑杨眉寺前进。

九军团到达三江口附近。

军委二纵队到达九渡水潭塘坑之间地域。

野战司令部到潭塘坑宿营。

二十八日　晴

一军团第二师经石门口大龙山到义安圩及其以西宿营。主力随后跟进,在下坑石头坝之线宿营。

三军团一部占领崇义城。县长率"铲匪"百余人,二十六日急向大庾逃走。该军团主力在稳下横断地区宿营。

五军团进至新城附近。

八军团,二十三师到达大摆坑,二十一师在杨眉寺。

九军团到达凤凰城青龙圩青秋坝地区。

军委二纵队到达老池口池江街地区。

野战军司令部到达王村杨梅城。

二十九日　晴

野战军全部各在原地休息。准备迎击由大庾方面进攻之粤敌。

三十日　雨

各军团均在原地休息。

野战司令部到达新溪宿营。

军委二纵队到达杨梅城附近。

朱总司令命令:我军将进入湘南地区,粤敌现集结于南雄大庾新田地域,湘敌主力正向赣西及湘赣边境集结,六十二师主力正向汝城开动,周浑元纵队之四个师,正向遂川集结,似有在我军未进入湘南时,从两翼夹击我军之企图。

我野战军为取得先机之利,应于十一月一日进到沙田汝城城口及上堡文英长江圩地域,以突破湘敌在战略上的第一道封锁线。

为保障此命令之正确执行,要求全体指战员,要有最高度之努力。因此必须加强政治工作,注意行军中卫生救护和收容。

三十一日　雨

一军团分左右两纵队前进。左纵队到达聂都地域,右纵队到达沙溪。

三军团以第四师为右纵队,经黄竹洞古亭集龙,向汝城前进。主力到达新坪地域。

五军团到杨梅城,其三十四师进到横断。

八军团到达过埠石玉地区。

九军团黄昏脱离黄龙之敌,当夜进东坑石头坝,转至义安圩。

军委二纵队进至铅厂田心里。

野战军司令部到密溪圩。

十一月份

一日　雨

进入湖南。

一军团左纵队经九牛塘到犁壁岭。右纵队进到乐洞水湾。

三军团左纵队进至百担丘,塘口,铁炉湾。右纵队进至集拢。

五军团之左纵队进至铅厂。右纵队进至沙溪。

八军团到达上堡,向桂东大汾左岸方向警戒。

九军团主力进到聂都,其二十二师进到龙西村。

军委二纵队进至沙溪。

野战军司令部十三时出发,到达官田。

二日　阴

突破第二道封锁线

一军团左纵队经雷岭到陈奢。右纵队(二师)向城口前进,二十时攻占城口。

三军团左纵队迫近汝城,并占领汝城东南之制高点。右纵队经益将,穿风坳,向汝城前进,沿途"铲匪"据险扼守,均被我山炮轰退。

五军团右纵队到官田,左纵队在沙溪地域,担任掩护军委两个纵队并抗击追敌之任务。

八军团进到猪头圩,樟溪地域。有掩护三军团右翼之任务。

九军团缺一个团,进至塘铺里洞地域,留一个团于聂都附近,掩护军委二纵队。

军委二纵队到达聂都以北地域。

野战司令部到文英。

朱总司令命令:迅速通过湘南边境之第一道封锁线,对于野战军今后行动的胜利,有决定的意义。因此各军团应坚决地执行战斗任务。各纵队后方部队及掩护部队,必须确实执行行军命令。在行军和宿营时,应成纵深的梯队,以便全部能于日间运动,使各梯队不致互相阻碍。

三日　晴

一军团左纵队经八邱田到三江口。右纵队在城口及其以西地区。

三军团包围汝城,以一部附山炮攻敌碉堡,占领敌堡二十余个,打开了敌人封锁线。

五军团向文英前进。

八军团向汝城前进。

军委第二纵队到文英官田之间。

野战司令部到百担邱。

四日　晴

一军团全部在城口及其以西地区。

三军团第四师占领官路下大来圩。主力在汝城西南。

五军团到达文英热水之间。

八军团到达汝城以北。

九军团向东岭岗子坳前进。

军委第二纵队到百担邱。

野战司令部到热水圩。

五日　晴

一军团由城口移新田。

三军团将围攻汝城之任务交与八军团后,即向文明司前进。

五军团到热水。

八军团接替三军团围攻汝城之任务。

九军团到达东岭地域。

军委二纵队到达热水鱼旺。

野战司令部到八丘田。

六日　晴

一军团经三载岐到麻坑。

三军团主力向文明司前进中。

五军团到鱼旺。

八军团转到汝城西南。

九军团向麻坑前进。

军委二纵队到八丘田。

野战司令部到新溪。

七日　晴

一军团经瑶山到上西坑。入广东边境。

三军团主力占领文明司。

五军团到新溪。

八军团到东山桥。

九军团仍向麻坑前进中。

军委二纵队到新溪厚溪之间。

野战司令部到厚溪。

八日　雨

一军团以一部攻击茶寮、九峰。主力在九峰乐昌小道上之上西坑。第一师蒋水源。

三军团到里田界牌岭之线。

五军团到新溪厚溪之间。

八军团仍留东山桥地域、向汝城警戒。

九军团到达麻坑地域。

军委第二纵队到大山、都木江地域。

野战军司令部到大山。

九日　雨

一军团因攻茶寮九峰未得手，主力由大小王山及砖头凹向九峰东北转进，到桃竹坑宿营。

三军团全部到赤石司集结。以第四师为右纵队，直出良田。以第六师全部经摺田袭取宜章。

五军团到大山都木江地域。

八军团向文明司前进。

九军团由麻坑转向石洞前进。

军委二纵队到文明司。

野战军司令部到文明司。

十日　雨

突破第三道封锁线。

一军团经官家桥到彭古岭。在塘村破敌堡五个，消灭当地团匪，缴枪十余支。

三军团第五师占领良田，黄泥坳，迫近郴州，切断郴宜大道，毁敌堡垒百余个。第六师迫近宜章县城，夜袭未得手。

五军团在原地休息。

八军团到达文明司以东地域。

九军团到延寿圩地域。

军委二纵队在文明司休息。

野战军司令部在文明司休息

十一日　雨

一军团经师子八奇到三界圩宿营。

三军团主力在赤石司,良田,黄泥坳之线休息。第六师拂晓占领宜章城。县长率"铲匪"向砰石逃窜。

五军团十三师在弯刀坳地域阻止追敌。

八军团到文明司。

少共国际师(十五师)在延寿圩与湘敌六十二师激战终日。九军团向延寿圩增援中。

军委二纵队到赤石司。

野战军司令部到赤石司。

中央革命军事委员会对于三军团首长及全体指战员在此次突破汝城和宜郴两道封锁线时之英勇与模范的战斗动作,特于本日电各兵团首长赞扬,并号召各兵团全体指战员学习三军团的模范。

十二日　雨

一军团经唐村到平田。

三军团在郴州宜章大道上未动。粤汉铁路工人大批加入红军。

五军团仍在弯刀坳扼阻追敌。

八军团向两路司前进。

九军团与第十五师脱离延寿圩敌人,向文明司前进。

军委二纵队到两路司附近。

野战军司令部到樟桥。

十三日　雨

一军团第二师到香花树下。主力在宜章以东之白石渡地域。

三军团第六师在宜章城内。主力向郴州迫进。

五军团仍在弯刀坳地域未动。

八军团到良田。

九军团到赤石司。

军委二纵队到廖家湾。

野战军司令部到黄茅。

十四日　阴

一军团第二师到小溪。主力在白石渡未动。十五师到宜章。

三军团主力未动。第六师由宜章西进至张公潭廖家洞地域。

五军团到达赤石司以西。

八军团主力进到天南溪。二十三师到宝和圩。

九军团到宜章城。

军委二纵队在廖家湾未动。

野战军司令部到安源。

十五日　阴

一军团主力经宜章移梅田,向临武前进。第二师到大坪圩。十五师在宜章未动。

三军团主力西移,进至清河圩宝和圩地域。第六师向嘉禾城前进。

五军团到黄茅。

八军团进至老铺上新铺上地域。

九军团进至牛头粪。

军委二纵队到安源。

野战军司令部到沙田。

十六日　阴

一军团主力占领临武城。

三军团迫近嘉禾城,在城南架桥,准备渡河。

五军团进到小溪,牛头粪。

八军团到嘉禾城附近。

九军团到达三公桥,电光铺之线,向蓝山前进。

军委二纵队到沙田。

野战军司令部到小湾。

十七日　阴

一军团在临武休息一天。

三军团渡河到清水新塘圩之线。

五军团到渡头、七地圩。

八军团到车头桥附近。

九军团到朱木铺大树脚。

军委二纵队到葡萄湾。

野战军司令部到楚江圩。

十八日　阴

一军团到羊牯岭坳。

三军团到楠木圩。

五军团未动,阻止敌人。

八军团渡河,尾三军团前进。

九军团占领蓝山县城。

军委二纵队到田心铺。

野战军司令部到雷家岭。

十九日　雨

一军团经太平圩到朱家坪。

三军团集结于永乐圩以南,甘露田以东及洪观圩西北地区,
与由嘉禾城向洪观圩出击之敌作战终日。

五军团在楠木圩地域,准备参加三军团之战斗。

八军团在黄泥井黄泥铺一带,实行缩编。

九军团向江华城前进。

军委二纵队到蓝山。

野战军司令部在雷家岭休息。

二十日　雨

一军团在朱家坪休息。

三军团在洪观圩休息。

五军团在楠木圩休息。

八军团在黄泥井休息。

九军团占领江华城。

军委二纵队在蓝山休息一天。

野战军司令部到界头铺。

二十一日　晴

一军团经祠堂圩到天堂圩。

三军团到水源洞。

五军团未动。

八军团到新屋地。

九军团在江华休息。

军委二纵队到蓝坪圩附近。

野战军司令部到蓝坪圩。

二十二日　晴

一军团移白水塘。第二师到柑子园。

三军团到风门洞、岭脚、田家之线。

五军团到蓝坪圩附近。

八军团到下灌。

九军团继续在江华休息。

军委二纵队到四眼桥。

野战军司令部在蓝坪圩未动。

二十三日　晴

一军团占领道州城。

三军团在天堂圩附近,准备与周浑元纵队作战。

五军团在蓝坪圩下灌红岭地域,准备协同三军团作战。

八军团到宁善圩。

九军团继续在江华休息。

军委二纵队在四眼桥休息。

野战军司令部到新岩口。

二十四日　晴

一军团占领湘桂交界之蒋家岭。

三军团到桂里元,大欧。先头第四师到葫芦岩架桥(潇水)。在西元击落敌飞机一架。

五军团到四眼桥。

八军团在宁蓝圩拒止敌人未动。

九军团主力在江华休息。九团向永明前进。

军委二纵队到杨林塘。

野战军司令部到咀塘。

二十五日　雨

一军团经永安关到庵口。

三军团到莲花塘。第四师仍在葫芦岩。

五军团向葫芦岩前进,准备接替第四师任务。

八军团到新铺。

九军团在江华休息。九团占领永明。

军委二纵队到莫索湾。

野战军司令部到禾塘。

党中央与总政治部为渡湘江事,发出政治命令。

二十六日　雨

入广西省

朱总司令命令:敌有阻止我军于湘江东岸,并由南北夹击之企图。我军为迅速前出湘江地域,并渡过湘江之目的,决分四路前进。(一)一军团主力为第一纵队,沿蒋家岭文市向全州以南前进。(二)一军团之一个师及五军团缺一个师,野战司令部,为第二纵队,经雷口关及文市以南前进。(三)三军团、军委二纵队及五军团之一个师,经小坪郑家园向灌阳前进,并相机占领该城。(四)八、九军团为第四纵队,经永明县城三峰山向灌阳兴安前进。

一军团到文市。

三军团到小坪。

五军团在葫芦岩附近拒止追敌。

八、九军团向水明前进。

军委二纵队休息半天,尾三军团前进。

野战军司令部到高明桥。

二十七日　阴

一军团在文市休息。

三军团因郑家园至灌阳无路,改经永安关雷口关至车头新家桥地域。

五军团向蒋家岭永安关前进。

八、九军团到永明。

军委二纵队到雷口关茅铺。

野战军司令部到文市。

二十八日　阴

一军团经鞍山坝到石塘圩。

三军团第四师向光华铺前进。主力进到新圩及其以南。

五军团在蒋家岭永安关雷口关扼阻敌人。

八、九军团由永明折回,向文市水车前进。

军委二纵队一部尾三军团前进,一部尾野战军司令部前进。

野战军司令部到官山。

二十九日　阴

一军团由石塘圩太平圩,渡湘江,占界首、绍水。第二师到朱塘铺,一部向全州迫进。

三军团第四师渡湘江,占光华铺。主力向界首前进。

五军团仍在原地扼阻敌人。

八、九军团到达水车。

野战军司令部与军委二纵队之一部,在官山休息。

三十日　阴

突破湘桂封锁线。(第四道封锁线)

一军团在原地未动。终日与由全州出击之敌人激战。

三军团第四师在光华铺及其以西抗击由兴安出击之桂敌夏威部。主力全部渡过湘水。

五军团主力到文市河西之五家湾。

八、九军团均由水车附近渡河,到青龙山石塘圩地域。

军委二纵队渡河进至界首附近之王家。

野战司令部渡河进到界首西北之大田。

十二月份

一日　阴

敌情:全州之敌,已占领朱塘铺。兴安之敌,已占领光华铺。灌阳桂敌两个师,已进占新圩。周浑元纵队,先头已渡过文市河。

我军星夜向西延山脉地区移动。

一军团经梅子岭到大湾。

三军团主力到洛塘路江圩。

五军团主力渡湘江到咸水圩集结。

八军团在咸水圩地域。

九军团到油榨坪。

军委二纵队到枫木山。

野战军司令部在澛塘。

二日　晴

一军团主力到油榨坪。第二师占领土地凹,扼阻由全州来攻之敌。

三军团主力到阜塘,雷霹州地域。第五师由路江圩扼阻界首方向可能来追之敌。

五军团集结于南宅、田川地域扼阻追敌。

八军团到胡岭。

九军团向土地坳增援。

军委二纵队到余家亭。

野战军司令部到枫木山。

三日　晴

进入瑶民区域

一军团到四十田。

三军团进至千家寺。

五、八军团移枫木山、步竹冲地域。

九军团到小里五排、水竹铺地域。

军委二纵队向水埠塘移动,在老山界脚露营。

野战军司令部向塘坊边移动,在老山界顶露营。

四日　晴

一军团占领白茅隘,到站头。

三军团向中洞前进。

五、八军团过老山界。

九军团在一军团后跟进。

军委二纵队到塘坊边。

野战军司令部到塘坊边。

五日　晴

一、九军团进至社水沐水茶坪地域。三军团到中洞。

五军团进到水埠塘千家寺。

八军团扼守老山界。

军委二纵队随三军团后跟进。

野战军司令部到塘洞。

六日　晴

一军团到茶元。

三军团向河口前进,与桂敌激战终日。

五军团一部与突入千家寺之桂敌作战,主力撤塘洞。

八军团继续扼守老山界,与追敌作战。

九军团扼守红水东南阵地,掩护主力通过。

军委二纵队到塘洞。

野战司令部到花桥。

七日　晴

一军团主力在茶元阻止敌人。

三军团到河口、八滩。

五军团到中洞。

八军团到千家洞。

九军团在皮水隘阻止敌人。

军委二纵队在塘洞休息一天。

野战军司令部到江底。

朱总司令命令:连日桂敌派出大批密探,在我各兵团驻地,纵火焚烧民房,企图疲劳及嫁祸于我军,破坏红军在群众中的信仰。各兵团首长,及其政治部,应于到达宿营地后,及离开宿营地以前,严密巡查,并规定各连值班,一遇火警,凡我红色军人,务必设法扑灭,及救济被难群众。纵火奸细,一经捕获,应即经群众公审后枪决。

八日　晴

一军团主力经五塘到白竹坪。二师向通道前进。

三军团进到马蹄河口。

五、八军团进到江底。

九军团到鸡公界,水布蓬地域。

军委二纵队进至黄祥。

野战军司令部进到坳头。

九日　晴

一军团主力经广南城,到平等。二师向通道前进。

三军团到马蹄街。

五、八军团经黄祥,到东寨,水林冲。

九军团进至长安营。

军委二纵队到芙蓉寺。

野战军司令部到杨湾。

十日　晴

一军团主力经平溪至刘延。二师占领通道县城。

三军团到白岩、平寨、石村地域。

五、八军团到昌贝。

九军团到临江口木路口。

军委二纵队到广南城。

野战军司令部到龙坪。

十一日　晴

一军团主力经双江到金点。二师在通道休息。

三军团到长安堡。

五、八军团到麻隆塘。

九军团向通道前进。

军委二纵队到辰口。

野战司令部到平等。

十二日　晴

一军团主力经长古到新都。二师在通道休息。

三军团主力进到黄土塘辰口，先头师进到团头所。

五、八军团经辰口至麻隆塘。

九军团进到通道县城。

军委二纵队到芙蓉市附近。

野战军司令部到芙蓉。

十三日　晴

入贵州省

一军团主力经新昌到平查所。第一师向黎平前进。第二师在通道休息。

三军团到牙屯堡，先头师到播扬所。

五、八军团到土溪。

九军团休息一天。

军委一二纵队在播扬所以北。

十四日　晴

一军团占领黎平。

三军团主力到播扬所，先头至洪洲司。

五、八军团向深渡前进。

九军团向锦屏前进。

军委二纵队到洪老塘。

野战军司令部到洪洲司。

十五日　晴

一军团到八漂。

三军团到中温、平铺地域。

五、八军团到平查所。

九军团继续向锦屏前进。

军委第二纵队到洪洲司。

野战军司令部到地情。

十六日　晴

一军团在八漂休息。

三军团向黎平前进。

五、八军团到洪洲司。

九军团向锦屏前进。

军委二纵队到地情。

野战军司令部到中赵。

十七日　晴

一军团在八漂休息，以先头师向柳霁前进。

三军团主力到鳌鱼咀，四师在黎平休息。

五、八军团进到中赵。

九军团占领锦屏。

野战司令部与军委二纵队到黎平。

十八日　晴

进入苗人区域

一军团经婆洞到河口,先头师到柳寨。

三军团改向西北,到五胡、罗里、抱桐。

五、八军团进到黎平城。八军团进行改编。

九军团在锦屏休息。

军委一、二纵队在黎平休息,举行干部同乐大会。一、二纵队进行合编。

朱总司令命令:(一)鉴于目前所形成的情况,我野战军过去在湘西创立新的苏维埃区域的决定,目前已是不可能的,并且不适宜的了。(二)根据今后野战军在行动中能取得与四方面军与二六军团的协同动作,及在政治的经济的居民的条件上求得顺利创造新苏区,我野战军应取得川黔边地区,首先是以遵义为中心之地区。(三)在向遵义方向前进时,我野战军之动作应坚决消灭阻拦我之黔敌部队,对蒋湘桂诸敌,应力争避免大的战斗。但在前进路上若与上述诸敌遭遇时,应坚决打击之,以保障我向指定地区前进。

又令:为执行占领川黔地域的作战方针,我野战军部署如下:(一)一、九军团为右纵队,有占领剑河之任务,以后则沿清水江向上游前进。(二)三、五军团为左纵队,应经翁古垅到台拱及其以西地域。(三)野战军到达上述地点后,于十二月底,右纵队有占领施秉地域,左纵队有占领黄平地域的任务。

十九日　阴

一军团经南旁到柳寨,先头师向剑河前进。

三军团分两路进至罗里寨,八马寿地域。

五军团到地西地域,以一部在黎平掩护。

九军团向剑河前进。

军委纵队到勇寨、高常地域。

二十日　阴

一军团到南哨,先头师迫近剑河。

三军团进到南加堡、塘洞、苗光以北地域。

五军团进到罗里地域。

九军团向剑河前进。

军委纵队到上下八里。

朱总司令命令:我军连日在苗区行军,因房舍稀少,露营颇多。各兵团首长,应注意尽量找寻房舍宿营,以节省部队疲劳。

二十一日　阴

一军团占领剑河县城。

三军团进至松岭及其东南地区。

五军团进至小苗光。

九军团到剑河城。

军委纵队到大苗光。

二十二日　阴

一军团沿清水河南岸,向新城汛前进,经中斗,到上格东地域。

三军团到九宜堡、南哨、朗洞地域。

五军团到南家堡。

军委纵队到南寨柳寨。

二十三日　阴

一军团经乌鸦铺,到偏寨。

三军团占领台拱县城。

五军团到南寨柳寨。

九军团在剑河休息。

军委纵队进至上甲东,范排。

二十四日　阴

一军团在偏寨休息,收集渡河器材。

三军团在台拱休息,开团以上干部大会。

五军团到上甲东,范排。

九军团沿清水河北岸前进,限二十六号前占领镇远。

军委纵队到剑河城。

二十五日　阴

一军团欠第二师经平寨,到翁古垅。

三军团主力进至施洞口,向黄平前进。

五军团进至大田角,九坑。

九军团与第十五师会合,向镇远前进。

军委纵队到革东。

二十六日　阴

一军团主力占领施秉。

三军团向新黄平前进。

五军团到台拱。

九军团之第四十三团占领镇远。主力及第十五师向镇远前进。

军委纵队到施洞口。

二十七日　阴

一军团留施秉休息。

三军团进到黄标。

五军团在台拱休息半天。

九军团全部集中镇远。

军委纵队进至新城平寨。

二十八日　阴

一军团主力留施秉休息，以第二师向老黄平前进。第一师之第一团占余庆县城。

三军团攻占新黄平。第四师协同第二师，攻占老黄平。

五军团到平寨。

九军团留镇远，扼阻周吴两敌。

军委纵队到施秉。

二十九日　阴

一军团主力经孙家铺到老塘寨。

三军团第四师向瓮安前进，有相机占领该城之任务，主力留新黄平休息一天。

五军团到翁古垅。

九军团在镇雄关刘家庄之间,扼阻追敌。

军委纵队到带翁铺。

三十日　阴

一军团主力到余庆城。

三军团第四师进至蓝家关,主力到老黄平。

五军团到老黄平。

九军团在施秉附近扼阻敌人。

军委纵队到对牙铺,后洞。

三十一日　阴

一军团主力在余庆不动。第二师进至水老给,及其东北地域,侦察江界河的渡河点。

三军团第四师,攻占瓮安,主力由老黄平向瓮安前进。

五军团在老黄平休息。

九军团在施秉附近抗敌。

军委纵队到猴场。

一九三四年完

一九三五年

一月份

一日　阴

朱总司令命令:每人发元旦菜钱两角,以资慰劳。

一军团第二师进到江界河,实行架桥。第一师进至袁家渡架桥。十五师及军团部到龙溪。

三军团第四师进至平龙,场坝,又州,侦察清水口渡河点,主力进至瓮安城。

五军团进至老坟嘴,蔡家湾之线。

九军团到余庆。

军委纵队在猴场,庆祝新年。

党中央政治局决定:我野战军即将通过乌江,跨进我们预定的新苏区根据地的一部的遵义地区,以粉碎敌人新进攻,因此,政治局对于通过乌江以后的行动方针,有以下的决定:(一)立刻准备在川黔边广大地区内与蒋介石主力部队作战……建立川黔边新苏区根据地,首先以遵义为中心的黔北地区,然后向川南发展,是目前最中心的任务。(二)必须在创造川黔边新苏区根据地,消灭蒋介石主力部队的基本口号之下,在全体红色指战员中间,进行广大的深入的宣传鼓动,最大限度提高战斗情绪,坚强他们作战的意志与胜利的信心,并指出,新根据地的创造,只有在艰苦的、残酷的、胜利的战斗中才能创立起来。反对一切逃跑的倾向与偷安休息的情绪。(下略)